夏目金之助 ロンドンに狂せり

Yoshiharu
Suenobu

末延芳晴

青土社

夏目金之助のみた風景――絵葉書で綴る1

ロンドンまで

横浜駅。一九〇〇年九月八日未明、妻鏡子と共に家を出た文部省派遣留学生夏目金之助は、新橋から汽車に乗り、午前六時四十分に横浜駅に到着、人力車で埠頭に赴き、ドイツ船プロイセン号に乗船する。

横浜港埠頭。九月八日午前八時、妻の鏡子が涙ながら見送るなか、プロイセン号は、フランス国歌「ラ・マルセイエーズ」を吹奏しながら出航。寺田寅彦らも見送っている。

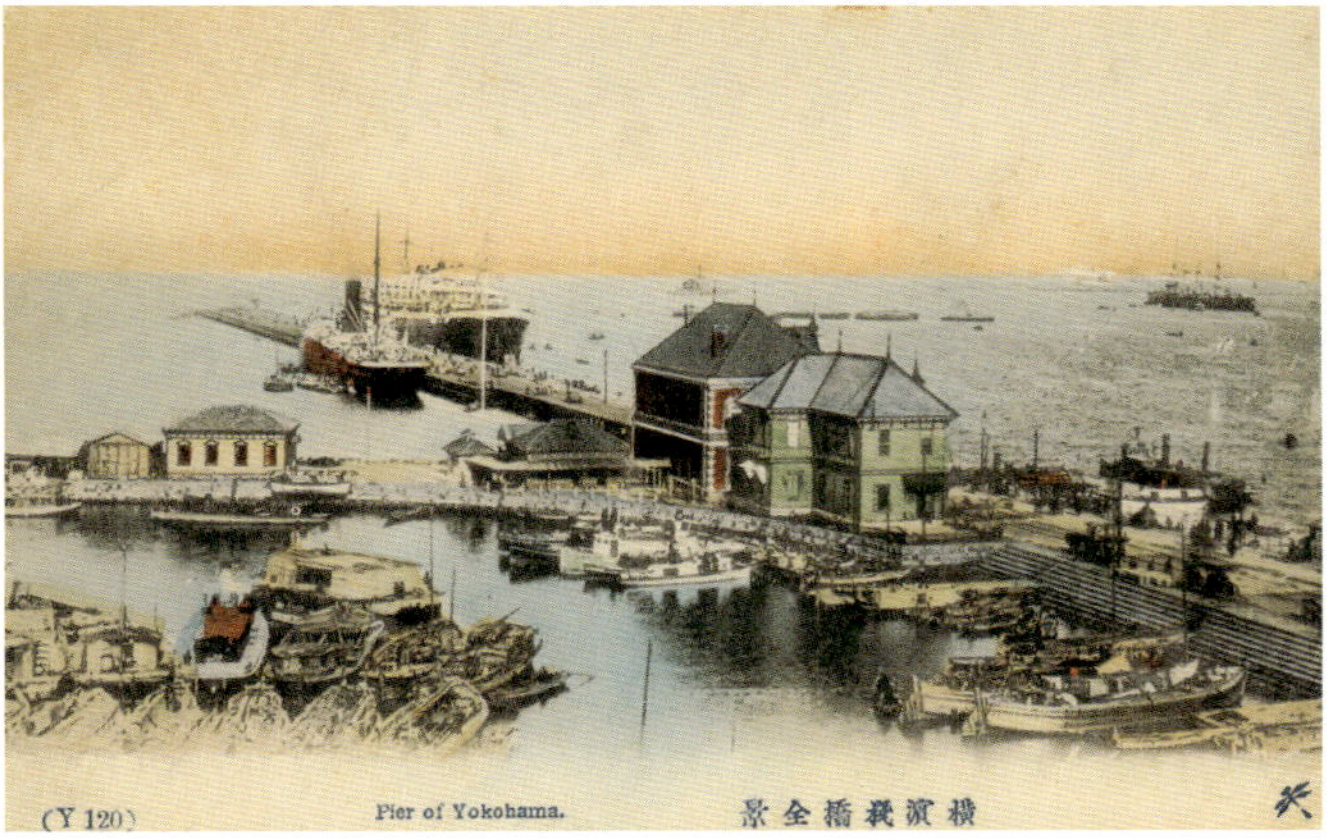

神戸港。九月九日午前十時に神戸着。上陸して、諏訪山中の温泉旅館常盤で昼食をしたため、温泉に入るが、船酔いのせいで胃腸障害を起こして下痢になる。食欲不振のため夕食は取っていない。

長崎港。九月十一日未明、長崎着。船酔いで船室のベッドに横たわったままで過ごす。当時、燃料用の石炭は、人海戦術で搬入していた。

上海市内の庭園。九月十四日、市内観光に出た金之助たちは、名園として知られた愚園と張園を見学するが、ごてごてとした中国趣味に辟易する。

上海の港湾風景。九月十三日午前五時頃、上海に入港。波止場にひしめく苦力や人力車夫の数の多さと、東洋一の国際港湾都市上海のスケールの大きさに驚く。

上海バンド（埠頭）。九月十三日昼、小蒸気船に乗ってバンドに上陸した金之助は、東京帝国大学文科大学英文科の先輩で、税関に勤務していた立花政樹を訪れ、昼食と晩餐を共にする。

上海のブロードウェイ、南京路。九月十三日夜、金之助らは南京路を訪れ、雑多な商店が立ち並ぶ中国的混沌の世界に目を驚かせている。

香港の目抜き通り、クィーンズ・ロード。九月十九日午後四時、香港に着いた金之助らは、直ちに市内観光に出かけ、夕食後、クィーンズ・ロードをぶらつく。

香港の名物、ピーク。九月二十日午前、金之助らは、ケーブルカーに乗って山頂まで登り、香港の景観を楽しむ。また、夜景の美しさを「満山に宝石を鏤めたるが如し」と形容している。

シンガポールの港湾風景。九月二十五日未明、シンガポールに着いた金之助らは、日本旅館松島で昼食をしたため、日本人街でからゆきさんを見ている。

ペナンの港湾風景。九月二十七日未明、船はペナンに着岸しているが、雨のために上陸できない。ペナンはイギリスの植民地の一つで、錫とゴムの生産・輸出で知られていた。

コロンボの市街風景。イギリス植民地都市の美しく整備された町並みに、金之助は「日本の比にあらず」と驚いている。

コロンボの港湾風景。十月一日昼近く、港に着岸、直ちに船を下り、馬車を雇って市内観光に出かけるが、しつこく花を売りつけようとする現地人に辟易する。

蛇使いとコブラ。十月二日、金之助は、船の甲板のうえでコブラのダンスを見て、日記に「Standard Dictionary中にあるコブラの画と同一なり」と記す。

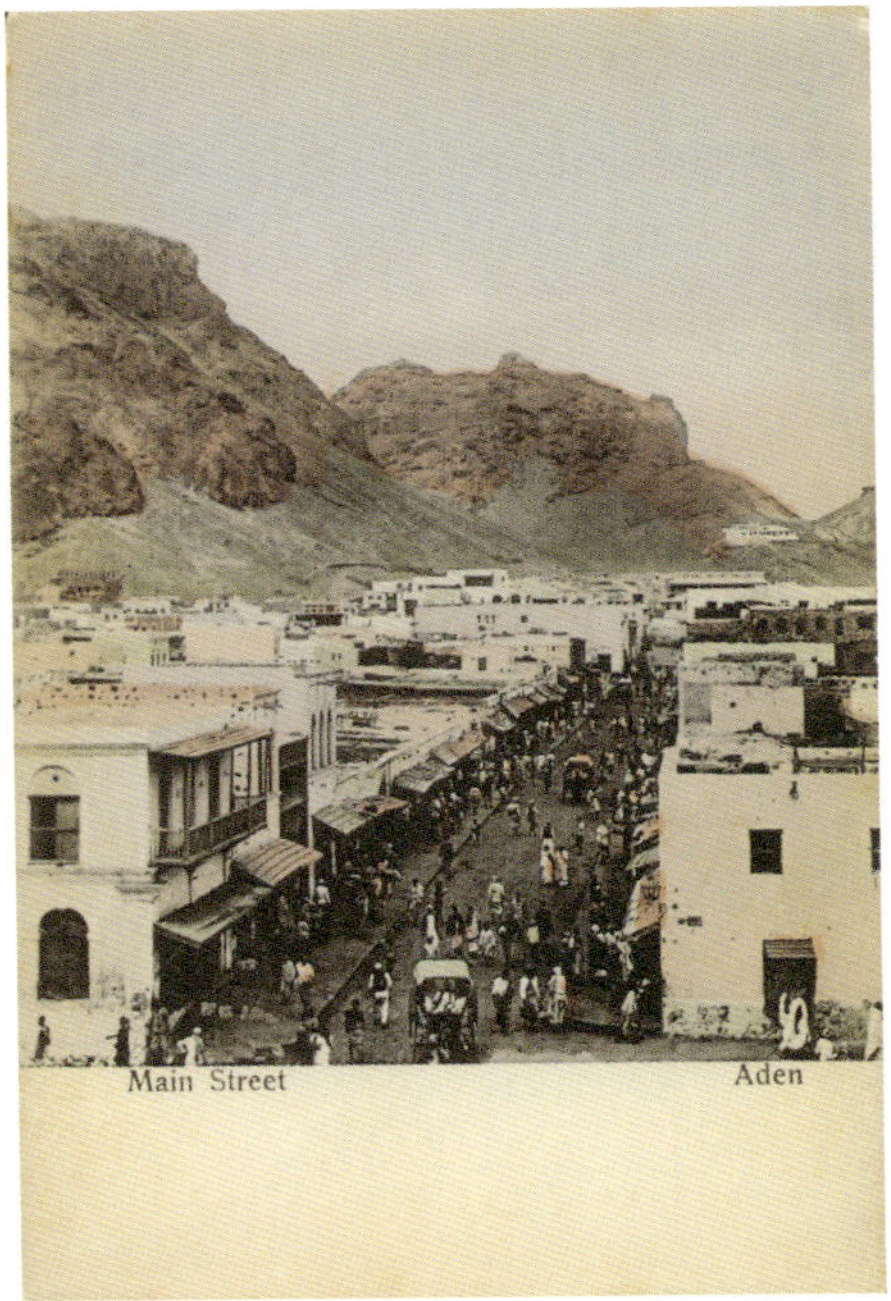

アデン。十月八日夜、船は南イエメンの港町アデンに入港。砂漠と溶岩に囲まれた殺風景な風景を、金之助は日記に「頗る奇怪なり」と記している。

スエズ運河。十月十三日午前九時、スエズ着。日記に「満目突兀として一草一木もなし」と記す。

ポート・サイド。十月十四日、船はスエズ運河を抜け、地中海に入る。緯度が上がり、気温が下がったため、金之助は、秋の気配を感じている。

ナポリ風景。十月十七日薄暮、ナポリ、サンタ・ルチア港に着岸。金之助ら一行は、翌日、市内観光に出て、教会や博物館を参観。初めて見るヨーロッパの都市の歴史の厚みと威厳に驚いている。

ナポリの下町。金之助たちは、市内観光の際、スパッカ・ナポリなど庶民の街を見たはずだが、日記には何も記述されていない。

ジェノヴァ、プリンチペ駅。十月二十日午前八時、金之助らはパリ行きの列車に乗り込もうとするが、満席で乗れず、駅構内を右往左往する。

トリノ市概観。十月十二日昼頃、金之助一行を乗せた汽車はトリノ中央駅に到着。駅前のスイス・フランス・ホテルで昼食をとり、午後四時半のパリ行き列車に乗り換える。

ジェノヴァ市内のアーケード。日記には「食事後案内を頼みて市内を散歩す」とある。

パリ、リヨン駅。十月二十一日午前八時頃、パリに着いた金之助らは、方角が分からず、リヨン駅構内で再び右往左往している。

パリ、グラン・ブルヴァール。十月二十二日夜、金之助たちは、グラン・ブルヴァールを歩き、その繁華さに「銀座の景色を五十倍位立派にしたる者なり」と驚いている。

エッフェル塔とパリ万博会場風景。二十二日昼、パリ万博視察に出かけた金之助らは、エッフェル塔に登る。しかし、日記には何も感想は記されてない。

ディエップの港湾風景。十月二十八日朝、単身、汽車でパリを発った金之助は、ディエップで船に乗り換え、イギリス海峡を渡って行く。

ニューヘヴン。風が強く船が揺れ、船酔いに苦しんだが、夕刻、ニューヘヴンに上陸、日本を発って五十一日目にようやく、イギリスの地を踏む。

ロンドン、ヴィクトリア駅。二十八日夜九時過ぎ、汽車で同駅に着いた金之助は、駅前から馬車に乗って宿所に向う。

大英博物館外観。二十八日夜十時過ぎ、金之助は、同博物館に近いホテルに宿を取り、ロンドンで最初の夜を過ごした。

夏目金之助　ロンドンに狂せり＊目次

夏目金之助　ロンドンに狂せり

本書を、故津田新吾氏の霊に捧げる

序章　金之助、ロンドンに留学す

一九〇〇年十月二十八日、雨の降る夜九時過ぎ、ロンドンのヴィクトリア駅を大きなトランクを下げ、鼻の下に黒々と八の字髭を蓄えた顔に不安そうな表情を浮かべ、キョトキョトと周囲をうかがうようにして出てくる小柄な東洋人男性がいた。男は、駅前から馬車で大英博物館に近いガウワー街七十六番地のホテルまで乗りつけ、一泊六円の宿賃で投宿。部屋に入ると、そのまま服も脱がずに、ベッドに倒れこんでしまった。男はそれほど疲れていた。

無理もない。その日の朝、パリを発ち、イギリス海峡に面した港町ディエップから船に乗り、ニューヘヴンでイギリスに上陸、そのまま汽車でロンドンまで乗りこんできたのだ。海峡を渡るのにおよそ四時間、波は荒く船は揺れ、何度も吐き気に襲われた。いやそれだけではない。生まれて初めて、外国を一人で旅をするのだ。しかも、まだ見ぬ世界最大の植民地宗主国、大英帝国に間もなく上陸する、そしてその首都で、人口五百万、世界最大の近代都市ロンドン、これから自分が二年を過ごすことになるロンドンにいよいよ単身で乗りこんでいく。その緊張と不安でひとときも心休まることのない一日だった。だがそれでも、ようやく最終目的地にたどり着き、宿を確保できたという安堵感があった。ベッドの上にあお向けになって、ランプの光の影がゆらゆらと揺れる天井を見上げる男の頭に、走馬灯のように浮かび巡るのは、故国に残してきた妻の顔であり、ようやく言葉を覚えだした一歳の娘の笑顔であった。

思えば不思議な運命の巡りあわせではあった。男は、その年の五月まで、熊本の第五高等学校で英語を教えていた。ところが、まったく予期せぬ形で、文部省から第一回国費留学生として、大英帝国の首都ロンドンに留学しないかという声がかかって来たのだ。なぜ自分が？　そしてまた、何を学べばいいというのか？　いや、よしんば学ぶべき対象が決まっても、国家の負託に適うだけの成果を上げることができるのか？……そうした思いと不安は、九月八日、横浜を発つまで消えなかったし、その後、一カ月半かけて、太平洋から南支那海、インド洋、紅海、地中海、そしてナポリ、ジェノヴァ、パリへと、船と汽車を乗り継いでロンドンにたどり着いた今も消えていない。

男は、四年前に鏡子という女性と結婚していた。だが、結婚生活はうまく行かず、妻は、二年前、熊本市内を流れる白川に投身自殺を試みている。幸い未遂に終わり、一年前には長女が生まれ、今も彼女の腹の中には新しい命が宿っている。はかなく、いつ切れるか危ぶまれた妻との間の心の絆も、少しずつだが強くなってきている。だが、その一方で、男が、今の自分に何か満たされないものを感じていたのも事実だった。英語を教えることに飽きていた。うんざりしていた。東京に戻りたい、そして、何か書くことをとおして、自分の思いを存分に吐き出してみたい。人生五十年の時代、もうその半ばはとうに過ぎて、三十三歳に達していた。男は焦っていた。が、このまま、田舎の高等学校の英語教師として一生を終わるのかもしれない。そんな見極めがそろそろつきかけていたのも事実だった。

だから、英語研究のためイギリスに留学をという話を聞いたときは、たしかに驚いた。同時に、かねて「洋学の隊長とならん」とまで思い、松山中学校の英語教師として都落ちしたのも、「洋行の費用」を作るためだった。それだけに、すぐにでも飛びつきたいような魅力的な話ではあった。だが、同時に「英語教授法ノ取調」という文部省が出してきた研究課題にしっくりこないものを感じたことも事実だった。東京帝国大学文科大学英文学科の二人目の卒業生として、抜群の成績を収めて卒業した自分が、今さら英語教育法の調査・研究のためにイギリスまで留学することはないだろう。それと、正直にいって英語を教えることに愛想をつかしていた。そもそも三十三歳という年齢を考えると、もう遅すぎるかもしれない。妻と子供を置いていくのも不安だ。そんなこともあって、自分以外に適当な人がいるはずだからと断ったくらいだ。それなのに、適任かどうかは文部省が決めることと諭され、結局、単身留学することを引き受けてしまったのだ。

だが、引き受けた以上、国費留学生としての使命を果たし、相応の成果を上げなくてはならない。明治の時代を生きてきた男子として、その覚悟は十分ある。それにしても、英会話を上達させるには、自分はあまりに年を取りすぎているのではないだろうか？　英文学の奥義を極めるには、自分の読書力はあまりに貧弱ではなかろうか。医学や工学のように具体的に留学・研究の成果が示せるならまだしも、語学・文学の分野で、如何にして周囲を納得させうる成果を上げることができるのだろうか？　横浜を発って以来一ヵ月半、そんな不安に一日も心休まる日はなかった。だが、それでも明日から、留学生としての生活がはじまる。異国での生活のドアはいかにして開けられるのか？　いや、開けなければならないのか？　とりあえず、明日はアパート探しをしてみよう。でも、どの辺を探したらいいのか。ベデカーのガイドブックに載っている市内地図を見て、一応の見当はつけておこうか……だが、まあ、今日は疲れた。ひとまず眠りについて……。男は久し振りに深い眠りに沈んでいった。

翌朝、眼が覚めてみると、雨は上がり、カーテン越しに明るい日差しが差しこんでいた。男は、その日、ロンドンで初めての朝食を済ませると、ベデカーを手に、町に出て行った。おりから、南ア戦争義勇兵の帰還を歓迎する大パレードが行われ、フーリガンの暴動を取締るため警官や軍隊が大挙出動し、死者が出るほど大騒ぎになっていた。が、そのことを知る由もなく、男は表通りに出ると、人の流れに押され、大きな渦に巻きこまれ、またたく間に、その小さな姿を消して行った。そして夜遅く、どこをどう歩き回ってきたのか、かろうじて宿に帰り着いた男の顔は、疲労と緊張で消耗しきっていた。それは、六年後に、男が留学の成果として書き上げた『文学論』の「序」で、「尤も不愉快」と回想した二年に及ぶ異国生活の幕開けにふさわしい、多難で過酷な一日であった。男の名は、夏目金之助。のちに『吾輩は猫である』や『草枕』、『坊っちゃん』の作者として知られるに至る夏目漱石である。

第一章　不安と戸惑いの横浜出航

新婚生活の危機

明治三十三（一九〇〇）年五月十二日、文部省第一回給費留学生としてイギリス留学を命じられた夏目金之助は、二ヵ月後の七月十八日、妻鏡子と長女の筆子を伴い熊本を発ち、東京に向かう。このとき、九州地方を台風が襲い、洪水のため、熊本市内白川に架かる橋が流失、夫妻は歩いて汽車不通のところを渡り、再び汽車を乗り継いで門司まで出ている。山陽鉄道が、神戸から下関まで全線開通したのは翌明治三十四年五月のことで、夫妻は門司から徳山まで船で渡り、それから山陽鉄道に乗り換え、神戸まで出て、再び東海道線に乗って東京に向かったものと思われる。この時、鏡子は次女の恒子を妊娠中で、交通不便な今から百年前の昔、ようやく歩きはじめたばかりの一歳の幼児を伴った夫妻の上京の旅は相当な苦労だったはずだ。だが、二人で手に手を取るようにして苦難を乗り越え、東京に出てきたことで、金之助が妻との心の絆が一層強くなったと実感したことは想像に難くない。

明治二十九（一八九六）年四月、松山中学から熊本第五高等学校講師に転身した金之助は、六月に貴族院書記官長中根重一の長女鏡子と結婚、熊本市内下通町一〇三番地に新居を構えている。このとき、金之助は二十九歳、鏡子は二十歳。金之助にとっては念願の結婚生活だったが、九歳も年が違う若妻との新婚生活は必ずしもスムーズに進んでいなかった。年齢の開きもさることながら、金之助と鏡子の出身階層や生い立ち、教養、気質の違い、加えて新妻鏡子にとっては初めての不慣れな地方生活などが重なって、小さな衝突が繰り返されていたからである。片や帝国大学出の秀才で、生まれながら過敏な神経と難しい気質の持ち主であり、もう一方は、もともと家事にうとく、人任せにしてきた母親の気質を受け、炊事洗濯の躾もおろそかに育ったお嬢さんで、早起きが大の苦手。朝、夫が出勤してからもまだ目が覚めないという、鷹揚というかだらしないというか、明治の女性としてはかなり変わったキャラクターの持ち主である。お互いに恋愛感情があって結婚したわけでないし、結婚生活の最初から、意見や感情のうえで幾つもの行き違いや齟齬があって、肉体のレベルを越えて、二人の心の間に通じ合うものが欠けていた。

ただ、九歳年上の金之助にはそのことが分かっていても、鏡子には分からない。当時としては決して早いというわけではなかったものの、二十歳という若さで、見知らぬ土地で新婚生活を始めた鏡子にとっては、毎日の生活を大過なくやりくりしていくのが精一杯で、とても金之助の生活上、精神上の要求を満たすことはできなかった。まして、文学的気質の強い夫が感じ取っていた空虚感を感知できなかったとしても、それは無理からぬところがあった。鏡子自身、後年、『漱石の思い出』で、そのころのことを次のように回想している。

新婚早々一つの宣言をくだされました。

「俺は学者で勉強しなければならないのだから、おまえなんかにかまってはいられない。それは承知していてもらいたい」
　というのです。私の父も役人ではありましたけれども、相当に本は読むほうでしたから、学者の勉強するのくらいにはびくともしやしませんでしたが、なにしろ里にいた時とは様子のがらりと違うのにはまいってしまいました。まず官舎におりますれば、出入りの人も自然多くて、なんとなく生活も華やかでしたが、急に田舎の小人数のところへ来たのだから、勝手が違うことったらありません。それに里にいた時にいくらか家事のこともやるにはやったのですが、さて主婦となってみると、どこからどう手をつけていいかまるで見当がつきません。ことに里では父は気のつくほうで、買い物なんぞはおおかた父の手でされて、母はしじゅう家に引きこもっていて、三度三度の食事の指図や子供のことぐらいしかしないほうなので、さて買い物はどうしていいものやら、違った土地に来てはなおさらのことわかりません。

　鏡子としては、よく気がついて、まめに買い物などしてくれていた父を見て育っているので、夫というものはこんなものという気持ちもあったのだろう。見知らぬ土地で新婚生活を送るうえで、金之助に父親といおうか、家庭的な夫を期待していたのかもしれない。これに対して、金之助の方が未熟な妻の潜在的願望に気づいていたかどうか。気づいていたとしても、明治の男子として、そうした気持ちを率直に表し、買物籠を下げて、八百屋や魚屋に足を向けるようなことはできなかった。そもそも質実剛健をモットーとする熊本の気風と名門五高の教授という記号的肩書が、そうした振る舞いを許さなかった。結局、鏡子は女中を連れて、不慣れな買い物に出掛け、炊事に洗濯、掃除にと遅ればせながらも試行錯誤を繰り返し、花嫁修行を続けて、どうにかこうにか明治の妻として格好を付けていくしかなかった。しかしそれでも、鏡子が「いったいに夏目の好みが江戸っ児式の、どっか下町風のところがあるのに反し、私がいわば山ノ手式に育てられて来ているので、趣味の上などでもなにかちょいちょいとした小衝突があったものですが、一年ぐらいたつまではそうした気質が呑み込めませんでした」と回想したように、趣味や好みの違いによる衝突は頻繁にあったらしい。それと、江藤淳が、『漱石とその時代』の「21　星別れんとする晨」で「鏡子にとっては、上機嫌なときの夫の無邪気なたわむれとしか見えなかったこの女装趣味が、金之助の意識下の部分に隠されたある切実な欲望の表現でなかったとはいえない」と指摘したように、金之助が、鏡子の脱いだ着物を着て喜んだり、女中が外出すると、「色男に会いにいったんだろう」と疑ったりして、性に関して何か異常にゆがんだものを鏡子に感知させ、それが夫に対して心の距離を取らせたことも考えられることである。

鏡子の回想によると、金之助は、妻がなにかへまをやらかすと、「おまえはオタンチンノパレオラガスだよ」と言ってからかったという。鏡子は、この意味が分からず、金之助や友人に質問するが、ニヤニヤ笑っているばかりで教えてもらえなかったという。ただ、金之助は、そんな若くて未熟な妻を一方的に見下ろしているばかりではなかった。こうしたからかい言葉にも、金之助の妻の未熟さを面白がっている気配が感じられる。また、妻との間に知的なコミュニケーションを求めて、俳句を習わせている。しかし、金之助と鏡子とではレベルが違いすぎた。子規との交わりをつうじて、金之助の作句の技術と知識は素人の域を遥かに超えていた。金之助にとって、鏡子の作る句はあまりに幼稚過ぎて、まともに批評のしようがなかったはずだ。どうしても上から見下ろして、話にならないという態度が露骨に表に出てしまう。それが鏡子には面白くないということが続いて、せっかくの試みも長続きしなかった。

夫婦の心の関係が破綻の兆しをあらわにしたのは、結婚して一年目、妊娠中で悪阻《つわり》に苦しむ鏡子が、結婚後初めて上京、里帰りしたものの、無理な旅の疲れが祟ったのか、流産してからのこと。鏡子は、その年の秋、再び妊娠するが、悪阻がひどく、また前回流産しているので、またかという不安も募っていたのだろう、神経が著しく衰弱し、『道草』によると、「御天道さまが来ました。五色の雲へ乗つて来ました。大変よ、貴夫《あなた》」とか「妾《わたし》の赤ん坊は死んぢまつた。妾の死んだ赤ん坊が来たから行かなくつちやならない。そら其所にゐるぢやありませんか。桔槹《はねつるべ》の中に。妾一寸行つて見て来るから放して下さい」など、不思議な言葉を吐くことになる。そして、六月のある日の早朝、金之助が眠っている間に家を抜け出し、市内を流れる白川に身を投げてしまったのである。折しも梅雨時の雨で、白川は増水し、流れが速かった。しかし、たまたま船に乗って網打ちをしていた男が見つけて、かろうじて助け出したので一命はとり止めたのである。

おそらく、そのときからのことだろう、金之助は夜寝る当たって、妻と自分の帯に細い紐を繋ぎ合わせて寝るようになる。このときの体験は、『道草』で健三の回想として、「或時の彼は毎夜細い紐で自分の帯と細君の帯とを繋いで寐た。紐の長さを四尺程にして、寐返りが充分出来るやうに工夫された此《この》用意は、細君の抗議なしに幾晩も繰り返された」と書かれている。この記述は、精神を病む若い妻に対して、懸命に心の絆を繋ぎ止めておこうとする金之助の「愛」を読みとらせて、哀切ですらある。二人の関係は、お互いの帯に結ばれた一本の紐によって辛うじて繋がっていたのであり、その紐がほどけてしまえば、二つの心はバラバラに別の方向に離れて行き、そして鏡子は闇を流れる白川に向かって走りだして行きかねない。

だが、そうした妻の精神の、そして夫婦の関係の危機も、五月に長女筆子が無事誕生したことでかろうじて乗り越えられる。ロンドン留学の話が五高の教頭から告げられたのは、年が明けて明治三十三年の三月、次女の恒子が鏡子の腹に宿ったころだった。切れかけては繋ぎ止め、繋ぎ止めては切れかけてきた夫婦の絆だっただけに、そしてその危うい夫婦の生活にようやく安定の兆しが見えはじめてきていただけに、再び身重の妻と幼い子供を残して、単身イギリスに渡ることには大きな不安が伴った。現に三年に及ぶ結婚生活で、鏡子は三回も妊娠し、最初は流産、二度目は出産、そして再び妊娠と母体の負担は大きく、髪が抜けて、はげ（円形脱毛症？）にも苦しんでいる。しかも、留学の目的が英語教授法の調査・研究ということも、金之助を尻込みさせた。英語を教えることにうんざりしていた金之助にとっては、今さら英語教育の研究もあるまいという気持ちも働いて、「適任でないから」という理由で留学の要請を断ろうとする。ところが、文部省の間を取りもってくれていた教頭から、「適任かどうかは、文部省が決めること。将来のことを考えたら、ここで洋行しておいたほうがよい」と諭され、ようやく留学を決意したのだった。

　その当時、世界に冠たる大英帝国に政府から留学を命ぜられるということは、大変な名誉と将来の栄達を意味していた。地方の高等学校としても、教師が第一回目の文部省派遣留学生に選ばれたことは、学校の優越性を証明する意味でも大いに歓迎すべきことだった。金之助が一旦断ろうと思いながら、結局引き受けた背景には、断ってしまっては周囲の人間、特に五高の関係者に対して申し訳ないという気持ちが働いていたことは想像に難くない。だがしかし、そういった表向きの理由のほかに、このチャンスを見逃したら二度と熊本から出ていける可能性はなくなるだろうという気持ちが、内密に働いていたことも事実だった。英語教師の仕事にあきあきしていながら、「嚢《のう》の中に詰められて出る事の出来ない人のような気持」（「私の個人主義」）に囚われ、「嚢を突き破」る錐を懸命に探し求めてきた金之助だけに、留学することによって何とか出口を得たいという、藁にもすがりたい気持ちが働いていた。

同時に、もう一つ潜在的な願望として、いつ再び狂気の淵に飛びこむか分からない妻から逃れたいという気持ちと、それとは裏腹に、こじれた二人の心の間に冷却期間として二年の別離を置き、手紙のやり取りを交わすことで、夫婦の間に欠落していた男と女のロマンチックな「愛」の対関係を育て上げることができればという矛盾といおうか、屈折した気持ちもあったに違いない。確かに、結婚以来、二人の間には、男と女の性の営みはあった。鏡子が三度も妊娠していることがその証拠である。だが、肉体の交わりはあっても、心の交わりは希薄だった。金之助は、おそらく、当時の日本人としては一番たくさん英語の小説を読んでいた。当然、性の行為が「愛」という対幻想によって裏付けられていることも理解していたはずである。であればこそ、金之助は、留学中に妻の身を気遣う手紙を書き送り、妻からの手紙を待ち望み、二人の間に空間的距離をおくことで、対幻想関係のボルテージを高めることで、欠落していた「愛」を補おうとした。かなり屈折した形ではあるものの、それが金之助の方から鏡子に差し延べた「愛の手」であった。

だがしかし、この金之助の「愛の試み」は失敗に帰す。鏡子の方が、そのことを理解していなかったからである。というより、夫が去ったあと、二人の幼い子供の育児と自分の生活に追われ、鏡子には手紙を書きたくても書くだけの時間と気持ちの余裕がなかったのだ。それと、今から百年以上も昔、アルファベットも知らない若い母親にとって、英語でアドレスを書かなければならないこと自体がおっくうで、気が進まなかった。初めのうちこそ、何度か手紙で子供の成長の様子を知らせたものの、次第に間隔が空き、最後は出さなくなってしまった。一方、金之助の方は、孤独な下宿生活の繰り返しのなかで、自分で自分を鞭打つように過酷な研究生活が続けば続くほど、妻からの手紙を待った。何か暖かく、自分を慰めて、励ましてくれるものが心底欲しかったのだ。だが、待てども待てども妻からの手紙は来ない。二年間の留学の間に、妻との間にロマンチックな……という金之助の夢は、見事に裏切られ、妻への失望感と憤りだけが残る結果となってしまった。

鏡子の回想によると、金之助は、出発前、「秋風の一人を吹くや海の上」という句を短冊に書き残していったという。この句は寺田寅彦にも送られており、金之助としては、これからはじまる孤独な船の旅に対する不安を、自分の内面を一番深く理解してくれている、あるいはして欲しいと思ってきた妻と弟子に共有して欲しかったのかもしれない。だが、二年後、イギリスから帰国、家に帰りつくやいなや、金之助は、鏡子が床の間にかけておいたこの短冊をはずし、ビリビリと引き裂いて捨ててしまったという。手紙のやりとりをとおして、最初から欠落していた鏡子との心の絆（愛の対幻想関係）を築き上げたいという金之助の願望は、完全に裏切られてしまっていた。妻への思いを託した短冊を見た瞬間、金之助のなかに怒りが込み上げてきて、発作的に破り捨ててしまったということなのだろう。

夏目金之助は、イギリス留学の命を引き受けるに当たって、文部省が出してきた「英語教授法ノ取調」という任務の他に、二つ密かな目的を立てていた。一つは、外国に出ることによって、自分の生に新しい局面を開く、具体的には「書く」ことにつながる形で、何かを摑んでくること。「英語教授法」の他に、英文学研究という課題を自ら出して、文部省に認めさせたのも、そのためであった。そして、その目的は、具体的には『文学論』執筆の構想とそのためのノート作成という形で一応達成され、偶然に近い成り行きとはいえ、「ホトトギス」に『吾輩は猫である』を載せたことで、「小説家夏目漱石」として立つ道も開けた。だが、さらにもう一つ、妻との間に「愛」の関係をという目的は水泡に帰した。いわば、その「愛」の挫折とそこから受けた傷が、「小説家夏目漱石」に、例えば、D・H・ロレンスのような「愛」と「性」の文学を書くことを妨げた最大の原因であった。

金之助を見送る鏡子

明治三十四年七月二十日頃、東京に戻ってきた金之助と鏡子と長女筆子は、ひとまず鏡子の実家に身を落ちつけ、渡欧の準備を進める。金之助は、まず文部省専門学務局長上田万年を訪ね、留学の目的と使命について問い質している。英語教授法の研究という文部省から課せられた使命に納得の行かないものを感じていたからである。だが、英語教授法に特別に囚われる必要がないという答えを得てひとまず安心。同じく、文部省からドイツに派遣が決まった藤代禎輔や芳賀矢一と計らって、九月八日に横浜出航を決定。船は、藤代の主張が通って、ドイツ船のプロイセン号に決まる。

金之助は、準備を進めるに当って念には念を入れたようで、大正六年、漱石の死を悼んで書かれた藤代の回想記「夏目君の片鱗」によると、服装の準備には特にこだわり、藤代たちが現地で調達すればいいと、有り合わせの服を着て船に乗ったのに対し、小柄な身体と臆病そうな顔の表情には似つかわしくなく、立派にたくわえた八字髭に象徴されるように、外見の体裁をことさら大事にする金之助は、「森村組の仕立てなら、何処へ出しても恥ずかしくない相《ママ》だ」と、森村組まで出掛けて最高級の服を新調したという。森村組は、森村市左衛門が、明治十五年、外国人テーラーを招いて銀座に開いた最高級洋装店で、当時一番仕立てがしっかりしていると評判が高く、欧米に赴任する外交官や銀行員、商社マンの多くがここで新調していった。事実、出発当日、横浜駅に同行者全員が集まってみると、金之助の服装が「一番整っていた」という。

こうして準備万端整え、九月八日土曜日未明、空まだ暗い内から、金之助は、妻の鏡子とともに人力車で新橋駅に乗りつけ、午前五時四十五分発の汽車で横浜に向かった。途中、東の空に太陽が昇り、空は美しく明け染めていくなか、六時四十分、横浜に到着。再び人力車で波止場を走り、北ドイツ・ロイド社のプロイセン号に搭乗。船は、八時にドラの音と共に解纜、フランス国歌「ラ・マルセイエーズ」が演奏されるなか、ゆっくりと岸壁を離れて行った。ドイツの船が解纜するのに際して、なぜフランス国歌がと疑問に思うかもしれないが、当時は港を出る船が、港に入ってくる船に対して、敬意を表してその船の属する国の国歌を奏することが慣例となっていたからである。（註1）

見送る人。見送られる人。長く尾を引く汽笛、喚声で沸き立つなか、船は人それぞれの喜びや悲しみ、不安と期待を乗せて、ゆっくりと横浜港を出て行く。不安そうなまなざしで、遠ざかる岸壁を見つめる金之助……。このとき、波止場まで漱石を見送った寺田寅彦は、のちに「船の出るとき同行の芳賀さんと藤代さんは帽子を振つて見送りの人に景気の好い挨拶を送つて居るのに、先生だけは一人少しはなれた舷側にもたれて身動きもしないでじつと波止場を見下ろして居た。船が動きだすと同時に、奥さんが顔にハンケチを当てたのを見た」（「夏目漱石先生の追憶」）と回想している。国費留学生として晴れ晴れしい顔つきで、「景気の好い挨拶」を盛んに送っている芳賀と藤代とは対照的に、「一人少しはなれた舷側にもたれて身動きもしないでじつと波止場を見下ろ」す金之助。さすがと言うべきか、寺田寅彦は、出港の時点ですでにだれとも共有できようのない孤独と不安を抱え込んだ金之助の内面を鋭く捉えている。

一方、涙を拭きながら夫を見送った鏡子の方では、「この洋行を転機として、私ども一家の上に暗い影がさすようになってまいりました」と回想している。二年の留学で、夫の精神が変調を来し、何かが決定的に変わってしまうこと、そしてその結果として夫婦の関係も決定的に変わってしまうことを、彼女は彼女なりに直観的に予感していたということなのだろう。

（註1）　藤代禎輔は、「夏目君の片鱗」で、船が互いに敬意を表明しあう様子を、「長崎湾口を出る時、丁度上海から入港して来たハムブルク号から、夕暗の空を破つて「君が代」の曲が聞える。我プロイセン号の音楽隊は独逸国歌を以て之に酬ゐた。独逸国歌と英吉利国歌とは全然同一の曲であるから、英文学専攻の夏目君も会心の笑を湛へた に相違ない。横浜埠頭を離れる際には、恰も入込み来つた仏国汽船に敬意を表する為め、我プロイセン号は馬耳塞《マルセイエーズ》の曲を奏した。かう云ふ風に日英仏独の四国は音楽の微妙なる力により、握手交歓してる体で、我々は世界が一家に成つた様な気分になれた」と回想している。

第二章　船酔いに苦しむ金之助

船酔いでベッドに横たわる

今ならロンドンまで直行便で半日の旅も、金之助が船と汽車を乗りついで渡って行ったころは、一カ月を優に越え、太平洋横断航路が十日前後だったことを考えると、うんざりするほど長くて、遠い旅だった。ただ、それでも、途中どこにも寄港しない太平洋航路に比べ、上海や香港からシンガポール、コロンボ、アデンと寄港しながら紅海を抜け、地中海に入る西回り航路は、寄港地で上陸し、亜熱帯や熱帯、砂漠地帯の異国的な自然や珍しい風俗、物産に触れられる分、変化に富み、乗客を楽しませた。

しかし、そうはいっても、半日か一日の寄港で、旅の大半は船の上、風が吹き、波が荒れると、船は大きく揺れ、乗客は船酔いに苦しんだ。幕末、明治維新から欧米に渡った日本人が書いた紀行文や日記を読むと、大抵は横浜を出港して二日目か三日目までは、船酔いに苦しみ、食欲不振に陥っている。しかし、そうした船酔いはヨーロッパやアメリカに渡るための一種の洗礼、あるいは通過儀礼みたいなもので、一週間、十日と経つうちに、次第に船揺れに慣れ、嘔吐感が減り、航海を楽しめるようになる。そして、船のうえでの出来事や人との往来、途中上陸した港町で見聞きしたことなどを、日記や紀行文に書き残すようになる。

　たとえば、慶応二（一八六六）年、後藤象次郎や坂本龍馬らの計らいで渡英した薩摩藩士中井弘の『西洋紀行・航海新説』を読んでみよう。十月十五日に横浜を出港して二日目の十六日に「余終日偃《エン》臥《ガ》ス」とあり、またその翌日には「此日列風、船動揺ス。此ガ為メ嘔気ヲ発ス」とあり、船酔いに苦しんでいる。しかし、「飲食西洋物品却ツテ腹ニ適スルヲ覚ユ」とあり、食欲は衰えてない。おそらくこの二日間、船酔いを経験したことで、中井は慣れたのだろう、その後は、香港で上陸した際に見聞したことや船の上で中国人と筆談で交わした会話の内容などを克明に記している。そして、十日後の二十七日、船がシンガポールに向かう途中、天候が悪化、激しく揺れたものの、「船動揺スルモ幸ニ嘔気ヲ発セズ」と、船酔いを克服したことをわざわざ書き残している。

　また、明治四（一八七一）年、岩倉具視の使節団に同行し、アメリカやヨーロッパでの見聞を克明に記した久米邦武の『欧米回覧実記』を読んでも、船酔いについての記述は見られない。さらにまた、岩倉使節団より一年遅れて、明治五年に東本願寺管長の現如上人に同行して西回りでヨーロッパからアメリカを回り世界一周した成島柳北の『航西日乗』になると、初めての船旅を悠々自適楽しんでいるといった趣で、船が揺れたという記述は何回か見られるものの、船に酔ったという記述はほとんどない。このとき、柳北は三十四歳、ほぼ金之助と同じ年齢で渡欧の途についたわけで、金之助より三十年近く前の洋行だっただけに、乗った船も小さく、船内の設備やサービスも劣っていたはずだ。にもかかわらず、柳北は、船のうえでの日々の見聞、体験を実に細かく観察し、克明に漢文体で日誌に書きこみ、胸中に感懐が湧いてくると漢詩を詠んでいる。そして、香港やシンガポール、コロンボなど寄港地では、必ず上陸して旺盛な好奇心の赴くまま、現地の自然、風俗、文物を観察し、現地の人と言葉を交わし、異国風の料理や酒を楽しんでいる。

こうした記述を読んで、不思議に思うのは、初めての不慣れな旅、それも言葉や気候はもちろん、風俗や習慣もまったく違う異国を巡る旅で、どうしてこれほど旺盛に好奇心の赴くまま観察の目を光らせ、克明な記述を続けられたのかということである。幕末から明治初期にかけて欧米に渡った日本人のほとんどが、外国語の読み書き、会話ができず、海外の知識・情報を自力で収集・蓄積することが不可能であり、また外国の自然や風土、歴史、政治、経済、産業、文化、風俗について紹介した書籍や雑誌もほとんどなく、全く白紙の状態で日本を出て行った。そのために、見る物、聞く物、すべてが珍しく、新鮮で、強く印象に残り、加えて、今自分が見て、聞いているものは自分が初めて日本人として体験しているのだという意識も働いて、結果として克明な日記や紀行文となったものと思われる。さらにまた、「我こそは先駆者」、あるいは日本を代表して派遣された使節団という意識が強く働き、自身の見聞をできるかぎり正確に記述し、帰国後、日本の文明開化に役立てたいとする使命感が優越していた。そのため、航海の不安や船酔いなどといった個人的で、マイナスの体験は記述するにあたいしないと思われていたということなのだろう。

さて、それなら、彼ら幕末・明治初期の第一次世代の渡航者より十年、あるいは二十年遅れて、明治中期に洋行した第二世代、特に個人的な感懐や印象、思想の表現を第一義とする文学者の記述はどうだろう？　明治十七（一八八四）年に渡欧した鷗外森林太郎の『航西日記』は全文漢文で書かれているため読んだ印象は夏目金之助の日記同様に簡潔だが、内容からいうと、中井弘や成島柳北同様に、鷗外は旺盛な好奇心で船旅を楽しみ、克明な記述を残している。船酔いについては、横浜を出港して二日目に「風波大イニ起コリ、困臥ス」とあり、さらに、十一日、サイゴンを出てインド洋を巡航中、大風に襲われ、「風猶厲《ハゲ》シ、多ク偃臥《キヨウガ》ス」とあるものの、「三餐ヲ欠カサズ」と三度の食事はきちんと取っていて、船酔いに「負けてない」ことをうかがわせる。

一方、東回りで太平洋を横断、アメリカに渡った文学者の日記はどうだろう。漱石より三年遅れて、明治三十六（一九〇三）年の九月二十三日、横浜を出港、二十三歳でアメリカに渡った永井荷風は『西遊日誌抄』という日記を書き残しているが、「郵船会社信濃丸にて横浜港を発す……」と書き出したあと、記述は一気にカナダのヴィクトリア港に飛び、途中の航海についての記述は一切ない。ただ、その代わりに、荷風は、『あめりか物語』の冒頭に「船室夜話」という短編を残している。ここで、荷風は、アメリカで一旗上げようと同じ船に乗り合わせた二人の「負け組」の日本人と荷風自身の分身である「自分」と三人の船室内での夜の語らいをとおして、未知なる大陸に旅立って行く日本人のそれぞれの不安を語っているが、船酔いについては何も記述していない。

さらに、荷風より一カ月前の八月二十五日、宗教学徒として「自分自身の考えで自分を纏めたい」という理由で、横浜を出港し渡米の途についた有島武郎も、非常に克明な日記を書き残しているが、船酔いについては、三日目に「曇天風（東北風）烈しく時々雨をさへ下せり。船の動揺中々に強し。余は不幸にして朝来船暈を感じ殆ど終日を床中に費せり」と一度記しているだけである。しかし、それも、夜が明けると、「直ちに上甲板に到る」と甲板に出て、荒れた海にまなざしを放ち、その光景を「白沫多く飛びて荒海の姿雄壮の致を極む。海の色と姿との変化は雲のそれにも勝る眺めなり。暁雲の紅に染められ万波血を吐くが如き、旭光の黄に動きて千濤金を走らせる。若しくは晴れたる午日の下に於ける深藍の色、曇りたる暮色に彩られたる濃緑の色など、一口に得も云はれぬ色彩の変化は、遂に如何なる詩人も捕ふる事能はず、如何なる画工も描き得可からざる可し」と、絵筆でも揮うようにリアルに写し取っている。

こうした記述を頭において、漱石のロンドン留学時の日記を読みかえしてみて、まず気づく大きな特徴は、記述がぶっきらぼうなほど簡潔で、愛想がないこと、もちろん、船や鉄路の旅、そしてロンドンでの生活をとおして金之助の目に触れ、耳に聞き、人と交わり言葉をかわし、それなりに持った印象や体験はもっとたくさんあったはずだが、初めての遠い異国への船旅、それも国家の課した付託を背負った旅への不安と使命感が、金之助の目と筆の働きにブレーキをかけ、記述は極めて抑制的で寡黙である。にもかかわらず、金之助の日記が、数ある渡航日記や紀行文と比べ、際立って特徴的、いやある意味では文学的なのは、そのような抑制を突き破って記述された事柄をとおして、金之助の不安な心理と自己解体の感覚が、かえって赤裸々に読みとれるということだ。とりわけ、横浜出港から南支那海、インド洋、紅海、スエズ運河を経て、地中海に入り、ナポリを経て、ジェノヴァで上陸するまでの船の旅についての記述は、途中寄港した港町やジェノヴァからパリに至る鉄路の旅の記述と比べて極端に短く、寡黙である。しかも、その短い記述の中で特に目立つのが、船酔いについての記述なのである。

驚くのは、ロンドンに辿り着くまでの船の旅で最初から最後まで、金之助が船酔いに苦しんでいて、さながら「船酔い日記」の観を呈していることである。すなわち、横浜を出港したその当日、早くも「遠洲洋ニテ船少シク揺ク。晩餐ヲ喫スル能ハズ」と、少しの揺れに船酔いに襲われ、夕食をとっていない。以下、船酔いは、十月二十日、横浜を発って四十二日目、ジェノヴァに上陸するまでしつこく続き、さらに、パリに一週間滞在した後、汽車でイギリス海峡に面したディエップまで出て、再び船でイギリスのニューヘヴンに渡るまでおよそ四時間の船旅でも、「船中風多シテ苦シ」再びはげしく酔っている。

船酔いについての悩みは日記だけでなく、船のうえでしたため途中の寄港地から出した手紙でもしばしば記述されている。すなわち、九月十日、長崎から義父の中根重一宛に出した手紙で、「初日ノ航海ハ気分あしく晩餐ヲ食ハズ臥床致候」と報告、十九日、高浜虚子に送った葉書でも「航海は無事に此処まで参候へども下痢と船酔にて大閉口に候」と書きだしている。また、九月二十七日、ペナンに寄港した時に書かれ、コロンボから出された妻の鏡子宛の最初の手紙のなかでも、金之助は、「食物ノ急ニ変化シタルト気候アツキト運動不足ト船ノキライナトガ合併シテ消化機能兎角働キ方面白カラズ、目ハ余程クボミ申候」と胃腸の障害を訴えている。同じように、十月八日、アデンから出した手紙でも、「毎々ながら西洋食には厭々致候。且《かつ》海岸は小生の性に適せざる事とて横浜出帆以来眼が余程くぼみ申候」と書き送っている。

金之助の船酔いは、周囲の眼にも異常に写ったらしく、同行者の一人藤代禎輔は、「夏目君の片鱗」の中で、「一行中芳賀矢一君一人は剛の者で毫も船に酔わない。其他は皆似たり寄たりの弱虫達であつたが、中でも夏目君が一番よわかつた。其頃から胃弱病に罹つて居たのではあるまいか」と回想している。藤代は、「颶風後の航海では芳賀君が面の憎い程船に強くて、今日は食堂に出る人が少ないからウント食つて遣つたと云ふ様に、自慢話をする。我々も枕も上がらぬ病人の様に床上に呻吟して、部屋ボーイに一品二品を枕頭に運ばせ命を繋いでいるのである。ドンナに威張られても一言も無い。海の上では迚《とて》も敵なわないから陸で讐を取つて遣れと心窃かに思ひ定めた」と続け、香港に上陸したおりにピークに登ろうと芳賀を誘い、「一橋時代に豚と異名を授けられた程」太った芳賀を無理やり山頂まで引張り上げ、フーフー難儀させたことを楽しそうに回想している。藤代が「夏目君は学生時代に文科には珍しい機械体操の名人であつたから、此位の山を上るのは朝飯前だ」と記したように、陸に上がれば金之助は意外に機敏で健脚を誇っていた。船の上でも、波が収まると、鉄棒にぶら下がり、身の軽いことを披露、勢いが余ったせいか万年筆を壊している。

急性心身症としての胃腸の異常

金之助が渡英した当時、ヨーロッパやアメリカに向かう船は横浜を出港したあと、神戸、長崎と寄港し、関西や九州地方の客を乗せ、さらに石炭や水、食料などを積みこんでから、日本海、東シナ海を斜めに南下する形で、上海、香港へと向かって行った。金之助を乗せたドイツ船プロイセン号も横浜を出ると、相模灘から遠州灘へと西に進み、紀州灘を迂回して神戸へと向かって行った。それは、日本の沿岸に沿って、富士山や紀伊山脈の山影を望みながらの、いわば長い航海の予行演習みたいな航海であった。にもかかわらず、金之助は早くも船酔いに苦しんでいる。出航した日は、妻の鏡子や寺田寅彦などが見送りに来ていたから、出立にあたって種々交わした言葉や胸に去来するものがあったはずだが、船酔いのせいで日記には何も記されてない。

幕末から明治にかけて、海を渡って日本を訪れた欧米人たちは、船が横浜に近付くとデッキに出て、彼方にそびえ立つ富士山を見上げ、一様に賛嘆の声を上げた。そして、日本を去っていくときも、富士山に別れを惜しんだ。同じように、欧米に渡っていった日本人も、富士山を見上げて惜別の情を捧げ、無事の帰国を祈った。金之助より十六年早く、明治十七年八月二十四日、フランス船メンザレエ号に乗って横浜を出港、ドイツに留学した森鷗外は、遠州灘から富士山を望み見て、「駭浪舟ヲ揺ラ

シ舟回平ラカナリ　遠洋落日旅愁ヲ生ム　天邊忽チ見ル芙蓉ノ色　早クモ是レ殊郷ニ友ノ情ニ遇フ」と七言絶句を詠んで別れを惜しんでいる。金之助が横浜を出港した日も、朝から晴れていたから、のちに『三四郎』のなかで、広田先生をして「日本一の名物だ。あれより外に自慢するものは何もない」と語らせた富士山が船の上から見えたはずだが、何も記述は残されておらず、初めての船旅で緊張しきった金之助の眼がひたすら内なる不安を見つめ、外に開かれていなかったことがうかがえる。

船は、翌朝の十時に神戸に着き、金之助は直ちに上陸し、諏訪山中の旅館で昼食をしたため、温泉に入っている。しかし、船酔いによる体調不良のところに、無理に昼食を取り、そのうえ熱い温泉に入ったせいだろう、夜になって下痢を催し、再び夕食を取ることができず、早くも心身症による胃腸障害の兆候を見せている。九月十日、義父の中根重一宛の手紙に、神戸で上陸して諏訪山温泉で日本料理を食べ、温泉に入って浴衣を着たせいで「漸ク帰朝致候様ノ感ニ存候」と記しており、いかに金之助が初日の船旅で緊張しきっていたかが読みとれる。

知られているように、夏目漱石は、終生、胃腸の不調に苦しみ、明治四十三年八月二十四日には胃潰瘍のために、療養先の伊豆の修善寺で大吐血、三十分の「死（人事不省）」に陥っている。幸い、そのときは、意識を取り戻し、九死に一生を得たものの、以来、何度も胃潰瘍を再発。大正五（一九一六）年十一月二十二日、再び胃潰瘍のために入院、二十八日と十二月二日、二度に渡って大出血、人事不省に陥り面会謝絶。同月九日、遂に帰らぬ人となっている。

日本心身医学会々長の鈴木仁一の著書『心身症のカルテ』によると、「胃腸は心の鏡」で、「心」が病むと、胃や腸の病気になって現れるという。例えば、金網でグルグル巻にしたネズミを水のなかに漬けておくと、ストレスが原因で、九十パーセントの確率で胃に出血性の潰瘍が発生するという実験結果が出ている。人間の場合、「心」の病が消化器官の病として現れる症状はさらに複雑で、「胃潰瘍」「十二指腸潰瘍」「急性潰瘍」「胃下垂」「過敏性大腸」「潰瘍性大腸炎」「神経性食欲不振」などが挙げられるという。この見解に従えば、金之助はまさに、金網で縛られ水に漬けられたネズミ同様、不安という心のストレスが原因で水（海）のうえで胃腸障害に苦しみ、その後も胃潰瘍を悪化させていくことになる。そのことを頭に置いて、ロンドン留学途上の日記を読みかえしてみて、改めて注目されるのは、船酔いと同時に胃腸の不調を訴える記述が際立って多いこと。そして、漱石の心身症としての胃腸の病の徴候が、船旅のはじまりと同時に、顕著に現れている事実である。

　すなわち、横浜を出港した九月八日の夜には、「晩餐ヲ喫スル能ハズ」と早くも「急性食欲不振」に陥り、翌九日、神戸でも、夜、下痢に襲われ、再び食事を取っていない。さらに続いて、十日、長崎では、激しい船酔いでベッドに寝たきりで、食事を取る気力をまったく失っている。おそらく、嘔吐を繰りかえし、下痢も止まらなかったものと思われる。以下、上海から香港に向かう途中、九月十六日には「午後勇ヲ鼓シテ食卓ニ就キシモ、遂ニスープヲ半分飲ミタルノミニテ退却ス」、十七日には「昨日ノ動揺ニテ元気ナキコト甚シ。且《カツ》下痢ス。甚ダ不愉快ナリ」と続き、シンガポールに到着する前日、二十四日も「胃悪ク腹下リテ心地悪シ」と、消化機能の失調を訴える記述が続いている。こうした記述を、『心身症のカルテ』の記述と対照させながら読みなおしてみると、金之助が、「急性胃潰瘍」と「神経性食欲不振」、さらには「過敏性大腸」と呼ばれる心身症を併発していたことが分かる。

『心身症のカルテ』によると、「過敏性大腸」の症状としては、刺しこむような胃痛や下腹部の鈍痛、下痢や便秘など便通異常に苦しみ、食欲がなく、ガスがたまって腹が張る。くわえて不安や焦りがあって夜眠れないなどが挙げられる。ところが、胃腸の精密検査をしても異常は認められないという。こうした異常症状の原因は、ほとんどがノイローゼで、精神分裂症や躁鬱病の部分症状として腸が異常を来しているからで、このような病気にかかりやすい職業としては、自動車の運転手や夜の客商売、そして「船員」などが挙げられるという。こうした記述に従うと、金之助がアジア巡りの船旅でしつこい下痢に苦しんだのも、急性の「過敏性大腸」という心身症だったと診断することも可能となる。結核であれ、胃腸疾患であれ、近代の文学が、「病い」を背負った近代人の「負」の身体とそこに起因する「心」の病から生まれたとするなら、金之助もまた、この船旅で、作家的資質の一つとして不可欠な心身症を「獲得」したと言えるかもしれない。

船酔いに「常態」を失う金之助

横浜を出港したその日のうちに急性心身症による胃腸障害の兆候に苦しむ金之助を乗せてプロイセン号は、九日の夜、神戸を発ち、瀬戸内海、関門海峡と抜け、翌十日の夜半に長崎に着いている。おそらく、玄海灘で船は激しく揺れたのだろう、金之助は終日船酔いに苦しんでいる。この日の日記で注目されるのは、「気息淹々タリ」の後に続けて、「直径一尺許《バカリ》ノ丸窓ヲ凝視スレバ一星窓中ニ入リ来リ、又出デ去ル。船ハ波ニ従ッテ動揺スレバナリ」と記されていることである。ひたすらベッドに「横たわり」、船酔いに耐える金之助。ふと気が着くと、小さな窓から暗い夜空に星が一つ見える。だが、その星すらも、窓から出たり入ったり、一向におぼつかなく、捉えることができない。三日前まで、地上で生活していたときは、見上げる星はじっと動かずに自分を見下ろしていた。ところが、今、揺れる船のうえにあって、こみ上げてくる吐き気を押さえ、不安な心を繋ぐ唯一の拠りどころとして丸窓から見上げる星は、ところ定まらずに窓から出たり入ったりしている。九月十日といえばまだ残暑が厳しい時節である。一ヵ月後の十月八日、アデンから妻の鏡子に出した手紙には「寐室の窮屈にて風通のあしきは閉口致候」とあるとおり、船室は狭く、風通しが悪かった。まして冷房施設などなかった時代だから、金之助は、堪え難い暑さと嘔吐感、さらに下痢による下腹部の不快感に耐え、汗だくになりながら、狭いベッドのうえで死んだように横たわっていたことになる。

だが、ここで一番重要なことは、それにもかかわらず、金之助が、窓越しに天にある星を見つめ、「一星窓中ニ入リ来リ又出デ去ル」という、極めて文学的な記述を書き残していることである。おそらく、それは、最初の子を流産で失い、神経を病んでいた妊娠中の妻を徹夜で介護していたころ、金之助が夜明け方に詠んだ「枕辺や星別れんとする晨かな」など幾つかの俳句を除いて、金之助がそれまで書いた文章のなかで一番文学に近づいた表現であった。いや、金之助個人に止まらず、それまで船で西洋に渡っていった日本人が書き残したもののなかでも、最も文学的なエクリチュールであり、このような視点から揺れる船の上、吐き気を必死の思いで耐える身体とどこにも繋ぎ止めようのないまま揺れ惑う不安の心を写し取った記述は、金之助のまえにもあとにもないと言っていいだろう。金之助は、このとき、船窓から出たり入ったりする「星」を妻の鏡子に見立てると同時にその「星」に、波に従って揺れる己れの身体と心を繋ぎ止めることで、天に則き私の不安を去ろうとしていたのかもしれない。もしそうなら、晩年に漱石が到達したとされ、究極の思想として神話化されてきた「則天去私」の思想も、その最初の萌芽は玄海灘のうえ、揺れる船の一室、「気息淹々」ベッドに身を横たえた金之助の嘔吐感と不安に責めさいなまれ、消耗し切った心の中にあったと言っていいかもしれない。

漱石は、このときから五十三日後、ロンドンに到着して三日後の十月三十一日、ロンドン塔に入って行ったときの心の状態を、『倫敦塔』の中で「余はこの時常態を失っている」と回想している。だが、金之助は、それよりまえ、ロンドンへ上る旅の最初、船に乗ったその日から船酔いに苦しんだことで、早くも「常態」を失っていたのだ。それまで体験したことのない船の揺れと船酔い、そして内側から激しく突き上げてくる嘔吐感が、「文部省派遣国費留学生夏目金之助」の日常的平衡感覚と記号的な役割意識を突き崩してしまっていたからである。そして、それゆえに、金之助は、本人すらはっきりと自覚しないまま、己れの生の最も原初的な感覚、つまり世界との回復のしようがない異和と世界から見捨てられたという不安、そして自己崩壊の感覚に全身を「横たえ」「浸し」「溺れる」ことになってしまったのである。

おそらく、そのとき、ベッドに横たわり、内側から込み上げてくる嘔吐感に必死に耐える金之助の身体の異和の感覚と世界から見捨てられたという不安の感覚は、生れてすぐに金之助が四谷の、古道具屋の夫婦に里子に出され、籠に入れられ、夜店の軒端に置かれ、横たわっていたときの世界からの剝離、あるいは見捨てられたという原初的な不安の心理と通底していたに違いない。日記という極めてプライベートな表現であるにもかかわらず、「直径一尺許ノ丸窓ヲ凝視スレバ……」という記述が、金之助の意図を越えて文学的な記述に突き抜けてしまったゆえんである。金之助が、その時、船室の丸窓だけでなく、ベッドに身を横たえる己れ自身の心身にもまなざしを注いでいたなら、船の揺れが収まり、船酔いから解放されたとき、文学的表現者として「小説家夏目漱石」が立ち上がってきたのかもしれない。だが、今はまだ留学の途について三日目、国費留学生としての記号的役割意識が、金之助に必要以上にそのようなまなざしの働きを許さなかった。だからこそ、船の揺れが収まったとき、金之助の心は「常態」に戻ることができたのである。

だがしかし、のちに詳しくみるように、漱石文学の原点が『倫敦塔』にあるとするなら、そして『倫敦塔』を文学たらしめた最も重要な要因が、ロンドン塔に入っていった夏目金之助が、塔を見て回るうちに心の「常態」を失い、血塗られたイギリスの過去に向かって幻想の翼を広げ、飛び立っていったことにあるとするなら、漱石文学の最も原初的な萌芽は、揺れる船の一室で心の「常態」を失ったまま、ベッドに「横たわり」ながら日記に書きつけた「一星窓中ニ入リ来リ又出デ去ル」という一行にあったと言っていいだろう。実に金之助は、横浜を発ったその日から、本人すら気がつかないほど深い心の奥底で、『倫敦塔』の「序章」を書きはじめていた。言い換えれば、そのあとに続くことになる二年に及ぶロンドン生活をとおして、「英文学者夏目金之助」が「小説家夏目漱石」に変身していく契機を摑み取る、その最初の萌芽が船酔いに苦しみ、船室のベッドにあたかも蛹と化した幼虫のように身をすくめ、ひたすら「横たわる」金之助の心身の不安と嘔吐の感覚のなかにあったということなのである。

インド洋上、デッキに「横たわる」金之助

十月二日夜、コロンボを発って、船は西インド洋からアラビア海を横断、アラビア半島南端のアデンに向かう。この間、十月三日から八日までの船旅は、六日の日記に「此《コノ》二、三日風波頗ル穏ナリ。今朝ハ殊ニ静カニテ恰モ鏡上ヲ行クガ如シ。印度洋モ存外ナ者ナリ」に記されているように、横浜を発って以来、初めての平安な船旅であった。

すでに記したように、西回りの欧州航路にあって、荒れる海と船酔いは渡航者を苦しめた。特に、

旅の初期の段階、つまり日本海から東シナ海、南シナ海と渡る旅は、海が荒れ、慣れない渡航者は船酔いに苦しみ、これから先インド洋からアラビア海に至る旅の多難さに、暗然たる思いに沈みこんだ。ところが、意外にもインド洋は平穏で、金之助の日記だけでなく、中井弘や成島柳北、森鷗外らの日誌を読んでも、海が荒れたという記述は見られない。成島柳北が、十月七日、日誌に「晴。朝起遥ニ錫狼島ヲ望ム」と記し、漢詩に「万里来リ航ス印度洋　凄風吹尽シテ客懐長シ　波瀾碧ヲ涵シテ朝暾紫　報道ス行舟錫狼ニ近シト」と詠んだように、それまでの旅で海が荒れ、船が揺れただけに、インド洋を横断してセイロンに到るまでの旅は、束の間許されたモラトリアムのように、渡航者の心をなごませた。金之助にとってもまた、それは、船酔いの苦しみから解放され、干からびた梅干しのように小さく、固く縮こまっていた「客懐」を十分にくつろがせるものであったはずだ。妻鏡子に宛てた手紙にも「昨夜は名月にて波も風もなく十二時近く迄甲板に逍遙致候」、「印度洋は日本の夏よりも余程涼しく候。且《かつ》風波も至極穏に候」と書かれ、「雲の峰風なき海を渡りけり」と発句が生まれているなど、金之助の心にゆとりが読みとれる。

　この束の間許された安らぎの時の中で、金之助は、デッキのチェアに身を横たえ、彼方の海と空になまざしを放ちながら、英語で次のような不思議な文を書き残している。

The sea is lazily calm and I am dull to the core, lying in my long chair on deck. The leaden sky overhead seems as devoid of life as the dark expanse of the waters around, blending their dullnese together beyond the distant horizon as if in sympathetic stolidity. While I gaze at them, I gradually lose myself in the lifeless tranquillity which surrounds me and seem to grow out of myself on the wings of contemplation to be conveyed to a realm of vision which is neither aethereal〔sic〕nor earthly, with no houses, trees, birds and human beings.（以下略）

概訳、「海は物うく静かであり、心底倦怠を覚え、デッキのチェアに長々と身体を横たえている。見上げれば鉛色の空は、四辺に広がる暗い海原と同じように生気を失い、水平線が同じように曖昧に消えていく彼方を見つめていると、次第に、自分が自分である感覚が消え、周囲の生命感のない静寂さの中に溶け込み、瞑想の翼に乗って、天上のようでも、地上のようでもなく、家々も樹木も鳥も人間もいない幻想の王国に運ばれていくようである」という内容の文を、江藤淳は、『決定版夏目漱石』の中の第三章「「無」と「夢」――漱石の低音部」で、晩年の漢詩「仰臥人如唖　黙然見大空　大空雲不動　終日杳相同」、あるいは「碧水碧山何有我　蓋天蓋地是無心」に流れる心境と「不思議に似かよっている」と指摘したうえで、究極的には「人間の存在しない極地」すなわち「死」の世界に行きつこうとして、漱石文学を貫き流れる「低音部」であるとしている。さらにそのうえで、江藤は、デッキに身を横たえ、茫々漠々、水平線も定かでないインド洋の海と空に心身を溶解・消滅させていくこの時の金之助の心を「恐らく二ヶ年の英国留学中最も平静であったに違いない」と推測している。

金之助は、ロンドン留学の終わりに近く、『文学論』の執筆に目途が立ったことを見届けたうえで、スコットランドのピトロクリを訪れ、紅葉に染まる山間の町の静寂のたたずまいに心を解き放っている。そのときの印象を、漱石は、『永日小品』に収められた「昔」という小編で、「ピトロクリの谷は秋の真下にある。十月の日が、眼に入る野と林を暖かい色に染めた中に、人は寝たり起きたりしてゐる。十月の日は静かな谷の空気を空の半途で包んで、ぢかには地にも落ちて来ぬ」と、懐かしく回想している。この事実からも、江藤淳の言うように、インド洋に浮かぶ船のうえで、上記の英文を書いたとき、金之助が「最も平静であった」と断定してよいかは疑問の残るところである。

だが、それとは別にここで一つ指摘しておきたいのは、金之助が、揺れる船への不安や嘔吐感、胃腸障害などの責め苦から解放され、しかも、ロンドン留学途上の船のうえで、束の間許された「執行猶予」の時期において、「留学生」という記号的使命感から解き放たれ、「自己消滅」という形で、心身をただ茫漠と広がるインド洋の海と空に融解させている事実である。このことと関連して、もう一つ想起されるのは、漱石より三年後に東回りで渡米、二年の歳月をかけてシアトル、タコマからセントルイス、カラマズー、シカゴを経て大陸を横断、一九〇五年六月の末、初めてニューヨークを訪れた永井荷風が、ニュージャージー州の海水浴場、アズベリー・パークを訪れ、海辺の林間に身を横たえ、金之助と同じように外部世界と融合合体していること、そしてそのときの「至福《ブリス》」の感覚を、『あめりか物語』所載の短編「夏の海」で、次のように印象的なタッチで書き残していることである。

青い楓《もみぢ》の葉越に見える夏の空は、平常よりも更に高く、更に広く見えながら、懶《ものう》く動く白雲は其に反して、次第〳〵に我身を包むべく下りて来るやうなので、それをば今か〳〵と待設けて居る心持の愉快な事、あゝ何に例へやうか、軈《やが》て四辺《あたり》は模糊として霧の中に隠れるが如く、唯だ折々水面を渡つて来る微風《そよかぜ》の、静に面を撫でて行くのを感ずるばかり、身体中は骨も肉も皆溶けて気体となり、残るものは唯だ絹の様な、何事も、感じ易い繊細な皮膚ばかりとなつて、遂に満々たる水と悠々たる雲の間に自分は魚よりも鳥よりも軽くふわ〳〵浮び出した……ああ白日《ひる》の夢！

ここでの荷風の自然的外部世界との融解合体と心身の浮遊感覚が、英文における金之助の自己消滅感覚と明らかに違うのは、荷風が全身的な喜びの感覚のなかに、自然と合体していくプロセスを自己解放の感覚として捉えていること。そして、多分にロマンチックな潤色が施された自己解放の彼方に、再び「書く」人として蘇っていく自身を予感していることである。事実、日本を発つまえの時点で、すでにゾラ風の自然主義作家として名を揚げるところまで行っていた荷風は、アメリカに渡り、アズベリー・パークの海辺に身を横たえ、全面的な自己解放を体験することで、自然主義文学の呪縛を断ち切り、自分の思うところ、感ずるところをそのまま書くというロマン派的な地点に、「書く」人として自身の立脚点を見定めていったのである。

一方、金之助はどうだろうか？　インド洋のうえで書いた英文には、荷風におけるように、自己解放の喜びも至福の高揚感もなく、ただ、心身は、果てしなく空漠と広がる海と空に融けこみ、消滅してしまっている。しかも一見平静そうに見える心の底には、激しい乱気流からようやく抜け出し、安定飛行に入った飛行機に乗っているときのような不安が硬く張りつめている。そのせいだろう、そこには、荷風のように、自己解放、自己変革を通して新たに「書く」人として蘇ろうとする明確な意志や予感のようなものも浮かび上がってこない。わずかに「幻想の王国」という詩句に、表現（書くこと）をとおして自己を解放し、やがて「小説家夏目漱石」として立って行く可能性の萌芽のようなものが感じ取れる。だが、その可能性も、以下に「空虚さや無、無限性、永久性といった宇宙存在の全体性に飲み込まれ」といった詩句が続き、東洋的な虚無感、解脱感の中に逃げこむことで、封殺されてしまっている。そう考えてくると、この不思議な英文に託された金之助の心象風景は、とうてい江藤淳が言うような意味で、「最も平静であった」といえるようなものでなく、ロンドン留学はもとより、世界宇宙との融解・合体の中にも自己解放の契機を見出だせないまま、遠く故国を離れ、インド洋に浮ぶ船のうえで、世界の虚無性、永遠性のなかにつかの間、自己解消させることの他、不安から逃れるすべを持たない孤独な男の空漠たる内面の原風景が、図らずも裸形のまま露呈しているように思えてならない。

インド洋上の心の平安とピトロクリでのそれとの決定的違いは、ピトロクリを訪れた時点で、金之助が『文学論』の執筆に確実な手応えを感じ取っていたこと、その手応えが、金之助にかすかではあるものの、「書く」ことをとおして自己が目指しているものに近づいていくこと、そして究極的には自己を解放していくことの喜びを自覚させたことは想像に難くない。「昔」の記述が、ロンドン留学体験に基づいて書かれた他の作品にはない、明るさと平明さ、そしてある種の解放感に届いているのは、その根底にそうした確信と喜びの感覚、もう少しいえば、自己解放の糸口を摑みかけたことによる安心感のようなものが流れていたからに他ならない。ところが、インド洋上で書かれた英文には、そのような確信も喜びも安心感も流れていない。イギリス留学途上の「文部省派遣留学生夏目金之助」には、何ら前途に確信できることも喜びも、自己が求めたものをやり遂げたという充足感も安心感もなかったからである。

一方、江藤淳が、東洋的な自然のなかに脱俗的調和と安心の世界を求めることで、インド洋上の英文と共通して漱石文学を貫く「低音部」であるとした二つの漢詩もまた、一つは明治四十三年九月二十九日に、もう一つは大正五年十一月二十日、死の一ヵ月前と、どちらも「小説家夏目漱石」として立ったうえで、すなわち「書く」ことを通して自己を解放したいという「生」の根源に根差した欲求をかなえたうえで、書かれた詩であることで、その意味するところは、それ以前に書かれた英文とは決定的に違う。のちに『漱石とその時代』で、漱石以前の漱石については「金之助」という表記に改めた江藤だが、「「無」と「夢」――漱石の低音部」を書いた時点ではロンドン時代の金之助についても「漱石」で通している。「書く」ことをめぐる漱石以前の「金之助」と以後の決定的違いを、正確に見抜いていなかったということで、江藤は、十年以上の時間の隔たりを経て書かれた英文と二つの漢詩を無批判に連結させてしまったのである。

ところで、ここにもう一人、江藤と並んでこの英文に注目し、江藤以上に刺激な読みとりを行ったフランス文学者がいる。『夏目漱石論』の著者、蓮實重彦である。蓮實は、第一章「横たわる漱石」で、漱石文学において「横たわる」という表層的行為が象徴するもの、すなわち「物語」が生まれてくる「場」として、身体ポーズが持つある特権的な意味について具体的な例を挙げて分析し、インド洋上の英文もその一例として挙げている。蓮實は、ここで、ユーゴーが「快速船の上へ寝転んで文章の趣向を考へた」こととかスティーブンソンが「腹這いに寝て小説を書いた」ことなど歴史に名の残る大文学者が、「横たわる」ことによって「書く」契機とインスピレーションを摑み取ったことを、漱石が『吾輩は猫である』のなかで紹介していることを指摘したうえで、「ここで強調したいのは、ロンドンでミレーの絵に接する以前に、すでに漱石のうちには、横たわることへの本質的な欲求がはぐくまれていた事実を、さきに引用した英文断片のlyingが雄弁に物語っているという点である」と、漱石が、イギリスに渡る途中、インド洋を巡航する船のうえで、「横たわる」ことに対して、書くことに向けた本質的欲求を持っていたとしている。

大変興味深い指摘ではあるが、厳密には「lying」の英文は「小説家夏目漱石」としてではなく、「国費留学生夏目金之助」として書かれたものであることを考えると、素直に頷くわけにはいかない。

つまり、金之助の内面に則して、ロンドンに留学するまでの日記や手紙の記述を時系列順に読んでいくと、この時点で、「文部省派遣留学生」という記号意識に縛られ、「書く」ことへの意志をまだ明確に持ちえていなかった金之助が、「書く」こととの関わりで「横たわることへの本質的欲求」をはぐくんでいたとは思えないからだ。すでに見てきたとおり、金之助は、それまでの船旅で激しい船酔いに苦しんでいる。ところが、船がインド洋にさしかかると、海の波は嘘のように収まり、鏡のように平らかな海を船は静かに進んで行った。さながら台風の目に入ったときのような平静さのなかで、横浜を発ってはじめて、金之助は、船酔いによる不安と嘔吐感から解放され、やれやれと心身の緊張感を解いてデッキのうえのチェアに身を横たえたのであり、それはほとんど身体生理的欲求から出てきた行為と見るべきで、書くことと出会うために「横たわることへの本質的欲求」など働いていなかったはずなのだ。ところが、つかの間ではあれ、デッキ・チェアに「横たわり」、心身の解放感に浸ったことで、思いがけなく英文が浮かんできた。だが、「書く」こととの本質的出会いがないまま、浮かんできた英文は、「家々も樹木も鳥も人間もいない幻想の王国」、すなわち「文部省派遣留学生夏目金之助」の不毛な内面の荒涼たる風景を浮かび上がらせただけで、その後は、「その幻想の王国は、天国でも地獄でもなく、かといって現世と呼ばれる、人間が中間的に存在する場所でもない。いわば無限と永遠が、その実在性において、人間を呑みこんでしまうような、空虚で無の場であって、その無限の広大さの故に、全ての描写の試みは拒絶されてしまうのである」と、「書こう」という意志は放棄されてしまう。そして、船の上でのイギリス人宣教師との宗教論議とか熊本で知り合い偶然同じ船に乗り合わせたイギリス婦人（ノット夫人）から受けた英会話のレッスンのことなど、散文的な日常体験についての記述が続くことになるのである。

「横たわる」ことと「書く」こととの本質的関わりという点からいって、より重要なのは、前述したように、横浜を発って三日目、荒波の玄海灘を抜け長崎に寄港したおり、ほとんど終日狭い船室のなかのベッドに横たわりながら、丸い窓から出たり入ったりする星を見つめていたことである。おそらく、このとき、金之助は、本人すら気づかない形で、「書く」ことのすぐ隣に「横たわって」いた。それは船酔いと嘔吐感という身体生理的な理由によるもので、書きたいという精神上の「本質的欲求」によるものでなかった。にもかかわらず、波に揺られて横たわり、猛烈な嘔吐感に襲われることで、心身の「常態」を失っていたことで、日記ではあるものの、図らずも「一星窓中ニ入リ来リ又出デ去ル」という、極めて文学的な表現が出てきたのである。このあと、ロンドンに着くまでの海と陸の旅、そしてロンドンでの留学生活をとおして、金之助が心身の「常態」を失ったときは、かならず「文部省派遣留学生夏目金之助」の仮面に亀裂が入り、その下から「小説家夏目漱石」が顔を覗かせ、文学的な記述を残していくことを忘れてはならないだろう。

「横たわる」という表層的な身体ポーズ一つとってみても、夏目金之助として「横たわる」のと、夏目漱石として「横たわる」のとでは、意味するところが大きく違ってくる。私たちは、そのことを重々認識したうえで、夏目金之助のロンドン留学体験の本質的意味を読み解いていく必要がある。

第三章　光と影——イギリス植民地支配とアジアの現実

解体していく内なる日本

横浜を出港してからほぼ一ヵ月、船がインド洋にさしかかる頃まで、船酔いに苦しみ抜き、憔悴のせいでげっそりと顔までやせてしまった金之助だが、波が静かな折や、途中の寄港地で下船した際には、相応の好奇心と観察の目を働かせ、初めての見聞を日記や手紙に書き残している。以下、金之助がイギリスの植民地支配下に置かれた東アジアから東南アジア、南アジアの港湾都市の現実をどう見たか、具体的な記述に則して追ってみることにしたい。荒れる海と激しい船の揺れがようやく収まったのは、横浜を出港して五日目の九月十二日のことで船は日本海から東シナ海に入り、上海に向かって斜めに南下して行こうとしていた。この日デッキに姿を現わした金之助は、周囲に海しか見えないことを知って、日記に次のように記している。

〔九月〕十二日〔水〕　夢覚メテ既ニ故郷ノ山ヲ見ズ。四顧渺茫タリ。乙鳥一羽波上ヲ飛ブヲ見ル。船頗ル動揺、食卓ニワクヲ着ケテ顛墜ヲ防グ。

「乙鳥一羽波上ヲ飛ブ」……。もう一工夫すれば立派な漢詩になりそうな詩的な表現だが、そんな心の余裕はない。ただ波の上を悠々と飛んでいく一羽の「乙鳥」に、金之助が、「自由」への夢と異国の旅に飛び立っていく自身の孤独な姿を重ねていたことは間違いない。

まなざしを海から甲板の上に移してみると、長崎から乗りこんできた西洋婦人がたくさん、風に涼み、世間話を楽しんでいる。彼らの表情にはどこにも不安そうな気配はない。子供は、おもちゃの蒸気船を紐でひっぱって甲板のうえを走り回っている。見ていて羨ましい。考えてみれば、鉄の船を海に浮かばせ、蒸気エンジンで走らせるなどという文明の「魔法」は、彼らが考え出したものだ。彼らの振る舞いに微塵も不安の気配がないのは、そのせいだろうか？　ひるがって、自分は？　元々建築を専攻しようと思ったくらいだ。鉄の船が水に浮かぶことは理論としては分かっていても、実際に、揺れる船の上で、ドシーンと波の衝撃を受けてみると、今すぐにもバラバラに解体しブクブクと沈んでしまうのではないか、いや波がなければないで、エンジンが故障して船が漂流するのではないかという不安が片時も意識から離れない。

そんな不安を少しでも紛らわそうと、カバンの中に入れてきた与謝蕪村門下の高井几董《きとう》や黒柳召波の句集を取り出してみるが、一向に気乗りがしない。それまでなれ親しんできた俳諧の花鳥風月、四季山水の美をうたった調和的な世界では、とうてい乗り切れない現実の荒波に乗り出してしまっているのだ。句集をあきらめ、周囲の乗り合わせた人々に目を向けてみると、日本人らしい男がいる。声をかけてみると、あに図らんや香港生まれのポルトガル人。もう一人、神戸から乗った男も、中国人の女とイギリス人の混血。無条件に「日本」を通用させていた世界の解体、あるいは崩壊。そして、それまで漢詩や山水画、禅をとおして培ってきた東洋の脱俗風雅のイメージ世界とはまったく違い、限りなく雑多に差異の波を広げていくアジアの現実があった。それまで書物をとおしてのみ知ってきたヨーロッパが、制度や文物のレベルを超えて、人間の血のレベルにまで浸透してきている。その現実を目の当たりにして、戸惑う金之助。そんな金之助の戸惑いを無視するようにして船は一路、上海に向かって進む。

初めての異国都市——上海

船は、翌十三日、最初の寄港地、上海に到着した。

十三日〔木〕　昧爽呉淞ニ着ス。濁流満目左右一帯ノ青樹ヲ見ル。夢ニ入ル者ハ故郷ノ人、故郷ノ家。醒ムレバ西洋人ヲ見蒼海ヲ見ル。境遇、夢ト調和セザルコト多シ。
少蒸汽ニテ濁流ヲ溯リ、二時間ノ後上海ニ着ス。満目皆支那人ノ車夫ナリ。
家屋宏壮、横浜抔《ナド》ノ比ニアラズ。

「夢ニ入ル者ハ故郷ノ人、故郷ノ家」。前夜、夢に見たのはなまめかしく装った妻であり、あどけない娘の笑顔であり、とにもかくにも三年を共に過ごした熊本の家であった。だが、朝、目覚めてみると、周囲にいるのは西洋人ばかり、目の前に黄色く渦を巻いて流れるのは揚子江の濁流であり、港の波止場にひしめいているのは中国人の車夫や苦力《クーリー》ばかり。金之助は初めて見る異国の海港都市、上海の大きさと混沌を極めたにぎわいにただ驚くしかなかった。

上海は、一八四二年、南京条約の締結で開かれた国際港の一つで、金之助が最初に足を踏んだ大英帝国の植民地支配の拠点の一つだった。船は、ここに丸二日停留するという。金之助は呉淞《ウスウォン》から、小型の蒸気船で黄浦江を溯り、バンド（埠頭）で上陸。金之助の先輩で、東京帝国大学文科大学英文学科の最初の卒業生で、税関に赴任していた立花政樹を訪ね、大いに歓迎されたあと、アメリカ租開の北蘇州路四十二号にあった東和洋行を訪れ、昼食をしたためている。東和洋行は、一八九四年、李朝朝鮮末期の親日的独立運動家、金玉均が刺客洪鐘宇に刺殺された日本旅館で、建物や施設は洋風だが、食事は日本食を出していた。芳賀矢一の「留学日記」に「日本旅館と称すれども家屋の構造、寝室の体裁全く洋風なり、唯だ食膳に日本飯、香物ある処日本旅館たる所以なり」とあるように、表向きは洋風ホテルだが、経営者は長崎から来た日本人で、食事も日本食を出していた。

ちなみに、永井荷風は、金之助より三年早く、明治三十（一八九七）年九月、日本郵船会社上海支店支配人に栄転した父久一郎と共に上海に渡り、三カ月ほど滞在し、その時の見聞にもとづいて「上海紀行」という一文を書き残している。そのなかで、上海の外人租界について、「英吉利《イギリス》」と「法蘭西《フランス》」と「美利堅《メリケン》」租界と三つに分かれていると説明したうえで、日本郵船上海支店や領事館その他政府の出先機関のあるアメリカ租界について、「美租界（あめりか居留地）は運河を隔てゝ英租界の南部にあり。地大なるも英租界の盛なるに及ず。我三菱公司（郵船会社）領事公館等皆黄浦江に枕して美租界にあり。又日本移民多く居を此地にトし、彼金玉均遭難の客桟東和洋行又美租界にあり」（傍点及び句読点著者）と記述している。

荷風はまた、明治三十五（一九〇二）年、内外の売春婦の実体についてドキュメント風にレポートした『暗面奇観夜の女界』という本を、友人の井上唖々と共同執筆し、大学館から出版している。このなかの「十三　海外の醜業婦」の冒頭に、「支那沿岸の各港、上海、香港、寧波《にんぽう》から、南洋の方へ掛けて、船の着く港には、大概日本の女と広東の女が出稼ぎに行つて居る。此れ等の密航婦が、此処まで密航して来るには、随分、幾多の危険と艱難に遭遇した結果、漸くに上陸し得るので、此の取扱ひを秘密に営業として居るのは、昔しなら所謂女衒と云ふ奴である」という記述がある。ここで「出稼ぎ」というのが「売春」を、そして「密航婦」がいわゆるからゆきさんを指していることは言うまでもない。「昔しなら所謂女衒」というのは、表向きは日本旅館や料理屋を経営しながら、裏では売春宿を経営していた親方の下で、その意向を受けて、日本から貧しい農家や漁師の家の娘たちを言葉巧みに騙して連れ出し、密航・密入国させ、売りさばいていた男たちのことで、中国語で「嬪夫《ピンフ》」とも呼ばれていた。彼らは北は中国や満州から、南は東南アジアや熱帯アジア、さらに遠くはアフリカ沿岸諸国まで、そして太平洋の向こう側のアメリカ大陸にまで広くネットワークを広げ、日本女性の人身売買をビジネスとしていた。

　からゆきさんたちは、九州の長崎や天草地方出身の女が多く、金之助が昼食を取った東和洋行は、長崎出身の男が経営していたというから、実体はからゆきさんを抱えた娼館であったと見ていいだろう。女衒は長崎出身の男が多かったからである。ただ、荷風の『暗面奇観夜の女界』によると、上海では、日本領事館が中心となってからゆきさんの取り締りを行い、日本に送還したため、金之助が東和洋行を訪れたときは、からゆきさんはいなかった。そのせいだろうか、金之助の日記に日本人娼婦についての記述はない。

　さて、その日の夜、金之助たちは立花の寄宿先の朝日旅館で晩餐の馳走に預かったあと、外国人専用の公園パブリック・ガーデンでプロムナード・コンサートを聴き、さらに南京町まで足を延ばしている。南京町というのは、共同租界を東西に走る目抜き通り南京路のことで、黄浦江に面したバンドから西に西蔵路までおよそ一・六キロ。通称「大馬路」と呼ばれていたことから分かるとおり、元々はイギリス人によって競馬場に通じる道として開かれ、一八六五年、南京条約締結を期して南京路と命名された。上海のブロードウェイともいうべき繁華街であり、ここで金之助は、生まれて初めて中国的な過剰と無秩序と混沌の世界を体験したはずで、日記に「頗ル稀有ナリ」と記している。

金之助は、さらに翌日、静安公園の北、静安寺の近く、愚園と張園を見学している。愚園は、一八九〇年、寧波の人、張氏が開いた中国式の庭園で、入場料を取って一般公開されていた。一方、張園は、元々西洋人の庭園だったものを、無錫の人、張鴻禄が買いとって一般公開したもの。どちらも、一九一〇年代に廃園となり、今では住宅地になっているが、金之助が訪れたころは、上海名所の一つで、金之助は、日本的な庭園美とはおよそかけ離れ、ゴテゴテと原色を塗りたくった絵画や人工的に過剰にデフォルメされた岩石や彫像の置かれた愚園の中国的な悪趣味にはほとほと辟易したらしく、「頗ル愚ナリ」としている。

船は、翌十五日、出帆する予定だったが、夜来の暴風雨で停泊。たけり狂う雨風と揚子江の濁流の凄まじさは、「自由」を奪われた金之助の目に課せられた「規制」の枷をも打ち壊したらしく、日記には、

昨日ヨリ吹キ暴レタル秋風ノ黄河の濁流ヲスクヒ揚ゲテ見ルモ悽ジキ様デアル。檣頭ニカカゲタル白地ニ錨ヲ黒ク染メヌキタル旗ヲ吹キチギル許《バカ》リニ吹ク。十時頃ヨリ雨サヘ加ハリテ甲板上ニ並ベタル籐ノ椅子ヲ吹キ飛バス許《バカリ》ナリ。

と、これまでになく生き生きとした記述を残している。すでに見たように、横浜出航以来、金之助は激しい船酔いに苦しみ、心身の「常態」を失っていた。金之助は、この時、荒れ狂う雨風と揚子江の逆巻く濁流に、己れの心の奥底深く、だれからも知られずに猛り狂う原初的な本能の叫びを聞き取っていたのかもしれない。これまで、横書きの洋式手帳に、片カナ送りの漢文体でつづられてきた日記の文体が、ここで「悽ジキ様デアル」と漢文体を離れ、言文一致体に近い半擬古文体に変化していることを読みおとしてはならないだろう。

船は、それでも翌日荒い波を押し切って出帆、福州を経て、翌々日、香港に近付くころ、ようやく波は収まり、金之助の心身も平常に戻る。そして九月十九日、日本を離れて初めて、発句が二句生まれる。

阿呆鳥熱き国へぞ参りける
稲妻の砕ケテ青シ浪ノ花

香港の夜景を楽しむ金之助

横浜を発って十一日目の九月十九日午後四時、上海出港以来の悪天候もようやく収まる兆しを見せ、空の彼方に青空が見えはじめるころ、プロイセン号は、香港に到着した。

午後四時頃、香港着。九龍ト云フ処に横着ニナル。是ヨリ香港迄ハ絶得エズ小蒸汽アリテ往復ス。

馬関門司ノ如シ。山巓ニ層楼ノ聳ユル様、海岸ニ傑閣ノ並ブ様、非常ナル景気ナリ。十銭ヲ投ジテ香港ニ至リ鶴屋ト云フ日本宿ニ至ル。汚穢居ル可ラズ。食後 Queen's Road ヲ見テ帰船ス。船ヨリ香港ヲ望メバ万燈水ヲ照シ空ニ映ズル様、綺羅星ノ如クト云ハンヨリ満山ニ宝石ヲ鏤メタルガ如シ。diamond 及ビ ruby ノ頸飾リヲ満山満港満遍ナクナシタルガ如シ。時ニ午後九時。

香港は、一八四二年の南京条約と一八六〇年の北京条約の締結を経て、イギリスが植民権を獲得・強化し、アヘン貿易と苦力貿易を通して発展させた海港都市である。初めは岩だらけ、山だらけで、海賊が出没する不毛の島だったが、歴代総督の巧みな植民政策と植林・緑化政策が実を結び、夏目金之助が訪れたころは、緑豊かな美しい港町に変身していた。

しかし、明治六（一八七三）年一月、ウィーンで開かれた万国博覧会に参列するためフランス船ファーズ号で渡欧した博覧会事務官、古川正雄の『洋行漫筆』に「夫れより市中をあるき見るに、西洋人の店は立派な構えなれども支那人斗りの店は甚だ見苦しく、大道店も所々に見え、古道具や戯作本を売るものあり。（中略）又道普請のある処を見るに、足に鐵鏈を附け珠数繋ぎにせられてイギリスの番卒に打たれながら、土車を推す罪人甚だ多し。嗚呼是れ支那の民、貧苦に迫りて悪事を働らき、他国の刑に処せらるゝとは愚かと云はんも亦愚かなり」とあるように、植民地支配の矛盾は歴然とし、支配者たるイギリス人の生活と現地人たる中国人の生活の差は天と地ほどもあった。

金之助は、とにもかくにも日本食で腹を満たし、大地の上でゆっくり眠りたいという気持ちに駆られていたのだろう、船が九龍島のオーシャン・ターミナルの岸壁に着くと、そそくさと船を降り、小蒸汽船で香港に渡り、鶴屋という旅館に泊まろうとしている。しかし、「汚穢居ル可ラズ」と、早々に退散、船に戻っている。鶴屋という日本旅館がどういう宿か、資料が見つからないので確定的なことは言えないが、「汚穢居ル可ラズ」という記述から旅館とは名ばかりで、上海の東和洋行と同じく、からゆきさんを抱えた売春宿だったものと思われる。荷風の『暗面奇観夜の女界』に書かれているように、上海の日本領事館がからゆきさんを日本に送還したとき、香港に逃げた娼婦が少なからずいた。香港ではからゆきさんの取締りは行われていなかったので、金之助も鶴屋でからゆきさんを眼にした可能性は高い。しかし、日記にも手紙にも記述は残していない。

　また、船から鶴屋へ向う途中、苦力と呼ばれた労働者のみすぼらしい姿や、下層中国人の惨めな生活の実体も目にしたはずだが、日記にそうした見聞の記録はない。代わりにあるのは、夜、船の甲板の上から見た香港の夜景の美しさについての記述で、「万燈水ヲ照シ空ニ映ズル様、綺羅星ノ如クト云ハンヨリ満山ニ宝石ヲ鏤メタルガ如シ」と、華やかな香港の表向き、化粧を施した顔だけを描写している。おそらく、上海で中国的貧困と混沌、汚穢と騒音に辟易しただけに、金之助としては、イギリスの植民地支配の枷に縛られ、アジア的後進性から抜けだせずにいる中国人の悲惨で過酷な現実には目をふさぎ、植民地支配の光の部分だけに目を注ごうという気持ちが、無意識に働いていたのだろう。

　翌二十日木曜日、金之助は、再び小蒸気船に乗って香港に出かけ、ケーブルカーで「Peak」に登り、香港の景観を見下ろして楽しんでいる。「Peak」というのは、香港島の南、ヴィクトリア湾に面して九龍を見下ろす形で聳え立つ山、ヴィクトリア・ピークのことで、一八八八年に「ピーク・トラムウェイ」というケーブル・カーが開通した結果、頂上まで上って香港島の展望を楽しむことができるようになっていた。日記には、「鋼条鉄道ニテ六十度位ノ勾配ノ急坂ヲ引キ上ル。驚ク許《バカリ》ナリ。頂上ヨリ見渡セバ非常ナ好景ナリ。再ビ車ニテ帰ル。心地悪キ位急ナ処ヲ車ニテ下ル」と記している。コロンボから出した鏡子宛の手紙にも「「ピーク」トテ山ノ絶頂迄鉄道車ノ便ヲ仮リテ六、七十度ノ峻坂ヲ上リテ四方ヲ見渡セバ其《ソノ》景色ノ佳ナルコト実ニ愉快ニ候」とあり、船酔いから解放され、高い山の上から香港港を見下ろしたときの爽快感は特別だったらしい。このとき、金之助や藤代禎輔が、舟のうえでは一向に船酔いせず、憎らしいほど大食漢ぶりを発揮していた芳賀矢一を無理やり頂上まで歩かせ、フウフウ言わせて意趣返しをしたことはすでに述べたとおりである。

　こうして片方の目をつぶるようにして、香港観光を楽しんだ金之助は、午後四時、再び船の人となり、香港を出港、次の寄港地シンガポールに向かう。

柳北と鷗外が見た香港

　たった一日だけとはいえ香港観光を楽しんだ金之助だが、金之助と同じように東洋的な文人の気質と教養を持ち、金之助より先にヨーロッパに渡った先人たちは香港をどう見たのだろう。以下に、明治五（一八七二）年、東本願寺管長、現如法台に随伴して渡欧した成島柳北と、陸軍省より「衛生制度調査および軍陣衛生学研究のため」、ドイツへ官費留学命ぜられ、明治十七（一八八四）年に渡欧した森鷗外の香港体験を追ってみたい。

『航西日乗』によると、成島柳北を乗せたフランス船ゴッドベリー号は、明治五年九月二十日の午前十一時に香港に着いている。

　朝来支那ノ峯巒《ホウラン》近ク目睫ニ在リ。衆皆懽呼《ガイコ》ス。十一時香港ニ達ス。此ノ港狭ク湾曲シテ入ル、亦一佳境ナリ。午下輕舸《ケイカ》ニ乗リ上陸ス。舟師ニ一シルリング（英貨）ヲ投ゼリ。市街ヲ歩シ山上ノ公園ニ遊ブ。花草竹樹精麗愛ス可シ。欧羅巴「ホテル」ニ一酌シ又去テ街上ノ一酒店ニ投ズ。（中略）試ミニ麺及ビ菓ヲ食フ。柿柑ノ類モ本邦ト小異アリ。（中略）士人轎ニ乗ル。其柄極テ長シ。壮丁之ヲ舁《ヒキ》キテ行ク。頗ル繁華ノ地ナレトモ賤民婦児ノ狡黠喧騒ナル実ニ厭フベキヲ覚ユ。（中略）
香港盗賊多キヲ懼レ皆本舟に還リテ寐ス。（中略）英華書院ニ過ギリ書籍ヲ購ヒ、種字局ヲ観ル。途上一劇場有リ。昇平戯園ト掲題ス。入テ観ルニ頗ル荘麗ナリ。其ノ音吐ハ頗ル悄急ニシテ演スル所ハ正本、忠孝烈、題、狐鬼相闘、成套、連下ナリ。解スベク解スベカラザルノ間ニ在リ。又福興居ト云フ割烹楼ニ上ボリ、鴨肉羹、白石斑魚ヲ食ヒ、糯米酒ヲ飲ミ、菓及ビ飯ヲ喫ス。其ノ價七名ニシテ四元半ナリ。斯楼ノ屋上ニ厠有リ、一驚ヲ喫セリ。支那人ノ不潔ナル概ネ此類ナリ。

香港は、柳北が日本を発って最初に上陸した外国の都市である。しかも、中国大陸の最南端に位置するとはいえ、初めて踏んだ中国の地である。自らの教養を中国の経典や古典文学によって培ってきただけに、柳北の内部には中国の山水のイメージが強く息づいていたし、初めて目にする中国の風土に対する期待は大きかったはずだ。「支那ノ峯巒近ク目睫ニ在リ。衆皆懽呼ス」という表現に、柳北の期待と興奮の大きさがうかがえる。事実、柳北は、香港に上陸し、中国人街を歩いて、下層貧民の狡猾で喧騒なことを嫌悪しているものの、ホテルのレストランでソバと果物を食べ、本屋で中国語の本を買ったり、劇場に入って京劇を楽しんだり、料理屋に入って、鴨の肉のあつものや魚料理に舌鼓を打ち、紹興酒を飲み、トイレが二階にあるのに驚いたりと、香港の観光を十分に楽しんでいる。
それにしても、日本旅館で食事をしてピークに登るというお決まりの日本人向け観光コースを辿っただけの金之助と比べて、香港の現地人の生活のレベルにまで降りて行って、異文化体験を進んで楽しむ柳北の旺盛な好奇心と自在な行動力は驚きである。この大きな違いはどこから出てきたのだろう。もちろん二人の気質や世代的な違いというものも無視できないが、それ以上に重要な原因として考えられるのは、柳北が東本願寺の現如法台のインド、ヨーロッパ視察旅行に随行するという形で特別な使命も帯びず、気軽な渡欧の旅だったということ、そして金之助の場合は、文部省派遣留学生という重大な使命を帯びた公用としての旅であったということがある。つまり、国家の命を受けた旅だという意識が、金之助のまなざしと行動から旅をする人間だけに許される特権的な精神と感覚、行動の自由な働きを奪っているということなのだ。

ならば、同じように国の命を受け、ドイツに留学した森鷗外の場合はどうだろうか？『航西日記』を見てみると、鷗外は、明治十七年九月三十一日、香港に着いている。さすがに、陸軍二等軍医としてドイツに官費留学を命じられただけのことはある。鷗外は、香港に上陸すると、ただちに日本領事館に赴き、現地の病院を視察すべく斡旋を依頼し、三日後の十月三日、「停歇病院」という現地の病院を訪れ、内部を詳細に視察している。（註1）全文、読みにくい漢文で、しかも訓点なしの白文で書かれているので、書き下し文に改めて紹介してみよう。

初三日早　領事署ニ至ル。（中略）乃チ輿ヲ倩シ停歇病院ニ至ル。時已ニ晩ナルヲ以テ、屯舎ヲ遍ク観ル暇アラズ。（中略）院ハ下環ノ南ニ在リ。規模甚ダ宏大ナラズ。下医貝屈氏迎ヘ診室ニ入ル。語ヲ交スコト半晌、已ニシテ各区ヲ巡覧ス。現ニ病兵十人有リ、皆印度種ナリ。其レ全員二百ヲ以テ、其ノ罹病比例ヲ算スレバ、則チ百ノ五。其ノ病ハ熱症最モ多シ。下利之ニ次グ。花柳病ニ染ムル者絶無ナリ。病室ハ三区ナリ、毎区ゴトニ十牀ヲ置ク。分ケテ二列ト為ス。二牀ゴトニ一窓有リ。上下ニ口有ル有リ。上小ニシテ下大ナリ。室隅ニ別ニ喚気ノ方筐ヲ設ケタリ。之ノ側面、我ガ鎧戸ニ似タリ。下面ニ闔有リテ開クベシ。室ニ麻簾ヲ垂レル。舟中ト同ジ。支那ノ奴室外ニ在リテ索ヲ引キ之ヲ動カス。医ニ人ゴトニ領スル所ノ空気ノ容積ヲ問フニ、曰ク千二百立方尺タリト。甚ダシク差ナラズニ似タリ。

鷗外はさらに、「浮動病院」というから海上病院なのだろう、わざわざ舟に乗って視察し、船尾にあった精神病院のなかまで見て回っている。

艇ヲ飛バシ浮動病院ニ至ル。則チ一巨舶アリ。船内ハ艙板ヲ除ク外ハ、分ケテ四層ト為シ、第一、二層病兵之ニ居ル。毎層ニ六十ノ牀ヲ置ク。分ケテ二列ト為シ、二牀ゴトニ一窓有リ。停歇病院ト同ジ。唯一人ノ領スル所ノ面積之ニ倍ス。縦ヲ以ツテ尺小ナリ。最尾ノ一区、癲狂室ト為ス。亦一臥床ヲ置クノミ。余便器ノ無キヲ恠シミテ之ヲ問フニ、曰ク圊《かわや》ハ平病者ト之ヲ同ジクス。看護卒数人扶掖シテ上ゲル。船内現ニ病有ル兵ハ五十人。皆英人ナリ。今其ノ全員千二百ヲ以ツテ、其ノ罹病ノ比例ヲ算スレバ、則チ百ノ四為リ。其病ハ則チ黴ノ淋ヲ與フルヲ最モ多シト為ス。熱症之ニ次グ。

鷗外は、さらに医官室から看護室、薬剤器械室、図書娯楽室、貯水槽となめるように視察し、終わって上陸すると、日はすでにとっぷりと消えているというのに、さらにフランス船の揚子号を訪れ、なかを視察、専門が脚気だったこともあり、病兵のなかに脚気を患っているものがないか問い合わせている。鷗外は、「甚だ稀なり」という医師の答えに満足できなかったのだろう。たまたま「維新日報」という現地の新聞を読んでいて、岡山の医師が「脚気専門医」の広告を載せているのを見つけ出し、「蓋シ支那人ニシテ在港スルモノニ之ヲ患フ者多シ」と、満足気に書き残している。

陸軍軍医森林太郎が、明らかに金之助や柳北と違うのは、最初の上陸地香港で早くも、有能な留学生ぶりを遺憾なく発揮して、病院視察を「任務」としてこなしていることである。しかも、鷗外は、最初の病院と二番目の海上病院では英語とドイツ語で、最後のフランス船の病院ではフランス語とドイツ語と英語で、そして日記には漢文でと、四つの言語を器用に操っている。一方、金之助は、英語に問題はなかったし、日記も英文でも漢文でも書けたはずだが、鷗外とは対照的にすべて日本語で通している。この辺にドイツに行けばドイツ人のように、フランスに行けばフランス人のように振る舞えた鷗外とそれができない、いや、できてもあえてそうしない漱石の決定的資質の違いがあるようだ。

おそらく金之助は、その不器用さのゆえにロンドンでの留学生活で狂気と紙一重の「引きこもり」を余儀なくされ、一方、林太郎はその有能ぶりの故に、留学する先々で抜群の成績を収めながらも、「留学生」という国家の操り人形を演じることの空しさを自覚し、ベルリンの「舞姫」と恋におちいることになる。そして、明治国家と「舞姫」に対する二重の裏切りに対する自己処罰として、日本帰国の船で、船室に籠って『舞姫』を書きつづらざるをえなかったのである。

シンガポール

香港に丸一日滞在し、九月二十日午後四時、出航したプロイセン号は五日後の二十五日未明、シンガポールに着く。

シンガポールは、北緯一度、東経一〇三〜〇四度に位置する赤道直下の島国で、面積は六五〇平方キロと、東京都区部とほぼ同じである。人口構成は、中国系が七十七パーセントで一番多く、次いでマレー系、インド系、欧亜系（ヨーロッパ人とアジア人の混血）と複雑で、言語も公用語としての英語のほか、中国語（北京語や上海語、広東語など）、マレー語、ヒンディ語などが使われ、それぞれがまた複雑に方言を持っていた。また、宗教も、中国仏教、道教、イスラム教、ヒンズー教、キリスト教と多様を極め、イギリス支配の植民地として、またアジア最大の多民族、多言語、多宗教都市として発展してきた。そんな南アジア的多民族都市が作り出すカオス的状況について、明治六（一八七三）年にファーズ号で渡欧した古川正雄は『洋行漫筆』で次のように描写している。

是より海上七日にてシンガポウルに着す。此港もイギリス領なり。偖先《さてま》つ大桟橋に船を繋げば、土人の子供などがくりぬき舟に漕集り銭を投よとわめき立つ、客若し銭を水中に投くれば忽ち争て真倒まにもぐり入りて拾ひ取る、其有様可笑しくもあり賤しむへきなり。又た種々の貝や海綿を、くりぬき舟に並べたて買へよ買へよと叫ひたつ、桟橋の方を見れば多勢の石炭運び等が丸裸にて黒き体に石炭末の上塗りを掛け、舟中へ石炭を運込む有様妖物とも餓鬼とも譬へやうなし。其内には例の支那人も多く交り居れども、どれが土人か支那人か行水せねば分りがたし。桟橋に上かりてシンガポウルの町に行かんとするに、道の左右より土人等ががや〳〵と馬車を進む。馬車に打乗りて町に至り見るに、立派なるホテルもあり、立派なる店もあり、又例の支那人斗りの町に至れば、臭気堪へがたく鼻を掩はされば通りがたし。土人斗りなる町は支那町よりも尚不穢なる譬ふるに物なし。

シンガポールは、赤道直下に位置するだけに、高温多湿で、年間の日中平均気温は摂氏三十一度。九月の末といっても夏のように熱い。だが、金之助が着いた日は、空が曇っていたせいで、直射日光に照りつけられることもなく、「頗ル熱キ処ト覚悟セシニ非常ニ涼シクシテ東京ノ九月末位ナリ」と、意外に涼しかったようだ。ところが、船が港に近づくと、十隻、二十隻と小さな丸木舟に乗って、現地人が口々に何かわめきながら近付いてくる。何事かとデッキのうえから見下ろすと、そこでは、古川正雄が見たのと同じ光景が繰り広げられていた。金之助は、その光景について日記には「土人丸木ヲクリタル舟ニ乗リテ船側ヲ徘徊ス。客船銭ヲ海中ニ投ズレバ海中ニ躍入ツテ之ヲ拾フ」とのみ記しているが、九月二十八日、コロンボから出した妻鏡子宛の手紙では、「「シンガポア」ニテハ碇泊中船ノ周囲ニ幾十艘ノ丸木舟ヲ漕ギ寄セテロ々ニ分ラヌコトヲワメキ候様面白ク候。是ハ船客ヨリ銀貨銅貨ヲ海中ニ投ゲロト申ス訳ニテ甲板上ヨリ慰半分ニ投ゲル貨幣ヲ海中ニモグリテ取リテ上ガルニ百ニ一モ過タズ感心ナコトニ候」と、多分に面白がっている。

おそらく、初めて見た光景で、やすやすと海水に潜ってコインを拾ってくる現地人の振る舞いがあまりにアクロバチックに巧妙だったので、思わずこうした書き方になったのだろうが、金之助が、いつまでも、アジア的貧困が原因で演じられる屈辱の見せ物を面白がって見ていたとは思えない。わずかな硬貨を求めて、「土人」たちが海中に躍り込み、蛙のように海中に潜って拾ってくる。金が人間の精神や行動の形を歪め、金のために人間はここまで自らを貶めることも辞さない。しかも、自分はそれを船のうえから見おろしている。コインを投げれば、この屈辱のパフォーマンスを助長するだけだ。だが、投げなければ、彼らは飢えるしかない。この残酷な経済の原則を改めて思い知らされ、金之助が、心中密かに暗然たる思いに囚われたことは想像に難くない。このあと、セイロンのコロンボでも同じ光景を見ているが、その時は日記に「甚ダ煩ワシ」と嫌悪感を表明している。

船が岸壁に着岸すると、今度は片言の日本語を操る「土人（現地人）」が乗り込んできて、大声で観光案内に誘う。内、一人が、「松尾」という名刺を差し出して、馬車で案内しようと声をかけてくる。かつて、日本でも、熱海や伊香保など温泉地に汽車で行き駅を下りると、駅前に旅館の呼びこみが出ていて、大声で客に声を掛け、勧誘していたのと同じシステムがシンガポールにも持ちこまれていた。成島柳北や古川正雄がシンガポールに上陸したころは、日本旅館も料理屋もなかったが、それから二十七年後、漱石が上陸したときには、すでに日本旅館から船の上まで迎えが来るほど、日本人向けの観光コースが出来上がっていたのである。金之助たちは、二円五十銭で馬車二台を雇い、市内観光に出かけ、植物園や動物園、博物館などを見学している。妻鏡子宛に出した手紙で、金之助は、この日の市内観光について次のように報告している。

「シンガポア」ニモ上陸シ馬車ヲ仮リテ植物園博物館及市街ヲ一見致候。茲ニモ日本ノ旅館アリテ、午食ヲ認メ候。此地ノ日本人ノ多数ハ醜業婦ニテ印度ノ腰巻ニ綿チリメンノ羽織ニ一種特別ナ下駄抔《ナド》ヲ穿キテ街上ヲ散歩致候。一種奇的烈ノ感ヲ起サシメ候。熱帯地方ノ植物ハ名前ノミヲ承知致候ガ来テ見レバ今更ノ如ク其《ソノ》青々ト繁茂セル様ニ驚カレ候。熱帯地方ト申セバ太陽直下ノ光線ニテ身体モ焦ゲル位ノ熱サト想像致候処、実際ハ豈計ランヤデ却ツテ日本ノ夏ヨリモ涼シキ位ニ候。但春夏秋冬ニ寒暖ノ区別ナキノミト御承知可被下候。此辺《コノ》ニテ見ル印度人ハ仏画ニ見ル阿羅漢丸出シニテ其《ソノ》服装顔色遥カニ日本人ヨリハ雅ニ御座候。色ノ尤モ黒キハ紫檀位ニテ且其《カツソノ》光沢ノ美ナルコトモ殆ンド紫檀ニ彷仏タル者之アリ候。（傍点筆者）

ここで注目されるのは、日本旅館ではじめてからゆきさんを見て、「一種奇的烈ノ感ヲ起サシメ候」と記していることである。

日本人街で見たからゆきさん

香港やシンガポール、ペナン、コロンボと、金之助を乗せたプロイセン号が寄港していった東アジアから南アジアにかけての海港都市は、からゆきさんと呼ばれた日本人娼婦がいた港町でもあった。金之助が昼食を取った香港の鶴屋も、表向きは旅館や料亭を装いながら、裏でからゆきさんに春を売らせていた売春宿であった。このようにヨーロッパ航路の客船や貨物船が寄港する港町にからゆきさんが多かったのは、これらの海港都市が基本的に男性人口が優越する都市で、独身男性が多かったためとされている。つまり、慢性的に過剰労働人口に苦しんできた中国や東南アジア、南アジア諸国の内陸部の山間地や農村部、さらには外国から独身男性が仕事を求めて植民地の海港都市に出てきていた。特に香港やシンガポールは、イギリスの植民地支配の拠点として、またヨーロッパとアジアの物資の交易を促す貿易港として、金之助が鏡子宛の手紙で「上海モ香港モ宏大ニテ立派ナルコトハ到底横浜神戸ノ比ニハ無之」と書き送ったように、旺盛な活気に溢れ、蜜に群がる蟻のように、内外から数多くの出稼ぎ労働者が集まってきていた。そして彼らの性的欲望を満たすために、からゆきさんたちが必要とされていたわけである。E・カヴァリヨンが『明治ジャポン　1891』（『モンブランの日本見聞記』所収）で「トンキンでも、シャムでも、シンガポールでも、バタヴィアでも、ホンコンでも、上海でも、そしてアメリカでさえも彼女達を見掛けるのである。つまり日本女性が、大層需要の多い、かつその優しさと、従順さの故に、とても値の張る真の輸出品になっているのである」と記したように、東アジアから東南アジア、熱帯アジア、さらには北米大陸にまで、外貨が稼げる「輸出商品」として、彼女たちを連れ出し、密入国させ、売買するビジネス・ネットワークが張り巡らされていたのである。

からゆきさんは、長崎県の島原や熊本県の天草出身の女が多かった。島原は、長崎から近く、風光明媚で温泉も多かったので、明治の初期から外国人の避暑、あるいは避寒地として開け、トーマス・グラバーなど長崎在住の西洋人だけでなく、中国の上海や香港、東南アジア諸国に在住していた商人や宣教師などが、避暑や保養を兼ねて島原や雲仙にやってきていた。当然、彼らを相手に西洋式のホテルやレストラン、ゴルフ場なども開け、軽井沢などより早くから、西洋人向けリゾート地として知られていた。しかし、そうしたハイカラで華やかな表向きのイメージとは対照的に、山地が多く、海に近いため平地が少なく、しかも土地は不毛のため、農作物の収穫も少なく、農家や漁民の生活は貧しかった。一方、天草も島原の乱とそれに継ぐ徹底したキリシタン弾圧の影響で土地は疲弊し、明治になってからも貧しい農家や漁民が多く、からゆきさんの供給源となっていた。

島原半島の南端、天草を向こうに望み、早崎瀬戸に面した口之津港はかつては南蛮貿易港として栄えた港町だが、明治に入って三池の石炭積出し港として賑わった。ところが、この港は、裏に回るとからゆきさんの積出し港でもあった。当時、三池で採られた石炭は小船で口之津まで運び出され、そこでドイツやイギリスの大型船に積みこまれ海外に輸出されていた。日本政府は日本女性が海外で娼婦として働くことを禁止していたので、からゆきさんたちは、外国籍の石炭輸送船の船底に隠れて密航、香港やサイゴン、シンガポールへと運ばれていった。彼女たちを乗せた船が出航するときには、きまって山火事が起きた。警察の目を山火事に向かせ、その隙を縫ってからゆきさんを送り出すためだった。

そんなからゆきさんたちの多くが送りこまれていったのがシンガポールだった。シンガポールが、東南アジアで最大のからゆきさん市場として繁盛した理由は、シンガポール政府が、売春を貴重な外貨獲得源として重視し、表立って禁止できなかったことにあった。大英帝国の東南アジア植民地支配の拠点として、また東西貿易の中継港としてシンガポールには世界中から商船や貨物船が集まり、多くの船乗りが上陸して、長い航海の疲れを癒した。その結果、船乗りたちの欲求を満たすために、娼婦の存在が必要とされていたのである。

シンガポールに最初に定住した日本人は、漂流漁民「日本音吉」こと山本音吉で、文久二（一八六二）年に上海からシンガポールに移住している。音吉の消息は、その後消えてしまうが、明治に入るとからゆきさんや女衒が出入りするようになり、明治十（一八七七）年には市内チャイナ・タウンのなかのマレー・ストリートに日本人娼館が二軒あり、十四人のからゆきさんが客を取っていたという。しかし、シンガポールのからゆきさん人口が急速に増えたのは、明治中期以降のことで、欧州航路が定着し、渡欧の途中寄港する日本人が増え、自然に彼らを相手にするからゆきさんも増えはじめる。明治三十五（一九〇二）年の時点で「ステレツ」と呼ばれた日本人街に八十三もの娼館が軒を並べ、六百人を越えるからゆきさんを抱えて、売春を行っていた。「ステレツ」というのは、からゆきさんたちが、春をひさいでいたマレー・ストリートやハイラム・ストリートの「ストリート」を訛って発音していたもので、「ステレッ」と言えば、からゆきさんが春を売る日本人街の花街を意味するようになっていた。

さて、日記によると「帰途松島ニ至リ（中略）醜業婦街上ヲ徘徊ス」とあり、金之助が「松島」でからゆきさんを見たことが分かる。ただ、「松島」がどういう旅館か、資料がないので具体的なことは分からない。おそらく上海の東和洋行と同じように、西洋スタイルのホテルを日本風に改造し、日本食をサービスし表向き日本旅館を装っていたものと思われる。シンガポールは、成島柳北が「風景頗ル佳ナリ」と記したように、港の周辺に小さな島がいくつも点在し、在留日本人の間では日本三景の一つ松島に似ているとされていた。おそらく、「松島」という旅館の名は、そこから取られたものであろう。

山崎朋子の『サンダカンの墓』によると、大正四（一九一五）年に水哉・坪内善四郎がシンガポールの「ステレッ」を訪れ、その時の見聞を『最近の南洋』に記している。山崎は、その記述を引用しながら、当時の「ステレッ」と日本娼館の様子を次のように再現している。金之助が訪れた時より十五年後のことだが、書かれている娼館の内部やからゆきさんの様子はそれほど変わってないはずで、参考のために一部引用しておきたい。

シンガポールのステレッ――すなわち日本人花街は、日本内地の花街と似ていながら、どこか新開の外地らしいエキゾティックな雰囲気をたたえていた。前にも引いた坪内水哉の旅行記『最近の南国』には、シンガポール花街の見聞も書き止められているのだが、しばらくそれによるならば、「電車通りを一歩横町に入れば、右側も左側も数町の間はみな日本人の店で、二階も三階もあり、屋号は二十五番とか三十番と呼び、軒先には摩硝子の電灯をかかげ」ていたという。昼のあいだはこれらの電灯は消えており、その消えた電灯さながら街全体がひっそりしているが、ひとたび夜が来ると別世界かと疑うばかりのにぎやかさに変わるのだった。一軒一軒の娼館にはたいてい中央にテーブルを据え、壁際には腰掛をめぐらし、テーブルの側には二、三の椅子を配置する」が、これはからゆきさんたちが客待ち・客引きをするために置かれたもので、そこに並ぶ女性には、「娘玉乗りか女手品師の門人か然らざれば紡績の女工のような服装多く、中には派手な模様のメリンスの単衣に細帯一本なるもあり、浴衣の下から赤い腰巻をわざとらしく露すも」あった。

ここに引用されたからゆきさんの服装、身なりは、「印度ノ腰巻ニ綿チリメンノ羽織ニ一種特別ナ下駄抔《ナド》ヲ穿キテ街上ヲ散歩致候。一種奇的烈ノ感ヲ起サシメ候」という金之助の記述とほとんど合致する。坪内水哉の記述によると、昼間は電気が消えて死んだようにひっそりしているという。金之助が「松島」を訪れ昼食をしたため、日本人花街を歩いたのが昼から三時頃までと思われるので、夜の仕事がはじまるまえ、散歩に出たからゆきさんを見て、その奇妙な風体・衣装に「奇的烈」という印象を持ったのだろう。

ところで、金之助がこのとき見たからゆきさんたちの多くが、島原や天草出身であることを知っていたかどうか興味のあるところだが、インド洋上で書いた英文断片の最後に「シンガポールでは日本の旅館に立ち寄った。そこで〝ストリート・ワーカーズ〟と呼ばれる日本女性にたくさん会った。可哀そうに見捨てられた人たち！　彼らは何をやっているのか分かっていない。貧困に迫られ、世界の遠い所に逃げ場を求め、その結果、母なる国に不名誉と汚名を着せようとしているというのに」と書かれていることからも、日本を発つ前、熊本にいたころから、からゆきさんの話をある程度聞き知っていた可能性は高い。熊本在住当時の明治三十年の年の暮れ、『草枕』の舞台となった小天温泉を訪れたとき、「峠の茶屋」で有名な野出峠《のいで》で「天草の後ろに寒き入日哉」という句を詠んでおり、現在、句碑が峠に建っている。天草次郎の島原の乱とキリシタン殉教、そしてからゆきさんと、天草のイメージは暗く、悲しい。金之助が、からゆきさんのことを知っていたとしたら、「後ろに寒き」という句には、金之助のからゆきさんに対するある種の気持ちが込められていたことになる。果たして、シンガポールでからゆきさんに会って、金之助は、野出峠で詠んだ「後ろに寒き」の句を思い浮かべたのだろうか。そして、もし思い浮かべたのであれば、どんな感慨を抱いたのであろうか?

孫文、宮崎滔天、そして金之助

ところで、話が少し横道にそれるが、からゆきさんが石炭船に乗って海を渡って行ったころ、もう一群の「からゆきさん」、それも男の「からゆきさん」たちが日本を出て海を渡って行ったという。しかし、彼らは騙されて異国の花街に売られるために海を渡って行ったわけではなかった。自らを「志士」と呼んだ彼らは、天皇を頂点とする国家主義を信奉しながら、明治十年の西南戦争では西郷隆盛の旗の下に戦って敗北、日本国内で志を得られないままドロップアウトし、アジアに理想国家を実現すべく大陸へ渡っていった。明治十四年、平岡浩太郎や頭山満らによって福岡に設立された玄洋社を中心に、内田良平や宮崎滔天らは、中国大陸や朝鮮、東南アジアにまで「志士」のネットワークを広げ、朝鮮独立党の金玉均や中国の孫文らの独立運動を支援していた。そうしたネットワークの隠された海外拠点となっていたのが、からゆきさんたちが春をひさぐ上海や香港、シンガポールの日本人街の娼館であった。

前述したように、上海に上陸したとき、金之助が昼食をしたためた東和洋行という旅館も、裏に回ればからゆきさんを抱えた娼館であり、同時に朝鮮や中国の独立運動を支援する志士たちの活動のネットワークの拠点ともなっていた。日本に亡命していた朝鮮独立運動のリーダー、金玉均が、暗殺の危険を承知のうえで上海に渡ったのは、朝鮮支配を強化するために清国政府から派遣された北洋大臣の李鴻章を説得して、朝鮮独立運動を支援させるためだった。金は日本に亡命していたときから、刺客に狙われ、小笠原や札幌などに身を潜めていた。その金が上海で東和洋行を拠点に李鴻章にアプローチしようとしたのは、この旅館が、いわゆる大陸浪人の活動拠点の一つとなっていて、ここなら安全という判断があったからだと思われる。

同じように、松島も、シンガポールに数ある娼館の中でも特に有力な娼館の一つで、西南戦争後、海外に勢力発展の機会を求めた内田良平や宮崎滔天など、いわゆる九州出身の大陸浪人が活動の拠点としていた。滔天の『三十三年の夢』によると、金之助が松島で昼食を取った日より数カ月前、滔天は、袁世凱暗殺の疑いで警察当局に逮捕されている。事の次第は、孫文の革命運動を支援すべく、シンガポール入りした滔天が、密かに当地に滞在中の袁世凱に渡りをつけ、孫文への支援を取りつけようと工作をはじめる。ところが、袁世凱の方が、宮崎を警戒し、警察に通告したため、逮捕されてしまったというもの。

永井荷風が、『濹東綺譚』の「五」で「日蔭に住む女達が世を忍ぶ後暗い男に対する時、恐れもせず嫌いもせず、必ず親密と愛憐との心を起す事は、夥多の例に徴して深く説明するにも及ぶまい。鴨川の芸妓は幕吏に追はれる志士を救い、寒駅の酌婦は関所破りの博徒に旅費を恵むことを辞さなかつた。トスカは逃竄の貧士に食を与へ、三千歳は無頼漢に恋愛の真情を捧げて悔いなかった」と記したように、時を得ぬ志士の影には必ず、それを助ける気丈な女性がいた。松島旅館にも、内田良平の「愛人」で、「おたか」といういきっぷのいい女性が働いていて、滔天逮捕のため警察が踏みこんで来たとき、とっさの機転で機密書類を抱えて二階の裏階段から逃げ、滔天の危機を救ったという。

金之助ら一行が昼食をとったとき、松島の主人、あるいはおたかが出てきて、からゆきさんたちの身の上や宮崎滔天らの逮捕の件について話を聞かせたかどうかは分からない。ただ、遠く九州から海を渡って来たからゆきさんたちが春をひさぐ「松島」に、同じように九州から海を渡って来た「志士」たちが身を寄せ、孫文の革命運動を支援するため危険な謀議を図っていた。その孫文は、金之助と大学予備門で同窓だった南方熊楠とロンドンで極めて親密な交わりを結んでいた。そして、その三カ月後に熊本で英語を教えていた夏目金之助が、「志士」たちを排除した明治政府の奨学金を得てやってきた。しかも、熊楠も、金之助より一週間早く、明治三十三年の九月一日、七年に及ぶロンドン生活を打ちきって、帰国の途に付き、インド洋上のどこかで金之助を乗せたプロイセン号とすれ違っている。そして漱石が文学者の中で唯一人、友情に近い感情を抱いていた二葉亭四迷は、九年後、ロシアのペテルブルグから帰国の途上、ベンガル湾の洋上で死去、遺体はシンガポールまで運ばれ、からゆきさんたちの墓地で荼毘に付されている。金之助も孫文も宮崎滔天も熊楠もシンガポールで出会うことはなかった。しかし長い歴史のスパンで見て、一瞬の出会いとも見える、この南アジアの海港都市シンガポールでのすれ違いは、金之助の長く単調な船の旅を彩る一つのエピソードとして、私は興味深く思うのだ。

柳北と鷗外が見たシンガポール

ところで、成島柳北や森鷗外はシンガポールで何をどう見て、何を体験したのだろうか？　九月二十二日、香港を発った柳北は、ヴェトナムのサイゴンに寄港した後、二十九日の午後六時にシンガポールに着いている。日記は、まず「此港ニ入ルノ間四顧スルニ風景頗ル佳ナリ」と港の風景を愛でている。やがて港に入ると、目に入ってくるのは古川正雄が「可笑しくもあり賤しむへきなり」としたお馴染みの光景である。柳北は、まず、「港内ノ児童皆裸体ニテ爪片様ノ小舟ニ乗リ、来タツテ文貝ノ類ヲ売ル。客小銀銭ヲ水中ニ投ズレバ跳テ水ニ没シ之ヲ攫シテ浮ブ。蛙児ト甚ダ似タリ。土人皆黒面跣足ニシテ紅花布ヲ纏ヒ半身ヲ露ハス。画図ノ羅漢ニ同シ。其中少シク財産有ル者ノ如キハ皆回教ノ徒ト見ヘ桶様ノ帽ヲ戴ケリ。女子亦祖シテ跣ス。鼻ヲ穿ツテ金環ヲ垂レシ者アリ。奇怪極マレリ」と、人種と風俗の違いに鋭く注目している。ついで、翌日、旧港の市街を視察し、新連香というレストランに入り、「用米酒」を飲みながら「鶏絃麺」というソバに舌鼓を打ち、店頭に置かれた盆栽を観賞している。

ちなみに柳北が、その時、からゆきさんを見たかどうか興味あるところだが、当時はまだからゆきさんの数は少なく、『航西日乗』にはその記述はない。

一方、鷗外は、九月十一日の午前八時にシンガポールのニュー・ポート（新港）に着いている。柳北と同じく子供が水中に潜って貨幣を拾ってくる光景を目にし、鷗外も、「児童有リテ舟ニ乗リテ来ル。銀銭ヲ水中ニ投ズルコトヲ請フ。没シテ之ヲ拾フ。百ニ一ヲ失ハズ。舟狭ク小ナリ。瓜ヲ剖ル如シ」と驚いている。鷗外は、さらに午前十一時前に舟から上陸、馬車を雇い、寺院と植物園を見学に出掛け、日記に次のように記している。

支那人多シ。廛《ミセ》ヲ開キ食ヲ鬻《ヒサ》グ。マタ腕車ヲ挽キテ活ヲ為ス。土人渾身黧黒《レイコク》タリ。肩腰ニ紅白ノ布ヲ纏フ。女ハ鼻ニ金環ヲ穿チ、皆跣足ス。回教ヲ奉ズル者ハ、帽ヲ戴キ桶ノ若シ。牛有リテ車ヲ挽ク。肩峯突起シテ、駱駝ニ似タリ。園多ク椰子甘蔗ヲ植ヘル。支那寺院、扁ニ曰ク環州会館ナリト。其他英仏礼拝堂、記スニ足ラズ。花苑ニ入ルニ、盆樹ヲ束ネ偶人ヲ作ル。我ガ菊偶ノ猶シ。欧羅巴客館ニ憩フ。香港ノ客館ニ数等劣レル。

「支那人多シ」とあることから、鷗外はチャイナタウンを訪れたものと思われるが、からゆきさんについての記述はない。目にしたのに見ないふりをしたのか、それとも見なかったのか分かりようがない。いずれにしても、香港でのように病院を視察するでもなく、いかにも鷗外らしいというべきか、羽目を外した跡はどこにも見られず、午後三時には船に帰っている。そして、夕方、たまたま日本行きのフランス船が入港し、日本人が乗っていると聞いて、出かけて行き、後に伊藤内閣の外相として条約改正に敏腕を揮うこととなる陸奥宗光に挨拶、ここでも官費留学生としての職務を忠実に遂行している。

永井荷風が見たシンガポール

ところで、金之助より八年遅れて、船のデッキのうえから、憂鬱なまなざしで、近づいてくるシンガポールの港を見つめる男がいた。金之助とは逆に、アメリカ経由の東回りで地球を一周、パリ、ロンドンを経て、日本に帰国する途中、シンガポールに立ち寄った永井荷風である。明治四十一（一九〇八）年五月二十八日、パリからロンドンに出た荷風は、翌々日の三十日、日本郵船の船でロンドンを出港し、ジブラルタル海峡から地中海、スエズ運河、紅海、インド洋と抜け、コロンボに寄港したのち、六月の末から七月の初め、シンガポールに寄港している。その時の印象と体験にもとづいて、書かれ、『ふらんす物語』に収められたのが「悪寒」という短編である。

「悪寒」は柳北や鷗外、漱石たちがシンガポールについて書き残した記述と決定的に違い、日記というプライベートな記述でなく、「小説」として書かれている。それと東回りの世界一周であるため、アメリカ、ヨーロッパの文明、文化を見てきたあと、つまり帰りの旅の見聞であり、記述である。当時、荷風を筆頭に有島武郎や高村光太郎など東回りでアメリカに渡った若者たちは、おおむねヨーロッパ回りで何年かかけて地球を一周する形で帰国したが、鷗外や漱石のように最初から西回りでヨーロッパに渡った官費留学生は、留学の任期が満ち、目的を果たすとそのまま往路とは逆に東回りで日本に帰国した。興味深いのは、彼らのほとんどが行きの旅では日記を書いているのに、帰りの旅では何も書き残していないことである。その意味で、「悪寒」は帰りの旅の印象を記したという点でもユニークな記録といっていい。さらにもう一つ大きな違い、そして「悪寒」の最大の特徴は、船のうえから見ただけとはいえ、英領植民地港の風景や働く現地人、そしてそこから浮かび上がってくるアジア的貧困と後進性、さらにそこから抜け出そうとして醜悪な近代化をがむしゃらに推し進めつつある日本、これから帰っていく母なる国日本に対して、あからさまな嫌悪感が表明されていることである。

荷風は、それより五日前、セイロンのコロンボに立ち寄っている。セイロンはドリーブのオペラ『ラクメ』の舞台となった島で、荷風は、このオペラを一年半前の一九〇六年の十二月二十八日、ニューヨークのメトロポリタン歌劇場で見ている。タイトルロールを同歌劇場の看板歌手の一人マルセラ・ゼンリッヒが歌ったステージである。コロンボに寄港して、荷風は真冬のニューヨークで見た『ラクメ』のステージを思い出し、「初めて仰ぐ椰子の林や裸体の土蛮。恐しい水牛や烈しい日の光。驚くべき草木の茂りを目の当り、久しく夢みた熱帯の美に酔はされて居た」という。ところが、船がコロンボを発ち、東にシンガポールへと向かうにつれて、熱帯の「新奇に対する一時の恍惚は、跡方もなく消え失せ」ていく。理由は、「東の方、大日本帝国、ロシヤに勝つた明治の文明国」が日に日に近づいてきたからだという。

荷風は、さらに、「巡査、教師、軍人、官吏、日比谷の煉瓦造、西郷隆盛、楠正成の銅像、人道を種に金をゆすつて歩く新聞紙、何々す可らずづくめの表札、掲示、規則、区役所、戸籍、戸主、実印、容色《きりやう》の悪い女生徒、地方出の大学生、ヒステリー式の大丸髷、猿のやうな貧民窟の児童《がき》、夕日の射込む雪隠、蛞蝓の這ふ流し下《もと》――」と、明治日本帝国の嫌悪すべきものの表徴的記号を思いつくままに列挙したうえで、「昔から日本帝国に対して抱いて居た悪感情、一時欧米の天地で忘れるともなく忘れて居た悪感情が、過ぎた夜の悪夢を思出すやうに、むら〳〵湧返つて来た」と告白する。そんな風に嫌悪感を募らせていくうちに、船はシンガポールの港に入って行く。そして、目に入って来るものは、

栈橋の向うには、汚れた瓦屋根の倉庫が引続いて居て、熱帯の青空ばかり、陸地の眺望の、凡てを遮つてゐる。甲板からは、耳を聾する機械の響と共に、荷物が栈橋へと投出される。醜い馬来の土人や汚い支那の苦力《クーリー》が、幾人と数知れず、互の身を押合うやうに一方では、取出された荷物をば、倉庫の中に運んで行く。と、一方では、倉庫の中から石炭を運び出して船へと積込む。何れも腰の

ほとりに破れた布片《ぬの》一枚を纏ふばかりなので、烈日の光と、石炭の粉、塵埃の烟の渦巻く中に、行きつ戻りつ、是れ等の労働者の動いてゐる有様は、最初は人間ではなくて只、黒い、汚い肉の塊りが、芋でも洗ふやうに動揺して居るとしか思はれなかつた。

こんなアジア的労働の現場を目撃して、荷風は、「東洋と云ふ処は、実にひどい処だ、ひどい力役の国である」と慨嘆する。荷風は、これより二年前、ニューヨークのウォール街で、横浜正金銀行ニューヨーク出張所の現地職員として働いていたとき、昼休みに近くの波止場に散歩に出かけ、そこで帆前船の甲板で荒くれ男が大声を張り上げて東インド諸島から運んできたバナナを競売しているのを見たり、海岸の大通りを昼間から酔っ払って歩く世界各国からやってきた水夫や港湾労働者を見て、「社会偽善の束縛より脱せる自然の人なり」と感嘆している。にもかかわらず、今、ここシンガポールの波止場で目にしたものは？……一方に漲り溢れていた「自由」と「解放」の気運が、なぜ一方には欠落しているのか？「東洋」はなぜ「ひどい力役の国」なのか？その原因を、荷風は、「殖民地通ひの荷船は出るにも、這入るにも、漂泊は人生の常だ、少しも驚き騒ぐ事はない、と云はぬばかり、呟《あくび》でもするやうに、間の抜けた汽笛をば、太く鈍く響かせるばかりである」、「あゝ、シンガポール。英領海峡殖民地の船着き場シンガポール。荷船、土蛮、出稼人……」と、植民地主義的支配と搾取・略奪にあると見抜く。そして、欄干に手をかけ、波止場にまなざしを放ちながら、暗い表情で深く溜め息をつくなかで荷風は一つのことを納得する。すなわち、自分が生まれ、育った日本も含めて、ここアジアでは人間の生活を、人生をより豊かに、美しいものにするために「人間の空想才智が造出した」文化や文明の跡がほとんどないということ。確かに、今目の前に広がる熱帯アジアの港湾風景は美しい。しかし、それは「天然其のもの、美しいばかり」であって、一年前ニューヨークからフランスに渡る時に乗った船のうえから見た北フランスの港町ルアーブル、あるいは今回、帰りの船から見た地中海の海岸都市の人工と自然の調和が取れた美しい港湾風景はどこにもない。

「自分は実に耐えがたい心淋しさを感じた。いくら焦立っても、最う駄目だと云ふ気もした。(中略)「東洋」と云ふ野生の力が、眼には見えないが、もう身体中に浸込んで、此の年月、香水や石鹼で磨いた皮膚や爪は無論、詩や音楽で洗練した頭脳まで、あらゆる自分の機官と思想をば、めちや〳〵に蛮化さして行くやうな気がする」、「あゝ、再び見るわが故郷《ふるさと》。巡査、軍人、教師、電車、電柱、女学生、煉瓦造りにペンキ塗り。鉄の釣橋、鉄矢来。自分は桜さく、歓楽の島ではなく、シンガポールよりも、それ以下の、何処かの殖民地へと流されて行くやうな気がする」と、荷風は絶望的な気持ちに沈んでいく。

明治以降、数多くの日本人が欧米に渡る途中、アジアの港港都市に寄港し、それぞれの見聞に基づいて幾つもの見聞録や日記を書いてきた。それらに共通して読みとれる印象や心情は、近代化から取り残され、ヨーロッパ列強の植民地支配の下で貧困と無知、後進性にあえぎ苦しむアジアの実態に対する嫌悪やさげすみの感情であり、一日も早く日本はこの状態から脱出しなければならないという「脱亜入欧」の意識であった。そうしたなかで、ここに紹介した荷風の「悪寒」ほど、痛烈に日本を嫌悪し批判、呪詛したテクストはない。鷗外も漱石も、船のうえから目撃したアジアの醜悪な現実に嫌悪感を表明している。しかし、彼らの嫌悪感、あるいは批判意識は外なる現実としてのシンガポールに向けられているのであって、自身の内なる現実としての祖国日本には向けられていない。ところが、荷風の嫌悪感と批判意識は、最初はシンガポールの現実に向けられていながら、やがて批判の刃はそこから突き返されて自身の内なる日本の醜悪な近代化の現実へと向かわざるをえない。そこに自由なるバガボンドとしてアメリカ、ヨーロッパを回り、娼婦と交情を結び、進んでゲットーや歓楽の地に入りこみ、低く低く生きることで獲得された荷風独自の複眼的、かつ批判的なまなざしの働きを見ることができるといえよう。だが、そのために、「悪寒」を収めた『ふらんす物語』は、「日本帝国」の怒りに触れ、発禁処分を受けることになってしまったのである。

それにしても、なぜ荷風だけにこのような批判的まなざしを持つことが可能だったのだろう。それは、荷風が、官費留学生という記号を背負って留学した鷗外や漱石と違って、一切の国家的使命と記号と無縁なところで、五年に及ぶ海外生活をとおして、自由人として振る舞い、思考し、書き続けてきたからである。だが、読みおとしてならないのは、荷風が、この自由を手に入れるために、「巡査」や「教師」、「軍人」「官吏」から「地方出の大学生」や「ヒステリー式の大丸髷」にいたるまで「日本帝国」を象徴するあらゆる記号を拒否しなければならなかったということ。そして、その結果として、荷風が「日本帝国」に帰り着き、そこで生活して行くためには、「日本帝国」が否定しようとしている「桜さく、歓楽の島」、日本を象徴する記号の世界をどこかに探しださなければならなかったということだ。明治四十一(一九〇八)年七月十五日、神戸に帰り着いた荷風が、以後、生涯を費やして、江戸の名残として残る東京の下町狭斜の路地裏の世界に、「桜さく、歓楽の島」の面影を探し求めて、杖を引き、日和下駄で歩かざるをえなかったゆえんである。

コロンボ——熱帯雨林の仏の島

二十五日夜、シンガポールを出港したプロイセン号は、翌々日の二十七日朝、小雨に濡れるペナンに到着。直ぐに出港するため船を降りることは許されなかった。ペナンはマラッカ海峡の北のはずれ、マレーシア半島の西側に浮かぶ、面積二八〇キロ平方の熱帯雨林の島で、イギリスの植民地として、錫やゴムの原産地として開かれてきた。金之助の日記には「雨フル」とあるように、雨天が多く、年間の平均降雨量は三〇〇ミリを越える。慶応二（一八六六）年十一月五日、この港に着いた中井弘も「余上陸セント欲スルモ雨ニ阻シ果サズ」（「航海新説」）と、雨のため上陸を断念している。

雨のペナンを出港した船は、三日かけてインド洋を横断、十月一日、セイロン、現在スリランカの港町コロンボに到着。二日停留の予定なので、金之助は船を降り、「British India Hotel」に投宿、馬車を雇って仏教寺院の見学に出ている。しかし、「旧跡ト雖ドモ年々手ヲ入ル、ガ為メ毫モ見ルニ足ル者ナシ。且《カツ》構造モ頗ル粗末ナリ」と失望、さらにまた、やれ観光案内をしてやろう、やれ花を買え、銭をくれとうるさくつきまとう現地人にも辟易し、「路上ノ土人、花ヲ車中ニ投ジテ銭ヲ乞フ。且《カツ》Japan,Japan ト叫ンデ銭ヲ求ム。甚ダ煩ハシ。仏ノ寺内尤モ烈シ。一少女銭ハ入ラヌカラ是非此《コノ》花ヲ取レト強乞シテ已マズ。不得已之《ヤムヲエズコレ》ヲ取レバ後ヨリ直グニ金ヲ呉レト逼ル」と怒りを爆発させ、「亡国ノ民ハ下等ナ者ナリ」と、ひたすら金を求めてやまない仏の国の人の卑しい品性に失望感をあらわにしている。

十六世紀にポルトガル人によって、十七世紀にはオランダ人によって開かれたコロンボは、十八世紀末、オランダから植民権を奪い取ったイギリスが、絶滅しかけていたコーヒー畑を紅茶のプランテーションに切替えたことで、今日「セイロン紅茶」として知られる紅茶の積出し港として、インド洋有数の交易港に成長する。一八八二年には大規模な港湾施設の拡張工事が行われ、近代的な港湾都市として繁栄を誇っていた。アジア的貧困と退廃に辟易した金之助も、馬車に乗ってプランテーションを見て回り、「「バナナ」「ココー」ノ木ニ熟セル様ヲ見ル。頗ル見事ナリ。道路ノ整ヘル、樹木ノ青々タル、芝原ノ見事ナル、固ヨリ日本ノ比ニアラズ」とイギリスの植民政策が、熱帯アジアの無秩序な野生の自然を見事にコントロールし、実現してみせた秩序ある世界に称賛を惜しんでいない。この時点で、夏目金之助のまなざしは、世界を支配する大英帝国の表向き、光の部分に注がれ、それまでにヨーロッパに渡っていった多くの留学生同様、内心に「脱亜入欧」の夢を膨らませていたことは間違いないだろう。

ところが、夕食にカレーライスを食べた金之助は、昼間ガイドをしてくれた男が持ってきた請求書を見て、値段が法外に高くつけられていることに驚き、再び「亡国の民」の「下等性」に直面させられ、愕然とする。今更文句も言えず、不案内の旅行者だから仕方がないとしぶしぶ払い、あとからくる日本人観光客のために、推薦状まで書いてガイドに渡している。金之助は、さらに翌日、「朝ヨリ驟雨来ル。甲板上ニ印度ノ手間師来リ連リニ戯ヲ演ズ。日本ノ豆蔵ト大同小異ナリ。只ザルノ中ヨリコブラヲ出シテ手足ニ纏ヒツケル様、恰モ手間師ト豆蔵トヲ兼タルガ如シ。カツStandard Dictionary中ニアルコブラノ画ト同一ナリ」と、蛇つかいのコブラのスネーク・ダンスを見ている。

柳北と鷗外が見たセイロン

金之助にとっては不快な、そして荷風にとっては恍惚のコロンボ体験であったが、成島柳北と森鷗外は「仏の島」をどう体験したのだろう。十月八日の朝、セイロン島南端の「ポイントガウル」に寄港した柳北は、物売りの「土民」が舟に乗ってしつこく声を掛けて来るのを「喧囂厭フ可シ」と避けながら、小船に乗って上陸、市内のローレットというホテルに投宿している。ホテルで朝食をしたためたあと、馬車を雇って海に沿って高台に走らせ、途中遊廓にさしかかり、「路傍妓肆多シ。黒瞼墨ノ如キ女子門ニ倚ル。獰悪畏ル可シ」と驚いている。その後、「ボウガハア」という寺を訪れ、なかを参観している。『航西日乗』によると、中堂に入ると、陶器製の巨大な釈迦像があり、堂の周囲の壁には地獄図が描かれていて、「其ノ古雅奇怪ナル本邦人ノ描ク所ト大イニ異ナルヲ覚ユ」とある。堂を出て山を登ると、石だたみを二段に組んで築造した古墳があり、寺僧の語るところでは「釈尊分骨ノ墓」で、傍らに立つ樹木は菩提樹だという。帰途、再び寺に行き当たったので、案内を請うと、老いた僧が出てきて、日本語が分かるという。試みに日本語で話しかけてみると、まったく通じない。それでも漢字による筆談だろうか、仏の話なので、結構話が通じる。老僧の話では、仏殿に納めてある仏像は秘仏で見たものは少ないらしい。境内に大きな塔があり極めて荘厳なたたずまいである。老僧が言うのには、摩耶夫人の冥福を祈るために建造したものらしいが、それほど古い築造には見えない。昔は大きな寺院だったのだろうが、今は衰微して、僧も二、三人しかいないらしい。

三千年ノ古刹
一萬巻ノ遺経
試ミニ往時ノ事ヲ問ヘバ
山風月ヲ吹キテ青シ

五絶を得て、寺を去ろうとすると、老僧がたいへん別れを惜しんで、がっかりしていたという。「将ニ去ラントス。老僧別レヲ惜シンデ悵然タリ」。百三十年の時空の隔たりを超えて、その場の光景が眼に浮かんでくるような見事な一文である。訪ねる人も少ない寂れた寺を守る老僧。日本からきた客が、筆談とはいえ、大変仏教に教養が深いことを知って嬉しかった。それだけに、客人が旅の途中で偶然立ち寄っただけで、間もなく去らねばならないことを知って、「悵然」と悲しんだ。柳北は、漱石や鷗外のように英語もドイツ語も喋れない。コミュニケーションの手段は漢文の筆談か現地人のガイドがしゃべるおぼつかない日本語しかなかったはずだ。それでも、南アジアの仏の島の寂れた寺の老僧と、仏陀の教えを仲立ちとして心を通じあった。漱石や鷗外には絶対に不可能な現地人との出会いを、このようにさりげなくやってしまう。成島柳北という人間の大きさと精神の働きの自在さを伝える一事ではある。

一方、明治十七（一八八四）年九月十八日、コロンボに上陸した森鷗外はどうだったのだろうか。朝食後上陸して、ガイドを雇って市内を見学したさいに見た現地人の風貌や服装、烙印を押された牛、街路樹、仏教寺院などについて次のように記している。

小汽船ニ乗リ上陸ス。人ヲ雇ヒテ導ト為ス。車ヲ駆テ街衢ヲ巡覧ス。土人目ハ眸ニシテ準（鼻）ハ隆シ。服装ハ新港（シンガポール）ト同ジ。婦人ハ梳ヲ挿ス。形ハ半月ノ如シ。湖有リテ蓮多シ。牧牛場有リ、牛数十頭ヲ見ル。緑草ノ上ニ起臥ス。路傍ニ椰樹、合歓木、黄麻竹多シ。榕樹有リテ、離奇古怪、天に参ジテ日ヲ遮フ。（中略）路上ニ挽車ノ牛有リ、皆皮に烙シテ文ヲ成ス、惨状厭フ可シ。（中略）一仏寺ニ入ル。釈迦涅槃像有リ、陶盤ニ華ヲ供へ、香気堂ニ溢レル。僧貌阿羅漢像ノ如ク、黄ナル袈裟ヲ挂ケ、革靴ヲ穿ク、寺ニハ貝多經ヲ蔵ス。字ハ巫來由体（マラーティ語か？）ヲ用ヒル。此地釈迦隆興ノ所ナリ。方言中ニ猶ホ檀那伽藍ノ語有リ。

鷗外も、金之助と同じように、乞食同然の現地人から「お恵みを！」とたかられただろうが、シンガポールで体験して慣れてしまったせいか、漱石のように嫌悪感を露にすることも、記述することもしていない。もちろん、柳北のように偶然出会った現地の老僧と心を交わすこともなかった。鷗外は、ドイツ語やフランス語を流暢に操って、西洋人のようにパフォーマンスすることには長けていたが、柳北のようにその場のアドリブで南アジアの現地の人間と心を通わせるようなことはしていない。しかし、さすがに語学の天才というべきか、現地人のしゃべる言葉の中から「檀那」とか「伽藍」といった日本に伝わってきた外来語を鋭く聞き取っている。

（註1）「停歇」というのは、中国語で「休む」という意味であるが、漢字で書かれた名をそのまま表記したものか、英語で書かれたものを鷗外が音訳、または意訳したものかは不明である。

第四章　ノット夫人の一等船室で

上手に英語をしゃべる金之助

十月三日、コロンボを発った船は、インド洋を西に横断。南イエメンのアデンに至るまでの船の旅は波が穏やかで、静かな旅だった。この平穏な航海で、金之助は思いがけなく、一等船室に乗っていた一人のイギリス女性の訪問を受けている。「Mrs.Nott」というこの夫人は、金之助が、留学準備のため熊本を去る前に、五高の御傭外国人教師、ヘンリー・L・ファーデル（スイス人）の紹介で知り合った六十四歳の女性で、娘が宣教師として来日、熊本に滞在していた関係で、娘に会うために熊本を訪れていたものである。（註1）

その日、十月四日のお昼前、デッキの長椅子に腰を下ろし、本を読んでいると、突然、「夏目さん！」と女性の声。目を上げると、ノット夫人がにこやかに笑みを浮かべ立っていたのだ。実は、二人は、偶然同じ船に乗込み、二週間ほど前、香港に寄港したおり再会していた。そのとき、夫人から一等船室に話に来るように誘われていたのだが、なんとなく敷居が高く、行きそびれたままになっていたのを、彼女の方から訪ねてきてくれたのだ。恐縮する金之助に、ノット夫人は、イギリスではどこの大学に留学するつもりかと聞く。まだ未定な由を答えると、「ケンブリッジ大学で副学長をしている知合いがいるから紹介状を書いて上げましょう。明日の昼過ぎ私の部屋に訪ねていらっしゃい」と言い残して、去っていった。
次の日、夫人の一等室を訪ねると、夫人のほか何人かのイギリス人が迎えてくれた。そのときの歓談の様子を、金之助は、日記に次のように記している。

十月五日〔金〕　午後三時半 Mrs.Nott ヲ一等室ニ訪フ。女子ハ非常ナ御世辞上手ナリ。諸人ニ紹介セラル。然レドモ一モ其名ヲ記臆セズ且誰ニモ我英語ニ巧ミナリトテ称賛セラル。赤面ノ至ナリ。女子は音調低ク且一種ノ早口ニテ日本人ト云フ容赦ナク、聴取リニククシテ閉口ナリ。無暗ナ挨拶ヲスレバ危険ナリ。恐縮セリ。色々ナ談話ヲナシ、且英国着後紹介状ノ様ナ者ヲ頼ミテ帰ル。

この記述を読んで、興味深く思うのは、ノット夫人の一等室という極めて小さいながら擬似的に作られたイギリスの社交社会に初めて招き入れられ、金之助が巧みな英会話を披露して、居合わせたイギリス人たちから賞賛の言葉を浴びていること。つまり、金之助は、衛生学研究のためにドイツに留学し、完璧なドイツ語でドイツ人のように振る舞いとおした森鷗外のように、会話の能力や洗練された話題の選択、物腰や振る舞いまで含めて、模範的な留学生としてイギリス人の物真似を演じようと思えば、十分演じられるだけの能力を身につけていたのである。にもかかわらず、ここで大方の留学生のように調子づいて、ベラベラとしゃべりまくり、有能な留学生を「演じ」続けることにブレーキをかけ、「赤面ノ至ナリ」と恐縮したうえで、「無暗ナ挨拶ヲスレバ危険ナリ」と、金之助の方から引き下がろうとしている。この金之助の物怖じするような、控え目な態度から、ロンドン生活をとおして、金之助を苦しめた引きこもりや神経衰弱、あるいは被害妄想の最初の徴候としての対人不安のようなものが読みとれるような気がする。

人は、未知なる集団や組織、異文化社会のなかに入っていったとき、自然な心理的、身体的反応として、その集団なり社会を構成している人間に対して不安と緊張感を抱く。しかし、人はまた、そうした不安や緊張を払いのけ、あるいは乗り越えて、その場にふさわしい挨拶やにこやかな笑顔や会話、身振りによって、対等、あるいは優越する関係を構築しようとするものである。ところが、金之助の場合、社会性の欠如といおうか、最初からそうした努力は放棄され、対人不安と緊張に圧倒されて、自分の方から萎縮して引き下がってしまっている。なぜそうなるのか？

最大の要因は、金之助のシャイで、内向的気質にあると思われるが、もう一つ、見落とせないのが、ノット夫人の優越感に裏打ちされた親切さの裏に、金之助にイエス・キリストへの信仰心を植えつけたいという本音が見え隠れし、それに対して、金之助が警戒心をつのらせていたことである。すでに述べたように、金之助は、ノット夫人とは香港で再会している。にもかかわらず、日記に「此方ヨリ上等室ニ訪問セザル故」と書かれているように、金之助の方からは訪ねていない。多分、金之助の方に訪ねたくない何かの心のこだわりがあったはずで、それは、「上等室」に対する心理的圧迫感のほかに、敬虔なキリスト信徒である夫人から入信を勧誘されることを警戒したためと思われる。「無暗ナ挨拶ヲスレバ危険ナリ」という日記の短い記述に、そうした警戒心が読みとれる。

キリスト教との遭遇

日本からヨーロッパに渡る船の旅で、東アジアや東南アジアから熱帯アジアのインド、セイロンと仏の国の港町を辿っていく東西の海上ルートが、仏教徒の日本人に特別の意味を持っていたように、紅海からスエズ運河へと抜ける南北のルートは、キリスト教徒たる西洋人に特別の意味を持っていた。なぜなら、モーゼによる出エジプト記や十戒など聖書の舞台となっているのが紅海であり、シナイ半島のシナイ山であるからである。つまり、船がシナイ半島に近づくにつれて、乗り合わせた西洋人たちは襟を正し、いつもより以上に熱心に聖書を読み、敬虔な祈りを捧げるようになる。そして、聖書の説教や輪読会が開かれ、同乗の東洋人たちにキリストの教えを伝えようとする。特に、金之助が乗ったプロイセン号には、上海や香港から休暇や義和団事変の難を避けてイギリスに帰国する宣教師やその家族、教会関係者がたくさん乗りこんでいた。金之助が書いた英文の「断片」の記述によると、彼らはあらゆる機会を逃さず、東洋人を摑まえては熱心に改宗を勧めたという。なかでも、金之助は、乗り合わせた日本人のなかで頭抜けて英語が上手だったから、格好のターゲットにされていたはずで、ノット夫人が、わざわざ出向いてきて、金之助を一等船室に招待したのも、こうした宗教熱にあおられて、キリスト者としてのミッション意識が刺戟されたからに他ならない。(註2)

一方、金之助にとっても、夫人が与えてくれるはずのイギリス留学についての情報や人的コネクション、そして英会話のレッスンは、伝道に対する警戒心を越えて、抗しがたく魅力的であった。ある意味で、金之助は、ノット夫人の方から自分に接近してきて、そうした「恵み」を与えてくれるのを期待していた節がうかがえる。だからこそ、自分の方から会いに行かなかったのである。たぶん、夫人の方も、金之助の本心をどこかで見抜いていた。だから、船がアジアの仏教圏を抜け、キリスト教ゆかりの紅海やシナイ山に近づくのを待って、一等船室から降りてきた。ケンブリッジ大学の知人、それも牧師養成学校の副校長宛の紹介状と英会話のレッスンと、金之助が必ず手を出すに違いない二つの「恵み（贈与）」を携えて……。結局、夫人の作戦は成功し、金之助は紹介状を書いてもらい、一日三十分の英会話レッスンのために一等船室に出入りするようになる。そして、すべての無償の贈与が、無言のうちに返礼を要求しているように、金之助は、夫人を中心とした聖書の読書会にも誘われ、断る理由もないまま、顔を出すようになる。心のなかでは、「まあしかたがない。聖書と英会話の勉強になるだろう」くらいに思いながら。

こうして船内にキリスト教の伝道熱が異常に高まっていくなか、プロイセン号は紅海に入り、シナイ半島に向かって北上して行く。そして十月十二日夜、シナイ半島に接近、おそらく夫人の誘いを受けたのだろう、金之助はデッキに出てシナイ山を望み見ている。しかし、もともとキリスト教に無関心の金之助にとって、山はどうでもいいことだったらしく、日記の記述は「夜 Sinai ノ山ヲ右岸ニ見ル。月未ダ上ラザリシ為メ雲カ陸カ見分難カリシ」と、極めてそっけない。また、スエズ運河を抜け地中海に入ってからも何度か聖書の講義を受けているが、感想は何も記されていない。のちのことになるが『夢十夜』の第七夜で、金之助の分身と思われる「自分」が、「西に行く」「大きな船」に乗って、アラビア海か紅海を航海中、デッキに出て星を眺めていたところ、「異人」の男に「天文学を知つてるか」と話しかけられている。男から「金牛宮の頂にある七星」についていろいろ話を聞かされたあと、「星も海もみんな神の作つたものだ」「神を信仰するか」と聞かれているが、そのときも黙ったままで押し通している。

このように、金之助は、紅海からスエズ運河を抜けて地中海へ出る船の旅で、キリスト教伝道の集中放火を浴びたわけだが、金之助のキリスト教に対する懐疑が消えることはなかった。インド洋上で書いた英文の記述によると、キリスト教が一方では偶像崇拝を否定しながら、抽象的概念であるはずの「神」が、知覚的、具象的存在であるはずの人間、イエス・キリストを通して顕現するという「インカーネーション」の思想を根本原理としていることに、金之助は疑問を抱き、結局、改宗しないままで通している。キリストも偶像化された神ではないかというのが、金之助の言い分であった。しかし、ノット夫人の、夏目さんにイエス・キリストの教えをという強い思いは、ロンドンに帰り着いてからも続き、ケンブリッジ大学付属の牧師養成学校副校長への面談の手筈を早々と整え、金之助に電報で知らせたり、ロンドン在住の知人で敬虔なクリスチャン一家のパーティに金之助を招待し、紹介したりと、少しでもキリスト教に近づけさせようと努力している。

たとえば、ロンドン生活をはじめて半年後の明治三十四年四月十七日、金之助は、ノット夫人をとおして知り合ったエッジヒル夫妻のホーム・パーティに招かれ、そこでも熱心に改宗を勧められているが、神を信じることができないと正直に答えており、これに対してエッジヒル夫人が、神の恩寵を知らないとは気の毒な人だと泣き出している。このときのやりとりを、金之助は日記に次のように記している。

Mrs.Edghill ガ云フニハ貴君ハ pray スル気ニナラヌカト云ツタ。余ハ pray スベキ者ヲ見出サヌト云ツタ。Mrs.E.ハ此《コノ》 great comfort ヲ知ラヌハ情ケナイト云ツテ泣タ。気ノ毒デアッタ。Mrs.E.ハ私ハ貴君ノ為ニ pray シ様ト云ツタ。宜シク御頼マウシマスト答ヘタ。Eハ私ニ一ノ事ヲ約束スルカト問タ。吾輩ハ貴君ガソンナニ深切ニ私ノ事ヲ思ツテ下サルカラ私ハ約シマショウト云ツタラ Bible ノ

Gospelヲ読メト云ツタ。気ノ毒ダカラ読ミマショウト云ツタ。帰ルトキハ貴君ハ私ノ約束ヲ忘レハシマイト念ヲ押シタ。決シテ、ト云ツタ。是カラゴスペルヲ読ムンダ。

この記述から読みとれるのは、金之助が、キリストを信じよと押しつけてくるエッジヒル夫妻を傷つけまいとしながら、なんとかしてその場を取り繕って逃れたいという一心で、ゴスペルを読むことを約束していることである。「pray」する代わりに福音書を「読む」。「読む」という行為が、かろうじて金之助とキリスト教との間の妥協点であったのだ。

それにしても、ノット夫人はじめ、パーティに参加したイギリス人たちが金之助を取り囲んで、神の教えのありがたさを説き、それでも神を信じようとしない東洋の留学生のために涙を流す光景は異様といえば異様である。なぜ、彼らは、そこまで熱心に金之助に改宗を勧めたのだろうか？　すでに述べたとおり、金之助が当時の日本人としては群を抜いて知的に優れ、英語の能力が高かったため、聖書の教義を英語で説明できたことが、第一の理由として挙げられよう。だが、もう一つ、口では語られない、暗黙の理由があった。それは、金之助が、黄色人種であると同時に、顔にあばたを刻印していたこと、そして気質的にも暗く、知的で内向的な風貌のせいで、この人こそ、神の恩寵によって救われるに相応しい、気の毒で、「不幸な人」として見られていたのではないかということである。明らかに劣等性を証明する記号として心身の障害を負ったものに対する、優越者の側からの同情と憐憫、そしてうえからの救済者としての使命感……そうした偽善や差別と紙一重の善意の裏に隠された「うそ」を、金之助は、神の教えの貴さを説くノット夫人や彼女の仲間たちの言葉や自分のために流された涙に読みとっていた。金之助が、ノット夫人から二つの大きな贈与を受けながら、しかもあれほど熱心な勧誘を受けながら、結局、「改宗」という返礼を返さなかった最大の理由がここにあったと言っていいだろう。

だが、そのために、金之助が払わなければならなくなった代償は、あまりに大きかった。のちの章で詳しく見ることになるが、ロンドンに着いて早々、金之助は、文部省から支給される学費ではとても、正規の留学生として大学に籍を置くことが不可能なことを知る。日本政府が頼りにならないならば、イギリス人と社会の慈悲に縋って、ノット夫人が紹介してくれた、ケンブリッジ大学の牧師養成学校に入り、奨学金を得て卒業する道も残されていたはずだが、その道も取らなかった金之助は、結局、イギリス社会から締め出されてしまうことになる。ある異質な社会に入って行くには、たとえそれが偽装であれ、その社会の掟や規範を受け入れなければならない。金之助が、結局、イギリス社会に入って行けず、孤独な下宿生活に引きこもっていかざるをえなかった大きな要因が、キリスト教に対して無関心であっても、関心があるように装って、イギリス人の社会に参入していくきっかけを摑みえない金之助の心の不器用な働きにあったと言っても過言でないだろう。

模倣と独立

だが、金之助としても、夫人から紹介状と英会話教授という「恵み」を贈与された返礼として、聖書を読み、キリスト教を信じているように振る舞えば、これからはじまる留学がスムーズに進むことは分かっていたはずである。にもかかわらず、金之助にはそれができなかった。その理由の一つは、前述したように、神がイエス・キリストを通して顕現するというキリスト教の教義上の根本的前提に対する懐疑があったわけだが、より本質的には、個人としての人間の内発的感情や欲求から自ずから湧き出てくるはずの信仰という行為が、外発的に外からの刺戟や情報（説教や勧誘）によって勧奨され、「贈与」に対する「返礼」という交換原理によって強いられていることに対する懐疑があったためと思われる。金之助は、このとき、うえから与えられた慈悲としての「贈与」に対する「返礼」として、うえから強要された宗教の教義を信じるか否かといった問題に直面していたことになる。

一方、それはまた、植民地宗主国の主人が、奴隷の現地人に食物や衣服を贈与する見返りに、優越する彼らの言語を学ばせ、神を信じることを強要するのと同じことを意味していた。奴隷を従順な奴隷として最も効果的に支配するためには、「教化」という美名の下に、植民地主義的支配を通して略奪した原資源を資本主義的生産システムによって生産・加工した物品を「贈与」として与え、その「返礼」として信仰を要求することで、奴隷たちの言語と宗教を奪い取ってしまうことである。金之助は、言語の面では、何も与えなくても、すでに十分イギリスの言語を身につけている。残る信仰さえ変えさせれば、彼らにとって理想的な、知的で有能な「奴隷」ができ上がる。実に、紅海を北上する船のうえで、金之助は、精神のレベルにおける植民地主義的主従関係に組みこまれようとしていたのであり、それに対して、金之助は、無関心や教義上の矛盾を理由に、身体を張って抵抗していたことになる。エッジヒル家の集いで、神に祈ることは拒否しながら、最後に福音書を読む約束をしたのも、「読む」という行為であるかぎり、たとえ「読む」対象が聖書であっても、金之助の精神の主体性は確保できると思ったからである。

が、同時にもう一つ、金之助は、このとき、明治の日本人、特に海外に留学するような知的エリートが一度は正面から向かい合わなければならない重要な問題に直面していた。すなわち、優越する異質な文明・文化に直面し、それを受容しようとするとき、人は「心のオリジナリティ」をどこでどう守り、そこから創造のエネルギーを汲み取っていけばよいのかという、明治日本が懸命に推し進めていた文明開化とその最も先端的手段、あるいは方法として制度化されてきた「海外留学」がかかえる本質的な問題である。つまり、金之助は、ノット夫人の一等船室で、明治に入って以来三十三年、明治国家が懸命に作り上げてきた「留学」という文明開化、言い換えれば異文化受容のシステムが、一個の人間から国民、国家、さらに時代の精神の営みに対していかなる意味を持つのかという、それまでほとんどの海外留学生が無視して通り過ぎてきた問題を、表向きは流暢に英語を操りながら、心のなかではそれにブレーキをかけるという矛盾した振る舞いと心理をとおして、日本人としてはじめて正面から引き受けようとしていたのである。

以下、本書では、この問題の答えを見つけ出すために、二年に及ぶロンドン留学生活をとおして、夏目金之助がいかに悪戦苦闘したかを、金之助及び夏目漱石の記述に則して、解明していきたいのだが、そのまえに、金之助より三十年以上早く、イギリスに渡り、模範的な優等留学生を演じ切って帰国した官費留学生、菊池大麓の留学が持つ意味について見ておきたい。金之助が、ノット夫人の一等船室で直面した問題とまったく無縁なところで行われた菊池のイギリス留学と比較対称させることで、金之助が直面した問題の所在と性格、さらに大きさ、そして深さがよりクリアーに浮かび上がってくると思うからである。

幕末から明治期を通してヨーロッパに渡った留学生たちは、往路、船の旅で文明上の進化から取り残され、未開・原始の状態に止どまる植民地アジアの現実を見るにつけ、支配し、優越するヨーロッパ宗主国の文明と文化を学び取って帰らずにはおかないという決意を固めて留学して行ったはずである。過酷なアジア巡りの船旅は、漠然とした脱亜入欧、文明開化の願望を強固な思想・信条に鍛え上げる上で、格好の学習の場でもあったのである。彼らにとって、英語であれ、ドイツ語であれ、留学先の言語と生活習慣を完璧にマスターすることは、現地の学生と肩を並べ、いやそれ以上の成績を上げ、学士や博士といった記号（資格）を獲得して、前途有為な新帰朝者として故国に帰国するために絶対不可欠な条件であった。そして、そのために、留学生たちは、劣悪なるアジア、いや日本の現実から自らの存在を切り離し、意識的に優越するヨーロッパの文明と文化の側に身を置き、言語、動作、服装・外観から精神の働きまで、あたかもヨーロッパ人のように振るまい、「同化」のパフォーマンス、言い換えれば「物まね」のパフォーマンスに徹するようになる。そして、こうした「物まね」のパフォーマンスを一番見事に演じ抜いて見せたたのが、菊池大麓であった。

菊池大麓は、安政二（一八五五）年に江戸の津山藩藩邸で、箕作秋坪の次男として生まれている。祖父は、幕末の蘭学者として知られた箕作阮甫。幼児から神童の誉れ高く、六歳で蕃書調所で英語を学び、八歳で開成所の世話心得、九歳で句読教授「当分助」に任ぜられ、親ほど年が違う大人に英語を教えたという。慶応二（一八六六）年、十一歳のときと明治三（一八七〇）年、十五歳のときと二回イギリスに留学し、ロンドンのユニヴァシティ・カレッジとケンブリッジ大学で数学を専攻し、明治十年に最優秀の成績で卒業して帰国、二十二歳の若さで東京帝国大学理学部教授に任命されている。以後、菊池は、明治二十二（一八八九）年に学士院会員、二十三年に貴族院議員、三十一（一八九八）年東大総長、三十四（一九〇一）年文部大臣、四十二（一九〇九）年学士院院長と、明治初期欧米に留学した官費留学生、あるいは新帰朝者として望み得る栄達の頂点を極めていく。

ところが、これだけ輝かしい履歴を誇りながら、数学者として菊池は、後世に残る創造的業績を残せなかった。明治初期、ケンブリッジ大学に留学した日本人留学生の行跡についてたどった『破天荒

〈明治留学生〉列伝』で、小山騰は、学者としての菊池について、「数学は学んで来たが、研究は学んでこなかった」と指摘している。一方、知的能力において、菊池に優るとも劣らない夏目金之助は、ケンブリッジ大学に留学することもできなきなまま、ロンドン郊外の安下宿に引きこもり、惨めで孤独な二年を辛うじて乗り切って、何ら目覚ましい成果（記号）を残しえないまま帰国してきたものの、数年後には『吾輩は猫である』や『草枕』、『坊っちゃん』など小説を立て続けに発表して、創造的才能とエネルギーを全面開花させていった。この極めて対照的な違いが意味するものは、何なのだろうか？

漱石は、大正二（一九一三）年十二月十二日、第一高等学校で「模倣と独立」と題して講演を行い、そのなかで、自分は「イミテーション」の意義を必ずしも否定するものでないとしたうえで「人間の持って生まれた高尚な良いものを、若し夫《それ》だけ取り去つたならば、心の発展は出来ない。心の発展は其《その》インデペンデントと云ふ向上心なり、自由と云ふ感情から来るので、吾々もあなた方もこの方面に修養する必要がある」と語っている。ここで漱石が言おうとしていることに従えば、「イミテーション（＝物まね）は、「心の発展」を保証しない。つまり、「インデペンデント」である人間の「向上心」からオリジナリティや創造性が生まれてくるのに対して、「インデペンデント」であることを否定する人間、つまり「外圧的の法則」を守って生きる「物まね」人間の心からは、オリジナリティも創造性も生まれてこないということになるだろう。

菊池大麓は、「外圧的の法則」を全面的に受け入れ、イギリス人と同等、いやある意味ではイギリス人以上にイギリス人らしく振る舞うことのできた「イミテーション」の天才であった。菊池自身、そのことを弁えていて、自分が、「創造」の天才でないことを、日本帰国後、記号的栄達を遂げて行く課程で思い知り、強い空虚感を感じたに違いない。そして、その空しさを埋めるため、教育行政の近代化に力を注ぎ、「日本の教育の発達は教育勅語のおかげであると説明し、日本の歴史の発展は天皇制と家族国家観のたまものであると主張する」(『破天荒〈明治留学生〉列伝』)に至ったのである。おそらく、菊池はイギリスでの留学生活を通して、イギリスの学術・文化の伝統の根底にキリスト教が流れていることを痛感した。しかし、自身キリスト教を受け入れることができなかったため、キリスト教に代わる自身の精神の拠りどころとして、天皇制と家族国家主義を持ち出してきたのであろう。明治四十三年二月一日、ニューヨークのカーネギー・ホールで行った講演で、菊池は、日本精神の精華として、「「大和魂」は吾人が皇室を尊び、国家を愛し、尊皇と愛国との二者を以て一となすの精神によりて成る。皇室に対する深厚な尊崇と忠誠は実に二千五百年来の遺伝物として、天皇と臣民の関係は、単に今上陛下と今代陛下との間のものに止どまらずして、神話時代よりこの方歴代の天皇と歴代の臣民との関係の総和に外ならざるなり」と語っている。金之助とはまったく違って、最優秀留学生として輝かしい記号を身にまとって帰国し、望みうる栄達の頂点まで究めた「物まね」の天才が、内に抱え込んだ空虚さの大きさには驚かざるをえない。

優等留学生太田豊太郎

ところで、菊池大麓と同じくらい神童の誉れ高く、ドイツに留学しドイツ人以上にドイツ人らしく、「物まね」パフォーマンスを完璧に演じながら、途中でその空虚さを自覚し、「物まね」優等生であることから敢えて降りようとした日本人が一人いる。森鷗外の『舞姫』の主人公太田豊太郎である。鷗外は、豊太郎がベルリンに到着し、紹介状を携え、関係官庁の役人に着任の挨拶をしにいった時のこととして、ドイツ語とフランス語を流暢に操り留学の目的と意図を語り、ドイツ人の役人をして感嘆させたとして、「喜ばしきは、わが故里にて、独逸、仏蘭西の語を学びしことなり。彼らは初めて余を見しとき、いずくにていつの間にかくは学び得つると問はぬことはなかりき」と、自慢気に記している。この記述から分かることは、豊太郎、いや鷗外が、留学した当初は、このように完璧にドイツ語を操り、ドイツ人であることを演じることに、まったく疑問を感じていなかったということである。

ところが、その鷗外も、その根底においては文学者だったというべきか、「三年ばかりは夢のごとく」疑似ドイツ人としてパフォーマンスする生活に自足し、勉学・研鑽にいそしむ日々を送るが、留学の成果を自覚したことで心の緊張感が弛緩したせいか、あるいはドイツの生活に慣れ、自由な気風に馴染んだせいか、「所動的、器械的の人物」となって「物まね」パフォーマンスの生活を続けることに疎ましさを感じるようになる。その間の経緯について、鷗外は、『舞姫』で次のように記述している。

かくて三年ばかりは夢のごとくにたちしが、時来れば包みがたきは人の好尚なるらん。余は父の遺言を守り、母の教えに従い、人の神童なりと褒むるが嬉しさに怠らず学びし時より、官長のよき働き手を得たりと奨すが喜ばしさにたゆみなく勤めし時まで、ただ所動的、器械的の人物になりて自ら悟らざりしが、今二十五になりて、すでに久しくこの自由なる大学の風に当たりたればにや、心のうちになにとなく妥かならず、奥深く潜みたりしまことの我は、ようよう表にあらわれて、きのうまでの我ならぬ我を攻むるに似たり。余はわが身の今の世に雄飛すべき政治家になるにもよろしからず、またよく法典を諳んじて獄を断ずる法律家になるにもふさわしからざるを悟りたると思ひぬ。

余はひそかに思うよう、わが母は余を生きたる辞書となさんとし、わが官長は余を活き法律となさんとしけん。辞書たるはなお堪うべけれど、法律たらんは忍ぶべからず。

かくして、豊太郎は、「政治家」や「法律家」など社会的に優越する記号的存在に成り上がることに空しさを感じるようになる。そして、舞姫エリスとの恋をとおして、それまでの人生で味わったことのない「自由」の感覚を手に入れる。

わが学問は荒みぬ。されど余は別に一種の見識を長じき。そをいかにというに、およそ民間学の流布したることは、欧洲諸国の間にて独逸に若くはなからん。幾百種の新聞雑誌に散見する議論はすこぶる高尚なるもの多きを、余は通信員となりし日より、かつて大学に繁く通いし折、養い得たる一隻の眼孔もて、読みてはまた読み、写してはまた写すほどに、今まで一筋の道をのみ走りし知識は、おのずから総括的になりて、同郷の留学生などの大かたは、夢にも知らぬ境地に到りぬ。

こうして異国の都市の陋巷で舞姫と同棲することで、自由の「境地」を手に入れた豊太郎ではあったが、やはり完璧な留学生を演じることができたエリートだったと言うべきか、外国で一介のフリーの雑文書きとして生きていくことに不安を感じて、我が子を宿したエリスを見捨てて、有能な新帰朝として故国日本に帰還を遂げてしまうのである。

イミテーションを乗り越えて

夏目金之助とて、できることなら、菊池大麓や森林太郎のように優等留学生として振る舞いたかったに違いない。だからこそ、ノット夫人が書いてくれた紹介状にケンブリッジ大学留学の夢を描き、紅海から地中海へと抜ける船の旅では、ノット夫人から英会話の教授を受け、のちに日本に帰国してから回想しているように、ロンドンに留学してからも、最初のうちは懸命にイギリス人らしく英語をしゃべり、イギリス人らしくジェントルマンとして振る舞おうと努力している。考えてみれば、西洋の言語や学問、風俗、振る舞いを「イミテーション」することが、東京帝国大学英文学科卒業の学士夏目金之助を生んだのであり、文部省派遣留学生夏目金之助を作り上げてきたと言っていいのだ。第一高等学校での講演「模倣と独立」で、「繰り返して申しますが、イミテーションは決して悪いとは私は思っておらない。どんなオリジナルな人でも、人から切り離されて、自分から切り離して、自分で新しい道を行ける人は一人もおりません」と語ったように、漱石自身がイミテーションの効用を認めていた。

しかし、同時に、「イミテーションは啓発するようなものでない」、「今の日本の現在の有様から見て、どっちに重きを置くべくかというと、インデペンデントという方に重きを置いて、その覚悟を以てわれわれは進んで行くべきものではないかと思う」と語っていることからも分かるとおり、漱石は、いつまでも「イミテーション」にこだわっているなら、心のオリジナリティを生み出すことができない。自分の心のなかから本当の意味でオリジナルな何かを生み出すためには、人間はどこかで「イミテーション」のレベルから脱皮しなければならないことを、自身の留学体験にもとづいて骨身に染みて理解していた。おそらく、夏目金之助はロンドンに留学する前の段階で、明確に思想として言語化できてはいなかったものの、そのことを心のどこかで分かっていたに違いない。だからこそ、ノット夫人の一等船室で、「物まね」パフォーマンスに酔うことを許さない何かが、金之助の振る舞いに内側からブレーキをかけさせたのである。英会話のレベルから信仰のレベルまで、「物まね」を演じ切ってしまうことで、自分のなかの大切な何か、すなわち「心のオリジナリティ」が喪なわれてしまうことを、金之助は本能的に見抜いていたからなのだ。

漱石は、大正三年十一月二十五日、学習院の輔仁会で行った講演「私の個人主義」で、ロンドン留学中、英文学の研究に行き詰まって、自分がどの方向に進むべきか、気が狂うほど悩み苦しんだことがあったと回想している。結局、自前の『文学論』を構想し、その執筆に向けてノートを書き進めることで、かろうじて光を見出すことになるのだが、そのとき、金之助を支えたのが「自己本位」の思想であるとし、次のように語っている。

私はそれから文芸に対する自己の立脚地を堅めるため、堅めるというより新しく建設するために、文芸とは全く関係のない書物を読み初めました。自己本位という四字を漸く考えて、その自己本位を立証するために、科学的な研究やら哲学的の思索に耽り出したのであります。

私はこの自己本位という言葉を自分の手に握ってから大変強くなりました。

この「自己本位」という思想の中核が、外発的開化、すなわち「模倣」をやめて「心のオリジナリティ」につくことだとすれば、夏目金之助が「小説家夏目漱石」に変身・脱皮していくうえで、精神的拠りどころとした「自己本位」の思想の萌芽は、ノット夫人の船室で「物まね」を控え、「贈与」

の「返礼」としてキリスト教への改宗を拒否し通した金之助の、だれとも共有できない「心」と「身体」のオリジナリティにあったと言っていいだろう。

（註1）ノット夫人の履歴については、武田勝彦が、『漱石　倫敦の宿』第一章「大英博物館近くの滞在先」で、周到厳密な調査と資料の読みこみをとおして判明した事実を詳しく記述している。それによると、夫人のフル・ネームはメアリィ・ハリエット・ノットで、一八三六年生まれ。一八六一年に海軍軍人のエドワード・トーマス・ノットと結婚、三児をもうけ、うち長女のグレイスは、明治二十三年一月に来日、大阪で日本語や日本の生活習慣を学ぶかたわら、英語や聖書を教えていたが、同年五月、熊本に宣教師として着任、布教活動に当たった。金之助は、熊本五高で教えていたころ、グレイス・ノットと知り合い、何度か交流があったものの、留学に際しては、何も相談していない。その理由について、武田は、「なに分筋金入りの宣教師であったので、留学に関して彼女と膝を突き合わせて相談する気にはなれなかったのであろう」と記している。

なお、ジョン・B・ブランドラムという宣教師が、明治三十一年九月十六日から翌三十二年三月三十一日まで、約半年間、熊本五高で英語を教えていたことがあり、金之助とも面識があった。ブランドラムは、ケンブリッジ大学で修士の学位を得ており、明治二十七年から熊本の聖十字教会で布教に当たっていた。金之助のイギリス留学が決まったときは、五高から離れていたが、留学について教示を得ようと思えばできたはずだが、話を聞きに行っていない。その理由について、武田は、「おそらく二人がキリスト教の色合いが濃厚であったからだろう」と推測している。このことからも、金之助が、熊本を発つ前から、グレース・ノットやジョン・ブランドラムからかなり強くキリスト教の臭いを嗅ぎ取り、敬遠していたことが分かる。

結局、金之助は、ラフカディオ・ハーンが自分の後任として推したスイス人教師のヘンリー・L・ファーデルに相談をもちかけるが、ファーデルはイギリスのことはイギリス人に聞いた方がいいだろうということで、宗教臭が薄そうで、たまたま娘に会うために熊本に来ていたノット夫人を紹介する。この間の事情について、金之助はのちに、「断片四B」で「「兎に角、行って彼女に会うがよい」と我が古き同僚のF君がいった。「彼女こそ申し分のない真の女性だ」と。こうして余は彼女に会ったのだが、なる程F君の言に偽りはなかった。数日後、彼女が滞在していた自分の娘の家がある熊本を、余は後にした。余は、イギリスに赴くべくプロイセン号に乗船した時、別れてからすでに二ヵ月を経過していたが、再び余は彼女が目の前に現われる好機に恵まれた。しかし二週間も過ぎるまで、遂に双方、互いに気付かなかったのは誠に不可思議だと言うべきだろう」と記している。ところが、その夫人も娘ほど筋金入りではなかったもの、キリスト教徒としての使命感は強く、金之助をケンブリッジ大学の牧師養成学校の副校長に紹介したり、ロンドン郊外に住む、敬虔なクリスチャンの知人の家に招いて、相当執念強く改宗を勧めたりしたのである。

（註2）アラビア海から紅海に抜ける航海中に、船のうえで書いた散文詩風の英文の手記「断片4A」で、金之助は、前章で取り上げた瞑想についての記述のあとに続けて、船中でのイギリス人宣教師たちの布教活動と彼らと闘わせた宗教論争について次のように記述している。

「船中には、おびただしい数の宣教師がいる。ある者は休暇をとって、またある者はこのところの支那における不穏な状況の故に、支那を去りイギリスに向かうのである。彼らは、愚かにも、吾人を偶像崇拝者と決めつけ、改宗させようと及ぶ限りの機会を捉えて怠りない。取り合わないに限る。自らの使命に没頭しすぎで、まさに過ぎたるは及ばざるがごとしだ。成功は支那に戻ってこそ可能というべきだろう。一言いい添えよう。親愛なる彼らは、われらこそは偶像破壊者であると自認する一方で、キリストこそ神の顕現であると臆面もなく主張する。彼らにとって、神はキリストを通じて初めてその意味をもつ。絶対性をもつ神そのものという観念は、キリストを通して神についての明確な概念を形成しようとする彼らの感性的知性にとって十分ではないようだ。なるほど、人類救済のために化肉した神というものが、彼らの信仰の拠るべき明らかな根拠を構築するためには必要なのだろう。しかしそのことこそ、偶像崇拝に外なるまい。彼らは、唯一の最高神というものを主張してやまない。大いに結構だ。しかし、だとすればそのような観念は宗派の相違によって変化するのではないか。彼らは、キリスト教のみが世界唯一の真の宗教であるという。けれども、事実としてもろもろの宗派が各々の最高神をもっているときにそのような主張をするのは、他宗の神観は誤謬であって、諸宗のうちひとりキリスト教のみが真の宗教である、というのと同じではないのか。余は、キリスト教に対していささかの怨念も抱くものではない。それどころか、キリスト教は偉大な宗教なのだから一度信仰に入れば必ずや救済されるにちがいないと確信しているものである。そうではあるけれども、彼らが偶像崇拝者と呼んでいる人々もまた、それなりの信心によって救済を見いだしているのである」（『漱石全集』第十九巻、岩波書店、一九九五年、注解の「三一」に付けられた英文翻訳より引用）。

要するに、ここで金之助は、今日言うところの宗教における「多元主義」を主張しているのであり、それから百年経った今も、キリスト教やイスラム教、ユダヤ教などが、それぞれの教義の唯一絶対普遍性を主張して、対立し合っている現実、さらにまたアメリカが、新しい宗教としてアメリカ的価値のグローバリゼーションを強引に推し進め、それがイラク戦争に典型的に見られるような悲惨な宗教戦争を引き起こす火種となっている現実を見るとき、金之助の「多元的宗教観」は極めて新しく、説得力を持つと言わざるをえない。

第五章　砂漠の国の海を抜けて地中海へ

アデン——ランボーがいた港町

ノット夫人の一等船室で、ケンブリッジ大学の知り合いに紹介状を書いてもらう約束を取り付け、金之助は前途にようやく一筋の光を見出だして、やれやれと一安心する。次の寄港地アデンから出した鏡子宛の手紙で、「熊本にて逢ひたる英国の老婦人「ノット」と申す人、上等に乗込居りて一、二度面会色々親切に致し呉候。此人《この》の世話にて「ケンブリッヂ」大学に関係の人に紹介状を得候へば小生は多分「ケンブリッヂ」に可参《まいるべき》かと存候」と書き送っていることからも、金之助の期待の大きさが分かる。その期待は、やがて物の見事に裏切られることになるのだが、そんなことを知る由もない金之助を乗せて船は、西インド洋からアラビア海を西に横断。この間、平穏な船旅が続き、日本を発って一カ月目の十月八日の夜、アラビア半島の南端、南イエメンの海港都市アデンに着く。

アデンは、古代、火山の噴火による溶岩流が海に流れこんでできた土地だけに、天然の良港として条件に恵まれ、シバの女王の時代から、地中海と紅海、インド洋を結ぶ、「海のシルクロード」の中継交易港として栄えてきた。ただ、私たち日本人が、アデンと聞いて思いだすのは、九歳で南国の太陽に憧れ、十九歳で詩作を放棄、ひたすら南に行くことを求め続けた、あの天才詩人ランボーが最後に行き着いた砂漠の町というイメージである。

一八八〇年三月、マルセイユを船で発ったランボーは、まずエジプトに渡り、アレクサンドリア、キプロスを経て、スエズ運河を南に抜けてエジプトのスアキム、アラビアのジェッダ、イエメンのホデイダと仕事を探しながら紅海を船で南下し、八月、アデンにやって来る。そして、リヨンのコーヒー商バルデー商会がアラビアに新たに開いた代理店でコーヒー選別工場の監視人の職をえる。以来、一八八五年までアデンにとどまり、バルデー商会の雇人として働き続ける。ランボーは、不毛の砂漠と岩山に囲まれた最果ての港町について、アデンから出した手紙の中で、「枯れた木さえない、草っ葉一つない、一かけらの土もない、一滴の清水もない。アデンは死火山の噴火口で、底には海の砂が一杯詰まつている。見るもの、触れるもの、たゞ僅かばかりの植物を辛うじて生やして置く溶岩と砂ばかりだ」（小林秀雄『ランボウ』）と記し、その暑さについて、「噴火口の内壁の御陰で、此処は、風も入らぬ、穴の底で、僕等は石炭の窯の中にゐる様に焼ける」（同上）と、報告している。

結局、ランボーは、一八八五年、バルデー商会と喧嘩別れをし、以来、一八九一年、右足関節の静脈瘤でフランスに引きあげるまで、砂漠の隊商のキャプテンとしてキャラバンを率いて、アラビアやエジプト各地で交易に従事することとなる。アデンには今日、「ランボー・ハウス」のような記念館が作られ、ランボーとの絆を物語る建物や記念物が一般公開されている。しかし、当時、ランボーがアデンに滞在したことを知る日本人はほとんどなく、金之助も十数年前、不出世の天才詩人が交易商人として滞在していたことは知るよしもなく、日記には、「見渡セバ不毛ノ禿山巉岏《サンガン》トシテ景色頗ル奇怪ナリ」と記してあるだけである。

柳北と鷗外が見たアデン

アデンは、ヨーロッパに渡る日本人にとって、熱帯樹林が生い茂る南アジアの自然風土と違って、全く別のもう一つの世界に踏みこんだことを実感させる灼熱の太陽光が照りつける砂漠と奇怪な形をした「禿山」に囲まれた「異形」の港町だった。それはまた、自然環境から人間、風俗、言語、宗教まで、世界がまったく異質で、和解不可能な差異と分断・亀裂を露出させた構造体であることを認識させる異界でもあった。明治五年十月十五日、アデンに着いた成島柳北は、この殺伐たる港町を次のように記述している。

> 九時二十分港ニ入ル。蓋シ亜刺比亜ノ海岸ハ概ネ砂礫ノミニテ青草ヲ見ズ。峯巒《ホウラン》ハ肉無ク骨露レ、剣ノ如ノ牙ノ如ク、突兀トシテ心自ラ驚カス。亜細亜中ニ嘗テ見ザル所ナリ。英人本港ノ山ニ沿フテ砲台ヲ築ク。宛然タル天造ノ長城ナリ。其ノ間ニ樹ヲ栽ヘ屋ヲ築キヌ。其労想フ可シ。港内ハ濶大ニシテ巨嚢ヲ拡ゲタル如シ。土人ハ巻毛黒瞼、印度人ニ比較スレバ醜陋獰悪甚シ。童子ハ海中ニ遊泳スル殆ド蛙児ト一般、人類トハ思ハレザル程ナリ。同行ノ人上陸スル者多シ。余ハ日光ノ赫々トシテ砂礫ヲ射、加之風塵面ヲ撲テ堪ル能ハザレバ竟ニ船ヲ出デズ。土人船ニ来タリ豹皮及ビ駝鳥ノ羽毛ヲ鬻《ヒサ》グ。

アデンは雨が少なく、しかも溶岩が海に流れこんでできた岩盤の上に造られた町だけに、天然の井戸に恵まれず、そのため紀元一世紀古代ローマの時代に、岩山の上に造られた十八の巨大な貯水池

（「シバ女王の水瓶」と呼ばれ、四千五百万トンの水を貯えることができた）を、イギリス人が補修・管理して飲用水を提供していた。また、大きな木造の水樽を荷車に乗せ、それを馬やろばに挽かせ、町内を売りあるいていた。水に苦労したことのない柳北にはそれが珍しかったのだろう、上陸した同行者からその話を聞いて、「此ノ不毛ノ都ニ於テ英人ノ土地ヲ拓キ道路ヲ築ク等其ノ事業実ニ感服ス可シ」と、イギリス人の徹底した植民地経営に感心している。

ところで、船がアラビア海から紅海に入る辺り、砂漠地帯で気候が乾燥しているせいで、夜になると月や星がよく見えた。金之助も、アデンに着くまえの晩、夜が更けるまでデッキで名月を観賞し、日記に「満月ニテ非常ニ美シ」と記している。柳北がアデンに寄港した夜も、満月が美しく出ていて、『航西日乗』に「此夜名月断巌千尺ノ上ニ出テ、風景奇絶、恰モ十月望ナレバ坡翁赤壁ノ遊ビヲ想像シ、余ガ壮遊ノ坡翁ニ優ル有テ劣ル無キヲ知リ深更マデ月ヲ賞シ寝ネズ」と記している。つまり、アデンの岩山の上に出た満月を見て、蘇東坡の「赤壁之賦」を想起し、時の移るのを忘れて夜遅くまで月見を楽しんだというわけで、「断巌千尺海門開キ、大月晩ニ洋底ヨリ来ル、万里壮遊絶勝ヲ探リ、吾独リ老坡ノ方ニ少クルヲ愧ズ」と七言絶句を得ている。柳北は、さらにこの夜の名月と灼熱の太陽が照りつけ、熱風が吹きまくる昼間の世界との著しい違いが強く印象に残ったのだろう、さらに続けて、「四望看難シ寸草ノ青、山容洞態緒ニシテ獰、知ル大漠應ニ遠ニ非ズ、満面ノ炎風亜丁ニ泊ス」と詠んでいる。

一方、森鷗外はアデンをどう見たのだろう。鷗外がアデンに着いたのは、明治十七年九月二十六日のことで、風邪でも引いていたらしく、上陸していない。しかし、船のうえから観察したものを「港ハ英人ノ開ク所。紅海ノ咽喉ナリ。西南ニ海ニ面ス。赭山繞《メグ》ル。四時雨少ナク、満目赤野、寸緑ヲ見ズ。土人ハ褐色、頭髪ハ黄枯、鼻ニ金環ヲ穿ツ。衣ハ半身ヲ掩フ。亜剌伯音ヲ操リ、雑ニ英語ヲ以テス。奉ズル所ハ皆回教ナリ。土人来リテ貨物ヲ売ル。駝鳥羽最モ美ナリ。此地ニ貯水池有ルヲ聞ク、以テ天水ヲ貯フ、速爾門（ソロモン）王ノ創ル所ナリ」と、日記に記している。「紅海ノ咽喉ナリ」という記述に医師らしい表現が、またアラビア語にブロークンな英語が混じっているといった観察に、鷗外の言語に対する鋭い関心がうかがえるが、特別の感懐は記されていない。ところが、その日の夕方、たまたま別の船で日本に帰国する外務書記官、光明寺三郎と邂逅し、さすがの鷗外も郷愁の念に駆られたのか、次のような多分に感傷的な七言律詩を詠んでいる。

万里舟ハ過グ駭浪ノ間
征衫《セイサン》此ニ来リテ涙斑ヲ成ス
童山赤野ニ青草無ク
豈ニ風光ノ故山ニ似タル有リヤ
又誰カ得ン相看テ笑口ノ開クヲ
堪驚ス波上ニ黄埃ヲ浮ベルヲ
蒲柳ニ非ザレドモ何ゾ能ク耐エン
赤日山ヲ焦シ海ヲ煮テ来ル

ちなみに、日本から来た医学留学生が、漢詩に託して望郷の思いを吐露したこのとき、ランボーは三十歳、バルデー商会代理店の契約社員として、アデンに滞在していたはずである。もし、鷗外が上陸して現在ランボー・ハウスのあるクレーター地区の辺りを歩いていれば、ランボーと出会っていた可能性はあった。まったく予期しないところで、白面碧眼のフランス人に出会って、鷗外の方から声を掛けた、いや中国や日本にまで行きたいと思っていたランボーのことだ、偶然とはいえ、アラビア人とは違った風貌の東洋人に出会って、驚き、ランボーの方から声を掛けた可能性もないとは言えないだろう。ただ、その当時の鷗外がランボーの名を知るはずはなく、日記にはなにも記されていない。最後に、永井荷風は、明治四十一年の六月半ばにアデンに寄港しているはずだが、何も記述は残していない。もちろんランボーについても記述はなく、ボードレールやヴェルレーヌ、ミュッセの詩は読んでいても、ランボーの詩は読んでいなかったのだろう。

西に行く船から飛び下りる夢

ところで、漱石は、アラビア海から紅海へと入って行く航海の体験にもとづいて、九年後に「西に行く」「大きな船」から飛び下り自殺をするという不思議な夢の物語を書いている。明治四十一年七月二十五日から朝日新聞に連載された『夢十夜』の「第七夜」として書かれたもので、漱石は、次のように記述している。

此の船が毎日毎夜すこしの絶間なく黒い煙を吐いて浪を切って進んで行く。凄じい音である。けれども何処へ行くんだか分らない。只波の底から焼火箸の様な太陽が出る。それが高い帆柱の真上迄来てしばらく挂《か》つているかと思ふと、何時の間にか大きな船を追ひ越して、先へ行つて仕舞ふ。さうして、仕舞には焼火箸の様にぢゆといつて又波の底に沈んで行く。其の度《たんび》に蒼い波が遠くの向ふで、蘇枋《すはう》の色に沸き返る。すると船は凄じい音を立てゝ其の跡を追掛けて行く。けれども決して追附かない。

ある時自分は、船の男を捕まえて聞いて見た。

「この船は西へ行くんですか」

船の男は怪訝な顔をして、しばらく自分を見て居たが、やがて、

「何故」と問ひ返した。

「落ちて行く日を追懸る様だから」

船の男は呵々《からく》と笑つた。さうして向ふの方へ行つて仕舞つた。


「この船は西へ行くんですか」という問いから、さらには、「乗合は沢山居た。大抵は異人の様であつた」、「ある晩甲板の上に出て、一人で星を眺めてゐたら、一人の異人が来て、天文学を知つてるかと尋ねた」、「或時サローンに這入つたら派手な衣裳を着た若い女が向ふむきになつて、洋琴《ピアノ》を弾いてゐた。其の傍《そば》に脊の高い立派な男が立つて、唱歌を唄つてゐる」などといった記述から、この奇妙な夢物語が、イギリス留学の途中、ドイツ船プロイセン号上での体験に基づいて書かれたものと見なして、まず間違いないだろう。

すでに見てきたように、金之助は横浜を発って以来、激しい船酔いに苦しんでいる。しかし、インド洋に出てからは、比較的海は穏やかで、甲板の長椅子に身を横たえ、瞑想に耽ったりしている。一方、「第七夜」を見てみると、「空が曇つて船が揺れた時、一人の女が欄《てすり》に倚りかゝつて、しきりに泣いて居た」とあるだけで、作品上は全体に穏やかな航海だったものと推定される。さらにまた、十月

十日、バーブ・アル・マンダブ海峡から紅海に入った日の日記に、「赤き日の海に落込む暑かな」、「海やけて日は紅に（以下なし）」、「日は落ちて海の底より暑かな」と三つの発句が記されており、これらの句に読まれた西日が海に落ちていく光景が、「第七夜」の「只波の底から焼火箸のような太陽が出る」、「焼火箸の様にぢゆっといつて又波の底に沈んで行く」という記述と対応することから、「西に行く船」の夢のイメージの基底にインド洋からアラビア海にかけての航海での体験があるとみなしていいだろう。とはいっても、「第七夜」が、そのときの実体験を「夢」として潤色を加えて書いたものか、体験とは別に「船から飛び下りる」夢を実際に見たうえで、その夢をインド洋上の体験とドッキングさせて書いたものかは定かでない。

　さて、以上を踏まえて、船のうえで何が起こったのか、「第七夜」の記述を追ってみよう。夢の中で「大きな船」に乗った「自分」は、船がどこに行こうとしているのかが分からない。それでも、「焼火箸のような太陽」が東から上り西に沈み、その太陽を船が追いかけているので、船員に「此の船は西へ行くんですか」と尋ねると、「何故」と問い返される。そこで「落ちて行く日を追懸る様だから」と答えると、「呵々《からく》と」大笑いされるだけ。「自分」はいつ陸に上がれるのか、どこに行くのかも分からず、「大変心細く」なって、「一層《いっそ》身を投げて死んで仕舞はうか」と考える。しかし、風で船が大きく揺れた日、一人の女が手すりに寄り掛かって泣いているのを発見し、もう一人「自分」と同じように悲しい思いをしている人間がいることを知って、少し安心する。船の揺れが収まり、再び静かに海の上を進むある夜、甲板で星を眺めていると、西洋人が一人近付いてきて、天文学が好きかと尋ねる。「自分」は、船に乗っていても詰まらないので死のうと思っている。だから返事をしないまま、空を見上げていると、西洋人は、いろいろと星の話を聞かせてくれる。そして、「星も海もみんな神の作つたものだ」と言い、神を信じるかと尋ねる。その問いに対しても、「自分」は宗教に無関心なので黙っている。またある晩は、サロンで夫婦だろうか、恋人だろうか、女がピアノを弾き、男がそれに合わせて唄を歌っていた。二人とも二人だけの世界に浸りきっていて、船に乗っていることなどまったく忘れているようであった。そんな音楽によって結ばれた男と女を見ているうちに、「益々詰らなく」なり、とうとう死ぬことを決意」する。そして、人のいないのを見計らって、甲板から海に飛び下りる。「ところが、足が船から離れた途端に、命が惜しくなって、「よせばよかつた」と心から悔いる。だが、船が大きく、海面まで相当距離があるので、なかなか足は海面に着かない。しかも、船はもう行き過ぎていて、戻れない。「自分」は「何処へ行くんだか判らない船でも、矢つ張り乗つて居る方がよかつたと始めて悟りながら」、「無限の後悔と恐怖とを抱いて黒い波の方へ静かに落ちて行」く。

『夢十夜』は、漱石自身が見た夢を極めて幻想的なタッチで、象徴的に書き綴ったもので、十に分けて書かれた夢のテーマ的特性という点から見てみると、「第一夜」の「死んだら、埋めて下さい。大きな真珠貝で穴を掘つて。さうして天から落ちて来る星の破片《かけ》を墓標《はかじるし》に置いて下さい。さうして墓の傍《そば》に待つてゐて下さい。又逢いに来ますから」と言い残して息を引取り、百年後に「真白い百合」となって蘇る女の話や、「第三夜」の背中に背負った六歳の男の子が実は百年前に自分が殺した盲目の化身であったという話、「第四夜」の手拭いを蛇に変えて見せてやると言いながら、河のなかに入って行ったまま出て来なくる爺さんの話、そして「西に行く船」に乗った「自分」が飛び降り自殺をする「第七夜」など「死」にまつわる不可思議で、不気味な夢の話が多い。

しかし、一つひとつの夢の物語が、象徴的に何を意味しているかということになると、吉本隆明が佐藤泰正との対談『漱石的主題』で「漱石は、母胎から隔てられた無意識の形象というものとしての〈夢〉を、かなり意識的に記述しているし、意識的にある意味ではこしらえている部分があります」と語っているように、素材としての夢に潤色を加え、フィクションとして創作して書かれている部分がかなりあり、しかもその夢が漱石の現実的体験を夢に見立てて書かれたものか、はたまた純粋に夢として見たものか、区別が付かない書き方をしているため、それぞれが象徴的に意味するものを読み解くのは極めて難しい。くわえて、問題を一層難しくしているのは、それぞれが夢として語られながら、文学作品として提示されているため、ここに書かれた十の夢の物語を、純粋な夢の記述と受け止め、フロイト的な「夢判断」の手法によって、その象徴的意味を分析しようとしても、文学的な意味で何か本質的な部分が逃げていってしまうのだ。

夢、あるいは幻想と現実体験、そしてフィクションと三つのエレメントから構成されているという意味で、この作品群は、本質的に五年前に書かれた『倫敦塔』と通底するものを持っているといえる。しかし、『倫敦塔』は、幻想と現実体験の境界線がかなり明瞭に分かる書き方をしているのに対して、『夢十夜』は、最初から最後まで夢として書かれているため、それぞれの境界の見極めが難しく、それが夢の象徴的／文学的意味の読解を至難の業にしている。なかでも、「第七夜」の物語は、金之助の船の上での実体験をベースにして書かれているため、純粋な夢、またはフィクションとして読むことが難しい。そのために、これまでに江藤淳を筆頭に、柄谷行人や吉本隆明、佐藤泰正、古井由吉などが、それぞれ独自の視点からこの作品が持つ文学的意味を読み解こうとしてきたが、いまだに全面的に読み解かれたとは言い難く、漱石文学にあって一つの謎の領域を形成している。この作品の象徴的、かつ文学的意味をトータルに読み解くための条件として、どこまでが夢で、どこまでが実体験で、どこまでがフィクションか、その境界を最初に見極める作業が必要であろう。

だがそれなら、どのようにしてそれぞれの境界を見定めていったらいいのか？　考えられる方法は、一つひとつの記述を、日記や手紙、手記、小説、詩歌・俳句など漱石の先行するすべての記述、及び生活体験に照らし合わせ、同じような記述あるいは体験が認められる場合は、夢またはフィクションから外していくという消去法によって、現実的な実体験との境界線を浮かび上がらせていく方法である。以下、私は、この方法によって、現実と夢とフィクションの境界を見定め、そのうえでこの物語の象徴的／文学的意味を読み解いていきたいという誘惑に駆られているのだが、それをすると、金之助の受難の船の旅を再現するという本書の趣旨を大きく外れてしまうことになるので、将来別の機会に詳しく論じることとして、ここでは一つだけ次のことを指摘して、先に進むことにしたい。すなわち、この不思議な夢物語の根底には、『夢十夜』の「第一夜」に描かれた、死んでから百年後に百合の花となって蘇ってくる「大きな潤いのある眼」の女に象徴される、小説的イメージのレベルにおける「夢の女」と、海に飛び下りて共同死（相対死に）したいという漱石の願望が流れていること、にもかかわらずその女性のイメージを手に入れることができず、漱石が懸命に探し求めていること、そしてそのために書かれたのが『三四郎』の美禰子であり、『それから』の三千代であるということである。

紅海からスエズ運河を抜けて

十月九日朝九時半にアデンを出港した船は、十日夜、バーブ・アル・マンダブ海峡を経て紅海に入り北上。三日後の十三日は、スエズ着。果てしなく砂漠が広がるだけに殺伐とした運河の風景を、日記に「満目突兀トシテ一草一木ナシ」と記している。

この四日に及ぶ紅海の船旅で、船酔いに替わって、金之助を苦しめたのは、ただならぬ気温の暑さで、日記には、「始メテ熱ヲ感ズ。（中略）cabin ニ入リ寝ニ就ク。熱、名状スベカラズ」「昨夜 cabin ニ入リテ寝ニ就ク。熱、苦シクテ名状スベカラズ。流汗淋漓、生タル心地ナシ」といった記述が続いている。ところが、それまでの緯度に沿って平行に西に進む航路から、紅海に入って北に真上に上がる航路に変わったせいで、気温の変化は思っていた以上に急激で、十一日の明け方には、早くも「漸ク涼シ」とあり、十二日には「秋気漸ク多シ。然レドモ船客未ダ白衣ヲ脱セズ」と、涼気がかなり加わったことをうかがわせる。船がスエズに近づき、緯度が上がると気温は一気に下がり、朝夕の風に秋が濃厚に感じられるようになる。そして、船がスエズ運河を抜け、ポート・サイドから地中海に入ると、世界は大きく変わり、「秋気満目、船客ノ多数ハ白衣ヲ捨ツ」と、完全に秋の世界に入っていったのであった。

ところで、成島柳北と森鷗外は、この「聖」なる海をどう渡っていったのだろうか？　柳北は、アデンを発った翌日の十五日、「洋史ニ云フ、上古神人摩西（モーゼ）西海ヲ渡テ難ヲ避ク。埃及王之を追ヒ全軍盡ク溺レ、血紅波ヲ湧カス。紅海ノ名其時ニ昉ルト。余想フニ、両岸砂漠日光砂礫ヲ射テ海色自カラ赤シ。故ニ名ヅケシナラント」と、モーゼの出エジプト記と紅海の名の由来について蘊蓄を傾けている。柳北はさらに、金之助が「満目突兀として一草一木なし」と僅か一行で済ませたスエズ運河について、「此地亜丁ニ比スレバ頗ル繁華ナルニ似タリ。白沙瀰々眺望亦佳ナリ。土人来リ土耳其ノ赤帽及ビ写真ヲ売ル。午下一時港ヲ発シシ新航渠ニ入ル。両岸亦赤地渺茫トシテ寸草ヲ見ズ。時ニ駱駝ノ沙上ニ臥スルヲ認ム。砂漠ノ熱気人ニ迫リ寒暑針八十七度ニ及ベリ（以下略）」と、目に触れた事物を一つひとつ丹念に記録している。

一方、鷗外は、十月二十七日から三十日まで三日を要して紅海を北上しているが、モーゼやシナイ山についての記述は一切なく、ただ、「紅海」の名の由来について、「世ニ伝フルニ水底ニ珊瑚ヲ生ズ、故ニ名ヅク。或イハ云フ、両岸赭土、此ノ名有ル所以ナリ」と二説を挙げ、波が穏やかで、気温が下がったので、「洪爐（巨大な炉）」を出たように爽快であると記している。さらに、十月一日朝六時、スエズに到着、「蘇士港ハ紅海ノ尽キル処ニ在リ。四境赤野。累年雨少シ。鉄路有リテ歴山府（アレキサンドリア）ニ通ズ。十時舟ヲ放チ運河ニ入ル。運河長キコト百海里、深サ七十二英尺。幅員甚ダ濶カラズ。巨艦相逢フ。則チ一ヲ避ケ一ヲ過グ（以下略）」と運河の光景を詳しく記述、さらに両岸に広がる砂漠の光景を、「岸上ニ土人駱駝ニ乗リテ行ク旋風時ニ起リ、砂を捲クコト柱ノ如ク、竪立スルコト数十丈。沙ノ天ニ接スル処、之ヲ望ムコト海ノ如シ」と叙述している。

鷗外の日記で注目されるのは、ポート・サイドに停泊した際に下船し、現地人が牽くロバに乗って市内観光を楽しんでいることで、途中で聴いたアラブ音楽のライブ演奏について、「楽堂有リ。入リテ聴ク。堂二百人ヲ容ル。正面ニ楽手ノ為ニ座ヲ設ク。男五人女五人、各ノ楽器ヲ執リ、管弦合奏ス。頗ル人ノ耳ニ適フ。曲終ル毎ニ、女子座ヲ降リテ銭ヲ乞ウ」と記し、「水狭ク沙寛キコト百里程、月明ルク両岸ニ草虫鳴ク、客身忽チ繁華ノ境ニ落チ、手ニ巨觥ヲ挙ゲ艶声ヲ聞ク」と七言絶句を詠んでいる。おそらく、日本の近代文学者が書き残した最初の、いわゆるエスニック・ミュージック体験として大変興味深い記述である。ここで読み落としてならないのは、それまで律義に国費留学生としての役割を演じてきた森林太郎が、はじめて聴く異国のエキゾチックな音楽を「人ノ耳ニ適フ」と楽しんでいること、そして、酒杯を手にして、アラブの女性シンガーの歌に旅愁を慰めていることである。

このように、金之助と違って、音楽の魅力によって記号的役割意識を捨てて、砂漠の国の港町で「繁華ノ境ニ落」ちていってしまえるところに、帰りの旅の船のうえで『舞姫』を書くことになる「作家森鷗外」の面目があざやかに読みとれそうである。

寡黙な日記と饒舌な日記

紅海からスエズ運河へとさかのぼる船の旅について、日記の記述を夏目金之助と成島柳北、そして森鷗外の記述を読み比べて、改めて気づくことは、三人とも漢文体で書いているものの、金之助の場合は、記述がいかにも短く、最低限必要なことしか書かれていないこと、そしてそうした寡黙な記述をとおして、紅海を北上しキリストの国に近づくにつれて、あるのっぴきならない思想・信教上の対決が迫りつつあることを、無意識のところで予感しているように読めることである。

一方、柳北の方はまったくそんなものには無頓着に、饒舌というか、目に入り、耳に聞いたことを自在な漢文体で微細に書きつづり、時や場所に応じて湧いてきた感懐を漢詩に託して表現していて、そこに自由な精神の働きが読みとれる。また、森鷗外も、国費留学生としての記号的役割意識を越えて、エキゾチックな砂漠の国の風土文物に好奇心を働かせ、僅か一日の短い滞在ではあるものの、異文化体験を楽しみ、そのことを日記に記述している。だが、それにしても、金之助の寡黙と柳北の饒舌が意味するものは何なのだろうか？

もちろん二人の気質の違いと「文部省派遣留学生」という記号的役割を背負った者と背負わなかった者の違い、さらにはさきに渡って行った者とあとから渡って行った者の差、つまり先人が書いてしまった分、あとから来た者に書くべきものが残っていないという不利もあるだろう。だが、それ以上に、二人の日記の記述の違いには、明治の時代精神や感性、世界認識の変化、さらにはヨーロッパの文明・文化に対する心的構えや距離、そしてそれらを表現するための書記的言語媒体としての漢文体に対する心の距離感の違いといったものが反映しているものと思われる。つまり、成島柳北は、日本が国を開く前、旧幕藩体制下で中国を世界の中心とする漢字文化圏のなかで、漢学を学ぶことで知性と思想的・感性的バックグラウンドを形成してきた人間である。そのため、柳北は、ヨーロッパの言語や思想、宗教、文化・芸術と全面的に対決しないまま、フランス船ゴタベリイ号に乗ってフランスに向かって行った。その結果、一切の先入観を持たないまま、白紙の状態で、次々と現われてくるアジアやアラブの未知なる世界をありのまま受け入れ、使い慣れた漢文体でその印象や感懐を自在に表現することができたのである。

このことは、明治六年の時点で、日本人にとって、漢文体が、世界のあらゆる差異や隔絶、亀裂をありのまま受け止め、世界の全体像を表現しうる同時代的な言語表現媒体として、優越的地位を保持していたことを物語っている。だからこそ、柳北は、アデンの禿山の上に出た満月を見上げ、蘇東坡の「赤壁之賦」を想起しながら、その美に夜が更けるまで酔い、漢詩を詠むことができたのである。金之助が、明治十四年、府立第一中学校を退学して、漢学を学ぶため二松学舎に入学したのも、その時点では、漢学と漢文体が持つ潜在的キャパシティに対する信頼が、十四歳の少年のなかでまだ生きていたからである。

ところが、柳北が渡欧してから二十八年、金之助がイギリスに渡っていった明治三十三年の時点では、漢学が時代の知性や教養、感性の背景として持っていた地位、そして漢文体が世界を表現するための言語表現媒体として持っていた優越的な地位は失なわれてしまっていた。旧時代の知性や言語では通用しない新しい時代に変わってしまったのである。一時は漢学を学ぼうとした金之助が漢学から英語と英文学に進路を切り換え、その結果として帝国大学文科大学英文学科を卒業し、イギリスに留学するようになったのも、こうした時代の知と言語のパラダイムの変換に対応するためであった。だが、皮肉なことに、金之助が渡欧していった時点で、言語表現媒体として、漢文体に代わって自身の見聞や体験、印象、感懐を記述する文体がまだ確立していなかった。たしかに、言文一致体の試みは行われていたが、個人の内密な事実を記述する文体としては認知されていなかった。

くわえて、金之助が、世界を了解、あるいは和解不可能な巨大な差異、あるいは分裂を抱えた構造体として捉えていたこと、なかでもこれから自分が入っていこうとしているヨーロッパ世界を、自身がこれまで生きてきた世界とはまったく異質な世界と捉え、自身の存在と真っ向から対立し、存在を否定するものとして受け止めていたことも無視できない。つまり、柳北のように楽天的に世界の一体性が信じられていない。たとえば、アデンに近づく船のうえで、金之助も柳北と同じように満月を愛でている。もちろん、金之助とて蘇東坡の「赤壁之賦」を知らないはずがない。暗唱できるほど覚えていたに違いない。にもかかわらず、金之助には、柳北のように『赤壁之賦』を思い浮かべながら、南イエメンの砂漠のうえに浮かぶ満月を愛で、漢詩を詠むことはできなかった。いや、やろうと思えばできたはずだが、あえてしようと思わなかった。なぜなら、漢学や俳諧をとおして培ってきた内なる「名月」と、今自分が見上げる砂漠を照らすアデンの月を、柳北のように合体させることができないことを、金之助がはっきりと見極めてしまっていたからである。

夏目金之助は、成島柳北のような漢学によって培われてきた教養と感性では、もうとうてい捉え切れない別の世界に踏みこんでしまっていた。その世界との不和、あるいは違和の感覚は漢文体では表現できない。にもかかわらず、漢文体に代わる新しい言語をまだ持ちあわせていない金之助には、漢文体で表現するしかない。金之助の日記の記述が寡黙に終始した最大の理由がここにあると言っていい。

このあと、詳しく見ていくことになるが、金之助は、ジェノヴァで上陸して以降、ロンドンに着くまでの鉄路と船の旅、そしてロンドンでの留学生活を通して、何か大きな未知なるものや混乱、世界の大きな壁や越えがたい差異の亀裂に直面するごとに、うろたえ、心身の「常態」を失っている。そして、その都度、自身の言行を自虐的に誇張し、笑いのめすといった形で記述している。そのとき、かならず金之助が漢文体から離れ、言文一致に近い擬古文体や書簡体の候文など、より平易で、自由な文体で書いていることを、私たちは記憶しておく必要があるだろう。

第六章　汽車の旅で難儀する金之助

ナポリに上陸

十月十四日午前八時、ポート・サイドを発ったプロイセン号は、地中海を北西に長靴の形をしたイタリア半島の爪先をめがけて進み、シチリア島に挟まれたメッシーナ海峡を抜け、南イタリア半島に沿って北上。十月十七日午後、ポンペイを一夜にして火山灰で埋め尽くし、廃墟と化さしめたヴェズヴィオ火山を右手に、また小高い丘の上に広がるナポリ市街を正面に見ながら、ゆっくりとナポリ湾を進み、夕暮れ方、サンタ・ルチア港に着岸。日本を発って一カ月と十日、それは、金之助が、不安と孤独、船酔いと胃腸障害、そして灼熱の暑さを乗りこえ、ようやくたどり着いた最初のヨーロッパの表玄関であった。だが、その夜は、上陸を許されないまま、船の上で一夜を過ごし、翌十八日、上陸して市内観光を楽しむ。

紀元前七世紀、古代ギリシャ人によって開かれたナポリは、古代ローマ帝国以来、ゴート人、ロンバルド人、シチリア王国、ドイツのシュワビア家、フランスのアンジュ家と外国人の支配を受けながら、独自性を失わずに生き延びてきた。それだけに、ナポリ市内全体が歴史博物館と言っていいほど、たくさんの遺跡や遺物が溢れている。

　日記の記述によると、金之助ら一行は、「Naples ニ上陸シテ cathedral ヲ二ツ、museum 及 Arcade Royal Palace ヲ見物ス。寺院ハ頗ル壮厳ニテ、立派ナル博物館ニハ有名ナル大理石ノ彫刻無数陳列セリ。且、Pompeii ノ発掘物非常ニ多シ。Royal Palace モ頗ル美ナリ。道路ハ皆石ヲ以テ敷キツメタリ」と、教会を二つ、それと博物館と王宮を見学している。とはいっても、「cathedral」も「museum」も、名前が記されていないので、どこを訪れたか分からない。ただ、教会については、「頗る壮厳」という記述があることから、十四世紀のゴシック建築様式と美しい回廊クラリンカで有名なサンタ・キアーラ教会と、ナポリ市街を見下ろすヴォメロの丘の上に立つサン・マルティーノ修道院の二つを訪れたものと思われる。

　一方、「museum」の方は、「Ponpeii ノ発掘物非常ニ多シ」とあることから、ナポリ国立考古学博物館と思われる。この博物館は、古代ギリシャ、ローマ美術のコレクションで世界屈指とされ、「アフロディーテ」や「ヴィーナス」などギリシャ美術の白眉とされる大理石彫像やモザイク画「アレクサンダー大王の戦い」などの傑作が展示されている。

　日本からの留学生にとって、ナポリはヨーロッパの表玄関ともいえた。しかも、その表玄関には、ヨーロッパの歴史の博物館と言っていいほど、町中に古代ローマ時代からの歴史的遺跡や遺物が数多く残されている。アジアの貧困と停滞、中近東の不毛の砂漠をいやというほど見せつけられてきた留学生たちが、ナポリに上陸し、市街を見て回ることで、ヨーロッパの歴史と文化の重みと厚みを肌で感じ取り、驚嘆したことは想像に難くない。確かに、彼らは、それまでに上海や香港、シンガポールで西洋スタイルの建物や施設、町並みを見てきた。だが、それらはすべて、ヨーロッパ列強の植民地支配が作り上げた、疑似的なヨーロッパの姿にすぎなかった。ところが、今、足を踏みしめ、歩き、目にするナポリは正真正銘、本物のヨーロッパである。遠路、アジアから訪れ、初めてこの港町に下り立ったものは、だれもが驚きと賛嘆の声を上げた。金之助もまた、一日だけの滞在で教会や博物館などお決まりの観光コースを一通り回っただけだが、石で作られた都市の美しさと歴史の重みをひしひしと感じ取ったのだろう、「此地ハ西洋ニ来テ始メテ上陸セル地故夫程《それほど》驚キタリ」と記している。

なお、ナポリというと、アパートとアパートとの間の狭い露地の上に、満艦飾のように洗濯物が風にはためき、ナポリっ子の活気に溢れる坂の町、スパッカ・ナポリやスペイン街が有名である。スパッカ・ナポリは考古学博物館に近く、金之助は、行きか帰りに見たはずだが、日記には何も記述がない。わずか一日の市内観光だけに無理からぬところがあるが金之助の目はもっぱら歴史の町、ナポリの光の部分に注がれていたと言えよう。

西洋式の大ホテルに驚く

漱石と同じプロイセン号で、ドイツ留学の途に登った藤代禎輔の回想記「夏目君の片鱗」によると、ナポリで一日、市内観光を楽しんだあと、このまま船を下り、汽車でローマに向かおうという案があったという。「出発前東京で坪井先生に旅行中の心得を伺った時、巴里の博覧会などは、赤毛布の奥山見物と同然だ。それよりはナポリで上陸してポンペイ、ペスツムを見物して、羅馬で一週間位滞在した方が、遥かに気が利いてると云はれた」、「留学中、以太利へ行き損なつた僕は、あの時坪井先生の忠告に従へば宜つたと後悔している」という記述から、藤代自身としては、ローマ行きを望んでいた。しかし、「ローマは、留学中にいつでも行けるが、万博は閉幕の時期が迫っており、今回見逃すと二度とチャンスは来ない。ならば、今回は……」という気持ちが大勢を占めたのだろう、一行はそのまま船旅を続けることになる。

ところで、この時、金之助がどちらを望んだのか興味あるところだが、ローマ行きでも、パリ行きでもどちらでもいい、大勢に従うという態度だったらしい。ただ、ヨーロッパに上陸した以上、一日も早くロンドンに着きたいというのが本音で、その意味で、ロンドンまでの鉄路の旅の途中で下車するパリに直行したかった。パリで何人か知り合いに会うスケジュールもできているという。結局、金之助の意向に添う形で、全員パリに直行することになる。この辺の事情について、藤代は次のように記している。

併し夏目君は以太利観光に熱心と云ふ分けでもなし、博覧会を強いて見たいと云ふ風でも無かつたらしい。唯目的地の倫敦へ行くには巴里を経由するが一番便利である。そこで初めから其積りで巴里でも二三の人に面会する予定だったらしい。けれども若し一行の多数意見が以太利見物に傾いたら、夫れにも反対を唱えはかつたらうと思はれる。兎に角君は航海中終始超然主義とでも云ふ様な態度を執つて居た。

藤代は、金之助の煮え切らない態度を「超然主義」と表現しているのが、こういう場合、意外に力を発揮するのは、仲間で一目置かれながらも、沈黙を守る人間の意向で、早くロンドン入りして留学の使命を果したいという金之助の無言の意向を他の者が察して、結局ローマ行きの案はしりぞけられたのではないだろうか？

プロイセン号は、十八日夜、夕食後、世界各国の国歌が吹奏される中、ナポリを出航。翌十九日午後一時、ジェノヴァのヴェッキオ港に到着。九月八日に横浜をたって四十一日、ようやく長い長い船旅は終わりを告げたのだ。

十月十九日〔金〕午後二時頃 Genoa ニ着ス。丘陵ヲ負イテ造ラレタル立派ナル市街ナリ。薄暮上陸、Grand Hotel ニ着ス。宏壮ナル者ナリ。生レテ始メテ斯様《かよう》ナル家ニ宿セリ。食事後案内ヲ頼ミテ市中ヲ散歩ス。

金之助らは、検疫を済ませ、夕方五時、下船。ボートで税関に向かうが、審査はなく、そのまま上陸。プリンチペ駅で、翌日のパリ行きの列車のチケットを購入、馬車でグランド・オテル・ド・ジュネニ向かう。ホテルは、金之助には見たこともない豪華なホテルで、三階の部屋に投宿。船から解放され、シャンデリアの輝く豪華なホテルに泊まることがよほど嬉しかったのだろう、日記には「生レテ始メテ斯様ナル家ニ宿セリ」と記され、無事、ヨーロッパにたどり着いた安堵感と興奮がうかがえる。

汽車に乗れずにうろたえる

ジェノヴァもまた、ナポリと並ぶ歴史の町である。市内にはアメリカ大陸を発見したコロンブスの生家やバルビ家の王宮、サン・ロレンツォ教会（ドゥオーモ）、赤の宮殿など名所旧跡が多い。だが、一行の心は一日も早く留学先のロンドン、ベルリンへとはやり立っていたのだろう、前夜、食事の後、ホテルのガイドの案内で市内をぶらついただけで、翌日は市内観光をあきらめ、八時半発のパリ行きの急行列車に乗るべく、ホテルの馬車でプリンチペ駅に乗りつける。

ところが、意外と言うべきか、当然と言うべきか、陸路の旅もまた難儀を極めたものだった。というのは、船は乗ってさえいれば、目的地に送り届けてくれるが、陸路の旅となるとそうはいかない。目的地に着く汽車の発車時刻や途中の乗り合わせを確かめ、チケットを購入、発車時間に遅れないように駅に駆けつけ、プラット・ホームを探し出し、目当ての汽車に乗らなければならない。要するに、右も左も、北も南も分からず、言葉も通じない初めての都市で、行動のすべてを自分自身の判断で決めなければならない。それが、船の旅と比べて、比較にならないくらい厄介なのだ。

ケチの付きはじめは、乗るべき汽車が満員で、乗せてもらえなかったことだ。チケットは買ってあるのに、汽車には乗れないとはおかしいじゃないか！ 東京でなら文句を言うところだが、何しろ言葉が通じない。金之助はもちろん、藤代禎輔も芳賀矢一もイタリア語は話せない。駅の構内を右往左往する内に、運よく英語が通じるトーマス・クックのオフィスが見つかったので、金之助が英語で「なんとかしてくれ！」と交渉。幸い、新たに車両を追加するということで、ようやく乗車することができた。

全員、同じコンパートメントに席も取れ、やれやれ、一息入れたいところだが、途中、トリノでパリ行きの列車に乗り換えねばならない。それが気になって一向に落ち着かない。万が一にも乗り過ごしたら、とんでもない所に連れて行かれてしまう。というわけで、止まる駅を一つひとつ確認しながら乗っていったおかげで、トリノでは間違いなく汽車を下りることができた。日記は、この間のうろたえ、右往左往する自身の姿を多少自嘲的に次のように記している。

十月十二日〔土〕　午前八時半ノ汽車ニテGenoaヲ出発ス。旅宿ノ馬車ニテ停車場ニ馳付タルハ立派ナリシガ、場内ニテ委細方角分ラズウロヽスル様洵《マコト》ニ笑止ナリ。漸ク汽車到着セシガ乗車セントスレバドコモoccupiedト剣突ヲ喰ヒ途方ニ暮レタリ。漸クCookノagentヲ見出シテ之ニ英語ヲ以テ頼ミシガ、ヤガテ乗客満員ノ為メ新列車ヲ増加シ漸ク之ニ乗込ミシガ、Turinニテ乗易ル訳故気ガ気ニアラズ。漸ク該所ニツキ停車場前ノ旅館ニ至リ中食シ四時半ノ発車ヲ待チ合ワス。Genoa上陸以来一切夢中ニテ引キ廻サルル如キ観アリ。見当違ノ所ニ至ラザルガ仕合ナリトス。

船の旅では、横浜を出港したその日のうちに船酔いと胃腸障害に苦しみ、「常態」を失った金之助は、船を降りて最初の陸路の旅で、早くも駅の雑踏の中にあって方向の感覚を失ってしまったのである。「一切夢中ニテ引キ廻サルル如キ観アリ」という言葉に、いかに金之助らが慌て、うろたえ、冷や汗をかいたかが手に取るように分かる。

ここで思い起こすのは、漱石より三年遅れて、アメリカに渡った永井荷風のことである。というのも、荷風の外遊日記、『西遊日誌抄』を読んでも、荷風は、こうしたぶざまな失態は一度も演じていないからである。もちろん、荷風とても、道に迷い、汽車を乗り違え、途方に暮れたこともあったろう。だが、荷風は、そんなことをわざわざ日記に記すのは、恥さらしとばかりに、完全に無視。いかにも旅慣れたバガボンドのように、スマートに異国を旅行している。江藤淳が、「歯が浮くように気障」と評したゆえんである。

一方、森鷗外も、明治十七年十月七日、フランスのマルセイユに上陸し、翌八日の夕方六時発のパリ行きの汽車に乗っているが、日記には、「一等車箱。分カレテ四区ト為ス。毎区ゴトニ二人ヲ容レル。坐スコト可ナレドモ臥スコト可ナラズ。故ニ別に寝室ヲ買フ者アリ。夜里昂（リヨン）府ヲ過グ。星月皓然タリ。寒気膚ヲ侵ス」とうろたえた様子はうかがえず、むしろ「詩有リ」として、「清輝凛々タリ秋天ノ月、影ハ塔尖自リ樹梢ニ遷リ、熱市冷村塵ヲ一瞥シ、詩句推敲ヲ費ヤスニ由無シ」と七言絶句を詠んで、余裕のあるところさえ見せている。もちろん、パリでもスマートな旅行者として振る舞いとおし、五千人収容の大劇場で『宮中愛』という芝居を鑑賞、「人ヲシテ銷魂セシム」、「戯謔百出、観者絶倒ス」と楽しみ、十一日に無事ケルンに到着。「午前七時、徳国歌倫ニ達ス。余徳国語ヲ解ス。此ニ来リテ、聾唖ノ病ヲ免ルルヲ得ル。快ト謂フベシ」と、流暢にドイツ語を操ったことを自慢気に記している。

これに反して、金之助の方は、荷風や鷗外とは対照的に、半ば自虐的に旅中の自らの不器用と失態を暴いていく。ヨーロッパに上陸してはじめての汽車の旅で、ジェノヴァはプリンチペ駅構内で右往左往する金之助。船のうえでも、鉄路のうえでも、決して「器用」には振る舞えない金之助。一方、絶対に「不器用」には振る舞えない荷風と鷗外。旅の最初から、船酔いや胃腸障害、言語コミュニケーションの失敗、駅や汽車のなかでの不作法な振る舞い……と心身の劣等性を全面的にさらけ出し、敢えてそこから逃れようとしなかった金之助。いわば、この劣等者、あるいは失格者としての特権的身体と心性、そして振る舞いのなかに、後に文学者「夏目漱石」に変身する萌芽が宿っていたことを見落としてはならないだろう。

あばたに注がれる冷酷なまなざし

トリノは、イタリア西北部ピエモンテ州の州都で、コッィエ・アルプスとグライエ・アルプスの東麓、ドーラ・リパーリア河とポー河が合流する地点に位置する町である。今ではイタリア有数の工業都市、特に自動車メーカー、フィアットの生産拠点地として知られているが、紀元前、古代ローマの植民地として開かれた歴史豊かな都市で、イタリアとフランス、スイスを結ぶ交通路の要衡として栄えてきたが、たびたびフランスの侵略を受け、支配下に置かれ苦汁を飲まされた。そのため、自主独立の気風が強く、十九世紀に入り、独立を求める気運が高まり、イタリアの自由・独立を求めて亡命者が多く集まった結果、「イタリア統一運動」の牽引車的役割を果たしている。

ポー河の河畔、西の彼方にモンテ・ローザやモンブラン、マッターホルンなど四千メートルを越える秀峰が白雪を頂いて連なり、風光明媚な町には、十七世紀から十九世紀にかけて同市を支配したザボイア家ゆかりの歴史的建造物が多く残っている。中でも、十五世紀ルネサンスの教会様式を今日に伝えるドゥオーモが有名で、ここには十字架から下ろされたイエス・キリストの死顔が浮かぶ経帷子が残されていることで世界的に知られている。

汽車はお昼の十二時半に中央駅（Stazione Centrale）着。一行は、駅前のスイス・フランス・ホテルで昼食をしたため、パリ行きの汽車を待つことにするが、発車時間まで三時間ほど余裕があり、市内観光を楽しもうと思えば、楽しめないこともなかった。事実、藤代禎輔や芳賀矢一らは馬車で「市内を一回り」と出かけたが、金之助は、途中で道を失い、汽車に乗り遅れることを恐れたのか、ホテルに止どまっている。

トリノからパリ行きの列車が発車するのは午後四時半。一行は、ホテルのマネージャーに駅まで見送られ、パリ行きの列車に乗りこむ。ところが、難儀はそれで終わらず、金之助の不器用な振る舞いはさらに続くことになる。まず、乗客が意外に多く、プラットフォームが混雑していたせいで、金之助はまごついて他の仲間より遅れて最後にようやく汽車に乗りこむ。そのせいで、パリまで十数時間もの長旅だというのに、どのコンパートメントも満員で空席がないのだ。藤代と芳賀たちは、先に乗りこんだせいで空席を探しだし座りこんでいるが、金之助一人はあっちをうろうろ、こっちをうろうろ、汽車が走りだしても空席が見つからない。さんざん探し回って、ようやくあるコンパートメントの中に、一人分、客と客の間に隙間を見つけて、むりやり割りこもうとする。すると、「何だ？　お前は？」と、露骨に嫌な顔をされる。

知られているように、金之助の顔には相当はっきりあばたが残っていた。子供の時、種痘を打ったのが不幸にも顔に移転し、痒くて顔中掻きむしった結果、あばた顔になったという。後年、『吾輩は猫である』の「九」で、漱石は、猫の口を借りて、苦沙味先生のあばたについて、「主人は痘痕面である。御維新前はあばたも大分流行つたものだそうだが日英同盟の今日から見ると、斯んな顔は聊か時候後れの感がある。（中略）現今地球上にあばた面を有して生息して居る人間は何人位あるか知らんが、我輩が交際の区域内に於て打算して見ると、猫には一匹もない。人間にはたった一人ある。而して其一人が即ち主人である。甚だ気の毒である」と、相当あけすけに、突き放したような書き方をしている。

『吾輩は猫である』が書かれたのは、漱石三十八歳の時で、ロンドンから帰国して二年、第一高等学校教授、あるいは東京帝国大学文科講師として生活も一応の安定も見ていた。『吾輩は猫である』を書き続けることで、漱石は、長年追い求めてきた「書く」ことへの本能的欲求を満たすことの快感と解放感を実感し、漱石の精神状態は、大岡昇平言うところの「鬱」から「躁」の状態へと大きく高揚していた。（註1）くわえて、『猫』を連載した「ホトトギス」が俳句の雑誌であったことから、漱石は、意識的に滑稽な俳諧味を出そうと筆を進めている。そのため、あばたについての漱石の記述にはどことなくわざと自分を卑下することで、余裕のようなものを見せようという意図が感じられる。だが、『道草』「三九」の「彼は其所で疱瘡をした。大きくなって聞くと、種痘が元で、本疱瘡を誘い出したとかいう話であった。彼は暗い櫺子《れんじ》のうちで転げ廻った。惣身の肉を所嫌わず掻き挘《むし》って泣き叫んだ」という記述からも分かるように、金之助にとって疱瘡は並大抵の体験でなく、顔に刻印されたあばたは心のトラウマとして、生涯漱石を苦しめ続けていくことになったのである。（註2）

留学のためにロンドンに上ぼる途中、初めて汽車のコンパートメントで西洋人と乗り合わせた金之助にとって、「苦沙味先生」のような余裕はどこにもなく、ジロジロと遠慮なく、矢のように注がれるヨーロッパ人の視線が顔に突き刺さってくるのを自虐的に耐えるしかなかった。それでも、日本であばたを見られることには慣れていた。なぜなら、日本では見て見ぬふりを装うという形で見られていたからだ。松山中学の教室で英語を教えていたときも、生徒たちは陰で笑っていたかもしれないが、教室では教師としての威厳を保てるだけの空間的、心理的距離が保証されていた。ところが、今ここ、パリ行きの急行列車のコンパートメントのなかではどうだ。このときの屈辱の体験について記した日記には、あばたについての記述はない。だが、パリに着いてから妻宛に出した手紙に「小生如キアバタ面ハ一人モ無之候」と書き送っていることからも、金之助がパリ行き急行列車のなかで、あばたを強く意識したことは間違いないだろう。

たしかに、アラビア海を渡る海のうえ、ノット夫人の一等船室に招かれたときは、初めて入って行った擬似西洋社会のなかで、あばたの事実に直面させられる危険性があった。だが、あの場では、相手が女性で、かつ敬虔なキリスト信者であることで、身体表面上の劣等性は、同情や憐憫の対象となりこそすれ、侮蔑や嫌悪の対象とはならないですんだ。相手の身体的距離もある程度取れていたし、ノット夫人は金之助の社会文化的記号の優越性を理解していて、仲間にそのことを伝えてくれたから、それなりの敬意が払われていることを実感できていた。何よりも、金之助がしゃべる流暢な英語とイギリスの歴史や文学についての知識と教養が、あばたの劣等性を十分にカバーしてくれていたはずだからである。ところが、二度目の擬似西洋社会である、ここパリ行き急行列車のコンパートメントのなかでは、事態はまったく違っていた。ノット夫人の一等船室では、暗黙のうちに封印されていたあばたという劣等記号が、前面にあからさまに押し出されてしまったのである。そんな経験は、おそらく金之助にとって初めてのことであったはずだ。

それにしても、西洋人とはなんと傲慢で、礼を知らない人種なのだろう……。八人がけの小さな密室のなか、ただでさえ図体の大きい西洋人と膝を付き合わせるようにして座り、一メートルに満たない距離から、見下ろすようなまなざしで注がれる露骨な好奇心と嫌悪感。それとは裏返しの優越感。逃げたくても逃げようがなく、侮蔑のまなざしの矢に射竦められたまま座っているしかない。言葉にならない屈辱と怒り、そして悲しいあきらめにも似た気持ちの間で揺れる心をようやく押さえ、目をつぶる金之助。『猫』の第九章に「浅草の観音様で西洋人が振り反って見た位綺麗だった抔と自慢する事さへある」と書きつけたとき、漱石の胸のなかで五年前、トリノからパリまでの汽車のなかで経験した屈辱の体験が蘇っていたはずである。

人は、身体的劣等性を背負ったとき、精神的に、あるいは社会的に優越する記号を身につけることで、引け目や劣等意識を克服し、対等な人間関係を手に入れようとする。金之助の場合は、優秀な学業であり、和漢、及び英国文学に対する比類ない知識と教養であり、一高、東京帝国大学卒という学歴であり、高等学校教師という社会的地位、そしてその地位に見合った服装であり体裁であった。であればこそ、今回の洋行に当たっては、一行の中で一番上等の服をあつらえてきていた。やさ顔の細面には不釣り合いなほど立派な八字髭も、金之助にとって欠かせない「記号（飾り）」となっていた。

確かに、日本にいた時は、そうした社会的記号の優越性を身につけることで、金之助は、顔に刻印されたあばたによる身体的劣等性をそれほど意識しないですんでいた。ところが、今、パリに向かう汽車のなかでは、日本で通用してきた社会記号的優越性が一切通じない。だれも、金之助が、東京帝国大学を卒業した秀才であり、文部省から派遣されたエリートであることなど知らないし、金之助の知的バックグラウンドや社会的地位などにはまったく関心を払わないからである。おそらく、その時、金之助は、生まれて初めてあばたであることの劣等性とあばたを顔に刻印したことで失ったものの大きさを徹底的に思い知らされていた。ただただ、あばたは、小柄な貧相な東洋人の劣等性を証明する「記号」として、それ本来の醜悪性をあからさまにさらすしかない。いや、それは金之助個人のレベルを越えて、東洋の後進国日本人の劣等性をも証明してしまっている。

思いがけない形で、突然向き合わされた己れの絶対に回復不可能な身体の劣等性。それまで、金之助の誇りと生きがいの根拠となってきた自我の拠りどころとしての記号的優越性の崩壊、あるいは解体……このとき、金之助が絶望的な気持ちで向かい合っていたのは、表層的記号としての己れの身体的劣等性と社会記号的優越性の乖離であり、その乖離をどうすることもできない自分の無力であり、酷薄な世界の無慈悲さであった。金之助は、その後、ロンドンでいやというほど苦しめられることになるこの残酷な記号的乖離と失墜、あるいは解体をいち早くパリ行きの汽車のなか、コンパートメントという疑似的な西洋社会のなかで容赦なく体験させられていた。そして、ここに、絶対回復不可能なほど決定的に失われた本来の自己（西洋人が振り返るほど綺麗な男の子としての夏目金之助）を書くことをとおして回復しようする漱石的主題の萌芽を読み取ることができると言えよう。

パリへ――再び苦難の汽車の旅

荒正人の『漱石研究年表』の記述によると、金之助たちを乗せた汽車は海抜二三九メートルのトリノを発ち、アルプス山脈の尾根に向けて、スーザ（五〇三メートル）、バンドンネーシュ（一三一二メートル）と高度を上げ、ピエッレ・メヌエ（三五〇五メートル）とタボル山の間、標高二五三八メートルのフレジュス峠の下を潜るフレジュス・トンネルを抜けて、フランス領に入っていく。

四時三十分頃旅屋ノ番頭ニ送られて汽車ニ乗る。何処モ occupied ト云ハレテ這入ルヲ得ズ、五人離々ニナツテ漸ク乗込。就中余ハ最後迄赤帽ニ引マハサレテ茫然トシテウロ〱スルコト多時、漸ク毛唐人ノ内ニ割込ム。皆キヨロキヨロト余ガ顔ヲ見ル。此《コノ》体裁ニテ Modane 迄至ル。茲所ニテ荷物ヲ検査シテ仏ノ国境ニ入ルト云フ故、此処ニ至リ見ルニ手荷物ヲ持チテ下リルコトト心得テ車ヲ飛ビ出セバ豈計ランヤデ、検査官ガ車中ニ来タリテ検査スト云フニ倉皇引キ返セバ知ラヌ奴ガ我物顔ニ自分ノ席ヲ占メテ居ル故、此ハ我席ナリト英語デ云ヘバ仏語ニテ君ハ何モ置テ行カヌ故此ニ座シタルナリト威張ツテ入レズ。已ヲ得ズ藤代氏ノ席ノ処ニ至リ廊下ニテ佇立スルニ、車掌ノ如キ者来リ次ノ部屋ヲ指シ連リニ分ラヌコトヲ兎角申ス故ノゾキ見レバ八人定員ノ処ニ一ノ空席アリ是《コレ》幸ヒト座ヲ占ムレバ同席ノ一行六人連ノ奴原連リニ何カ吾ヲ罵ル様子ナリ。然《しかし》、此方《こちら》モ負ヌ気ニテ馬耳東風ト聞キ流ス。カクシテ東方ノ白ム頃迄ハヤリ通シ八時頃漸ク「パリス」ニ着ス。

不安な船旅と船酔いから解放され、気が楽になったせいか、この辺り、日記の筆遣いは、船の上の記述とは対称的に饒舌かつ具体的で、それまで押さえてきたものが一気に吹き出した感じで、あたふたと不器用に右往左往する金之助の姿がありありと目に浮かぶように書かれていて、読んでいても大変興味深いものがある。ここで、「番頭ニ送られて汽車ニ乗る」など送り仮名の記述に乱れが見られ、かつまた金之助の文体が漢文体を離れ、言文一致体に近いより口語的で、饒舌な擬古文のスタイルに変化していることを読み落としてならないだろう。おそらく、この変化は、上海出港のさい、荒狂う暴風雨と揚子江の濁流が逆巻く光景を日記に記したときと同様に、無意識に行われたものだが、はじめての汽車の旅で心の「常態」を失ってしまった金之助の意識の変化を反映していると言っていいだろう。重要なことは、妻の鏡子や友人の子規や「ホトトギス」の仲間に宛てて書いた手紙文のように、漢文体から逸脱して、より自由な自己表現が可能な言文一致や書簡体の候文によって、多分に自虐的に自身の行動や意識を誇張して書くことをとおして、金之助は、結果としてより自由に自己を表現する言語を発見していったことである。

漱石は、日本の近代文学者のなかでは、初期の漢文体から最後の『明暗』の完全言文一致体まで、一番過激に文体を変えていった作家といっていいだろう。その漱石が自己本来の文体を摑みとる最初のきっかけが、これまで一般に子規との関連で言われてきたような、写生文ではなく、漢文体からやむをえず踏み出してしまった疑似言文一致体や手紙の候文体にあったことは、今後もっと解明される必要があるだろう。

パリ、リヨン駅頭で

金之助たち一向を乗せた急行列車はアルプス山脈の西側、フランス東南部のサヴォア地方の山あいを西北にアルク河に沿って、峠を登り、谷を渡り、河を越えてひた走り、シャンブリーからクロッ、マコン（ここでリヨンとパリをつなぐ幹線に合流する）、ディジョンと経て、闇夜をパリに向かって走り抜けていく。狭い席に窮屈な思いで我慢して座り続けること十二時間余。うとうととして目が覚めると、窓の外はすでに白みかけ、朝もやの中、フォンテンブローの森だろうか、秋めいたフランスの森や丘、牛が草をはむ牧場や畑、川や橋、町や民家が流れていく。そんな風景を眺めるともなく眺めているうちに、時計の針は八時を過ぎ、汽車はセーヌ河に沿ってパリ市内に入り、やがてリヨン駅に到着。丸一日、長くて辛い旅はようやく終わった。

やれやれと一同連れ立って汽車を下りるが、再びどこをどう行ったものか分からない。寝不足の目をこすりながら、駅の構内をウロウロした末、パリのお上りさんよろしく、キョロキョロ不安そうな顔つきで、とにもかくにもリヨン駅を出るが、「丸デ西モ東モ分ラズ恐縮ノ体ナリ」と、再び方向感覚を失い、途方に暮れる。それでも、藤代禎輔が、ポリス風の男をつかまえ、「船中ニテ一夜造リニ勉強シタル」片言のフランス語で行き先を告げると、親切にも乗り合い馬車を呼んでくれ、行き方を教えてくれる。

かくして、一行は文部省美術課長としてパリの美術界視察のため駐在していた正木直彦（後の東京美術学校校長）の宿に辿り着く。ところが、正木はイギリス旅行中で不在。しかたがなく、文部書記官渡辺董之助を訪ね、その好意でようやく朝飯の馳走に預かり、パリ万博会場に近いノディィエ夫人の下宿を紹介してもらう。こうして、とにもかくにも、無事、目的地にたどり着けた。鏡子に宛てた手紙の「意外ノ失策ナク「パリス」迄参候が不思議ニ候」という一言に、金之助の安堵の気持ちが正直に現われている。

(註1) 大岡昇平は、昭和五十年成城大学経済学部教養過程で行った講義に加筆し、後に『小説家夏目漱石』に収載された「幻想の生まれる場所」で、精神病と呼ばれるものについて、躁鬱病、精神分裂病質、パラノイアなど色々あるなかで、漱石の場合特に躁鬱病が重要だとし、「私の素人考えから見ると、躁鬱病を無視しては、彼の初期の創作活動と合わない、と思う。『猫』の好評に乗って書かれた「趣味の遺伝」「坊っちゃん」『草枕』『虞美人草』と堰を切ったようにあふれ出た創作は、外遊中に発した鬱から躁への転換なしには考えられないからです」と語っている。大岡は、ここで、ロンドンで発した「鬱」が、日本帰国後に「躁」に転じたことが、『猫』や『坊っちゃん』『虞美人草』などの創作を生み出す力となったと見ているが、日本出国以降、ロンドン到着までの旅、そしてロンドンでの留学生活をとおして書かれた日記や手紙を丹念に読むと、創作ではないものの、そこに「鬱」から「躁」への転換によって書かれた饒舌な文があることを発見するはずだ。つまり、「文部省派遣留学生夏目金之助」は、のちに「小説家夏目漱石」として大きく展開し、創造的力の源泉ともなる「鬱」から「躁」へのドラマチックな転換を、ロンドンに上る旅とロンドンでの生活をとおして、何度も小刻みに繰り返していたことになる。

(註2) 文芸評論家の本多顕彰は、筑摩書房の『現代日本文学全集・夏目漱石(3)』の解説で、いかにあばたがトラウマとして漱石を苦しめたかについて触れ、本多自身の祖母があばたのため婚期が大幅に遅れ、二十三歳で、田畑四町歩の持参つきで、四十五歳の祖父に後妻として嫁入りしたこと、その祖母が他人の笑い物になるまえに先手を打って、自分のあばたを笑い物にしていたことを例に、漱石が、あばたのせいで「たえられぬ屈辱を感じなければならないような失恋をした。そのことから彼の女性蔑視、ことに性格の強い女に対する反感、が起り、反対に、ひかえ目な、すれない、やさしい女に対するあこがれが生れて来たのではなかろうか」と記している。本多は、さらに「漱石は、私の祖母のように、自嘲的以外には自分のアバタに触れなかった。(中略)彼が、ある時、ロンドン留学の思い出を語り、その中で、街を歩いていると、向うからアバタ面の小男が来るので、ロンドンにもアバタがいるのかと思って喜んだら、鏡に映った自分の姿だったと語ったとき、聞いていた弟子たちは一人も笑うことができなかったと、弟子の一人が私に語ったことがある」と記し、あばたに起因する屈辱感と「誉高い秀才としての

優越感」が混じり合って形成された複雑なコンプレックスが、「漱石を孤独に、そして孤高においた、と私は考えたい」としている。

第七章　初めての単独旅行――パリからロンドンへ

パリ万国博覧会

時代は、世紀末ベル・エポックの余光が色濃く残る一九〇〇年。時は、秋、マロニエの街路樹が美しく紅葉し、町全体が黄金色に光り輝き、夜ともなれば、オペラ・ハウスや劇場、レストラン、カフェ、バーの電光が一際輝きを増す十月の末、ロンドン留学の途中、パリに立ち寄った夏目金之助は一週間滞在し、パリ観光を楽しんでいる。おりしも、花の都パリに一層花を添える形で、史上最大の万国博覧会が開かれ、フランス国内はもちろん、イギリスやアメリカなど外国からも沢山の観光客がパリに押し寄せ、町中が沸き立つようににぎわいを見せていた。

パリ万博は、十九世紀を総括し、来るべき二十世紀を展望するという趣旨で計画、デザインされたが、実際に出来上がったものは、まさに十九世紀への挽歌といっていいほど、十九世紀のエッセンスがぎっしり詰まった、壮大にして華麗な博覧会だった。全長五百メートル、幅一二五メートル、高さ四十メートルの巨大な鉄骨製のシャン・ド・マルス館をメイン会場に、セーヌ河に沿ってイギリスやスイス、アメリカなど欧米先進国の展示館と、産業、工業、交通、エネルギー、教育、芸術などジャンル別の展示館が、分散する形で並び、エッフェル塔の下には巨大な地球儀が作られていた。

一方、日本館は法隆寺の金堂を模して作られ、芸術の都パリでの万博ということで、特に美術、工芸品に力を入れ、二万五千点以上の作品が展示されていた。こうした展示と共に、パリジャンの関心を引いたのは、川上音二郎と貞奴一座の来演で、明治三十二（一八九九）年四月、「博覧会王」櫛引弓人の勧誘に乗って、横浜を出航した音二郎ら一座の十九人は、太平洋を横断、サンフランシスコ、シアトルなどアメリカ西海岸部で巡演、途中マネージャーに公演の上がりを持ち逃げされ、食べるものにも事欠くといった苦労を重ねながら大陸を横断、シカゴ、ニューヨークに出て、公演を成功させ、一年後、ロンドンに渡り、大好評を得たのが縁で、パリに招かれたもの。ロイ・フラー座のこけら落とし公演で、『遠藤武者』と『芸者と武士』を演じ、連日大入り満員の大評判を呼んだ。なかでも、着物姿の貞奴はパリの女性たちのあこがれの的となり、着物を着て、髷を結うことが流行した。音二郎と貞奴はフランス政府からオフィシエ・ド・アカデミー三等勲章を授与され、フランス大統領ルーベーがエリゼ宮で開いた万博閉会式にも招かれるなど、破格のもてなしを受け、ジャポニズムが大衆レベルで浸透していくきっかけを作り出したのである。

フランスが、十九世紀最後の年に、フィナーレを飾る形で、史上最も盛大で、規模の大きな万博を開いた背景には、ドレフェス事件後分裂したフランスの世論と国民感情にもう一度統一と活気をよみがえらせたいという願望と、産業、軍事面で擡頭著しいドイツが、一八九六年か九七年にベルリンで万博開催を計画したことに対して、「ドイツごときに負けてたまるか！」という対抗心が働いたとされている。四月五日、華やかにオープニングのセレモニーが行われると、連日、フランス内外から続々と見物客が押しかけ、十一月十二日までの会期中、総入場者数は四八一〇万人と史上最多を記録、万博史上最も華やかで、成功した万博とされるに至った。

万国博覧会というと、私たちはすぐ、一八八九年、フランス革命百周年を記念して開かれ、エッフェル塔がシンボル・タワーとして建てられたパリ万博をイメージする。しかし、万博の歴史はもっと古く、一八五一年、ロンドンで開かれた「万国の産業成果の大博覧会」が最初の万博とされている。鉄骨とガラスで組み立てられた新式建築「水晶宮」を会場に、欧米各国の産業先端技術とその成果が展示され、入場者数は六百万人を越え、大成功を収めた。次いで、ロンドンがやるならと、五五年にパリで二回目の万博が開かれ、ロンドン、パリ、ウィーン、フィラデルフィアと数年おきで、欧米の主要都市で開かれ、その都度規模を大きくし、入場者の数も飛躍的に増えていった。

ちなみに、このときの水晶宮はロンドン市内のハイド・パークに造られたが、のちにテムズ河の向こう側のサイデンハムに移されている。金之助はロンドンで三度目の下宿、カンバーウェル・ニュー・ロードのブレット家に下宿していたとき、読書に疲れると近くのダルウィッチ・パークに散歩に出かけている。サイデンハムは、ダルウィッチ・パークを南に下がった住宅地域で、水晶宮は、現在、クリスタル・パレス・パークと呼ばれている公園内に移築されている。明治三十四年二月十日の日記の記述に、「田中氏とDulwich Park に至る。夫《それ》より門を抜けて Sydenham の方に至り引き返す」とあり、金之助は間違いなく水晶宮を見ているはずである。

帝国の見本市としての万博

十九世紀後半、万博が、回を追うごとに規模を大きくし、参加者が増えていった要因として、テレビやラジオ、映画、写真など情報伝達メディアの発達が不十分だった時代、人類が達成した科学・産業技術の進歩と成果を内外に誇示し、あわせて世界の実在と広がりの大きさ、そして人種や文化の差異の複雑・多様さをリアルに伝える情報交換メディアとして機能していたこと。それともう一つ、政治から経済、軍事、教育と、人間の社会生活にかかわるあらゆるものが国家の権力に統合されていくプロセスで、万博が国家の力と威信を内外に顕示するための、格好な場となっていたことが上げられる。

万博に参加できた人のほとんどは、欧米先進国の裕福な階層に属する人々だった。彼らは進化論の信奉者であり、白人種が世界に優越していることを固く信じていた。そうした彼らにとって、万博は、欧米先進国が開発した先端的な科学・産業、情報技術とその成果をその目で確める一方、アジアやアフリカの諸民族の文明・文化の後進性と未開性に触れて驚き、好奇心を満足させ、同時に自らの文明の優越性を再確認し安心する場であった。その意味で、万博は産業見本市であると同時に、帝国見本市の観を呈し、先進国（植民地宗主国）による後進国（被植民地国）の支配・搾取、差別、対立の構造があからさまに露呈する場でもあった。万博会場では、ピグミー族やアメリカ・インディアン、アイヌなどアジア、アフリカの「未開民族」の村落が作られ、その生活ぶりが公開され、生活文化の展示や祭礼的儀式にまつわる踊りや音楽の演奏が行われていた。日本の芸者や大道芸人も、万博に欠かせないアトラクションとなっていた。人々はフリーク・ショーでも見るように、「未開民族」の人種と文化の見本市を見に集まったのである。

だが、そうした矛盾と同時に、万博は、人種や文化の差異の広がりと多様さ、奥行の深さを人々に教え、世界がヨーロッパの価値観だけでは測りきれない、複雑かつ未知なる構造を持っていることを認識させ、自省を迫る場でもあった。たとえば、ドビュッシーは、一八八九年の万博ではジャワやインドや中国の民族音楽の実演に触れたことで、ワーグナーを乗り越え、印象主義の作曲家として立つ契機を摑んでいる。ドビュッシーは、また、金之助が視察した一九〇〇年の万博では、アメリカが生んだ最初の国民音楽ラグタイムを「行進曲の王様」ジョン・フィリップ・スーザの指揮するマーチ・バンドの演奏で聴き、多大の興味を抱き、後に「ゴリウォックのケーキ・ウォーク」や「小さなニグロ」などラグタイムのピアノ曲を作曲している。

そうした意味で、万博は、一九〇〇年の時点における西洋対非西洋という世界の構図を体現したものであり、見る者によっては世界観、あるいは思想、感性の根本的変革を迫られる場でもあった。

金之助が見たパリ万博

さて、その万博を金之助がどう見たか、興味のあるところだが、日記の記述によるかぎり、とにかく規模が大きくて、二、三日ではとても見切れないという、うんざりした気持ちと日本の展示品についての簡単な感想が記されているだけである。鏡子に出した手紙にも「今日は博覧会を見物致候が大仕掛にて何が何やら一向方角さへ分りかね候」「博覧会も余り大にて一週間位では何が何やら見当がつかぬ位に候」とあるだけで、具体的に何をどう見たかは記されてない。そのため、アジア巡りの旅で見たはずの西洋と非西洋、文明と非文明、進化と退化といった世界が抱える構造的亀裂の問題を、金之助が、万博を通してどう見たかは判然としない。だがそれでも、日本の展示品については、二十七日には「博覧会を覧る。日本の陶器、西陣織、尤も異彩を放つ」と簡単な印象を書き残している。

日本は、明治二十九（一八九六）年にいち早くパリ万博に参加を決定、臨時博覧会事務局を政府内に設置、万国博覧会は「百工衆技ノ競争場タリ」という認識に立って、日本の産業・工芸技術の優越性を国際的に誇示するため、出品品目の選定など怠りなく準備を進めた。万博の最大のハイライトは、産業・工業技術の先端的成果を展示することにあり、日本政府もすでに欧米市場で輸出品として実績を残しているもの、さらに将来的に成長の可能性のある産品に限って出品する方針を固めていた。ただ、当時の日本には、科学や産業・工業面で欧米先進国に匹敵できるものはほとんどなかった。一八九七年にアメリカの通信販売の大手、シアーズ・ローベックが出したカタログをみても、日本製の商品は莫蓙と傘、提灯、陶器、絹製のアパレルくらいのもので、先端的な工業・産業製品と呼べるものは一つもリストアップされていない。

ならば、いかにして日本の優越性を具体的な展示を通して証明できるか？　そこで考え出されたのが、日本の美術・工芸のエッセンスを歴史的に概観することだった。特にパリが、ヨーロッパの美術・工芸のメッカであるだけに、日本政府は伝統的美術・工芸品の展示に力を入れた。具体的には、明治三十二年までに開かれた日本美術協会や明治美術会、東京彫工会などから出された作品の中から優秀作品を選び、出品。また、帝室技芸員にも新作品の制作を依頼、そのために三万八千円を支出。二万五千点を越える作品を出品・展示した。また、法隆寺の金堂を模して作られた日本館では、歴史的な美術品を初めて時系順に展示、解説書としてフランス語による『美術略史』を作成、欧米各国の皇帝、政府要人、学者、博物館、美術館に寄贈した。こうした日本美術の本格的展示は、日本の万博参加の歴史においてはじめてのことであり、日本美術の固有の美を世界に知らしめる上で画期的なイヴェントであった。国を挙げて文明開化と殖産興業に務め、日清戦争勝利後は軍事力の増強拡大を背景に海外進出の機会をうかがうなど、外国に向けて威勢だけは張っていたものの、いざに欧米に向かって誇れるものとなると、伝統的な美術工芸以外にないというのが、一九〇〇年における日本の現実だった。

そうした意味で、日本の陶器や西陣織が「尤も異彩を放つ」という金之助の短いコメントは、万博会場にあってあらわにされた明治日本の近代化の限界を鋭く見抜いているといえよう。ならば、金之助は、フランスを筆頭に欧米先進国の展示をどう見たのだろう？　ベル・エポック・フランスの粋を尽くし、史上もっとも華やかに世紀末の芸術やデザイン性を前面に押し出した万博を見て、何も感じなかったのだろうか？　芸術やデザイン、建築には並外れたセンスと関心を持っていた金之助のことである。本来なら感じるはずのこと、思うはずのことは少なからずあったはずだ。にもかかわらず、金之助が、日記にそっけないほど短い感想、それも政府派遣の視察官のメモ書きのようなコメントしか残せなかったのは、見るべきもの書くべきものがあまりに多く、とても日記などに書き残すゆとりがなかったことと、自分は「文部省派遣留学生」としてロンドンに留学する途中、たまたまパリに立ち寄って万博を見ているのだという意識が、筆の働きにブレーキをかけていたためと思われる。

金之助が、このブレーキから解放され、博覧会について率直に印象を書けるようになるのは、日本に帰国後、『吾輩は猫である』や『坊っちゃん』の作者として、すなわち「夏目漱石」として立ってからのことで、明治四十年、朝日新聞に連載された『虞美人草』の「十一」で、この年、東京上野公園で開かれた東京勧業博覧会について次のように記している。

文明を刺激の袋の底に篩ひ寄せると博覧会になる。博覧会を鈍き夜の砂に漉せば燦たるイルミネーションになる。苟《いやしく》も生きてあらば、生きたる証を求めんが為めにイルミネーションを見てあっと驚かざるべからず。文明に麻痺したる文明の民は、あつと驚く時、初めて生きて居るなと気が付く。

宗近君と甲野さん、そして藤尾と糸子と四人連れ立って、博覧会を見に行く場面、四人の会話には「イルミネーション」と「龍宮」が何度も顔を出す。それだけ、白熱電光が演出する夜の光の世界の印象が強烈だったわけで、「イルミネーションを見てあっと驚かざるべからず」と、原稿用紙に書きつけたとき、漱石の頭には間違いなく、七年前パリ万博で、さながら「龍宮」のようにきらめき、輝くイルミネーションを見上げたときの素直な驚きの感覚が蘇っていたはずだ。

アール・ヌーヴォーとの出会い

金之助の万博体験で、日記や書簡などに具体的な記述として残されていないものの、のちの漱石文学の展開から見て、見落とせないのは、パリ滞在四日目、十月二十五日に、グラン・パレの美術館を訪れ、フランスの近代絵画とアール・ヌーヴォーの工芸デザインに触れたことである。この日の日記に、金之助は、二階に展示されていた黒田清輝の「湖畔」とか「智感情」、浅井忠の「海岸」といった作品について「尤もまずし」と、日本の近代絵画には幻滅を表明している。だが、このとき、グラン・パレの二階では、「フランス美術回顧展」が開かれていて、金之助は、フランスの十九世紀絵画の展開を系統的に見たはずである。おそらくそれは、金之助にとって、初めてまとめて見る本物の西洋近代絵画の展示で、尹相仁が『世紀末と漱石』で指摘したように、印象派や象徴派の絵画から受けたインパクトは、想像を越えて強かった。

金之助は、さらにまた、「一九〇〇年様式」と呼ばれたアール・ヌーヴォーの美術工芸デザインに触れて、フランスの最も現代的な美的表現に、浮世絵を代表とする日本の伝統絵画や西陣の織物や陶器などの工芸デザインが本質的に深く影響を与えている事実を確認して、ジャポニスムの展開に目を開かされた。二十七日、再び博覧会会場に足を運んだ金之助は、日本の伝統工芸がその特異なデザイン性によって、世界性と今日性を存分に発揮している事実を初めて思い知らされたのである。

漱石は、後年、「現代日本の開化」という講演を和歌山で行い、そのなかで、明治日本の開化は「外発的開化」に終始し、その内実は「空虚」であるとしている。金之助が、パリ万博を見た時点で、「外発的開化」と「内発的開化」という概念をはっきり持っていたかどうかは別とし、日本人の手の技術と知恵、そして感性によって、長い時間をかけて洗練され完成された「内発的開化」の成果として、日本の伝統工芸は、ヨーロッパのそれとまったく遜色がない。いやそれどころか、日本の工芸デザインや絵画（特に浮世絵）が、フランスのアール・ヌーヴォーや印象派の絵画に決定的な影響を与えている。精神と感性、そして技術の内側から生まれ出たもの、すなわち「内発的開化」によって創り出されたもののみが、創造的価値として世界的な普遍性を持ち得る。その事実を発見したことが、日本を出て以来、苦難の旅続きで様々な形で欧米列強の優越性と自身の心身の劣等性に直面させられ、意気消沈していた金之助に勇気と自信を回復させたことは想像に難くない。

知られているように、パリで体験したアール・ヌーヴォーは、橋口五葉のデザインによる自著の装丁など、のちの漱石に様々な形で影響を及ぼしている。しかし、文学的な影響という点で、より重要なのは、パリでの印象派及びアール・ヌーヴォー体験を通して、金之助が、ロンドンでイギリス絵画、特にラファエル前派の絵画に出会っていったことであろう。日記の記述によると、金之助は、ロンドンに着くと真っ先にナショナル・ギャラリーやケンジントン美術館、ヴィクトリア&アルバート美術館、テート・ギャラリーなどを熱心に見て回り、ラファエル前派の絵画に眼を開いている。それは、多分、パリで見たフランス近代絵画とアール・ヌーヴォーのデザインが強く金之助の印象に残り、内部の何かを衝き動かしていたからで、もし金之助がナポリからローマに回っていて、パリの万博に出会っていなかったとしたら、のちの漱石文学の展開はかなり違ったものになっていたかもしれない。

ミュージック・ハウスに遊ぶ

パリ滞在中、金之助が見たものは万博だけでない。夜、食事が終わると、仲間と連れ立ってグラン・ブルヴァールなどに繰り出し、「繁華ノ様ヲ目撃ス。其状態《ソノ》ハ夏夜ノ銀座ノ景色ヲ五十倍位立派ニシタル者ナリ」と驚き、さらにモンマルトル辺りの歓楽街まで足を延ばし、おそらくムーラン・ルージュのことなのだろう、ミュージック・ハウスとアンダーグラウンド・ホールに入って夜中の三時まで遊んでいる。ロンドンに登る旅で、金之助が羽を伸ばしたのが唯一このときのことで、「巴理ノ繁華ト堕落ハ驚クベキモノナリ」と感想を書き残している。パリは、金之助が初めて体験した世界都市で、心底金之助を驚かせたらしく、鏡子宛の手紙で、「其繁華ナルコト是亦到底筆紙ノ及ブ所ニ無之就中道路家屋等ノ宏大ナルコト馬車電気鉄道地下鉄道等ノ網ノ如クナル有様寔《まこと》ニ世界ノ大都ニ御座候」と報告している。

ちなみに、「ミュージック・ハウス」というのは、おそらく「ミュージック・ホール」の間違いで、十九世紀半以降、イギリスやフランス、ドイツ、アメリカで流行った、食事や酒を楽しませながら音楽を聴かせるホールのこと。ベデカーの『パリ・ガイド』によると、パリには、大人のための夜の娯楽施設として、芸術劇やオペラを上演する劇場やオペラ・ハウス、コンサート・ホールのほかに、大衆的な娯楽施設としてミュージック・ホールやカフェ・コンセール、キャバレー・アルティスティック、ダンス・ホール、サーカス、ヒポドローム（曲馬座）などを挙げている。このなかで一番ポピュラーなのがミュージック・ホールで、有名なところではムーラン・ルージュ、オランピア、アルハンブラ、カジノ・ド・パリなどが客を集めていた。カフェ・コンセールは、ミュージック・ホールよりもっとくだけて、歌や踊りのレベルもワンランク落ちていたようだ。金之助が行ったという「アンダーグラウンド・ホール」というのは、地下にあったカフェ・コンセールだったのだろう。当時、パリでは「フレンチ・カンカン」や「フロウ・フロウ」など、きわどく肌を見せ、足を上げるショーが大流行していた。おそらく、金之助一行も、パリ事情に詳しい日本人駐在員の案内で、そうしたショーを見たのだろう。パリの爛熟ぶりに肝をつぶしたゆえんである。

ちなみに、金之助は、パリ滞在中に一度エッフェル塔に上っている。鏡子への手紙に、「名高キ「エフエル」塔ノ上ニ登リテ四方ヲ見渡シ申候。是ハ三百メートルノ高サニテ人間ヲ箱ニ入レテ鋼条ニテツルシ上ゲツルシ下ス仕掛ニ候」と記しているが、何をどう見たかは記されていない。

ロンドンへ――初めての独り旅

パリに一週間滞在した金之助は、十月二十八日の朝、それまで同行してきた芳賀矢一や藤代禎輔と別れ、単身、ロンドンに向かう。

当時、パリからロンドンに向かうには四つのルートがあった。地図のうえで南から順番に見ていくと、最初がパリから汽車でルアーブルに出て、船に乗換えイギリス海峡を渡り、サウサンプトンで上陸、再び汽車でロンドンに乗り入れるルート、次にディエップ経由でニューヘヴンに渡るルート、三番目がブーローニュからフォークストーン経由、そして最後がカレーからドーヴァー経由というもの。

船に乗る時間で見ると、ルアーブル―サウサンプトン間が一番長く、十三時間以上もかかる。逆に短いのは、ドーヴァー海峡に面したブーローニュ―フォークストーン間とカレー―ドーヴァー間で、それぞれおよそ一時間半。ただ、この二つのルートは、鉄道で遠回りになるのと、イギリス側に上陸してロンドンまでの汽車に要する時間がかかるのが難点だった。結局、ディエップ―ニューヘヴン間の船は北の二つのルートより三倍近くかかったが、全体としてに距離が一番短く、ロンドンまでの所要時間も九時間前後で、それまでにも利用する日本人が一番多かったせいで、金之助はこのルートを取ったものと思われる。

ベデカーのガイド・ブックによると、このルートは一日二便急行がパリのサン・ラザール駅から出ていて、ロンドンまでの所要時間は八時間四十五分から九時間四十五分。海の荒れ具合で時間に一時間程度の違いが出たらしい。その日の午前中、サン・ラザール駅から急行列車に乗って、イギリス海峡に面した港町ディエップに出た金之助は、午後の船でイギリスに渡ったものと思われる。日記に「風多シテ苦シ」とあるから、相当強い風が吹いて船が大きく揺れたのだろう。再びひどい船酔いに苦しみながら、ニューヘヴンに上陸した時は、すでに日はとっぷりと暮れていて、時計の針は七時を指そうとしていたはずだ。

ちなみに、『漱石研究年表』の明治三十三年十月二十八日の記述を見ると、「午前八時頃、パリを発する。十一時頃、Dieppe（ディエップ）港を出航し、午後六時頃（推定）、Newhaven（ニューヘヴン）港に着く」とある。当時、ディエップ―ニューヘヴン間には午前と午後で一便ずつ、一日二便就航していたから、金之助は午前の船で渡航したことになる。ただ、この記述で一つ問題となるのは、イギリス海峡を渡るのに七時間も要していることである。いくら海が荒れたにしても、ディエップからニューヘヴンまで七時間は長すぎる。ニューヘヴンからロンドンのヴィクトリア駅まで急行列車でおよそ二時間。日記には「晩に倫敦に着す」とあるだけで、時間の表記はない。しかし、この時の体験を九年後に回想して書いた「印象」(『永日小品』と題して朝日新聞に連載された)の記述によると、ヴィクトリア駅に着いたのは夜の十時前後と考えられる。この記述が正しいとすると、汽車から船、船から汽車への乗り降り、入国審査や通関に要した時間を勘案して、ニューヘヴンに着いた時間は夕方の七時前後と考えるのが妥当で、そこから逆算すると、金之助は午後三時頃の船でディエップを出航したと考えられる。おそらく、金之助は午前の船で渡ろうと、朝早くパリを発ったものの、ディエップに着いてみて、風が強く海が荒れていたので、波が収まるのを待って午後の便に乗ったのかもしれない。あるいは、午前の便が欠航したため、午後の便に乗った可能性も否定できない。

ところで、成島柳北は、パリに四ヵ月滞在した後、明治六(一八七三)年四月二十七日、パリの北駅から午前七時三十五分発の汽車でカレーに出て、船で海峡を渡り、ドーヴァーに上陸、午後六時五十分にヴィクトリア駅に到着している。『航西日乗』によると、このときも海が荒れたようで、「小汽船ニ入レバ風烈ク雪灑グ、波浪甲板ヲ過ギ舟中ノ客五十余名嘔吐セザル者僅ニ二人ノミ」という有様だったという。この時、柳北がドーヴァー海峡を渡るのに要した時間は二時間、金之助は、少なくともその倍の四時間は乗っていたはずだから、船酔いは生半可なものではなかったはずだ。

荷風、金之助と同じルートでロンドンへ

おそらく、金之助がニューヘヴンに上陸した時は、すでに闇の帳が下りきっていたせいだろう、ニューヘヴンからロンドンのヴィクトリア駅までの汽車の旅については、何も記述が残されていない。

ところが、そのときから八年後の明治四十一年五月二十八日、パリを去り、日本帰国の途に着いた永井荷風が、漱石と同じルートを取り、南イギリスの田園風景について、かなり詳細な記述を残している。

明治四十一年十月一日、「新潮」第九巻第四号に「ADIEU（わかれ）」として発表され『ふらんす物語』初版に収録された「巴里のわかれ」によると、朝の十時過ぎにサン・ラザール駅からロンドン行き急行列車に乗った荷風は、午後の二時にディエップに到着、船でイギリス海峡を渡り、午後四時過ぎにニューヘヴンに上陸している。海が荒れなかったため、乗船時間は二時間あまりで、漱石と比べると随分早く着いている。漱石より八年後の旅で、その間に汽船の技術革新が重なり、所要時間が大幅に縮小されたためだろうか。

ともあれ、日がやや傾きかけた午後の四時過ぎ、汽車に乗った荷風は、初めて見るイギリスの田野に眼を凝らし、フランスの自然とのあまりのニュアンスの違いに驚き、失望する。

自分は小蒸汽船から上ると、直様《すぐさま》心付いたのは青空の色である。世界は今何処も五月の花さく夏の事で、イギリスの空も能く晴れて居るが、たツた海峡の水一帯を越した此のイギリスの青空は、青いながらも、フランスで見るやうな軟《やわらか》な滑《なめらか》な光沢《つや》を帯びて居ない。ニユーヘブンの街を出ると、直ちに、眼の届くかぎり青草の繁つた牧場や森の景色が見えたが、自分は驚くよりもつく〴〵不思議に感じた。青草の色はいやに黒みがゝつて居り、樹木の姿は、何処《どこ》となくいかつく、かのセーヌの河畔、コローが画に見るやうな、優しい枝振りと云つては一ツもない。

「フランスで見るやうな軟な滑な光沢を帯びていない」。荷風は、ニューヘヴンに上陸すると、すぐに空を見上げ、パリ、そして北フランスの空との違いに、海峡一つ隔てただけでこうも違うのかと驚いている。思い出してみよう、一年前の七月二十七日の夜十時半、荷風は、ニューヨークからフランス船ブルターニュ号に乗って大西洋を横断、ルアーブルに上陸、船が港に近付いていくにしたがって、刻々、変化していく港町の景観を次のように描写している。

海は極く静で、空は晴れて、而も陸地へ近きながら、気候は七月の末だと云ふのに、霧や雨で非常に寒かつた大西洋の沖合と、まだ少しも変りはない。自分は航海中着て居た薄地の外套をば、まだ脱がずに居る。
見渡す海原の、彼方此方には三本檣《マスト》の大きな漁船が往来して居る。無数の信天翁《あはうどり》が、消え行く黄昏の光の中に、木葉の如く飛交《とびちが》ふ。遠い沖合には、汽船の黒烟が一条《すじ》二条《すじ》と、長く尾を引いて漂つて居るのが見える――何《ど》うしても陸地へ近《ちかづ》いて来たと云ふ気がする、と同時に、海の水までが非常に優しく、人馴れて居る様に見え初めた。（「船と車」、「フランスより」所収）

さらにまた翌日、パリ行きの急行列車に乗った荷風は、「汽車が、パリー近くなるにつれて、鼠色の雨雲はすつかり西の方へと動いて行つて、青い〳〵夏の空が見え出したが、此の空の色が、又、アメリカの地では、如何に晴れた日でも見る事の出来ぬ程、青く澄んでいる。無論、此の空の色、日の光を得て、野の景色は一段と冴え〴〵して来る」と、フランスの空の絶妙なニュアンスを克明に写し取っている。ところが、金之助の場合はどうだろう。日記の記述には、北フランスの景色についても、イギリス海峡やニューヘヴンの景観についてもまったく記述はない。要するに、金之助はフランスの自然にも、イギリスの自然にもまったく関心を払っていない。いや、それなりに印象はあったのだろうが、それを記述していないのだ。

一方、荷風のほうは、最初から「書く」意識を持って、刻々変化していく自然景観にまなざしを注ぎ、その印象を書き取っていく。しかも、単に自然の美しさを称え、写し取っているだけでない。美しい自然の奥に潜む感覚的、官能的な快感をも鋭く嗅ぎ取っていることを見落としてならないだろう。ニューヘヴンから急行列車でロンドンに向かう車中、荷風は南イギリスの自然が「無感能」で「冷い自然に過ぎない」と批判する。

英国人は、定めし此の牧場を美しいと歌ふであらう。美しい事は美しい。然し、美しいのみでは、直ちに爽か快いと云ふ事にはならぬ。見よ。此の美しい牧場は、若き悩みに疲れた夢見がちなる吾々には、何の関係もない無感能の、冷い自然に過ぎないでは無いか！ あの、黒ずんだ草の色を見ては、夏の夜明けの色なす烟と共に、裸体の神女《ナンフ》が舞出でやうとの想像も起らず、あの、刺張つた森の蔭では若い牧神《フォーン》が午後の夢さめて、笛を吹くとの感じもせぬ。つまり、イギリスの自然は、現在自分が目で見る通り幾千の羊にのみ必要な牧場である。一国の産業とか工業とか称するものに必要な野原なのだ。（「巴里のわかれ」、傍点筆者）

「裸体の神女」も午後のまどろみから目覚めて、笛を吹く「若い牧神」もいないイギリスの牧場……。荷風がロンドンに滞在したのは丸一日だけである。しかも、この記述は、初めてイギリスに上陸し、ロンドンに向かう汽車の窓から移り行く南イギリスの自然を眺めた印象を記したものである。にもかかわらず、荷風が直感を通して感じ取ったイギリスへの嫌悪感は、漱石が二年に及ぶ留学生活を通して募らせたイギリスに対する嫌悪感と通底しているのである。なぜ荷風はこのように鋭く批判的なまなざしを持ちえたのだろう。前章で指摘したように、荷風が一切の記号的使命と役割から無縁なところで、自由な旅人、それも「書く」ことを己れの仕事と思い極めた旅人であった、それと世界との距離を測り、どのような関係を結びえるかを判定するために、ニューヨークでの娼婦イデスとの性愛の関係をとおして、「性」という絶対不変の物差しを手に入れていたからである。そこに、文部省派遣留学生という記号を背負って、イギリスに渡っていった金之助と、一切の記号を捨てて渡っていった荷風の決定的違いがあると言っていいだろう。

ロンドン初めての夜

初めての一人旅の緊張と船酔いで心身消耗しきってニューヘヴンに上陸した金之助は、入国審査と通関をすませ、ロンドン行きの急行列車に乗りこむ。幸い、客室は空いていて、パリ行きの時のようにジロジロあばたの顔を見られることもなく、席を独り占めできた。また、終着駅のロンドンまで乗換えの必要がないことで安心したのだろう。汽車が動きだし、やれやれとすでに暮れ沈んだ窓の外を眺め、心地好い緊張の弛緩に心身を委ねているうちに、ウトウトと眠りに沈む。どの位眠ったのだろうか。ふと目を覚ますと、汽車はすでにロンドン市内に入ったらしく、町の灯が窓の外を流れて行く。ヴィクトリア駅に着いたのは夜の九時を過ぎていたろうか。駅前から馬車に乗って、「ガウワー街七十六番地」と告げると、御者は「イエス・サー」と一声、ガラガラと馬車が走りだす。汽車の上での眠りの余韻のようなものに身を委ね、馬車の窓から外を眺める。無数の街の灯が眸の上を過ぎっていく。

その時の体験を、のちに漱石は、短篇「印象」の冒頭で「昨夕《ゆうべ》は汽車の音に包《くる》まつて寝た。十時過ぎには、馬の蹄と鈴の響に送られて、暗いなかを夢の様に馳けた。其の時美しい灯《ともしび》の影が、点々として、何百となく眸《ひとみ》の上を往来した」と回想している。九年という歳月の流れが、印象を一層純化し、極めて純度の高い幻想的文学表現に到達しているといえよう。なかでも、「暗いなかを夢の様に馳けた」、「眸の上を往来した」という表現に、日本を出て初めての一人旅、それも見知らぬ都市に入っていく、いや呑みこまれていく旅の終わりで、早くも金之助が現実的な感覚と心身の「常態」を失い、一種の「浮遊」あるいは「現実離脱」の感覚にたゆたっていることが分かる。

夏目金之助のロンドン体験について語るとき、これまで『文学論』「序」の「倫敦に住み暮らしたる二年は尤も不愉快の二年なり」という記述が一方的に誇張されて受け取られ、西洋文明と正面から対決した精神の悲劇的ドラマといった視点からのみ論議され、いわば「負」のイメージとしてロンドン体験の意味が強調されてきた。だが、金之助のロンドン最初の一夜が、このように極めて文学的な体験として、心身の「現実離脱」と「浮遊」の感覚からはじまっているという事実は、漱石文学の成立に対してロンドン体験が持つ意味を正確に把握するうえで極めて重要な意味を持つものと思われる。

すでに見てきたように、パリまでの旅では、芳賀や藤代らとの集団旅行だっただけに、金之助の印象や体験は、孤独な異国旅行者としての純度に達していなかった。そのため、外国での不慣れな旅の失態が多分に自虐的に漫画タッチの筆致で日記に描かれていて、そこに『吾輩は猫である』につながるユーモア小説の萌芽のようなものが読みとれるものの、「印象」のように、文学的表現に昇華されることはなかった。しかし、パリからロンドンまでの一人旅で、金之助は生まれて初めて、本当の意味での孤独を体験し、心身の緊張と疲労は頂点まで達していた。だが、逆にまたそのために「文部省派遣留学生」としての役割意識が薄れ、金之助本来の繊細で文学的な感性が蘇り、結果として夢のような「現実離脱」と「浮遊」の感覚に心身を委ねることが可能となった。九年後、『夢十夜』や『永日小品』で、ロンドン体験に基づいた印象主義的ショート・ショートを朝日新聞に連載するに当たって、ロンドン体験初日の印象を取り上げ、「印象」を書き上げたゆえんである。

第八章　ロンドンの街頭に迷う金之助

不思議な町

英語で道に迷うことを「Lost（ロスト）」という。二年に及ぶロンドン留学生活で、最初に、金之助を苦しめ、不安に陥れたのは、正にこの「Lost」の感覚であった。

外国を旅行した人ならだれでも体験することだが、道に迷うと先ず地図を広げる。だが初めての都市で方向の感覚が麻痺しているから、今、自分がどの方向に向かおうとしているのか分からない。それでもなんとか見当をつけて歩きだすのだが、かならずといっていいほど、見当違いの方向に行ってしまう。そこで、不慣れな言葉で現地の人に道を聞くわけだが、聞かれた当人が正確に道順を分かっている保証はない。分からないと言われる分にはまだ救われるが、中途半端に分かっている人に教えられると、こんがらがった紐が一層こんがらがってしまう。逆に分かっている人だと、この道を四ブロックほど行って右に曲がり、さらに信号を三つ越えて、二つ目の角を……早口でまくし立てられ、かえって頭が混乱してくる。結局、分かってないのに分かった風な顔をして、「サンキュー」と別かれ、言われたことの頭から二つ目くらいまで実行しているうちに、もう分からなくなってくる。そんな試行錯誤を何度も繰り返していくうちに、次第に方向の感覚が生まれ、内なる地図がおぼろげに描かれ、この道を行けばどこに出る、何があるということが分かってくるのである。

夢のような「浮遊」の感覚に包まれ、十月二十八日、夜遅くロンドンに到着、ガウワー街七十六番地の宿でロンドン最初の夜を過ごした金之助は、翌朝、宿の前の通りを歩いて早くも方角を「Lost」し、「不思議な町」という感覚に囚われている。(註1) すでにジェノヴァで上陸して以来、そうした方向感覚の失調や不安を何度か体験してきた金之助ではあったが、仲間がいたからまだ救われていた。ところが、ここロンドンでは、言葉こそ不自由しないものの、すべてを一人でやっていかなければならない。宿のまえに立って、金之助は宿の表玄関をしっかりと見定め、ドアの形やレンガ造りの壁の色合いを一つひとつ頭に刻みこんで、何度も左右を確認しながら歩き出す。ところが、二十メートルほど歩いて振り返ると、もう隣の建物と見分けがつかなくなっている。「今自分が出てきたのは果してどの家であるか、二、三間行き過ぎて、後戻りするともう分らない」。早くも、方向感覚を失い、無事に宿に帰って来れるだろうかと不安に襲われ、怯える金之助……。そのときの戸惑いを、漱石は、「印象」のなかで次のように回想している。

表へ出ると、広い通りが真直に家の前を貫ぬいてゐる。試みに其中《そのなか》央に立つて見廻して見たら、眼に入る家は悉《ことごと》く四階で、また悉く同じ色であつた。隣も向ふも、区別のつきかねる位似寄つた構造なので、今自分が出て来たのは果してどの家であるか、二、三間行き過ぎて、後戻りをすると、もう分らない。不思議な町である。

ガウワー街は、地図で見ると、ロンドン大学と大英博物館の脇を北西から南東に走る通りで、今でも両側には焦げ茶色や灰色のレンガ造りで四、五階建ての似たような建物が連なり並んでいて、実際に歩いてみると外国生活が長い私でも見分けがつけがたい。二〇〇三年二月、漱石が泊まった宿の向かい側のホテルに宿泊、朝、ガウワー街に立ってみて、初めてロンドンの市街に立った金之助が、方向感覚を失って「不思議な町である」と印象を記したのもなるほどと納得した次第である。九年後、「印象」を書いたときですら、「道を失った」という金之助のロンドン第一印象は、強烈かつ鮮やかに記憶のスクリーンに蘇っていたのである。

南ア戦争義勇兵凱旋祝賀パレード

日記の記述によると、この日十月二十九日、金之助は、ベデカーのガイド・ブックを手に、「岡田氏ノ用事ノ為め倫敦市中」を歩き、途中、南ア戦争（ボーア戦争）に参戦した義勇兵の凱旋祝賀パレードの渦に巻きこまれ、トラファルガー広場まで押し流されている。日記には、その足取りが書きこまれていないので、「印象」の記述から金之助の足取りを辿ってみると、まず、宿の玄関を出て、ガウワー街を左に大英博物館の脇を通り、ニュー・オックスフォード・ストリートに出て、右折、チャリングクロス・ロードとトッテナム・コート・ロード、オックスフォード・ストリートの交差点に出ている。東京では見たこともない、ロンドンの繁華街のにぎわいと雑踏が、金之助の目を驚かせたに違いない。

其《その》往来の中を馬車が幾輛となく通る。何《いづれ》も屋根に人を載せてゐる。其の馬車の色が赤であつたり、黄であつたり、青や茶や紺であつたり、仕切りなしに自分の横を追ひ越して向ふへ行く。遠くの方を透かして見ると、何処迄五色が続いてゐるのか分らない。振り返れば、五色は雲の様に動いて来る。何処から何処へ人を載せて行くものかしらんと立ち止まつて考へてゐると、後《うしろ》から脊の高い人が追ひ被さる様に、肩のあたりを押した。避け様とする右にも脊の高い人がゐた。左もゐた。肩を押した後の人は、その又後の人から肩を押されてゐる。さうしてみんな黙つてゐる。さうして自然のうちに前へ動いて行く。（中略）

　自分は歩きながら、今出て来た家の事を想ひ浮べた。一様の四階建の、一様の色の、不思議な町は、何でも遠くにあるらしい。何処をどう曲つて、何処をどう歩いたら帰れるか、殆ど覚束ない気がする。よし帰れても、自分の家は見出せそうもない。その家は昨夕暗い中に暗く立つていた。

赤や黄、青や茶色と色とりどりに、屋根のうえまで人を満載して乗合い馬車が、ひっきりなしに行き来するチャリングクロス・ロード。背の高いイギリス人に覆い被されそうになって、押され、こずかれして群衆の渦に巻きこまれていく金之助。「印象」が書かれたのが、明治四十二（一九〇九）年の二月頃。今から百年近い昔、見知らぬ外国の都市の雑踏の中で方向の感覚を失っていくプロセスをこれほどリアルに日本語に描き取った文章はほかにないだろう。

　金之助は、ロンドン到着の翌日、早くも、都市の雑踏のなか、大群衆の波に押されて道を見失ってしまった。そして、「失われた」という感覚を強く持った。その感覚は九年の歳月を経ても漱石のなかで生々しく生き続け、「印象」という不思議な小品を書かせた。その事実は、夏目金之助が、ロンドンに辿り着いた日の翌日の時点で、「文部省派遣留学生」としての記号的役割意識に、まだ十分に縛られていなかった、つまり道を失い宿に帰れないかもしれないという不安に囚われてはいたものの、それとは裏腹に異国の「不思議な町」、それも大量の義勇兵の行進と歓呼する大群衆で沸きかえるストリートを一人で、歩くというより流され、溺れるようにして浮遊することをとおして、金之助の心身の内側からそれまで経験したことのない不思議な自由の感覚が流露していたことを意味していた。

それは、東京の街を歩いていた時も、松山や熊本の街を歩いた時も経験したことのない、生まれて初めて感じた新鮮な現実離脱と浮遊、そして解放の感覚であったはずだ。その解放の感覚をとおして、金之助の内部でほとんど無意識に近い形で静かに立ち上がってきていたのは、おそらく「書く」ことを通して本来の自分を回復したいという欲求であったはずだ。その意味で、ロンドン街頭に浮遊する金之助は、長崎の港で船室のベッドに「横たわり」、吐気に堪えながら、夜空の星が出たり入ったりする丸窓を凝視していたときと同じように、ほとんど「書く」人、「夏目漱石」に変身していたと言っていいだろう。

目には見えない群衆の意志のようなものに押されて、前へ前へと進む金之助。このまま行ったら宿に戻れるのか？　自分にとって唯一の心の拠りどころと言っていいガウワー街の宿に帰れるのかという不安が一層強くなる。朝出てくるときに見上げた建物は、次第に、前の晩、深夜に近くたどり着いたときのように暗い闇に溶解していく。そして、それまで感じたことがないような「孤独」と「漂流」の感覚に囚われる。

自分は心細く考へながら、脊の高い群集に押されて、仕方なしに大通りを二つ三つ曲がつた。曲るたんびに、昨夕《ゆうべ》の暗い家とは反対の方角に遠ざかつて行く様な心持がした。さうして眼の疲れる程人間の沢山ゐるなかに、云ふべからざる孤独を感じた。

「云ふべからざる孤独を感じた」……大都会の真っ直中、一人だけ世界との関わりを「Lost」し、漂流する異邦人の「孤独」をこれほど鮮烈に浮かび上がらせた文学的表現はそうざらにあるものでない。二十世紀文学として斬新な言語表現と言っていいだろう。

ところで、この日、金之助を巻きこんだ南ア戦争義勇兵の凱旋祝賀パレードとは、実際にどんなものだったのだろうか？ 当日、義勇兵の行進を実際に見たR・D・ブルーメンフェルドの日記『In the Day of Bicyles & Bustles』の十月二十九日の記述によると、その日、帰還したのはCIV（Civic Imperial Volunteer）と呼ばれる市民義勇兵で、遠い南アフリカの前線で勝利した兵士、特に義勇兵が帰還するというので、朝からたいへんな人出で、パディントン駅からオックスフォード街を経て、聖ポール大聖堂まで、義勇兵の行進が進むなか、街路の両側をパレードを少しでも近くで見ようと繰り出した群衆が大歓声を上げ、押し合いへし合いし、身動きも取れない状況に陥っていた。くわえて、植民地戦争に反対する人たちのデモや大量のフーリガン（特に若者のやじ馬）が加わったため、至るところで衝突や喧嘩、殴り合い、暴動が発生。大勢の警察官や軍隊が規制のために出動したにもかかわらず、死者二人、負傷者十三人、迷子数百人が出る未曽有の大騒動になった。混乱に輪をかけたのは、人出の多さもさることながら、馬車と自動車の衝突による事故、さらに馬が自動車に怯えて脚を止めたり、暴れたり、暴走したりで渋滞を引き起こしたためだという。金之助は、ロンドン到着二日目、初めて一人で街を歩いたその日に、とんでもない大騒動に巻きこまれてしまったのである。

だが、それにしても、なぜこの日、人出がそれほど多く、しかも荒れたのか？ それは、この年の秋、議会の選挙が行われ、戦争を支持・遂行する保守党と反対する労働党が激しく論戦を展開し、ロンドンの市民の世論が二分されていたためである。南ア戦争は、イギリスが植民地支配を、フランスに対抗してアフリカを南北に縦断する形で南アのトランスヴァール共和国とオレンジ自由国まで伸ばしたい、特に二つの国で発見されたダイアモンドや金などの鉱山資源を手中に収めたいという野心から生じた戦争で、一八九九年十月に開戦の火ぶたが切って落とされ、最初は、イギリス軍の作戦上の失敗から、ブール軍が優位に立った。しかし、イギリスが強力な増援軍を送り込んだ結果、形成は逆転、一九〇〇年九月にブール軍の敗北が決定的となっていた。その結果、イギリスはトランスヴァール共和国とオレンジ自由国を統合、支配権を強めたが、戦争は一九〇二年まで続き、ブール軍のゲリラ戦争に苦しめられ、死者六千人、負傷者二万三千人を出した。一方、ブール軍側の死者は四千人で、単純に死傷者の数の比較だけでも、イギリス側の犠牲の方が大きく、国際社会においてイギリスの威信は大きく失墜、「イギリスは戦争に勝って政治に負けた」と言われた。

当然、イギリス国内でも戦争に対する不満の声は高まり、おりから、総選挙が行われるということもあって、この戦争の是非を巡って大きく世論が分裂、大論争が巻き起こっていた。そんななかで、行われたのが義勇兵帰還歓迎パレードで、ロンドン市民の戦争に対する屈折した感情がはけ口を求めて一気に炸裂、本来凱旋行進として行われるはずのイヴェントが空前の大騒擾に陥ってしまったのである。ジョナサン・シーニアーの『ロンドン 1900』によると、その年の選挙は「カーキ選挙」と呼ばれていたという。「カーキ」というのは、軍人が着る軍服の色のことで、イギリス全体がカーキ色一色に染まった年に行われた、戦争の是非を巡る選挙という意味で、そう呼ばれたのである。

トラファルガー広場まで

「印象」の記述によると、金之助はさらにその後、群衆の波に押されて、不思議な広場まで漂流している。

> すると、だら〳〵坂へ出た。此処《ここ》は大きな道路が五つ六つ落ち合ふ広場の様に思はれた。今迄一筋に動いて来た波は、坂の下で、色々な方角から寄せるのと集まつて、静かに廻転し始めた。
> 　坂の下には、大きな石刻の獅子がある。全身灰色をして居つた。尾の細い割に、鬣《たてがみ》に渦を捲いた深い頭は四斗樽程もあつた。前足を揃へて、波を打つ群集の中に眠つてゐた。獅子は二つゐた。下は鋪石《しきいし》で敷き詰めてある。其の真中に太い銅の柱があつた。自分は、静かに動く人の海の間に立つて、眼を挙げて、柱の上を見た。柱は眼の届く限り高く真直に立つてゐる。其の上には大きな空が一面に見えた。高い柱は此の空を真中で突き抜いてゐる様に聳えてゐた。此の柱の先には何があるか分らなかつた。自分は又人の波に押されて広場から、右の方の通りを何所《いづく》ともなく下がつて行つた。しばらくして、振返つたら、竿の様な細い柱の上に、小さい人間がたつた一人立つてゐた。

「大きな道路が五つ六つ落ち合ふ広場」、「大きな石刻の獅子」、「真中に太い銅の柱があつた」という記述から、この広場がトラファルガー広場であることが分かる。地図を見れば分かるとおり、ナショナル・ギャラリーの前に広がるトラファルガー広場にはチャリングクロス・ロードとモンマス・ストリート、ホワイトホール・ストリート、ザ・マル、ヘイマーケット・ストリート、コックスパー・ストリートと幾つもの街路が東西南北から集まり交差しており、また義勇兵凱旋祝賀パレードのコースにも当たっていたからである。「大きな石刻の獅子」とは、石柱を守るようにして座し、東京の三越本店のライオン像のモデルとなったライオン像のことで、漱石は「二つ」と記しているが、実際は四頭で、おそらく金之助は背の高い群衆の渦に呑みこまれていたため、二頭しか見えなかったのだろう。また、「太い銅の柱」というのは、天辺にネルソン提督の像が立つ塔のことで、「銅」というのは「石」の間違いである。だが、そうした細かい事実の間違いはどうでもいい。いや、むしろ、こうした過ちがそのまま書きこまれていることが、逆にこのテキストの生々しいリアリティを浮かび上がらせていると言った方が正確だろう。

ここの記述で、さすがに漱石と思わせられるのは、幾つもの街路から流れてきた人の波がここで落ち合う光景を「静かに廻転し始めた」と描写していること、そして群衆の渦に巻きこまれながら、群衆をつき動かしている共同幻想（南ア戦争というイギリスの植民地侵略戦争を支持する、または反対・抗議する意志）とはまったく無関係に、一人孤独な緊張感を抱え、金之助があたかも群衆の意志から超越するように、「竿の様な細い柱の上」に立つネルソン像を見上げていることである。「印象」が書かれたのが一九〇九年という事実を考えると、群衆という不思議な生き物が持つ不気味なエネルギーと共同的な幻想、そしてその真中にありながら、それとはまったく無関係な男が内側に抱えこんだ「孤独感」をこれほど見事にリアルに表現した例が同時代に他にあるだろうか。

『永日小品』には、「下宿」と「過去の臭ひ」「霧」「印象」「昔」「クレイグ先生」と、ロンドン留学体験に基づいた作品が六篇収められている。このうち、二度目の下宿先ミルデ家の謎に迫った「下宿」と「過去の臭ひ」とロンドンの夜の霧とその霧に閉じこめられた自分の孤独の深さを描いた「霧」、スコットランドのピトロクリに旅行したときの愉悦感に溢れた紀行文「昔」、そしてシェークスピアの個人教授を受けた「クレイグ先生」の五篇は、いろいろな論文や単行本に取り上げられ、考察が加えられているが、この「印象」については、出口保夫が『ロンドンの夏目漱石』で、義勇兵の凱旋パレードとそのときの市街の雑踏ぶりについて、一部事実関係を明らかにしているだけで、ほとんど取り上げられていない。ただ、その出口の論考も、文学的テクストとして「印象」が持つ本質的意味を解読するところまでは行っていない。ロンドン体験をとおして夏目金之助が「小説家夏目漱石」に変身していくために辿った内密なプロセスを知るうえで、今後、もっと突っこんだ作品論が展開される必要があるだろう。

ひたすら歩き抜く

ロンドン二日目、トラファルガー広場まで押し流されていった金之助が、そのあと、どう道をたどってガウワー街の宿まで戻ったかは、記述がないため分からない。ただ、地図を便りに、人に道を聞きながらあっちに迷い、こっちに道を失い、クタクタになって夜遅く、宿に戻ったことは間違いないだろう。翌日、鏡子に宛てた手紙に「二十返位道を聞て漸く寓居に還り候」とあり、いかに金之助が道を失い、消耗したかがうかがえる。

金之助は、さらに翌三十日、着任の報告を兼ねてバッキンガム宮殿に近い日本公使館を訪れ、さらに三十一日にはタワー・ブリッジ、ロンドン塔、モニュメント（ロンドン大火記念塔）へと市内観光に出かけている。しかし、地下鉄も乗り合い馬車も乗り方が分からず、最初から最後まで徒歩で通している。四年後に書き上げた『倫敦塔』の冒頭、漱石は、当時のおぼつかない歩行の体験を次のように回想している。

恐々ながら一枚の地図を案内として毎日見物の為め若くは用達の為め出あるかねばならなかつた。無論汽車へは乗らない、馬車へも乗れない、滅多な交通機関を利用しようとすると、どこへ連れて行かれるか分らない。此《この》広い倫敦を蜘蛛手十字に往来する汽車も馬車も電気鉄道も鋼条鉄道も余には何等の便宜をも与へる事が出来なかつた。余は已を得ないから四ツ角へ出る度に地図を披《ひら》いて通行人に押し返されながら足の向く方角を定める。地図で知れぬ時は人に聞く、人に聞いて知れぬ時は巡査を探す、巡査でゆかぬ時は又他の人に尋ねる、何人でも合点の行く人に出逢ふ迄は捕へては聞き呼び掛けては聞く。かくして漸く指定の地に至るのである。

気持ちのうえでさらに金之助を圧倒し、萎縮させたのは、千年を越える歴史をもつ石造りの首都が備え持つ重々しい威圧感であり、そこで生活するロンドンっ子の身体全体から発散される、ワイルドなエネルギーだった。ロンドンというと、上品でしっくり落ち着いた古都のムードや知的で上品な淑女と温厚な紳士をイメージしがちだが、金之助が留学していた頃、イギリスは帝国主義のトップランナーとして、東はインドからシンガポール、香港、上海まで、南はアフリカを縦断して南アフリカまで、世界最大の植民地宗主国として世界に覇をとなえ、現に南ア戦争では、イギリスの帝国主義的侵略に抵抗するボーア人を武力で徹底弾圧しようとしていた。ただでさえ感じやすく、内向的な金之助のことだ、富と力の頂点を極めた大英帝国の首府の重々しいオーラと荒々しくアグレッシブなエネルギーに押しつぶされ、おずおず怖々とロンドンの通りを歩いたとしても無理からぬところがあった。

ところで、金之助より八年遅れて、一九〇八年五月二十八日、日本帰国のため一日だけロンドンに滞在した永井荷風も、石の都市ロンドンにはどうしても馴染めなかったらしく、前出の「巴里のわかれ」のなかで、「自分は堪えがたい憂悶を退けるには、どこか音楽のある処をと思返し、横町を出ると直様馬車を呼んだ。然し一度び巴里の燈火を見たもの、眼には世界最大の都府ロンドンは、何等の美的思想もなく、実利一方に建設された煉瓦と石の「がらくた」に過ぎない」とぼろくそにこき下ろしている。実に金之助は、荷風がたった一日で逃げるようにして去った、煉瓦と石のがらくた都市ロンドンに、ほとんど荷風と同じように嫌悪感を抱きながら、二年も孤独な生活を送ったのである。

原初的なトラウマ——「Lost」の感覚

今から百年前、夏目金之助という男が、ロンドンの大雑沓の中で道を失い、不安な表情で地図に目を走らせ、おずおずと人に道を聞き、一層迷路の奥に迷いこみ、途方に暮れていた。その姿を思い浮かべてみると、そこから一つのことが見えて来るように思われる。

それは、群衆の真っ直中で自己を「Lost」したという感覚が、単に地理的な意味で道に迷ったということだけでなく、本来自分のいるべき位置や進むべき道を見出だせないまま、世界との絆を失い、うろたえ怯えている、「文部省派遣留学生夏目金之助」の内心の不安と見合っているということ。しかも、それは時間に逆行する形で、金之助の幼児の頃からの原初的な「Lost」（見捨てられた）の感覚とつながりつつ、「不愉快な」ロンドン生活体験の基底を流れ、さらにのちの漱石文学の基底に流れこんでいることである。

知られているように、金之助は、生後すぐに里子に出され、さらに一歳と九ヶ月のときに塩原昌之助の元に養子に出されている。養父の塩原は古道具の売買をなりわいとし、毎晩、金之助をがらくたと一緒にざるの中に入れ、四ッ谷の大通りに晒していたという。その様子を姉がたまたま目にして、不憫に思って、実家に連れて帰った。その話を、漱石は『硝子戸の中』で、「懐へ入れて宅《うち》へ連れて来たが、私は其夜どうしても寐付かずに、とう〱一晩中泣き続けに泣いたとかいふので、姉は大いに父から叱られたさうである」と記している。

がらくたと一緒に夜風に吹きさらされていた幼い金之助は、本能的に「Lost」の不安に怯えていたに違いない。そして実家に連れ戻され、顔も覚えてない実の父や母、兄たちに引きあわされ、再び二重の「Lost」の不安に駆られたのだろう、一晩泣きとおした。ロンドン市中の大雑沓のなかで、道を失い、途方に暮れる金之助のなかで、ほとんど無意識に幼い頃の原初的な「Lost」の不安が、溢れるほどに蘇っていたことは間違いないだろう。日記にこそ書かれていないが、見知らぬ街頭に立ち、群衆の波と渦に溺れながら呆然と人と馬車の流れを見つめる金之助は、そのとき世界のかかわりの絆を見失い、心のなかでほとんど泣いていたのだ。漱石は、このときの「Lost」の感覚を、後年、『三四郎』で、次のように思い起こしている。

　三四郎は全く驚ろいた。要するに普通の田舎者が始めて都の真中に立つて驚ろくと同じ程度に、又同じ性質に於て大いに驚ろいて仕舞つた。（中略）

　自分は今活動の中心に立つてゐる。けれども自分はたゞ自分の左右前後に起る活動を見なければならない地位に置き易へられたと云ふ迄で、学生としての生活は以前と変る訳はない。世界はかやうに動揺する。自分は此動揺を見てゐる。けれどもそれに加はる事は出来ない。自分の世界と、現実の世界は一つの平面に並んで居りながら、どこも接触してゐない。さうして現実の世界は、かやうに動揺して、自分を置き去りにして行つて仕舞ふ。甚だ不安である。（傍点筆者）

三四郎は、さらにその翌日、理科大学の「穴倉」に野々宮君を訪ねたあと、構内の池に出て、大都会の真っ直中とは思われない静寂のなか、池の面を見詰めながら、それまで感じたことのない「孤独の感じ」に沈みこんでいる。そして、そのすぐあと、池の左手の「岡の上」に女が現れる。女は西日を浴びて眩しいのだろう、「団扇を額の所に翳して」立っている。やがて、女は三四郎を見下ろすように岡を下り、石橋を渡り、池の端を巡るように三四郎に近づき、「今迄嗅いで居た白い花」を三四郎のまえに落とし、去っていく。女、美禰子は、そのあと野々村君や広田先生をとおして三四郎と知り合い、菊人形を見に行った帰り、三四郎に「迷子」という謎の言葉を投げかける。


「迷子」

女は三四郎を見た儘で此一言を繰返した。三四郎は答へなかつた。

「迷子の英訳を知つて入らしつて」

三四郎は知るとも、知らぬとも云ひ得ぬ程に、此問を予期してゐなかつた。

「教へて上げませうか」

「え丶」

「迷える子《ストレイ、シープ》――解つて」


都会の雑踏のなかの「静寂」、「人の海」「波」「渦」、「孤独」、「塔の上に立つ人」、「岡の上に立つ女」、「迷子」……。『三四郎』が朝日新聞に連載されたのが、明治四十一年の九月一日から十二月二十九日まで。「自分の世界と、現実の世界は一つ平面に並んで居りながら、どこも接触してゐない。さうして現実の世界は、かやうに動揺して、自分を置き去りにして行つて仕舞ふ。甚だ不安である」と書き記したとき、漱石の中で、八年前のロンドンでの「Lost」体験が蘇っていたことは間違いないだろう。

一九七三年一月、「季刊芸術」七巻一号に掲載された「「蜘蛛手の街」――漱石初期の作品の一断面」で、ジャン＝ジャック・オリガスは、ロンドン体験に基づいて書かれ『漾虚集』に収められた初期の作品で、漱石が「溟濛たる」大都市ロンドンをどのように描いているかを、森鷗外のベルリン体験と描写と比較しながら検証、ロンドンでの都市体験が、初期の『猫』や『草枕』などには顕著に出ていないとしたうえで、「しかし、漱石が『三四郎』を書きだしたときに、作者の記憶と感覚の中に積み重なったものが一度に表に現われ、溢れだしたように思われる」と重要な指摘を行っている。

『永日小品』の連載が、『三四郎』のあとを受ける形で、朝日新聞に連載されたのは、年が明けて明治四十二年の一月十四日から三月十四日までで、「印象」が書かれたのは二月の半ばころだろうか。『三四郎』と「印象」は、作品の規模の大きさということでは、象と子犬ほども違うが、「Lost」の感覚という一点で、深く根のところでつながっている。しかも、この「Lost」の感覚は、美禰子が三四郎に投げ掛けた「迷える子《ストレイ・シープ》」という謎の言葉と共鳴しながら、江藤淳の言葉を借りれば「低音部」として、漱石文学全体を流れ貫いていくことになる。

たとえば、「お延」という妻と一見幸福そうな結婚生活を送りながら、かつて自分と愛を確認しあいながら、理由も告げずに去っていった清子という女を求めて、伊豆の湯河原温泉まで出かける『明暗』の津田。風呂から出て自室に戻ろうとして、津田が突発性の方向感覚失調に陥って、廊下をあっちに行ったりこっちに行ったりするうちに、偶然に清子と再会する場面でも、温泉旅館の廊下とロンドン市内のストリートと空間条件はまったく違うものの、「印象」における「Lost」の感覚は次のように蘇っている。

最初の彼は殆んど気が付かずに歩いた。是《これ》が先刻《さつき》下女に案内されて通つた路なのだらうかと疑ふ心さへ、淡い夢のやうに、彼の記憶を暈《ぼか》すだけであつた。然し廊下を踏んだ長さに比較して、中々自分の室《へや》らしいものゝ前に出られなかつた時に、彼は不図立ち留まつた。

「はてな、もつと後かしら。もう少し先かしら」

電燈で照らされた廊下は明るかつた。何方《どつち》の方角でも行かうとすれば勝手に行かれた。けれども人の足音は何処にも聴こえなかつた。

入り組んだ温泉旅館の夜の廊下で、自分の部屋に戻る道を見失ってとまどう津田。津田は下女を呼ぼうと手をたたくが、だれも出てこない。しかたがなく、津田は「ぐる〳〵廻つてゐるうちには、何時か自分の室の前に出られるだらうといふ酔興も手伝つ」て、旅館の廊下を方角の見当もつけずに歩きはじめる。すぐに廊下が尽き、「筋違に二三段上る」と洗面所に出た。そこで、白い金だらいから溢れ流れ出る水に見入る津田。溢れ流れる鮮烈な水のイメージは「清子」につながる。だが、清子が出てくる気配はなく、静寂が支配するだけ。

あたりは静かであつた。(中略)其静かさのうちに電燈は隈なく照り渡つた。けれども是《これ》はただ光る丈《だけ》で、音もしなければ、動きもしなかった。ただ彼の眼の前にある水丈《だけ》が動いた。渦らしい形を描いた。そうして其渦は伸びたり縮んだりした。

彼はすぐ水から視線を外《そら》した。すると同じ視線が突然人の姿に行き当ったので、彼ははつとして、眼を据ゑた。然しそれは洗面所の横に懸けられた大きな鏡に映る自分の影像《イメジ》に過ぎなかつた。


「印象」では、群衆の波が渦を巻いて流れていたが、ここでは清らかな水が盥から溢れ流れている。流れているものの実体は大きく違っている。にもかかわらず、どちらも、朝の太陽の光と夜の電光の光と共に明るい光の下に流れる「水」である。しかもロンドンのトラファルガー広場では、金之助が人の渦に溺れていく感覚に囚われていたのに対して、津田は、あふれ流れる「水」に、「水の精」としての清子のイメージ（清子という名とは裏腹に津田の手に負えない暴力的な水のイメージ）を重ね、幻想ではあるものの、その流れに溺れ、清子と合体していくことを予感していることで、二つは、時間と空間の隔たりを越えて、共鳴しあっている。

さらにまた、「印象」で渦巻く人の波から眼を離した金之助の視線が捉えたのは、金之助自身の鏡象として塔の上に立つ「小さな人間」であったように、『明暗』では、だれでもいい、人が来たなら部屋の方角を聞こうと階子段の上を見詰めていると、「階上の板の間迄来て其所でぴたりと留まった」のは「清子」であった。重要なことは、「小さな人間」も「清子」も共に、溺れていく人間をすくい上げてくれる存在、あるいは冷たくそれを拒否する存在として、高いところから見下ろす形で現れていることである。そう言えば、『三四郎』でも、美禰子は、池の端にたたずむ三四郎を見下ろす形で、「左手の岡の上」に立っていた。

『明暗』の終わりに近く、津田が心の奥底で探し求めていた清子に再会する前、漱石は、津田に旅館のなかで方向感覚を失わせた。おそらく、この場面を書きながら、漱石は、自身のなかでトラファルガー広場で夏目金之助として方向感覚を失ったときの原初的な不安の感覚を再体験していたに違いない。なぜなら、あの時、ロンドンの街頭で群衆の渦に巻きこまれ、道を失うことで、金之助はそれまでの生涯をとおして心の底で追い求めながら、本気で求めることを放棄してきた本来の自己、すなわち「書く」人としての夏目漱石に限りなく近づいていたからである。

失われた自己本来の自己を追い求めるために、人は、常識であれ、道徳であれ、宗教であれ、日常的な感覚のレベルであれ、自己と世界をつなぎとめている規範的な意識や感覚、行動パターンの拘束を断ち切り、漱石の言葉で言えば「常態を失い」、存在を「Lost」の状態に貶め、心身の平衡感覚を打破・解体しなければならない。道に迷う、あるいは方向の感覚を失うということは、漱石にとって、「書く」ことに出会うための根源的な行為、あるいは儀式として極めて重要で、象徴的な意味を持っていたのである。

原初的な心のトラウマとして、幼児期における「Lost」の感覚は、ロンドンでの「Lost」体験を経て、一層自覚的に対象化され、漱石文学の胚種となっていった。『三四郎』や『明暗』だけでない。生まれてすぐに母親から引き離され、笹原に捨てられた『吾輩は猫である』の「猫」からはじまり、どこに行くか目的も定めぬまま、ただひたすら東京の家から遁走を試み、結果として炭鉱の地底深く降りていく『坑夫』の「自分」、許されざる結婚の罪の意識と不安に怯え、心のよりどころを求めて座禅を組む『門』の宗介、大学教授でありながら、己れのよって立つべき地点を見失い、妻の不倫を疑い、弟にその貞操を試させる『行人』の「兄」……実に、ロンドン街頭における「自己喪失」の感覚と不安は、漱石文学のもっとも基本的なテーマとなって、様々なヴァリエーションを奏でながら、最後まで流れ貫いて行くことになるのである。

（註1） 岩波書店一九九四年版の『漱石全集』（第十二巻）「永日小品」の注解〔一六五14〕に、このとき、「自分」が「出て来た」家について、「漱石のロンドンでの第四番目の下宿である2, Stella Road, Tooting Graveney, London S. W.（現11, Stela Road）であろう」とし、〔一六六4〕では、「昨夜は……夢の様に馳せた」について、「四月二十五日の夜、第三番目の下宿にゆくのに、まず鉄道馬車でケニントン（Kennington）までゆき、のりかえてトゥーティング（注三〇七参照）までゆき、そこで乗り合い馬車に乗った」と解説が付けられている。ところが、このときの引っ越しについて書かれた「倫敦消息」の記述によると、金之助は、この日、下宿の「神さん」と一緒に昼間、引っ越して行ったのであり、明らかに注解の解説は、「印象」の記述と矛盾することになる。また、注解は、その日、「自分」が見上げた「不思議な町」についてもトゥーティングの町であるとし、その根拠として、注解〔一六六6〕で、四月二十六日の日記の「朝 Tooting Station 附近ヲ散歩スツマラヌ処ナリ」という記述を挙げているが、「印象」の記述によれば、この日の朝、ロンドン市内に出た「自分」は、群衆の波に飲みこまれ、道を見失い、トラファルガー広場まで漂流している。しかし、注解の解説に従えば、「自分」はトゥーティングから歩いてテムズ河を渡り、トラファルガー広場まで彷徨い歩いたことになり、これはいくら何でも不自然で、現実性に欠けると言わざるをえない。以上から、「印象」の記述は、一九〇〇年十月二十九日、ロンドンに着いた日の翌日、初めてロンドン市内を歩き、南ア戦争参加義勇兵歓迎パレードの群衆に巻きこまれたときの体験に基づいて書かれたものと考える方が妥当であり、「家」というのは、金之助が最初に泊まったガウワー街七十六番地のエヴァ・スタンリー夫人の宿を指し、「不思議な町」というのもガウワー街周辺の町を指しているものと思われる。

第九章　『倫敦塔』——漱石自身による漱石殺し

退化のシンボルとして

一九〇〇年十月三十一日、ロンドン到着三日後、市内観光に出た夏目金之助は、タワー・ブリッジを渡りかけたところで、テムズ河の向う岸にロンドン塔を望み見ていた。しばらくは放心したように、塔というよりは城に近いロンドン塔を見つめていたが、やがて、それまでさんざん道に迷いながら歩きとおしてきたことによる疲れと不安とで、てんでんばらばらに焦点を失いかけていた自身の心身がゆっくりと内側から緊張し、何かに強く引きつけられるのを感じ取っていた。前章で詳しく記したように、その二日前、金之助は、南ア戦争義勇兵凱旋祝賀パレードの騒動に巻きこまれ、群衆の渦に揉みくちゃにされ、どこをどう歩き、何をどう見てきたのかも定かでないまま、くたくたに疲れきって、夜遅くかろうじて宿まで戻ってきている。

それだけに、この日も大きな不安を胸に、金之助は地図一枚をたよりに、朝からガウワー街の宿を出て、東に西に、南に北にと道に迷い、警察官や道行く人に道を聞き聞きしてようやくたどり着いたロンドン塔であった。金之助にとって、その道行きは、とうてい越智治雄が「『漾虚集』一面」で記した「異邦の自由な遊覧を楽しんでいる」といった「些事」ですむものではなかった。

その日も、金之助の表現を借りれば、「御殿場の兎が急に日本橋の真中に抛り出されたような心持ちで」、未知なる大都市をさんざん道に迷いながら歩きづめに歩いてきただけに、ロンドン塔を望むところまでたどり着いたとき、金之助は疲労困憊し、ほとんど心の焦点を失いかけていたはずだ。だが、それだけにかえって心の武装が解け、無防備に開かれていたせいで国費留学生としての記号的役割意識も薄れていたのだろう、塔のイメージは強烈に金之助の心を射抜き、金之助は目に見えない不思議な手に抱き取られるようにして、タワー・ブリッジを渡り、ロンドン塔に吸い寄せられていく。おそらくそのとき、金之助の心は、それまで歩き、見上げてきたのっぺら坊で見分けのつかない、「不思議な町」ロンドンの街路や建物、道行く人々には感知できなかった何物か、さらに、それまでの三十三年に及ぶ生涯を通して、金之助が心の底から求め続けながら、どうしても手に入れることができなかった何物かと、今これから自分が入っていこうとする塔のなかで、出会えるかもしれないという直感的予感に貫かれ、興奮にうち震えていたに違いない。明治三十八年、「帝国文学」一月号に寄稿し、「夏目金之助」の名で掲載された『倫敦塔』を読んでみよう。

> 来《きた》るに来所《らいしよ》なく去るに去所《きよしよ》を知らずと云ふと禅語めくが、余はどの路を通つて「塔」に着したか又如何《いか》なる町を横《よこぎ》つて吾家に帰つたか未だに判然しない。どう考へても思ひ出せぬ。只「塔」を見物した丈《だけ》は慥《たし》かである。「塔」其物の光景は今でもあり〳〵と眼に浮べる事が出来る。前はと問はれると困る、後《あと》はと尋ねられても返答し得ぬ。只前を忘れ後を失したる中間が会釈もなく明るい。恰も闇を裂く稲妻の眉に落ると見えて消えたる心地がする。倫敦塔は宿世《すくせ》の夢の焼点の様だ。

この記述に、金之助にとってロンドン塔の印象がよほど強烈で、その出会いが運命的であったことが読み取れる。そのときの心の状態を、金之助は「既に常態を失つて居る」と回想している。そう、ロンドンの市中を彷徨い歩いたこと、そしてタワー・ブリッジを渡り、ロンドン塔に入って行くことで、金之助は、二重の意味で心身の「常態」を失っていたのだ。いや、その二日前、ロンドン市内を群衆の渦に溺れるようにして漂流したこと、さらにそれに先立つ船と汽車の旅における苦難と当惑を考えれば、三重、四重の意味で金之助は日常生活者としての心の「常態」を失っていた。であればこそ、金之助は「長い手」に抱き取られるようにしてロンドン塔に吸いこまれていったのであり、一層生き生きと夢のスクリーンに不思議な幻想のドラマを写し出すことができた。そして、ロンドン塔の印象と体験は、最初の幻想小説『倫敦塔』を生み出す胚種として、金之助の心に深く刻まれたのである。

倫敦塔の歴史は英国の歴史を煎じ詰めたものである。過去と云ふ怪しき物を蔽《おお》へる戸帳《とばり》が自づと裂けて龕中《がんちゅう》の幽光を二十世紀の上に反射するものは倫敦塔である。凡《すべ》てを葬る時の流れが逆《さか》しまに戻つて古代の一片が現代に漂ひ来れりとも見るべきは倫敦塔である。人の血、人の肉、人の罪が結晶して、馬、車、汽車の中に取り残されたるは倫敦塔である。

「凡てを葬る時の流れが逆しまに戻つて古代の一片が現代に漂ひ来れり」という記述から、金之助がロンドン塔を「退化」のシンボルと見ていることが分かる。金之助は、さらにまた、『倫敦塔』の冒頭で、その先多難が予想される二年の留学生活に思いを馳せて、絶望的な思いに囚われたのだろう、

にこの響き、此群衆の中に二年住んで居たら吾が神経の繊維も遂には鍋の中の麩海苔《ふのり》の如くべと〳〵になるだろうとマクス・ノルダウの退化論を今更の如く大真理と思う折さへあつた」と回想している。（註1）金之助はロンドンに到着してわずか四日目で、早くも文明・文化の進化の最先端を走る大都市ロンドンに恐れをなし、人類進化の「頂点に立つ」イギリス人に伍して生き抜いていくことをほとんど断念し、自らを「退化人種」であると認めてしまったようだ。そんな金之助が最初に強く惹かれ、自己との存在的かかわりを実感できたのは、大英帝国の進化のシンボルとして偉容を誇る議会でもウエストミンスター寺院でもなく、ロンドン・ブリッジや大英博物館でもなく、テムズ河畔に、さながら「退化」のシンボルとして「冷然と二十世紀を軽蔑する様に立つ」ロンドン塔であった。

金之助はまた、首を断ち切られ（Beheaded）、強制的に進化の道を閉ざされた死者たちの怨念の籠ったロンドン塔を「宿世の夢の焼点」ともたとえていた。「宿世の夢」……それは、権力の意志によって強制的に進化の道を絶たれ、頭を断ち切られ、冥界に消えていった死者たちの「夢」であり、同時にまた、物心つく頃から満たされぬ何かを心の奥底で感じながら、一度もそれを満たすことなく、いわば心の首を自身の手で断ち切る形で不本意なまま、「退化」の生を生きてきた金之助自身の秘めたる「夢」でもあった。その意味で、ロンドン塔は、「退化」の烙印を押され、歴史の闇に沈んでいった亡霊たちの「夢」と金之助自身の「夢」が出会い、火花を散らした「焼点＝焦点」であった。漱石が、作家的人生をスタートさせるに当たって、『吾輩は猫である』とは別に、ロンドン留学体験のなかから、ロンドン塔体験を一番最初に素材として取り上げ、『倫敦塔』を書き上げなければならなかったゆえんがここにある。

ロンドン塔まで

ところで、この日、金之助はどのような道順をたどってロンドン塔に入っていったのだろうか？この問題については、越智治雄の「倫敦塔再訪」はじめ、少なからぬ漱石研究者が現地調査を行い、幾つもの説を出しているが、最終的にこれだという結論は未だに出されていない。というよりも、日記と『倫敦塔』の記述以外に、コースを特定できる資料が残されていないので、結論を出すのは不可能といった方がいいかもしれない。確かに、日記には「Tower Bridge, London Bridge, Tower, Monument」と記されている。しかし、これが実際に金之助がたどったルートだとしても、地図に照らしてみると、宿から距離的に一番遠いタワー・ブリッジに引き返し、橋の上でロンドン塔を眺めてから、塔に入り、なかを見学したあとで再びモニュメント（ロンドン大火記念塔）まで戻ってきたというのは、四度もUターンを繰り返すことになり、いかに金之助が道に迷ったとしてもちょっと考えにくい。

現実的に一番妥当なのは、ガウワー街の宿から歩いて行ったとして、大英博物館の脇を通り、ニュー・オックスフォード・ストリートに出て左折、ハイ・ホルボーン、チープサイドを抜け、イングランド銀行と王立取引所の手前で右に折れ、距離的に一番近いモニュメントを先ず見上げた、次いでロンドン・ブリッジのたもとまで出て、テムズ河の流れを見て、河の左岸に沿ってロンドン塔まで歩き、なかを参観したあとでタワー・ブリッジを渡って橋の途中、あるいはテムズ河の対岸まで渡って、河を隔ててロンドン塔を望み見たうえで、再びタワー・ブリッジを渡って戻ってきた。あるいは距離的に一番遠いタワー・ブリッジまで先に出て、ロンドン塔を橋の上から見たあとで、ロンドン塔、モニュメント、ロンドン・ブリッジへと、地図を順番に下に降りてくるコースである。

ところが、日記の順序が違うのはなぜか？　おそらく、その記述が元々印象に残った事物や体験をメモ書きしておくといった感じで書かれていたのと、初めての市内観光でどこをどう歩いて、何をどの順番で見て回ったのか記憶が定かでなく、そのために最初の二つが水平に伸びる「橋」、あとの二つが垂直に空に向かって伸びる「塔」と大まかに二つのカテゴリーに分けて書いた可能性が考えられる。それと、前章で見たとおり、この前々日、金之助は義勇兵凱旋祝賀パレードに巻きこまれ、トラファルガー広場まで押し流され、そこで人の渦に溺れ、沈みこんでいる。「印象」（『永日小品』）のフィナーレで、漱石は、「しばらくして、振返つたら、竿の様な細い柱の上に、小さい人間がたつた一人立つてゐた」と、溺れる者が藁をも摑む思いで、トラファルガーの塔の頂点に立つネルソン像を望み見ている。だが、そのときは、浮きつ沈みつ人の渦に流される金之助の心身と柱の上の「小さい人間」とをつなぐ心の「橋」はなかった。一方、この日はロンドン塔を参観するまえかあとかは別にしても、「橋」の途中、あるいは渡った先の河向こうから「塔」を望み見ることができた。そしてそのことによって、塔と自身の心の絆を強く実感できた。それは、日本を発って以来、金之助が初めて実感できた外部の世界と自身の内部世界の「つながり」であり、その媒体として「橋」があった。それだけに、金之助にとって「橋」の印象が強く残り、こうした記述になったものとも考えられる。

一方、『倫敦塔』の記述によってコースを再現すると、ガウワー街の宿からモニュメントを経て、ロンドン・ブリッジに出るまでのコースは同じとして、その先の展開が違ってくる。つまり、金之助はロンドン・ブリッジからテムズ河を対岸に渡り、河に沿う形で、向こう側をタワー・ブリッジまで下り、河越しにロンドン塔を望んだあと、同ブリッジを渡ってロンドン塔に入って行った。しかも、塔のなかを参観した後は、再びタワー・ブリッジを渡って、わざわざテムズ河の対岸に出て、大幅に遠回りし、途中でもう一度橋を渡って、シティ側に戻り、ガウワー街の宿に帰ったことになる。なぜなら、先に引用したように、「余」はテムズ河を隔てて、タワー・ブリッジの上からロンドン塔を眺めてから橋を渡り、ロンドン塔に入っていった。そして、フィナーレでは、「塔橋を渡つて後ろを顧みたら」と書かれているように、ロンドン塔を出てタワー・ブリッジを再び渡って帰っていったように読めるからである。（註2）

地図上でのおおよその目算で、ガウワー街の宿からロンドン塔までおよそ四キロある。ロンドン・ブリッジを渡り、テムズ河の対岸に出て、再びタワー・ブリッジを渡ってロンドン塔に入って行ったとしても七キロ前後、途中、途に迷ったことを考えて、全行程でおよそ十キロ。宿に帰るまでの行程を加えても、二十キロに満たない。明治の男子、それも三十三歳の壮年の男子の脚力を考えれば歩けない距離ではない。（註3）金之助としては、モニュメントを見上げた後、ロンドン・ブリッジのたもとまで来てみて、想像していたほどには大きな橋でないし、馬車や人の往来もある。それならと、おっかなびっくり橋を渡ってみた。そしてシティの方を振り返ってみると、対岸の右斜め前方にロンドン塔が見える。タワー・ブリッジまで歩けば、橋を渡って入って行けそうだ。ベデカーの『ロンドン案内』の地図を見ると、河沿いにタワー・ブリッジまで道が通っている、「よしそれなら！」と、単独旅行者としての解放感と好奇心から、生来の臆病を押さえて、河向こうをタワー・ブリッジまで歩き、橋を渡ってロンドン塔に入って行ったということもありえなくはない。

だが、『倫敦塔』は回想された現実の体験と幻想、そしてフィクションが混合した形で書かれているから、『倫敦塔』の記述に則ったルートがいかに合理的だと考えられても、金之助がその通りに歩いたという確証はない。それと、ロンドン到着三日後で、地理がまったく分からず、方向感覚を失っていたはずの金之助があえて橋を渡って、河向こうの未知の世界に入って行くだけの勇気を持っていたかという疑問も否定できない。ロンドン塔に辿り着くまでにも随分道に迷い、あっちに行ったりこっちに戻ったりしているはずだ。さらに塔のなかを見て回るだけでも、相当の時間と体力を消耗したはずで、そのあと宿に帰るまでにも道に迷ったことを考えると、果たしてテムズ河を渡って、わざわざ対岸を遠回りして、タワー・ブリッジを渡って塔に入って行ったのかどうかは、かなり怪しくなってくる。ましてや、帰りもタワー・ブリッジを渡って、河向こうを歩いてとなると大幅な遠回りとなり、まったく現実性は認められなくなる。

以上から、金之助はテムズ河の左岸をモニュメント、ロンドン・ブリッジ、ロンドン塔、タワー・ブリッジと距離的に近い順に見て回ったと考えるのが一番妥当なように思われるが、そうなると、なぜ『倫敦塔』でテムズ河の向こう側をわざわざ遠回りしたうえで、タワー・ブリッジを渡ってロンドン塔に入って行ったなどと潤色を施して書いたのかという問題が出てくる。つまり、漱石は『倫敦塔』を書きはじめるに当って、どうしても自分がタワー・ブリッジを渡って、ロンドン塔に引き寄せられるように入って行き、そして出てきた形にしたかった。あるいはそう書かねばならない理由があった。ならば、その理由は何か？　その理由を見つけ出すことのなかに、作品論として『倫敦塔』の本質を読み解く最初の手掛かりがあるように思える。

「橋がかり」――能の劇的構造

ドイツの哲学者ゲオルク・ジンメルによると、「事物がつながりをもつためには、まずもって隔てられていなければならない」(『橋と扉』)という。そして、「隔てられ」た「二つの場所」を結合させる「道づくり」は「人間固有の作業の一つ」であり、「橋をかける行為」はその「人間固有の作業」の「頂点」に他ならないという。つまり、「橋」は人間の「意志の領域が空間へと拡張されていく姿を象徴して」おり、「自然の諸要素」が作り出した「分割」にむかって、人間の精神がさし延べた「和解と合一の手」であるという。このジンメルの見解によれば、夏目金之助は、ロンドン塔を初めて見上げたとき、直感で「塔」のなかに潜む何物かと精神的な「つながり」を強く実感した。だが、それを言語で表現するには、自己と「塔」との間を何物かによって「隔て」る必要があった。テムズ河という「自然の諸条件」が作り出した「分割」とその「分割」を止揚する「和解と合一の手」としてタワー・ブリッジが必要とされたゆえんである。

別の言い方をすれば、金之助の内部において、タワー・ブリッジは、空間的な意味で、テムズ河の向こう側の「異界」とタワーのなかの「異界」をつなぐ「橋」として象徴的意味を持っていた。それはまた、漱石内部の「異界」(東洋)とタワーのなかの「異界」(西洋)とをつなぐ「橋」でもあった。金之助としては、『倫敦塔』を単なる回想記、あるいはトラベル・エッセイのレベルから劇的幻想小説のレベルに飛躍させるためには、最初の前提条件として、書く主体としての「余」を、タワー・ブリッジの向こう側の「異界」に追放する必要があった。そうすることによって、金之助は、「異界」を孤独に、彷徨い歩いてきた旅人が、「橋」を渡ってもう一つの「異界」へと入っていくという、一種の冥界巡りの物語の構造を手に入れることができたのである。

だがそれにしても、金之助はなぜそこまで「橋」にこだわり、「橋」を渡るためにわざわざテムズ河の向こう側を遠回りするなどという面倒な手続きを経てまでして物語の構造を必要としたのか?ここまで考えてきて、自ずから頭に浮かんでくるのは、「異界」巡りの旅のなかで、戦いに敗れた怨霊や修羅、子を失って狂った母、鬼神、物の怪など、強制的に「進化」の道を絶たれ冥界に沈んだまま、泣き、叫び、絶望してきた異形の者たちを夢の経路を経て蘇らせる手段として、能の、それも複式夢幻能の「橋」を媒介とした「異界」巡りのドラマが持つ構造である。高浜虚子の薦めで「夏目漱石」の名で「ホトトギス」に『吾輩は猫である』を書いたことで、偶然といった形で小説を書くこととなった金之助が、『猫』では満たされ切れない己れ自身の内面の深淵、あるいは地獄を言語によって表現しようとして『倫敦塔』を書こうとしたとき直面したのは、どうすればあのときの強烈な幻想体験を文学的な言語表現に昇華できるかという問題であった。

そのとき、金之助の頭のなかでひらめいたのが、夢幻能の「橋懸り」に象徴される、空間的には「現実」と「異界」、「異界」と「異界」を、時間的には「現在」と「過去」、イメージ的には「現実」と「幻想」、あるいは「覚醒」と「夢」を共存させ、かつ結合させる劇的構造によって物語を書くことであった。つまり、自身を異国を巡る旅の人（ワキ）に見立て、「橋懸り」としてのタワー・ブリッジを渡って、「異界」としての本舞台、すなわちロンドン塔に入って行く。そのうえで、一つひとつ塔を見上げ、幻想という想像力の「橋」を架け渡すことで、塔に幽閉され、処刑された怨霊たちをシテとして次々と蘇らせていく。そして、夢幻のドラマが終わると再び「橋懸り」を渡って、もう一つの世界（此岸＝現世）に消えていくという手法である。（註4）

もちろん、後に詳しく論じるように、『倫敦塔』は能以上に複雑で重層的な構造を持っており、それがこの短編小説を明治日本の近代文学史において、希有な幻想小説として突出させる重要な要因となっている。にもかかわらず、この短編小説は極めて古典的で劇的な構造を持っている。同時代の日本人として一番深く、広く英文学を読みこんできた漱石が、異国における幻想体験を小説によって表現するに当って、日本の伝統的な劇的表現に内在する構造に依拠しつつ、自身の内なる幻想に初めて表現の場を与えたという事実に、「私」の現実的事実に文学的表現の根拠を置こうとする自然主義文学に対する、漱石の批判意識を読みとることができるだろう。

この点について、石川淳は、岩波版漱石全集（昭和四十一年）第二巻『短編小説集』の月報に寄せた「倫敦塔その他」で次のように指摘している。

『倫敦塔』。「これはすげえものだと、わたしは一も二もなく感服した。（中略）「倫敦塔」の主人公は塔の門に入つたとき「余は此時既に常態を失つて居る」といふ。わたしが気に入つたのはおそらくそこである。常態といふやつはむかしからどうもおもしろくなかつた。（中略）「倫敦塔」は、あとから見ると、謂ふところの自然主義にかたむきかけた文学の世界に事あらしむべき運動のきざしであつた。

文部省派遣留学生として、あるいは英文学研究者として保つべき心の「常態」を失い、ロンドン塔に入って行ったことで、金之助は血塗られた過去に向けて幻想の翼を飛翔させて行った。そこに、石川淳は、自然主義文学に敢然と叛旗を翻し、「事あらしむべき運動のきざし」として登場してきた実験的な幻想小説『倫敦塔』の革命的新しさを読み取っている。

思えば、新進小説家としてはあまりに遅れてやって来た夏目漱石は、『吾輩は猫である』で明治東京の一典型市民として「苦沙彌先生」の日常生活とそこに出入りする一風変わった「太平の君子」たち、そしてそこに起るユーモラスな会話や事件を多分に風刺のきいた「猫」の眼で観察し、狂言や落語風にユーモアのスパイスを利かせながら活写する一方で、二十世紀の小説家として立つために夢幻能を下敷きに、『倫敦塔』という異界巡りの物語を書かなければならなかった。その意味で、『吾輩は猫である』とは対照的に、「帝国文学」という学術誌的色彩の濃い雑誌に、東京帝国大学教授「夏目金之助」の名で公にされたのにもかかわらず、『倫敦塔』は極めて意識的、かつ戦略的意図にもとづいて書かれた小説であるというべきであろう。

「橋」を渡って「塔」に入っていくことで物語がはじまるという構造は、『倫敦塔』に次いで書かれた「カーライル博物館」にも引きつがれ、「毎日の様に川を隔て丶霧の中にチエルシーを眺めた余はある朝遂に橋を渡つて其《その》有名なる庵りを叩いた」と記されている。漱石は続けて、カーライルの家について、「庵りといふと物寂びた感じがある。少なくとも瀟洒とか風流といふ念を伴ふ。然しカーライルの庵はそんな脂《やに》つこい華奢なものではない。往来から直ちに戸が敲ける程の道傍に建てられた四階作の真四角な家である」「出張つた所も引き込んだ所もないのべつに真直に立つて居る。丸で大製造場の烟突の根本を切つてきて之に天井を張つて窓をつけた様に見える」と、「塔」に見立てて記している。「四階作の真四角な家」あるいは「大製造場の烟突の根本を切つてきて」といった表現の根底に、ロンドン塔のイメージがあることは間違いない。実際にタワー・ブリッジのうえから見れば分かることだが、ロンドン塔は、私たちが塔という言葉から想像するものからはかなり遠く、城というか砦といった感じで横に広がり、一つひとつの建物は四角い館あるいは城壁というイメージが強く、漱石がカーライルの家にロンドン塔のイメージを重ねたのもなるほどと頷かれるはずだ。(註5)

一方、橋を渡って何度もカーライルの家を訪れたという体験とその時のイメージが『倫敦塔』に逆に反映していることも確かで、金之助は、ロンドンで生活をはじめて四十日目の十二月六日、ウエスト・ハムステッドの下宿を出て、テムズ河を東南に越えた先、カンバーウェル・ニュー・ロードのハロルド・ブレット方に転居している。以来、日本に帰国するまでの二年近く、ロンドン市内に出るときは、チェルシー・ブリッジとかヴォクソール・ブリッジ、ランベス・ブリッジ、ウエストミンスター・ブリッジなどテムズ河に架かる橋を渡って市内に入っており、また、カーライルの家のあったチェルシー地区の対岸のバターシー公園にはしょっちゅう散歩に出かけ、テムズ河畔や川越しにロンドン市街の景観を望み、孤独な留学生活の憂鬱を慰めている。こうして、河の向こう側から橋を渡って市街部に入って行くという生活体験をとおして、金之助のなかで河を隔ててロンドンを劇場都市として望み見る習慣が自ずから定着していった。『倫敦塔』を書くに当って、漱石が「橋」を渡ってロンドン塔に入っていく形にこだわり、能の構造を取り入れた背景には、こうした生活体験とイメージが蘇っていたことも見落としてはならないだろう。

「橋」を渡って「異界」へと入って行く能の構造は、旅の画工が「峠」を越えて温泉郷という「異界」に入って行き、「那美」という「狂女」に出会う『草枕』にも引き継がれ、峠の茶屋の場面で、障子を開けて出てきた老婆を『高砂』の「婆さん」に見立てる形で、次のように変奏されている。いうまでもなく、「峠」もまた、二つの隔てられた空間、あるいは場を結合させるという意味で、その象徴的イメージは「橋」と通じあう。

どうせ誰か出るだらうと思つて居た。竈《へつい》に火は燃えてゐる。菓子箱の上に銭が散らばつて居る。線香は呑気に燻つてゐる。どうせ出るには極つてゐる。しかし自分の見世を明け放しても苦にならないと見える所が、少し都とは違つてゐる。返事がないのに床几に腰をかけて、いつ迄も待つてるのも少し二十世紀とは受け取れない。こゝらが非人情で面白い。其上出て来た婆さんの顔が気に入つた。

二三年前宝生の舞台で高砂を見た事がある。その時これはうつくしい活人画だと思つた。箒を担いだ爺さんが橋懸りを五六歩来て、そろりと後向になつて、婆さんと向ひ合ふ。その向ひ合ふた姿勢が今でも眼につく。余の席からは婆さんの顔が殆ど真むきに見えたから、あゝうつくしいと思つた時に、其表情はぴしやりと心のカメラへ焼き付いて仕舞つた。茶店の婆さんの顔は此写真に血を通はした程似て居る。

『草枕』では、この後、旅の画工の「余」は、婆さんから茶のもてなしを受け、店先で餌をついばむ鶏を写生しながら、「那古井の嬢様」が五年前馬に乗り峠を越えて嫁入りしたこと、その「嬢さん」が二人の男に思い寄られ、思い余って淵河に身を投げた「長良の乙女」とよく似ていることを婆さんから聞かされ、「嬢さん」の宿に泊まる。そして、その夜の夢に「長良の乙女」が「オフェリア」に化身して出て来て、歌をうたいながら河を流されて行く。眼が覚めると、月光に明るい障子の外で、だれか女が歌っている――「あきづけば、をばなが上に、おく露の、けぬべくもわは、おもほゆるかも」。障子を明けて、声のする方に眼を凝らしてみると、「花ならば海棠かと思はるゝ幹を脊に、よそ〳〵しくも月の光りを忍んで朦朧たる影法師」が一人、あれは「化物でなければ人間で、人間とすれば女だ。あるいは此家《こゝ》の御嬢さんかも知れない」。こうして、旅の画工が温泉宿で一人の「狂女」に出会うまでの経緯を読んでいくと、『草枕』という小説が、時代や場所の設定がまったく違いながら、『倫敦塔』に内在する夢幻能の構造を引き継いだ形で書かれていることが分かる。

橋や峠を越えて、「異界」に入って行くという『倫敦塔』や『草枕』の構造は、漱石的物語を生起させる「装置」として、形を変えつつのちの小説に引き継がれていく。例えば、『三四郎』では、熊本という辺境に追放された三四郎が鉄道という二十世紀の「橋」を汽車に乗って渡って東京という「異界」に出て来る。さらにまたそのなかのもう一つの「異界」である東京帝国大学に入っていき、池のほとりで美禰子という「誘惑」の精霊に出会っている。しかも、その美禰子は、丘の上から坂を降りてきて、「石橋」を渡って三四郎に近づいてくる。このように、漱石の小説世界にあっては、二つの空間をつなぐ媒体として「橋」や「峠」や「鉄道」が、物語を発生させるための装置として極めて象徴的な意味を持たされている。その意味で、『倫敦塔』は、江藤淳が言うような『それから』以後漱石の全作品世界に拡大されていく」「低音部」の源泉としてだけでなく、漱石文学の構造的原点としても読みなおされる必要があるだろう。

引き延ばされた時間を通して

『倫敦塔』の記述によると、タワー・ブリッジを渡って、ロンドン塔に入っていくまえ、「余」は、橋のたもとに立ちつくし、テムズ河を隔てて塔をじっと眺め入っている。能で言えば、役者がほとんど静止したようなポーズで、本舞台にまなざしを注ぎながら、「橋懸り」に歩を進めようとする場面で、金之助は次のように描写している。

冬の初めとはいひながら物静かな日である。空は灰汁桶《あくおけ》を掻き交ぜた様な色をして低く塔の上に垂れ懸つて居る。壁土を溶し込んだ様に見ゆるテームスの流れは波も立てず音もせず無理矢理に動いて居るかと思はるゝ。帆懸舟《ほかけぶね》が一隻《いっせき》塔の下を行く。風なき河に帆をあやつるのだから不規則な三角形の白い翼がいつ迄も同じ所に停つて居る様である。伝馬《てんま》の大きいのが二艘《にそう》上つて来る。只一人の船頭が艫《とも》に立つて艪《ろ》を漕ぐ、是も殆んど動かない。塔橋の欄干のあたりには白き影がちら〳〵する、大方鷗《かもめ》であらう。見渡した処凡《すべ》ての物が静かである、物憂げに見える、眠つて居る、皆過去の感じである。そうして其中に冷然と二十世紀を軽蔑する様に立つて居るのが倫敦塔である。
（中略）余はまだ眺めて居る。セピヤ色の水分を以て飽和したる空気の中にぼんやり立つて眺めて居る。二十世紀の倫敦がわが心の裏《うち》から次第に消え去ると同時に眼前の塔影が幻の如き過去の歴史をわが脳裏に描き出して来る。

音も立てず静かに流れるテムズ河、泊まったように動かない帆掛け船の白い帆、伝馬船の櫓を漕ぐ船頭、ゆっくりと舞い飛ぶ鷗、すべてが物憂げに、眠っているように静まりかえり、すべては過去のような感じである。ここに読み取る静止したように引き伸ばされ、遅延された時間の流れは、能の役者が「橋懸り」を本舞台に向かってゆっくりとスローモーション・フィルムのように進む、その時間の流れと見合ったものである。その引き延ばされた時間の流れに身をゆだね、「余」もまた「セピヤ色の水分を以て飽和したる空気の中にぼんやり立つて眺めて居る」。そして、心の目のスクリーンから現実の「二十世紀の倫敦」が消え、代わって「眼前の塔影」が「幻の如き過去の歴史」を写し出していく。その幻影を追いかけているうちに、河の向こう岸のロンドン塔から長い手が伸びてきて、「余」を引っ張っていこうとする。

暫くすると向ふ岸から長い手を出して余を引張るかと怪しまれて来た。今迄佇立して身動きもしなかつた余は急に川を渡つて塔へ行き度《たく》なつた。長い手は猶々《なおなお》強く余を引く。余は忽ち歩を移して塔橋を渡り懸けた。長い手はぐい〳〵牽く。塔橋を渡つてからは一目散に塔門迄馳せ着けた。見る間に三万坪に余る過去の一大磁石は現世に浮游する此小鉄屑を吸収し了つた。

ここでの記述を読むと、ギリギリまで弓弦を絞ったあと、狙いを定めるためしばし動きが止まり、やがて満を持して放たれた矢のように、「余」は一直線に猛烈なスピードでロンドン塔に吸いよせられたように読める。しかし、実際の入口までの道のりはかなり違っていたはずで、タワー・ブリッジを渡り切ると、まず左に折れ、テムズ河沿いにタワー・ワーフ（タワー波止場）を歩き、タワー・ドックの手前で右に折れ、グレート・タワー・ヒルからビーフ・イーターと呼ばれる警護兵が厳めしい顔つきで立ち並ぶ「塔門」、すなわちライオン・ゲートに入って行かねばならない。にもかかわらず、漱石は、この道行きを「一目散に塔門迄馳せ着けた」と書いている。ここにも漱石の創作的意図が読み取れるだろう。

ちなみに、ライオン・ゲートというのは、かつてこの辺りに王室動物園があり、ライオンの像が置かれていたためだが、一八三四年に、リージェント公園の動物園に移されたため、金之助がゲートを潜ったときには見ていない。

『神曲』「地獄篇」の詩句

『倫敦塔』は、夏目金之助のたった一回だけのロンドン塔体験と印象を元に書かれた幻想的な短編小説である。しかし、実体験としては、日記に、タワー・ブリッジやロンドン・ブリッジ、モニュメントと一緒に見て回ったという簡単な記述があるだけで、『倫敦塔』冒頭の、ロンドン塔を最初に望み、引きつけられように門に入って行くまでの描写も、四年の時間の隔たりを置いて、記憶に蘇らせながらフィクションを加えて記述したものである。さらにまた、ベル・タワー（「鐘塔」）やトレイターズ・ゲート（「逆賊門」）、ブラッディ・タワー（「血塔」）と見て回りながら、幻想を通して蘇らせる過去の陰惨な血の悲劇も、金之助自身が『倫敦塔』あとがきで「此《この》篇は事実らしく書き流してあるが、実の所過半想像的の文字であるから」と記したように、ウィリアム・ハリソン・エインズワースの『ロンドン塔』やロンドン塔で購入したガイドブック、さらにはシェークスピアの戯曲『リチャード三世』やポール・ドラローシュの油彩画「ジェーン・グレーの処刑」などの資料を参照しながら、漱石自身の創作的イマジネーションを膨らませ、小説的潤色を色濃く施しながら書き上げたものである。（註6）

　つまり、初めてロンドン塔を訪れたときの強烈な幻想体験を元に、記憶のキャンバスに描いておいたラフ・デッサンに、あとから細部を描き加え、色彩を施し、フィクションを膨らませて完成させたのが、劇的幻想短編小説『倫敦塔』というわけである。漱石文学の原点として『倫敦塔』の本質を読み解くための次のステップとして、この一点が踏まえられなければならない。さらに、そのうえで、金之助が、ロンドン塔のなかでどのように過去の血の幻想を膨らませていったか、一つひとつつぶさに検証していく必要があるだろう。以下、『倫敦塔』の記述に沿って、金之助の幻想体験を蘇らせながら、この作品の本質を読み解いていきたい。

『倫敦塔』によると、ライオン・ゲートを入ってすぐ、「余」はゲートを振り返り、ダンテの『神曲』「地獄篇」の「第三歌」から冒頭の一節が壁に彫られていないか確かめている。

憂の国に行かんとするものは此門《この》を潜れ。
永劫の呵責に遭はんとするものは此門をくゞれ。
迷惑の人と伍せんとするものは此門をくゞれ。
正義は高き主を動かし、神威われを作る。
最上智、最初愛。我が前に物なし只無窮あり我は無窮に忍ぶものなり。
此門を過ぎんとするものは一切の望を捨てよ

最初に、三句目の「迷惑」とは、「人に迷惑をかける」の「迷惑」ではなく、文字通り「迷い惑う」という意味であり、金之助がこれから入って行く「憂いの国」を「迷い惑う」人が「永劫の呵責に遭う国と見ていることを押さえておきたい。次に、金之助が門を潜っていった一九〇〇年の十月三十一日の時点で、ダンテの詩篇が壁に彫られていたはずはなく、引用した詩句は、金之助が「地獄篇」から翻訳して、フィクションとして書き入れたものである。金之助が、「地獄篇」に「憂いの国」以下の詩句の訳文を書き入れたのは明治三十四（一九〇一）年のデント版による英伊対照版の『神曲』であり、金之助としてライオン・ゲートを潜った時点では、おそらくこの詩句のことは知らなかったはずだ。さらにいえば、ライオン・ゲートは観光客用のゲートであって、テムズ河を船で運ばれ、ロンドン塔に収監される囚人たちのためには、トレーターズ・ゲート、すなわち「逆賊門」が、ライオン・ゲートからミドル・タワー、ベイワード・タワーと潜った先にテムズ河に面してある。もし「地獄篇」の詩句が、ロンドン塔のゲートの扉か壁に刻まれているすれば、そちらの方でなければならないはずだが、「余」はライオン・ゲートを潜ったところで振り返っている。このことから、四年後に『倫敦塔』を書くに当たって、金之助がロンドン塔を、『神曲』に描かれたような「地獄」と見なしていたこと、そして「余」に獄門を潜らせることで、『倫敦塔』を地獄巡りの物語に仕立てようと意図していたことが読みとれる。

だが、初めてロンドン塔に入って行こうとした時点で、金之助がロンドン塔を「地獄」と見なしていたかどうかは疑わしい。ロンドン塔の歴史については、事前にある程度の知識は持っていたものの、これほど陰惨な血の地獄が秘められているとは思っていなかった。というより、実際に現場に立つまでは、陰惨な石造りの牢獄とそこに秘められた血塗られた過去に、自分がこれほど生々しく反応し、幻想を膨らませようとは思ってもみなかったはずだ。にもかかわらず、金之助は、『倫敦塔』を書くに当たって、「余」に「憂いの国」の詩句を想起させている。おそらく、初めて「憂いの国」に入っていこうとする「余」の内心の異常な高ぶりを強調し、これからはじまる地獄巡りの物語の劇的効果を高めるにはどう書いたらよいか考えたとき、金之助の頭に「地獄篇」の章句が浮かんできた。そこで、塔の入口で「余」に振り返らせるという書き方になったのであろう。だが、「地獄篇」を引用した理由はそれだけだろうか?

幻想劇場の入口ともいうべきライオン・ゲートを潜る場面で、「地獄篇」の詩句が記されていることについて、越智治雄は、平川祐弘の訳による「地獄篇」の起句、すなわち「人生の道の半ばで／正道を踏みはずした私が／目をさました時は暗い森の中にいた」を引いたうえで、「少なくとも「倫敦塔」の作者がまた、人生の道半ばにあり、小暗い森に踏み迷う意識をひそかに抱きつづけていたことは確かだろう」（「『漾虚集』一面」）とし、『猫』の好評で文名は揚がったというものの、四十歳を目前に控え、この先作家として立っていけるかどうかも定かでない金之助の「不安な想念と表裏をなすものである」と指摘しているが、引用されなかった部分の詩句に頼り過ぎた解釈で、金之助がなぜ「憂いの国」以下を引いたか、その真意が解明されているとは言い難い。すでに見たとおり、金之助がゲートを潜ったときは、ダンテの『神曲』はまだ知らなかったはずで、「地獄篇」の詩句が「どこぞに刻んでないかと思った」と書いたのは、四年後に行った創作上の文飾と見なければならない。つまり、『地獄篇』から「第一歌」と「第二歌」を外し、「第三歌」の「憂いの国」以下の五句を引用した背景には、金之助の創作的意図が働いていたことになり、『倫敦塔』を書くことによって、本格的に書く人として立とうとしていた金之助の密かな決意のようなものが読みとれるからである。

ここで、引用詩句の翻訳を、寿岳文章の翻訳「われをくぐりて、汝らは入るなげきの町に／われをくぐりて、汝らは入る　永劫の苦患に／われをくぐりて、汝らは入る　ほろびの民に」（ダンテ『神曲』「地獄篇」）と比べてみると、漱石の方では、「われをくぐりて」が「此《この》門をくぐれ」と命令形で訳され、三回も繰り返され、「地獄の国」すなわち「憂いの国」の門を「くぐる」ことが、ことさらに強調されている。このことからも、漱石が、「第三歌」の冒頭詩句を引用した背景に、今から自分は「地獄の国」の門を「くぐっ」て、「憂いの国」に入って行くということを、自他に向かって強く宣言しておこうという意識が働いていたことが分かる。

さらにもう一つ想起しておく必要があるのは、閉ざされた監獄であるという点で、「憂いの国」に象徴されるロンドン塔内部の世界が、かって松山や熊本で英語教師をしていた頃、金之助がそのなかに閉じ込められ、出るに出られずもがき苦しんでいた心の監獄の再現に他ならないということ、そして、金之助がそこに自らを鞭打つようにして入って行こうとしていることである。だが、考えてみれば、金之助がロンドンまでやって来たのは、閉塞した世界から抜け出したいという強い願望が招いた幸運の結果ではなかったか。ならば、金之助はなぜもう一度閉ざされた世界（ロンドン塔）に入って行こうとしたのか？

ロンドンから帰国して二年、金之助は、東京帝国大学文科大学英文科教授として、相変わらず英語と英文学を教える仕事を続けていたが、しかし一方で、懸案の『文学論』も、文科大学で講義をはじめて一年半、あと半年でどうやら完結の目途がついていた。ロンドン留学によって背負った課題をほぼやりとげ、金之助のなかに「書く」ことをとおして、もう一つ別の自分を出してみたいという気持ちが湧き起っていたとしても不思議ではない。そこに降って湧いたように、「ホトトギス」から何か書かないかという話が来て、ロンドン時代に同誌に寄せた「倫敦消息」や帰国後、再び寄稿した「自転車日記」の延長のつもりで書いたのが『吾輩は猫である』の第一章だった。

おそらく、『猫』を書きはじめたことで触発されたのだろう、『猫』とは逆の方向で、何か、自分の内側から湧き出てくるものを書いてみたい。そう思ったとき、金之助のなかに生々しく蘇ってきたのが、四年前、初めてロンドン塔に入って行ったとき、幻想の翼を大きく飛翔させた体験であった。そのときは夢中だったが、今振り返ると、あのとき自分は生まれて初めて、「書く」ことに出会おうとしていたのだ。にもかかわらず「文部省派遣留学生」という記号的役割意識に囚われていたため、可能性としての「小説家夏目漱石」を殺さざるをえなかった。であれば、文部省との契約も一応果たし、自分の思うところを自由に表現できる「文」を書くことが可能となった今、失われた可能性としての自己を取り戻すためにも、あのときの幻想体験をもとに『猫』とは違った形で「文」を書いてみよう。金之助がそう思ったのも、自然の流れだった。

だが、そうはいっても、金之助が、そのときすでに小説家として立とうと思っていたとは考えられない。すでに述べたとおり、金之助は、ロンドンに留学するまえから、教師を辞めて、何か「書く」ことに関わっていきたいと願っていたし、ロンドン留学の結果として手に入れた「自己本位」の思想の根底にも、「書く」ことへの決意が秘められていたはずである。だが、それは、具体的には『文学論』を書き上げることであって、小説を書くこととはストレートにつながっていなかった。なにより、「二年の留学中只一度倫敦塔を見物した事がある」という書き出しからして、小説の文章というより、旅行記風のエッセーといった印象を与える。それと、「夏目漱石」の名でなく、「夏目金之助」の名で発表されているという事実も、金之助に小説を書くという意識が希薄だったことを物語っている。そもそも、そろそろ四十歳に近づこうという男が、小説めいた文を書いたとしても、それがすぐに文芸雑誌に掲載され、そのまま小説家として立って行けるほど、文学は社会的制度として確固とした地位を確立しえていなかった。しかも、東京帝大文科大学の教授たちが論文を発表する場として刊行されてきた「帝国文学」という雑誌が、小説を発表するのに相応しい場でなかった。

ところが、いったん筆を取り書き出してみると、不思議な力が働き、金之助の内部に四年まえ、ロンドン塔を見て回ったときに湧いてきた幻想が次々と蘇ってきた。あのとき、ロンドン塔に入って行きながら、心の「常態」を失ったように、今、ライオン・ゲートを潜ろうとする「余」の心理を描こうとする金之助も、心の「常態」を失っていた。しかも、金之助は、そのとき、『倫敦塔』を書くことが、自身のこれからの生に対して決定的意味を持つことを本能的な直感で理解していた。つまり、塔のなかに封印されたイギリスの過去の血の地獄を暴くことが、自身の内なる地獄に光を当て、暴いていくことに他ならないこと。しかもそれは死ぬほど恐ろしく、残酷で、大きな勇気と忍耐を必要とし、しかも一度それに手を着けた以上、二度と逃げて戻れないこと。そして、そのためには「書く」こと以外の「一切の望みを捨て」なければならないことを……。「地獄篇」の詩句が、『倫敦塔』を書きはじめたことで、はからずも「小説家夏目漱石」として、「書く」ことのために生きる人生に向かって、一歩を踏み出してしまった金之助の決意の、己れ自身に向けて、そしてまた「帝国文学」に関わる大学の仲間や読者に対する、密かなマニフェストとして引用された理由がここにあるといえよう。

交錯する夢と覚醒、幻想と現実

ロンドン塔は、現在、ロンドンの数ある史跡のなかで、最も人気の高い観光スポットとして、連日大勢の観光客が押しかけ、入口の周辺には入場券を買い求める客で長蛇の列ができている。しかし、金之助が訪れた当時はまだ訪れる人も少なく、待たされることもなく、なかに入れたはずである。

入口を入ると、右手がチケット・オフィスで、その向かい側に一八五七年、トルコから寄贈された大砲が並んでいる。チケットを購入して、最初の塔、ミドル・タワーを抜けると、すぐに内堀で石の橋が架かっている。その橋を越えると、第二の塔ベイワード・タワー。ベイワード・タワーを抜けてすぐ先の左手が「鐘塔」、すなわちベル・タワー。ここまでのコースを『倫敦塔』の記述からを再現すると、

空濠《からほり》にかけてある石橋を渡つて行くと向ふに一つの塔がある。是は丸形の石造で石油タンクの状をなして恰《あたか》も巨人の門柱の如く左右に屹立《きつりつ》して居る。其中間を連ねて居る建物の下を潜つて向へ抜ける。中塔とは此事である。少し行くと左手に鐘塔《しゅとう》が峙《そばだ》つ。

ここで一つ注意しておきたいのは、ミドル・タワー、すなわち「中塔」が「空濠」の向こう側にあるように記述されているが、ベデカーの『ロンドン案内』に収められたロンドン塔の地図を見てみると、ミドル・タワーは濠の手前の塔で、石橋を渡った先の塔はベイワード・タワーとなっており、金之助の書き間違えであることが分かる。『倫敦塔』の後書きで、「何分《なにぶん》かゝる文を草する目的で遊覧した訳ではないし、且年月が経過して居るから判然たる景色がどうしても眼の前にあらはれ悪《にく》い」と断っているように、この幻想小説の記述と、実際に金之助として歩き、見て回ったロンドン塔体験とではかなりズレがあることを、私たちは押さえておく必要があるだろう。

さて、ベイワード・タワーを潜った金之助は、おそらく携帯した『ロンドン案内』の記述を読んだうえでのことだろう、次に見上げるタワーが、兵乱や囚人の牢破り、暴動などが起こった時、必ずけたたましく鐘を鳴らし、市民に異変を告げてきた鐘楼であることを知る。だが、二十世紀まであと残すところ二カ月だけのその日、ロンドンに異変は何もなく、鐘を納めた塔はひっそりと静まり返っている。金之助は、そのときの印象を「霜の朝《あした》、雪の夕《ゆうべ》、雨の日、風の夜を何遍となく鳴らした鐘は今いづこへ行つたものやら、余が頭をあげて蔦《つた》に古りたる櫓を見上げたときは寂然《せきぜん》として既に百年の響を収めて居る」と蘇らせている。

ベル・タワーを後に、左手にキングス・ハウス、右手に濠を見ながら進むと、そびえ立つのがセント・トーマス・タワー。その外側、テムズ河に面して口を開くのがトレイターズ・ゲート、すなわち「逆賊門」である。船で護送されてきた来た囚人が、この門からタワーに入るので、このような名がつけられた。金之助は、この門について、「古来から塔中に生きながら葬られたる幾千の罪人は皆舟から此門迄護送されたのである。彼等が舟を捨て丶一度び此門を通過するや否や婆娑の太陽は再び彼等を照さなかつた。テームスは彼等にとつての三途《さんず》の川で此門は冥府《よみ》に通ずる入口であつた」と記したうえで、「此門に横付けにつく舟の中に坐して居る罪人の途中の心はどんなであつたろう」と、罪人の心中に思いを馳せ一気に幻想的な想像力の翼に乗って、一つひとつの塔を舞台に血塗られた過去の悲劇を蘇らせていく。

まず、金之助の頭に浮かび上がってきたのは、新教を奉じて反逆罪に問われ、火刑に処されたカンタベリー大僧正のトーマス・クランマー。「白き髯を胸迄垂れて寛《ゆる》やかに黒の法衣《ほうえ》を纏へる人」は「よろめきながら」舟から降りて、逆賊門に消えて行った。続いて、ロンドン征服の謀反罪で捕らえられ斬殺されたトーマス・ワイアットが、「青き頭巾を眉深《まぶか》に被《かぶ》り空色の絹の下に鎖り帷子《かたびら》をつけ」、舟から門に入って行く。そのあとには、ジェイムズ一世に背きタワーに投獄、のち出獄したものの、再び捕らえられ処刑されたウォルター・ローリー。「はなやかな鳥の毛を帽に挿して黄金作りの太刀の柄《え》に左の手に懸け、銀の留め金にて飾れる靴の爪先を、軽げに石段の上に移」し、門に消えて行く。

逆賊門を潜り、罪人が入って行くのは、ブラッディ・タワーである。「血塔」、十五世紀、三十年に及んだ薔薇戦争で、数多くの反逆者や罪人が投獄され、「草の如く人を薙《な》ぎ、鶏《にわとり》の如く人を潰し、乾鮭《からさけ》の如く屍《しかばね》を積んだ」、文字通り血塗られた塔である。アーチのしたを潜ると「交番の様な箱」があって、その脇に「甲形《かぶとがた》の帽子をつけた兵隊が銃を突いて」立っている。漱石は、ここで、この幻想劇のなかで初めて現実的存在として「兵隊」を登場させ、「頗る真面目な顔をして居るが、早く当番を済まして例の酒舗《しゅほ》で一杯傾けて、一件にからかって遊び度《たい》という人相である」と、「兵隊」という記号的、表層的仮面の裏に隠された人間本来の世俗的な想念を暴いている。漱石が、このとき、身じろぎ一つしないまま直立不動の姿勢で立つ衛兵に、身体の表層において「文部省派遣留学生」にふさわしい記号的仮面と意識を保ち、役割を演じなければならないと思いながら、「常態」を失ったまま塔に入りこみ、幻想の翼に乗って暗い血塗られた過去に飛び立とうとしている夏目金之助を重ねて見ていたことは間違いない。

ところで、ここで「甲形の帽子をつけた兵隊」を登場させた漱石は、さらにそのあと、「幻想」を通して蘇った血の過去と自己との一体感に一層の劇的リアリティをもたせ、過去の幻想の現在性を強調するために、ホワイト・タワーの武器陳列室で「あなたは日本人でありませんか」と問いかけたビーフ・イーターやタワー・グリーンの「仕置場」に下り立った一匹のカラス、そのカラスを眺める「七つばかりの男の子を連れた若い女」など、現実的な人間や事物の描写を挟みこむという極めて手の込んだ手法を採っている。こうした「異化」あるいは「ディスロケーション」として挟みこまれた現実的記述(多くは金之助としてロンドン塔を訪れたときの実体験に基づいて書かれた)に関して、江藤淳は、蘇った過去の幻想の現実性という視点から、岩波文庫版『倫敦塔・幻影の盾』の解説で注目すべき指摘を行っている。すなわち、ロンドン塔に入るまえとあとで、時制の表現が、過去形から現在形に転換されていることに着目して、

つまり、いったん「塔」の「門」をくぐった「余」にとっては、過去こそが現存する堅固な実体であり、現在は刻々と崩れ去って行く微粒子の集合以上のものはない。そう思ってテキストに眼を移すと、逆賊門で舟から上がって来る「大僧正クランマー」も、「ワイアット」や「ローリー」も、あるいは「空想の舞台」に現れるエドワード四世の二王子の姿も、いずれも息を飲ませるような濃

密な存在感で描き出されていることに衝撃を受けぬわけにはいかない。二人の首斬り役人とジェーン・グレイにしても、また然りである。

幻想を通して蘇った「シテ」としての大僧正や反逆者、悲運の王子兄弟や王女、首斬り役人たちの存在感の圧倒的優越性を理由に、「これらの過去の幻影たちの存在感にくらべれば、実在の番兵やビーフ・イーターの存在感はとるに足らない」と、覚醒した目が捉えた現実世界をあっさり切り捨ててしまっている。江藤は、さらに、塔に入ってから、記述が過去時制から現在時制に転換している事実に注目し、「一切は作者の「空想」の所産であり、その「空想」の密度の高さが幻影の現在性を保証しているということになる」とし、『倫敦塔』を「閉ざされた空間に「空想」された詩的・劇的幻想の現在性を証明しようとした作品」と読みとろうとしている。

しかし、江藤の言う「時制」の「現在形」への転換は、漱石が『文学論』の「第四編・第八章　間隔論」で、「時間に於て距離を短縮するの一法として作家の慣用する」叙述方法として取りあげている「歴史的現在」表現であり、漱石自身が「陳腐なる技巧」としているように、取りたてて『倫敦塔』だけに見られる独自の表現技法とは言えないだろう。(註6) むしろ、この小説における幻想の現在性は、すでに述べたように、「橋」を渡って異界に入って行くという能の劇的構造を取りこんだことによって、幻想劇という異次元の時空間の根底に流れる時間としてすでに保証されているのであって、現前する幻想の見者であり同時に話者でもある「余」は、ロンドン塔という異界に入って来ることで、過去時制を乗りこえて、基本的に「現在時制」に立っていることになるのだ。(註7) そのうえで、幻想的な時空間に身を置きながら、「夢」から「覚醒」へ、「覚醒」から「夢」へ、あるいは「幻想」から「現実」へ、「現実」から「幻想」へと循環的に飛翔と失墜を繰りかえしながら、次第に幻想のボルテージを高め、ボーシャン塔におけるクライマックス（ジェーン・グレーの処刑）へと登り詰めて行くのであって、最初から最後まで幻想の現在性に圧倒されているわけではない。もし、この小説が、江藤が言うような「劇的幻想の現在性を証明しようとした作品」であるなら、漱石は、『夢十夜』のように最初から最後まで純粋な夢、または幻想の小説として書けばよかったわけで、「此篇は事実らしく書き流してあるが……」ではじまる後書きをわざわざつける必要もなかったのである。

しかし、金之助は、そのようなアプローチを取らなかった。いや、より正確に言えば、取れなかった。なぜなら、一つには、小説を書きはじめたばかりの金之助に、「夢」という手法によって自己の幻想体験を語りうるだけの発想も力量もなかったからであり、第二には、「劇的幻想の現在性を証明し」たくてこの小説を書いたわけではなかったからだ。むしろ、金之助が、最終的に書きたかったのは、宿に帰って宿の主人に幻想体験について語ったところ、まったく相手にされなかったというフィナーレの記述に象徴される幻想の失墜、あるいは幻滅感であったのだ。最後の一ページまで深刻な幻想劇として書かれながら、大づめの土壇場で大逆転が用意されていて、すべてが『吾輩は猫である』と共通するファース（喜劇あるいは狂言）の構図に収め取られていることが、そのことを物語っているといえよう。

私たちが、この小説に読みとらなければならないのは、このような幻想の失墜、あるいは幻滅感をとおして、幻想の劇的リアリティ、あるいは「現在性」が一層強化され、作品世界が一層広がりと奥行きを獲得しているということなのだ。その意味で、『倫敦塔』が持つ文学的意味を正確に読みとるためには、江藤のように、番兵やビーフ・イーターを「とるに足らない」存在として斥けるのでなく、彼らを幻想劇に不可欠な脇役、あるいは劇中劇のトリックスターとして、幻想劇の舞台のうえで、生き生きと蘇らせる必要があるだろう。

「黒い喪服」を着た女

さて、話を「余」の塔巡りに戻そう。「腹の中で情婦と巫山戯《ふざけ》て居る」番兵の傍らで、蔦のからまる石塔の高窓を見上げる「余」は、「古代の色硝子に微かなる日陰がさし込んできら〳〵と反射する」のを受けて、「やがて烟の如き幕が開いて空想の舞台があり〳〵と見える」と幻想の世界に入って行く。すると、裸体の女神像が描かれた石壁の横、葡萄の実と蔓を彫りこんだ寝台の脇に少年が二人。薔薇戦争の犠牲となって、伯父のリチャードによって血塔のなかに幽閉され、暗殺されたエドワード四世の二子、エドワードとリチャードの兄弟である。「朝ならば夜の前に死ぬと思へ。夜ならば翌日ありと頼むな。覚悟をこそ尊べ。見苦しき死に様ぞ恥の極みなる。……」、兄が読み上げる書物の章句を受けて、「アーメン」と唱える弟。それでも「命さへ助けて呉るゝなら伯父様に王の位を進ぜるものを」という兄の独り言に、「母様に逢ひたい」という弟。「タペストリに織り出してある女神の裸体像が風もないのに二三度ふわり〳〵と動く」。さては裸体の「女神」は兄弟の母親かと思わせておいて、「忽然《こつぜん》舞台が廻る」。

見ると、塔の門のまえに、「黒い喪服」を着た女が一人「悄然」と立っている。「面影は青白く窶《やつ》れては居るが、どことなく品格のよい気高い婦人」は、タペストリーから抜け出してきた兄弟の母親、エリザベス・ウッドヴィル（一四三七―九二）だろうか、塔の扉を開けて出てきた男に、「逢う事を許されてか」と問う。ここで、「黒い喪服」の女が、塔のなかに幽閉されている二人の兄弟の母であるとははっきり書かれていない。しかし、作者がそう読ませようとしていることは明らかである。おそらく、実際に血塔に入って行ったとき、黒い服の女が一人いて、金之助と前後して塔に入った。その印象が生き残っていて、『倫敦塔』を書くときに、フィクションとして兄弟の母に見立てたのであろう。このように、現実的な存在を想像力によって、幻想的存在に変身させていく手法が、『倫敦塔』を特異な幻想小説たらしめている一つの要因となっている。

ここで、もう一つ見おとせないのは、男が「否」と気の毒そうに答えると、濠の水の面にかいつぶりが「ひよいと浮き上」ってくること。そして、「只束の間を垣間見んとの願なり。女人の頼み引き受けぬ君はつれなし」という女の言葉を聞き届けるようにして、「ふいと沈む」ことで、この「黒」を基本色調とした陰惨な幻想小説に、巧まざるユーモアの風を吹きこんでいることである。すでに漱石自身が「空濠にかけてある石橋を渡つていくと」と記述しているように、当時、内濠は水が抜かれていて、かいつぶりが浮かび出てくることはありえなかった。つまり、かいつぶりは金之助の想像上の所産として、ここで浮かんだり沈んだりしていることになる。だがそれにしても、ドラマの展開と一見無関係に見えるかいつぶりの動きが極めて印象的に見えるのはなぜだろう？　一つには、それがこの幻想劇に仕組まれた現実から幻想へ、そして幻想から現実へと往還する劇的表現の働きを象徴的に表わしているからであり、さらにもう一つ、ここで読者の関心を濠と水鳥に引き付けることで、水のイメージを喚起させ、読むものを「水」のイメージをたどる形でクライマックスへと導いていくうえで、極めて効果的に働いているからである。こうした何気ない仕掛けに、漱石的想像力の働き方の特質が極めて原初的な形で露出しているように思える。

さて、女は「如何にしても逢ふ事は叶《かな》はずや」と尋ねるが、男のつれない返事にさめざめと泣く。

そして「舞台が又かわ」り、場所は、ホワイト・タワーへとつながる中庭の隅、「黒装束の影」が二つ。この辺の場面の転換の手際は見事である。耳を澄せて聞いてみると、「人殺しも多くしたが今日程寝覚《ねざめ》の悪い事はまたとあるまい」と背の高い影。「タペストリの裏で二人の話しを立ち聞きした時は、いつその事止《や》めて帰ろうかと思ふた」と低い方の影。そう、二つの影は、今し方二人の兄弟を締め殺してきたばかりなのだ。鮮やかな描写である。だが、クライマックスはまだ先に控えている。そのせいだろう、漱石は注意深く殺害の場面を直接的に叙述していない。

やがて、黒い影が黒い夜の闇に吸いこまれていくと、「櫓の上で時計の音があんと鳴る」。はっとして、我に帰る「余」。見ると、番兵は「銃を肩にしてコトリ〳〵と敷石の上を歩いて居る」。そう「一件と手を組んで散歩する時を夢み」ながら……。

漾うている様な眼

血塔を出ると、次はホワイト・タワー、「白塔」。金之助は、次のように記している。

白塔は塔中の尤《もっと》も古きもので昔しの天主である。竪二十間、横十八間、高さ十五間、壁の厚さ一丈五尺、四方に角楼《すみやぐら》が聳えて所々にはノーマン時代の銃眼さへ見える。千三百九十九年国民が三十三ヶ条の非を挙げてリチャード二世に譲位をせまつたのは此塔中である。僧侶、貴族、武士、法士の前に立つて彼が天下に向つて譲位を宣告したのは此塔中である。

金之助は、ベデカーの『ロンドン案内』の記述に拠って、ホワイト・タワーの地下室でウォルター・ローリーが『万国史』を書いたと紹介しているが、当時は立ち入り禁止になっていたせいで、なかは見ていない。代わりに二階の武器陳列室に入り、歴代の王の甲冑や武具を見て回り、「日本に居つたとき歴史や小説で御目にかゝる丈で一向要領を得なかつたものが一々明瞭になるのは甚だ嬉しい」としている。特に驚いたのは、ヘンリー六世（実際は大男として知られる八世）の着用した鋼鉄製の甲冑の大きさで、「少なくとも身の丈七尺位の大男でなくてはならぬ」と感嘆していると、「コトリ〳〵」と近付いてくるものがある。振り返ると、太った白髭のビーフ・イーターが、笑みをたたえて立っていて、「あなたは日本人では有りませんか」と問いかけて来る。不安と孤立無援の思いに囚われながら、ロンドンの町を一人で歩きはじめてわずかに四日目。金之助が言葉を交わした英国人は、宿の主人と道を聞くために声をかけた警察官と見知らぬ道行く人だけである。それだけに、思いがけなく「日本人だろう?」と向こうから声をかけられ、よほど嬉しかったのだろう。『倫敦塔』において、ビーフ・イーターについて記述した部分は、相互の言葉のコミュニケーションがあった分、血塔の前の番兵に対したときのような勝手な想像は抑えられていて、越智治雄が「最も確実に彼を現実にひきもどす者は日本人でないかと余に尋ねる番人である」と指摘したように、一番現実感にあふれているように読みとれる。

ビーフ、イーターといふと始終牛でも食つて居る人の様に思はれるがそんなものではない。彼は倫敦塔の番人である。絹帽《シルクハット》を潰《つぶ》した様な帽子を被《かぶ》つて美術学校の生徒の様な服を纏ふて居る。太い袖の先を括《くく》つて腰の所を帯でしめて居る。服にも模様がある。模様は蝦夷《えぞ》人の着る半纏《はんてん》について居る様な頗《すこぶ》る単純の直線を並べて角形に組み合はしたものに過ぎぬ。彼は時として槍をさへ携へる事がある。穂《ほ》の短かい柄の先に毛の下がつた三国誌にでも出さうな槍をもつ。

「三国誌にでも出さうな槍」を持ったビーフ・イーター。すでに、時間の壁を乗り越え、ロンドン塔という劇場に入りこみ、鐘塔、逆賊門、血塔、そして白塔と幻想の舞台を見て回ってきた「余」にとって、目のまえに立つビーフ・イーターは、現実の存在でありながら、「現今の英国人」には見えない。「三四百年の昔から一寸、顔を出した」、あるいは自分が「三四百年の古へを覗いた様な感じ」がしてならない。ここでも、過去が現在に、現在が過去に顔を出しと、金之助が一人のビーフ・イーターに時間の往還運動を見ていることを見落としてはならないだろう。江藤がいうような意味で、時間は「過去の現在性」に圧倒されているわけでなく、現在と過去の両方に開かれたものとして流れているのである。「肥り肉」のビーフ・イーターは、「こちらへ来たまえ」と、日本の武具を陳列してあるところに案内し、「蒙古よりチャーレス二世に献上になつたものだ」と説明してくれる。ベデカーの『ロンドン案内』によると、二階のイースト・ルームにアジアやアメリカ、アフリカなどの武具が展示されているとあるので、金之助もそこで日本の鎧や兜、刀剣などの武具を見たのであろう。

ホワイト・タワーを出て、タワー・グリーンを横切ってボーシャン塔に向かう途中、鉄柵で囲いこんであるのが「仕置場の跡」で、そこで、金之助は、「百年碧血の恨が凝つて化鳥の姿」となった鴉を見ている。そして、その傍らに、若い女が立っている。女は、先程、血塔の門のまえで、息子たちに逢わせてくれと懇願していた「黒い喪服」の女の化身だろうか、七歳くらいの男の子を連れている。そして、男の子は、「母様に逢いたい」といった弟のリチャード王子の化身？　おそらく、ここでも、漱石は、「仕置場の跡」付近で実際に見掛けた子連れの若い母親を想起して、フィクションを加えてこの場面を書いたのだろう。

希臘風の鼻と、珠を溶いた様にうるはしい眼と、真白な頸筋を形づくる曲線のうねりとが少からず余の心を動かした。小供は女を見上げて「鴉が、鴉が」と珍らしさうに云ふ。それから「鴉が寒むさうだから、麺麭をやりたい」とねだる。女は静かに「あの鴉は何にもたべたがつて居やしません」と云ふ。小供は「なぜ」と聞く。女は長い睫の奥に漾ふて居る様な眼で鴉を見詰めながら「あの鴉は五羽居ます」といつたぎり小供の問には答へない。何か独りで考へて居るかと思はるゝ位済して居る。余は此女と此鴉の間に何か不思議の因縁でもありはせぬかと疑つた。(傍点筆者)

「珠を溶いた様にうるはしい眼」、そして「長い睫の奥に漾《たゞよ》ふて居る様な眼で鴉を見詰め」ている若い「希臘風の鼻」の女と、断頭台の露と消えた死者たちの化身とも思わせる不吉な黒い鴉との間に何か不思議な因縁でもあるのだろうか？　女は鴉の化身だろうか？　鴉が五羽いるだと？　奇妙なことをいう女だ。そんなことを考えながら、「余」は、最後の地獄巡りとしてボーシャン塔に入って行く。

ボーシャン塔

血塗られたロンドン塔の歴史を最も象徴的に今日に伝えるのは、見学コースの最後となるボーシャン塔である。この塔には、悲劇の女王ジェーン・グレーや彼女を王位に就かせたノーサンバランド公の長男で、メアリー女王の命で投獄されたジョン・ダッドレーや十六世紀末、エリザベス女王の暗殺を図った疑いで投獄され、のちに釈放されたジョージ・ギフォードなど、幽閉された女王や貴族、僧侶たちが自らの名前や家紋、聖書の章句などを壁に刻みこんだエピグラフが九十一点残されていることで知られている。

倫敦塔の歴史はボーシャン塔の歴史であつて、ボーシャン塔の歴史は悲酸の歴史である。十四世紀の後半にエドワード三世の建立にかゝる此三層塔の一階室に入るものは其入るの瞬間に於て、百代の遺恨を結晶したる無数の紀念を周囲の壁上に認むるであらう。凡ての怨《うらみ》、凡ての憤《いきどおり》、凡ての憂と悲みとは此怨、此憤、此憂と悲の極端より生ずる慰籍と共に九十一種の題辞となつて今に猶観る者の心を寒からしめて居る。冷やかなる鉄筆に無情の壁を彫つてわが不運と定業《じようごう》とを天地の間に刻み付けたる人は、過去といふ底なし穴に葬られて、空しき文字のみいつ迄も娑婆の光りを見る。

ロンドン塔を訪れるものは、このエピグラフを見るために訪れるといっても過言でない。金之助が、ロンドン到着三日後に塔を訪れたのも、最終的にはこのエピグラフを見るためであり、「余」を強く引っ張った「長い手」とは、壁に自分の名前や家紋、辞世の句を彫り付けた囚人たちの手であった。昼間でも薄暗い塔の中、壁の文字を一つひとつ丁寧に見ていく「余」は、「斯《こ》んなものを書く人の心の中はどの様であつたらう」と想像して見る。そして次のように考える。

凡そ世の中に何が苦しいと云つて所在のない程の苦しみはない。意識の内容に変化のない程の苦しみはない。使へる身体は目に見えぬ縄で縛られて動きのとれぬ程の苦しみはない。生きるといふは活動して居るといふ事であるに、生きながら此活動を抑へられるゝのは生といふ意味を奪はれたると同じ事で、その奪はれたを自覚する丈が死よりも一層の苦痛である。此壁の周囲をかく迄に塗抹した人々は皆此死よりも辛い苦痛を嘗めたのである。忍ばるゝ限り堪へらるゝ限りは此苦痛と戦つた末、居ても起つてもたまらなく為つた時始めて釘の折や鋭どき爪を利用して無事の内に仕事を求め、太平の裏《うち》に不平を洩し、平地の上に波瀾を画いたものであらう。彼等が題せる一字一画は、号泣、涕涙《ているい》、其他凡て自然の許す限りの排悶的手段を尽したる後猶《なお》飽く事を知らざる本能の要求に余儀なくせられたる結果であらう。

ここで、重要なことは、「余」が、塔の中の閉ざされた空間と、そこに幽閉され、「死よりも一層の苦痛である」「所在のない」生を強いられた囚人たちの心の世界を、日本を発つまえまで自分が死ぬ程苦しんできた「嚢」のなかの閉ざされた世界と重ねて見ていることである。つまり、ボーシャン塔の壁のエピグラフに見入りながら、「余」が発見したのは、「嚢」のなかで苦しんでいた自分自身が、塔に閉じ込められ「所在のない程の苦しみ」を味わわされた囚人と同じではないかということである。だが、彼らは、二度と出てこれぬ塔に閉じこめられ、明日来るかもしれない死の運命を怯えながら待っていなければならないという絶望的状況において、出ようと思えば出られる「嚢」の中に閉じこめられていた金之助とは決定的に違う。しかも、彼らは、生きる望みを捨てず、生きた証しとして、爪を割り、指から血を滴たらせながら、石の壁に名前や言葉を彫りつけた。

一度び此室に入るものは必ず死ぬ。生きて天日《てんじつ》を再び見たものは千人に一人しかない。彼等は遅かれ早かれ死なねばならぬ。去れど古今に亘る大真理は彼等に誨へて生きよと云ふ、飽く迄も生きよと云ふ。彼等は已を得ず彼等の爪を磨いだ。尖がれる爪の先を以て堅き壁の上に一と書いた。一をかける後も真理は古への如く生きよと囁く、飽く迄も生きよと囁く。彼らは剝がれたる爪の癒ゆるを待つて再び二とかいた。斧の刃に肉飛び骨摧《くだ》ける明日を予期した彼等は冷やかなる壁の上に只一となり二となり線となり字となつて生きんと願つた。壁の上に残る横縦の疵は生を欲する執着の魂魄である。（傍点筆者）

金之助は、ロンドン塔という閉ざされた空間のなかのさらに小さく、閉ざされた密室のなかで、強制的に「進化」の道を奪われ、「所在のない程の苦しみ」を味わった者たちの内面の苦悩と不安、絶望に思いを馳せていく。そして、彼らが壁に彫りつけた文字や絵柄のうちに彼らの「書こう」とする不屈の意志を確認することで、「書く」というただ一点において、「過去」と「現在」、「現実」と「幻想」、「西洋」と「東洋」、さらには「自身」と「イギリス」との間に立ちふさがる壁や対立を乗りこえうる可能性を発見して行く。

「冷やかなる壁の上に只一となり二となり線となり字となつて生きんと願つた」悲運の人たち。彼らと比べ、自分はこれまでの人生で何をしてきたというのか。「嚢」を突き破る「錐」は、自分自身の爪であり、指であり、ペンではなかったのか？　そして、ペンならいつも身近に携えていたというのに、これまで一度たりとも、本気でペンを「錐」にして「嚢」を突き破ろうとしたことがあったのだろうか？　確かに、それまで俳句や漢詩は作った。短い文章を発表したこともある。英語で詩を書いたこともある。しかし、それらはどれも命と引きかえで書いたものではなかった。それに比べて、今、自分のまえの壁に彫られた文字は、「字となつて生きんと願つた」ものたちの「執着の魂魄」そのものであった。そこまで考えてきたとき、突然、ひんやりと冷たい空気が背中の毛穴から身体の中に吹きこんでくるような気がして、ぞっとする。と、何だか壁がじっとりと湿っぽい。

指先で撫でゝ見るとぬらりと露にすべる。指先を見ると真赤だ。壁の隅からぽたり〳〵と露の珠が垂れる。床の上を見ると其滴りの痕が鮮やかな紅ゐの紋を不規則に連ねる。十六世紀の血がにじみ出したと思ふ。壁の奥の方から唸り声さへ聞える。唸り声が段々と近くなると其が夜を洩るゝ凄い歌と変化する。

すでに金之助は、完全に十六世紀の幻想の世界に浸りきっている。

ジェーン・グレーの処刑

耳を澄すと、地面の下に通じる穴倉から男の歌う声が聞こえてくる。どうやら二人いるらしい。一人が腕まくりをして、斧を轆轤で研ぎながら歌っている。「きれぬ筈だよ女の頸は恋の恨みで刃が折れる」。男は、前日、美しい女の囚人の首を切り落としている。女が暴れたため、斬りそこない、斧の刃を欠いてしまった。

シユ〳〵〳〵と鳴る音の外には聴えるものもない。カンテラの光りが風に煽られて磨ぎ手の右の頰を射る。煤の上に朱を流した様だ。「あすは誰の番かな」と稍《やや》ありて髯が質問する。「あすは例の婆様の番さ」と平気に答へる。
生へる白髪を浮気が染める、首を斬られりや血が染める。
と高調子に歌ふ。シユ〳〵と轆轤が転ばる。ピチ〳〵と火花が出る。「アハハハもう善から
う」と斧を振り翳して灯影《ほかげ》に刃を見る。「婆様ぎりか、外に誰も居ないか」と髯が又問をかける。
「それから例のがやられる」「気の毒な、もうやるか、可愛相になう」といへば、「気の毒ぢやが仕
方がないは」と真黒な天井を見て嘯《うそぶ》く。

さながら、シェークスピアの悲劇かワーグナーの楽劇『ニーベルングの指輪』、なかでも第三作
『ジークフリート』の第一幕第三場、ジークフリートが「鍛冶の歌」を歌いながら、聖なる剣を鍛え
打つ場面でも見ているように、生き生きと場面の空気と人物の動きが読み手に伝わってくる文章であ
る。だが、ここで幻想が頂点に達すると見せておいて、金之助は、もう一回現実に回帰する。男たち
の声は消えて、「余」はボーシャン塔のなかに茫然と立っている。見ると、先程、タワー・グリーン
の処刑場跡で鴉を見ていた女と男の子が立っている。女は、ダッドレー家の紋章について「此紋章を
刻んだ人はジョン、ダッドレーです」と子供に説明し、紋章の下に彫られている題辞を「朗らかに誦《じゆ》
し」はじめる。「この女は何物だろう?」。薄気味悪くなってきたので、「余」は女の先に抜けて「銃
眼のある角の先」に進む。すると、「ジエーン」と書かれた文字が目に入り、思わず立ち止まる。

英国の歴史を読んだものでジエーン、グレーの名を知らぬ者はあるまい。又其薄命と無残の最後に
同情の涙を灑《そそ》がぬ者はあるまい。ジエーンは義父と所夫《おっと》の野心の為めに十八年の春秋を罪なくして

惜気もなく刑場に売つた。揉《も》み躙《にじ》られたる薔薇の蕊《しべ》より消え難き香の遠く立ちて、今に至る迄史を繙く者をゆかしがらせる。希臘語を解しプレートーを読んで一代の碩学アスカムをして舌を捲かしめたる逸事は、此詩趣ある人物を想見するの好材料として何人の脳裏にも保存せらるゝであらう。

ボーシャン塔のなかで、金之助がもっとも強く衝撃を受け、幻想を大きく膨らませたのは、悲劇の女王ジェーン・グレーの「JANE」とのみ彫られたエピグラフであった。ジェーン・グレーは、岩波の『漱石全集』(一九九四年)第二巻『倫敦塔』に付けられた「注解」の説明によると、ヘンリー七世の曽孫で、ノーサンバランド公の野心のため、公の第四子ギルドフォード・ダッドレーと結婚させられ王位を継ぐが、国民の反対にあって在位して九日目に捕らわれ、ロンドン塔に監禁され、十七歳の若さで断頭台の露と消えた悲劇の女王である。壁に彫られた「ジェーン」という文字の前に立ち尽くす金之助。「余はジエーンの名の前に立留つたぎり動かない。動かないと云ふより寧ろ動けない。空想の幕は既にあいて居る」。

始は両方の眼が霞んで物が見えなくなる。やがて暗い中の一点にパッと火が点ぜられる。其火が次第〳〵に大きくなつて内に人が動いて居る様な心持ちがする。次にそれが漸々《だんだん》明るくなつて丁度双眼鏡の度を合せる様に判然と眼に映じて来る。次に其景色が段々大きくなつて遠方から近づいて来る。気がついて見ると真中に若い女が座つて居る、右の端には男が立つて居る様だ。両方共どこかで見た様だなと考へるうち、瞬たく間にズッと近づいて余から五六間先で果《はた》と停る。男は前に穴倉の裏《うち》で歌をうたつて居た、眼の凹んだ煤色をした、脊の低い奴だ。磨ぎすました斧を左手に突いて腰に八寸程の短刀をぶら下げて見構へて立つて居る。余は覚えずギョットする。女は白き手巾で目隠しをして両の手で首を載せる台を探す様な風情に見える。首を載せる台は日本の槙割台位の大きさで前に鉄の環が着いて居る。台の前部に藁が散らしてあるのは流れる血を防ぐ要慎と見えた。背後の壁にもたれて二三人の女が泣き崩れて居る、侍女でゞもあらうか。白い毛裏を折り返した法衣を裾長く引く坊さんが、うつ向いて女の手を台の方角へ導いてやる。女は雪の如く白い服を着けて、肩にあまる金色の髪を時々雲の様に揺らす。ふと其顔を見ると驚いた。眼こそ見えね、眉の形、細き面、なよやかなる頸の辺りに至迄、先刻見た女其儘である。思はず馳け寄らうとしたが足が縮んで一歩も前へ出る事が出来ぬ。（傍点筆者）

ここでの生々しい記述が、金之助がテート・ギャラリーで見たドラローシュの「ジェーン・グレーの処刑」（一八三三年）にもとづいて書かれていることは、漱石研究者の手によって明らかにされている。特に、塚本利明の『漱石と英国』の第二章「漱石とドラローシュ」は、ジェーン・グレーの処刑とドラローシュの描いた絵との関係、さらにはドラローシュの絵と『倫敦塔』の関係について、周到な調査に基づいて事実関係を明らかにした画期的な成果であり、私がここで付け加えるものは何もない。（註8）

ただ、一つだけ指摘しておきたいのは、処刑がボーシャン塔のなかではなく、屋外のタワー・グリーンの「仕置場」で行われたということ。にもかかわらず、金之助は、この場面だけ、エインズワースの『ロンドン塔』の記述を離れて、ドラローシュの「ジェーン・グレーの処刑」にもとづき、牢獄内で処刑が行われたものとして記述していることである。クリフォード・ブリュワーの『王たちの死』

によると、彼女の処刑は、一五五四年二月十二日に行われている。この日の朝、彼女の夫のギルドフォードが、ロンドン塔の外のタワー・ヒルで公開処刑されており、ジェーン・グレーは夫が処刑場に引かれていくのと、遺体が車に乗せられて戻ってくるのを監禁されていた塔の窓から見届けている（エインズワースの『ロンドン塔』には、タワー・グリーンの処刑場の前で、担架で運ばれてくる夫の遺骸を見詰めるジェーン・グレーの石版画が掲載されている）。そのうえで、ロンドン塔管理長官のジョン・ブリッジス卿の腕に支えられ、二人の侍女を従え刑場に向った王女は、十六歳という年齢を思わせないほど落ちついていたという。処刑場に着くと、「神の慈悲により、唯一の神の御子イエス・キリストの血の誉れにおいて我救われん」と短いスピーチを行い、跪く。そして、『詩篇』の第五十一歌「ミゼレーレ」を繰りかえし唱えるうち、ハンカチで目隠しされる。と、その一瞬、「どうすればいいの？　どこ？」と自制心を失ったかに見えたという。しかし、侍女に手引きされると、落ちつきを取り戻し、自ら静かに断頭台に首を差し延べ、「神よ、御手のなかへ、我が魂を称えて！」と一言残し、首を断ち切られている。

ところで、この場面で一つ注目したいのは、金之助が、「白き手巾《ハンケチ》で目隠しをして」、あるいは「眼こそ見えね」と、ジェーン・グレーが目隠しをされて処刑されたことを強調し、彼女の「眼」にこだわりを見せていながら、実際にその眼がどのようであったか何も記述していないこと。そして、それにもかかわらず、「眉の形、細き面、なよやかなる頸の辺りに至迄、先刻《さつき》見た女其儘《そのまま》である」という記述から、金之助が、ジェーン・グレーの眼として、タワー・グリーンの処刑場跡で鴉を見詰めていた女の「長い睫の奥に漾うている様な眼」をイメージしているように読みとれることである。夏目漱石は、のちの作品で、理想とする女性の眼を、しきりに「漾うような」とか「濡れたような黒い眼」

と形容している。その漱石が、夏目金之助として書いた最初の幻想小説で、ジェーン・グレーの見えない眼に、「漾うている様な眼」をイメージしているという事実は、彼女に「理想の女性」のイメージを重ね、特別なシンパシーを抱いていたことがうかがえて興味深い。おそらく、「黒い喪服」の「漾うている様な眼」の女、そしてその化身として目隠しされたまま処刑される年若い王女は、漱石が小説的形象として、初めて描いた理想の女性像であり、漱石のファム・ファタールの原形はこの二人に求められなければならないだろう。

さて、劇的幻想小説もいよいよフィナーレのクライマックスを迎える。

> 女は漸く首斬り台を探り当てゝ両の手をかける。唇がむつ〳〵と動く。最前男の子にダッドレーの紋章を説明した時と寸分違はぬ。やがて首を少し傾けて「わが夫ギルドフォード、ダッドレーは既に神の国に行つてか」と聞く。肩を揺り越した一握りの髪が軽くうねりを打つ。坊さんは「知り申さぬ」と答へて「まだ真《まこ》との道に入り玉ふ心はなきか」と問ふ。女屹として「まことゝは吾《われ》と吾《わが》夫の信ずる道をこそ言へ。御身達の道は迷ひの道、誤りの道よ」と返す。坊さんは何にも言はずに居る。女は稍《やや》落ち付いた調子で「吾が夫が先なら追付う、後ならば誘ふて行かう。正しき神の国に、正しき道を踏んで行かう」と云ひ終つて落つるが如く首を台の上に投げかける。眼の凹んだ、煤色の、脊の低い首斬り役が重た気に斧をエイと取り直す。余の洋袴《ズボン》の膝に二三点の血が迸《ほとば》しると思つたら、凡ての光景が忽然と消え失せた。

この部分も、エインズワースの『ロンドン塔』やドラローシュの「ジェーン・グレーの処刑」を参考に書かれているわけだが、ブリュワーの『王たちの死』の記述と比べてみると、かなり事実と違うことが分かる。すなわち、ジェーン・グレーは、自分の夫が先に処刑されたことを知っており、「わが夫ギルドフォード、ダッドレーは既に神の国に行つてか……」という問いも、「まことゝは吾と吾夫……」もフィクションとして金之助が書き加えたものである。また、ここで、金之助は、ジェーン・グレーの夫への愛と強い信頼を強調する書き方をしているが、実際は、彼女はハートフォード伯爵と結婚が決まりかけていたところで、政略結婚でノーサンバランド公の長男ギルドフォードと結婚させられたのであり、心のなかではハートフォード伯爵を愛していた。そのため、処刑される前、メアリー女王から、ギルドフォードと会うことを許されたが、断っているくらいである。にもかかわらず、金之助は、あたかもジェーン・グレーが夫と共同死を望んでいるかのように、フィクション化して書いている。このことからも、漱石が、作家的スタートを切った時点から、大きく濡れた、「漾うている様な眼」の理想の女との共同死を、心ひそかに求めていたことがうかがえよう。

「書く」こととの出会い

一切は幻想であった。「狐に化かされたような顔をして」塔のそとに出てみると、いつの間にやら雨が降っている。事実としては、この日、ロンドンでは雨は降ってなく、これも、濠に浮き沈みするかいつぶりから引きだされ、「黒い喪服」の女の涙、鴉を見詰める女の「漾うている様な眼」、壁から滴る血、目隠しされたジェーン・グレーの眼、「余」のズボンに迸るジェーン・グレーの血と、水にまつわるイメージに引かれて、金之助の想像力が降らせた雨である。もちろん、雨は、十六歳にして命を絶たれた花のように香しい悲劇の女王に対する、作者の心の涙であることは言うまでもない。

金之助は、ロンドン塔の歴史はボーシャン塔の歴史であると言う。その意味で、『倫敦塔』は、ボーシャン塔の幻想物語である。夏目金之助は、ボーシャン塔のなかで、幻想をとおして一人の聡明な若い王女が首を斬られる現場を見て来た、そのことを書きたくて『倫敦塔』を書いたのだ。『倫敦塔』のうちボーシャン塔で見た幻想についての記述は全体の半分を占めている。つまり、能の「橋懸り」の構造も、「黒い喪服」を着た女も、血塔における二王子の暗殺も、鴉を見る若い女も、「鴉が寒そうだから、麺麭をやりたい」という男の子も、首切り斧の刃を研ぐ男たちも、すべてはボーシャン塔の幻想の場面、すなわちジェーン・グレーの処刑の場面をよりドラマチックに、かつリアルに表現するために仕組まれた仕掛けなのである。

金之助は、同じように「橋」を渡って行ったカーライルの家には、「余は倫敦滞在中四たび此家に入り四たび此名簿に余が名を記録した覚えがある」と四回も訪れている。しかし、ロンドン塔は、「二年の留学中只一度倫敦塔を見物した事がある。其後再び行かうと思つた日もあるが止めにした。人から誘はれた事もあるが断つた。一度で得た記憶を二返目に打壊はすのは惜い、三たび目に拭ひ去るのは尤も残念だ。「塔」の見物は一度に限ると思ふ」とあるように、一回しか訪れていない。（註9）それだけ、ロンドン塔の印象と幻想体験は、金之助の中で忘れがたく、記憶に強く残ったということなのだろう。

カーライル博物館は、英文学を研究する留学生としての夏目金之助の関心を引きつけたが、ロンドン塔はその血と地獄の歴史の闇が、金之助のなかに可能性として眠っていた文学的感性と書きたいという本能的欲求を刺激し、一時的ではあるものの解き放った。カーライル博物館には四回も訪れながら、結果として「カーライル博物館」というエッセイ風の紀行文しか書けなかった。それは、カーライル博物館のなかでは、自己の内面とのかかわりにおいて、幻想を膨らませることができなかったからであり、金之助は、「文部省派遣留学生」として博物館に入り、同じように「文部省派遣留学生」として出て来たのである。一方、ロンドン塔では「書く人・夏目漱石」として出てきた。結果として、四年後に金之助が、「小説家夏目漱石」へと変身していくうえで、最初に成し遂げたブレーク・スルーとして、『倫敦塔』という記念碑的な文学作品を書き上げたゆえんである。

ロンドン塔体験は、夏目金之助が「書く」ことと出会い、「小説家夏目漱石」に変身して行く上で、決定的に重要な意味を持った。おそらく、そのことを一番最初に見抜いたのは越智治雄で、後に『漱石私論』に収められた「『漾虚集』一面」の「倫敦塔訪問」の中で、ボーシャン塔での決定的体験の意味を次のように記している。

> 語を重ねるまでもなく、生きることは書くことだったのだ。最も確実な死を見すえながら、多分漱石もまた一と書き、二と書こうとするのである。彼は密室の中で書くことの意味を確認している。倫敦塔訪問における発見は、この部分をおいてほかにはあるまい。過去を体現して動かぬ形として塔はあるが、書くこともまた形を与えて行くことにほかならぬ。塔は「汽車も走れ、電車も走れ、苟も歴史の有らん限りは我のみは斯くてあるべしと云はぬ許りに立つて居る」。そこに外部世界に拮抗する作家漱石の場所がある。(傍点筆者)

この論が、一九七〇年に書かれたことを思うと、画期的な発見といっていいだろう。おそらく、越智治雄は、自身がロンドン塔を訪れ、ボーシャン塔の中で壁に彫られたエピグラフをまえにしたとき、

「書く」ことこそが「作家漱石の場所」であったことを直感で見抜いたに違いない。その発見が、金之助のロンドン塔体験の本質を鋭く見抜いていることは間違いない。だがしかし、そのことを重々認めた上で、それでもなおかつ、「倫敦塔訪問における発見は、この部分においてほかにはあるまい」という越智の結論は、『倫敦塔』の成立に対して、ということは「小説家夏目漱石」の成立に対して決定なインパクトをもたらした「文部省派遣留学生夏目金之助」としてのロンドン塔体験が持つ意味を、あまりにボーシャン塔体験のみに引きつけすぎていると言わざるをえない。なぜなら、金之助は、ボーシャン塔で死者たちのエピグラフのまえに立つまでに、それまでの人生で一度も体験したことがない精神の高揚に身をゆだね、次々と幻想の翼を飛翔させることによって、ほとんど「小説家夏目漱石」に化身していたからである。

ロンドン塔のなかで血の滴る英国の過去に幻想を大きく膨らませていったとき、金之助は人生で初めて、自分を苦しめてきた「嚢（閉塞的な生の状況）」を突き破りうる手段として、想像力と言葉という「錐」を手に入れようとしていた。言い換えれば、越智治雄が言うように、最後に訪れたボーシャン塔のエピグラフと向かい合ったことで、初めて「書く」ことの本質的意味に出会ったのではなく、そのまえに血塔のゲートで「黒い喪服」の女と出会ったり、塔の中に幽閉されたエドワードとリチャードの二王子の会話や二人を絞殺した黒い影の会話に耳をそばだてたり、タワー・グリーンの処刑場面の跡で子連れの若い女を幻視したり、ボーシャン塔ではジェーン・グレーの処刑の場面を蘇らせたりと、幻想の翼に乗って、劇的な物語の空間を大きく飛翔したことによって、「書く」ことを内側から実質的に体験していたということ。そして、そのことが、金之助の心の監獄に長く拘禁されたままになっていた「書く人・夏目漱石」の可能性を、生まれて初めて大きく蘇らせ、解き放ったということなのだ。

さらにいえば、夏目金之助は、ボージャン塔で「書く」ことの根源的意味と出会ったそのときに、「作家漱石の場所」を確保したわけでなく、そのために逆に、可能性としての「小説家夏目漱石」を殺さざるをえなかった。そして、日本に帰国し、『文学論』の執筆におおよその目途をつけ、「文部省派遣留学生」として役割を果たし終えるのを見届けるようにして、かつて自らの手で扼殺した「小説家夏目漱石」を復活させようとして、『倫敦塔』に着手したのだ。だが、そこまでたどり着くために、四年の年月が必要とされ、ロンドンでの孤独で、不愉快な「文部省派遣留学生」としての二年の生活と死に物狂いの読書、そして英文学研究の断念と狂気と引き換えに断行された『文学論』の執筆、日本帰国、新帰朝者としての戸惑いと前途に対する不安、再発した神経衰弱と妻との別居、『文学論』の講義……と、様々な辛苦と紆余曲折が必要とされたのである。ボーシャン塔で「書く」ことの根源的意味と出会ったことが、ストレートに「小説家夏目漱石」につながらなかったことに、夏目金之助、そして夏目漱石の最大の不幸があった。だがまた、もしこの不幸を潜っていなければ、「小説家夏目漱石」は生まれていなかったかもしれないのである。

ぬっと見上げる倫敦塔

さて、『倫敦塔』のフィナーレに近く、ロンドン塔を出て、タワー・ブリッジを渡り切って、最後にもう一度うしろを振り返ったときの塔の印象について、金之助は次のように記述している。

塔橋を渡つて後ろを顧みたら、北の国の例か此日もいつの間にやら雨となつて居た。糠粒を針の目からこぼす様な細かいのが満都の紅塵と煤煙を溶かして濛々と天地を鎖す裏に地獄の影の様にぬつと見上げられたのは倫敦塔であつた。(傍点筆者)

ここで奇妙に思うのは、橋を渡って後を振り返って見た塔が、「ぬつと見上げられた」と表現されていることである。実際にタワー・ブリッジの向こう側からロンドン塔を望み見れば分かることだが、ロンドン塔はとうてい「ぬつと見上げ」るほど高くない。にもかかわらず、金之助が二重に事実を曲げてこのように表現したのは、二つのレンズを重ねることで、作者自身と読者の心のスクリーンに写し出されるロンドン塔のイメージをより大きく、高くしたかったからで、その拡大された塔のイメージこそが、「書く人」として生まれ変わった「夏目漱石」に他ならなかった。塔に入って行ったときは、「芥子粒」ほどに小さかった金之助は、出て来たときには塔そのもの、いやそれ以上に巨大化していたのである。その意味で、『倫敦塔』は、地獄巡りの物語として書かれているように見えて、実は一種の「自己変身譚」としても書かれているのだ。

だが、すでに何度か見てきたように、金之助にとって不幸だったのは、これから先の二年間、文部省派遣留学生として実りのある留学生活を送らなければならないという記号的役割意識をどうしても優先させざるをえない結果、思うがまま「書く」ことを自らに許さなかったことである。可能性としての「小説家夏目漱石」を自らの手で殺さざるをえなかった金之助。漱石文学の成立と展開に対して、『倫敦塔』が持つ意味は、第一に、イギリスの血塗られた過去に対する幻想体験、第二に、越智治雄が指摘したような意味において、ボーシャン塔で「書く」ことの根源的意味に出会ったこと、そして第三に、塔を出て、日常的世界に戻ったあと、密かに行われた「漱石自身による漱石殺し」に求めなければならない。実に、漱石が、留学生活の途中で英文学の研究を放棄し、狂気に近い引きこもりのなかで孤独に『文学論』のためにノートを書き進めて行かなければならなかった、その根本的な原因は、だれにも知られることなく密かに夏目金之助の内部で行われた「漱石殺し」にあったのである。

その意味で、無我夢中で宿に帰り着いて、宿の主人にロンドン塔での体験を語り聞かせたところ、「鴉が五羽居たでせう」「あれは奉納の鴉です。昔しからあすこに飼つて居るので、一羽でも数が不足すると、すぐあとをこしらへます、夫《それ》だからあの鴉はいつでも五羽に限つて居ます」と軽くあしらわれ、「余の空想の一半は倫敦塔を見た其日のうちに打ち壊はされて仕舞つた」というエピローグが意味するところは重要である。金之助は、さらにボーシャン塔の壁に彫られた「題辞」に深く心を動かされたことと「黒い喪服」の子連れの美しい女性に会ったことも「主人」に聞かせるが、「えゝあの落書ですか、詰らない事をしたもんで、折角綺麗な所を大なしにして仕舞ひましたねえ、なに罪人の落書だなんて当になつたもんぢやありません、贋も大分ありまさあね」、「そりあ当り前でさあ、皆んなあすこに行く時にや案内記を読んで出掛るんでさあ、其位の事を知つてたつて何も驚くにやあたらないでせう。何頗る別嬪だつて、倫敦にや大分別嬪が居ますよ、少し気を付けないと険呑ですぜ」とまるで相手にしてもらえず、「余」の空想は完全に打ち壊されてしまう。

かくして、劇的幻想小説『倫敦塔』は、「夫《それ》からは人と倫敦塔の話しをしない事に極めた。又再び見物に行かない事に極めた」と、きわめて散文的に幻滅感を表明した一行で幕を閉じることとなる。金之助が、このフィナーレの部分で、王位に就いてわずか九日で首を斬られたジェーン・グレーと重ね合わせて、自身の手で行われた密かな「漱石殺し」を、宿の主人の世俗的常識の斧に託して象徴的に執り行っていることを読み落してはならないだろう。

ロンドン到着三日後にして、本来そうあるべきものとして心の底で探し、求め続けてきた「自己」に、「書く」ことをとおしてようやく出会えるかもしれない、その可能性をほとんど摑み取りながら、現実的な要請から取りあえずはそれを抹殺し、国家が与えた役割を演じなければならなかった男の不幸。「尤も不愉快」と呪詛の念を込めて回想した二年の留学生活の最大の不幸がここにあった。

漱石文学の源泉として

『倫敦塔』は、『吾輩は猫である』の陰に隠れて、ほとんど目立たないささやかな短編小説である。だが、それが『吾輩は猫である』に先立つ形で書かれ、その後の漱石文学の展開に決定的な影響を及ぼした点で、漱石文学の源泉ともいうべき作品である。越智治雄は、江藤淳の『漱石とその時代』の書評で「私には漱石を論じて、その不幸を感じさせない漱石論には近づきにくい」と書いている。その意味で、『倫敦塔』は「作家漱石」の不幸の源泉でもある。漱石文学の本質を読み解き、その全量を計り知るためには、まずこの不幸の源泉として、劇的幻想小説が意味するものを正確に読み解く必要がある。その理由は、第一に江藤淳が岩波文庫版の『倫敦塔・幻影の盾』の解説で指摘したように、この作品に『それから』以降の漱石文学を貫く、暗く、重い「低音」主題が色濃く先取りされているからである。しかし、より本質的に重要なのは、この小説が漱石文学の夢幻能と通底する劇的構造を明らかにすると同時に、「漱石自身による漱石殺し」をとおして、ロンドン塔体験が漱石文学を生み出すうえで決定的に深く、重要な関わりを持っていることを、私たちに教えてくれるからである。

現実の「自己」と本来あるべき「自己」との分裂。この分裂をいかに克服し、本来の「自己」を回復していくか。ロンドン塔を訪れたことによって、金之助が引き受けなければならなかった「自己処刑（漱石殺し）」と「贖罪」としての「自己回復」への本能的欲求と投企……あるいは「夢」と「覚醒」、「幻想」と「現実」、そして「死」と「生」、「暗」と「明」の二項対立的な『倫敦塔』の主題は、三千代を愛しながら友人に譲った『それから』の代助から、友人Kを裏切って、お嬢さんの愛を手に入れたことに対する自責の念から、贖罪としての自死を明治天皇の崩御と乃木将軍の自決まで引き延ばした『こころ』の先生、「お延」という活気にあふれる、魅力的な妻と、一見幸福な家庭を持ちながら、かつてお互いに愛を確認しながら、突然、理由も告げずに消え去り、別の男と結婚した「清子」を求め、単身湯河原の温泉宿天野屋に出かけていく『明暗』の「津田」まで、本来の自己を回復しうる決定的瞬間を逃した男たちの、遅ればせながら敢行された「自己回復」のドラマとして、一貫して漱石文学を流れ貫くことになる。

また、走馬灯のように浮かび上がる幻想を書き連ねた『倫敦塔』は、『夢十夜』や『永日小品』などシュールな幻想小説の源泉でもあり、異界巡り、あるいは地獄巡りの物語として読めば、その主題的特性は、江藤淳の言葉を借りれば、漱石自身の内面の「深淵」、あるいは「地獄」に降りていく形で、『坑夫』辺りからはじまり、『三四郎』、『それから』、『門』、『こころ』、『行人』、『道草』、『明暗』と漱石文学全体を流れ貫く大きな水脈となって、暗く、重く、低い音調を伴って流れこんでいくことになる。

漱石的主題としてもう一つ見落とせないのは、ジェーン・グレーの処刑、すなわち女殺しのテーマである。『虞美人草』の藤尾に始まり、『夢十夜』の「第一夜」、「百年待って」と言い残し死んで白百合になって蘇る女、『三四郎』の美禰子、『それから』の三千代、『こころ』の奥さん、『明暗』のお延と清子……連綿と連なる漱石の女殺しの発端は、ボーシャン塔の中でのジェーン・グレー殺しにまで溯ることができるだろう。主題としての女殺しは、また男と女の共同死願望とつながり、『夢十夜』の第一夜や第七夜を経て、『それから』へと流れこんでいく。

さらに、漱石は女を何人も殺しながら、一方で女を「眼」や「瞳」、あるいは「まなざし」をとおして蘇らせようともした。例えば、『夢十夜』の「第一夜」で、死んで白百合となって蘇る女の眼は「大きな潤いのある眼で、長い睫に包まれたなかは、ただ一面に真黒であった」と形容されている。ついで、『永日小品』の「過去の臭ひ」に出てくるアグニスという謎の少女の眼も「大きな潤いのある眼」と表現され、『三四郎』のよし子の眼は、「遠い心持ちのする眼」、あるいは「空の奥にある」「高い雲が」「崩れる様に動く」眼と形容され、『それから』のヒロイン三千代の目も「この黒い、湿んだ様に暈かされた眼」と表現されている。こうした漱石の小説のヒロインたちの潤いのある大きく、黒く「漾う」ような「眼」あるいは「眸」の原イメージは、ボーシャン塔で目隠しされて処刑されたジェーン・グレーの不在の「眼」を経て、タワー・グリーンの処刑場跡で真黒な「鴉」を見詰めていた子連れの「若い女」の目にまで溯ることができる。

さらに、もう一つ、ロンドン留学体験に基づいて書かれた短編を集めた最初の作品集のタイトル『漾虚集』の「漾」という漢字の起源も、この若い女の「長い睫の奥に漾うている様な眼」にある。「漾」というのは、水が不定形に漂うイメージで、河に架かる橋を渡って塔に入って行くことからはじまる『倫敦塔』は、血塔の「血」、かいつぶりが浮き沈みする「濠」からジェーン・グレー処刑の場面で「余」のズボンに迸る「血」、そして「糠粒を針の目からこぼす様な細かい」雨まで、全篇が水にまつわるイメージで包まれている。同じように、河や池、海、雨、霧、涙、温泉、風呂、血など水に関わるイメージが、女性のイメージとタイアップして、物語が生まれる仕掛けや環境、あるいは背景として漱石文学全体に流れ貫いていることは、言うまでもないだろう。

最後に表現技法についていえば、江藤が「漱石の深淵」で指摘した「黒のモチーフ」。『倫敦塔』の随所に見られる「黒」のイメージは、同じように江藤が指摘する「低音部」の暗く、重い響きを伴って、漱石のすべての作品に浸透していくことになる。さらにまた、浮き、沈みするかいつぶりの動きの描写に典型的に見られる相反し対立する人物や事物、あるいは運動の動きを同時に並列的に記述することで、一種の異化、あるいはディスロケーションの効果を狙う「対立のモチーフ」も、漱石文学に共通して見られる特徴である。こうした源泉としての共通性は、ほかにも数多く発見されるはずで、『倫敦塔』をのちの作品と比較する形で、もう一度根底から読み直す必要があると言っていいだろう。

(註1) ロンドン塔を訪れた時点で、金之助はマックス・ノルダウの『退化論』を読んでいない。しかし、のちに、一八九八年版の『退化論』をロンドンで手に入れ、傍線を引きながら読みこんでいる。小森陽一・石原千秋編の『漱石と語る』「2」所載の座談会「漱石と退化論」で富山太佳夫は、『退化論』について、「ノルダウが意識しているのは心身一元論的な心理学といっていい。心理構造というのは、人間の生理構造、肉体の構造に非常に強い影響を受ける。場合によっては因果関係によって結ばれているという思想なんです。とすると、退化した人間、もちろん精神的にも肉体的にも退化した人間の生み出す精神の産物はほとんど自動的に退化芸術になるだろう、という極端な結論が出てくる。こういう発想を五百ページに渡って、当時の代表的な作家をほとんど全部あげて論じている」と要約したうえで、漱石が、『文学論ノート』を作る段階で、ほとんど全ページに渡って「猛烈に線を引きながら」、この本を徹底的に読みこんでいることを指摘している。『倫敦塔』の記述の背景に、ノルダウの『退化論』の徹底的読みこみがあったことを見落としてはならないだろう。

(註2) 角野喜六は、『漱石のロンドン』で、『倫敦塔』の記述に沿って、漱石がロンドン塔に入っていったルートを、「ロンドン塔を北に望み橋を渡り、塔の東側に沿って北に進み、西側へ廻って入場した」と、タワー・ブリッジを渡って、ロンドン塔の東側の壁に沿って、「コ」の字形に大きく迂回して、塔に入っていったとしているが、妥当性に欠けると言わざるをえない。なぜなら、ロンドン塔とテムズ河の間にタワー・ワーフと呼ばれる通路があり、

タワー・ブリッジを渡って、すぐ左に折れ、テムズ河に沿って、ライオン・ゲートに出られるようになっていたからである。なお、角野は、帰途、漱石が再びタワー・ブリッジを渡って行ったことに関して、「ぬっと見上げられたのは」ロンドン塔ではなく、タワー・ブリッジの塔であるとし、「漱石は思い違いした」としているが、これも妥当性に欠けると言わざるをえない。

（註3）塚本利明は、『漱石と英国』の「第三章　ロンドンの地下鉄と漱石」で、一九〇〇年当時のロンドンの地下鉄について徹底的に調査を行い、漱石が乗った可能性のある路線について詳しく記述したうえで、漱石が、ガウワー街のホテルからロンドン塔を訪れたとき、地下鉄に乗って行った可能性があると指摘している。しかし、ジェノヴァで上陸して以来、ロンドンにたどり着くまで、鉄道の駅や車内、乗換えの際の金之助のうろたえぶり、さらに二日前、義勇兵凱旋祝賀パレードに巻きこまれ、市内をあてどなく押し流され、疲労困憊して宿に帰り着いた事実を思い合わせると、到底、金之助がロンドン到着三日後から地下鉄に乗れたとは思えない。

（註4）本章を書き上げた後で、鈴木敦子が、『漱石研究』第十号（翰林書房）掲載の「『倫敦塔』をめぐる記憶・知覚・時間」で、『倫敦塔』と夢幻能の構造的共通性に着目し、「夢幻能における名所旧跡、あるいは『倫敦塔』における塔に、旅人、すなわちワキや余は引き寄せられ、いずれにおいてもその場の喚起力によって、その土地に関わる人物とそこに堆積してきた言説が呼び出される」と指摘し、ロンドン塔における金之助の幻想体験がいかなるプロセスを経て生み出されてきたか、夢幻能と重ね合わせながら詳しく記述していることを知った。文学作品として『倫敦塔』がもつ劇的構造とその幻想表出上の特質を知るうえで、極めて示唆に富む論考で、本章と併せて一読をお勧めしたい。

（註5）尹相仁は、『世紀末と漱石』の「第六章　浪漫的魂の行方」の「6　塔中の作家」で、ロンドン塔とカーライル博物館が、「作家漱石」に対して持った意味について、「〈作家の場所〉というコンセプトから、「彼のカーライル博物館の訪問は、孤立した〈塔〉こそ作家としての自分が生きる場所であることを再確認させる行程でもあった」と指摘したうえで、「文学的出発を遂げたばかりの漱石が、立てつづけに二つの紀行文形式の短編を著したことは、注目に値する。なぜなら、かれの倫敦塔やカーライル博物館の訪問は、芸術的想像力の「塔」、または作家としての自分の内面の狭き部屋を探し求める行程だったからである。別の言い方をすれば、右の二つの作品における塔めぐりの意味は、書くことの意味を探索する道程であり、現実世界となかなか和解し得ない自分の浪漫的魂の原点への巡礼の旅であった」と、二つが漱石にとって「芸術的想像力」が生まれてくる源泉であるという見方を提示している。

確かに、漱石はロンドン塔とカーライル博物館を「塔」として捉えている。しかし、二つを読み比べてみると、『倫敦塔』の方では、明らかに血塗られた過去への小説的幻想が飛び交い、現実と交差するなど、塔が「芸術的想像力」を生み出す場となっているが、「カーライル博物館」ではそうした幻想の飛翔はなく、「芸術的想像力」は押さえられている。また、ロンドン塔では閉鎖された空間（牢獄）のなかでの「書く」こととの出会いが確認されているが、カーライル博物館では、むしろ、「書く」こととの出会いの不可能性が問われているように読みとれる。つまり、江藤淳が岩波文庫版の『倫敦塔・幻影の盾』の解説で、「『倫敦塔』が、閉ざされた空間に「空想」された詩的・劇的幻想の現存性を証明しようとした作品だとするなら、『カーライル博物館』は、閉ざすことのできない日常的現実の只中で、幻影を求めるのがいかに不可能であるかを、苦いユーモアを嚙みしめながら傍白してみせた散文的な作品だということになりそうである」と指摘したように、カーライル博物館をロンドン塔のように「芸術的想像力」が生まれてくる場として捉えるのには無理がある。

（註6） 鈴木敦子は、「『倫敦塔』をめぐる記憶・知覚・時間」で、この作品における時間表現上の特性に関して、筆者同様に、『文学論』の「歴史的現在」表現についての記述に注目し、「そもそも余の回想の中で語られているはずの塔内の出来事が、極めて非現実的な光景であるにもかかわらず、あたかも今、そこで、見て聞いているかのような感覚を読者が覚えるのは、殆どすべて現在形で叙述され、過去を現在に入れ込む歴史的現在の効果、即ち『文学論』第四編第八章の「間隔論」で漱石のいう「時間的間隔の短縮」が働いているためである」と記述している。

（註7） 漱石は、「間隔論」のなかで、「歴史的現在法」について「陳腐にして顧みるに足らず」としたうえで、それでも「ある変形を以て、ある叙述に包含せらるゝ時は、有力なる幻惑の要素を構成」しうるとして、単純に歴史的過去法によって書かれたミルトンの『Samson Agonistes』と歴史的現在法で書かれたスコットの『アイヴァンホー』の一節を比較検証したうえで、『アイヴァンホー』の方にはるかに「間隔上の幻惑的価値」があることを認めている。すなわち、漱石は、サムソンがフィリスティン王の招きに応じて、その比類ない「膂力」を示そうとして、「柱を抱いて屋を撼かし、咆哮跳躍して満堂の大衆を梁桷の下に圧殺するの壮挙」を描いたミルトンの記述は、「Scott の夫に対して、いたく遜色あるが如し。余は此一節を読んで恰も盲詩人自らの口を通じて Samson の最後を聞くが如き感あるを免かれず」とする一方、『アイヴァンホー』第二十九章において、侍女レベッカが盾をかざし、城壁の間から病に伏せる王アイヴァンホーに戦況を逐一報告する場面の躍動感溢れる記述については、「現在法によりて逐次に展開する事件は読者に対して未知数なるのみならず、之を話説する Rebecca にも亦未知数なり。単に Rebecca に対して未知数なるのみならず、事件の発展にして其期に達せざる限りは、運命と号する怪物の外天下又

何人も知る能はざるなり。知る能はざるが故に、読者の注意は勿論、Rebeccaの全精神も亦局面の発展し傾瀉するは自然の理なり。未知数は不定なり。不定なるものは甲たらんも知るべからず、乙たらんも計りがたし。其結果の甲たり乙たるに於て吾人の興味に大なる影響を與ふるとき、話するものゝ全身は悉く眼なり、聴くものゝ全身は耳なり」と、レベッカという侍女をアイヴァンホーと読者の間に「間隔」として挟み、歴史的現在法で書かれている故に、その記述に「有力なる幻惑」を読者に喚起しうる力が漲っていることを認めている。このことを、『倫敦塔』に当てはめてみると、夢幻能の劇的構造の中に、さらにイギリス伝統劇の構造を取り入れるという「ある変形を以て」「歴史的現在法」によって記述が進められているために、この作品は「有力なる幻惑を構成」しえているということになる。

（註8）塚本利明の『漱石と英国』によると、漱石が所持していたエインズワースの『ロンドン塔』は一九〇三年に発行されたもので、渡英以前に金之助がこの本を読んでいた可能性はないことになる。しかし、翻訳は、明治十六年（一八八三）に宮崎夢柳の訳で『龍動塔話』として出版され、また明治二十二年には愛花仙史の意訳で『悲風惨雨倫敦塔』で出版されており、漱石がこれらを読んで、ジェーン・グレーの悲劇を知った可能性はないとはいえない。塚本は、さらに、東京帝国大学文科大学英文学科で漱石に英文学を教えたジェームス・ディクソンの講義で、ジェーン・グレーの処刑やロンドン塔の歴史、さらにはエインズワースの『ロンドン塔』について話を聞いた可能性があるとしている。

（註9）大岡昇平は、『小説家夏目漱石』の第二章「『猫』と「塔」と「館」と」で、「二年の留学中只一度倫敦塔を見物した事がある」という『倫敦塔』の最初の書き出しについて、「これは多分うそで文飾です。なん度か行って印象を確かめ、案内記を参照し、他人の印象記や歴史画を参照して書いたのだろうと思います」と記している。しかし、金之助が、大岡の言うように、いつか小説に仕立て上げようと思って、留学中に何度かロンドン塔に足を運んで取材し、資料を集めていたとは到底思えない。いや、ロンドン留学中に資料を集め、いつか機会があればと思ったことはあったかもしれないが、そのためにわざわざロンドン塔を訪れ、取材したとは思えない。『倫敦塔』に書かれてある通り、金之助にとって、ロンドン塔での幻想体験は何物にも換えがたく強烈で、大切な思い出として残ったはずである。それだけに、二度、三度と訪れ、最初のときの強烈な印象が薄れしまうことを恐れたと考える方が妥当ではないだろうか。

おそらく、夏目金之助は、初めてロンドン塔を見て回ったとき、おそらく、ベデカーの『ロンドン案内』やロンドン塔に入るときに買った案内書などを読みながら見て回ったのだろう。そのため、一つひとつの塔についての印象や幻想は、『倫敦塔』に書かれたように鮮明に記憶に残っていなかったのかもしれない。その意味で、「案内記を参照し、他人の印象記や歴史画を参照して書いたのだろう」という大岡の推定は当たっている。しかし、塔のなかでの幻想体験だけは、あとまで生々しく金之助の内部に残った。そして、『倫敦塔』を書くに当たって、それが蘇ってきたということなのだろう。

大岡は、東京帝国大学文科大学教授夏目金之助が書いた『倫敦塔』という「文」を、「小説家夏目漱石」が書いたフィクションとして読んでいる節が濃厚で、そのため『倫敦塔』の記述全体に「文飾」を読み取ろうとしている。例えば、「帆懸船が一隻塔の下を行く。風なき河に帆をあやつるのだから不規則な三角形の白き翼がいつ迄も同じ所に停つて居る様である」という記述についても、「漱石が滞在した明治三十三―三五年にはもう蒸気船が往き来していて、帆船や櫓で漕ぐ船は多くなかった」という理由で、「文飾」としている。しかし、金之助の留学当時発行されたタワー・ブリッジの絵葉書のなかに、帆船が一隻タワー・ブリッジを潜ってテムズ河を溯って行き、その向こう側にロンドン塔を見える絵柄の絵葉書があることからも、金之助の記述が必ずしも「文飾」と言えないことになる。

大岡の『小説家夏目漱石』は、江藤淳の漱石と嫂「登世」との不倫を巡る論説を、周到な資料の読みこみによって、一つひとつ論駁していったもので、その徹底ぶりには感服するしかない。特に、第二章は、初期の漱石の作品が「美文」として書かれたこと、カーライルの『衣装哲学』と『猫』の関連など、興味深く、教えられるところが多いのだが、記述が漱石のロンドン留学に及ぶと、資料の調査とテクストの読みこみが不十分で、とたんに追究が鈍く、勝手な思いこみによる誤った論断が多くなる。例えば、金之助たちは、ジェノヴァで上陸して、汽車でトリノ経由でパリに向かったわけだが、大岡は、ジェノヴァからマルセイユ経由でパリに向かったと信じられないような間違いを犯している。結局、日記や書簡といった基礎資料をきちんと読みこんでいないから、こうした基礎的過ちを犯すわけで、徹底した資料とテクストの読みこみによる実証主義とそれを踏まえた大胆な推論と論駁に、大岡の批評の面白さと強みがあるだけに残念である。

第十章　最初から挫折した留学の夢

ずらされた留学の使命

ロンドンに到着してから四日間、公使館への着任挨拶や市内観光に時間を費やした金之助は、五日目の十一月一日から、いよいよ懸案の留学先の大学探しにとりかかる。金之助がまず訪れたのは、プロイセン号船上で再会したノット夫人が紹介状を書いてくれたケンブリッジ大学で、同大学の牧師養成学校の副校長チャールス・F・アンドルーズに面会し、留学の可能性を探っている。その前々日の十月三十日の日記に「Mrs.Nott ヨリ書状電信ヲ受ク」と記述されていることから、おそらく、金之助より先にロンドンに戻っていたノット夫人が、アンドルーズに連絡を取り、面談の手筈を整えてくれていたのだろう。

その前日、ロンドン塔を訪れ、生涯を変えるかもしれない衝撃的体験をした金之助ではあったが、そのインパクトが大きければ大きいほど、逆に自分は「文部省派遣留学生」としてロンドンに乗りこんで来たのだという機制意識が強く働き、一日も早く留学先を決めておきたかったはずだ。だが、金之助の期待は見事に裏切られ、空しくロンドンに帰ってくる。それは、「文部省派遣留学生」として夏目金之助が最初に体験した挫折であった。以下、その挫折のプロセスを追って行きたいのだが、そのまえに、話を日本を出るまえの一九〇〇年五月十二日に引き戻す必要があるだろう。

留学準備を進めるため、家族と共に東京に戻ってきていた夏目金之助は、文部省専門学務局長の上田万年を訪れ、留学の目的と研究課題について問い質している。上田万年は、我が国の国語学の基礎を固めたとされる国語学者で、帝国大学文科大学を卒業後、ドイツ、フランスに留学、言語学を修めて帰国、西洋言語学の方法によって、近代的な国語学研究の基礎的方法論を確立した。当時は文部省の専門学務局長の職にあり、金之助や金之助と同じ船で渡欧した芳賀矢一、藤代禎輔らの海外留学を取り計らった当人である。そのときのやりとりについて、『文学論』の「序」に次のように記述されている。

> 余の命令せられたる研究の題目は英語にして英文学にあらず。余は此点に就て其範囲及び細目を知るの必要ありしを以て時の専門学務局長上田万年氏を文部省に訪ふて委細を質したり。上田氏の答へには、別段窮屈なる束縛を置くの必要を認めず、只帰朝後高等学校もしくは大学にて教授すべき課目を専修せられたき希望なりとありたり。是に於て命令せられたる題目に英語とあるは、多少自家の意見にて変更し得るの余地ある事を認め得たり。かくして余は同年九月西征の途に上り、十一月目的地に着せり。（傍点筆者）

ここで注目したいのは、金之助が、留学の目的と研究課題にある程度の「自由裁量」の余地があることを確認したうえで、留学の気持ちを固めていることだ。つまり、国家から課せられた研究課題を意図的にずらすことによって、「それなら」と安堵し、「西征の途」についているということである。高等学校の英語教師である金之助が、「英語教授法ノ取調」という文部省から課せられた使命をなぜストレートに受け入れようとしなかったのか。金之助は、明治二十五年十二月、「文科大学教育学論文」に「中学改良策」と題した長文の論文を発表している。ここで金之助は、英語の教育の必要性について「外国語の教授には尤も意を用ひざるべからず元来西洋諸国は同一の宗教を有し同一の衣食同一の風俗を保ち其国語の組織も大抵似よりたる故已れの国語より他の国語に移るは東京人が薩摩語を修するよりも容易なる事なれど日本と西洋とは風俗習慣より其言語の構造に至つて截然として別物なる故吾人が西洋語を学ぶには非常の困難を感ずるなり然るに此外国語の智識は学問を修するに当つて只一の器械なれば是非共是に通暁せざるべからず」と、日本の文明開化に不可欠な欧米の学問を学ぶうえで、外国語の習得が絶対に避けて通れない「器械」であることを強調、そのうえで、中学校の英語教育の質的向上を図るために、第一に教師の質の向上、そのための具体策として、文科大学卒業生か高等師範学校の在学生の英語力を向上させて、各地の中学校に英語教師として赴任させることを提案し、あわせて英語教授法の改善策を挙げている。

金之助はこのとき、東京帝国大学文科大学英文科三年であったが、東京専門学校で講師として英語を教えはじめていた。おそらく論文はその経験を踏まえて書かれたもので、将来英語教師として中学校か高等学校、あわよくば大学で英語を教えることで生活を立てていくためにも、ここで一つ論文をという気持ちもあったに違いない。事実、金之助は、翌二十六年には東京高等師範学校の英語教師に就任、三年後の明治二十八年には松山中学の英語教師に赴任、一年だけ教えたあと、さらに熊本五高に転任している。しかし、所詮は地方の高等学校の英語教師で終わる器でなかったということか、熊本に来て早々、義父の中根重一に英語の教師を辞めたいから、職を紹介して欲しい旨を書き送っている。このときは外務省の翻訳官のポストを紹介されているが断っている。しかし、一年後の明治三十年四月二十三日、友人の正岡子規に宛てた手紙で、再び教師を辞めたいと漏らしている。

小生身分色々御配慮ありがたく奉謝候。実は教師は近頃厭になり居候へども、さらば翻訳官はといふと果してやつて除《のけ》けるといふ程の自信と勇気無之、第一法律上の言語も知らぬ我々が外務の翻訳官と突然変化した処で英文の電報一つ満足には書けまいと思ふなり。（中略）偖《さて》、小生の目的御尋ね故御明答申上たけれど実は当人自らが所謂わが身でわが身がわからない位故、到底山川流に説明する訳には参り兼候へども単に希望を臚列するならば教師をやめて単に文学的の生活を送りたきなり。換言すれば文学三昧にて消光したきなり。月々五、六十の収入あれば今にも東京へ帰りて勝手な風流を仕る覚悟なれど、遊んで居つて金が懐中に舞ひ込むといふ訳にもゆかねば衣食丈は少々堪忍辛防して何かの種を探し（但し教師を除ク）、其余暇を以て自由な書を読み自由な事を言ひ自由な事を書かん事を希望致候。

英語を教えることにほとほと愛想を尽かし、義父や友人に転職の可能性を本気で打診しはじめたところで、舞いこんできたのがイギリス留学の話だった。まもなく二番目の子をもうけようという三十歳をとうに過ぎた地方の高等学校の英語教師、しかも英語を教えることに幻滅し切っている金之助にとって、今さらなぜ自分が「英語教授法ノ取調」をという気持ちが働いたとしても無理からぬところがあった。それと、単に英語の発音や読解・作文教育法の研究という目的だけで、文部省派遣留学生という晴れがましい「記号」にかなう成果を上げられるだろうかという不安もあったことも確かだ。ただ、それも、英文学の研究ということなら、かねてから自分が望んでいた「文学的生活」に近づくことになるかも知れない。それならと、研究課題の内容をいささかずらした上で、留学の気持ちを固めたのである。

藤代禎輔は、そんな金之助のこだわりについて、「君は熊本から東京に出て、当時貴族院書記官長の職に在られた岳父の官舎に足を留めた。僕は其官舎に君を訪問したが、今度留学生になるに就いて腑に落ちない廉を、専門学務局長に話して来たと云つた。其話の内容が何であつたか聞洩したが、君が斯う云ふ際にも内に省みて深く慮る所があるのは、流石だと感じた」と回想している。他の留学生は、選ばれただけで有頂天になっていたのに対して、金之助一人は、最初から留学の成り行きに不安を感じていたのだ。事実、金之助の不安は的中し、ロンドンでの引きこもり生活のなか、英文学研究に行き詰まってしまう。そのとき、金之助を救ったのは、上田学務局長の「多少自家の意見にて変更し得るの余地ある事」という言葉で、金之助は、留学の目的を『文学論』執筆に変更し、狂気と紙一重の孤独な引きこもりのなか、全身全霊を傾けて『文学論』のためのノートを書き抜いていくことになる。

このことと関連して思い起こすのは、金之助より十六年早く、明治十七（一八八四）年十月十三日、ドイツ衛生学研究のためベルリンに着いた鷗外森林太郎が、青木周蔵駐ベルリン公使に着任の挨拶に赴いたとき、公使から「衛生学を修むるは善し。されど帰りて直ちにこれを実施せむこと、恐らくは難かるべし。足に指の間に、下駄の緒挾みて行く民に、衛生論はいらぬ事ぞ。学問とは書を読むのみをいふにあらず。欧州人の思想はいかに、その生活はいかに、その礼儀はいかに、それだに善く観ば、洋行の手柄は充分ならむ」（傍点筆者）と、留学の目的たる衛生学に囚われず、広くドイツの思想、生活、文化に観察の目を注ぎ、ヨーロッパ文化の神髄を理解しておけばよいと諭されていることである。事実、林太郎は、青木公使の忠言を胸にベルリンやミュンヘンの大学で衛生学を修めるかたわら、ドイツの近代文学に親しみ、劇場に通い、ビア・ホールでジョッキを傾け、ドイツ女性と恋に陥り、四年のドイツ留学を終えて帰国。陸軍軍医として留学の成果を活かす一方、『舞姫』や『即興詩人』といった文芸作品を発表、日本の近代文学の幕開けに重要な役割を担ったのである。

　夏目金之助や森林太郎のように、国費留学生ではないものの、明治三十六（一九〇三）年、二十三歳でアメリカに渡った永井荷風もまた、実業を学んで来いという父の負託を意図的にずらして無視し、四年に及ぶ欧米生活を通して、昼間は銀行の現地職人として仕事に縛られていたもの、夜は毎晩のように歓楽街に足を運び、女と酒を飲み、一夜の枕を交わし、チャイナ・タウンのアヘン窟で麻薬に羽化登仙し、サラ・ベルナールの演劇やワーグナーの楽劇を鑑賞、公園を散策し、娼婦との恋に溺れるなど、自由人として振る舞い通し、日本に帰国、結果として『あめりか物語』や『ふらんす物語』、『隅田川』などを矢継ぎ早に発表し、新進作家としての地位を確保している。このように、日本の近代文学の可能性を最初に切り開いた文学者たちが、いずれも明治の時代に欧米に渡り、国家や父親から命じられた留学や遊学の目的・使命を意図的にずらすことで、欧米の文明・文化の本質に深く触れ、結果として文学的表現の胚種を宿したこと、そして近代的な文学精神を確立していったことの意味は重要である。

　ところで、なぜ金之助は「英文学」でなく、「英語教授法」の研究を命ぜられたのだろうか？　まず考えられるのは、小森陽一が『世紀末の予言者　夏目漱石』の中で指摘したように、同じく文部省からドイツに留学を命ぜられた芳賀矢一や高山樗牛らが、美学・哲学と並んで文学研究を命ぜられていたこと。当時の日本政府の方針として、分裂していたドイツに国民的、国家的統一をもたらす上で、思想的根拠となったドイツ・ナショナリズムの生みの親とも言うべきゲーテやシラーのロマン派文学や哲学、そして美学こそ留学生に「研究」させるべき対象だとする戦略的判断が働いていた。そのため芳賀や高山には美学や文学研究が命ぜられたのに対して、金之助には実学としての英語教授法の研究が課せられた。そのことに対して、金之助はクレームをつけたのである。

明治期における海外留学制度の歴史を振り返ると、官費留学生、中でも文部省派遣留学生の留学先は圧倒的にドイツが多かった。石附実の『近代日本の留学史』に収められた国別人数表によると、明治八年から三十年までの二十二年の間に、イギリスに留学した学生数が三十五人、フランスが三十人、アメリカが二十八人であるのに対し、ドイツは一〇四人と突出して多い。ドイツ留学生は、「官費留学生」制度がはじまる明治十五年ころから増えだし、二十四年までの十年間に三十二人とイギリス留学生の三倍に増え、二十五年から三十年までにはに十五人対して五十六人と四倍弱に増えている。

このようにドイツ留学生が突出して多い理由としては、ドイツがヨーロッパ先進国の中でアカデミックな研究のレベルが高く、大学で高等専門教育を受けた留学生たちを引きつけたことが考えられる。だが、それ以上に重要なのは、当時の日本の近代化がドイツ優先主義のもとに行われていたこと。すなわち、石附実が、「ドイツ主義の採用は、民権論、自由党系が依拠したフランス、改進党系のイギリスへの傾斜に対抗して、絶対主義的な傾向の強いドイツ・プロシアの国権主義とその体制に学ぶことによって、みずからの国家主義体制を補強しようとする政府の意図によるものであることはいうまでもない」と指摘したように、イギリスやフランスより遅れて近代化に取り組みながら、急速に国内の分裂を克服し、晋仏戦争に勝利し、資本主義国家として目覚ましく発展を遂げつつあったドイツを見本に、近代化に取り組んでいた明治日本の国家意志が働いていた事実である。

憲法や法律から政治、行政、軍事機構までドイツをモデルに行われた近代化は当然のこととして、国の将来にかかわる教育にもおよび、大学から小学校までドイツの教育理念とシステムをモデルに近代化が推し進められた。結果として、留学生のドイツ化をもたらした。東大英文学科の二回生卒業生でありながら、金之助が、「英文学」でなく「英語教授ノ取調」を命ぜられたのも、こうした政治から教育・学術まで日本全体を覆うドイツ優先主義がもたらした結果であった。

実学としての英語教育

文部省は、留学生をわざわざイギリスに派遣し、英文学を研究させる必要などまったく認めていなかった。だが、実学として効率的な英語教育法を早急に確立する必要性は認めていた。日清戦争に勝利した後、澎湃として日本人の海外発展ブームがわき起こり、特にアメリカやカナダへ移民や出稼ぎ労働者が大量に流出していった。こうした労働者の海外進出を、明治政府は国策として推奨していた。ただでさえ狭い国土に有り余る労働人口の捌け口として、移民や出稼ぎは不可欠であったからである。また、彼らが海外で稼ぎ送金してくるドルは、日清戦争勝利後、海外進出の機をうかがい、またロシアの南進に警戒心をつのらせ、軍備の強化に努めていた日本にとって、貴重な軍用資金となっていたのである。ところが、海外に出て行く労働力のほとんどは、九州や中国、南紀地方の貧しい農村の次男や三男だった。当然、彼らの教育レベルは低く、英語の理解能力は皆無に近かった。英語力の向上、特に話せて、聴ける会話能力を向上させることは、国民的課題であった。

さらに加えて、大英帝国は、世界最大の植民国として世界に覇を唱え、英語は、世界で最も強力な国際語（公用語）として揺るぎない地位を確保していた。日本が、外交や通商、軍事の面で海外進出を押し進めていく上で、広く政治家や官僚、ビジネスマンの英語力を向上させることも、重要な課題となっていた。つまり、明治初期の一部エリート学生に対する英国人による英語による教育の段階が終わり、日本人の英語教師による大学、高等・中等教育における英語教育システムが早急に必要とされる段階に至って、実現したのが夏目金之助のような高等学校の英語教師のイギリスへの留学生派遣であった。

金之助が、「英語教授法ノ取調」という辞令にクレームをつけたもう一つの理由として見落としてならないのは、「英語教授法」より「文学研究」の方が、自身の資質に合い、また重いものと見ていたということである。漱石は、『文学論』の「序」のなかで、「誤解を防ぐが為めに一言す。余が二年の日月を挙げて語学のみに用ゐざりしは、語学を軽蔑して、学ぶに足らずと思惟せるが為めにあらず。却つて之を重く視過ごしたるの結果のみ」と、「英語教授法」の研究を決して低く見ていないことを強弁している。自分が、「英文学」研究に重点を置いたのも、二年間の留学期間ではとても語学としての「英語」研究に、期待されているような成果を挙げられないことが分かったからだとも断っている。しかし、この弁明を素直には受け止めるわけにはいかない。すでに記したように、熊本在住当時から、金之助は英語教育に嫌気が差し、「文学的の生活」に方向転換したいと望んでいたことを考えると、金之助が「英語教授法」の研究を取らなかったことについて弁明に努めれば努めるほど、内心で実学としての「英語」を低く見ていたことが透けて見えるからである。

さらにもう一つ「英語研究」を避けた理由として、留学を無事に終え、それなりの成果を携えて日本に帰国しても、再び熊本に戻され、英語の教師につかされるかもしれない、それだけは御免蒙りたいという気持ちが強く働いていたことが考えられる。金之助としては、留学を突破口に、できれば東京の大学か高等学校で英文学を教えるポストにつきたいという気持ちを固めていたとしても不思議ではない。日記や手紙を読む限り、金之助が「英語研究」に時間とエネルギーを特に割いた痕跡は認められない。要するに、金之助にとって、「英語研究」は最初から本気で取り組むべき研究課題ではなかったということなのだ。日本帰国後も、帝国大学文科大学の講師に就任しているものの、英語学試験委員に就いてほしいという依頼を断り、英語教育に関わることを極力避けている。こうした事実を追ってくると、壮大な無駄とされる『文学論』もある意味では、日本帰国後、再び英語教育の世界、特に熊本五高の英語教師に引き戻されることを恐れ、それを避けるための一種の防波堤として戦略的な意図の下に構想執筆されたという見方も、あながち否定できない気がする。

けだし、金之助は、ロンドン留学を命ぜられたことで、図らずもドイツ優先主義を掲げる国家と国家が推し進める近代化の矛盾と向かい合わされてしまった。であればこそ、「英語教授法」という国家命令を意図的にはぐらかし、「自由裁量」の余地を持ちこむことで、「英文学」研究に没頭しながら、その空しさに途中で断念。代わりに、『文学論』を書き抜くことで、「小説家夏目漱石」に脱皮変身していくきっかけを摑み取っていった。その意味で、金之助は、ロンドン留学の最初から最後まで国家に反逆する形で「自由裁量」、いや「自己本位」を貫きとおしたと言っていいだろう。

ケンブリッジ大学を視察

さて、前述したように、ロンドン到着五日目の十一月一日、金之助は、汽車でケンブリッジを訪れている。金之助としては、『文学論』の「序」に「着後第一に定むべきは留学地なり。オクスフォード、ケムブリッジは学問の府として遠く吾邦にも聞えたれば、其いづれにか赴かんと心を煩はすうち、幸ひケムブリッジに在る知人の許に招かるゝの機会を得たれば、観光かた〴〵彼地へ下る」と記したように、せっかくイギリスまで来たのだから、名門のオックスフォードかケンブリッジ大学にと考えていた。特に、ケンブリッジ大学は、第四章で見たとおり、プロイセン号上で再会したノット夫人が、この大学の有力者宛の紹介状を書いてくれていただけに、金之助としては期待が大きかった。

十一月一日〔木〕十二時四十分ノ汽車ニテ Cambridge ニ至リ Andrews 氏ヲ訪ウ。同大学ノ様子ヲ知ランガ為ナリ。二時着。同氏不在。四時ニ帰宅スト云フ。即チ市内ヲ散歩シ理髪店ニ入ル。四時 Andrews 氏ニ会合、茶ヲ喫ス。夫《それ》ヨリ田島氏ヲ訪フ。Andrews 氏ノ宿所ニ一泊ス。

十一月二日〔金〕田島氏ノ案内ニテ Cambridge ヲ遊覧ス。四時 Andrews 氏方ニテ茶ヲ喫ス。田島氏方ニ至リ分袂ス。7.45 ノ汽車ニテ倫敦ニ帰ル。

ここに Andrews 氏とあるのは、ノット夫人が紹介状を書いてくれたケンブリッジ大学の教師、チャールス・F・アンドルーズのことで、従来はペンブルック・カレッジの学寮長とされてきたが、武田勝彦の『漱石　倫敦の宿』によって、正しくはケンブリッジ牧師養成学校（ウエストコット・ハウス）の副校長であることが判明した。敬虔なキリスト教者であるノット夫人としては、少しでも金之助をキリスト教に近づけたいという思いで、牧師養成学校の副校長を紹介したのだろうが、キリスト教に関心がなく、英文学を学びにきた金之助にとって、宗教学者のアンドルーズ副校長とは話がかみ合わず、場違いなところに来てしまったという思いが強かったのではないだろうか。

その日の夜は、「Andrews 氏ノ宿所ニ一泊ス」と日記にあるが、『漱石　倫敦の宿』の記述によれば、アンドルーズ副校長の家に泊まったわけでなく、学校の寮に泊まったものらしい。そして、翌日は、田島擔という日本人留学生に大学を案内してもらっている。田島は、一八九八年九月に非学寮学生としてケンブリッジ大学に入学していた学生で、漱石が訪れた時は、ペンブルック・カレッジの学寮生として二年目を迎えていた。ケンブリッジには五年在学し、一九〇三年にペンブルック・カレッジを卒業、バチェラー・オブ・アーツの学位を受けている。日本に帰国するとただちに衆議院の選挙に立候補、当選して明治三十七年三月まで四年在任、任期満了後は豊国銀行常務取締役に就任、その後も麒麟麦酒監査役、猪苗代水力発電会社営業部長などを歴任、大正十年にはヤマサ醤油の取締役に就くなど実業界で活躍した人である。

『漱石　倫敦の宿』によると、この田島は、旧紀州藩の豪農で幕末の開国論者として知られ、維新後は和歌山県議会議長として県政の発展に寄与した浜口梧陵の長男で、明治二十四年に東京専門学校政治科に入学、同二十七年に卒業している。金之助は、ちょうどこの時期、この専門学校で英語を教えていたので、田島が金之助に英語の教えを受けた可能性がある。もしそうだとすると、田島としては自分に英語を教えてくれた先生がわざわざ訪ねて来てくれたということで、時間を十分割いて大学キャンパスを案内し、大学のシステムや学費、日本人に対する教授や学生達の態度、学業を進めるうえでの問題点など、聞かれた質問には丁寧に答えたものと思われる。

なお、金之助がどうやって田島の存在を知ったかについて、武田は何も触れていないが、アンドルーズの紹介でないとしたら、あるいはケンブリッジで偶然出会ったのでないとしたら、当時、横浜正金銀行ロンドン支店に勤務していた巽孝之丞が、旧紀州藩士の子であった関係で、田島を紹介した可能性がある。というのは、武田が推測しているように、金之助にガウワー街の最初の宿を斡旋し、さらにウエスト・ハムステッドの最初の下宿（ミルデ家）を紹介した可能性のある大倉組の門野重九郎（従来漱石にガウワー街の宿を紹介したとされてきた大塚保治と親交があり、門野は大塚の依頼で漱石のために宿の予約を入れたりした）が巽と同じウエスト・ハムステッドのマンションに住んでいた関係で交友があり、巽が紀州出身であることを知っていた。そのため、金之助がケンブリッジに行くと聞いて、それならと田島の名を教えた、あるいは巽が金之助のために紹介の書状を書いたことも考えられる。

ここで注意しておきたいのは、金之助と入れ違うようにして、ロンドンから日本に帰国した南方熊楠が、ロンドン在住時、同じ紀州出身ということで田島や巽と親しく交友があり、特に田島は南方に可愛がられたらしく、互いの下宿に泊まったり、博物館を一緒に見に行ったりしていることである。熊楠が、一八九七年、ロンドンでつけた日記によると、田島とはほとんど連日行き来し、巽孝之丞とも「珍談」を交わしている。熊楠が孫文と交友していたのもこの時期で、田島は熊楠のお供で孫文にも会っている。この年、旧田安家徳川慶順の五男で、旧紀州藩主徳川茂承の養子となった徳川頼倫が、欧州漫遊の途中、ロンドンに立ち寄りしばらく滞在、熊楠や田島、巽らが中心になってロンドンを案内している。そうしたこともあり、当時のロンドンで紀州出身の日本人によって同郷人会的なグループができあがり、その中心に南方熊楠がいたものと思われる。海軍少尉で、ロンドンに寄港した戦艦富士の乗組士官津田三郎や徳川頼倫の欧州漫遊に随行し、日本帰国後に慶応義塾塾長になった鎌田栄吉たちも熊楠のサークルに加わった紀州出身者であった。また、ウエスト・ハムステッドの金之助の最初の下宿先、ミルデ家に先に下宿していて、金之助と交友を深めた長岡半平も、紀州出身ではないものの、熊楠グループに加わっていた一人である。

このように、田島と巽は南方熊楠を介して親密に行き来していたから、門野重九郎を通して金之助がケンブリッジに行くと知って、巽がそれならと田島を紹介したことは十分ありえることである。おそらく、田島は金之助を案内しながら、ロンドンでの南方熊楠との交友と南方の破天荒な振る舞いについて語ったはずで、自由奔放に生活しながら、大英博物館に出入りし、粘菌学者としてまた民俗学者として名を高めていた、かつての同窓生の活躍を、国費留学生として熊楠より数年遅れてロンドンにやって来た金之助が、どんな思いで聞いたか興味のあるところである。

独学で英文学研究を決意

すでに見てきたように、日本を発って以来、金之助は、東京帝国大学文科大学英文学科卒、熊本五校教授という己れの社会記号的優越性がまったく通じない世界を渡ってきた。それだけに、学問の府ケンブリッジを訪れるに当たって、「ここなら自分の記号的優越性が通用するはずだ」と、期待するところは大きかったに違いない。だが、その期待もあっという間に崩れてしまった。アンドルーズ教授の話からまず分かったことは、学費が高すぎて、とても入学が不可能なこと。日本からケンブリッジに留学して卒業した学生は、菊池大麓のような明治初期の政府派遣の留学生か、旧大名の子息とか財閥の息子で、財政的に恵まれた学生に限られていた。『文学論』の「序」で、金之助は、ケンブリッジ大学留学を断念するに至った経緯を、次のように回想している。

こゝにて尋ねたる男の外、二三の日本人に逢へり。彼等は皆紳商の子弟にして所謂ゼントルマンたるの資格を作る為め、年々数千金を費やす事を確かめ得たり。余が政府より受る学費は年に千八百円に過ぎざれば、此金額にては、凡てが金力に支配せらるゝ地に在つて、彼等と同等に振舞はん事は思ひも寄らず。（中略）且思ふ。余が留学は紳商子弟の呑気なる留学と異なり。（中略）余は費用の点に於て、時間の点に於て、又性格の点に於て到底此等紳士の挙動を学ぶ能はざるを知つて彼地に留まるの念を永久に断てり。

文部省派遣の留学生、それもロンドン留学生といえば、日本では人も羨むエリートというイメージが強かったはずだ。だが、その実態は、きらびやかな記号的輝きとは裏腹に、学費や生活費は微々たるもので、とてもエリートと呼べるものではなかった。結局、家が裕福で、不足の分を補えるだけの資産に恵まれた家庭の子弟にだけ、留学生という記号に見合ったイギリス留学が可能だった。だが、そうした条件を満たした学生に限って、能力は低く、勉学・研鑽の意欲も希薄で、上っ面だけジェントルマンを装って、最上級の衣服で身を固め、暇さえあれば、パーティで社交に努め、酒と女にうつつを抜かしていた。『文学論』の「序」は、ケンブリッジを訪れたときから六年後に書かれたものだが、そのときの金之助の失望と憤りの大きさがひしひしと伝わってくる。

沈んだ気持ちでロンドンに戻ってきた金之助は、ケンブリッジが無理なら、オックスフォードも同じだ。ならば、スコットランドのエディンバラ大学はどうだろう？　物価は安いから、正規の学生としてやっていけるかもしれない。しかし、訛りの強いエディンバラ方言を学んでも意味はないと、それも断念。結局、ロンドンに止まって独力で英文学を学ぶことを決意する。この間の経緯を金之助は、狩野亨吉や大塚保治ら友人に宛てた手紙で（明治三十四年二月九日付）次のように説明している。

是《ここ》において「ケンブリッヂ」も「オクスフオード」も御已めにして、此《この》度は「エヂ〔ン〕バラ」か「ロンドン」かと考へ出した。「エヂンバラ」は景色が善い、詩趣に富んで居る、安くも居られるだらう。倫敦は烟と霧と馬糞で塡つて居る。物価も高い、で、余程「エヂンバラ」に行かうとしたが茲に一の不都合がある「エヂンバラ」辺の英語は発音が大変ちがう。先づ日本の仙台弁の様なものである。切角英語を学びに来て仙台の「百ズー三」抔《など》を覚えたつて仕様がない。夫《それ》から倫敦の方はいやな処もあるが社会が大きい。女皇が死ねば葬式が倫敦を通る。王が即位すれば「プロクラメーション」が倫敦である。芝居に行きたければWest Endに並んで居る。それから僕に尤も都合の善いのは古本抔をさがすには（新い本でも出版屋は大概倫敦である）此処が一番便利である。以上の訳で先づ倫敦に止まる事に致した。

死ぬような思いで苦難の船と汽車の旅を乗りきり、ようやくロンドンにたどり着いて五日目、早くも金之助は厳しい現実の壁をまえに、断念と幻滅を迫られることになる。政府派遣留学生という記号に託された夢と月額一五〇円の交付金でやりくりしなければならない現実生活……。二年に及ぶロンドン生活で、金之助を苦しめた一つの要因は、間違いなくこの夢と現実の間のあまりに甚だしい格差であった。だが、そうは言っても、二年間何もしないで過ごすわけにはいかない。結局、金之助は、ロンドン大学のユニヴァシティ・カレッジで、ウィリアム・ペイトン・ケア教授の英文学の講義を受講したものの、カンバーウェル・ニュー・ロードのブレット家に引っ越してからは、交通が不便で、時間がかかるのと、授業料もばかにならない、講義そのものにもそれほど興味を持てないということで、二カ月ほどで止めてしまい、ケア教授の紹介で、シェークスピア学者でアイルランド人のウィリアム・クレイグ先生を紹介してもらい、個人教授を受けることになる。（註1）

こうして、まともに大学に席を置くこともできず、生活費を切り詰めては、英書を買いこみ、来る日も来る日も下宿に引きこもって、孤独に読書に励み、週に一回クレイグ先生の個人教授について細々と英文学の研究を続けていくという形で、金之助の留学生活は、曲がりなりにもスタートすることになる。その間の事情について、金之助は、前述の友人宛の手紙で次のように報告している。

University College へ行つて英文学の講義を聞たが第一時の配合が悪い。無暗に待たせられる恐がある。講義其物《そのもの》は多少面白い節もあるが日本の大学の講義とさして変つた事もない。汽船へ乗つて時間を損して聴に行くよりも其費用で本を買つて読む方が早道だといふ気になる。尤も普通の学生になつて交際もしたり図書館へも這入たり討論会へも傍聴に出たり教師の家へも遊びに行たりしたら少しは利益があらう。然し高い月謝を払はねばならぬ。入らぬ会費を徴集されねばならぬ。其のみならずそんな事をして居れば二年間は烟の様に立つて仕舞ふ。時間の浪費が恐いからして大学の方は傍聴生として二月許《ばか》り出席して其後やめて仕舞た。

明治三十六年一月三日、時の文部大臣菊池大麓に出した「英国留学申報書」で、金之助は、「修業所教師学科等」の欄に「英語研究」と「文芸ノ起源発達及其理論等」を挙げたうえで、短く「但シ自修」と加えている。そして、「入学金授業料」の欄に「ナシ」、「旅行休業試験」の欄にも「ナシ」と記入し、「学位褒賞」の欄にも「ナシ」と記入している。私たちは、この「但シ自修」と三つのぶっきらぼうな「ナシ」に込められた金之助の満腔の怒りと悲しみを読みとらなければならないだろう。

（註1） 荒正人編『漱石研究年表』によると、ロンドン大学教授ウィリアム・ペイトン・ケアは、中世文学の権威で、「漱石も中世文学の講義を聴き、漠然とした興味を抱いたらしい」としている。これに対して、出口保夫は、『ロンドンの夏目漱石』で、ケア教授の英文学講義の内容について「正確には分からないが、ロマン派詩人を対象にしていたのかもしれない」としながら、漱石が教授から受けたであろう影響については、「漱石のイギリス文学への関心は、文学形式の発達と分析に注がれるが、彼にそうした刺戟をあたえたのは、実はケア教授であったかもしれない」と推測し、さらに、化学者の池田菊苗との交遊から受けた刺戟が『文学論』の着想につながったとする従来の見方に対して、ケア教授の講義から受けた「暗示」がもう一つの遠因として働いた可能性を指摘している。

夏目金之助のみた風景——絵葉書で綴る2

ロンドンおよびロンドン塔

トラファルガー広場。十月二十九日、ロンドン到着二日目、南ア戦争義勇兵凱旋祝賀パレードの騒動に巻き込まれ、金之助は同広場まで押し流され、石塔のうえに立つネルソン提督像を望み見ている。

チャリング・クロスの賑わい。ピカデリー・サーカスと並ぶ繁華街の一つだが、古本屋が多く、金之助はしばしば足を運び、古本を漁っている。

テムズ河からロンドン塔を望む。ロンドン到着三日後の十月三十一日、市内観光に出た金之助はロンドン塔を訪れている。

ロンドン・ブリッジ。ロンドン最古の橋、十八世紀までは橋の上に石造りのアパートが建っていた。金之助は、十月三十一日、ロンドン塔を訪れた際、この橋を見ている。

右　モニュメント。一六六六年の大火を記念して建てられた石造りの塔。二百フィートの高さは、出火地点までの距離を表す。金之助は、ロンドン塔を参観したとき、この塔を見上げているが、上ったという記述はない。

左　ロード・メイヤー（シティ市長）公舎とチープサイド。大英博物館脇のホテルからロンドン塔まで歩いた日、金之助はこの通りを抜けて、モニュメントやロンドン・ブリッジに向かった。

タワー・ブリッジからロンドン塔を望む。『倫敦塔』の冒頭部分に「帆懸船が一隻塔の下を行く」という記述があるように、金之助が留学した当時も、テムズ河を帆掛け舟が行き来していた。

ロンドン塔遠景。塔というより城に近く、十七世紀までイギリス王室の居城として使われていた。ジェイムズ一世の時代に、牢獄として使われだし、多くの政治犯や宗教犯罪者が幽閉、処刑された。

逆賊門。テムズ河に面したゲートで、船で運ばれてきた囚人は、ここから塔内の牢に収監される。

逆賊門から塔に入る、カンタベリー大僧正のクランマー。宗教改革者で新教を採用したため、一五五三年、捕らえられ塔内に幽閉されたのち、火あぶりの刑に処せられる。

ブラッディ・タワー（血塔）。薔薇戦争のとき、エドワード四世の二王子エドワードとリチャードが、伯父リチャード三世によって幽閉され、暗殺された塔。

ミドル・タワー。ライオン・ゲートを入って、最初に潜る塔で、『倫敦塔』では、「丸形の石造で石油タンクの状をなして恰も巨人の門柱の如く左右に屹立して居る」と記されている。

逆賊門に置かれた、ヴィクトリア女王の遺体を運んだ車。金之助は、明治三十四年二月二日、ハイド・パークで、女王の棺が白と赤の布で覆われ、この車で運ばれるのを見ている。

ブラッディ・タワーの入口。巨大な鮫の歯のような鉄格子の落とし門の重さは二トン。滑車付の巻き上げ機で上げ下ろしする。

ベイワード・タワーからミドル・タワーを望む。ベイワード・タワーは、ミドル・タワーを潜り抜けた先の二番目の塔だが、『倫敦塔』では、なぜかこの塔についての記述はない。しかし、金之助がこの塔を潜ったことは間違いない。

ボーシャン塔の内部。漱石は、『倫敦塔』で、この塔について、「倫敦塔の歴史はボーシャン塔の歴史であって、ボーシャン塔の歴史は悲酸の歴史である」と記している。

ウェイクフィールド・タワーの地下室。この塔は、イギリス王室の公文書や王の即位の時に使われる宝器類が保管されていた。ヘンリー六世がここで暗殺されたといわれる。

ベル・タワー（鐘塔）。ベイワード・タワーを抜けて次の塔。異変があると鐘を鳴らしたため、この名が付けられた。サー・トーマス・モアやエリザベス一世が幽閉されていた。

タワー・グリーンと処刑場跡。ここで、ジェーン・グレイが処刑された。『倫敦塔』では、ここで一羽のカラスと子供づれの若い、不思議な女が登場する。

ホワイト・タワー内の武器陳列室。『倫敦塔』では、ここで金之助は、ビーフ・イーターから、「日本人ではありませんか」と声をかけられている。

ビーフ・イーター。金之助は、『倫敦塔』で、その特異な服を「蝦夷人の着る半纏」にたとえ、手にする槍を「三国志にでも出そうな槍」としている。

ホワイトタワー。ロンドン塔の天守閣ともいえる塔で、十三世紀ヘンリー三世の命令で、外壁に白の漆喰が塗られるようになり、この名が付けられた。

ホルボーン。金之助は、ロンドン到着四日目、十七―十八世紀の古い建築様式が残るこの町並みを抜けて、モニュメント、ロンドン塔に向かっていく。

ハムステッド・ヒース。ウエスト・ハムステッドの下宿の近くの公園。明治三十三年十一月二十三日の日記に「ハムステッド・ヒースを見る。愉快なり。巡査に会す。水夫として日本にありたる者なり。日本を頻にほめたり」とある。

デンマーク・ヒル。ニュー・カンバーウェルのブレット家に下宿していたころ、金之助は読書に疲れると、よくこの界隈を散歩している。

エレファント・キャッスル。テムズ河の対岸の町で、ブレット家の下宿から近く、金之助は本を買いによくこの町に足を運んだ。

ハイランド・エクスプレス。スコットランド北部のパースからインヴァネスまで走る急行列車で、金之助は、こんな汽車に乗ってピトロクリを訪れた。

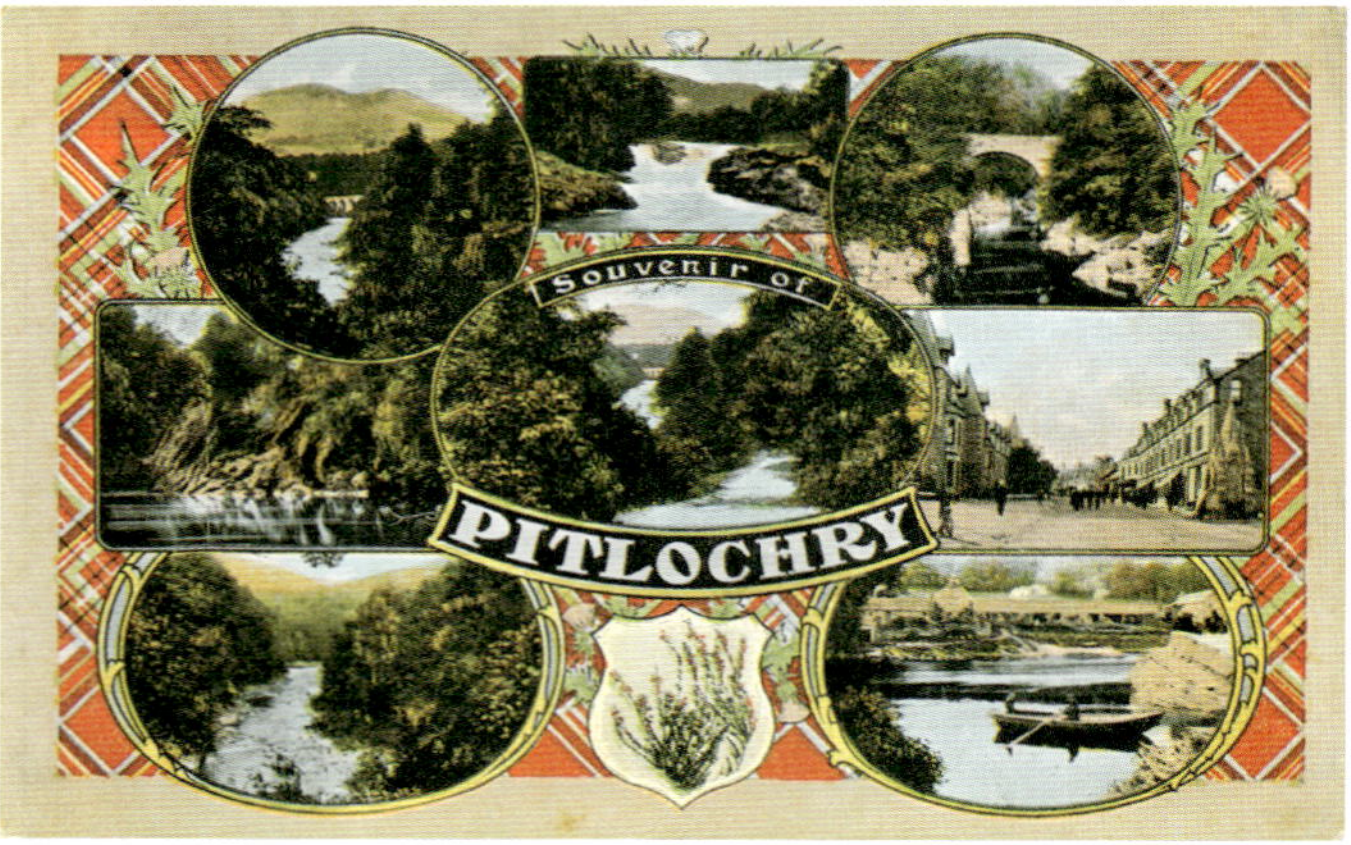

ピトロクリ。金之助は、留学最後の年の明治三十五年秋、この町に日本庭園を持つ家を構える日本びいきの貿易商、ジョン・ヘンリー・ディクソンに招かれ、この町を訪れ、スコットランドの秋を楽しんでいる。

スコットランド・ハイランド地方のバグ・パイパー。漱石は、『永日小品』に収めた「昔」という短編で、主人が穿くスカート風の着物について、「形装も尋常でない。腰にキルトといふものを着けている」と記している。

第十一章　女の「過去の臭ひ」——ミルデ家の謎

困難な下宿探し

夏目金之助は、二年に及ぶロンドン生活を通して五回下宿を変えている。最初は、大英博物館に近いガウワー街七十六番地のエヴァ・スタンリー夫人のアパートで、今で言えばベッド・アンド・ブレックファスト式のホテルだったのだろうか、長屋式につながる四階建のレンガ造りの住居用アパートを短期滞在者向けの宿に改装したものである。（註1）二度目は、ロンドン北西郊外の住宅地ウエスト・ハムステッドのプライオリー・ロード八十五番地、ミルデ家の二階で、ロンドン入りしてから十六日目の十一月十二日に引っ越している。金之助がロンドンで下宿した部屋では一番高級だった。三番目は、テムズ河を南東に越えて「深川と云ふ様な何れも辺鄙な処」カンバーウェル・ニュー・ロードのフロッデン・ロード六番地のブレット方で、十二月六日に馬車に書物を乗せて引っ越し、ここには四カ月半と少し滞在。四番目は、地図のうえでブレット方から南西におよそ八キロほど下がった「聞きしに劣るいやな処」トゥーティングのステラ・ロード二番地、レンガ造りの長屋式アパートで、金之助は、明治三十四（一九〇一）年四月二十五日、ブレット一家と共に引っ越し、二階の一間を借りている。そして最後が、トゥーティングより北にやや上ったクラッパム・コモンのザ・チェイス八十一番地のリール姉妹方で、七月二十日に引っ越し、明治三十五（一九〇二）年十二月五日、日本帰国のため日本郵船の博多丸でロンドンを発つ日まで、一番長くここに滞在している。

このうち、最初の宿、ガウワー街のスタンリー夫人のアパートは、下宿というよりホテルに近いもので、地理的にはロンドン市内の中心部に位置し、ユニヴァーシティ・カレッジはすぐ裏手だし、大英博物館も歩いて三、四分の距離にあり、目抜き通りの一つオックスフォード・ストリートやソーホーやチャリングクロスなど繁華街にも近い。日本人宿泊者が多いのも、情報を得るうえでは便利である。しかし、宿泊料が一日六円とべらぼうに高く、一カ月一五〇円でやりくりしなければならない金之助にとっては、負担が大きすぎた。最初のうちこそ市内観光やケンブリッジに留学の可能性を探るため慌ただしく過ぎていってしまったが、ロンドン入りして八日目の十一月四日から「下宿を尋ぬ。なし」と下宿探しをはじめている。ケンブリッジ大学入学を断念した以上、せいぜい下宿代を切り詰め、週に一回か二回個人教授について英文学の研究を進め、できるだけたくさん本を買いこみ、二年間何とかやりくりしなければならない。そんな思いで、金之助は、静かでできるだけ下宿代が安い部屋を探しはじめたのである。

ところが、今から百年前、ロンドンに在住していた日本人の数は、駐英公使と公使館員を含めて、三十人ちょっと。商社や銀行も支店も、三井合名会社や横浜正金銀行など、日本を代表する企業に限られ十指に満たなかった。いや、日本を代表すると言っても、東京海上保険が世界の保険市場に進出しようと、ロンドンに支店を構えたのにもかかわらず、ほとんど相手にされず、数年足らずで撤退を余儀なくされたように、イギリスやアメリカの企業から見れば、とてもまともに商売の相手になるような企業ではなかった。当然、今のように日本人クラブのような横の親睦団体も日本人向けの「ロンドン生活便利帳」のような生活情報誌もなかった。トラブルなく異国生活を進めるうえで、安くて住み心地のよい下宿の確保は、駐在員や留学生が最初に遭遇する難関であった。

それでも、企業の駐在員は、前任者が借りていた部屋を引き継いだり、下宿探しのノウハウを教えてもらえたから、まだ救われたが、金之助のように身寄も、知人も、同僚社員もないまま渡来した留学生の下宿探しは困難を極めた。ロンドン入りして三カ月目の明治三十四年二月九日、狩野享吉や大塚保治に宛てた手紙で、金之助は、慣れない下宿探しの困難さについて次のように書き送っている。

宿の方は困つた。第一安直でなければならぬ。第二成可《なるべく》閑静な処が欲い。夫《それ》から公使館へ行つて本人の名簿を引くり返して留学生の居つたらしい処を尋ねる事にした。処が倫敦は広い。汽車馬車交通の機関は備はつて居るが田舎者のぽつと出には悲しいかな之を利用する事が出来ぬ。仕方ないから地図にたよつて膝栗毛で出掛ると一、二軒尋ねる内に日が暮れて仕舞ふ。然も其尋ねた家が代が替つて居たり部屋が塞がつて居つたり或は滅法高かつたりして皆だめだ。夫から此度は新聞の広告を見て探し出した。広告の貸間は素敵にあるもんだよ。之を見通すさへ三時間位はかゝる。況《いわ》んや之を尋ねるに於てをやだ。

渡辺春渓の「漱石先生のロンドン生活」によると、「ロンドン・タイムス」とか「デーリー・テレグラフ」といった新聞に二、三行の下宿探しの広告を出すと、「二三日の中には、小さい手提カバンに一杯になる程の沢山の書信が、きまって得られた」という。当時、部屋を下宿用に貸し出している家庭では、日本人は部屋代の払いがよく、食事の不平も少なく、小綺麗に生活し、女性を連れ込んだり、大酒を飲んだりもせず、また昼間は仕事に出ていて、家庭内の事情に口を出すこともなかったので、どこでも歓迎されていた。ただ、問題は、たくさん手紙が来るのは結構なのだが、あまり数が多すぎて、候補を絞り込めないことだった。「処がそれ等を一々各地区に分けて撰んだ上、好位置で、宿料を適当と思ひ、実際その街に行って、探し当てると、中で一番古くさい家で、室も好ましくなかったり、また反対に奇麗の家並の町で、室も家具も気にいるとなると、宿料が法外に高くて、手におえなかったりする。けれどまた、どの位迄支払がお出来になりますかと、馬鹿にされるようだけれど、好意で訊くものもあるが、下宿探しは大抵の日本人にとって一番厄介であった。漱石先生も下宿には随分世話が焼けた」と、渡辺は金之助が下宿探しで苦労した思い出を回想している。

赤煉瓦の二階建

日記の記述によると、金之助は、ロンドン生活三週目の十一月十二日、ウエスト・ハムステッドのプライオリー・ロード八十五番地のミルデ方に移っている。この下宿について、漱石は、『永日小品』の「下宿」の中で、「始めて下宿をしたのは北の高台である。赤煉瓦の小じんまりした二階建が気に入ったので、割合に高い一週二磅《ポンド》の宿料を払つて、裏の部屋を一間借り受けた」と記している。できるだけ安上がりの下宿をと、足を棒にして探し回った金之助だが、ロンドン市街から歩いて探しに行ける範囲で、しかも読書に適した閑静な住宅地ということになると、この辺りで妥協するしかないと見極めをつけたのだろう。週に二ポンドずつ部屋代として払うと、月で八ポンド。月に要する生活費の半分以上になってしまう。かなり負担だったものの、食費その他出費を押さえ、できるだけたくさん本を買いこもうという思いで引っ越しを決意する。ところが、実際に生活をはじめてみると、週二ポンドという部屋代はかなり負担だった。引っ越して、九日目の十一月二十日の日記に、「Biscuitヲ買ヒ昼飯ノ代リトナサント試ム。一カン80銭ナリ」とあり、下宿代が相当重荷になっていたことがうかがわれる。

ウエスト・ハムステッドは、ロンドン北西の閑静な住宅地で、出口保夫は『夏目漱石とロンドンを歩く』の中で、「彼の下宿した家のなかで、もっとも立派な構えを持ち、いかにもロンドンの中産階級としての落ち着いた風格がある」と記している。風格があるというのは少し褒めすぎかもしれないが、英書を読んで研究生活を送るうえでは、環境的に申し分がなかった。だが、金之助は、三週間あまりでミルデ家を出て、テムズ河の対岸、カンバーウェル・ニュー・ロードのハロルド・ブレット家に引っ越してしまう。理由は、ミルデ家の方に契約違反があったことと、この家の複雑な家庭の事情に嫌気がさしたからということになっているが、やはり一番の理由は部屋代の負担が大きかったことで、テムズ河の向こうの新しい下宿の部屋代は一週二十五シリング（一ポンド弱）と半額近く安かった。

わずか三週間余りの下宿。だが、ミルデ家での生活体験は、ロンドンで生活する中流階級のイギリス人の生活を内側からうかがい見る機会を金之助に与えてくれた。そして、その体験を元に、九年後の明治四十二年に書かれたのが、『永日小品』として朝日新聞に連載された連作中の不可思議な短編、「下宿」であり「過去の臭ひ」である。

黒い髪と黒い眼の老令嬢

「下宿」によると、ミルデ家の構成は、一家の主で「頭の禿げた髯の白い老人」ミルデ氏、亡くなったその妻の連れ子、つまり義理の娘の「主婦」(「老令嬢」)、ミルデ氏の先妻の子で「血色の好い、愛嬌のある、四十恰好」の男、そして小間使として働いている、アグニスという名の十三、四歳の女の子の四人。ほかに、漱石の記述には出てこないが、メアリーという名の女中がもう一人。数は少ないが、非常に複雑にからんだ「血」の秘密が隠されていることを金之助に直感させる。

とりわけ、金之助の嗅覚を鋭く刺激したのは、ロンドンには珍しい「黒い髪と黒い眸」を持った「主婦」で、漱石は、「下宿」の冒頭で、初対面の彼女の印象を「主婦と云ふのは、眼の凹んだ、鼻のしやくれた、顎と頬の尖つた、鋭い顔の女で、一寸見ると、年恰好の判断が出来ない程、女性を超越して居る。疳、僻み、意地、利かぬ気、疑惑、あらゆる弱点が、穏かな眼鼻を散々に弄んだ結果、こう拗ねくれた人相になつたのではあるまいかと、自分は考へた」と、相当意地悪くアラを探して書いている。

金之助は、引っ越したその日、北向きの小さな食堂で、「主婦」から紅茶とトーストのサービスを受けながら、よもやま話をする。

主婦は北の国には似合はしからぬ黒い髪と黒い眸を有つてゐた。けれども言語は普通の英吉利人と少しも違つた所がない。引き移つた当日、階下《した》から茶の案内があつたので、降りて行つて見ると、家族は誰もゐない。北向の小さい食堂に、自分は主婦とたつた二人差向ひに坐つた。日の当つた事のない様に薄暗い部屋を見回すと、マントルピースの上に淋しい水仙が活けてあつた。

主婦は、金之助に身の上話をはじめ、「私の生まれはイギリスではありません。フランスで生まれたんですよ」と、出身を明かすと、後ろのガラス瓶に差してある水仙を振り返り、「英吉利《イギリス》は曇つていて、寒くて不可《いけ》ない」とつぶやくように言う。そんな主婦を見ながら、金之助は、彼女の体内に流れるフランスの血に思いを馳せていく。

自分は肚の中で此の水仙の乏しく咲いた模様と、此の女のひすばつた頬の中を流れてゐる、色の褪めた血の瀝《したたり》とを比較して、遠い仏蘭西《フランス》で見るべき暖かな夢を想像した。主婦の黒い髪や黒い眼の裏には、幾年の昔に消えた春の匂の空しき歴史があるのだらう。あなたは仏蘭西語を話しますかと聞いた。いゝやと答へやうとする舌先を遮つて、二三句続け様に、滑らかな南の方の言葉を使つた。斯《か》ういふ骨の勝つた咽喉から、どうして出るだらうと思ふ位美しいアクセントであつた。

その夜、金之助は、一家の主ミルデ氏を紹介され、晩餐を共にする。そのときのミルデ氏の印象を、漱石は次のように記している。

其夕、晩餐の時は、頭の禿げた鬚の白い老人が卓に着いた。是が私の親父ですと主婦から紹介されたので始めて主人は年寄であつたんだと気が附いた。此の主人は妙な言葉遣をする。一寸聞いても決して英人ではない。成程親子して、海峡を渡つて、倫敦へ落ち附いたものだなと合点した。すると老人が私は独逸人《ドイツ》であると、尋ねもせぬのに向ふから名乗つて出た。自分は少し見当が外れたので、さうですかと云つた限《ぎ》りであつた。

部屋へ帰つて、書物を読んでゐると、妙に下の親子が気に懸つて堪らない。あの爺さんは骨張つた娘と較べて何処も似た所がない。顔中は腫れ上つた様に膨れてゐる真中に、ずんぐりした肉の多い鼻が寝転んで、細い眼が二つ着いてゐる。南亜の大統領にクルーゲルと云ふのがあつた。あれによく似てゐる。すつきりと心持よく眸に映る顔ではない。其の上娘に対しての物の云ひ方が和気を欠いでゐる。歯が利かなくつて、もご〳〵してゐる癖に、何となく調子の荒い所が見える。娘も阿爺《おやぢ》に対するときは、険相な顔がいとゞ険相になる様に見える。どうしても普通の親子ではない。

——自分は斯《か》う考へて寝た。

ここで、漱石ははっきりとそうとは書いてはないが、ミルデ氏から「私は独逸人である」と言われて、「少し見当が外れた」とか「ずんぐりした肉の多い鼻が寝転んで」という記述から、ミルデ氏がユダヤ人であることを匂わせているように思える。少なくとも、読者にそう読み取らせたいという意図が感じられる。江藤淳も、そうした漱石の意向を受け止める形でミルデ家にユダヤ人の匂いを嗅ぎ取った一人で、『漱石とその時代』の「6　クレイグ先生」で、「この一家、つまりミス・マイルドの一家はユダヤ人の家庭だったかも知れない。「主婦」の黒い目と髪、国際的な結婚をくりかえしているその母親の生きかた、それに家のなかのある濃密な雰囲気がユダヤ人らしさを感じさせるからである」と、「主婦」とその母の血にユダヤ性を読み取ろうとしている。だが、どうだろうか？　江藤は少し結論を急ぎすぎてはいないか。「黒い目」も「髪」も、「国際的な結婚」も、そして「濃密な雰囲気」も、それだけではユダヤ人と特定する根拠にならないからである。むしろ、ここでは、「ずんぐりした肉の多い鼻が寝転んで、細い眼が二つ着いてゐる」という記述や「倫敦のエスト、エンドで仕立屋の店を出して、毎日々々そこへ通勤してゐる」という記述から、「主婦」の方より、ミルデ氏の方がユダヤ人である可能性が高いように思える。

「化粧の淋しみ」

翌朝、朝食をとりに食堂に降りると、食卓に「血色の好い、愛嬌のある、四十恰好の男」が座っている。主婦から「my brother」と紹介されたその男について、漱石は「始めて、生気のある人間社会に住んでゐる様な心持ちがした」と書いている。だがしかし、主婦と兄はどうしても兄妹とは思えぬくらい顔つきが違っていた。腑に落ちない気持ちのまま朝食を終え、そとに出て用事をすませて、家に戻ると、午後の三時頃、「お茶が入りました」と誘われる。その日も曇っていた。階段を降り、薄暗い食堂のドアを開けてなかに入ろうとした瞬間、「自分」は「主婦」の内側に隠された「女」の秘密を見て取ってしまう。

主婦がたつた一人煖炉《ストーブ》の横に茶器を控へて坐つてゐた。石炭を燃して呉れたので、幾分か陽気な感じがした。燃えついた許りの焔《ほのほ》に照らされた主婦の顔を見ると、うすく、火熱つた上に、心持御白粉を塗けてゐる。自分は部屋の入り口で化粧の淋しみと云ふ事を、しみ〴〵と悟つた。主婦は自分の印象を見抜いた様な眼遣ひをした。（傍点筆者）

「化粧の淋しみ」……残酷な男の、いや小説家のまなざしと言うべきか。一瞬のまなざしで、女の隠された秘密を裸にしてしまう。おそらく、漱石は、生来の資質に加えて、写生句と写生文を介した正岡子規との切磋琢磨を通して、このようなまなざしに磨きをかけたのだろう。いや、ここに見抜かれたような女の本性は、俳諧や写生文では表現できない、小説だけに可能な表現領域である。

だが、見抜いたのは「自分」の方だけではなかった。「主婦」の方も、日本から来た留学生に自分の女としての本質が見抜かれたことを瞬時に見抜き、「自分の印象を見抜いた様な眼遣ひを」する。そして、この人には隠しおおせないと思ったのか、「主婦」は身の上を語りはじめる。彼女が生まれたのはフランスで、二十五年前、母はあるフランス人に嫁ぎ、彼女を生んだ。ところが、数年して、父は死去。母はドイツ人のミルデ氏と結婚、ミルデ氏はロンドンのウエスト・エンドで「仕立屋」（テーラー）を営み、先妻との間に生まれた息子も父と同じ店で働いているが、親子の中は険悪で、夜中に遅く帰ってきては、父親に知られないように、玄関で靴と靴下を脱いで、こっそり自分の部屋に戻って、寝てしまう。母は早くに亡くなってしまったが、残してくれた財産はすべてミルデ氏が独占して、彼女に自由に出来る金は一銭もない。仕方がないから、部屋を貸して小遣いを稼いでいるという。

そう語って、「主婦」は、アグニスについても語らなければならないと思ったのか、「アグニスは——」と語りはじめて、口をつぐんでしまう。漱石は、引き裂かれた沈黙の裂け目を埋めるように、「アグニスと云ふのは此処のうちに使はれてゐる十三、四の女の子の名である」と言葉を補う。ここで重要なことは、漱石が、アグニスとミルデ一家とは表向き「血」の繋がりがないことを暗示しながら、「自分は其の時今朝見た息子の顔と、アグニスとの間に何処か似た所がある様な気がした」と書き加え、隠された隠微な「性」と「血」の繋がりがあることをほのめかしていることである。

「過去の臭ひ」

ミルデ家には表通りに面した広い部屋にもう一人日本人が下宿していた。「下宿」の続編として書かれた「過去の臭ひ」に「K君」として出てくる男で、本名は長尾半平。長尾は、台湾総督官の後藤新平の命で、築港技術の視察・研究のためロンドンに駐在しながら、各地を視察旅行していた。長尾の回想記「ロンドン時代の夏目さん」によると、「時間や金の制限なし」で「比較的経済上余裕があり」、「非常に贅沢な暮らしをしてゐた」といふ。長尾はすぐに金之助と親しくなり、「文部省から送つて来る僅少な学費で暮らしてゐたが、その学費も大半は書籍を買ふのに費されて、其残額で暮らしてゐるといふやうな有様で、実際気の毒な位貧乏な暮らしをしてをられた」金之助の窮状を見兼ねて、外食に誘ったり、洋服を新調するために金を貸してくれたり、何かと親切にしてくれていた。

金之助がミルデ家に下宿したとき、長尾はスコットランドに出張していたため不在であったが、後日戻って来たときに主婦に紹介されている。「過去の臭ひ」のなかで、そのときのことを次のように記述している。

> 自分は老令嬢の態度が、如何にも、厳で、一種重要の気に充ちた形式を具へてゐるのに、尠からず驚かされた。（中略）幽霊の媒妁で、結婚の儀式を行つたら、こんな心持ではあるまいかと、立ちながら考へた。凡て此の老令嬢の黒い影の動く所は、生気を失つて、たちまち古蹟に変化する様に思はれる。誤つて其の肉に触れゝば、触れた人の血が、其所丈《そこだけ》冷たくなるとしか想像出来ない。自分は戸の外に消えてゆく女の足音に半ば頭《かうべ》を回《めぐ》らした。

「幽霊の媒酌」で知り合ったものの異国の生活で身近に同邦人がいることに心強いものを感じたのだろう、金之助と長尾半平は急速に親しさを増し、部屋を行き来し、お茶を飲みながら歓談し、人間らしくつろいだひとときを共有するようになる。昼間は引きこもって読書ばかりしている金之助にとって、長尾との語らいに疲れた神経が癒されるものを感じていたのだろう、「過去の臭ひ」で、漱石は、二人の交遊を次のように回想している。

是れから自分はK君の部屋で、K君と二人で茶を飲むことにした。昼はよく近所の料理屋へ一所に出掛けた。勘定は必ずK君が払つて呉れた。K君は何でも築港の調査に来てゐるとか云つて、大分金を持つてゐた。家にゐると、海老茶の繻子に花鳥の刺繍《ぬひとり》のあるドレッシングガウンを着て、甚だ愉快さうであつた。之に反して自分は日本を出た儘の着物が大分汚れて、見共ない始末であつた。K君は余りだと云つて新調の費用を貸して呉れた。

二週間の間K君と自分は色々な事を話した。K君が、いまに慶応内閣を作るんだと云つたことがある。慶応年間に生れたもの丈で内閣を作るから慶応内閣と云ふんださうである。自分に、君は何時の生れかと聞くから慶応三年だと答へたら、それぢや、閣員の資格があると笑つてゐた。

一方、長尾の方は、「私の室は居室の外にパーラーもあるといふ風で、そのパーラーでは、私はよく部屋着の絹製のガウンを着て、ソファーにより、本などを読んでゐたが、そんな時、夏目さんは、いかにも呑気さうに「今、お暇だかね」などゝ云ひながら入つて来て、話しをするといふ風であつた」と回想。また、気になる金之助と主婦の関係については、次のように記している。

そのオールドメードはディナーの時などには、ピアノを弾き又歌などを歌ふという風であり、又英語は勿論、元来がドイツ系の人なので独逸語も話せるし、それに仏蘭西語も少しは話せるといふので、時々得意になつて芝居の事やその他いろ〳〵な事を話すが、そんな時、夏目さんは、よく聞いてゐて、そのあやまりを正すといふ風であつた。尤もそのオールドメードは、自説を固守したが、元来夏目さんの方が芝居のことなどに関しては素養もあり、その説も根柢の深いものなので、すぐに負けてしまふといふ有様であつた。そして結局、その主人が、パパと呼ばれてゐたが、ミストルナツメは学者だからといつて然るべくとりなすという風で、夏目さんは、物事に対して非常に敏感緻密で、少しでもまちがつたことは容赦しないといふやうな、几帳面な潔癖なところがあつたやうに思ふのである。

このように、長尾の回想を読む限り、ミルデ家に漱石が暴いたような「暗い」血の秘密は読みとれない。ところが、長尾と違って、昼間から家にいて読書ばかりしている金之助の鋭い嗅覚は、ミルデ家の秘密、なかでも「幽霊」のように生気を失った「老令嬢」と青ざめた顔をして「影の様にあらはれては影の様に下りて行く」アグニスという「十三、四歳の女の子」にいまわしい「過去の臭ひ」を嗅ぎ当てていく。

二人の幽霊のような女と毎日顔を合わせて生活するのがたまらなくいやになったのだろう。金之助は、長尾に「ここを出ようと思っているのだが」と相談する。すると、長尾は、「自分はこうして調査のため方々へ飛び歩いている身体だから、かまわないが、君などは、もっとコンフォタブルな所へ落ち着いて勉強したら可かろう」と出て行くことを勧める。結局、金之助は、下宿代は安くするから止どまって欲しいという「主婦」の懇望を振り切って、三週間程ミルデ家に滞在しただけでカンバーウェル・ニュー・ロードの下宿に移ってしまう。

ところが、それから二、三カ月して、金之助はたまたまウエスト・ハムステッドの近くに行く用があり、用を済ませてからK君に会いたくなって、ミルデ家を訪れる。ところが、階段を上がり、K君の部屋のドアを開けようとすると、自然にドアがなかから開き、アグネスが「詫びる様に自分をじつと見上げて」いたのである。ハッとする金之助。瞬間鼻を突く「過去の臭ひ」。

其の時此の三箇月程忘れてゐた、過去の下宿の臭《にほひ》が、狭い廊下の真中で、自分の嗅覚を、稲妻の閃めく如く、刺激した。其の臭《にほひ》のうちには、黒い髪と黒い眼と、クレーゲルの様な顔と、アグネスに似た息子と、息子の影の様なアグニスと、彼等の間に蟠《わだか》まる秘密を、一度に一斉に含んでゐた。自分は此の臭を嗅いだ時、彼らの情意、動作、言語、顔色《がんしょく》を、あざやかに暗い地獄の裏《うら》に認めた。

果たして、アグニスは、ミルデ氏の娘？　ということは「息子」の妹？　それとも「息子」がどこかの女に生ませた娘？　地獄の裏に秘められたいまわしい相姦の図式を読みとったとき、金之助の脳裏に、老年の子として生まれたために、幼くして里子に出され、実家に引き取られてからも、実父と実母を祖父と祖母と思い、「お爺さん」「お婆さん」と呼んで育ったこと、そしてある夜、暗闇からささやきかける下女の口から、「貴君が御爺さん御婆さんだと思つていらつしやる方は、本当はあなたの御父さんと御母さんなのですよ」（『硝子戸の中』）と聞かされたときの原初的体験が蘇っていたことは間違いないだろう。

暗い地獄の裏

漱石が描いたミルデ家像は「あざやかに暗い地獄」と記されていたように、その印象は極めて暗く、不吉である。そのせいで、ミルデ家と金之助のミルデ家体験そのものが事実として暗く、不愉快だったように受け止められ、ミルデ家にはマイナスのイメージが付きまとってきた。たとえば、荒正人の『漱石研究年表』では、「この下宿は環境も普通で、部屋も悪くない。一週二ポンド（四十シリング）だが、『永日小品』の「下宿」「過去の臭ひ」に描かれているように、家族関係は極めて複雑である」としたうえで、註の（一一三）で「この付近にはユダヤ人が多く住んでいる。かれらは、中産階級の下層に属する」と、ミルデ家にユダヤ人の影が落ちていることに注意を喚起している。（註2）またすでに見たとおり、江藤淳もミルデ家がユダヤ人家族である可能性があると指摘し、「この家に「鮮やかな地獄」を認めた金之助の直感に、誇張があったとはいえない」、「しかし、それにしても金之助が、このプライオリー・ロードの下宿に、自分の暗い存在感と響きあう何ものかの沈澱を認めていたことは動かしがたい事実である」としている。

だが、長尾半平の回想を読むと、食事時にピアノを弾き歌をうたったり、なにかと芝居の話をして知性をひけらかす「主婦」に多少うるさいものを感じるにしても、漱石が書いたようには「暗い地獄」は感じ取れない。長尾が「オールドメード」としている「主婦」が、「下宿」では二十五歳になっているのもおかしいと言えばおかしい。ミルデ家は、事実としてどのような家族だったのだろうか？漱石はどこまで事実を踏まえて「下宿」を、そして「過去の臭ひ」を書いたのだろうか？作品読解の一番基礎的なところが固まらないまま、二つの作品をどれだけ読みこんでも、本質は見えてこない。なぜなら、事実としてミルデ家に「あざやかに暗い地獄」があった上で、「下宿」と「過去の臭ひ」

を書いたのと、事実として存在していなかったのにもかかわらず、小説家として想像力を膨らませ、フィクションとして「あざやかに暗い地獄」を書いたのとでは、作品が意味するものがまったく違ってくるからである。

たとえば、小森陽一は、『世紀末の予言者　夏目漱石』で、「下宿」と「過去の臭ひ」に描かれたミルデ家の人間関係と漱石が見た「暗い地獄」を、そのまま事実と受けとめたうえで、「性」を巡って「主婦」とミルデ氏と血のつながらない弟との間に、目に見えない隠微な確執があったと見立てている。小森は、さらにそのうえで、「血のつながらない二人の男と、同じ屋根の下に同居する二十五歳の女。売春宿に通う義理の兄から、あたかも身を守るように、日本人の下宿人をボディガードかわりに置いている女」、あるいは「同居している血のつながらない若い男の性的な危険性に、思春期において気がつかねばならなかった女」と、たいへん興味深い読みとりを展開している。しかし、長尾半平は、「主婦」を「オールドメード」と記しており、金之助との会話で「主婦」の話題が出たときも、二人は「オールドメード」と呼んでいたはずだから、「二十五歳の女」という男から性的関心を一番集めやすい年齢という小森の立論の前提そのものが崩れてしまうことになる。「オールドメード」と呼ばれる以上、「主婦」は少なくとも四十代を過ぎた未婚の女性と見なされなければならないからだ。そもそも、「眼の凹んだ、鼻のしやくれた、顎と頬の尖つた、鋭い顔の女で、一寸見ると年恰好の判断が出来ない程、女性を超越して居る」という漱石の描写そのものが、「二十五歳の女」の描写として不自然である。つまり、「主婦の母は、二十五年の昔、あるフランス人に嫁いで、この娘を挙げた」という漱石の記述そのものが事実から外れている可能性があるのだ。

あるいはまた、「この出来事によって、にわかに、このロンドンの一角にある一軒の「下宿」が、

「イギリス」「フランス」「ドイツ」という、文字どおり一九世紀から二〇世紀にかけて、ヨーロッパにおける覇権を争いつづけていた三大国の力関係が錯綜する場になるのである」、さらに「戦勝国である「ドイツ人」の仕立屋であればこそ、ロンドンの中心街で、流行の最先端の服を上流階級の人々に売ることもできたのだ」といった小森の記述も、ミルデ氏がドイツ人であるという前提に立って行われたものだが、江藤淳が指摘したようにミルデ氏がユダヤ人である可能性があり、また後で詳しく紹介することになるが、ミルデ氏はナポレオン三世に仕えた宮廷裁縫師だったという証言もある。もしそれが事実だとすれば、ミルデ氏はパリ経由でイギリスに移住してきたドイツ系ユダヤ人ということになる。こうしたことを頭において、「下宿」を読みかえしてみると、ミルデ家の人間関係には、小森の地政学的見取り図を越えて、もっと深い何かが渦巻いているように思えてくる。果たして、ミルデ家は、漱石が書いたように「暗い地獄」を抱えた不吉な家族だったのだろうか？　この疑問を解決するためには、まず歴史的事実に則してミルデ家の実体が解明されなければならない。

すでに記したように、これまでにも漱石のロンドンにおける下宿体験については、数多くの研究者や評論家が現地調査を行い、細かい事実まで明らかにされている。しかし、ミルデ家に関しては、下宿の所在地やミルデという人物の職業などについて多少の事実が解明されたものの、家族関係や「下宿」と「過去の臭ひ」に書かれてあることとの事実関係については、まったく調査が行われてこなかった。ところが、最近、このデッドロックを乗り越えるうえで、画期的な研究書が現れた。前章で一部触れた武田勝彦の『漱石　倫敦の宿』である。その記述によると、漱石がミルデ家に下宿していた時点、すなわち一九〇〇年の十一月十二日から十二月六日までの間に、ミルデ家に実在していたのは、ミルデ氏と再婚した妻の連れ子、すなわち、「下宿」の「主婦」に当る長女と「息子」に当る兄の三人で、次女は結婚していて、家を出ていた。また、「下宿」と「過去の臭ひ」に出てくる少女アグニスについては、確認できなかったという。

『漱石　倫敦の宿』の記述によると、ミルデ氏は一八三二年、プロシヤの軍人の子として生まれている。いつロンドンに移住してきたかは不明だが、一八六九年にロンドン市内のコンデュイット街五十五番地に友人と共同でテーラー・ショップ、サランソン&ミルデを開いている。漱石が下宿していた頃は、「息子」と共同でF・ミルデ・アンド・サンと店名を変え、ジョージ・ストリート三番地に店を構えていた。店はケンブリッジ公やウエストミンスター公など王室・貴族を顧客する高級洋服店だった。「下宿」に出てくる「主婦」（あるいは「老令嬢」）の母、テレジア・ユーリエ・デーリング（Theresia Julie Doring）と結婚したのは一八七七年で、新郎は初婚で四十五歳、新婦は再婚で四十歳。ロンドン市内のジャーマン・チャペル・ロイヤルで、ドイツ・ルーテル派の典礼に則って結婚式を行ったという。武田は、このことをもってミルデ氏一家がユダヤ人ではないかという仮説を否定している。荒正人の『漱石研究年表』以来、江藤淳の『夏目漱石』と『漱石とその時代』を含めて、ミルデ家をユダヤ人として見る見方が根強いことを考えると、極めて重要な指摘である。だが、のちに詳しく論ずるように、それでもミルデ氏がユダヤ人である可能性は完全に否定できないものがある。ちなみに、妻の方は、漱石が下宿する一年前に死亡している。

次に、「主婦」または「老令嬢」に当る長女は、テレジア・ユーリエ・デーリングと最初の夫との間に生まれた長女で、本名はユリアネ・ローザリエ・アントニア（Juliane Rosalie Antonia）で、一八五九年三月五日に、ロンドン市内のデュフォーズ・プレイス十番地に生まれている。漱石は、彼女を「主婦の母は、二十五年の昔、あるフランス人に嫁いで、この娘を挙げた」としているが、事実は、漱石が下宿した時点で四十一歳。まさに、長尾半平が回想記で記したように「オールドメード」であった。また、生みの父親がフランス人とされているが、武田の調査では、名前はフレデリック・デーリング（Frederick Doring）で、洋服の仕立てを職業としていた。出身地は不明であるが、姓から判断するかぎりドイツ系だという。この父と母の間には、「下宿」ではミルデ氏が先妻との間に設けた「息子」として出てくる兄オスカロ・ヨハン・モーリッツ（Oscaro Johan Morit）、通称「エドモンド」と「主婦」と妹エリーゼ・エミール・ユーリア（Eliese Emile Julia）、そして生後二週間で死んだ弟と、二男二女が生まれている。つまり母のテレジア・ユーリエ・デリングは長男のエドモンドと二人の娘を連れてミルデ氏と再婚したことになる。エドモンドは有能な仕立師で、義理の父と共にF・ミルデ・アンド・サンを経営していた。

次に、漱石がどのような経緯でミルデ家に下宿するに至ったかについてだが、ミルデ家に近くウエスト・ハムステッドのウエスト・エンド・レーンにあった聖ジェイムズ・マンションに住んでいた門野重九郎が紹介・斡旋した可能性が高い。門野は、漱石に最初の下宿を紹介したとされる大塚保治と第一高等学校と東京帝国大学理科大学で同級で、漱石がロンドンに留学する以前から大倉組のロンドン支店長をしていた。大倉組は、政府派遣の外交官や海軍士官、日本企業の駐在員の旅行やホテルの予約などの業務をしていた関係で、大塚がドイツ留学を終え日本に帰国する途中、ロンドンに立ち寄ったさい、大塚から夏目をよろしくと頼まれ、ガウワー街の最初の宿を予約、さらに金之助が下宿を変えたがっていることを知って、自分が住んでいるウエスト・ハムステッドがいいということで、ミルデ家を紹介した。門野の自伝『平々凡々九十年』に、漱石の下宿探しを助けたという記述があるので、この可能性は高い。

以上の事実から漱石が「下宿」と「過去の臭ひ」で描いたミルデ家像と『漱石　倫敦の宿』によって明らかにされたミルデ家の実像との違いを整理してみると以下のとおりになる。

1　「主婦」または「老令嬢」とされる長女の名は、ユリアネ・ローザリエ・アントニア・デーリングで、年齢は「下宿」では二十五歳とされているが、実際は四十一歳。またフランスで生まれたとなっているが、一八五九年三月五日、ロンドン市内で生まれている。

2　「主婦」の父親の名はフレデリック・デーリングで、「下宿」ではフランス人とされているが、名前から判断するかぎりドイツ人である。出生地や生育地などは不明だが、一八五八年以前にイギリスに移住し、ロンドンで仕立屋を営んでいたが、一八七五年十月五日、ロンドン市内ランベスの聖トーマス病院で死亡している。

3　「主婦」の母親、すなわちミルデ夫人の名はマリア・テレジア・ユーリエ・デーリングで、旧姓はランゲ（Lange）。一八三八年にポーランドのブレスロウに生まれ、父親の名はクリスティアンで聖職者だった。フレデリック・デーリングといつ結婚したかは記録が残っていないが、武田勝彦は「一八五六、七年ぐらいであろう」と推測している。夫が一八七五年に死去したため、七十七年に前夫との間に設けた一男二女を連れてミルデ氏と再婚。「下宿」では「よほど前に失くなった」とあるが、漱石が下宿する一年前まで健在だった。

4　ミルデ氏が先妻に生ませた連れ子の「息子」は、本当は「主婦」の実の兄で、ミルデ夫人が死んだ仕立屋との間に生んだ長男である。「下宿」では、毎晩遅く帰ってきて、「玄関で靴を脱いで足袋跣足になって……」と身持ちが悪いように書かれているが、実際は有能な仕立師で父親を助けて店を経営していた。

5　漱石は、ミルデ氏の風貌からユダヤ人でないかと思わせる書き方をしているが、婚姻証明書からロンドン市内のキリスト教の教会で、ドイツ・ルーテル派の典礼に従って挙式しているので、ユダヤ人の可能性は少ない。

6　アグニスは実在が確認できず、漱石の創作の可能性が高い。（註3）

7　漱石は、ミルデ家を暗く歪んだ家族と見なし、裏に血と性を巡る「暗い地獄」が隠されているという印象を与えるように書いているが、実際のミルデ家にそのような影、あるいは「地獄」は認められない。

以上から、「下宿」と「過去の臭ひ」を書くに当たって、漱石がかなり事実を歪め、フィクション化して書いていることが明らかにされた。武田は、そうしたフィクション化について、「主婦」の実の兄がミルデ氏と先妻の間に生まれた子に変えられ、夜遅く帰ってくる放蕩息子として描かれていることを例に、「「下宿」「過去の臭ひ」に詳述された親子関係は、現実とはほど遠いものであった。先妻のひねくれた息子と頑固親父の不和は、漱石の創作力を示すみごとな結晶といえよう」、「「下宿」の登場人物の人間関係に就いては、漱石は完全に虚構を組み立てているわけだ」としたうえで、「漱石は何かわずかの不満があると、それを梃子にしてみごとな仮空世界を生み出す創作力を備えていた。その仮空世界と現実世界を混同し、生活年譜を作成することに私は反対する」と、テクストして作品を読解していくうえで、事実とフィクションの区別を厳しく行う必要性を強調している。今後、漱石文学を研究するものにとって、自戒とすべき言葉であろう。

（註1）　金之助がロンドンで最初に泊まった宿については、これまで「下宿」、「ホテル」という言い方がされてきたが、武田勝彦は『漱石　倫敦の宿』で、一九〇一年の準公文書に「エヴァ・スタンリー夫人、アパートメント」と記述されていることから、「ホテル」より「アパート、下宿などの表記の方が妥当であろう」としている。アパートというと、日本では「〇〇荘」と名の付いた二階建ての木造アパートをイメージしがちだが、欧米では日本のかなり高級なマンションのイメージに近い。ニューヨークで最も古く、由緒があり、ジョンとヨーコやレナード・バーンスタインなど著名人が多く住むダコタの名称も、マンションでなく、「ダコタ・アパートメント」である。ただ、エヴァ・スタンリー夫人のアパートは、短期滞在者のための宿であることで、実態はアパートや下宿より、ホテルに近かった。

（註2）　ウエスト・ハムステッドは、ロンドンに移住し、服飾関係のビジネスで成功して成り上がった裕福なユダヤ人が多く住む閑静な住宅地で、『漱石研究年表』の「中産階級の下層」とするのは当たらない。むしろ「中産階級の上層」とする方が妥当であろう。

（註3）　武田勝彦は、アグニスは漱石の作家的想像力が生み出したキャラクターとする見解に立っているようだが、このあとの章で詳しく見ていくように、漱石より先にミルデ家に下宿していた東京海上保険ロンドン支店長の平生釟三郎の自伝に書かれているように、ミルデ家には「ドイツの田舎から雇入れた下婢」が一人おり、この下婢がアグニスであった可能性が高い。

第十二章　東京海上保険ロンドン支店長が見たミルデ家

平生釟三郎、ロンドンに赴任

武田勝彦の『漱石　倫敦の宿』は、夏目金之助のロンドンにおける五度に及ぶ下宿体験について、特に二度目のミルデ家に関する基礎的事実の解明に、画期的前進をもたらしたと言っていいだろう。だが、武田自身が認めているように、そこで明らかにされた事実が、漱石のミルデ家での下宿体験の全てを明らかにしたわけではない。アグニスという、ある意味では「主婦」以上に重要な存在の実在性すらまだ確認されていないし、ミルデ氏がユダヤ人である可能性も否定できないのだ。その意味で、今後新しい資料によって、ミルデ家の謎が一層解明される可能性はあるし、そうした事実を発掘する努力は、粘り強く継続されなければならないだろう。

さて、そうした意味で、『漱石　倫敦の宿』とは別の角度からミルデ家の実像に新たな光を当てるものとして、私がこれまでの調査で見つけ出した新資料によって、ミルデ家の実像に迫っていきたい。その資料というのは、漱石より三年早くロンドンに渡り、東京海上保険のロンドン支店長として二年間ロンドンに滞在、ウエスト・ハムステッドのミルデ家に下宿していた平生釟三郎《ひらおはちさぶろう》の自伝である。かねてから漱石と同じ頃、ミルデ家に下宿していた日本人がいないか調べていたところ、平生釟三郎が一八九八年の冬から二年ほどミルデ家に下宿し、その頃の体験をつづった自伝を残していることが判明。二〇〇二年の夏、丸の内の東京海上火災本社の資料室で一読。目から鱗が落ちると言おうか、漱石のミルデ家体験にまったく新しい光を当てる事実がいくつも書きこまれていることに驚き、体が震える思いで興奮したことを覚えている。以下、平生の自伝の記述に基づいて、『漱石　倫敦の宿』の不足を補う形で、漱石の描いたミルデ家像との違いを明らかにしていきたい。

漱石のロンドン留学生活については、これまで数多くの漱石研究者や評論家がロンドンを訪れ、下宿の正確なアドレスから周囲の環境、家族構成に至るまで細部にわたるまで綿密に調査が行われてきた。五カ所に及ぶ下宿についても、ほとんど完璧に事実が明らかにされていると思われていた。だが、どういうわけかこの平生釟三郎の自伝だけは、漱石研究者の目から漏れるところとなっていた。以下に平生釟三郎の自伝をとおして、平生の見たミルデ家を再現して行きたいのだが、その前に、漱石文学研究者にとっては馴染みの薄い平生釟三郎という人物の生まれと育ち、そして生涯の経歴を見ておきたい。

平生釟三郎は、慶応二（一八六六）年五月二十二日、美濃国加納藩々士田中時言の三男として生まれている。幼くして英才の誉れ高く、岐阜中学に入学するが、学費に窮して退学、東京に出てボーイになろうとするが、勉学の意志止みがたく、明治十七年、官費生として東京外国語学校のロシア語科に入学。同級生に二葉亭四迷がいて、親交を結び、後年、四迷のペンネームの由来についてよく家人に語ったという。ところが十八年、同校が東京商業学校（現在一橋大学）に併合され、翌年閉鎖されたため、東京商業学校に入学し直し、学費捻出の必要もあって、岐阜地方裁判所判事平生忠辰の養子となり、平生姓を名乗る。明治二十三年東京商業学校を首席で卒業、同校付設の主計学校の英語教師に就く。二十五年、商業学校校長矢野二郎の請いを受けて、存亡の危機に立たされていた神戸商業学校の校長に就任、一年で問題を解決。その敏腕ぶりを買われて、二十七年に東京海上保険に入社。三年後に、経営危機に陥っていた同社のロンドン支店に赴任、歴史も知名度も浅く、経営規模の小さい日本の保険会社がロンドンでビジネスを広げていくのは無理と判断して、同支店を閉鎖。明治三十二年に帰国し、以後、同社の経営基盤の強化に尽力、世界的な保険会社に成長させるうえで大きな功績を残し、専務取締役まで昇進、次期社長と期待されたが、大正十四年、六十歳で退任。以後、教育慈善事業に身を投じ、神戸に設立した甲南学園の発展に尽くす。昭和十（一九三五）年、時の内閣総理大臣岡田啓介の要請を受け、経済施設団長としてブラジルを訪問、帰途、アルゼンチンのブエノスアイレスで赤痢に罹り、地元の病院に入院。ほぼ一ヵ月間、病床にある間、小型の手帳に自らの生涯を振り返って自伝を筆記している。

明治三十（一八九七）年十二月、経営危機に陥っていた東京海上保険ロンドン支店を立て直すべく、平生釟三郎はアメリカ経由で渡欧の途につく。太平洋を横断し、サンフランシスコに上陸した平生はシカゴ、ニューヨークと立ち寄り、船で大西洋を横断、同年十二月末にイギリスのサウサンプトンに上陸。ただちに汽車に乗ってロンドンのヴィクトリア駅に着くと、馬車でガウワー街七十六番地の宿に乗りつけ、旅装を解く。ガウワー街七十六番地と言えば、夏目漱石が、三年後の明治三十三年十月二十八日、ロンドン入りして最初に泊まった宿である。平生はしばらくガウワー街の宿に滞在した後、ロンドンでの生活の拠点を築くべく、下宿のできる家を探しはじめ、何と漱石が三年後に借りて住むことになるウエスト・ハムステッドのプライオリー・ロード八十五番地のミルデ家に下宿するのである。金之助は平生釟三郎と面識も交遊もなかった。にもかかわらず、金之助は平生の後を追うようにして、ガウワー街の宿からウエスト・ハムステッドのミルデ家へと宿を変えていった。

以下、平生の自伝によって、ミルデ家の実像を再現して行くが、その前に一つだけ断って置きたいことがある。それは、平生が漱石と違って、東京海上保険ロンドン支店長で、人からの信用を最も大切にする保険業に関わるビジネスマンであり、引退後は教育慈善事業に献身するなど篤実かつ学識の人であったこと、そして、記憶違いによる間違いは避け得ないものの、事実をことさらゆがめたり、脚色を加えて書く必要はなかったということ。つまり、漱石が「下宿」や「過去の臭ひ」で描いたミルデ家の姿より、平生の記述したミルデ家のほうが事実に近いということである。

平生釟三郎が見たミルデ家

自伝によると、明治三十年の十二月の末、ロンドン入りした平生は、出迎えたロンドン支店長各務鎌吉の案内で、まずガウワー街七十六番地のエヴァ・スタンリー夫人のアパートに旅装を解いている。各務は、平生と同郷の出身で、東京商業学校でも同級の仲で、平生を東京海上に引き抜いたのも各務だった。

> サウザムプトンより連絡列車に乗り、ロンドンに着せる頃は夕刻なりしが、各務が迎へ、共共に馬車を僦《やと》ふてガウアーストリート七十六番地（76.Gower Street）の下宿屋に入りたり。この下宿屋は、初めて、日本より来れる者を収容することと海軍将校（日本）の定宿なるが如し。余も、御登さんとして取扱はれたるなり。

同家にエミリー（Emery）とよぶ女中あり。凡て同家に下宿せる人にして、同女を知らざるものなかるべし。彼女は、能く、日本人に馴染み、日本人を待遇するの道を心得居り、殆んど主人は何人なるやは知らざるも、エミリーあるが故に、日本人が、来集するといふも誣言にあらず。

この記述から、ガウワー街七十六番地の下宿屋が、海軍将校の定宿となっていて、エミリーという名の日本人の扱いに慣れたメードがいたこともあって、ロンドンを訪れる日本人に人気があったことが分かる。当時、日本海軍の軍艦の多くは、ロンドンやグラスゴーの造船会社によって建造されていた。そのため、海軍士官がロンドンに常駐していたし、富士などの海軍軍艦がロンドン港に寄港したさい、上陸した士官の定宿としてガウワー街七十六番地の下宿屋が使われていたのだろう。金之助は、この宿を日本を発つ前に友人で、ドイツ留学から帰国した大塚保治から教えられたとされているが、大塚が実際にロンドンでこの宿に泊まったうえで金之助に教えたかどうかは分からない。ただ一つ言えることは、ロンドンで日本人が止まる宿と言えば、ガウワー街七十六番地と日本人の間で相場が決まっていたということである。

さて、平生がミルデ家にどういう経緯で下宿するに至ったのか、自伝の記述を追うことにしよう。

友人の勧めに依り、デイリー・テレグラフ（Daily Telegraph）といふ、尤も普通家庭の人々に愛読せられ居る新聞の広告欄に、日本紳士が家庭の下宿人（Paying Guest）として良き家庭を求むるの広告を出せるが、忽ち百余通の申込あり。依つて其中より、文体、及文字等に依り、低級の下宿屋式のものか、中流の良家なるやを先づ判断をなし、其中土地柄等の良否出勤の便否、ステーションへの遠近等をも考慮し、余は三井連中の住居せる附近を撰み、当時、三井物産支店の次席たりし、犬塚伸太郎を伴ひ、数カの候補家屋を調査したるに、其中ウエストエンド線（West End Line）のステーションに近きプライオリーロード（Priory Road）に、曾て下宿人を置きたる事なき家屋見当りたれば、之に決定し、即日移転の事取極めたるが、広き居間と、小さき寝室附にて、一週間二ポンド（尤も、朝食及晩食附なり）。之は、当時の相場にて、寧ろ廉なるものなりし。

この記述から、ミルデ家の下宿は、平生が最初に新聞広告から見つけ出したものであることが分かる。ただ、「三井連中の住居せる附近を撰み、当時、三井物産支店の次席たりし、犬塚伸太郎を伴ひ、数カの候補家屋を調査したるに」とあることから、ウエスト・ハムステッド周辺に三井系の日本企業の駐在員が住んでいたことが分かる。『漱石　倫敦の宿』によれば、大倉組の門野重九郎と横浜正金銀行の巽孝之丞がミルデ家に近い聖ジェイムズ・マンションに住んでいて、漱石にミルデ家の下宿を紹介したということとなっており、平生の記述と符合する。また、「曾て下宿人を置きたる事なき家屋」とあることから、平生がミルデ家の日本人下宿人の第一号であったことが分かる。「広き居間と、小さき寝室附」ともあることから、平生が下宿したのが通りに面した部屋で、平生が出た後に長尾半平が入ったものと考えていいだろう。

さて、次に、平生の目にミルデ家はどのように写ったのだろう。自伝を追ってみよう。

其家庭はミルデ氏（Mr.Milde）といひ、元、ナポレオン三世の宮中裁縫師をなせる独逸人なるが、ナポレオン三世没落後、ロンドンのウエストエンド（West End）に来り、洋服屋を開始し、上流の家庭と連絡ありて、比較的裕福なるが、子女が漸次成人して、一家を成したるため、住宅が広きに過ぎたるを以て、細君が小遣銭を稼がんとの意味にて下宿を思立ちしものの如し。故に非常に家庭的にして、毫も下宿人より利益を搾《しぼりと》らんとするが如き行為絶無なりしかば、余は良き家庭《ファミリー》を見当りしと喜び、退英迄一回も、他に移住せず、一年八ヵ月この家に同居したるなり。（傍点筆者）

ここでは、ミルデ氏に関して驚くべきことがいくつも書かれている。まず第一に、下宿の家の主人が「ミルデ」と発音されていること。これまで、漱石の二度目の下宿について書かれた記述のほとんどは「Milde」を「マイルド」と表記してきた。荒正人の『漱石研究年表』にはじまり、江藤淳の『漱石とその時代』から出口保夫の『夏目漱石とロンドンを歩く』や『ロンドンの夏目漱石』まで、「マイルド」と表記している。これに対して、武田勝彦は「ロンドンの漱石と女性たち」（『毎日新聞』一九九四年十一月十五日夕刊）で、「Milde」はドイツ名であるから「ミルデ」が正しい発音であると指摘、これを受けて一九九四―九五年版の岩波書店の『漱石全集』の註では、「ミルデ」に是正されている。ミルデ家に下宿した平生自身が「ミルデ」と表記していることから武田の説が正しいことが証明されたわけで、今後は「ミルデ」で統一される必要があるだろう。

次に注目されるのは、ミルデ氏の妻が、子供が成長し空き部屋が出たので、小遣い稼ぎに部屋を貸しに出していることで、漱石が下宿するちょっと前まで同家にミルデ氏の妻、すなわち「主婦」の母親が生存していたことが分かる。ただ、『漱石　倫敦の宿』にミルデ夫人は、漱石が下宿するちょうど一年前の一八九九年十一月十五日に死去したとあること、また平生の自伝に夫人の死についての記述がないことから、夫人は、平生が日本に帰国した後に死去したものと思われる。こうした細かい部分の記述でも、『漱石　倫敦の宿』の記述と符合する部分が多く、平生の自伝の客観性がうかがえる。ともあれ、「下宿」における「母はよほど前に失くなった」という記述も事実と明らかに違うこととなる。漱石は、自分が来るすこし前に死んだことを知りながらわざとこう書いたのか、あるいは知らないままそう思いこんでいて書いた可能性と二つ考えられる。

ナポレオン三世の宮廷裁縫師

平生釟三郎のミルデ家に関する記述でとりわけ興味を引くのは、ミルデ氏がナポレオン三世の宮廷裁縫師をしていたが、三世が没落したためイギリスに渡り、ロンドンのウエスト・エンドでテーラー・ショップを開き、王皇貴族や上流階級をお得意様に商売をしてきたということだ。ミルデ氏をユダヤ系ドイツ人と考えれば、第二帝政期のフランスにあって、ドイツ系ユダヤ人の裁縫師が宮廷裁縫師として雇われる可能性は十分ありえたことだ。それと、ナポレオン三世没落の原因は一八七〇年の晋仏戦争での敗北にあったわけで、ミルデ氏がもし真性のドイツ人であるなら、祖国に逆らってナポレオン三世につくはずはない。しかも、ドイツ人でありながらフランスの皇帝に仕え、そのフランスが晋仏戦争でドイツに負けたのにもかかわらず、ミルデ氏が敢えて自分がナポレオン三世の宮廷裁縫師であったことを、平生に打ち明けた理由はなにか？　あきらかにミルデ氏にドイツに対する反対感情があってのこととしか思えない。こう考えてくると、ミルデ氏がユダヤ人である可能性は、たとえキリスト教会で結婚したことが事実であっても、あながち否定できないものがある。いずれにしても、ミルデ氏が、ナポレオン三世に仕え、いずれフランスとドイツの間で戦争が起こること、そしてフランスが敗れるであろうことを見越したうえで、パリからでロンドンに渡って来たというのが事実なら、

『漱石研究年表』の「下宿の主人はドイツからの移住者である」という註（一一六）の記述は書き直されなければならないことになる。

なお、『漱石　倫敦の宿』によると、ミルデ氏は一八六九年にコンデュイット街五十五番地に友人と共同でテーラー・ショップを開いており、ロンドンに移住してきたのが、ナポレオン三世の没落以前だったことが分かる。にもかかわらず、平生が「ナポレオン三世没落後、ロンドンのウエストエンドに来り」としているのは、恐らく平生の記憶違いかミルデ氏自身が何かの理由（たぶんフランスから逃げ出してきたのを知られるのがいやで）でそういう言い方をしたためだろう。このことと関連して、興味を引くのは、「下宿」のなかで漱石が、「主婦」の生まれをフランスとし、その父親をフランス人であると語らせたうえで、ミルデ家の母系にフランスの血が流れていることを強調していることである。「主婦」がフランス語をしゃべることは、長尾半平が「元来がドイツ系の人なので独逸語も話せるし、それに仏蘭西語も少しは話せるといふ」と回想していることからも、事実と見て間違いないだろう。

ところが、『漱石　倫敦の宿』では、「主婦」の父親は「デーリング」というドイツ名を持つ洋服仕立屋であるとされている。つまり、ミルデ氏と「主婦」の父親は、共に出自がドイツでしかも仕立屋であることで、共通したものを持っている。しかし、ミルデ氏がナポレオン三世に使える宮廷裁縫師として、かってパリに在住したことがあり、「主婦」がフランス語をしゃべり、またその母親もフランス語をしゃべったということを考え合わせると、ドイツ生まれのデーリングがイギリスに渡る前、フランスで仕立屋として身を立てていて、ミルデ夫人と知り合い、結婚、ロンドンに渡って「主婦」とその兄のエドモンドを生んだという可能性が浮かび上ってくる。いや、もう少し想像をたくましくすれば、デーリングは何かの理由でドイツを出てフランスに渡りナポレオン三世に裁縫師として仕えていたが、その前途を見限り、妻と共にロンドンに渡り、ウエスト・エンドにテーラー・ショップを開き、子供も生んだ。そして、そのとき、デーリングの徒弟格としてナポレオン三世に仕えていたミルデ氏も一緒にロンドンに渡ったということも考えられる。

デーリングと妻のユーリアの間に、「主婦」が生まれたのが一八五九年のことで、その前年には兄のエドモンドが生まれている。しかも、「主婦」が生まれたのデュフォーズ・プレイスで、エドモンドが生まれたのがディーン・ストリートと、いづれもソーホーに近いウエスト・エンドであり、かつミルデ氏が店を構えていたコンデュイット街とも近い。つまり、洋服仕立師とウエスト・エンドという共通項から見ると、ミルデ氏と妻の前夫デーリングとはなにがしか関わりがあったと考えても不自然ではない。すでに記したように、デーリングとミルデ氏は共に、あるいは相前後してロンドンに移住して、ウエスト・エンドにテーラー・ショップを構えた。しかも、ミルデ氏はイギリスに渡る前からデーリングの妻と面識があった。ところが、デーリングが先に死亡し、夫人が三人の子供を抱えて困っているのを見兼ねて再婚した。ただ、ウエスト・ハムステッドの家は、デーリングが買って一家で住んでいたので、名義上未亡人のミルデ夫人が所有し、その死後は「主婦」に譲られた。そのせいで、彼女は、部屋を日本人に貸すことで、小遣いが得られた。そんな図式も描こう思えば描けないこともない。

ミルデ氏はユダヤ人?

さて次に、ミルデ氏がユダヤ人であるかどうかについて検証してみたい。この問題については、前述したように荒正人や江藤淳が、ユダヤ人である可能性を指摘しており、その根拠は、「下宿」のなかの「ずんぐりした肉の多い鼻が寝転んで、細い眼が二つ着いてゐる。南亜の大統領にクルーゲルと云ふのがあつた。あれによく似てゐる」といった記述にあると思われるが、漱石はあながちこの文を根拠なしに、思いつきだけで書いたわけではない。というのは、漱石がロンドンに留学した一九〇〇年という年は、イギリス中が南ア戦争の熱狂に巻き込まれた年で、前に触れたように、戦争の是非を巡って激しく論争が展開されるなか、選挙キャンペーンが行われていた。選挙は保守党が辛勝したが、一番大きな争点となったのが南ア戦争の是非で、自由党の立候補者は激しく政府の強硬路線を批判、そうした批判に便乗する形で、戦争はユダヤ人資本の陰謀で起こされたもので、戦争で利益を得るのはユダヤ人だけだというユダヤ人批判まで公然と出てくる有様であった。ドイツにおいて、ユダヤ人が金属、鉱山、宝石業に強い実権を持っていただけに、南アフリカのダイヤモンドや金鉱山の実権はユダヤ人が握っているというデマゴーグは、ユダヤ人に反感を持っているロンドン市民の心を捉えやすかった。金之助は、ロンドン到着早々、義勇兵帰還歓迎パレードとその混乱に巻きこまれていただけに、「これは何なのだ?」という思いで、新聞報道は逐一追っていたはずだから、南アの大統領とユダヤ人のイメージは、金之助の頭のなかでつながりやすかった。クルーゲルはユダヤ人だというデマを新聞か、雑誌の記事で読んだ可能性も否定できない。そうしたことがあって、「南亜の大統領クルーゲルというのがあった」云々と、暗にミルデ氏がユダヤ人であることをほのめかす記述となったのであろう。

だが、そうした漱石の思いこみとは別に、ミルデ氏がユダヤ人であることを物語る客観的証拠がある。ミルデ氏がナポレオン三世に仕えた宮廷裁縫師で、ロンドンのウエスト・エンドに店を構え、上流階級をお得意様にしていたという平生の記述である。ミルデ氏がウエスト・エンドでテーラー・ショップを構えていたことは、「下宿」でも主婦の言葉として書かれている。実は、このウエスト・エンドという地名とそこで洋裁店を開いていたという事実こそは、ミルデ氏がユダヤ系ドイツ人であることを証す最も強力な根拠なのである。なぜなら漱石がロンドンに留学していた頃、すなわち十九世紀末から二十世紀転換期にかけて、ウエスト・エンドは、シティの東向こうのイースト・エンドと並んで、ユダヤ人の商店、特にアパレル関係の商店が多い地域で、テーラー・ショップの多くがドイツ系のユダヤ人によって占められていたからである。(註1)

ロンドンにおけるユダヤ人の歴史を追ったゲリー・ブラックの『Living up West』によると、ロンドンへのドイツ系ユダヤ人の流入が増えるのは、一八六〇年代からのことで、この頃、イタリアからのユダヤ人の流入も増えるが、料理が得意な彼らはレストランやカフェ、バーなどに職を求めた。ドイツ系のユダヤ人はアパレルや繊維関係の商店や職場に活路を求め、最初にロンドンのイースト・エンドに拠点を作ったという。流浪と受難の民ユダヤ人にとって、最初の解放のきっかけとなったのは、一七七二年から九三年と九五年と三回にわたって行われた、プロイセンとオーストリア、フランスの三国によるポーランドの分割で、ゲットーから解放されたユダヤ人は西はベルリンやウィーン、パリへと、東はサンクトペテルブルグやモスクワ、キエフと自由の天地を求めて移住、それぞれの定住先で様々な職業について最下層の被差別民の地位から脱出を図る。くわえて、ユダヤ人に幸いしたのは、フランスを中心に人権思想が高まり、フランスは一七九一年に、オランダは一七九六年に、プロイセンは一八一二年、ベルギーは一八三一年にユダヤ人解放令が出され、ユダヤ人の基本的人権が保障されたことである。こうした流れを背景に、十九世紀を通して、ユダヤ人の人口増加と大移動が続き、一八〇〇年には全ヨーロッパで二百万のユダヤ人が一九〇〇年には九百万近くにまで跳ね上がっている。

ドイツにおけるユダヤ人の解放は、一八一三年のナポレオン戦争の後、「解放勅令」が発布され、旧封建領主層の没落と、領土改変、ドイツ解放のうねりに乗って急速に進み、金融業や小売業へのユダヤ人の進出が進んだ。特に、繊維産業へのユダヤ人の進出はめざましく、繊維製品やアパレル製品の製造から小売りまで急速に成長・発展を遂げた。彼らが、ドイツ人と対抗してビジネスを広げていくうえで取った戦略は、イギリス、特にロンドンのイースト・エンドやウエスト・エンドに根を下ろしていた繊維・アパレル産業に関わるユダヤ人ネットワークと提携を強化していくことで、新商品や生産技術、ファッション・トレンドについての情報を集め、競争力の高い商品を開発し、世界最大の消費市場であるロンドンに輸出し、販路の拡大を計ることだった。

イギリスは大陸から離れていることもあって、元々ユダヤ人に対しては比較的寛容だった。くわえて、ヴィクトリア女王がドイツのアルバート公と結婚し、フランスに対抗する形でドイツとイギリスの友好関係が一段と強化されるという時代の流れを背景に、大英帝国の植民地支配は東は中国から南は南アフリカまで地球規模で進んだ結果、その富と繁栄は頂点に達し、ロンドンは、パリをも凌駕する勢いで世界最大の生産・消費都市に成長しようとしていた。ドイツのユダヤ人、特に小規模の繊維・アパレル商品の生産や高利に従事するユダヤ人たちにとって、ロンドンやパリは恰好のビジネス・ターゲットとなっていたのである。

解放されたユダヤ人たちは繊維産業だけでなく金融、鉱山、デパート、ジャーナリズム、エンターテイメントなどの分野に進出、教育レベルの高いものは医師や弁護士、大学教師などに就くものが多かった。それまで差別され、抑圧されてきただけに、住居や職業選択に関する基本的人権が認められ、自由競争の機会が増えると、時間と労力を惜しむことなく働き、生活の節約に努め、資金をため込み、事業の拡大に取り組んでいった。しかし、どんな職業分野であれ、ユダヤ人の許容度を越えた進出はかならず反発を招き、反ユダヤ的ムードを高まらせた。ドイツにおいても、十九世紀前半を通しては、都市部のユダヤ人に対する差別や反対運動はそれほど高まりを見せなかったが、一八七一年のドイツ統一のあと、七三年に経済恐慌が起ると、ユダヤ人の進出によって既得権益を侵され、危機感を募らせていた手工業者や中小企業経営者の間に反ユダヤ主義が急速に台頭、伊藤定良の『ドイツの長い十九世紀』によれば、「仕立屋反ユダヤ主義」と呼ばれるような反ユダヤ運動が展開されるほど、ユダヤ人繊維・アパレル業者を脅かしていたのである。

こうした反ユダヤ・ムードの高まりを受けて、ドイツのユダヤ人テーラーたちは、国外に活路を求め、パリやロンドンに移住して行った。特にロンドンは、かねてからユダヤ系繊維業者のネットワークがあったこと、そして戦争の被害から免れてきたこともあって、ユダヤ人繊維・アパレル業者が集中的に移住し、ユダヤ人テーラーの一大コミュニティを作り上げていった。イースト・エンドに住み着いたユダヤ人たちは、最初は針一本、ミシン一台でドレスやスーツ、コート、軍服などの下請けを請け負い、一家総出で働き、節約に努め資金をためた。そうしたなかで、比較的早い時期にロンドンに移住してきたものや腕の立つテーラーは、英語もろくにしゃべれないお針子を数多く抱え、安い賃金と劣悪な労働条件のもとで朝から夜遅くまで働かせ、上まえをピンハネし資金を蓄えるとイースト・エンドを出て、ウエスト・エンドにテーラー・ショップを持って独立していった。

おそらく、ミルデ氏は、ナポレオン三世のお抱え裁縫師だったこともあって、ロンドンに移住してきた時すでに、相当の資金を持ち、またパリで仕立師として年期を積んでいただけに、テーラーとしての格も、ドイツから移住してきた下層裁縫師とはあきらかに違っていた。そのため、イースト・エンドから他のユダヤ人より早く卒業し、ウエスト・エンドに店を構えることができた。いや、もしかすると、イースト・エンドを最初からスキップして、ウエスト・エンドに店を持った、あるいは先にロンドンに移り、ウエスト・エンドで店を構えていたデーリングの引きでロンドンに移り、最初はデーリングの店を手伝いながら資金をため、自前の店を持ったのかもしれない。『Living up West』によると、ウエスト・エンドでもユダヤ人テーラーは初めは職住一体で家族全員が働いていたが、資金がたまり生活が裕福になると、ウエスト・ハムステッド辺りの住宅地に家を買って引っ越していくようになったという。こうした事実を踏まえてみると、ミルデ氏がロンドンにおけるユダヤ人発展の先頭を切って、イースト・エンドからウエスト・エンドへ、そしてウエスト・ハムステッドへと成り上がっていったことが分かる。

さらに、ミルデ氏がユダヤ人であった可能性を示す根拠としてもう一つ挙げておきたいのは、ウエスト・エンドのユダヤ人が、イースト・エンドのユダヤ人と較べて、ユダヤ教に対する信仰心やユダヤ人独特の伝統的な生活習慣に対する規範意識が、はるかに薄かったという事実である。ミルデ氏が、キリスト教会で結婚式を挙げたのも、そうした意味で、宗教意識が希薄であったためと思われる。(註2)

なお、平生釟三郎と金之助が最初に宿としたエヴァ・スタンリー夫人のアパートがあったガウワー街は、ウエスト・エンドの東、大英博物館の方に進むと、ストリートの名がブルームスベリー街に変わる。この界隈は、特にユダヤ人のテーラー・ショップが多かったところで、大英博物館に出入りしていた南方熊楠もしょっちゅうこの界隈を歩いていた。すでに述べたとおり、スタンリー夫人のアパートは、海軍関係者の定宿となっていた。そして、ウエスト・エンドの成功者がウェスト・ハンプステッドに家を買って移って行った。しかも、そのユダヤ人を追いかけるようにして、平生や長尾、漱石など日本人も移り住んで行った。ニューヨークにおける日本人駐在員が、クィーンズ地区のフォーレスト・ヒルズ、ブロンクス区のリヴァーデール、ウェストチェスター郡のスカースデールなど裕福なユダヤ人コミュニティを追いかけるようにして居住地を決めてきたように、百年前のロンドンでも、ユダヤ人コミュニティを追いかけるようにして、日本人は住居を移してきたのである。金之助もまたロンドンまでやって来て、日本人のあとを、そしてユダヤ人のあとを追いかけるようにして、ガウワー街からウエスト・ハムステッドへと住居を変えていった。興味深い事実である。

高級軍服専門の仕立屋

『漱石　倫敦の宿』によると、ミルデ氏のテーラー・ショップは、当時ロンドンで一番ファッショナブルな町ウエスト・エンドでも特に格の高いテーラーで、「現在、銀座にある「英国屋」や「一番館」なども比肩される有名店」だった。ならば「F・ミルデ・アンド・サン」はどんな商品を扱っていたのだろうか？　この点について、『漱石　倫敦の宿』の第二章「晩秋のハムステッド」の注解に、興味深い英文が引かれている。一八八八年から八九年にかけて、ロンドンで発行された『モダン・ロンドン』という本で、そのなかでミルデ氏のテーラー・ショップは、「ミリタリー・テイラー・アンド・アウトフィッターズ」すなわち「軍服及び紳士服店」として紹介されている。その記述によると、「ミルデ&サンはウエストエンドで二十年以上ビジネスを続けており、上流及び中流の指導的階層を主な顧客とし、ウエストミンスター公やアバーコム公、ウィルトン卿などの貴族からもオーダーを受けている。またエジプトの空挺貴族との関わりが深く、故ハッセン皇太子の御用達を受けたこともある。コンデュイット街のショー・ルームは、ウエストエンドでも最もエレガントで、個性的である。同店は軍服の専門店として特に優れ、極めて正確かつ完璧な仕上げに定評がある。店主のミルデ氏自身、特筆すべき技術と経験を持った裁縫師である」と紹介している。

こうした記述から、ミルデ氏が軍服専門の仕立屋であったこと、ナポレオン三世の宮廷裁縫師として仕えたのも、軍事国家として急成長しつつあったドイツで鍛え上げた軍服のデザインと裁縫技術を買われてのことであったことが分かる。さらにまた、ミルデ氏については、「店主のミルデ氏自身が特筆すべき技術と経験を持った裁縫師である」という『モダン・ロンドン』の記述も、平生釟三郎の「切断は自ら行ふこととし、高級裁縫師として、貴族連の御用を勤めつゝある」という自伝の記述とも完全に合致する。

家庭的で、親切なミルデ一家

以上、『漱石　倫敦の宿』と平生の自伝によって、テーラーとしてのミルデ氏のビジネス関係の事実は、ほぼ解明されたと言っていいだろう。では、ミルデ家の家庭の実体の方はどうだろう。ミルデ氏とその家族の血の関係については、すでに見てきたとおり、武田勝彦の現地調査によってほぼ明らかにされた。しかし、家庭内の状況、つまり漱石が書いたように「暗い地獄の裏」のオーラが立ちこめた、呪われた家なのかどうかについては、明らかにされたとは言い難い。フィクションとして書かれた漱石の記述と長尾半平の短い回想以外に、ミルデ家の家庭環境を内側から見て、記述したものがなかったからである。ところが、平生の自伝が、ここでも漱石の記述とはまったく違う貴重な事実を明らかにしてくれている。すなわち、平生は、ミルデ夫人が寒い冬にはシャツや靴下をストーブで暖めてくれたり、誕生日には一家総出でバースディ・パーティを開いてくれたりと、「一口に言えば家庭的で」「金が目的ではなく、親切だった」ことを、感謝の気持ちをこめて明らかにしているのだ。また、主人のミルデ氏はテーラーを職業としていたものの、知的好奇心に富み、天文学の専門書を読んだり、最初メキシコ人と思った平生が日本人であることを知って、図書館から日本に関する本を借りてきて、日本のことを勉強したりまでしたという。こうした面でも、漱石の描いたミルデ家のイメージとは一八〇度違う。引用がかなり長くなるが、貴重な証言なので、自伝の記述を全文紹介しておきたい。

たとへば、英国の冬季には、晩食には酒精分を含みたる飲料を要すとて、ビールは之を用ひざるべからずとて、余が下戸にて酒精を含める飲料は用ひずと言ふも肯んぜずして必ず一杯のビールを、余の前に供えて強て飲用せしめし何等の要求《チャージ》をなさず、また友人が、来訪して食事を共にせるときといへども、決して特別料金《エクストラ》を要求せず、夫は、余もまた友人方にて食事をなす事あれば、お互様なりといひ、晩餐会などに招かれ燕尾服を着更ふるため事務所《オフィス》より帰来するときは、必ず、之を準備し、靴足袋、シャツなどは、ストーブの前に出して温め置く等、少しも家庭の人と変らざる待遇をなせり。

ある時、余が彼等の居間に行き雑談中、余はミルデ氏が天文学の書を繙《ひもと》きつつあるを以て奇異の思をなし、洋裁と天文学と何の関係ありやと戯れたるに、氏は、真面目に、「大変おもしろい」

(very interesting) と答へたるが、余は、英国人が、自己の職業とは全然縁遠き学問にても平素閑時を利用して新知識を得んと努むる事は、彼等が常識の豊富なる理由の一なりと思ふ。自己の職業と他人の噂の外、話の材料を有せざる日本人とは、其辺に大差ありといふべきか。

明治三十年頃は、日本人の欧州に赴くもの甚だ希少にして当時、ロンドン在留の日本人は、加藤高明公使及公使館、領事館員を合わするも三十人前後なりき。故に英国人にして日本人を知らざるもの大多数なり。ミルデ氏の如きも、余が同家に入り、初めて食堂に現はれたる時、彼は余に向つて、何時メキシコより来英せるやを問ひたる位なり。余がメキシコ人にあらず、日本人なりと答へたるに、氏及家族は、日本人は、この前のパリに於ける博覧会の時見たるのみなりと言へり。しかして、余を日本人なりと知るやミルデ氏は、町の図書館より、日本に関する書物を借り来り、日本の事物を研究し始めたるは、感服の外なかりき。

ある日、余が、帰宅し、七時となりしかば、食堂に至りしに、食堂には生花を飾り、食器も手巾も、食卓の被布も、総て、平日のものにあらず、ミルデ氏夫妻 (Mr.& Mrs.Milde) も夜会服《イブニングドレス》を着し、来賓として、長女の夫妻もあり、エドモンドもメアリーも正装しあり、余は何の気なしにミルデ氏に向ひ、本日は何か当家に於ける祝事ありやと問ひたるに、本日は五月二十二日にして、貴君の誕生日なりと、余は、全く英国に来り、自分の誕生日《バースデイ》も忘れ居りたるに、彼等は能く記憶し居りて、万里の異境にある余の為に誕生祝賀会 (Birthday Celebration) をなせるなり。食事も特別料理にして、祝日に欠くべからざる七面鳥の蒸焼もあり、デザートコースに入り、さすがシャムペーンは抜かざりしも、葡萄酒を注ぎ、立つて祝詞を陳べて、余の幸運を祝福したるに対し、余は其厚意を喜ぶと共に、些か慚愧の念に堪へざりき。余が、日本人なることが、彼等の家族知人の間に知れ渡るや、各所より、時々晩餐会に列席せんことを求むるもの少なからざりし。蓋し一の余興の材料たらしめんとの意も含めるか。

平生の自伝によって明かにされた事実から、漱石は、「下宿」と「過去の臭ひ」を書くに当って、小説家として相当の文飾を加えミルデ家のイメージをことさらに暗く、いわくありげに描いたものと推定される。その意味で、江藤淳の「この家に「あざやかに暗い地獄」を認めた金之助の直感に、誇張があったとは思えない」、あるいは「しかし、それにしても金之助が、このプライオリー・ロードの下宿に、自分の暗い存在感に響きあうなにものかを認めていたことは動かしがたい」という断言は、江藤自身の「直感」あるいは「暗い存在感」に引きつけ過ぎていて、説得力に欠けると言わざるをえない。

ロンドン到着三日後にロンドン塔を訪れ、血塗られたイギリスの過去に幻想を馳せた体験に基づき、小説的潤色を加えながら、いわば「共同的な血」(死)を主題に『倫敦塔』を書いた漱石は、二度目の下宿生活を通して、ロンドンに生活しながら、そこに存在の根拠を持ち得ない不幸な「幽霊」のような女の過去と、自分がどこから生まれてきたのかも分らないまま自分の体内を流れる血の秘密に怯え、「暗い地獄の裏」のような家族共同体の抑圧の構造の最底辺ですべての抑圧を受け止めつつ、無言でそれに耐えている「影」のような少女と、二人の女の「個人的な血」の秘密を主題に「下宿」と「過去の臭ひ」という二つの対となる小品を書き残した。読み落としてならないのは、ここでも、漱石が、『倫敦塔』と同じように、事実としての体験と印象を素材としながら、そこに小説的文飾を施すことで、二つを極めて文学的なエクリチュールに仕上げていることである。

それにしても、漱石はなぜ、九年も経った時点で、平生釟三郎が「家庭的」で「親切だった」としたミルデ家を記憶のスクリーンに蘇らせ、あそこまで暗く歪めて捉え、「あざやかな暗い地獄」を読みとろうとしたのだろうか。その謎を解くためには、「暗い地獄」の象徴とも言うべきアグニスという少女が象徴するものが読みとかれなければならないだろう。

（註1）ミルデ氏がテーラー・ショップを構えていたウエスト・エンドについては、従来ほとんど注意が払われることなく、全集版や文庫本の巻末に註が付けられていても、極めて簡略で一般的な記述に終わっていた。例えば、昭和三十一年版の『漱石全集』に収められた『永日小品』の註では、「ロンドン西部の地区の名。金持階級の住宅地区で、ピカデリーを中心とする劇場街や商店街でも有名である」とあり、角川文庫の平成三年版『文鳥・夢十夜・永日小品』の註も「ロンドンの都心西部（上流地区）の通称」とだけ記され、およそ註として意味をなしていない。そうした反省に立って、一九九四年版の岩波『漱石全集』では、「ウエスト・エンド　West End テムズ河北岸のロンドンを大きく三つに分け、シティ、イースト・エンド、ウエスト・エンドとする。シティ（The City of London）は昔城壁内にあった旧ロンドン市で、商業の中心地。シティより東がイースト・エンド、西がウエスト・エンドである。ウエスト・エンドは、政治、文化流行、消費生活の中心で、王宮、貴族の館、クラブ、博物館、美術館、劇場、議会、ウエストミンスター寺院のほか、公園、庭園などのある富裕な地帯であり、イースト・エンドの貧しいのと対照をなす」とかなり詳しく註が付けられている。しかし、註の本来の目的が、本文の読解をより正しく、深くするための情報や示唆を読者に提供することにあるとすれば、この註も百科事典の記述をそのまま訳したという感じがして、不十分であると言わざるをえない。つまり、ここでは、ミルデ氏がウエスト・エンドでテーラー・ショップを開いていたという事実が何を意味しているかが重要なのであって、ゲリー・ブラックの『Living up West』が指摘しているように、ウエスト・エンドの洋裁店を含めて、アパレル関係のビジネスに関わる人間のほとんどがドイツ系のユダヤ人であること、そして、そのことによってミルデ氏がユダヤ人である可能性が大きく浮かび上が

ってくることが指摘されなければならないのである。

（註2）作曲家のメンデルソゾーンやマーラーがそうだったように、ユダヤ人として生まれながら、キリスト教を信じて生きた人は少なくなかった。イギリスで有名なのは、最初が一八六八年に、そして二回目は一八七四年から八〇年まで、二期イギリスの首相を務め、自由党のグラッドストンに対抗して労働党の理念と政策実現に向けて辣腕を振るったベンジャミン・ディズレーリで、ユダヤ人でありながら、キリスト教を信奉し、政治家として生涯をまっとうしている。こうした事実を考慮に入れると、ミルデ夫妻がキリスト教会で結婚式を挙げたことのみをもって、ユダヤ人でないと言い切れる根拠はなくなってくる。

武田勝彦の調査によって明らかにされたように、ミルデ一家の血統と名前はドイツ系、フランス系、ポーランド系、スペイン系、イタリア系と錯綜しており、もし、ミルデ氏がユダヤ人だとすると、その背景には、東欧系ユダヤ人のアシュケナージとスペイン系ユダヤ人のセファルディと二つのユダヤ人の系統が流れているように感じられる。例えば、ミルデ氏の義理の息子エドモンドの正規の名は、出生証明書の記載によると、「オスカロ・ヨハン・モーリッツ」で、「オスカロ」はスペイン、あるいはイタリア系の名であり、ヨハンは北欧系、モーリッツはポーランド系（ということはアシュケナージ系のユダヤ人）ドイツ人の名でありと、三つの異なった民族的血流を背負っていることになる。ほかにも、出生証明書や結婚証明書、死亡届けなど公式文書に記載された一家の名前の表記には微妙な違いが認められ、そこにユダヤ系であることの痕跡を隠したいという一家の気持ちが読みとれないこともない。そうした意味でも、ミルデ家にはまだ謎が隠されており、今後、イギリスに流れこんできたユダヤ人の血統を、根気よく調査を続けていくことで、同家の血に隠された真実に新しい光が当てられることを期待したい。

なお、セファルディ系ユダヤ人で、キリスト教への改宗を拒否して、スペインやポルトガルから追放され、ロンドンやアムステルダム、ハンブルグへ、ベルリン、プラハ、パリなどに逃げ、表向きキリスト者を装いながら、内心ではユダヤ教を守り生きてきたユダヤ人は、「マラーノ（スペイン語で「豚」の意味）」と呼ばれた。マラーノの歴史については、小岸昭の『スペインを追われたユダヤ人』や『マラーノの系譜』に詳しい。

第十三章　謎の少女アグニスの眼

ドイツから傭入れた下婢

これまで見たとおり、武田勝彦の周到な現地調査によって書かれた『漱石　倫敦の宿』と平生釟三郎の自伝の記述によってミルデ家の実像はほぼ正確に再現できた。ならばアグニスはどうだろうか？　アグニスは、本当に実在した少女なのだろうか？　それとも漱石の想像力が作り出した「フェアリー・エンジェル」いや「地獄の天使」なのだろうか？「過去の臭ひ」で、漱石は、長尾半平を指すと思われるK君との会話でアグニスのことを話題にしているものの、長尾の回想記にはアグニスについての記述はない。また、平生の自伝にもアグニスについての記述は出てこない。「アグニスとよく似た息子、息子の影のようなアグニスと、彼らの間に蟠る秘密を、一度にいっせいに含んでいた」といった記述から、「嫂」登世の例を出すまでもなく、秘められた人間関係、特に男女の謎に人一倍鋭い嗅覚を持つ江藤淳などが関心を持ち、いかにも彼らしい憶測に基づいた記述を何か残しておいてよさそうなものだが、『決定版夏目漱石』と『漱石とその時代』を読んでも、アグニスの話は出てこない。

にもかかわらず、ミルデ家の家族関係について一切の知識もないまま、「下宿」と「過去の臭ひ」

を読んで、一番強烈に印象に残るのはじっと詫びるように「自分」を見上げるアグニスとそのまなざしであることは間違いない。つまり、漱石は、じっと見上げるアグニスの「眼」を描きたくて、この二つの作品を書いたといってもいいのだ。ならば、漱石はどこでどのようにしてこのアグニスの「眼」を体験したのだろうか。いや、現実に体験していないとすれば、そのような「眼」のイメージをどのようにして獲得したのだろうか？　以下、現実生活のレベルとフィクションのレベルと二つに分けて、アグニスというキャラクターが生み出された経緯を追ってみたい。

まず、現実生活のレベルで、ミルデ家にアグニスが実在したかどうかだが、すでに見てきたように、その実在を証明する事実は見つかっていない。だが、ここでも、『漱石　倫敦の宿』と平生の自伝が、実在した可能性として一つのヒントを与えてくれている。すなわち、武田は、「アグニス」という名が、ドイツの劇作家、フリードリヒ・ヘッベルの悲劇『アグネス・ベルナウアー』の主人公「アグネス」を連想させるとし、「バイエルンの公子アルブレヒトと彼女は内密に結婚した。アルブレヒトの父、エルンスト公は彼女を魔女の罪名と捕らえ、死刑に処した。一八五二年に書かれたこの戯曲を漱石が知っていたどうかははっきりしない」としながら、「アグニス」という名がドイツ名の可能性があることを指摘しているのだ。この指摘を念頭に平生の自伝を読みなおしてみると、興味深い記述に行き当たる。すなわち、ミルデ夫人があるとき、ドイツの田舎から「下婢」を雇い入れ、この女中が、ガス灯を掃除した際、蓋を締め忘れ、ガスが漏れて大騒ぎを引き起こしたというのだ。

ある時ミルデ夫人がドイツの田舎より下婢を傭入れたるが、この女は、瓦斯の取扱を知らず。瓦斯を照明のため用ふる時は、昼間は、光力を小さくして、其儘にし、夜間はふた《ポット》を上げて光力を大ならしむる仕掛なるが、この女は、背低くして、ふたにかろうじて手が届く位なりし。彼女は早朝、ストーブの掃除をなさんとて、光力を大ならしめんとてふたに手を掛けたるとき、誤つて之を消たるが、其儘掃除をなして下に降りたるが、消燈したるとき、瓦斯器の口が空きたる儘、放置し置きたるならん。余は安眠せしとて何事も知らざりしが、廊下に何事かバタ〳〵と騒ぐ音ありき。是は長男エドモント（Edmond）の声にて余に、寝室外に出る勿れと叫ぶ声も聞ゆるを以て、寝台上にありしが、約三十分にして、再び、もはや安全なりとの声を聞き、室外に出でしに、之の女中が、ガスの出づる口を空けたる儘放置せるを以て、瓦斯が、余の居間《シッティングルーム》に満ち、まず室外に漏れけるをエドモントが発見したるものにて、同人が、静かに窓を空けて（瓦斯口を閉じたる後）瓦斯を逸出せしめたるものなり。若し、之を知らずして、女中が、ストーブに火を入れたらんか全家爆発の難に逢ひ、余の如きは、如何なる危険に暴露せられたるやも知れざりしなり。

もし、この「下婢」がアグニスであるとすれば、漱石がミルデ家に下宿していたときよりおよそ一年か二年前、少女は、ガス・ランプの掃除の仕方を十分弁えてなかったことで、日本から来たビジネスマンをガス中毒かガス爆発で危うく死なせてしまうような大騒動を引き起こしていたことになる。「ドイツの田舎」から世界最大の近代都市ロンドンに傭われて来た「下婢」にとって、家事労働は不慣れだったらしく、平生は、もう一つの騒動についても書き残している。

ある日、各務と帰途、某所に於て、夕食を共にしたる後、各務が余の下宿に立寄りたるは、已に十時過なりしが、対談に時の移るを知らず、終に午前四時に至りしを以て、彼は居間《シッティングルーム》の長いす《ソファ》の上に横臥して一泊することとして就眠せしが、翌朝かくとも知らず彼の女中は、ストーブの掃除をなさんと、暗き室の中に入らんとして、戸《ドア》を開くや、長いすより、足が下り居れるを見てびつくりし、キヤツと叫びて、階段を走下りて主婦に告げたるを以て、ミルデ夫人は上り来りて各務が長いすに横はれるを見て、大いに笑ひたることもありし。朝食の際、主婦は、他に寝台もあれば、予告あれば、準備すべければ、今後はさようせらるべしとて、大いに好意を示せり。

果たして、ここに記された「女中」がアグニスかどうか、平生は名前を記していないので最終的に確定できないのが残念である。平生は、ミルデ家が一家総出で平生の誕生日を祝ってくれたときのことを、ミルデ夫妻のほか、来賓として長女夫妻（実際は次女夫妻で、長女としたのは平生の記憶違いか）が参加、さらに「エドモンドもメアリーも正装しあり」と、「息子」と「メアリー」という女性も席に加わったと書いている。ここでの「エドモンド」が「息子」であることは明らかだとして、「メアリー」というのは、『漱石　倫敦の宿』の第二章の「引用文献及び注解」として掲げられた一八九一年の国勢調査によるミルデ家の構成員として最後に「女中」として載せられた、三十八歳のアイルランド出身の女中「メアリー・ミラー」を指しているものと思われる。「アイルランド」出身となっているが、「ミラー」という名は、ユダヤ系の「ミルシュタイン」が縮まった可能性もあり、メアリーがユダヤ人であることも否定できない。が、そのことはおくとして、この「メアリー」という名の表記をもってしても、平生の記述がほぼ完全に武田の調査結果を裏付ける形で、客観的であることがうかがえる。それだけに、平生が「下婢」の名を書き残してくれていたならと惜しまれてならない。

しかし、名前は記されてなくても、「下婢」がアグニスであると推定するに足る証拠がないことはない。それは、武田が指摘するようにアグニスという名がドイツ系であるとすれば、平生の自伝の「ドイツの田舎より」という記述と合致すること。また、平生の「背低くして」という記述も、漱石のアグニスについての記述と符合しているように思える。すなわち、ミルデ家を出てから三ヵ月後、漱石は所用で近くまで出てきたので、K君を尋ねようとミルデ家を訪れドアをノックする。ところが、返事がないので、もう一度ノックしようとすると、ドアが内側から自然に開き、「詫びるように自分をじつと見上げてゐるアグニスと顔を合わせた」という。この記述から、アグニスが元々背の低い漱石をさらにしたから「見上げる」ほど背が低かったことが分かり、平生の「背低くして」という記述と合致する。少女は、家事労働に慣れていなかったので、ガス漏れ騒動などトラブルをしょっちゅう引き起こし、「主婦」から叱られていたのだろう。英語もろくにしゃべれなかったはずだ。だから、金之助や長尾半平など下宿人に接する態度もおどおどといじけ、言葉も少なく、「目でちょっと挨拶するだけで」、「影のようにあらわれては影のように下りて行く」という態度に終始したのであろう。こうした事実から、アグニスの実体が、ドイツの田舎から雇われてきた女中であるという可能性はかなり高いと言える。血のつながりがない以上、ミルデ家の出自に関する資料にアグニスという名が出てこないことも納得がいく。

だが、アグニスが、本当に「ドイツの田舎」から雇われてきた女中だったとしても、それでアグニスの謎がすべて解けたことにならないところに、謎の深さがある。

ミルデ家の「暗い地獄」の象徴

アグニスは、ある意味では「主婦」以上に、ミルデ家の「暗い地獄」、すなわち歪んだ血と性の歴史を象徴する存在として、そしてまたその謎を解くキー・パーソンとして描かれている。アグニスが実在していたにしても、また実在せず、漱石の想像力が作り出したキャラクターであるにしても、二つのショート・ショートにおいて、アグニスという不気味な謎の少女を作り上げたところに、小説家夏目漱石固有の想像力があらわに出ていると言えよう。以下にアグニスが実際にどのように描かれているか、「下宿」と「過去の臭ひ」の記述にもとづいて再現してみたい。

まず「下宿」では、ミルデ家に下宿しはじめた翌日、三時のティー・タイムに「主婦」が語る身の上話の終わりに近く、アグニスは次のような形で出てくる。

アグニスは――

主婦は夫《そ》れより先を語らなかつた。アグニスと云ふのは此処《ここ》のうちに使はれてゐる十三、四の女の子の名である。自分は其の時今朝見た息子の顔と、アグニスとの間に何処か似た所がある様な気がした。恰《あだか》もアグニスは焼麵麭《トースト》を抱へて厨《くりや》から出て来た。

「アグニス、焼麵麭《トースト》を食べるかい」

アグニスは黙つて、一片の焼麵麭を受けて、又厨の方へ退いた。

一箇月の後自分は此の下宿を去つた。

次に「過去の臭ひ」では、金之助と同じくミルデ家の一室を借りていた長尾半平（K君）との会話のなかで時々アグニスの話が出たという形で次のように記され、こんな面白い話をしてゐる間に、時々下の家族が噂に上る事があつた。するとK君は何時でも眉をひそめて、首を振つてゐた。アグニスと云ふ小さい女が一番可愛想だと云つてゐた。アグニスは朝になると石炭をK君の部屋に持つて来る。昼過ぎには茶とバタと麵麭《パン》を持つて来る。だまつて持つて来て、だまつて置いて帰る。いつ見ても蒼褪めた顔をして、大きな潤いのある眼で一寸挨拶をする丈である。影の様にあらはれては影の様に下りて行く。嘗《かつ》て足音のした試しがない。

さらに、ミルデ家を出て三ヵ月、たまたまウエスト・ハムテッドの近くまで出てきたので、久し振りに長尾と会って、スコットランド出張旅行の話でも聞こうと思って、ミルデ家を再訪したときのことして、次のように描かれている。

表二階の窓から、例の羽二重の窓掛が引き絞つた儘硝子に映つてゐる。自分は暖かい煖炉《ストーブ》と、海老茶の繻子の刺繍《ぬひとり》と、安楽椅子と、快活なK君の旅行談を予想して、勇んで、門を入つて、階段を駆け上がる様に敲子《ノッカー》をとん〳〵と打つた。戸の向側に足音がしないから、通じないのかと思つて、再び敲子《ノッカー》に手を掛けやうとする途端に、戸が自然と開いた。自分は敷居から一歩なかへ足を踏み込んだ。そうして、詫びるように自分をじつと見上げてゐるアグニスと顔を合わせた。

はっと驚いて立ちすくむ金之助。その瞬間、一気に蘇ってくるミルデ家にわだかまる秘密の「過去の臭ひ」、そして、見あげるアグニスの眼に、ミルデ家の「あざやかな暗い地獄の裏」を見抜いて、物も言わず、逃げるように立ち去る金之助……。漱石は「過去の臭ひ」を書き進めるに当ってアグニスの見上げる眼のイメージを思い浮かべながら、そこに、ミルデ家に隠された血と性を巡る「暗い地獄の裏」を鋭く読み取っていた。小森陽一は、そうした漱石の意図に沿って、「靴を脱ぎ足を忍ばせて家に入る女の義兄が、「アグニス」の父親であるとするなら、「アグニス」は「ドイツ人」の男によって、性的に犯された女が生んだ子供ということになるだろう」「「アグニス」は、この家の中で、女「主人」がおかれている性的な危機の内実を、その存在そのものによって表象してしまう位置にいる」「最も弱いがゆえに最大の差別と抑圧を受けざるをえなかった者が、自分より弱い者に、同じかそれ以上の差別と抑圧をかけるという、文字どおり「暗い地獄の裏」とでも言うしかない現実が、この小さな場所で渦巻いている」(『世紀末の予言者　夏目漱石』)と、隠された性を巡る抑圧の構造を読みとろうとしている。

ジェンダーという今日的問題意識に立って、アグニスを巡るミルデ家の人間関係に「国家をも貫く性的関係」を読み取ろうとする小森のアプローチは、「下宿」と「過去の臭ひ」が、すべて現実のミルデ家を客観的に反映しているとすれば、極めて刺激的である。だが、果たして、この短編が文学的に意味するものはそれだけだろうか。私たちに突きつけてくるものは、もっと生々しく、直接的で攻撃的な何かではないか。そう感じられる最大の原因は、この二つの小品で、漱石が、小説家として初めて女の「眼」から見返されているからである。

つまり、「下宿」では、三時のお茶に呼ばれ、食堂に降りていった金之助は、ドアを開けた瞬間に「主婦」の「化粧の淋しみ」を見抜いてしまう。その一瞬のまなざしに対して、「主婦」もまた素早く「自分の印象を見抜いたような目遣い」をして、金之助を見返している。さらにまた、「過去の臭ひ」では、アグニスが「詫びるように自分をじつと見上げて」いた。重要なことは、アグニスがミルデ家の最底辺で抑圧に耐えていることだけにあるのではない。その少女が、「暗い地獄の裏」から金之助を、さらには九年後の漱石をも「じっと見上げている」ことにあるのだ。漱石は、ミルデ家における性を巡る地政学的抑圧の構造を描くためだけに、「下宿」と「過去の臭ひ」を書いたわけではない。「影」のように現れては消えていく少女の下から見上げる「まなざし」とその「まなざし」に写し出された「地獄の裏」を正面から受け止め、怯え、逃げ去った自分を描こうとして二つの短編を描いたのである。

抑圧の最底辺で怯えるアグニス

「下宿」と「過去の臭ひ」を読んで、不思議に思うのは、「主婦」が二十五歳という若さにもかかわらず、「一寸と見ると、年恰好の判断が出来ない程、女性を超越して居る」「凡て此の老令嬢の黒い影の動く所は、生気を失つて、たちまち古蹟に変化する様に思はれる」などと書かれ、「息子」も「愛嬌のある、四十恰好の男」「生気のある人間社会に住んでいるような心持ちがした」とポジティヴに書かれながらも、深夜帰宅して父親に気づかれないように靴を脱ぎ、抜き足差し足で寝室に忍び入る放蕩児として不気味な暗闇を内側に抱え持った男と書かれるなど、光と闇、陰と陽、表と裏と二つの矛盾した世界を持つキャラクターとして、読み手に与える印象が矛盾し、分散するように描かれている。これに対して、アグニスだけは最初から最後まで、暗く、いじけた「地獄の天使」のように描かれ、読み手に与える印象が極めて直接的で強いということである。

ちなみに、『永日小品』は、明治四十二年一月十四日から三月十四日まで朝日新聞に連載された短編で、一回一回が読み切りで完結した形で書かれている。しかし、「下宿」と「過去の臭ひ」だけは、例外的にテーマ的につながりを持ちつつ二回に分けて書かれており、このことからも、漱石が一回だけでは収まり切れない書くべき主題を持っていたことが分かる。その主題とは、アグニスのまなざしであり、さらにそこに写し出されたミルデ家の「地獄の裏」、ひいては漱石自身の内なる「地獄の裏」に他ならなかった。「下宿」と「過去の臭ひ」の文学的意味を読み抜くためには、アグニスという「影」のような少女の「大きな潤いのある目」が象徴的に意味するものを、読み解かれなければならない。そして、そのためにはアグニスの出自の秘密が解き明かされる必要がある。

ただ、ここで問題を絶望的に困難にしているのは、アグニスの出自を解明する鍵がほとんどテクストに書かれていないことである。それでも、「アグニスに似た息子」という記述から推測すると、アグニスと「息子」のエドモンドの間に同じ血が流れていることになる。ならば、アグニスとエドモンドは実の娘と父の関係で、エドモンドが若気の至りでどこかの女に生ませた娘なのだろうか？　あるいは二人は妹と兄の関係で、アグニスは、ミルデ氏がドイツから移住して来たお針子に生ませた子で、エドモンドとは異母兄妹の関係にある可能性も考えられないことはない。

すでに記したように、ミルデ氏が店を出していたウエスト・エンドは、ユダヤ系移民が経営するテーラーや服飾店などアパレル関係の商店や家内工房が多かった。当時は、住居費を浮かせるために、仕事部屋と店と住居が一体になって生活するのが一般的で、ミルデ氏のようなテーラー・ショップのオーナー家族と従業員は、同じ家に住み、仕事に従事していた。お針子として雇われるのは、ドイツから移住してきたばかりの若い女性が多く、自然、店のオーナーとお針子が性的な関係を迫られることも少なくなかったはずだ。漱石の記述によると、アグニスは「十三、四」とあるから、一八八六、七年に生まれたことになる。

一方、出口保夫とアンドリュー・ワット編著の『漱石のロンドン風景』によれば、ミルデ一家がウエスト・ハムステッドのプライオリー・ロード八十五番地に移り住んだのは一八八八年とあり、それまではウエスト・エンドのコンデュイット街五十五番地にあるテーラー・ショップに、職住一体の形で生活していた。このことからも、一八八六、七年頃、ミルデ氏か息子が共同経営のテーラー・ショップで働く、ドイツから来たユダヤ人のお針子に手を付け、密かにアグニスを生ませた。しかし、ミルデ家で育てるわけにはいかないので、アグニスはミルデ氏か母親のお針子のつてを頼って里子に出され、ドイツで育てられた。ところが、十二、三歳になったころ、ミルデ家で日本人の下宿人を置くようになって(平生釟三郎は、ミルデ家に下宿した最初の下宿人)人手が必要となった。そこで老齢のミルデ夫人を助けるため、アグニスがドイツから引き取られ、隠された出生の秘密は知らされないまま女中働きをするようになった、という可能性もあながち否定できないものがある。だが、別の可能性として、エドモンドが店のお針子にアグニスを生ませたという可能性も考えられないことはない。

ところが、フィクションのレベルから降り、現実のレベルに立てば、『漱石　倫敦の宿』の記述から明らかなとおり、「息子」は「主婦」の兄であり、ミルデ氏と血のつながりはない。また、「息子に似たアグニス」が実在した証拠もない。しかし、アグニスに相当する少女が実在し、平生の自伝に出てくるドイツから雇い入れた「下婢」がそのモデルであり、しかもその「下婢」がミルデ氏または「息子」の子だとすれば、アグニスが性的な脅威として怯えなければならないのは、ミルデ氏が父親の場合は「息子」、「息子」が父親の場合はミルデ氏と、どちらか一方ということになる。ただ、漱石が下宿していた時点で六十八歳と老年にあったミルデ氏、しかも平生の自伝に描かれているように常識的で家庭的で、天文学の専門書や図書館から日本関係の本を借りて来て読むような知的な老人だとすれば、十三、四歳の少女に性的欲望の矛先を向けることは考えにくい。

一方、もし、アグニスが、ミルデ氏が生ませた子だとすれば、「息子」は十分アグニスにとって性的脅威たりうるはずだが、アグニスの年齢を考えると、ミルデ氏が五十五歳のころに生ませた子ということになり、平均寿命が今よりずっと短かかったことなどを考え合わせると、常識的に見て、現実性は薄い。つまり、現実生活のレベルでアグニスが存在したとすれば、「息子」の子である可能性が一番高いことになる。となると、アグニスには、ミルデ氏からも「息子」からも性的脅威に怯える理由がないことになる。「息子」は生みの親であり、ミルデ氏は高齢すぎるからである。

ひるがえって、フィクションのレベルではどうだろう？　「アグニスに似た息子」という記述から、「息子」の子である可能性が一番高いことになるが、その「息子」はミルデ氏と先妻の間に生まれた子とされているから、アグニスにとってミルデ氏は祖父に当たり、ここでもどちらからも性的脅威を感じ取る必然性はなくなる。つまり、現実生活のレベルでも、フィクションのレベルでもアグニスは、ミルデ家にあって性的脅威に怯える必要はないのだ。にもかかわらず、アグニスは、漱石の小説のなかで、あきらかに怯えている。漱石は「暗い地獄の裏」の象徴としてアグニスという不気味な少女を造形し、何かに怯える存在として描いている。アグニスを怯えさせているものは何か？

私の読みとりでは、三つある。一つは、小森陽一が読みとったように、アグニスをこき使い、叱りつけ、時には殴りつけることも辞さない「主婦」からの抑圧である。なぜ「主婦」からなのか？「主婦」は、血のつながらない「息子」とミルデ氏から性的脅威を受け続けて来て、しかも四十歳を過ぎるまで未婚を通してきた女性である。家のなかで同居する男たちから向けられる性的脅威に晒され、鬱積したストレスを弱者であるアグニスに向ける。アグニスは、性を巡るミルデ家の抑圧の構造の最底辺で、うえからずり落ちてくる抑圧の力学を小さな身体一つですべて受け止めなければならない。その重圧と恐れがアグニスを怯えさせている第一の要因である。第二に、「母」という防波堤を持たない初潮期を迎えた少女の不安と戸惑い。アグニスにとって、母親の代行してくれる存在は二十五歳と自称しながら、実際は更年期にあるらしい「オールドメード」しかいなく、しかも初潮の時の不手際で「主婦」から手酷く叱られ、そのことがトラウマとなって彼女を怯えさせた可能性も否定できない。少し深読みに過ぎる、いや筆者の妄想と叱られそうな気もするが、「下宿」の「此の女のひすばつた頬の中を流れてゐる、色の褪めた血の瀝《したたり》」といった記述を読むと、そのくらいのところまで読ませるように漱石は書きこんでいるように思える。アグニスが怯える第三の理由は、そしてこれが一番重要なのだが、己れがどこから生まれてきたのか分からないという存在論的不安。「アグニスに似た息子と、息子の影のようなアグニス」という短い一行に暗示されるアグニスの血に流れる性の秘密、その秘密を漠然と感じとりながら、その謎を解く手掛かりを持ちえていないという不安がアグニスを脅かしているのだ。

「主婦」のまなざしに怯える漱石

優れた文学作品というものは、必ず作品の内側からエネルギーが集約的に吹き出てくる噴火口のようなものを持っている。作品を「読む」という行為は、その噴火口を正確に読みあて、そこから吹き出てくる作品の内発的意味のエネルギーを正面から受け止め、私たちの意識と存在の「常態」を根底から揺るがす行為に他ならない。その意味で、「下宿」と「過去の臭ひ」の文学作品としてのエネルギーの噴出点は、「主婦」とアグニスの「眼」にある。つまり、私たちが「下宿」と「過去の臭ひ」

を文学作品として「読む」ということは、二人の女の「眼」から吹き上げるものから漱石が受け止めたものを、漱石と共有することに他ならない。

「あざやかな暗い地獄の裏」という漱石の認識が、文部省派遣留学生夏目金之助としての原ミルデ家体験から直接引き出されたものであれ、あるいは作家夏目漱石の創造と潤色によるものであれ、金之助にミルデ家に対して何がしかネガティブな体験、あるいは印象があったことは間違いないだろう。もし、金之助が長尾や平生のように、ミルデ家に対してポジティブな印象を持っていたのなら、敢えてミルデ家を出て行き、九年後に「あざやかな暗い地獄の裏」とまで歪めて書く必要はないからである。にもかかわらず、わずか三週間足らずの滞在で、長尾も平生も見抜けなかったミルデ家の「地獄」を、金之助は見抜いて出て行った。そして、九年後にそれを蘇らせ、「下宿」と「過去の臭ひ」を書いた。なぜ「暗い地獄」のイメージは、漱石のなかで生き延びたのか？　考えられる理由は一つ、二人の女のまなざしに怯えたからである。

では、なぜ一介の下宿人に過ぎなかった金之助が、一人は更年期の「主婦」の、もう一人は初潮期の「少女」のまなざしに怯えなければならなかったのか？　「主婦」のまなざしに関して言えば、金之助は仕事の関係でしょっちゅう出張に出ていて留守にしがちな長尾や、毎朝オフィスに出勤して夜遅く帰ってくる平生のようにビジネスマン・タイプの人間と違って、昼間から本を読むことを仕事とし、一日の大半を「主婦」やアグニスと同じ家のなかで過ごす生活を送っていたこと。四十歳を過ぎて未婚の女性と、三十歳を過ぎたばかりで、身重の妻を残して単身留学してきた、一時的に「独身」の男との間に何か言葉にならない隠微な心（多分に性的な）の交感があっても不思議ではない。たしかに、フィクションのレベルでは、小森が主張するように、ミルデ氏は二十五歳の「主婦」にとって性的脅威であったかもしれない。しかし、現実生活のレベルでは、妻を失ったとはいえ、すでに六十歳を越えたミルデ老人は、「主婦」にとって性的脅威とはいえないだろう。さらにまた、「息子」も実の兄なのだから、性的脅威とはいえない。となると、ミルデ家には「主婦」にとって性的脅威となるような存在はいなかったことになり、金之助や長尾ら日本人下宿人が「主婦」を守るための防波堤である必要もなくなる。にもかかわらず、「下宿」と「過去の臭ひ」に描かれた「主婦」の振る舞いからは、男の存在を意識した「女の電磁波」のようなものが密かに発信されているように読みとれる。

ここで、もう一度確認しておこう。現実生活のレベルでは、「主婦」は高齢の義父や実の兄のエドモンドからの性的脅威に晒されていたわけでない。下宿している日本人を防波堤にする必要もなかった。ならば、「主婦」から隠微に発せられる「女の電磁波」は、何に向けられていたのか？　そう、下宿人であり、血のつながらない日本人の金之助や長尾しかいないことになる。しかし、長尾は出張旅行が多く、留守にしがちである。となると、一日中家にいて本を読んでいる金之助しかいない。ミルデ家において金之助の存在は、「女」として寄る辺なく漂流、すでに更年期を迎えようとしている「主婦」の満たされない性の幻想を受け止めるべき、唯一の波止場として機能していたのではないか。下宿先の娘と下宿人の学生……そう、後に『こころ』に描かれた悲劇の源泉としての女と男の隠微な関係の原形が、かなりいびつに歪んだ形で、ここに読みとれるかもしれない。

確かに、現実的な問題としては、イギリス人の女と日本人の男、四十一歳の女と三十三歳の男、女としての花を失いかけた「主婦（老令嬢）」とあばた顔の小柄な男、そして下宿の「主婦」と下宿人で日本国家から派遣された留学生……と、二人の間には大きな壁が存在し、二つの性的幻想が現実に絡み合う危険はなかった。しかし、二十四時間、同じ家のなかで「オールドメード」のまなざしに晒される……それが、ただでさえ神経が過敏で内向的で、一時的に独身生活を送る金之助にうっとうしく、また危険なものに感じられていた。長尾が記したように、オールドメードが、夕食の時、ピアノを弾きながら歌を歌ったり、ドイツ語やフランス語をしゃべったり、芝居の話をしたりと、ある種嫌みな「女」のパフォーマンスを演じてみせたのも、無意識に金之助に対するある種の性的「挑み」があったからではなかったか。それを、この先二年間、英文学の研究に没頭しなければならないと思い極めている金之助が、うっとうしく、うとましく感じ、「こんなところでは、とても落ち着いて本は読めない」と思って、ミルデ家を出た。ところが、「主婦」の「幽霊」のようなイメージは、金之助が日本に帰り、「小説家夏目漱石」として立ってからも内部の深いところで生き続け、『永日小品』を書き継ぐに当たって、ひょっこり蘇ってきた。しかも、漱石は、漱石独特の想像力の働き方をさせ、そのイメージを多分に歪め、膨らませて書いたということではないか。

「主婦」にとって不幸だったのは、漱石が下宿する前の年にミルデ夫人が逝去し、残された連れ子の彼女がミルデ氏の「妻」を、もう一方ではエドモンドの、そしてアグニスの「母」を、そして一時的に独身生活を送っている日本人の下宿人に対しては「主婦」の代役を演じることを強いられていたことである。ミルデ家の家族構成について、平生の自伝と平生より二、三年遅れてミルデ家に下宿した長尾や漱石の記述を読み比べて、一番顕著な違いは、平生の記述ではミルデ夫人がまだ生存中で、一家のホステスとして前面に出て来ていて、娘の「主婦」についてはほとんど記述がなく、存在の影が薄いのに対して、長尾や漱石の記述では、ミルデ夫人がすでに死去していることもあって、主役を四十歳を過ぎて未婚の「主婦」が演じていることである。そのことが「主婦」に暗く、歪んだ「性」の影を落としていた。そして、その影を金之助が敏感に見抜いたということなのだろう。

小津安二郎の映画『晩春』で、原節子の扮した紀子が、死んだ母に代わる「母親」と父親の笠智衆の「妻」と二つの役を嬉々として演じていたように、また『秋刀魚の秋』では岩下志麻の演じる美智子が、同じように死んだ母親の代役として、笠智衆扮する父親の「妻」と三上真一郎の弟の「母親」の役を嫌悪感もあらわに演じていたように、そして、二人とも父親を残して嫁入りしていくことに抵抗感を示しつつ、結局結婚してしまったように、「母」と「妻」の代役を演じることを強いられた娘は必ず父を捨てて結婚していく。幻想のレベルとはいえ、父親や弟との性的幻想関係につなぎ止められていることに嫌悪するからである。「主婦」もまたミルデ氏の「妻」と兄エドモンドとアグニスの「母」を演じることを嫌悪しながら、そこから抜け出せないでいた。「主婦」は、本人すら気づかないところで、血のつながらない男に「ＳＯＳ」を発信していたのである。事実、彼女は、金之助の帰国後、ミルデ家を出て結婚したらしく、武田勝彦は、一九〇九年の居住者名簿に記載された彼女のアドレスに、彼女の他に Henry A. Schildknecht という男の名があることから、「彼女も晩婚ではあったが、小品の老令嬢とは違って人間らしい幸福を摑んだようだ」と推測している。

おそらく、「主婦」はこのように「妻」と「母親」の代役を演じることに疲れ、嫌悪していた。だからこそ、「主婦」は漱石を怯えさせるようなまなざしを向けた。だが、「主婦」のなまざしは、「目遣い」という言葉から読みとれるように、漱石の存在を根底から脅かすようなものではなかった。なぜなら、フィクションのうえでは、二十五歳とされているにもかかわらず、実際には四十歳を過ぎているはずの「主婦」は、「年恰好の判断が出来ない程、女性を超越して居る」と、およそ性的アピール度に欠けていたからである。もし、彼女が本当に二十五歳で、その若さに見合った性的魅力を備えた女性であったなら、漱石は、彼女の眼に「目遣い」以上のまなざしの誘惑といったものを認め、怯えると同時に惹かれ、「下宿」と「過去の臭ひ」とはまったく別の作品が書かれていたはずだからである。ともあれ、「オールドメード」の目遣いは、うっとうしいくらいのレベルに収まるもので、我慢しようと思えば我慢できるものだった。問題は、アグニスの「じっと見上げる」まなざしだった。

アグニスのまなざし

漱石の伝記的記述に必ず指摘されるように、父親が五十四歳、母親が四十一歳のときの子として生まれた漱石は幼児の頃、塩原家に養子に出されている。また、夏目の本家に戻ってからも、実の父と母を祖父と祖母と信じて育ってきた。その遅く生まれてきた末っ子が、本当のことを知らされたのは、夜寝ているとき、暗闇からささやく女中の声で、『硝子戸の中』(二十九)にそのときのことが次のように記されている。

「貴方《あなた》が御爺さん御婆さんだと思つてゐらつしやる方は、本当はあなたの御父さんと御母さんなのですよ。先刻《さつき》ね、大方その所為であんなに此方の宅が好きなんだらう、妙なものだな、と云つて二人で話してゐらしつたのを私が聞いたから、そつと貴方に教へて上げるんですよ。誰にも話しちや不可ませんよ。よござんすか」

私は其時たゞ「誰にも云はないよ」と云つたぎりだつたが、心の中では大変嬉しかつた。さうして其嬉しさは事実を教へて呉れたからの嬉しさではなくつて、単に下女が私に親切だつたからの嬉しさであつた。

この記述を頭に置き、フィクションのレベルに限定して、「過去の臭ひ」を読み返してみると、アグニスは、幼い頃、実の父を祖父と思いこんでいた漱石自身の姿と重なってくる。アグニスがミルデ氏の「息子」と似ているということは、アグニスはミルデ氏の孫であり、その体内にミルデ氏の血が流れている可能性が高いことになる。いや、ミルデ氏が別の女に生ませた実の子供である可能性もあるのだ。そうなると、アグニスは、漱石と同じように、祖父ほども年の違う父と、父とも知らずに同じ屋根の下で生活していることになる。漱石は、暗闇のなかで女中から本当のことを教えてもらったとき、驚きや悲しみ以上に「嬉しかつた」と記している。しかも、その「嬉しさ」は、隠されてきた秘密を知ったからでなく、下女が自分だけに「親切に」教えてくれたから、つまり出生の秘密を「下女」と共有できたからだというのだ。年譜によると、金之助が生家に戻ったのは、明治七年、七歳のときで、暗闇のなかで「下女」と「誰にも云はないよ」と約束した時、幼い金之助が、秘密を「下女」と共有することのなかに、「性」的な対幻想関係につながる蜜の味が秘められていることを知ったに違いない。だが、アグニスには、金之助のように出生の秘密を教えてくれる「下女」もいない。いや、一人だけいた。下宿人の夏目金之助である。「息子の影のようなアグニス」……。金之助は、「下宿」のフィナーレで、「主婦」が「アグニスは――」と言って口を噤んだまま、語ろうとしなかった彼女の秘密を見抜いていた。もし、金之助が、「影」のように部屋に入ってきたアグニスに、「君のお父さんはね」と一言教えたら、幼いころ、深夜の暗闇のなかで金之助が下女と結んだような性的共犯関係が、三十三歳の日本人留学生と思春期を迎えた少女との間に結ばれてしまう。

『硝子戸の中』の記述によると、幼い金之助は両親から可愛がられなかったという。にもかかわらず、金之助は、生家に戻されると、「何故か非常に嬉しかつた。さうして其嬉しさが誰の目にも付く位に著しく外へ現はれた」という。このことは、下女の口から真実を知るまで、幼い金之助の心は、夏目家の家族関係の裏に自分が知らない秘密が何かあることを本能的に感知し、本当の自分の父と母はどこにいるのだろうと訝り、密かに探し求め、漠然とした不安におびえていた、だからこそ生家に戻されて、自分が本来いるべき所に戻っていることを本能的に感知して安心し、嬉しかったのであろう。『道草』のなかで健三の回想として書かれているように、塩原の家で養子として大事にされていた頃から、金之助は、養父と養母から「御前の御父さんは誰だい」とか「ぢや御前の御母さんは」などとしつこく聞かれ、自身の出生を巡って自分の知らない謎が隠されていることを察知し、幼い心を傷めていた。こうした原初的な幼児体験が、人間同志の関係、特に家族の関係に秘められた秘密に対して、異常に鋭く研ぎ澄まされた感覚を育て上げるのを助けたことは想像に難くない。

「過去の臭ひ」で、金之助は、「詫びるように自分をじっと見上げてゐる」アグニスのまなざしのなかにミルデ家の「暗い地獄の裏」を読みとった。そして、そこに自らがくぐってきた自身の「暗い地獄の裏」を重ね合わせ、怯えおののいた。しかも、アグニスの「大きな潤いのある眼」は、「あなたも私と同じね。自分でも分からない謎の闇を抱えて、あなたの目はその闇をじっと見つめているのね。そう、私があなたをじっと見上げているように」と、問いかけているようだ。たかだか十三、四歳の少女に自分の秘められた地獄を見られている。アグニスのまなざしが、そのことを物語っている。だが、それにしても、なぜアグニスは、金之助とは個人的な関わりがないにもかかわらず、「詫びるようにじつと」見上げなければならなかつたのだろうか？　一義的には、金之助の顔に残るあばたに対する彼女のこだわりが挙げられるが、より深層的には、あばたに象徴される金之助の内面にわだかまる複雑なコンプレックスとさらにその奥にある「暗い地獄の裏」を彼女が見抜いていたからである。

おそらく、金之助は、見抜かれているという恐怖に駆られてミルデ家を出た。文部省派遣留学生として、この先二年間、英文学の研究に没頭しなければならない金之助にとって、自身の暗い過去の記憶と内側に隠してきたコンプレックスを毎日アグニスと顔を合わせるたびに蘇らせなければならない。それは相当うっとうしく、留学生としての記号的使命から過分に逸脱することを意味していた。

まなざしを通して蘇る女のイメージ

アグニスは、たかだか十三、四歳の少女ではあったが、小説家夏目漱石が初めて正面からそのまなざしを受け止め、そこに写し出された「地獄の裏」を読みとって怯えた女性であった。『吾輩は猫である』以来書き続けてきた小説のなかで、漱石が、こんな風に正面から見つめる「女」のまなざしを受け止め、怯えたことはなかった。『吾輩は猫である』や『坊っちゃん』に「女」のまなざしが出てこないのは当然として、『草枕』にもお那美さんの「眸」やまなざしについて正面から記述した描写はない。

ならば『虞美人草』はどうだろう。「二」の「紅《くれなゐ》を弥生に包む昼酣《たけなは》なるに、春を抽《ぬき》んずる紫の濃き一点を、天地《あめつち》の眠れるなかに、鮮やかに滴たらしたるが如き女である」という書き出しで、藤尾を登場させる場面、「黒き眸《ひとみ》のさと動けば、見る人は、あなやと我に帰る。半滴のひろがりに、一瞬の短きを偸《ぬす》んで、疾風の威を作《な》すは、春に居て春を制する深き眼《まなこ》である」と、「紫」の女の眼を「黒い眸」と「深い眼」と描写している。しかし、ここでは、小野さんは藤尾の「黒い眸」「深い眼」から発せられるものを正面から受け止める存在として描かれていない。言い換えれば、『虞美人草』を書いた時点では、漱石はまだ作家として未成熟で、女を正面から受け止め、その存在をまなざしをとおして描き取るところまで行っていなかったということである。明治四十年七月十九日付の小宮豊隆宛の手紙で、「藤尾といふ女にそんな同情をもつてはいけない。あれは嫌な女だ。（中略）あいつを仕舞に殺すのが一篇の主意である」と書いたように、『虞美人草』を書き進めていたとき、漱石は、「女」の命など、自分のペンを刀に活かすも殺すも意のままにできると高を括っていた節がうかがえる。いや、本心を言えば、藤尾の「黒い眸」「深い眼」を正面から受けとめるのが怖かったのだ。

だが、それでも小野さんが、藤尾のまなざしを受け止めたことはあった。たとえば、『虞美人草』「六」、藤尾と糸子が「会話の戦争」を戦わしているところに小野さんが入ってきて、京都に行ったまま帰ってこない藤尾の兄の欽吾と糸子の兄、一《はじめ》を「鉄砲玉」と話題にし、糸子の「早く御嫁を持たして仕舞はないと何処へ飛んで行くか、心配でいけないんです」という言葉を受けて、藤尾が小野さんに二人でお嫁さんを探してあげましょうと誘いかける場面で、「藤尾は意味有り気に小野さんを見た。小野さんの眼と、藤尾の眼が行き当つてぶる〳〵と顫へる」と、漱石は二人に正面から見詰め合わせている。しかし、ここで「男を弄ぶ愛の女王」と女の「玩具」として弄ばれることを「栄誉と思う」男がまなざしを交わし、「ぶる〳〵と顫へ」たのは、愛し合うお互いの「眼」に相手の存在を写し出し、愛を確認しあったうえでのことではない。一《はじめ》に、小野さんの許婚の「小夜子」を押しつけ、そのあとで二人で結婚しようという奸計をお互いが暗黙の内に了解しあったことで、その後ろめたいスリルと罪の意識で震えたのだ。だが、藤尾の愛の歓心を買おうとする小野さんは、根からの悪人でないから、奸計が見破られるとあっさり小夜子と結婚し、藤尾を裏切ってしまう。『虞美人草』が、漱石にとって最初の恋愛小説と言われながら、中途半端に失敗作に終わったゆえんである。

漱石は、『虞美人草』を書き進めるなかで、強い「女」藤尾を恐れるあまり、彼女の「眸」の正面に一度も立とうとしなかった。そのために「女」を正面から描くことができなかった。いやむしろ、潜在的な意識のレベルで、彼女の「黒い眸」が、自身のあばたをあからさまに写し出すことを本能的に恐れるあまり、漱石は、藤尾を殺してしまったといった方がいいかもしれない。そして、小説のうえとはいえ、女を一人殺してしまったという後ろめたい気持ちに駆られ、その罪を償うようにして『坑夫』を書くことで、反対の方向に「男」の内部の地底に降りて行こうとした。

だが、『坑夫』でひたすらに地底に降りて行く「自分」は、何が原因かは分からないものの、おそらく東京にいる「女」から逃げてきた男なのだ。しかも、地底に降りて行ったのは漱石自身でなく、漱石の元に自分の体験を話して、本を書いて欲しいと頼みにきた男なのだ。よしんば、それが、中村真一郎が言うように、「意識の流れ」を追った二十世紀の実験的手法で描かれたものであったにしても（少し深読みという気がするが）、他人の地底巡りの体験にもとづいて書かれた物語に、本当の意味での文学的リアリティは宿らない。明敏な漱石のことである。そのことは痛い程分かっていたはずである。自分自身の内部の地底の鉱脈を掘り下げていかなければ、これ以上小説家として自分は前に進むことができなくなる。ならばこの関門を突破するにはどうすればいいのか？

私は何者なのか？　私はどこから生まれ、どこに行こうとしているのか？　私がこんなにも苦しまなければならないのはなぜか？　私が根源的に失っているものは何なのか？　こうした疑問に答えるためにはどうすればいいのか？　そこまで考えてきて、漱石はようやく一つの苦い認識に到達する。それは、人間は自分自身と向かい合うだけでは、自己撞着の蟻の穴に落ちていくだけで、本来の自分を知ることも、本来の自己に出会うこともできないということである。本来の自己と出会うためには、他者（特に異性）とのかかわりのなかで、女性のまなざしに写る自己及び自分自身ですら気づくことのなかった、内部の奥深くに隠された「地獄の裏」を見据え、そこに降りて行かなければならない。そのためには、まず、自分の顔のあばたとあばたに象徴される内面の奥に隠された「地獄の裏」（複雑に屈折したコンプレックス）を写し出し、それでも自分を受け入れ、共に「地獄の裏」の底に降りて行ってくれる女性の「眼」を、探し出さなければならない、いや、創り出さなければならない。そのことが、『虞美人草』と『坑夫』を書き終えた時点で、小説家として夏目漱石が直面していた最大の課題であったはずだ。

『文鳥』――「紫の帯上げの女」

だが、それなら、男である己れのあばたの顔と「地獄の底」を瞳において受け止め、受け入れてくれる女性の「眼」を、どこに求めたらいいのか？『坑夫』を書き終えて、次のステップをどの方向に踏み出したものか迷っていた漱石を、そのとき救ったのは、天の啓示のように漱石の前に現れた一羽の小鳥であった。漱石は、明治四十年九月、牛込の早稲田南町に転居したころ、弟子の鈴木三重吉から気晴らしに文鳥を飼うことを勧められていた。それなら買ってきてくれと頼まれた鈴木が買ってきた白い一羽の文鳥を漱石は籠に入れて飼い、「千代千代」（チョチョ）という鳴き声を聞きながら、『坑夫』の原稿を書き継いでいく。その文鳥を飼いはじめてから死なせてしまうまでの経緯を、写生文のスタイルが書いたのが『文鳥』という小品で、漱石は、文鳥について「成程奇麗だ。次の間へ籠を据ゑて四尺許り此方《こっち》から見ると少しも動かない。薄暗い中に真白に見える。籠の中にうづくまつて居なければ鳥とは思へない程白い。何だか寒さうだ」と記している。「真白に見える」、「鳥とは思へない程白い」という言葉から、このあとに書かれる『夢十夜』の「第一夜」で、死んで百年後に「真白な百合」となって蘇る女が、この文鳥の化身でもあることが分かる。

漱石は、さらに、文鳥の眼をのぞき込み、「文鳥の眼は真黒である。（中略）籠を箱から出すや否や、文鳥は白い首を一寸傾けながら此の黒い眼を移して始めて自分の顔を見た。さうしてちゝと鳴いた」と観察している。ここで、重要なことは、文鳥の眼が「真黒」と形容されながら、極めて明度が高く、漱石の顔のあばたをそのままクリアに写し出す鏡として捉えられていること、にもかかわらず、漱石が文鳥の「真黒」な眼を覗きこみ、文鳥の方も漱石の顔を見返すことで、両者の間に極めて親密なまなざしの関係が結ばれていることである。人間のまなざし、特に女のまなざしと関係を結ぶことを、あれほど恐れ、避けてきた漱石がなぜ文鳥とならそれができたのか？　理由は、小鳥の眼が、鏡として漱石の顔のあばたを正確に写し出しはしても、意識の上ではそのことにまったく意味を認めず、最初から漱石という存在そのものを全面的に受け入れているからである。いわば、生きとし生けるものの存在を、存在そのものの価値と美しさにおいて受け入れ、認めようとする神のまなざしのようなものを、漱石は文鳥の眼に見ていたのだ。

だが、小品『文鳥』がより一層重要なのは、漱石が、この文鳥の「真黒」な眼を媒介として、一人の美しい女を蘇らせていることである。漱石が、文鳥を飼いだしたのは、「霜が降り出した」ころとあるから、十二月に入ったころだろうか。夜は寒いので、鳥籠を鈴木三重吉が持って来た木箱に入れていた。ある日、つい寝過ごして八時過ぎに箱から出してやると、急に明るいところに出されたせいなのだろう、文鳥は「いきなり眼をしばたゝいて、心持首をすくめて、自分の顔を見た」。そのとき、漱石のなかで、一人の女が蘇ってくる。

昔し美しい女を知つて居た。此の女が机に凭れて何か考へてゐる所を、後から、そつと行つて、紫の帯上げの房になつた先を、長く垂らして、頸筋の細いあたりを、上から撫で廻したら、女はものう気に後を向いた。其の時女の眉は心持八の字に寄つて居た。夫《それ》で眼尻と口元には笑が萌して居た。同時に恰好の好い頸を肩迄すくめて居た。文鳥が自分を見た時、自分は不図此の女の事を思ひ出した。此の女は今嫁に行つた。自分が紫の帯上でいたづらをしたのは縁談の極つた二三日後である。

ここでの「美しい女」が現実的存在としてだれを指しているのか、例によってモデル探しが行われ、『道草』の「お縫さん」のモデルとされ、金之助が塩原昌之助の養子だったころ、昌之助の後妻日根野かつの娘で同じ小学校に通っていた日根野れんとされている。大岡昇平も、『小説家夏目漱石』で「そしてこれら幻想的な作品全体が、漱石の幼児体験に根を持っているとすると、この理想の女性は、つまり漱石と幼児体験を共にしたのですから、『道草』の「お縫さん」の影が最も濃くさしているように見えます」としている。だが、テクストとしてこの文を読み解くうえで、一番重要なことはモデルを特定することでなく、漱石がかつて、一切の差別的な意識から無縁なところで、神の愛のまなざしに近い文鳥の黒く、やさしい眼のように己れの顔を見て、あばたの顔の奥に隠された人間的貴さを受け入れてくれた「美しい女性」と、このように親密で幸福の関係を持ちえていたということ、そして小説家として立って三年、自分と共に「地獄の裏」まで一緒に降りて行ってくれる女性のまなざしを探し求める漱石のまえに、蘇って来たのがこの「紫の帯上げ」をしたこの「美しい女」のイメージだったということ、しかもその女のイメージが、文鳥への愛と重なって、何度も蘇ってくることなのである。

例えば、ある朝、目が覚めて、文鳥を箱から出してやろうと思いながら、煙草をふかしていると、紫煙のなかに、「紫の帯上げ」の女の顔を浮かび上がり、「首をすくめた、眼を細くした、しかも心持眉を寄せた昔の女の顔が一寸見えた」。また、留まり木の上で首を伸ばし、外を見ている文鳥の様子を見ては、「昔紫の帯上でいたづらをした女は襟の長い、脊のすらりとした、一寸首を曲げて人を見る癖があつた」と思い出している。ここでの女の描写が浮世絵の美人画をイメージさせ、のちの『それから』における三千代についての「古版の浮世絵に似ている」という記述につながって行くことを覚えておこう。女は、さらにまた、漱石が、水浴びをする文鳥に如露から水をかけてやっているときに蘇ってくる。

> それから如露を持つて風呂場へ行つて、水道の水を汲んで、籠の上からさあ〳〵掛けてやつた。如露の水が尽る頃には白い羽根から落ちる水が珠になつて転がつた。文鳥は絶えず眼をぱち〳〵させてゐた。
>
> 昔紫の帯上でいたづらをした女が、座敷で仕事をしてゐた時、裏二階から懐中鏡《ふところかゞみ》で女の顔へ春の光線を反射させて楽しんだ事がある。女な薄紅くなつた頬を上げて、繊い手を額の前に翳しながら、不思議さうに瞬をした。此の女と此の文鳥とは恐らく同じ心持だらう。

文鳥に水をかけてやる漱石、そして春の光の反射光を女の顔に当てている漱石。水と光と注ぐものは違っていても、そのとき、漱石が「愛」を一杯に注いでいたことは間違いない。どちらも、あばたとその奥の心の底に隠された「地獄の裏」に、漱石の心の優しさと人間としての貴さを誤りなく見抜いてくれていたからである。だが、女は、「紫の帯上でいたづらをした」日より二、三日前に縁談が決まり、別の男のところへ嫁いで行ってしまい、金之助の愛はかなえられなかった。そしてまた、文鳥も死んでしまい、女の幻影も現れなくなる。しかし、文鳥と女のイメージは、漱石の意識の表面からは消えたようで、どこかで生きていた。そして、『文鳥』を「大阪朝日」に掲載してからほぼ一ヵ月後の明治四十一年七月二十五日からはじまった『夢十夜』の「第一夜」、夢のなかで死んでから百年後に「真白な百合」となって蘇る女の化身として復活することになる。

夢のなかで死んでいく女

「第一夜」の夢のなかで白百合となって蘇る女の眼について、漱石は、「大きな潤いのある眼で、長い睫に包まれたなかは、ただ一面に真黒であった。その真黒な眸の奥に、自分の姿が鮮やかに浮かんでいる」と記述している。この記述から、女の眼が、『文鳥』の「真黒」な眼を引いていることは明らかである。その眼は、漱石の顔のあばたを「鮮やかに」浮かび上がらせながら、あばたの意味を無化してしまう聖母マリアのまなざしである。

一方、この女の「大きな潤いのある眼」が、ロンドン塔のなか、処刑場の跡で出会った子連れの若い女の「漾《たゞよ》ふて居る様な眼」を引いていることも間違いないだろう。ならば、なぜ、漱石は、最初の夢の物語として、死んで白百合となって蘇る女の「眼」を描くに当たって、七年前、ロンドン塔でたまたま出会い、五年前『倫敦塔』で蘇らせた若いイギリス人の女の眼を、再び蘇らせたのだろうか？考えられるのは、眼の表面を水の面のようにただよわせることで、鏡としての機能を失わせ、女の「眼」が捉える映像（鏡像）を崩し、正確な輪郭を失わせてしまうこと。そうすれば、顔のあばたがはっきりとは相手の眼に写し出されないだろうという期待、あるいは潜在願望が働いていたということである。『倫敦塔』で、この若い女の眼のイメージを描いたとき、漱石、いや金之助にはっきりとそうした意図があったとは思えない。しかし、それまでの人生で、若い女性と関係と持つうえで、顔に残るあばたのせいでさんざん苦しみ、屈辱を味わってきた金之助が、無意識のところで若い女の眼が「鏡」としての機能を放棄してくれることを期待していたことは十分考えられる。ならば、どうすれば、相手の「眼」に写るあばたを無化することができるのか。一番効果的なのは、視覚機能を失わせてしまうことだが、それができない以上、瞳の表面に水の膜をただよわせることで、鏡像を暈し、歪め、崩してしまうことである。

夢のなかで死んで行く女の「眼」には、小鳥の「真黒な眼」と若いイギリスの女の「潑ふて居る様な眼」と、どちらも漱石の顔のあばたを無化する二つの眼のイメージが流れこんでいる。この時点で、正面から覗きこめる女の眼を小説的に造形するに当たって、用心深い漱石は、あばたを写し出さないために、二重の防御をしたうえで、さらに女を死なせる必要があった。それほど、漱石は、意識の深いところで、女性の眼に自身のあばたの顔が写ることを恐れていたのである。（註1）

夢の女の眼は、漱石が小説家として、生涯で初めて正面からのぞきこんだ女の眼であった。だが、女の「眼」が、アグニスのそれと決定的に違うのは、「死んでいく女」の「眼」であるということ。つまり、『夢十夜』を書いた時点で、漱石はまだ、生きた女の眼をのぞきこむだけの作家的勇気を持ち合わせていなかった。そのため、アグニスの「眼」が、ミルデ家の「地獄の裏」を内側から写すと同時に、漱石自身のあばたの顔とその奥の「地獄の裏」をも写し出していたのに対して、第一夜の女の「眼」は内側からは何も写し出さず、またアグニスのように「自分」を見つめ返すわけでもなく、ただ、「自分」の顔を写す「鏡」、それも「潤い」があることで、あばたも「地獄の裏」もあからさまには写し出さない「鏡」として機能しているだけである。そのため、覗きこむ「自分」は、女の「眸」に女自身の「地獄の裏」も、また自分自身の「地獄の裏」も見出だすことができない。当然のこととして、女が死ぬと、「黒い眸のなかにあざやかに見えた自分の姿が、ぼうっと崩れてきた。静かな水が動いて写る影を乱したように、流れ出したと思ったら、女の眼がぱちりと閉じた」と記されているように、「自分の姿」は消えて行くしかない。そして、「百年待っていてください」と言い残して死んで行った女は、「真白な百合」となって蘇ってくる。だが、花には眼がないし、たとえあっても、近づいてくる男の顔にあばたがあることなど、一切意に介すことなく、男の接吻を受け入れてくれる。あばたにこだわるのは人間だけであり、動物も植物もこだわらないからである。漱石が最初の小説を、『猫』の眼を借りて書かなければならなかった理由の一つがここにある。動物の眼を借りることで漱石は、多分にサディスティックな諧謔の口調を取りながら、初めて自身の顔のあばたについておおっぴらに語ることができたのである。

ところで、第一夜の「死んで行く女」を漱石の理想の女性像と見て、その生まれ変わりが『それから』の三千代だとする見方があるようだが、どうだろうか？　三千代の女としてのイメージは、明らかに「死んで行く女」のイメージを引いている。さらにたぐっていけば、女が「文鳥」の化身であるという意味で、三千代は、「紫の帯上げの女」のイメージにもつながって行くであろう。そういえば、漱石は、文鳥の鳴く声を「千代千代」（チヨチヨ）と表現していたし、その文鳥は鈴木三重吉が買ってきたものである。三重吉の「三」に「千代」をプラスして、『それから』の「三千代」という名が生まれた可能性も高い。しかし、自身の「地獄の裏」も漱石の「地獄の裏」も写し出そうとしない

「死んでいく女」の「眼」は、漱石の分身としての代助の「地獄の裏」を写しつつ、自分の「地獄の裏」まで、共に降りて行こうと覚悟を固めた三千代のそれとは明らかに違う。漱石は、三千代の「眸」のイメージにまでたどり着くには、「死んでいく女」からはじまって、『三四郎』の美禰子やよし子、「過去の臭ひ」のアグニスの「眸」と、何人もの「女」の「眼」のイメージを現前させ、彼女たちの「眸」を受け止め、そこに自分のあばたの顔と「地獄の裏」が写し出されているかどうか、もし写し出されているなら、意識のレベルでそれが無化されているかどうか一つひとつ確かめなければならなかった。その意味で、「死んでいく女」の生まれ変わりは、あくまで「真白な百合」の花であって、現実的な女性存在としての三千代とはいえない。三千代の原イメージが、「死んで行く女」にあることは間違いないが、問題は、その死んで行く女が、どのようなプロセスを経て、三千代に化身して行ったかにある。以下、『夢十夜』の後に書かれる『三四郎』から『永日小品』の短篇を経て『それから』に至るまで、「死んでいく女」がいかにして生きる女、三千代に変身していくか、そのプロセスを読みとって行きたい。

『三四郎』——幸福な女たちの「まなざし」

『三四郎』は、漱石が、男に向けられた生きた「女」のまなざしを初めて正面から描いた小説で、三四郎と美禰子、さらによし子との「眼」と「眼」、「眸」と「眸」、「まなざし」と「まなざし」の出会いと遭遇は、『三四郎』全編を通して至る所に書きこまれていて、さながら見交わす「まなざし」の擬似恋愛小説の観を呈している。東京に出てきた三四郎が池の畔で美禰子と初めて会う場面、丘のうえから降りてきた美禰子が三四郎の脇を抜ける際に、ちらりと三四郎にまなざしを注ぐ。

三四郎は慥かに女の黒眼の動く刹那を意識した。其時色彩の感じは悉く消えて、何とも云へぬ或物に出逢つた。其或物は汽車の女に「あなたは度胸のない方ですね」と云はれた時の感じと何所か似通つてゐる。三四郎は恐ろしくなつた。（傍点筆者）

藤尾の愛の奴隷として、まなざしの自由を奪われていた小野さんは、藤尾の「黒い眸」や「深い眼」を正面から受け止め、愛の関係を打ち立てることができなかった。一方、三四郎は、正面からではないものの、「黒目の動く刹那を意識する」と、女のまなざしの動きをしっかりとキャッチしている。しかし、『夢十夜』では「死んで行く女」の「眼」が下から男を見上げていたのに対して、ここでは、逆転してうえから見下ろす形で女のまなざしが三四郎に注がれている。つまり、美禰子は、三四郎に「優越する女」として最初から現れている。言い換えれば、漱石のあばたに対する屈折したコンプレックスが、美禰子をして最初から男に対して優越する位置に立たせ、また三四郎に屈折した反応を取らせた。だから、三四郎は、美禰子の視線の動きを意識して、「恐ろしくなつた」と告白しているのである。このことから、ここではまだ、うえから女に見下ろされている分、三四郎は『虞美人草』の小野さんの面影に近く、美禰子は「強い女」藤尾の面影を宿しているといえるだろう。三四郎と美禰子の間に、本当の意味でのロマンスが成立しなかった理由の一つがここにある。

本心では女のまなざしに刺し貫かれることを求めながら、本能的な恐怖心とその反動としての虚勢から故意に余裕を装い、女のまなざしの正面に立つことから逃げ、はぐらかしてきた漱石。そんな漱石が、本気で「女」を自らのまなざしの前に現前させるために書いたのが『三四郎』だった。だが、美禰子もよし子も、共に二人のまなざしは、三四郎が正面から受け止め、そこに「地獄の裏」とまではいかなくても、自身の不安や苦悩を写し出させるには、あまりに若くて健全で、幸福に過ぎた。例えば、『三四郎』の「三」、三四郎が野々宮さんから頼まれ、東大病院に入院中のよし子に袷を届けに行き、初対面する場面、病室のドアを半分開き、なかを覗きこむと、よし子と顔を見合わせる。そのシーンを漱石は次のように描写している。

眼の大きな、鼻の細い、唇の薄い、鉢が開いたと思ふ位に、額が広くつて顎が削《こ》けた女であつた。造作は夫丈である。けれども三四郎は、かう云ふ顔だちから出る、此時にひらめいた咄嗟の表情を生れて始めて見た。蒼白い額の後に、自然の儘に垂れた濃い髪が、肩迄見える。それへ東窓を洩れる朝日の光が、後から射すので、髪と日光《ひ》の触れ合ふ境の所が菫色に燃えて、活きた暈《つきかさ》を脊負《しょ》つてる。それでゐて、顔も額も甚だ暗い。暗くて蒼白い。其中に遠い心持のする眼がある。高い雲が空の奥にゐて容易に動かない。けれども動かずにも居られない。たゞ崩れる様に動く。女が三四郎を見た時は、かう云ふ眼付であつた。（傍点筆者）

「遠い心持のする眼」、「高い雲が」「崩れる様に動く」よし子の眼には、『夢十夜』「第一夜」で死んでいった女の「眼」の余韻のようなものが感じられる。そのせいだろう、よし子の「崩れるように動く」眼は、もし三四郎の顔にあばたの跡が残っていたとしても、正確にそれを写し出す鏡ではない。その意味で、三四郎が、ということは、漱石が、小説のうえで、よし子と愛の関係を結ぶことは可能だったのかもしれない。すでに見てきたとおり、漱石が、女性との関わりにおいて、何より強く求めていたのは、意識の反映としての眼の自然な働きにおいて、男の顔のあばたを最初から意に介さないような眼、すなわち意識としての「差別」を超越した愛の眼であり、確かによし子の眼はそのような眼として見えるように書かれているからである。

ところが、よし子の「遠い心持のする眼」は、まなざしの起点が後ろに退いているぶん、三四郎の顔との距離が遠ざかり、その結果、顔のあばたの像は鮮明度を失うかもしれないが、逆にその奥に潜むうちなる「地獄の裏」までは届こうとしない。つまり、三四郎の屈折した意識やコンプレックス、苦悩、不安、さらにいえば三四郎ですらまだ明確に意識しているとはいえない「地獄の裏」まで写し出す眼としては描かれていない。その意味では、よし子の「遠い心持のする眼」と「女の中の尤も女性的な顔」は、美禰子のような「女」としての攻撃性、あるいは誘惑性から免れていることで、漱石の好みに近い女性像だったはずだ。にもかかわらず、心の一番奥の潜在意識として、「女」の「眸」に己れの「地獄の裏」を写し出すことを願っていた漱石にとって、よし子は、三四郎をとおしてロマンスの関係を結びうる対象とはならなかったのである。

ならば、美禰子はどうだろうか？　『三四郎』の「四」で、広田先生の引っ越しの手伝いに駆り出された三四郎が、まだだれも来ていないので、一人広田先生の新居の縁側に腰かけていると、美禰子が庭木戸を開けて入って来る。二人が初めて対面し、言葉を交わす場面で、漱石は美禰子の「眸」を次のように描写している。

「失礼で御座いますが……」

女は此句を冒頭に置いて会釈した。腰から上を例の通り前へ浮かしたが、顔は決して下げない。

会釈しながら、三四郎を見詰めてゐる。女の咽喉《のど》が正面から見ると長く延びた。同時に其眼が三四郎の眸《ひとみ》に映つた。

二三日前三四郎は美学の教師からグルーズの画を見せてもらつた。其時美学の教師が、此人の画いた女性の肖像は悉くオラプチユアス（肉感的）な表情に富んでゐると説明した。オラプチユアス！　池の女の此時の眼付を形容するには是より外に言葉がない。何かに訴へてゐる。艶なあるものを訴へてゐる。さうして正しく官能に訴へてゐる。けれども官能の骨を透かして髄に徹する訴へ方である。甘いものに堪え得る程度を超えて、烈しい刺激と変ずる訴へ方である。甘いと云はんよりは苦痛である。卑しく媚びるのとは無論違ふ。見られるものの方が是非媚びたくなる程に残酷な眼付である。（傍点筆者）

『虞美人草』の藤尾ほどではないものの、美禰子は、男の方から「媚びたくなる」目付きをしていることで、性的なプレゼンス（存在感）と誘引力において、よし子とは対照的に強い女として描かれている。東京に出てくる汽車のなかで偶然乗り合わせた女と名古屋で下り、同じ旅館の同じ布団のなかで一夜を明かしながら、何事もなく過ごし、翌朝別れ際に「あなたは余つ程度胸のない方ですね」と笑われた三四郎のことだ、顔のあばたがあってもなくても、肉感的な美禰子のまなざしを正面から受け止められないのは当然のことだ。美禰子の「見られるものの方が是非媚びたくなる目付き」は、精神的にも、性的にも未成熟な三四郎が正面から受け止め、自身を写し出すにはあまりに強く、攻撃的であったからである。一方、美禰子の方も、よし子同様に内部の「地獄の裏」を「眸」に写し出すには、あまりに若く、健全で、幸福でありすぎた。いや、そもそも写し出すような女の「地獄」をまだ抱えこんでいなかった。だから、三四郎と美禰子の間では恋愛が進みそうで、進まなかったのである。

したからじっと見上げる「眼」

『三四郎』において、「女」の「眸」に未熟な自分の顔をある程度まで写すことまではできても、まなざしの誘引力に引かれて「女」という存在のなかに入って行くことができなかった漱石。どうしたら、「女」のまなざしを媒体に、自己の内部の暗い「地獄の裏」に降りて行くことができるのか。『それから』は、その疑問に対する答えとして書かれた小説だが、漱石は、『三四郎』を書くまえに『夢十夜』を書いたように、『それから』を書き出すまえに、試みの小説として、『永日小品』というタイトルで、再び朝日新聞にショート・ショート風の短編の連載をはじめている。そして、書かれたのが「下宿」と「過去の臭ひ」の連作であり、漱石はここで、アグニスという少女のまなざしを蘇らせたことで、漱石にとって起死回生、乾坤一擲ともいっていい小説『それから』で、三千代の「眼」を導き出すきっかけを摑み取っていったのである。

アグニスのしたから見上げる「眼」を念頭において、再び『永日小品』を最初から読みかえしてみて、ある驚きと共に発見するのは、物語の語り手、あるいは中心人物をしたから、あるいはうえから見据える「眼」や「眸」、あるいは「まなざし」が形を変えて何度も出てくることである。すなわち、第二話の「蛇」では、父が濁流のなかから摑まえ、土手に放り投げた蛇が、「草の中からむくりと鎌首を一尺許り持ち上げ」「屹《きつ》と二人を見た」とあり、蛇の目と正面から対面している。第四話の「柿」では、「喜いちやん」という女の子が、裏の長屋のいじめっ子の与吉から意地悪をされ、その復讐に渋柿を食わせる。一口齧った与吉は、柿を吐き出し、「懸命の憎悪を眸《ひとみ》の裏に萃《あつ》めて」、喜いちゃんに柿を投げつける。そして、第六話では、ロンドンはウエスト・ハムステッドの下宿先の食堂で金之助の心を見透かしたような「目遣い」で金之助を見た「主婦」の「黒い瞳」と玄関で、詫びるようにしたから見上げる少女アグニスの眼を、第八話の「猫の墓」では死んでいく猫の眸が、さらに第十三話の「モナリサ」では、骨董屋から買ってきて、書斎の欄間に掛けたダ・ヴィンチの絵の複製が「切れ長の一重瞼の中から静かな眸が座敷の下に落ちた」とある。第二十一話の「声」では、「過去の臭ひ」のアグニスとは打って変わって、蒼くむくんだ顔の婆さんが、下宿の庭先の梧桐のしたから、「腫れぼつたい瞼の奥から細い眼を出して」二階から見下ろしている豊三郎を見上げている。

「蛇」、「いじめっ子」、「幽霊」のような「老令嬢」、「影のような少女」、「死んだ猫」、「複製のモナリサ」、「むくんだ顔の老婆」……、『永日小品』を書き進めるうえで、異形の者と言おうか、世界の底辺あるいは周辺で無視され、見捨てられ、嫌悪され、さげすまれ、いわば退化の象徴として存在してきた小さく、惨めで、不吉なものの「眼」、それも漱石の顔のあばたを鋭く見据える「眼」や「眸」が、『三四郎』を書き終わったあと、次の小説のテーマを探す漱石にとって、極めて深刻で、重大なテーマであったことが分かる。おそらく、『三四郎』で、三四郎に美禰子やよし子とまなざしをとおして「愛」の関係を結ばせることに失敗した漱石は、自分が、結局は自分の顔のあばたを見据える女の目から逃げていることを思い知らされたはずだ。だからこそ、『永日小品』を書き継ぐことで、自らのあばたの顔を、鋭く容赦なく写し出す眼を、あえて執拗に探し求めたのである。それは漱石にとって辛い試練であったが、とにかく書き進めていく過程で、蛇やいじめっ子や幽霊の眼が蘇ってきた。そして、そういえば、ロンドンでもといった感じで、記憶に蘇ってきたのが、ミルデ家の「主婦」の眼であり、アグニスの「大きく潤いのある眼」であり、そしてそこにあざやかに写し出されていたミルデ家の「暗い地獄の裏」であった。

漱石は、おそらく、「下宿」と「過去の臭ひ」を書き進めるなかで、アグニスのまなざしとそこに写し出された「地獄の裏」を正面から見据えることによってしか、自分の前に「女」を蘇らせることも、自分の「地獄の裏」に降りて行くことも、そしてまた作家としてまえに進むこともできないと思い極めていたはずだ。その意味で、「下宿」と「過去の臭ひ」は、漱石自身のあばたの顔と「地獄の裏」を写し出すための装置として「女」のまなざしを現前させるために、書かれなければならなかった最初の、試みとしてのテクストであった。二つとも、『それから』以降に展開される漱石文学の構造を根底から支える基礎石として、極めて重要な位置を占める作品と言っていい。にもかかわらず、二つとも、よほど注意深く読んで行かないと見落としてしまいかねないほど小さく、ささやかな作品である。事実、これまで漱石の作品について行われてきた膨大な言説のなかで、この二つの作品を、『それから』以降の漱石文学の展開に対して持つ本質的意味という視点から正確に読み抜いたものはほとんどないといっていいだろう。

漱石は、まなざしをとおして「女」を蘇らせるに当って、『夢十夜』の第一夜では「死んでいく女」、そして「過去の臭ひ」では「影」のような十三、四歳の少女アグニスと、『虞美人草』の藤尾や『三四郎』の美禰子と比べて、「女」としての存在感において、あるいは性的な誘引力において、攻撃性の弱い女に貶めている。漱石としては、とにかく最初に、自身の手で制御できる弱き者として「女」を現前させ、そのまなざしに自らの顔と「地獄の裏」を写し出させ、そのイメージを正面から受け止める必要があった。漱石は漱石なりに、臆病で卑怯な自分でも正面から向かい合える女のまなざしとして、夢のなかで見た死んでいく女の、あるいはロンドンの下宿先で出会った十三、四歳の少女のまなざしを、蘇らせる必要があったのだ。ところが、せっかく蘇らせたアグニスからも、したからじっと見上げるまなざしの力に押されて、漱石は逃げて帰ってしまった。いや、よしんば逃げなくて、アグニスのまなざしを正面からしっかりと受け止めたとしても、ロンドンの下宿先で下女として働いている「幽霊」のような少女と共に「地獄の裏」まで降りて行くわけにはいかなかった。ならば、どうすればいいのか？　そう思いあぐねていたときに、再度漱石に進むべき道を教えたのは、一羽の小鳥であった。『永日小品』二十三番目の「心」で、漱石の頭の上で「真白に咲いた梅の中」から飛び出し、いったん柘榴の枝にとまり、手摺にとまってから漱石の右手に止った小鳥であった。

「心」——小鳥となって

『永日小品』の暗く、いじけて、そのくせ奇妙に鋭い弱者としての女の「まなざし」のテーマは、「心」で一転して、「美しい小鳥」となって現れる。小鳥が、「チヨチヨ」と鳴いていた「真黒な眼」の文鳥、しかも死んでしまったあの文鳥の化身であることは言うまでもない。

この短い不思議な物語で、「自分」は、小鳥を籠のなかに入れて、春の日陰が傾くまで見入る。そして、「此鳥はどんな心持で自分を見てゐるだらうか」と考える。「自分」が小鳥の目に見入っていることは確かである。そこに写っているのは「自分」の顔だ。そして、「自分」は、この小鳥が「自分」のあばたの顔を瞳に写しながら、そのあばたをどう思っているかと思っている。だが、小鳥の瞳は、文鳥と同じように、あばたを写しながらも、意識のレベルではあばたの意味は完全に無化されている。籠のなかの小鳥が、「自分」の指先に乗ってきたのも、「自分」の、ひいては漱石の顔のあばたなどまったく意に介さず、漱石の心の貴さに惹かれたからである。

「自分」は、『文鳥』のなかで「紫の帯上げの女」と心を通わせたように、小鳥の「眸」を覗きこみ、心と心を交わし合う。それを「愛」と呼ぶなら「愛」と呼んでいいだろう。男は、その瞳に誘われたのであろう、やがて表通りに散歩に出る。そして、小鳥に乗り移ったような気持ちで、賑やかな通りを「欣々然《きんくぜん》として」歩いていると、突然「宝鈴が落ちて廂瓦《ひさしがはら》に当る様な音が」する。はっと思って向こうを見ると」五、六間先の狭い路地の入口に、「女」が一人立っている。(註2)

「百年の昔から此処に立つて」……そう、「女」は、「たった一つ自分の為に作り上げられた顔」の女に蘇り、漱石の前に幽然と現れ出てきたのだ。無言のままじっと見つめあう「目」と「目」、「眸」と「眸」。女は黙ってうしろを向き、「不断の自分なら躊躇する位に細くて薄暗い」露次を入って行く。このとき、「自分」も小鳥に変身して「女」のあとをつけていく。

女は二尺程前に居た。と思ふと、急に自分の方を振り返つた。さうして急に右へ曲つた。其の時自分の頭は突然先刻《さつき》の鳥の心持に変化した。さうして女に尾いて、すぐ右へ曲つた。右へ曲ると、前よりも長い露次が、細く薄暗く、ずつと続いてゐる。自分は女の黙つて思惟する儘に、此の細く薄暗く、しかもずつと続いてゐる露次の中を鳥の様にどこ迄も跟《つ》いて行つた。

「眸」を媒介として小鳥に化身し、理想の女のあとをつけて行く「自分」。『倫敦塔』からはじまり、『虞美人草』、「文鳥」、『夢十夜』、『三四郎』、「下宿」、「過去の臭ひ」……と続いた漱石の、自分を見つめる「女」探しの旅は、遂に「たつた一つ自分の為に作り上げられた顔」の女を探し当て、その女のあとを追い求めて、細く、薄暗い露次の奥へ奥へとついて行く。

だが、まだこの時点では、「露次の奥の奥」で向かい合うべき女の瞳も顔立ちも具体的には見えていない。「瞳」を媒介とした理想の女性との出会いが予感されているだけである。ただ、ここでの愉悦に満ちた追跡の足取りが、これから書くべき長編小説の主題を探し当てた漱石の喜びと高揚感を素直に物語っていることは明らかである。事実、漱石は、そのあとすぐ、予感に導かれるようにして『それから』を書き、三千代のまなざしと正面から向かい合い、その瞳に写し出された自身の「地獄の裏」へと共に降りて行くことになるのである。

アグニスから三千代のまなざしへ

「文鳥」から『夢十夜』を経て『三四郎』、『永日小品』、そして『それから』を書くまでわずか半年余り。この間、漱石は、自らを写し出す他者として、女性の「まなざし」を小説的な造形のなかに現前させようと、懸命に努力してきた。事実、「文鳥」、『夢十夜』から『それから』まで、女たちのまなざしに注意を払いつつ、読み進んでくると、漱石の描く「女」の「まなざし」が、「強い女」のまなざしから「弱い女」のまなざしへと、また抽象的でロマンチックなものからより具体的で、生きた「女」のまなざしに大きく変わってきている事実に驚かざるをえない。小説を書き継ごうとする漱石の意識のなかで、女の「眸」のイメージは大きく変わり、具体的な生きた女性の「眸」、すなわち「文鳥」や「紫の帯上げの女」、『三四郎』の美禰子やよし子を経て、「下宿」のアグニスの見上げる「目」と再会したことを決定的な契機として、「心」の小鳥に導かれるようにして、『それから』の三千代の「眸」に向かって急速に収斂して行ったのである。

『それから』の「四」で、漱石は、友人の平岡の妻となっている三千代の顔立ちを「色の白い割に髪の黒い、細面に眉毛《まみへ》の判然《はつきり》映る女である。一寸見ると何所となく淋しい感じの起る所が、古版の浮世絵に似てゐる」（傍点筆者）と描いたあと、その「眼」について、次のように描いている。

> 三千代は美くしい線を綺麗に重ねた鮮かな二重瞼《ふたへまぶた》を持つてゐる。眼の恰好は細長い方であるが、瞳を据ゑて凝《じつ》と物を見るときに、それが何かの具合で大変大きく見える。代助は是を黒眼の働らきと判断してゐた。三千代が細君にならない前、代助はよく、三千代の斯う云ふ眼遣《めつかひ》を見た。さうして今でも善く覚えてゐる。三千代の顔を頭の中に浮べやうとすると、顔の輪郭が、まだ出来上らないうちに、此黒い、湿《うる》んだ様に暈《ぼか》された眼が、ぽつと出て来る。（傍点筆者）

ここに描かれた三千代の「眼」には、ロンドン塔で出会った若い女の「漾うような眼」に源を発し漱石がそれまで創造してきたすべての女の「眼」と「眸」と「まなざし」のイメージが流れこんでいる。だが、一層重要なことは、三千代の風貌が、「古版の浮世絵に似てゐる」と記され、その眼が「細長い方であるが」と描写されていることである。おそらく、三千代は、小説において漱石が描いた最初の眼の細長い女であるが、そのイメージが『文鳥』の「紫の帯上げの女」を引いていることはすでに述べたとおりだが、もう一つ、『永日小品』の「モナリサ」で、井深が古道具屋から「八十銭」で買ってきた複製のモナリサの「切れ長の一重瞼」の眼を引いていること、そしてそこに「東」の女と「西」の女の眼のイメージにおける融合・合体が読みとれることを付け加えておきたい。

ところでもう一つ三千代の「眼」が、『三四郎』の美禰子やよし子の「眼」と大きく違うのは、「瞳を据えて凝と物を見る」と、愛の対象である代助に正面からまなざしを注ぐ「眼」として描かれていること、そして、そのように見るときに「何かの具合で大変大きく見える」と、「瞳」が大きく変化するものとして描かれていることである。つまり、三千代の「瞳」は、「凝と」代助のあばたの顔を見つめつつ、大きく見開くことで、焦点距離が代助の顔の表層から、内面の奥へと伸び、そこに隠された「地獄の裏」とさらにその奥に潜む代助の「愛する」人間としての貴さを、ひたと見つめるものとして描かれているのである。ここでもう一つ見落としてならないのは、三千代が、代助に「棄てられ」て平岡と結婚し、一子を儲けながら、すぐに死なせ、心臓の欠陥に血色を失い、かつまた夫の愛を失いながら、夫のために代助に金を借りに来ている……と、それまで漱石が描いてきた藤尾や美禰子、よし子と比べて、遥かに弱く、多くのものを失った不幸な女として描かれていることである。漱石の小説で、彼女ほど女として劣等性を負わされたヒロインは他にない。弱くて、失われた「女」という意味で、三千代は、間違いなく『夢十夜』の死んでいく女や「過去の臭ひ」のアグニスの血を引く「女」である。

しかし、三千代が「死んでいく女」やアグニスと決定的に違うのは、彼女が、代助の「僕の存在には貴方が必要だ。どうしても必要だ」という告白を受け、男の愛を確認することによって一気に「女」として復活、「強い女」に変身していくことにある。『それから』の「十四」の終わり近く、代助が三千代に愛を告白し、「三千代さん、正直に云つて御覧。貴方は平岡を愛してゐるんですか」「では、平岡は貴方を愛してゐるんですか」と代助から迫られ、三千代が覚悟を固める場面。

三千代は矢張り俯つ向いてゐた。代助は思ひ切つた判断を、自分の質問の上に与へやうとして、既に其言葉が口迄出掛つた時、三千代は不意に顔を上げた。其顔には今見た不安も苦痛も殆んど消えてゐた。涙さへ大抵は乾いた。頬の色は固より蒼かつたが、唇は確《しか》として、動く気色はなかつた。其間から、低く重い言葉が、繋がらない様に、一字づゝ出た。

「仕様がない。覚悟を極めませう」

代助は脊中から水を被つた様に顫へた。社会から逐い放たるべき二人の魂は、たゞ二人対《むか》ひ合つて、互《たがひ》を穴の明く程眺めてゐた。さうして、凡てに逆つて、互《たがひ》を一所に持ち来たした力を互と怖れ戦《おのの》いた。


向かい合い、ひたと見つめ合う二つの「眸」、「まなざし」……。代助は、「強い女」として蘇った三千代の「まなざし」を正面からしっかりと受け止め、二人がこれから社会の掟を破って、「愛」の関係を結ぶことになる、そのことの重大さに恐れおののいている。しかし、女は一旦覚悟を決め、一線を踏み越えると強い。二日後に訪ねてきた三千代に、代助が、これまで父から受けてきた財政上の援助が、これから先、二人が一緒になると期待できなくなるかもしれないと不安を口にすると、三千代は、「そんなものは欲しくない」と言い切る。そして、声を立てて泣く三千代に、代助が「じや我慢しますか」となだめると、

「我慢はしません。当り前ですもの」

「是から先まだ変化がありますよ」

「ある事は承知してゐます。どんな変化があつたつて構やしません。私は此間から、――此間から私は、若《もし》もの事があれば、死ぬ積で覚悟を極めてゐるんですもの」

代助は慄然として戦いた。

「貴方は是から先何《どう》したら好いと云ふ希望はありませんか」と聞いた。

「希望なんか無いわ。何でも貴方の云ふ通りになるわ」

「漂泊――」

「漂泊でも好いわ。死ねと仰しやれば死ぬわ」

代助は又竦《ぞっ》とした。


ここには、「弱い女」三千代はいない。「強い女」から逃げて、逃げ通してきた漱石は、ここにおいて、三千代のあまりの変わりように「慄然とし」、「又ぞっとし」ながら、ようやく踏み止どまり、「弱い女」を「強い女」に生まれ変わらせることによって、生まれて初めて「女」の存在を正面から受け止め、共に「地獄の裏」にまで降りて行く決意を固めることができたのである。

すでに記したように、三千代は、漱石の小説のなかで、ただ一人例外的に「女」としての特権を全面的に失なった女である。にもかかわらず、一つの小説のなかで、「弱い女」から「強い女」へと復活、変身したただ一人の「女」でもある。『虞美人草』の藤尾も『三四郎』の美禰子もよし子も、小説のなかで、三千代のように「死」から「生」へと復活し、「強い女」へと化身する「女」としては描かれていない。ここに『それから』の文学的リアリティと三千代の二十世紀を生きようとする「女」としての決定的新しさがあるといっていいだろう。

小説のはじまりにおいては、『夢十夜』の「死んで行く女」、あるいは『三四郎』のよし子の「眸」のイメージを留めていた三千代の「眸」は、愛の告白のドラマが進むに従って大きく変わり、最終的には漱石の分身と言っていい代助の「眸」にまで化身していく。「眸」あるいは「まなざし」における「代助」と「三千代」の合体。『それから』は、数多い漱石の小説のなかで、『男』と『女』が、「眸」あるいは「まなざし」において合体を遂げることに成功した、ほとんど唯一の例と言っていいかもしれない。

たとえば、『それから』の「十六」章のフィナーレ、代助が三千代と結婚する意志を平岡に伝える場面、絶交を条件に離婚を承諾した平岡が、三千代の健康を理由に、引き渡す時期を少し遅らせて欲しいと頼むと、それを代助が、三千代が死んでから死体を引き渡すつもりかと勘違いして、詰問する場面を読みかえしてみよう。


「ぢや、時々病人のことを聞きに遣つてもいいかね」

「夫は困るよ。君と僕とは何も関係がないんだから。僕は是から先、君と交渉があれば、三千代を引き渡す時丈だと思っているんだから」

「あっ。解った。三千代さんの死骸丈を僕に見せる積なんだ。それは苛い。それは残酷だ」

代助は洋卓の縁を回って、平岡に近づいた。右の手で平岡の背広の肩を抑えて、前後に揺りながら、

「苛い、苛い」と云った。

平岡は代助の眼のうちに狂へる恐ろしい光を見出した。肩を揺られながら、立ち上がった。

「左んな事あるもんか」と云って代助の手を抑えた。二人は魔に憑れた様な顔をして互を見た。

（傍点筆者）

命と引き換えに、差し違えて死んでもいい。そのくらいの覚悟を込めて、書かれた迫力ある場面で、漱石が、それまで小説という形式で書き継いできたもののなかで一番強く、深く読み手の心を打つドラマチックで、かつ文学的リアリティの漲ぎる記述といっていいだろう。漱石がこの文を書いたときが四十二歳。自分が、つらく苦しく、不本意な人生をとおして追い求めてきたもの、何が何でも書いておきたいと思ってきたものの全てがここにある。これだけは書いておきたい！　そして読んで欲しい！　そんな切実な漱石の魂の叫び声が直接に伝わってくる文章である。事実、それまで書き上げてきた小説のすべては、この場面を書くために書かれてきたといっても過言でないだろう。

ここで絶対に読みおとしてならないのは、「平岡は代助の眼のうちに狂へる恐ろしい光を見出した」と、妻を奪う男と奪われる男の、まなざしにおける対決のドラマが頂点に達した時点で、「書く」主体が突然代助から平岡に逆転していることである。『それから』は、最初から最後まで、書き手である漱石が、代助を通して見たドラマとして描かれている。つまり、漱石の眼は代助の背後から離れることなく、ぴったりと付き添う形でドラマの進展を見とどけ、記述していく。しかし、この場面一カ所だけ、漱石の目は代助から離れ、平岡の側に立ち、平岡の目を通して代助のまなざしを正面から見据え、そこから吹き出てくる「狂へる恐ろしい光」を描き取っている。それだけ、漱石は、この場面で代助の激しいまなざしと同化していたということで、そのために、代助のまなざしに宿る「狂へる恐ろしい光」を客観的に表現できるだけの、書き手と主人公の距離が失われてしまっていた。漱石が、間髪を置かず、平岡に飛び移り、平岡の眼から描かざるをえなかったゆえんである。

ここでの描写でもう一つ重要なことは、漱石自身が代助を通して三千代になり代わって、ということは漱石が三千代に憑依し、その三千代がさらに代助に憑依する形で、平岡と正面から対決していることである。つまり、この対決の場面で、代助を三千代に置き換え、代助が平岡に投げつけている言葉のうち、「三千代」を「君」に、「君」を「代助」に置き換えると、すべてが三千代と平岡のやりとりとして読めるということである。


「ぢや、時々病人のわたしの様子を代助さんが聞き来てもいいわね」

「夫れは困るよ。代助と僕とは何も関係がないんだから。僕は是から先、彼と交渉があれば、君を引き渡す時丈だと思っているんだから」

「あっ、解った。私の死体を代助さんに見せる積なんだ。それは苛いわ。それは残酷だわ!」

三千代は洋卓の縁を回って、平岡に近ついた。右の手で平岡の背広の肩を抑えて、前後に揺すりながら、

「苛いわ、苛いわ!」と言った。

平岡は三千代の眼のうちに狂へる恐ろしい光を見出だした。肩を揺られながら、立ち上がった。

二人は魔に憑かれた様な顔をして互を見た。


三千代は、ここで代助の「眼」をとおして、自分を棄てて、裏切った平岡を復讐しているのである。だから、平岡を正面から見据えた代助の目の「狂へる恐ろしい光」は、最初は代助に、そして二度目は平岡に裏切られた三千代のまなざしでもあり、また、二人の眼の「狂へる恐ろしい光」を受け止める平岡は、漱石自身のもう一人の分身でもあったのだ。おそらく、その時、漱石は、代助の「眼」を

とおして三千代の、三千代の「眼」をとおしてアグニスの「眼」に写し出された「暗い地獄の裏」を見据えていたはずである。漱石は、『それから』を書くことによって、初めて己れのうちなる「暗い地獄の裏」を見据える本当の勇気を摑んだと言っていいだろう。

漱石は、『それから』の代助と三千代の向かい合って、「穴の明く程」見つめ合う「眼」の原イメージを、アグニスの下から見上げるまなざしのイメージから得たに違いない。だが、それにしても、漱石は、この見上げる少女のまなざしのイメージをどこで、どうやって手に入れたのだろうか？ おそらく、アグニスに相当する年頃の下女に「じっと見上げ」られたという体験、あるいはそれに類した体験だけは、ミルデ家に下宿していた三週間の間にあったのではなかろうか。まったくのフィクションとして、アグニスというキャラクターを創造するには、アグニスのまなざしはあまりにリアルで、強烈すぎるからである。だが、そうした直接的体験とは別に、もう一つ、ロンドンの白人社会のなかで二年間生活し、自分のあばたの顔と黄色い肌を白人たちの瞳や街頭のショーウィンドーに写し出したことで、金之助の意識の前面に大きく浮かび上がってきた「鏡」のイメージが、アグニスの眼に投影していることも見落としてはならないだろう。

ともあれ、『三四郎』を書き上げ、次のステップとして『それから』を書きはじめるまえに、漱石は九年前の「じっと自分を見上げる」少女の「眼」を蘇らせ、そのまなざしに怯えつつ、「下宿」と「過去の臭ひ」を書いた。思い返せば、ミルデ家のドアのまえに立って、アグニスから「じっと見上げ」られたとき、金之助は、ロンドン塔を見て回ったときと同じように、「文部省派遣留学生」としての記号的意識の「常態」を失い、「小説家夏目漱石」に変身するギリギリの瀬戸際に立たされていたはずである。だが、そのすぐあとで、ドアを閉め、長尾半平に会うこともしないまま帰ってしまったことで、金之助は、「書く人夏目漱石」に変身しうる内なる可能性を自ら封殺し、「文部省派遣留学生夏目金之助」にかろうじて戻ることができた。その意味で、「倫敦塔」と同様に、「下宿」と「過去の臭ひ」は、巨大な漱石文学の山脈にあって、ほとんど見捨てられてきた小品ではあるが、自らの手で一度は封殺してしまった可能性としての「小説家夏目漱石」を蘇らせ、まえに進むために書かなければならなかったという意味で、極めて重要な意味を持つ小説であった。

「下宿」と「過去の臭ひ」が、『永日小品』と題して、大阪朝日新聞に連載された時期、漱石は、作家的生涯の転換期を迎えていた。具体的には、『吾輩は猫である』や『草枕』など、漱石自身の定義を借りれば「俳諧文学」から作家的キャリアをスタートさせた漱石は、「俳句趣味は此閑文字の中に逍遥して喜んで居る。然し大なる世の中はかゝる小天地に寐ころんで居る様では到底動かせない。然も大に動かさゞるべからざる敵が前後左右にある。苟《いやしく》も文学を以て生命とするものならば単に美という丈では満足が出来ない」（鈴木三重吉宛書簡／明治三十九年十月二十六日）と、人間の存在の深遠、特に自己の内面の根源的苦悩に降り立つべく、『坑夫』、『三四郎』を経て、『それから』、『門』へとより深刻で、内面的な自己の「暗い地獄の裏」へと女性と手を取り合って降りて行く。いわば「明」から「暗」、「光」から「闇」、「表」から「裏」へと逆転的に下降していくことを漱石に促し、決断させたのがアグニスの「下から見上げる」「大きな潤いのある眼」であった。

『三四郎』から『それから』へと読み継いでいくとき、わたしたちは、『それから』における小説家夏目漱石の飛躍の大きさに驚かざるをえない。わずか半年の間に、なぜそれが可能だったのか？　繰り返しを恐れずに言えば、漱石が、代助をとおして、三千代という女のまなざしを正面から見据え、そこから吹きあげてくるものを逃げずに受け止め、三千代と共に「女」という存在の「地獄の裏」に落ちて行くことを引き受けたからに他ならない。その意味で、漱石は、『それから』を書くことによって、初めて「女」を書く小説家として、そしてまた真の二十世紀の小説家として立つことができたのであり、その奇跡と言っていい飛躍を促すバネとなったのが、「過去の臭ひ」のフィナーレで、「詫びるように」漱石を見上げた、あの「影」のような少女アグニスの「大きな潤いのある眼」であった。

（註1）漱石が、作家人生の最後に至るまで、いかに女性の眼に自らの顔のあばたを写し出すことを恐れ、忌避したかは、『明暗』の「百七十五」で、津田が、迷路のような夜の温泉宿の廊下を歩くうち、方向感覚を失い部屋に帰れなくなり、どうしたものか立ちすくんでいるところで、清子に出会う場面の記述にも明らかである。津田は、部屋を探して廊下を歩くのも一興だと思い、どこかで清子にあえるかもしれないという淡い期待を抱きつつ、気ままに歩いて行くうちに、洗面所に行き当たる。そして流しに置かれた金だらいから山水が溢れ流れているのにしばらく見入ったあと、ふと姿見に写った自身の姿に気付き、驚く。この場面を、漱石は次のように記述している。

「彼は相手の自分であること事に気が付いた後でも、猶鏡から眼を放す事が出来なかった。湯上がりの彼の血色は寧ろ蒼かった。（中略）彼は眼鼻立の整つた好男子であつた。顔の肌理も男としては勿体ないくらい濃かに出来上つてゐた。彼は何時でも其所に自信を有つてゐた。鏡に対する結果としては此自信を確かめる場合ばかりが彼の記憶に残つてゐた。だから何時もと違つた不満足な印象が鏡の中に現はれた時に、彼は少し驚ろいた。是が自分だと認定する前に、是は自分の幽霊だといふ気が先づ彼の心を襲つた。凄くなつた彼には、抵抗力があった。彼は眼を大きくして、猶の事自分の姿を見詰めた。すぐ二足ばかり前へ出て鏡の前にある櫛を取上げた。それからわざと落付いて綺麗に自分の髪を分けた。」

津田は、そのあと、近くの部屋の障子を開け閉てたする音を聞き付け、洗面所と向かい合わせになった梯子段のうえを見上げる。そして、そこに清子が現れる。

津田が、ここで「幽霊」のような自分の姿に驚きながら、怯まずに鏡に写る影像を見詰め、髪の毛を分け直したのは、すぐそのあとに清子と再会することを予感していたからである。だが、ここで一番重要なのは、鏡に写る自分のあばたの顔を見ることをあれほど嫌がった漱石が、津田には「眼を大きくして」、自身の「幽霊」のような鏡像を「見詰め」させていることである。なぜそうさせたのか？　それは、自分を捨てて逃げていった清子と立ち向からうえで、津田に気持ちの面で引けを取らせたくなかったからであり、また、津田にそれができたのは、津田が「眼鼻立ちの整った好男子であつた」からである。つまり、小説家として功なり成り名を遂げたあとも、あばたの顔のままでは、清子に象徴される女性と正面から向かい合うことができなかった漱石は、フィクションとはいえ、津田の容貌をハンサムな「好男子」に格上げすることによって、ようやく清子と向かい会わせることができたのである。このように手の込んだ、小説技法上の細工を施さなければ、愛の対象としての女性（清子）と向かい合えない。そこに、ロンドンでの鏡像恐怖の体験が、トラウマとなって小説家夏目漱石の内部に、しぶとく最後まで生き残っていた事実をうかがい見ることができよう。

（註2）ここでの「百年の昔から（中略）自分を待つてゐた顔」の女については、例によってモデル探しが盛んに行われてきた。なかでも、宮井一郎は、『夏目漱石の恋』で、「私はこれこそが漱石の唯一の直截な恋愛告白であると信じている」として、子規宛の書簡や漢詩、妻鏡子の回想などの資料に基づいて、金之助が小石川の伝通院に近い法蔵院という寺に下宿していた頃、トラホームに罹り、治療のため駿河台の井上眼科という眼医者のところに通っていたことがあり、その折、待合室で会っていた「細面の美しい女」（夏目鏡子『漱石の思い出』）であると特定している。しかし、こうしたモデル探しは、伝記的事実を明らかにすることで、相応の意味はあるものの、『三四郎』と『それから』の間にあって、『永日小品』のシリーズで書かれた「心」をテクストとして読み抜き、その文学的意味を解明するということでは、ほとんど意味は認められない。確かに、「心」を書くうえで、過去に思慕を捧げた女のイメージに触発されたということは有り得ないことではない。しかし、「心」を普通に読めば、この作品が、過去の恋の告白やかなえられなかった恋への追慕が目的で書かれたものでないことは明らかである。肝心なことは、漱石が、ここで結果的に『三四郎』の美禰子から『それから』の三千代へと繋がる糸に引かれて、新たな小説的形象の萌芽として「自分を待つてゐた女」に出会ったこと、そして、その女のあとを小鳥に変身して追いかけ、ついて行くことによって、新たなヒロインのイメージを獲得しようとしていることなのである。

第十四章　黄色くきたない日本人

深い霧の中で

ロンドン塔やウエストミンスター寺院など名所見物を一通り終え、美術館や博物館巡りもすませ、ユニバシティ・カレッジで週一回、中世文学の権威、ウィリアム・ペイトン・ケア教授の授業を聴講、さらにシェークスピア学者のウィリアム・クレイグに個人教授を受けるなど、独学による留学生活が一応スタートするのを待って、金之助は、ガウワー街の宿を出て、ウエスト・ハムステッドのプライオリー・ロード八十五番地、ミルデ家の下宿に移る。表向きの理由は下宿代を少しでも安くして本代を浮かすためというのは既にみたとおりである。だが、ここも下宿代が高いと、一カ月ほどして再び、今度はテムズ河の南向こう、カンバーウェル・ニュー・ロードの下宿に移る。次いで、十二月二十五日、「昨日は当地の「クリスマス」にて日本の元旦の如く頗る大事の日に候。青き柊にて室内を装飾し家族のものは皆其本家に聚《あつま》り晩餐を喫する例に御座候」（「夏目鏡子宛書簡／明治三十三年十二月二十六日）とロンドンで最初のクリスマスを過ごし、一週間後、二十世紀最初の正月を迎えている。

こうして、不満足ながら、一応、留学の体制を作り上げ、いよいよ本格的に英文学研究のため読書をはじめようとした金之助だったが、生活が落ち着き、心が「常態」を取り戻してくると、カルチャー・ショックというのか、自然環境から社会、生活環境まで含めて、それまで自分が生活してきた東京や熊本のそれと今、自分がいるロンドンとの著しい違いと隔たりが気になりだす。金之助は、それまでに松山と熊本で、外から来たものとして生活している。今のように交通や情報伝達メディアが発達していなかった時代、東京との違いは著しく、江戸に生まれ、東京に育った金之助にとって、生まれて初めて体験する異郷での生活は、物珍しくもあり、同時にいらだたしいものでもあったはずだ。だが、よそ者として敬遠されることもなく、東京から来たエリート教師として尊敬され、松山中学校時代の給料が校長と同じだったことなど、待遇の面でも不足はなかった。文化的に圧倒的に優越する東京、それも江戸の名主の子として生まれ、江戸の名残が強く残る明治に育ち、東京帝国大学文科大学を優秀な成績で卒業した金之助だけに、その社会・文化記号的優越性は、まったく疑いようがなかったからである。

そうした意味で、『坊っちゃん』は、読みようによっては、「東京」という文化記号的優越性によって、「松山」という地方都市の劣等性を徹底的にくさし、笑いのめした意地の悪い小説なのだが、不思議なことに『坊っちゃん』はいまだに松山の文化記号的優越性を証明する象徴となっていて、松山をぼろっかすにけなした漱石に対する批判や不満の声は聞こえてこない。それは漱石が暴きたてた松山の東京に対する文化記号的劣等性を松山の人たちが受け入れたうえで、『坊っちゃん』に象徴される日本の帝都東京が生み出したエリート教師夏目金之助の優越性に便乗しているからにほかならない。

ところが、ここロンドンでは、「江戸っ子」は通用しなかった。生まれて初めて、風土、気候から人種、言語、社会制度、風俗、文化・芸術まであらゆる面で異質で、しかも優越する巨大都市ロンドンで生活してみて、金之助は初めて強い違和感を感じ取り、また己れの存在の劣等性を痛烈に意識させられたはずである。金之助が、最初に違和感を感じ、嫌悪したのは、霧と煤煙のために昼間でも薄暗いロンドンの気候だった。例えば、十二月二十六日、クリスマスの翌日、ロンドンに着いて初めて鏡子宛に出した手紙で「只天気のわるきには閉口、晴天は着後数へる程しか無之、しかも日本晴と云ふ様な透きとほる様な空は到底見る事困難に候。もし霧起るとあれば日中にても暗夜同然ガスをつけ用を足し候。不愉快此上もなく候」と不満を訴え、年を越して正月の三日、日記に「倫敦ノ町ニテ霧アル日、太陽ヲ見ヨ。黒赤クシテ血ノ如シ、鳶色ノ地ニ血ヲ以テ染メ抜キタル太陽ハ此地ニアラズバ見ル能ハザラン」とある。また、翌四日には「倫敦ノ町ヲ散歩シテ試ミニ痰ヲ吐キテ見ヨ。真黒ナル塊ノ出ルニ驚クベシ。何百万ノ市民ハ此煤烟ト此塵埃ヲ吸収シテ毎日彼等ノ肺臓ヲ染メツツアルナリ。我ナガラ鼻ヲカミ痰ヲスルトキハ気ノヒケル程気味悪キナリ」とあり、ロンドンの空気に生理的嫌悪感を抱きはじめたことがうかがえる。さらに、一月二十二日付、鏡子に宛てた二度目の手紙でも、「当地冬の季候極めてあしく霧ふかきときは濛々として月夜よりもくらく不愉快千万に候」と不平を漏らし、早く日本に帰って、「光風霽月と晴天白日」を見たいと甘えている。

日本と比べて、あまりに異常なロンドンの気候で、金之助をとりわけ不快にし、不安感を募らせたのがロンドン名物とされる深い霧であった。『永日小品』のなかの十五番目の作品「霧」のなかで、漱石は、ロンドンで体験した、それこそ一間先も見えないというくらい濃く、深い霧について印象的な記述を残している。この短編は、「昨宵《ゆうべ》は夜中枕の上で、ぱち〳〵いう響を聞いた。是は近所にクラパム、ジャンクションと云ふ大停車場《おほステーション》のある御蔭である」という冒頭の記述から、最後の下宿、クラッパム・コモンのザ・チェイス八十一番地、リール姉妹方で『文学論』執筆に向けてノートを取っていたころの、苦しい体験を思い出して書かれたものと推定される。漱石の説明によると、「ぱち〳〵いう響」というのは、霧があまりに深く、前方が見えないため、汽車が停車場に接近するとき、安全のために「爆竹の様な音を立てゝ相図をする」ためだという。

翌朝目を覚まし、北向きの窓のブラインドを上げてみると、裏庭のレンガの壁も霧に包まれて見えず、庭全体に「空しいものが一杯詰まって」いたという。この庭は奇麗な芝生で覆われ、春、晴れた日には「白い髯を生した御爺さんが日向ぼっこをしに出て来」て、「右の手に鸚鵡を留らせてゐる」か、そうでない時は、娘が芝刈り機で緑の芝生を刈っている。だが、この日は濃い霧のせいで、爺さんも鸚鵡も娘も出てきていない。裏通りを隔てた向こう側にゴシック式の教会があって、尖った塔の天辺で鐘が鳴るはずだが、それも霧のせいで、「丸で響かない」。その日、金之助は市内に用事があって、濃霧を冒して外に出ている。

表へ出ると二間許《ばか》り先は見える。其の二間を行き尽すと又二間許り先が見えて来る。世の中が二間四方に縮まつたかと思ふと、歩けば歩るく程新らしい二間四方が露はれる。其の代り今通つて来た過去の世界は通るに任せて消えて行く。

絵画でも、映画でも、演劇でも表現できない、文学だけに許された特権とでもいうべきか、リアルで想像力に富み、斬新な表現がここにある。金之助は乗り合い馬車に乗り、ウエストミンスター橋を渡って市内に入る。そのとき、白いものが一、二度眼を掠めて翻がへつた。眸を凝らして、其の行方を見詰めてゐると、封じ込められた大気の裡に、鷗が夢の様に微かに飛んでゐた。其の時頭の上でビッグベンが厳かに十時を打ち出した。仰ぐと空の中でただ音丈《だけ》がする。

夢のようにかすんでテムズ河上を翻る鷗、霧に閉ざされた空から厳かに鳴り響くビッグ・ベンの鐘の音。百年前の霧のロンドンが、目に見えるように鮮やかに蘇ってくる。ヴィクトリアで用を足して、テート美術館の傍らをテムズ河沿いにバターシー公園まで歩くと、「今迄鼠色に見えた世界が、突然と四方からぱつたり暮れた。泥炭《ピート》を溶いて濃く、身の周囲《まはり》に流した様に、黒い色に染められた重たい霧が、目と口と鼻とに逼つて来た」。湿気をたっぷり含んだ霧のせいで、コートは濡れたように重く、「葛湯」から立ち上ぼる湯気を呼吸するように息が詰まり、足元は穴蔵の底にようにじとじととうっとうしい。茶褐色の濃霧のなかで茫然とたたずむ金之助。傍らを人が通っていくが、肩が触れ合わないかぎり分からない。じっと霧の幕に目を凝らすと、何か黄色くどんよりと流れるものがある。それを目当てに四歩ばかり進むと、それは商店のショーウィンドーに映った自分の影であった。店のなかは明るく電光が輝き、人間がいつもと変わらぬ様子で振る舞っている。やれやれと安心する金之助。一息入れて下宿に帰ろうと、再び霧のなかを手探りで進むと、

バタシーを通り越して、手探りをしない許《ばか》りに向ふの岡へ足を向けたが、岡の上は仕舞屋許りである。同じ様な横町が幾筋も並行して、青天の下でも紛れ易い。自分は向かつて左の二つ目を曲つた様な気がした。夫《それ》から二町程真直ぐに歩いた様な心持がした。夫《それ》から先は丸で分らなくなつた。

暗い中にたつた一人立つて首を傾けてゐた。右の方から靴の音が近寄つて来た。と思ふと、それが四、五間手前迄来て留まつた。夫《それ》から段々遠退いて行く。仕舞には、全く聞えなくなつた。あとは寂《しん》としてゐる。自分は又暗い中にたつた一人立つて考へた。どうしたら下宿へ帰れるかしらん。

このフィナーレの「どうしたら下宿へ帰れるかしらん」を読んですぐに思い出すのは、第八章で取り上げた「印象」の記述で、漱石は、ロンドン到着二日目に、ロンドン市内を一人で歩き、南ア戦争義勇兵凱旋祝賀パレードの人に渦に巻きこまれ、道を見失ったときの不安の体験を思い起こして書いているのだが、そのなかで、漱石は「何処をどう曲つて、何処をどう歩いたら帰れるか、殆ど覚束ない気がする。よし帰れても、自分の家は見出せそうもない。その家は昨夕暗い中に暗く立つていた」と、同じような不安に囚われている。

ただ「霧」で書かれた体験は、ロンドン二年目の春以降のことと推定され、その分、ロンドン生活に慣れてきたせいか、「どうしたら下宿に帰れるかしらん」というつぶやきは、「印象」におけるほど切羽詰まった感じは与えない。つまり、うろたえてない分、霧の深さが一層リアルに読む者にせまってくる感じで、漱石の筆の冴えに驚かされる。さらにもう一つ、日記や書簡にはあれほどロンドンの気候に不平を鳴らしていながら、帰国後に書かれた「霧」では、九年間の時の流れが不平や不満を洗い流したせいだろうか、自分を深く閉じ込めたロンドンの霧を懐かしんでいるような筆遣いで全体が書かれていることも見落としてならないだろう。

ともあれ、「印象」を書いたのがきっかけとなって、霧のなかで道を失って、下宿に帰れなくなったときの体験が想起され、「ああ、あの時も……」といった想いで書かれたのが「霧」なのだろう。

ただ二つを読み比べてみると、「印象」の方が、群衆の渦に巻きこまれ、あてどなく漂流するという感じが強いのに対して、「霧」は狭く暗い空間に閉じこめられたという印象が強い。その意味で、「霧」は、松山や熊本時代の「嚢」の中で、自分が何をしたいのかも分からないまま、「嚢」を突き破る「錐」を探し求めていたころの体験、あるいはロンドンに渡る途中、船のうえで船酔いに苦しみながら、狭い船室のベッドに横たわり、前途への望みも見出だせず、絶望的に孤独な閉塞状況に追いこまれていたときの体験と感覚を引いて書かれたものである。それはまた、『文学論』の執筆に向けて下宿の一室に引きこもり、手さぐりの状態で読書とノートの作成を続ける夏目金之助の心象、ひいては帰国後、国民的小説家として名を揚げはしたものの、この先どのような方向に創作活動を展開していったらいいのか、暗中模索、進むべき道が見定められずに途方に暮れている夏目漱石の内面の風景でもあった。

妙な顔をした一寸法師

金之助にとって、異常で不快極まりないロンドンの気象と並んで不条理に思えてならなかったのは、この嫌悪すべき「煤煙と塵埃」を吸って生きるイギリス人たちが、どうみても自分たち東洋人より色が白く、美しく見えることだった。明治三十四年一月五日の日記で、金之助は、その理由について、「思ウニ全ク気候ノ為ナラン。太陽ノ光薄キ為ナラン」と、過酷な気象条件が逆に美しいイギリス人を生んだのだろうと推測している。

この日の日記で、金之助は、さらに続けて、「往来ニテ向フカラ脊ノ低キ妙ナキタナキ奴ガ来タト思ヘバ我姿ノ鏡ニウツリシナリ、我々ノ黄ナルハ当地ニ来テ初メテ成程ト合点スルナリ」と、奇妙なことを書きこんでいる。色が白く、美しいイギリス人。反対に背が低くて、黄色くきたない日本人……。それにしても、留学生活をはじめてわずか二ヵ月で、金之助はなぜこれほどまでに自らを卑下しなければならなかったのか。日本にいたときは、自分の顔が黄色いことを意識したことなど一度もなかった。周囲がみんな黄色い顔をしていたからである。いやむしろ、『道草』で回想されているように、幼い頃、浅草で西洋人が振り返って見たというほど色が白かった金之助にとって、顔にあばたが残っているだけに、日本人としては例外的に色白の顔色は、優越する記号として潜在的に意識されていたはずである。だから、ジェノヴァで上陸してパリに向かう汽車のコンパートメントのなかで、同席したフランス人から顔をジロジロと無遠慮に見られたときも、それは、顔に残るあばたのせいだと思っていた。

しかし、彼らの驚きと侮蔑と嫌悪のまなざしを引きつけたのは、あばただけでなく、黄色い顔の色でもあったのだ。そのことを、ロンドンで留学生活をはじめて二ヵ月目、金之助は、いやというほど思い知らされてしまったのだ。おそらく、このとき、金之助が、「鏡」に写った「黄ナル」自分の「姿」をとおして見ていたものは、人間には生まれながらにして、容貌の美醜、皮膚の色、身長の長短、体力の強弱など肉体的条件に、絶対に越えられない優劣の差があるということ、そしてその事実を知りうるのは劣者が優者のなかに入って行ったときだけだということである。

いや、金之助が、このとき直面していた、一層深刻な問題は、皮膚の色やあばたといった表層的な身体記号の劣等性といった問題を越えて、自身の精神的拠りどころとなっていた、金之助の社会記号的優越性がまったく通用しない世界に来てしまったという自覚である。東京や松山、熊本にいたときは、日常生活のなかで金之助が何気なく見せる江戸っ子特有の身振りや表情、動作、言葉づかいが、分かるやつには分かるといったレベルで、金之助の出自の優越性を証明してくれた。（註1）くわえて、東京帝国大学文科大学英文科卒業、あるいは地方の名門熊本第五高等学校教授という社会・文化的記号の優越性によって、己れの劣等性を意識しないですんでいた。ところが、ここロンドンでは、「俺は江戸っ子だ！」と啖呵を切っても、だれも相手にしてくれない。東京帝国大学文科大学を首席で卒業したと威張ってみても、「それどこにある大学？」といった具合で、だれも認めてくれない。ケンブリッジ大学の教師やクレイグ先生から見下ろされるならまだしも、目に一丁字もない下宿のおかみからですら、一目どころか、半目も置かれていないことが金之助の自尊心を傷つけた。金之助にとって一層やりきれなかったのは、この絶対的不平等性が世界の意志として、「進化論」という科学的な真理の衣をまとって、金之助個人の肌の色といったレベルを越えて、国と国、民族と民族、文明と文明のレベルにまで貫徹しているという事実であった。

異国、それも霧と煤煙でほとんど晴れた日のない陰気な冬のロンドンで、生活費をギリギリ切りつめ、引きこもった孤独な生活を送ることは、当然、ただでさえ鋭敏な金之助の神経を傷つけ、意識を内向させ、「狂気」すれすれの異常な精神状態に追いこんでいく。結果、イギリス人の何気ない目付きや言葉、物腰に過敏に反応し、己れが黄色人種であることをことさらに強く意識し、日本人である自身の存在を卑小化させていくことになる。一月二十二日付で妻鏡子に送った手紙にこんな一節もある。

「フロック」を着ても燕尾服をつけてもつけばいの致さぬは日本人に候。日本に居る内はかく迄黄色とは思はざりしが当地にきて見ると自ら己れの黄色なるに愛想をつかし申候。其上脊が低く見られた物には無之非常に肩身が狭く候。向ふから妙な奴が来たと思ふと自分の影が大きく鏡に写つて居つたり抔する事毎々有之候、顔の造作は致し方なしとして脊丈は大きくなり度、小児は可成《なるべく》椅子に腰をかけさせて坐らせぬがよからんと存候。尤長く当地に居る人は大抵綺麗にてどこか垢ぬけ致居候へども、脊丈は十年居つても高くなる事は御座なく閉口の至に候。往来にて自分より脊の低き西洋人に逢つた時は余程愉快に候。然し大抵の女は小生より高く候。恐縮の外無之候。（傍点筆者）

こうした表現に、金之助がロンドンに来て初めて、自分の姿を客観的に写し出す「鏡」を鋭く意識しはじめたことがうかがえる。もちろん、日本で生活していたときから、金之助は自分の顔のあばたを意識する他者のまなざしは敏感に感じ取っていた。偶然のこととはいえ、「鏡子」という名に皮肉にも象徴されるように、金之助は、妻の「眼」にすらも、その意識の鏡があばたを写し出していることを見抜いていたはずである。しかし、同時に、その鏡子が自分と結婚したのもまた、自分の社会記号的優越性があばたの劣等生を補って余りあり、前途有為の男として認めたからに他ならないことも見抜いていた。だから、最も身近な妻も含めて、他者のまなざしが自身の身体の表層的劣等性を写し出す「鏡」になりうる潜在的な可能性は、金之助の意識の奥底に眠っていたはずだ。ただ、日本にいるかぎり「鏡」の存在が、金之助が立ち向かう他者、あるいは世界の前面に出てくることはなかった。

ところが、ここロンドンでは、来て早々に、イギリス人のまなざし、あるいは商店のショーウィンドーのガラスが、行く先々で金之助の顔を写し出す鏡として大きく立ちふさがるようになったのである。前章で詳しく論じたように、漱石は、日本に帰国後、小説家として立ってから、女性の「眼」に自らの「地獄の裏」を写し出すことによって、『虞美人草』や『三四郎』から『それから』へと飛躍・成熟する契機を摑みとっている。その意味で、自らを写し出す鏡としての他者の「眼」の最も原初的な形は、ロンドンの街頭で金之助の顔の色の黄色さを写し出したイギリス人の「眼」あるいは商店のショーウィンドーに認めることができるかもしれない。ロンドンでの生活体験が漱石文学に対して持つ意味を考えるうえで、まず第一に挙げなくてはならないのは、留学生活をはじめてすぐに金之助が、自己を写し出す他者の「眼」を「鏡」として意識のうえで初めて獲得したこと、そしてそこに写る自身の映像を見ることに強く不快感を抱き、一種の鏡像恐怖症に陥ったことである。こうしても う一つの「眼」を獲得したことで、「文部省派遣留学生夏目金之助」の記号的優越性が砕き壊され、結果として「小説家夏目漱石」に脱皮していく最初の下地が用意されたと言っていいだろう。

だがそれでも最初のうちは、だれも日本人である自分に関心も注意も払う風に見えなかった。初め闘病中の友人、正岡子規を慰めるために書かれ、のちに雑誌「ホトトギス」(明治三十四年五月号)に掲載された書簡「倫敦消息」のなかに、次のような一節がある。

我輩抔《など》を捕へて悪口をついたり罵つたりするものは一人も居らん。ふり向いても見ない。当地では万事鷹揚に平気にして居るのが紳士の資格の一つとなつて居る。無暗に巾着切りの様にこせ〳〵したり物珍らしそうにじろ〳〵人の顔なんどを見るのは下品となつて居る。殊に婦人抔は後ろを振りかへつて見るのも品が悪いとなつて居る。指で人をさすなんかは失礼の骨頂だ。習慣がこうであるのにさすが倫敦は世界の勧工場だから余り珍らしそうに外国人を玩弄しない。それから大抵の人間は非常に忙がしい。頭の中が金の事で充満して居るから日本人抔を冷かして居る暇がない。

ここで金之助は、「物珍らしそうにじろ〳〵人の顔」を見る他者のまなざしを密かに期待している風にすらみえる。だが、己れの黄色い肌と低い身の丈、あばたの顔を写し出す装置（＝鏡）として、他者のまなざしは、まだこの時点では金之助にはっきりとは見えていない。大都会の中の無名性、匿名性が、初めのうちは、自分が日本人であることを意識させていないからである。むしろ、異国の都市にあってまったく無名の存在であることが、金之助をしてある「自由」の感覚のなかに解き放ってくれるはずだった。金之助より十六年早くドイツに留学した鷗外森林太郎も、四年遅れてアメリカに遊学した荷風永井壮吉も、そのような「自由」の感覚の中に心身を解き放つことで、異国の都市や自然風景、人間と風俗を見つめ、精神文化に共鳴・共感し、人間、特に女性と関わりを持つ契機を摑み取っていった。

ところが、金之助の場合は、はじめから内向的といおうか、意識の持ちようが、鷗外や荷風と違っていた。「倫敦消息」のなかで、「向ふから人間並み外れた低い奴が来た。占めたと思つてすれ違つて見ると自分より二寸許り高い。此度は向ふから妙な顔色をした一寸法師が来たなと思ふと、是即ち乃公《だいこう》自身の影が姿見に写つたのである。不得已《やむをえず》苦笑ひをすると向ふでも苦笑ひをする」と記したように、内向する金之助本人の自虐的意識が、ありもしない他者のまなざしを仮構し、その眼（＝鏡）に写った己れの姿を見て、自身の存在を「一寸法師」にまで貶めてしまうのである。

いや、それでも、それが金之助個人の妄想のレベルに止どまっているかぎりは、まだ救いがあった。いずれやがて、だれもそんな風に自分を見ていないことに気づき、理由のない「自己卑下」の意識は、自然に消えていくからである。金之助にとって不幸だったのは、現実に、他者であるイギリス人のまなざしに、黄色人種であり、背が低く、あばた顔の自分に対する侮蔑の感情が宿っていることを発見し、そしてそれが言葉として発せられる現場に何度も立ち会ってしまったことである。

ア・ハンサム・ジャップ

金之助にとって、肌の黄色さと並んで、もう一つショックだったのは、それまでは当たり前のこととして疑う余地もなかった自分の「日本人」という記号がまったく通用せず、中国人として受け止められていること、そして、その中国人に対してイギリス人が抜き難い侮蔑と嫌悪の感情を持っていること、従って、自分自身も中国人として見なされ、侮蔑のまなざしを注がれ、今で言えば人種差別的用語、あるいは表現として禁止されているような言葉が、聞こえよがしに発せられていることであった。同じ「倫敦消息」のなかで、金之助は次のように書き綴っている。

我々黄色人——黄色人とは甘《うま》くつけたものだ。全く黄色い。日本に居る時は余り白い方ではないが先づ一通りの人間色といふ色に近いと心得て居たが、此国では遂に人間を去る三舎色と言はざるを得ないと悟つた——其黄色人がポク〳〵人込の中を歩行《ある》いたり芝居や興行物抔《など》を見に行かれるのである。然し時々は我輩に聞こえぬ様に我輩の国元を気にして評する奴がある。此間或る所の店に立つて見て居たら後ろから二人の女が来て "least poor Chinese" と評して行つた。least poor とは物匂《ものぐさ》い形容詞だ。或る公園で男女二人連があれは支那人だいや日本人だと争つて居たのを聞た事がある。二三日前去る所へ呼ばれてシルクハットにフロックで出掛けたら、向ふから来た二人の職工みた様な者が a handsome Jap. といつた。難有いんだか失敬なんだか分らない。先達て或る芝居へ行つた。大入りで這入れないからガレリーで立見をして居ると傍のものがあすこに居る二人は葡萄耳人《ポルトガル》だらうと評して居た。

ここに書かれているような差別の体験が実際にいつあったのかは、日記に書き残されてないので分からない。ただ、日記の明治三十四年三月十五日の項に、「日本人ヲ観テ支那人ト云ハレルト厭ガルハ如何、支那人ハ日本人ヨリモ遥カニ名誉アル国民ナリ、只不幸ニシテ目下不振ノ有様ニ沈淪セルナリ、心アル人ハ日本人ト呼バルルヨリモ支那人ト云ハルルヲ名誉トスベキナリ」という記述があり、このことから、このころに子規宛の手紙に書かれたような、「least poor Chinese」体験があったとみていいだろう。金之助は、自らを慰めるように、「支那人」と呼ばれることを「名誉」に思うべきだと書き記している。だがしかし、ロンドン留学の途中、上海や香港で見た中国人の後進性は金之助を幻滅させたし、自分がその中国人と同一視されることに対して不快感と苛立ちを覚えたことも間違いない。

くわえて、金之助を一層苛立たせたのは、中国人を蔑んで「poor Chinese」と呼ぶイギリス人が、中国がかつて偉大な文明を持っていたことなど知るよしもないことであった。黄禍論を本気で信じている彼らにとって、ナッツのように目がつり上がり、弁髪を垂らし、アヘンを吸い、奇妙な発音で猿のように英語をしゃべる中国人は、薄気味悪い「退化人種」であり、敬遠し、蔑むべき対象でしかなかった。特に、十九世紀後半から、広東省や福建省など中国南部の州から大量の余剰労働人口（多くは農家の次男や三男）が海外に進出、その多くはアメリカ西部の金鉱採掘や鉄道工事に必要な労働力としてアメリカに渡ったが、十九世紀末、西部開拓が一段落つき仕事がなくなると、彼らの多くはシカゴやニューヨークに出て、家事労働や洗濯屋、テーラー、レストランのボーイなどの職について生活を立てていこうとした。その結果、ニューヨークを筆頭にシカゴやフィラデルフィアのような東部の大都市にもチャイナ・タウンが作られ、出稼ぎ中国人の存在が眼につくようになる。そうした動きは、海を越えてロンドンにも波及し、ソーホーに今のチャイナ・タウンの原形のようなものが作られる。結果、彼らの奇妙な風貌や生活習慣に対して、ロンドンっ子のなかに恐怖心の混じった好奇心が高まり、中国人を見下げた言葉や表現が当たり前のこととして、日常的に行われるようになっていたのである。

金之助はそのことをまったく予期していなかったが、あばた顔の背の低いわりにはやけに立派な身なりに大きな八字髭を蓄えた日本人、夏目金之助は、まさに恰好の侮蔑、嘲笑の対象として彼らの前に登場したのである。だが、それでも、シルクハットにフロック・コートという金之助の衣装の記号的優越性だけは相手に伝わったのか、（註2）「poor Chinese」、あるいは「Jap.」と人種的には最底辺のカテゴリーに貶められながら、「least poor」、あるいは「handsome」とポジティヴな形容詞が付与されていることで、侮蔑の度合いは多少緩和されている。そして、さすがに優秀な英語教師というべきか、金之助は、相手側の期待を裏切られたという微妙な心の動きを、これらの形容詞に敏感に読みとり、「難有いんだか失敬なんだか分らない」と、慇懃無礼なだけに度し難いイギリス人の人種的偏見の根の深さを見抜いている。

金之助は、長い伝統と栄光を誇った中国の文明と文学について、並外れた知識と見識を持ち、中国人に敬意を払ってきただけに、中国人を蔑むイギリス人に対して、「それは違う！」と反論できる根拠を持っていた。にもかかわらず、今、中国が「不振の有様に沈淪」している現実を、ロンドンに上る途中、上海や香港、シンガポールで中国人の悲惨な生活実態を通して見てきただけに、そしてまた、ロンドンでイギリス人に混じって実際に生活してみて、自らの肌の色が黄色いことを改めて強く自覚しているだけに、表層的な記号のレベルにおいて（それゆえに絶対的なレベルで）、自身と中国人の同質性を認め、深く傷つかざるをえなかったのである。

イギリス人からは、「中国人にしてはあんまりみじめったらしくないわね」とか「日本人にしてはハンサムね」などと、条件付きで認められながら、それでも、そう言われれば言われるほど、己れの肌の黄色さと風体の貧弱さを認めざるをえない金之助。にもかかわらず、英国の文学や歴史、芸術に対する理解力と知識に関しては、一歩も引けを取っていないという自負。進化と退化、近代と前近代、文明と非文明の対立……可能性としての内なる「小説家夏目漱石」を封殺しながら、身体の表層における劣等性と精神の深層における優越性と二つの極の中間に宙吊りにされたまま、孤独に絶え続けた二年、それが夏目金之助のロンドン留学の悲しい実態であった。

チンチン・チャイナマン

ところで、「least poor Chinese」と関連して、明治三十六年六月、「ホトトギス」に掲載された「自転車日記」の中に出てくる、中国人を侮蔑するもう一つの言葉を紹介しておきたい。金之助は、留学二年目の明治三十五年九月ころ、クラッパム・コモンに住んでいたとき、神経衰弱が昂じたため、下宿の女将リール夫人の「命令」で自転車の練習をはじめている。そのとき、ある四つ角でベルを鳴らさないまま、急ターンしてしまい、後ろから走ってきた自転車とぶつかりそうになり、転がり落ちた相手のイギリス人から、「チン〳〵チャイナマン」と罵られたとある。「チンチン・チャイナマン」というのは、一八九六年、シドニー・ジョーンズの作曲、オーエン・ホールの台本で、ロンドンのデイリー劇場で初演され、連続七六〇回公演と大成功を収めたミュージカル・コメディ『ザ・ゲイシャ』

のなかでうたわれる歌のタイトルで、英語では「Chin-Chin Chinaman」と表記され、当時、このミュージカルが大ヒットしたため、中国人に対する侮蔑的な呼び方として一般的に使われていた。（註3）『ザ・ゲイシャ』は、東洋の神秘の島国日本を舞台に、可愛らしい「ゲイシャ」に首ったけの大英帝国の海軍士官の心を、いいなずけのモーリーが「ゲイシャ」に扮して、「私の方が魅力的よ！」と健気に引き戻そうとするという内容のコメディ仕立てのストーリーを、親しみやすいメロディの音楽に乗せて舞台化したこと、そして、日本の裸踊り「チョンキナ」（当時、欧米で最もポピュラーな日本の歌だった）のメロディを活かした歌がうたわれることで、人気を呼び、記録的なロングランとなった。「チンチン・チャイナマン」は、このミュージカルの終幕近く、芸者家の経営者で中国人のウン・ヒーが、中国訛りのひどい英語で「中国人は金はないけど命は長い……」とうたう歌のタイトルである。十九世紀末から二十世紀初めにかけてニューヨークのブロードウェイのミュージカル・シアターでうたわれ、ヒットした歌を集めたCD『Music from the New York Stage 1890 - 1920』のなかに、初演から二年後の一八九八年、ジェームス・T・パワーズの歌で、猿の鳴き声のように甲高く、訛りの強い中国人の英語を徹底的にからかい、笑いのめした録音が収められている。CDには「チョンキナ」は収められてないが、ブロードウェイで上演されたときは、ステージの上で実際に裸踊りを見せながら、「チョンキナ」が歌われたものと思われる。

ところで、現在唯一入手できるこのミュージカル・コメディのCD『The Geisha』（Hyperion/CDA67006）を聴く限り、「チョンキナ」も「チンチン・チャイナマン」も、それほど日本人や中国人を侮蔑した歌には聞こえない。このことから、百年前、初演が大ロングランを記録したあと、このミュージカル・コメディがロンドンやニューヨークの大衆向けのミュージカル・シアターで上演されていくにつれて、「チョンキナ」や「チンチン・チャイナマン」が野卑に歌い崩され、日本人や中国人をからかう調子が強くなっていったことが分かる。そして、「スケベー」という言葉が日本人を侮蔑して、アメリカのサンフランシスコやシアトルで一般的に使われていたように、「チンチン・チャイナマン」は、ミュージカルから独立して、中国人や日本人を侮蔑する言葉として定着していったのだろう。

さて、金之助が「チンチン・チャイナマン」という歌の由来を知っていたかどうかだが、「自転車日記」にはそれ以上記述がなく、また日記やほかの作品にも、このミュージカルを見たという記述がないので、正確なところは分からない。ただ、金之助のロンドン留学当時、『ザ・ゲイシャ』は、最新のヒット・ミュージカルとして人々の話題に上り、ロンドンの劇場で上演されていた可能性もあることを考えると、人の話に聞くか、本を読んである程度のことは知っていたものと思われる。

ちなみに、小津安二郎が『東京暮色』で、藤原釜足が親父を演じるラーメン屋の屋号を「珍々軒」とつけ、性的隠喩を込めたように、金之助も、男性性器の隠喩としてわざわざ書き入れた可能性があるかもしれない。同じ「自転車日記」に、金之助が下宿に近い馬場で練習していたところ、ポリスから「ここは駄目だ！　往来で練習しなさい！」と叱られ、「オーライ（往来）」と答え、馬場を出て行ったという記述がある。プライベートに書かれた手紙の中の男同士の言葉遊びとして、金之助が「チンチン」に二重の意味を込めていた可能性は高い。自転車がぶつかり、ひっくり返ったとき、相手の男は、下腹部を押さえながら、顔を真っ赤にして「チンチン・チャイナマン！」と怒鳴りつけた。もし、それが本当だとすれば、子規に宛てた手紙にこの語を書きつけながら、金之助はニヤニヤ笑っていたに違いない。

三四郎が見た西洋人

ニューヨークのアフリカン・アメリカン系アーチスト、グレン・ライゴンの作品に、「私は、白い色のなかに入って行くとき、自分が黒であることを意識する」という、ある黒人女性詩人の書いた詩から引いた一節を震えるような筆遣いで白のキャンパスに繰り返し描きこんだ作品がある。人は異質な世界に入っていったとき、相手のまなざしに写る自身の鏡像を認識することによって、初めて己れ自身の異質性を認識する。夏目金之助もまた、ロンドンの「白い」世界に入って行って、初めて自分の肌が黄色いことを意識した。すでに述べたように、金之助は、松山や熊本では自分の肌が黄色いことなど一度も意識したことがなかったはずだ。その意味で、金之助は海を渡り、ロンドンで生活をしてみて、初めて黄色いことを知ったわけで、それは金之助にとって、自分が日本の外の世界でどう見られているかを、客観的に知った最初の体験でもあった。

顔に残るあばたは、後天的に刻印された劣等記号であった分、気持ちのうえでまだ救われるところがあったが、黄色い肌の色は先天的で、血に流れる遺伝資質の劣等性を証明する記号であり、日本人として生まれた以上、絶対にそこから逃れることはできない。しかも当時、欧米社会に澎湃と巻き起りつつあった黄禍論を受けて、黄色人種に対する優越・差別意識と裏腹の敵意に近い恐怖と警戒心が集団的な社会心理として根強く定着しようとしていた。そんななかに、黄色い顔にあばたを刻印した夏目金之助がやって来たのである。当然、最初にしたたかに思い知らされたのは、己れの血に流れる「人種的劣等性」であった。この屈辱の体験を、ジャック・ラカンの「鏡像段階論」に照らして言えば、初めての異国生活、それも世界最大の近代都市ロンドンに飛び込み、神経を揉みくちゃにされ、バラバラに心身の「常態」を解体されてしまった金之助は、未熟さのゆえに自己の存在の全体像をいまだ手に入れていない幼児の段階に一時的に退行していたということになる。しかし、政府派遣の留学生として、いつまでも幼児の段階に止どまっていることが許されない金之助は、幼児が鏡に写る己れの像を見て、自身の身体の統一的イメージを発見し、それを自身のものとして受け入れることによって成熟の契機を摑み取るように、そしてまた世界との調和的関係を構築していくように、外なる鏡、すなわちイギリス人の眼や商店のショーウィンドーに写る己れの姿を確認することによって、失われていた自己の存在の統一的全体性を蘇らせ、そのイメージによって外なる世界、すなわちイギリス人やイギリスの社会、都市、自然環境と調和的な関係を打ち立てようとした。そして、曲がりなりにも留学生として、二年間生活していける道を見定めようとしていた。ところが、その期待は見事に裏切られ、鏡に写し出されたのはあばたと黄色い顔とみすぼらしく小柄な東洋人の姿でしかなった。つまり、幼児のように鏡に写る虚像と同化することを拒否された金之助は、劣等人種としての悲しい実像に突き返されてしまったことになる。そして、不幸なことに、その体験は一種の鏡像恐怖症として金之助のなかに、しぶとく居残ることとなった。そのことが、金之助がロンドンで生活していくうえで、心理的に決定的なマイナス要因として働き、結果として金之助のイギリス人、及びロンドンに対する反対感情を一層募らせ、孤独な引きこもりに退行させていったことは想像に難くない。

もし、金之助が、金之助より九年も前からロンドンで暮らし、大英博物館に出入りしていた南方熊楠のように紀州辺りの出身であったら、その留学生活はあれほどまで悲惨なものにならなかったかもしれない。なぜなら、紀州に生まれた南方熊楠は、一高に入学するため東京に出てきたとき、すでに己れの存在の社会・文化的記号の劣等性をいやというほど思い知らされていたからで、事実、熊楠は、一高を中退してアメリカに渡り、各地を放浪したのち、ロンドンに渡って来てからも、人種的な被差別体験はほとんど日常的に受けていたはずだが、自分の肌が黄色いことについて一切意に介した風はなく、差別的な言辞を弄したイギリス人には、喧嘩腰でクレームを付けるなど、ロンドン時代の日記を読んでも金之助のように、いじけて内向したコメントは一切書き残していない。

いわば、人種的蔑視の予防接種を受けて来なかったことによる悲劇、あるいは挫折を知らないエリートの悲劇というべきか、人種的偏見や侮蔑の言葉やまなざしに対する抗体を持っていなかったことで、金之助が「least poor Chinese」とか「a handsome Jap.」といった言葉から受けた心理的ダメージは、決定的に大きく、ロンドン留学当初から癒しがたいトラウマを背負ってしまったことになる。そのせいだろう、留学を終え、日本に帰るに当たって、二度とイギリスなどに来るものかとまで、イギリスを呪詛した金之助だが、不思議なことに、日本に帰ってきてから五年目に書いた『三四郎』では、西洋人の美しさを無条件で認めてしまっている。

『三四郎』のなかに西洋人が出てくるのは、最初の章で、三四郎が東京に出てくる汽車の旅の途上である。名古屋から乗った汽車で、三四郎は筋向いに坐った髭を生やした「神主じみた男」（後に広田先生と判明する）から、桃をご馳走になり、それが縁で言葉を交わすようになる。汽車が浜松に着くと、プラットフォームの上を西洋人がぶらぶらしている。それに見とれている三四郎を漱石は次のように描写している。

西洋人が四五人列車の前を往つたり来たりしてゐる。其うちの一組は夫婦と見えて、暑いのに手を組み合せてゐる。女は上下《うへした》とも真白な着物で、大変美くしい。三四郎は生れてから今日に至るまで西洋人と云ふものを五六人しか見た事がない。其うちの二人は熊本の高等学校の教師で、其二人のうちの一人は運悪く脊虫であつた。女では宣教師を一人知つてゐる。随分尖がつた顔で、鱚《きす》又は魳《かます》に類してゐた。だから、から云ふ派手な奇麗な西洋人は珍らしい許《ばか》りでない。頗る上等に見える。三四郎は一生懸命に見惚れてゐた。是では威張るのも尤もだと思つた。自分が西洋へ行つて、こんな人の中に這入つたら定めし肩身の狭い事だらうと迄考へた。

ここでの、「大変美くしい」、「是では威張るのも尤もだと思つた」、「自分が西洋へ行つて、こんな人の中に這入つたら定めし肩身の狭い事だらうと迄考へた」といった記述には明らかに、漱石の夏目金之助としてのロンドン体験が反映している。漱石は、この後、「神主じみた男」に「御互は憐れだなあ」と三四郎に声をかけさせ、さらに日本人が富士山以外に誇るべきものを何も持っていないと慨嘆させ、例の有名な「亡びるね」という御宣託を垂れさせている。

「こんな顔をして、こんなに弱つてゐては、いくら日露戦争に勝つて、一等国になつても駄目ですね。尤も建物を見ても、庭園を見ても、いずれも顔相応の所だが、——あなたは東京が始めてなら、まだ富士山を見た事がないでせう。今に見えるから御覧なさい。あれば日本一の名物だ。あれより外に自慢するものは何もない。所が其富士山は天然自然に昔からあつたものなんだから仕方がない。我々が拵へたものぢやない」と云つて又にや〳〵笑つてゐる。三四郎は日露戦争以後こんな人間に出逢うとは思ひも寄らなかつた。どうも日本人ぢやない様な気がする。

「然し是から日本も段々発展するでせう」と弁護した。すると、かの男は、すましたもので、「亡びるね」と云つた。熊本でこんな事を口に出せば、すぐ擲ぐられる。わるくすると国賊取扱にされる。

男は、さらに続けて、「熊本より東京は広い。東京より日本は広い。日本より……」、「日本より頭の中の方が広いでせう」、「囚はれちや駄目だ。いくら日本の為めを思つたつて贔屓の引き倒しになる許りだ」と、三四郎に教訓を垂れる。そして、その言葉を聞いて、三四郎は「真実に熊本を出た様な心持ちがした。同時に熊本に居た時の自分は非常に卑怯であつた」ことを悟る。ここでの男の言葉が、八年前、ロンドンで金之助を苦しめた人種的差別と蔑視体験にもとづいていることはいうまでもない。ただ、ここで読み落してならないのは、漱石が、ロンドン時代に日記や書簡に書きこんだ呪詛に近いイギリス人に対する悪感情や怨念をきれいに忘れて、素直に「大変美くしい」と認め、「熊本より東京は広い。東京より日本は広い。日本より……」と、「日本より世界の方が広い」と暗にほのめかしたうえで、さらに「日本より頭の中の方が広いでせう」と、「頭の中」を日本や世界より広いとしていることである。

漱石は日本に帰国した後、「頭の中」の働きいかんで西洋人と、いや世界と勝負できる小説を書くことで、人種や皮膚の違いに囚われていたロンドン時代の「負」の体験を克服していこうとした。そして、日露戦争に勝利した後の偏狭なナショナリズムの高揚が、しょせん西洋人と西洋文化に対する劣等意識の裏返しでしかないことを鋭く見抜く、文明批評家としての視座を獲得していった。だからこそ、漱石は、広田先生に「亡びるね」と予言させた。だが、予言者広田先生の言葉の裏に、「文部省派遣留学生夏目金之助」として、イギリス人から見下げた目つきで見られ、聞こえよがしに侮蔑の言葉を投げつけられ、鏡像恐怖症に陥っていたときの辛く、悲しい体験があったことを見落としてはならないだろう。

（註1）　漱石の弟子の一人、長谷川如是閑は、「初めて逢った漱石君」で、分かるものには分かるといったレベルでの江戸っ子、夏目漱石の言語的記号特性について、漱石が言葉尻に「……カイ」という「東京言葉」に特有のアクセントを使ったことを挙げ、「此の夏目君の東京的の「カイ」といふ強いうちに懐かしみを持ったアクセントを聴いて、紛れたお父さんに出会つた子供のやうに、泣きたい位嬉しいと思つた」と回想している。長谷川は、さらに、漱石独特の顔の表情に現れる江戸っ子的記号特性について、「何か云ってから顔面の筋肉を動かす調子を見ると、先づ口の一方をキュッと締めて同時に夫れと反対の側の目尻の筋肉を収縮させる。つまり顔の筋肉を対角線的に運動させる。これは江戸ッ児でなければ滅多に見られない筋肉の収縮法であつた」とし、さらに座ったときの身体のこなしについて、「夫れは、坐つた格形が、腰を下ろして背を後ろにやって、膝の面積を広くして、一方の肩を落して、其肘を軽く膝に突き立てるといふ形である。さうして斯う坐つた形が、話の調子で運動する時には、矢張対角線的に、一方の肩が動くと反対の側の肘や膝が動くのである」と記し、そうした表情や動作は、高座の落語家に共通するものであるとしている。長谷川が、このように、人には見抜けない漱石の身体動作的記号特性を鋭く見抜き、そこに漱石を生み、育ててきた江戸、あるいは東京の文化的優越性を認めえたのは、長谷川自身が東京深川に生まれ育った、チャキチャキの江戸っ子だったからにほかならない。

　おそらく、金之助は、ロンドンでも、無意識に江戸っ子独特の表情や動作を取ってイギリス人に接していたはずだが、そのことが記号として意味するものは、だれからも理解されなかった。人間と人間がコミュニケートし、心を通わせ合うには、言語のレベルだけでなく、表情や動作、振る舞い、相手の人格についての知識や理解なども不可欠な要素となる。流暢に英語をしゃべり、言語レベルでのコミュニケーションには不便がなかったはずの金之助が、二年間の留学生活をとおして、イギリス人との間にほとんど心のコミュニケーションを成立させえなかった原因の一つとして、こうした言語以前の身体動作特性が、金之助の存在の優越性を物語る記号として、イギリス人に読み取られなかったことが挙げられるだろう。

（註2）　「第一章」で記したように、金之助は、留学に当たって、銀座の一流洋装店森村組で最高級スーツを仕立てるなど、己れの記号的優越性を誇示するために、衣服に異常なこだわりをみせた。パリから鏡子に宛てた手紙で

も、「小生洋服ハ東京ニテ作リ来リ好都合ニ候。是ナラバ「ガラ」モ仕立モ別ニ恥カシキコトナク用ラレ候」と記し、ロンドンについてからも、「男子の洋服は「パリス」よりも倫敦がよろしき由、成程結構に候、小生も当地にて「フロック」と燕尾服を作り候」、「当地の商人紳士少し身分あるものは平生必ず「フロック」に絹帽をいたゞき候」など、衣服について盛んに書き送っている。

金之助が、このように衣装にこだわりを見せた一番大きな理由は、あばたという身体的劣等性をカヴァーするために、自身の社会・文化的記号の優越性を誇示する必要があったからだと思われる。おそらく、金之助はあばたによるコンプレックスから、人間が外面的記号によって評価されることを、幼いころから、人一倍強く思い知らされてきた。くわえて、明治に入って以来、士農工商の差別はなくなったとはいっても、江戸時代以来の衣装という記号によって人間の上下・優劣を識別する伝統はそのまま持ち込まれ、天皇の礼服や軍服を頂点として、軍人、政治家、実業家、官僚から一般庶民まで、衣服による社会階層の記号化が確立していた。金之助は、まさに、この時代に成長しただけに、記号として衣装が持つ意味を鋭く見抜いていた。金之助にとって、自分が着る衣服の優越性は、「恩賜の金時計」に象徴される東京帝国大学文科大学英文学科卒業という記号と並んで、自身の社会・文化的優越性を主張するうえで、絶対不可欠の記号となっていたのである。

衣装への異常に鋭い関心は、自身が着る衣服のスタイルや素材へのこだわりにとどまらず、衣装の社会・文化的歴史・哲学への関心へと広がり、カーライルの『衣装哲学』など衣装についての歴史的、文化人類学的著述をかなり幅広く読みこみ、「人間は服装で持っている」という思想を学び取っている。大岡昇平は、『小説家夏目漱石』の『「猫」と「塔」と「館」と』で、「『吾輩は猫である』は、カーライルの『衣装哲学』から着想を得たとして、「そして結論を先にいえば、『猫』の諷刺の着想を得たのはほかならぬ『衣装哲学』からではないかと思います」「『吾輩は猫である』の冒頭に、人間の顔を見ると、毛がひとつも生えていないという猫の奇抜な意見は前に紹介しましたが、これは人間という存在を異化している。われわれは自分たちの顔に毛が生えていないのは当たりまえだ、不思議でもなんでもないと思っているけれど、動物から見ると不思議だということに気がつく。しかし、私見では人間の顔ばのっぺらぼうでないのなら、人間が着物を着ているのもおかしいじゃないか。当然そう来なければならない」と書いている。大岡は、さらに続けて、『猫』の初稿が数十枚あったのが、虚子の忠告でかなり削り取った事実に注目して、その削除された部分が、衣服についての記述でなかったかと、大変興味深い推測を展開している。確かに、『吾輩は猫である』の苦沙弥先生が銭湯で朝風呂を浴びる場面では、「抑も衣装の歴史を繙けば——長い事だから是はトイフエルスドレック君に譲って、繙く丈はやめてやるが、人間は全く服装で持っているのだ」と書かれており、その「トイフエルスドレック」というのが、カーライルの『衣装哲学』の主人公であることを思い合わせると、大岡の推論は正鵠を射ているといっていいだろう。

漱石の衣装へのこだわりは、『猫』以降の小説作品にも色濃く反映し、例えば『虞美人草』の藤尾の着る衣装についての描写を典型として、精緻を究めた衣装描写が、漱石の小説のヒロインたちを彩っていくことになる。

（註3）「チン・チン・チャイナマン」の「チン・チン」は、中国語（北京官話）の「請請（Qiñg Qiñg）が英語に取り入れられたもので、「どうぞどうぞ」の意味。十八世紀末、中国を訪れたイギリス人が持ち込んだ言葉で、岩波の『漱石全集』（第12巻）「自転車日記」の〔註六八2〕に、「軽蔑的に「ごきげんおよろしゅう、中国の方！」の意。Chin-Chin は中国語の tsing-tsing（請請）から来た英語で、中国人流のていねいな挨拶。Cinaman は中国人の軽蔑的呼び方」とある。しかし、ランダム・ハウスの「英英辞典」が、名詞として「丁寧で、儀礼的なスピーチ」、「ちょっとしたおしゃべり」、動詞として「丁寧で、儀礼的に喋る」、「うちとけておしゃべりする」、さらに感嘆詞、または間投詞として「ようこそ！」、「さよなら！」、「乾杯」などの意味を挙げているように、本来は中国人を軽蔑する意味はなかった。おそらく、十九世紀末、貨物船の船員や下級労働者がロンドンに流れ込み、ソーホーに今のチャイナタウンの原形のようなものが作られた結果、ロンドンの一般市民の間に、中国人を不気味で、不潔な人間と見なし、恐れ、軽蔑する意識が作られていった。そして、一八九六年にミュージカル・コメディ『ザ・ゲイシャ』が大ヒットし、その中で「チンチン・チャイナマン」が歌われたことで、中国人を貶めた嘲笑語として定着、金之助がロンドン郊外で自転車の練習をしていたころ、中国人を含めて東洋人を蔑視する呼称として、一般的に使われるようになっていたものと思われる。

第十五章　おしゃべりペンとの奇妙な友情

橋向こうの場末の下宿

ミルデ家の下宿を一カ月余で出た金之助は、ヴォクソール橋を渡って、テムズ河の対岸、南東の方角に一キロ半程行った先カンバーウェルのフロッデン・ロード六番地のハロルド・ブレット方に転居、途中一回、家主一家との引っ越しを挟んで、翌三十四年の七月二十日まで、同家に下宿している。部屋代は一週二十五シリングだった。

『漱石　倫敦の宿』によると、同家は、金之助が移る以前から下宿人に日本人を置き、金之助が引っ越した時点で、門野重九郎や長尾半平の五年後輩で、東京帝国大学工科大学土木工学科を卒業し、内務省に勤務、ロンドンに出張赴任していた宮川清、さらには一高で金之助に漢文を教え、明治三十一年パリに留学し、三十四年十二月二十二日にロンドンから出航した日本郵船備後丸で帰国した池邊義象らが下宿していた。金之助が下宿してすぐあとには、貿易実務を学ぶためロンドンに渡って来た田中孝太郎が移ってきていることなどから、ロンドン在住日本人向けの下宿の一つになっていたのだろう。金之助にミルデ家を紹介した門野あたりが紹介したか、公使館の在留邦人名簿から探し出したものと思われる。

漱石は、この下宿について「倫敦消息」で、「僕の下宿は東京で云へば先ず深川だね。橋向ふの場末さ。下宿料が安いからかゝる不景気な処に暫く——ぢやないつまり在英中は始終蟄息して居るのだ」と記しており、クレイグ先生の個人教授を受けるため、週に一、二回、ロンドン中心部のウエスト・エンドに出る以外は、市内に出るのが結構厄介なため、おおむね下宿の三階の一室で英文学書を読むことに励んでいた。すでに述べたように、ロンドン生活をはじめて一ヵ月余りの間に、金之助としては、正規の学生として大学に席を置き、聴講する形で留学生活を送ることを断念し、「場末」に「引きこもって」買いこんだ英文学書をせいぜい読みこみ、残りの二年近い留学期間を乗り切ろうと気持ちを固めたということなのだろう。

後年、門野が「夏目漱石の一面」で「性格もどちらかといえば不平屋で」と回想しているように、金之助は下宿生活になかなか満足しなかった。しかし、日記や手紙、「倫敦消息」を読むかぎり、間に一回の引っ越しをはさんでブレット家での前後七ヵ月余りの下宿生活は、五か所に及ぶ金之助の下宿生活のなかでは、一番精神的に安定し、家主の家族との人間関係もうまく行っていたものと推測される。だが、それでも金之助は妻の鏡子や友人宛の手紙で、しきりに不平を漏らしている。

僕は書物を買ふより外には此地に於て楽なしだ。僕の下宿抔《など》と来たら風が通る、暖炉が少し破損して居る、憐れ憫然なものだね。かういふ所に辛防しないと本抔は一冊も買へないからなー。先達文部省へ申報書を出した時、最後の要件と云ふ箇条の下に学資軽少にして修学に便ならずと書いてやつた。僕はまだ一回も地獄抔は買はない。考ると勿体なくて買た義理ではない。芳賀が聞たら

ケチな奴だと笑ふだらう。（藤代禎輔宛書簡／明治三十四年二月五日）

下宿といへば僕の下宿は随分まづい下宿だよ。三階でね、窓に隙があつて戸から風が這入つて、顔を洗フ台《ママ》がペンキ塗の如何はしいので、夫に御玩弄箱の様な本箱と横一尺竪二尺位な半まな机がある。夜抔は君ストーブを焼《た》くとドラフトガ起つて戸や障子のスキからピユー〳〵風が這入る。室を煖めて居るのだか冷して居るのだか分らないね。夫《それ》から風の吹く日には烟突から「ストーブ」の烟を逆戻しに吹き下して室内は引き窓なしの台所然として居る。何に、元の書生時代を考へれば何の事はないと痩我慢はして居るが色々な官員や会社の役人が来てね、くだらない金を使ふのを見るといやになるよ。（狩野亨吉、大塚保治、菅虎雄、山川信次郎宛書簡／明治三十四年二月九日）

ウチノ下宿ノ飯ハ頗ルマヅイ。此間迄ハ日本人ガ沢山居ツタノデ少シハウマカツタガ、近頃ハ段々下等ニナツテ来タ。尤モ一週25shil.デハ贅沢モイヘマイ。夫ニ家計ガ頗ル不如意ラシイ。可愛想ニ（日記／明治三十四年二月十五日）

「橋向ふの場末」とか「下宿といへば僕の下宿は随分まづい下宿だよ」、「ウチノ下宿ノ飯ハ頗ルマズイ」といった記述にくわえて、妻の鏡子も漱石から聞いた話として、『漱石の思い出』で「貧民窟みたいな安下宿を見つけて」などと述べており、さらにまた江藤淳も、『漱石とその時代』の「7 崩壊の端緒」で、実際にカンバーウェル・ニュー・ロードを歩いて、漱石の下宿跡を訪れたときの印象として、「途中、両側に貧民窟が延々と続いている」と書いていることなどから、よほどみすぼらしい貧民街の安宿に落ちぶれ果てて下宿生活を送ったという風にイメージされがちである。だが、実際に訪れてみると、確かに、ウエスト・ハムステッドのミルデ家と比べると住居も環境も見劣りし、「場末」という感じはするが、「貧民街」とか「貧民窟」といわれる程には劣悪な住居でも環境でもない。この点に関して、武田勝彦は、『漱石　倫敦の宿』の第三章でカンバーウェルについて、

かなり評判のよい住宅地域に育っていた。十八世紀には樹木に囲まれ、花が咲き匂う地になっていた。女流作家プリシラ・ウェークフィールドは『そぞろ歩き』（一八〇九）のなかで、キャンバーウェルの自然を美しい筆致で讃えていた。十九世紀初めには牧草地も広く、長閑な田園風景が開けていた。この世紀の中葉に入ると、主要道路に面して邸宅が建築された。昼日中シティで忙しく働く人たちは、夕方には自然に恵まれた家路を辿るのを楽しみにした。ガードニングを愛する裕福な人たちが、この周辺に住むようになった。

と記しており、金之助が下宿した当時も、田園の風情が色濃く残っていたことがうかがえる。「〔一月十日〕朝、雪晴れて心地よき天気なり。独り野外に散歩す。温風面を吹きて春の如し。倫敦も Denmark Hill 附近は閑静にて聊か風雅の心を喚起するに足る」、「〔一月三日〕 Dulwich Park ニ散歩ス。広々トシテ池アリ。家鴨多シ」といった日記の記述から分かるように、金之助は読書の疲れをいやすべく、下宿から歩いて行けるデンマーク・ヒルやダリッジ・パーク、ラスキン記念公園などを、ほとんど毎日散歩していたのである。

カンバーウェルは、詩人のロバート・ブラウニングやラファエル前派の領袖、ジョン・ラスキンが

生まれたところで、ラスキンは一八六三年から七二年までデンマーク・ヒルに住んでいた。そのため、死後、ラスキン記念公園が作られたり、ロンドンで最初の市立美術館としてダリッジ美術館が開かれたりと、美しい自然のなかに文芸の香りをとどめた地区でもあった。武田は、「日本人はともすると、テムズ河の南岸を、民度の低い地域のように思いがちだ。ところが住めば都の諺通り、じっくりと付き合ってみると、ここには捨て難い魅力がいくつも発見される。優しく美しい自然にも出逢うし、記念すべき建築物も少なくない。文人墨客が住んでいたり、訪れたりした忘れ難い邸宅や教会がいくつもあるからだ」と、カンバーウェル＝貧民街というイメージに修正を求めている。

カンバーウェルは、十九世紀の中頃からは、市内に仕事場を持つ人々のための住宅地として開け、金之助が下宿した当時も、決して高級ではないものの、閑静な住宅地としての落ち着きは失っていなかった。さらにまた、カンバーウェルは、確かにテムズ河の向こう側の町だが、深川のような水の町ではなかった。にもかかわらず、金之助が、東京の深川にたとえ、「橋向ふの場末」と記したのは、川（隅田川）のこちら側に生まれ育った金之助にとって、川向こうの深川は、まるで生活空間としてイメージが湧いてこない世界、あるいは異界に等しい遠い空間を意味していたからであった。ロンドンに留学した当初も、まさか自分が川向こうの異界に住むようになるとは思ってもいなかった。それだけに、馬車に荷物を積み、テムズ河を渡ってカンバーウェルに引っ越してきたとき、いかにも「橋向ふの場末」まで落ちてきたという実感に囚われたにちがいない。

だが、それにしても、なぜ金之助は「深川」などとおよそ地理的にも、地名的にも関連のない、東京は下町の固有名詞を持ち出したのだろうか？　考えられるのは、江戸っ子特有の照れとやつしの意識が働いていたということ。つまり、だれもが（特に病床に臥っていた子規が）羨むイギリス留学生に選ばれた自分が、豈図らんやロンドン郊外に都落ちし、透き間風が吹き込む安下宿に引きこもって本を読むしかない、いわばこの記号の外的輝かしさに反して、実態としての現実生活の惨めさを見たとき、ことさらに自分を卑下したい意識に駆られ、それが「橋向ふの場末」といった表現を取らせたものと考えられる。さらにまた、ロンドンの地理を知らない子規や俳句仲間たちが新しい引っ越し先を具体的にイメージしやすいようにという配慮から、深川という地名を思いついたものと思われる。

　食費を切りつめてまでして、英書を買いこみ、ひたすら下宿に引きこもって、読書に励む金之助を一層憤らせ、惨めにしたのは、貴族や政治家、富商の子弟で、大して能力もないのに、イギリス留学生という記号的箔を付けるため、親からの仕送りで留学し、遊び暮らしている日本人学生の暮らしぶりを見たり、聞いたりしたこと。そして、同じく日本政府から派遣されながら、政府関係の派遣員や公使館員と比べて、留学生への支給金が格段に少ないことであった。「殊に留学生は少なく逗留ものは官吏商人にて皆小生抔《など》よりは金廻りのよき連中のみ。羨ましき事はなけれど入らぬ地獄抔に金を使ひ或は無益の遊興贅沢品に浮身をやつし居候事惜しき心地致候。彼等の金力あれば相応に必要の書籍も買ひ得られ候事と存候」（鏡子宛書簡／明治三十三年十二月二十六日）、「外国へ同じ官命で来て留学生と彼等の間にはかゝる差違が何故あるかと思ふと帰り度なるね。然しこんな愚痴は野暮の至りだから黙つて居るが、何しろ彼等の或物が日本の利益にも何もならない処に入らぬ金を茶々風味に使ふのは惜しいよ」（狩野亨吉その他友人宛書簡／明治三十四年二月九日）といった手紙の文言に、放蕩留学生や無知軽薄な駐在員に対する金之助のあからさまな反感と自身の現実生活に対する無念の思い、にもかかわらず、自分がこの先も下降を続けていくであろう現実を受け入れ、分不相応に低く、惨めな生活をとにもかくにも送って行かざるをえないという覚悟のようなものが読みとれる。

金之助が見たブレット一家

さて、ここで、再び武田勝彦の『漱石 倫敦の宿』の記述にもとづいて、ブレット家の構成を確認しておこう。一家を取り仕切っているのは「元音楽教師」（ピアノを教えていた）で三十六歳のサラ・スパロウ夫人で、彼女は十歳年下の二十六歳の電気工ハロルド・ブレットと、金之助が下宿したときより三カ前の九月に結婚、ブレットも同居している。サラには一人ケートという妹がいて、姉と一緒に女学校を開き、経営に協力。学校が閉鎖されたあとは、再び姉と下宿を営み、家事全般を助けていた。そのほかに、恐ろしくおしゃべりの下女が一人、ハロルドが使っている若い男、何人かの日本人下宿人、二匹の犬という構成だった。

異国の下宿生活で、不具合な設備やまずい食事のほかにもう一つ、金之助を不愉快にしていたのは、下宿の主人や主婦、下女との人間関係だった。十一章から十三章まで詳しく見たとおり、ウエスト・ハムステッドの二度目の下宿ミルデ家は、一カ月あまりで出ている。「オールドメード」と呼ばれる主婦や「アグニス」という名の十三、四歳の下女に対する不快感が、早く出て行った要因であった。カンバーウェルの下宿先でも、女主人との関係はうまくいかなかったらしく、明治三十四年二月九日狩野亨吉その他友人に宛てた手紙で、次のように不満を漏らしている。

抑《そもそ》も此下宿たるや先頃迄は女学校たりしものが突然下宿に変化したのである。是は女学校中に流行病が起る、生徒がなくなる、借金が出来る、不得已《やむをえず》閉校して下宿開業、借金返済策と出掛た故に此家の女主人は固の女学校の校主にして其妹たるや学校の音楽教師たりと云ふ訳さ。そして此姉が閉校後結婚して亭主も同宿して居る。其外に元の女学生が一人居る。こう云ふと大変上品の様に聞える。僕も其つもりで移つたのであるが、移つて段々話しをして見ると誰も話せる奴はない。書物抔は一向知らない。姉君の方は元はどこかの governess であつたとかで頻りに昔しの夜会や舞踏抔の話をする。又絵がかけると云ふのが御自慢である。大変な vanity の強い女で、御相手をするのが厭だからフン〳〵と云つて向通りを眺めて居ると張合がないと見えて自慢話しをやめる事がある。近頃は僕の人となりを知り僕の如何なる人間たるやを少し会得したと見えて余り法螺を吹て自慢しなくなつた。頗る謹慎して殊勝である。夏目の徳御天馬《おてんば》に及ぶと云ふ位のものだ。

さらにまた、「倫敦消息」のなかでも、「姉の方たるや少々御転だ。此姉の経歴談も聞いたが長くなるから抜きにして、一寸小生の気に入らない点を列挙するならば、第一生意気だ、第二知つたか振りをする。第三詰らない英語を使つてあなたは此字を知つて御出ですかと聞く事がある」と手厳しい。四月二十二日の日記には、「早飯ノトキニ神サンガ〝アライヤナ。魯シヤハアンナ大キナナリヲシテ日本ト軍ガ出来ナイナンテ〟ト云ツタ。〝然シ「ロシヤ」ノ艦隊ハ東洋バカリジヤナイ総体ニ弱インデスヨ〟ト知リモセヌ癖ニ勝手ナコトヲ云ツタ。亭主ガソンナコトヲ言フニハ少シ本デモ読ンデ調ベタ上ノコトダトキメツケタ。妻君ハ閉口シタ」とやっつけている。

ミルデ家の「主婦」がそうだったように、女学校の校長だった割には教養がない家庭の主婦が知ったかぶって、「トンネルという字を知っているか」とか「ストローという字を知っているか」と質問してきたり、芝居の話を吹きかけてきたり、ピアノを弾いて聞かせたりして、下宿人の日本から来た英文学者に優越性を示そうとする。そんな女のこれみよがしな振る舞いが、プライドの高い金之助にかちんときた。そして、うっとうしく、気に障ったということなのだろう。ここに引用した手紙では、姉の「元音楽教師」には厳しいが、姉よりはおとなしく、慎ましい妹は、金之助に対して「女」を主張することがないだけに、「ごく内気で大人しくてその上に信心の堅固な女だから、いっしょにいても少しの不愉快を感じない」と、優しい観察を書き残している。よく言われるように、漱石は、『草枕』の那美や『虞美人草』の藤尾、『三四郎』の美禰子など、美人で自己主張が強く、女としての振る舞いが派手な女に対して一面強く惹かれながら、反面厳しく、意地の悪い見方をしている。一方、『虞美人草』の小夜子や『それから』の三千代のように日本的に淑やかで、寂しい感じのする女性には優しく、親近感を抱く描き方をしている。そうした女性に対する漱石の見方が、ここでの姉妹の記述にもはっきり現れていて、興味深い。

だがしかし、家事全般に指揮権を振るうブレット夫人を除けば、おおむね金之助はこの下宿における人間関係に満足していた。「すこぶる膨大なるシマリのない顔」に「申し訳のために少々鼻の下へ髭をはやしている」亭主のハロルドは、『倫敦塔』のフィナーレで、金之助を「倫敦塔にや大分別嬪が居ますよ、少し気を付けないと険呑ですぜ」とからかった「主人」と想定される人物で、日本人を改良するためには「外国人と結婚を奨励するがよかろう」などと平気で金之助に向かって言うような無神経な男だった。しかし、人づき合いがよく、くだけたところがあって、金之助にイギリスになぜヌードの絵が少ないか、その理由を教えてくれたり、トゥーティングの新居に引っ越した日には、金之助の部屋の壁にヌードの絵を掛けてくれたりと、三十歳を過ぎて単身赴任の生活を送る金之助の無聊を慰めるうえで、結構いい相手を務めてくれていた。

ヴィクトリア女王の葬儀を見に、ハイド・パークまで一緒に出掛けたおりには、人出のあまりの多さに、背の低い金之助が、人だかりの後ろから背伸びをしても女王の遺体を運ぶ行列が見られないでいるのを見ると、気の毒がって肩車に乗せて見せてくれたのもこの男で、日記には、「宿ノ主人、余ヲ肩車ニ乗セテ呉レタリ。漸クニシテ行列ノ胸以上ヲ見ル、柩ハ白ニ赤ヲ以テ掩ハレタリ。King, German Emperor 等随ウ」とある。今から百年前、世界に冠たる大英帝国のシンボルとして半世紀以上もの長きに渡って女王として君臨したヴィクトリア女王の葬列を、当時の日本にあって最高の知性を持ち、のちに近代日本を代表する文学者となる日本人が、イギリス人の肩車に乗って見ていた。辛酸をなめた留学生活のなかに、一筋日差しが差しこんでくるような、心なごむエピソードではある。

幸福のとき——朝の光のなかで

ミルデ家ではマイナスに作用しながら、ブレット家では逆にある意味で幸いしたのは、一日中部屋に籠って読書をする生活を送っていたせいで、下宿先の家族や使用人と、下宿人と家主といった関係を越えて、ある種親密な関係を結ぶことができたこと、そしてそうした交流を通して、中流から下流クラスのイギリス人の家庭生活を内側から見る機会に恵まれたことである。「倫敦消息」に、イースター明けの四月九日、ブレット家の三階の一室、目覚めたときの室内の様子が次のように紹介されている。少し長いが、金之助が初めて書いた文学的テクストとして、その後の漱石文学の展開に対して極めて重要な意味を持つと思われるので、全文紹介しておきたい。

朝目がさめると「シヤツター」の隙間から朝日がさし込んで眩い位である。これは寝過したかと思つて枕の下から例のニツケルの時計を引きずり出して見るとまだ七時二十分だ。まだ第一の銅羅の鳴る時刻でない。起きたつて仕方がないが別にねむくもない。そこでぐるりと壁の方から寝返りをして窓の方を見てやつた。窓の両側から申訳の為に金巾《カナキン》だか麻だか得体の分らない窓掛が左右に開かれて居る。其後に「シヤツター」が下りて居て、其一枚〳〵のすき間から御天道様が御光来である。ハヽー愈《いよいよ》春めいて来て有難い、こんな天気は倫敦ぢや拝めなからうと思つて居たが、矢張人間の住んでる所丈あつて日の当る事もあるんだなと一寸悟りを開いた、夫《それ》から天井を見た、不相変《あいかわらず》ひゞが入つて居て不景気だ、上で何かごと〳〵いふ音が聞こえる、下女が四階の室で靴でもはいて居るんだらう、部屋は益《ますます》あかるくなる、銅羅はまだ鳴りそうな景色がない、今度は天井から目をおろしてぐる〳〵部屋中を撿査した。然し別に見るものは何にもない。まことに御恥しい部屋だ。窓の正面に簞笥がある。簞笥といふのは勿体ない、ペンキ塗りの箱だね。上の引出に股引とカラとカフが這入つて居て、下には燕尾服が這入つて居る。あの燕尾服は安かつたがまだ一度も着た事がない。つまらないものを作つたものだなと考へた。箱の上に尺四方許りの姿見があつて其左りに「カルルス」泉の瓶が立つて居る。其横から茶色のきたない皮の手袋が半分見える。箱の左側の下に靴が二足、赤と黒だ、並んで居る。毎日穿くのは戸の前に下女が磨いて置いて行く。其他《そのほか》に礼服用の光る靴が戸棚に仕舞つてある。靴ばかりは中々大臣だなと少々得意な感じがする、若し此家を引越すとすると此四足の靴をどうして持つて行かうかと思ひ出した。（中略）靴はどうでもいゝが大事の書物が随分厄介だ。是は大変な荷物だなと思つて板の間に並べてある本と、煖炉の上にある本と、机の上にある本と、書棚にある本を見廻した、先達て「ロッチ」から古本の目録をよこした「ドッヅレー」の「コレクション」がある。七十円は高いが欲い。夫に製本が皮だからな。此前買つた「ワァートン」の英詩の歴史は製本が「カルトーバー」で古色蒼然として居て実に安い掘出し物だ。然し為替が来なくつては本も買へん、少々閉口するな。

ロンドンで生活を始めて五カ月あまり。初めての厳しい冬も乗り切った。下宿生活に不満なところも多いが、なんとかそれにも慣れてきた。大家との関係も、知ったかぶりの主婦はうっとうしいが、それも最近は、金之助の学殖の高さを理解したせいか、大分おとなしくなってきた。だが、それ以上に金之助を喜ばせたのは、下宿代が安くなった分、欲しい本が思っていたよりたくさん買えたことだ。「文部省派遣留学生夏目金之助」として書かれながら、子規のはからいで「夏目漱石」の名で「ホトトギス」に掲載されたこのエッセイ風書簡文を読んで驚くのは、それまでに金之助が書いた文章のなかでも、際立って生き生きとしていて、寛いだ気分が伝わってくること、そして、「書く」ということが、これほどまでに金之助の精神の働きを自由にしていることである。金之助は、ここで、インド洋の海の上で船酔いから解放され、デッキ・チェアに身を「横たえ」、英語で散文詩風の文章を書いて以来、初めてベッドに「横たわ」って、祝日の朝の光の差しこむ部屋でゆくりなく、慎ましくはあるものの幸福の時間の流れに身を浸し、子規との交わりをとおして鍛えた写生の「眼」に写ったものを、生き生きと言文一致のスタイルで写生している。重要なことは、ここで金之助が、インド洋上で英文を書いたときと違って、蓮實重彦が言うような意味で、「横たわる」ことに対する本質的欲求に駆られて「横たわって」いること、そしてその「横たわり」のなかから、自ずから「書く」ことへの欲求が高まり、漢文体の枠を越えて、朝の自室の光景を平易な写生文のスタイルで、しかも小説的膨らみも多分に持たせ自身の心象と重ねながら、印象的に記述していることである。

おそらく、英文学研究に幻滅するまえ、ロンドン生活にある程度慣れ、「文部省派遣留学生」としては異例ではあったが、独学的研究生活も一応地に着いてきていた。そうした安心感が、このような平静な時間の流れのなかに、愉悦感に満たされ身を「横たえる」ことを可能にしたのであろう。苦難続きの下宿生活ではあったが、それでも初めのうちは金之助が、それなりに「平静」な時の流れを持ちえていたことを、見落としてならないだろう。

百年前の朝食風景

さて、今から百年前、ロンドン郊外の下宿で、金之助がどんな朝食をとっていたか、「倫敦消息」から再現してみよう。

……ゴン〱〱そら鳴つた。第一の銅羅だ。此から起きて支度をすると第二の「ゴング」が鳴る。そこでノソ〱下へ降りて行つて朝食を食ふのだよ、起きて股引を穿きながら、子《ね》にふし銅羅に起きはどうだらうと思つて一人でニヤ〱と笑つた。夫から寝台を離れて顔を洗ふ台の前へ立つた。是から御化粧が始まるのだ。西洋へ来ると猫が顔を洗ふ様に簡単に行かんのでまことに面倒である。瓶の水をジヤーと金盥の中へあけて其中へ手を入れたがあゝ仕舞つた顔を洗ふ前に毎朝カルヽス塩を飲まなければならないと気がついた。入れた手を盥から出した。拭くのが面倒だから壁へむいて二、三返手をふつて夫から「カルルス」塩の調合にとりかゝつた。飲んだ。其から一寸顔をしめして、「シエヴィングブラッシ」を攫んで顔中無暗に塗廻す。剃は安全髪剃だから仕まつがいゝ。大工がかんなをかける様にスー〱と髭をそる。いゝ心持だ。夫《それ》から頭を櫛を入れて、顔を拭て、白シヤツを着て、襟をかけて襟飾をつけて「シヤッター」を捲き上ると、下女がボコンと部屋の前へ靴をたゝきつけて行つた。暫くすると第二のゴン〳〵が鳴る。一寸御誂通りに出来てる。夫から楷子段《はしごだん》を二つ下りて食堂へ這入る。例の如く「オートミール」を第一に食ふ。是は蘇格土蘭《スコットランド》人の常食だ。尤もあつちでは塩を入れて食ふ。我々は砂糖を入れて食ふ。麦の御粥みた様なもので我輩は大好だ。「ジョンソン」の字引には「オートミール」……蘇国にては人が食ひ英国にては馬が食ふものなりとある。然し今の英国人としては朝食に之を用いるのが別段例外でもない様だ。英人が馬に近くなつたんだらう。夫から「ベーコン」が一片に玉子一つ又はベーコン二片と相場がきまつて居る。其外に焼パン二片茶一杯、夫で御仕舞だ。輩が二片の「ベーコン」を五分の四迄食ひ了つた所へ田中君が二階から下りて来た。

「ゴン〳〵」と最初のドラでベッドから起きて服を着て、顔を洗い、髭を剃っていると、下女がドアの前を「ボコン」と蹴っていく。そしてしばらくして、第二のゴングが鳴ると食堂に下りていって、オートミールとベーコン・エッグの朝食をとる。初期のチャップリンのサイレント映画なんかにありそうな光景で、二十世紀の初め、ロンドンの場末の下宿家で、下女と下宿人の間で決められたルールに従って、繰り広げられる朝食風景についての記述が珍しく、ユーモラスで興味深い。

ここで、「田中君」というのは、明治三十四年の冬、パリ経由でロンドンに来て、金之助より少し遅れてブレット家に下宿していた田中孝太郎で、金之助が、「この先生はすこぶる陽気な人でこんな家には向かない。我輩がほととぎすを読んでいるのを見て、君も天智天皇のほうはやれるのかいと聴いた男だ」と記したように、文学とか美術には元々関心のない男だった。だが、金之助が最初の冬を乗り切る上で重要な役割を果たした人物で、金之助は読書に疲れると、よく田中を誘って近くの公園を一緒に散歩し、夜は劇場につきあわせるなど、一番頻繁に交わりを持った日本人だった。「倫敦消息」によると、田中は、前夜遅く、シェークスピアの生地ストラットフォード・オン・エイボンから帰ってきた。田中は文学にはまったく関心はなく、おそらく金之助からシェークスピアの話を聞かされて、生地を訪れたのだろう。金之助は、その田中から旅行談を聞き、シェークスピアの石膏像とアルバムを土産に貰っている。朝食が済むと、田中は仕事に出て行き、金之助は、そのまま「スタンダード」という新聞を読む。

西洋の新聞は実にでがある。始から仕舞まで残らず読めば五、六時間はかゝるだらう。吾輩は先第《まず》一に支那事件の処を読むのだ。今日のには魯国新聞の日本に対する評論がある。若し戦争をせねばならん時には日本へ攻め寄せるは得策でないから朝鮮で雌雄を決するがよからうといふ主意である。朝鮮こそ善い迷惑だと思つた。其次に「トルストイ」の事が出て居る。「トルストイ」は先日魯西亜《ロシア》の国教を蔑視すると云ふので破門されたのである。天下の「トルストイ」を破門したのだから大騒ぎだ。或る絵画展覧会に「トルストイ」の肖像が出て居ると其前に花が山をなす、其から皆が相談して「トルストイ」に何か進物をし様なんかんて「トルストイ」連は焼気《やつき》になつて政府に面当てをして居るといふ通信だ。面白い。

こんな風に面白そうな記事を拾い読みしているうちに、時計の針は十時二十分。今日はクレイグ先生の個人教授を受ける日だ。支度して十一時ちょっとまえに家を出て、地下鉄を乗り継いでウエスト・エンドまで出るのだ。

地下鉄に乗る金之助

ロンドンで生活をはじめて当初のうちは、不案内な地下鉄は、どこに連れて行かれるのか分からず、不安なこともあってもっぱら歩いて用を足していたが、次第に市内の地理にも慣れ、また必要に駆られ、地下鉄を使わざるをえなくなる。特に、ウエスト・ハムステッドのミルデ家に移ってからは、地下鉄なしで市内へ出るのがほとんど不可能なことから、引っ越して翌日の十一月十三日には、日記に「Underground railway ニ乗ル」とあるように、地下鉄に乗っている。カンバーウェルのブレット家に移ってからは、地下鉄は一層不可欠な交通手段となり、「倫敦消息」にも、クレイグ先生の個人教授を受けるため「「ベーカー」町の角の二階裏」の書斎まで行くに当って、「先ず「ケニントン」と云ふ処迄十五分許り歩行いて夫《それ》から地下電気で以て「テームス」川の底を通つて夫《それ》から汽車を乗換えて所謂「ウェスト、エンド」辺に行くのだ」とある。(註1)日記を見ると、年が明けて、一月二十八日の記述に「内ノ下宿ノ妻君モ妹モ Twopence Tube へ乗ツタコトガナイ」とあり、この頃までに、金之助が地下鉄をかなり自由に乗りこなせるようになり、長年ロンドンで生活しながら、一度も地下鉄に乗ったことのない姉妹に対して優越感を持つようになっていたことがうかがえる。

ところで、地下鉄に乗るにはエレベーターで地下まで下りなければならない。明治三十四年の東京には地下鉄もエレベーターもないから、金之助は、子規のために詳しく説明している。

停車場まで着て十銭払つて「リフト」へ乗つた。連《つれ》が三、四人ある。駅夫が入口をしめて「リフト」の縄をウンと引くと「リフト」がグーッとさがる、夫で地面の下へ抜け出すといふ手向《しゆこう》さ。せり上る時はセビロの仁木弾正だね。穴の中は電気燈であかるい。汽車は五分毎に出る。今日はすいて居る。善《いい》按排だ。隣りのものも前のものも次の車のものも皆新聞か雑誌を出して読んで居る。是が一種の習慣なのである。吾輩は穴の中ではどうしても本抔《など》は読めない。第一空気が臭い、汽車が揺れる、只でも吐きさうだ。まことに不愉快極まる。停車場で四許《よつつばか》りこすと「バンク」だ。こゝで汽車を乗りかへて一の穴から又他の穴へ移るのである。丸でもぐら持ちだね。穴の中を一町許り行くと所謂 two pence Tube さ。是は東「バンク」に始まつて倫敦をズット西へ横断して居る新しい地下電気だ。どこで乗つてもどこで下りても二文即ち日本の十銭だから云ふ名がついて居る。乗つた。ゴーと云つて向ふの穴を反対の方角に列車が出るのを相図に、此方の列車もゴーと云つて負けない気で進行し始めた。車掌が next station Post Office といつてガチャリと車の戸を閉めた、とまる度につぎの停車場の名を報告するのが此鉄道の特色なのである。向ふの方に若い女と四十恰好の女が差し向いに座を占めて居た。吾輩の右に一間許り隔つて婆さんと娘がペチャ〳〵話しをして居る。向ふの連中は雑誌を読みながら「ビスケット」か何かをかぢつて居る。平凡な乗合だ。少しも小説にならない。（傍点筆者）

外国の地下鉄車内の光景を初めて写生文のスタイルで記述した文章として、五年後、ニューヨークの地下鉄車内の通勤ラッシュ内での体験を描いた永井荷風の「寝覚め」と並んで、歴史的な記述と言っていいだろう。（註2）「リフト」に乗って地下に下りていく、すなわち「落下」のモチーフということで、すぐに思い出されるのは、七年後に書かれた『坑夫』であり、『夢十夜』の第七夜におかれた「西に行く船」から飛び下り自殺する夢の話だ。「リフト」に乗って地下に「降りていく」金之助。

「降下する」モチーフ……。金之助は、ここでのちに『坑夫』や『夢十夜』を書くことになる「小説家夏目漱石」に極めて近いところで、病床に苦しむ子規を慰めるためにこの報告文を書いていた。車内の平凡な光景に「少しも小説にならない」と失望していること自体が、金之助が、「リフト」で降りた先の地底に「小説にな」るものを期待していたことを明らかにしている。にもかかわらず、ここでは、ロンドン塔を見て回ったときのように小説的幻想が膨らむ気配はみせない。なぜみせないのか？ それは、金之助がロンドン塔を出て現実世界に戻ったあと、可能性としての「小説家夏目漱石」を断念し、表向き「文部省派遣留学生」として生きる道を選ばざるをえなかったからだ。言い換えれば、金之助が小説的なるものとの出会いを自らに禁止しているからである。

このことに関して、もう一つ指摘しておきたいのは、この時点で「西洋人ハ執濃イコトガスキダ。華麗ナコトガスキダ。芝居ヲ観テモ分ル、食物ヲ見テモ分ル。建築及飾粧ヲ見テモ分ル。夫婦間ノ接吻ヤ抱キ合フノヲ見テモ分ル、是ガ皆文学ニ返照シテ居ル故ニ洒落超脱ノ趣ニ乏シイ。出頭天外シ観ヨト云フ様ナ様ニ乏シイ」（日記／三月十二日）と、金之助が英文学に相当強く異和感を感じつつあったものの、それでもまだ英文学研究に行き詰まっていたわけでも、断念したわけでもなかったということ。確かに、生活上の不平不満は色々あったし、日本人など丸で眼中に置こうとしない傲慢なイギリス人や、親の金で洋行帰りの箔をつけようとロンドンまで出てきて、学業はほっぽりだして、無駄に金を遣いまくっている留学生や高い給料を貰っていながら、たいして仕事もせず、態度だけ横柄な政府派遣の駐在員らに対して、「バカヤロー！」と怒鳴りつけてやりたいほど憤懣は募らせていた。しかし、そうはいっても、留学生活をはじめて半年足らず、「文部省派遣留学生」として、異国生活に折り合いをつけ、金之助はそれなりに自足していた。「倫敦消息」が、「夏目漱石」という名で公にされ、漱石以前の金之助が書いたテクストとしては初めて文学的といっていい記述のレベルに到達し、『吾輩は猫である』や『坊っちやん』のようなユーモア小説に発展しうる可能性を秘めながら、小説として書かれなかったもう一つの理由が、ここにあったと見ていいだろう。

漱石は、「ホトトギス」に「倫敦消息」を発表してから十四年後の大正四年、文集『色鳥』にこの多分に小説的色合いを持つエッセイ風書簡文を収録するに当って、「一」の部分を落とし、「二」と「三」の部分から大家一家の引っ越し騒動にまつわる記述を膨らまし、地の文を会話体に直すなど、大幅に書き直している。おそらく、漱石としては、金之助として書かれながら、漱石の名で公にされたこの文章に秘められた小説の可能性(すなわち、金之助のなかに秘められた「小説家夏目漱石」の可能性)が、心のどこかで気にかかっていた。そのため、『色鳥』に再録するに当って読みかえしてみて、この文の行間に見え隠れする「小説家夏目漱石」にある種の懐かしさを覚え、この文章を「漱石」という名で公表してくれた子規に対する感謝の気持ちも込めて、小説的スタイルに書き改めたということなのだろう。

おしゃべりペンとの奇妙な友情

ところで、金之助は、決して満足できるものではなかったものの、それなりに自足した下宿生活のなかで、一人奇妙な女とも男とも区別がつかぬ女と不思議な友情を結んでいる。毎朝ドラを鳴らし、ドアの前を「ボコン」と蹴っていく下女、すなわち、「我輩がもっとも敬服しもっとも辟易するところの朋友」ペン、こと「ベッジ・パードン」である。前章で見たとおり、ミルデ家では下女のアグニスの目に「地獄の裏」を見て逃げ出してきただけに、「ベッジ・パードン」というあだ名の下女の存在は金之助にとって救いになった。「ベッジ・パードン」は、おしゃべりなくせに、呂律が回らず、「I beg your pardon」が「bedge pardon（ベッジ・パードン）」となってしまう。一九一五（大正四）年九月、文集『色鳥』に編入するに当って書き直したという『倫敦消息』（2）の記述によれば、漱石は、彼女の「ベッジ・パードン」の発音が「いかにも異様に響くので」、ペンの顔さえ見ればすぐに「ベッジ・パードン」を思い出すので、あだ名として献呈したという。

おそらく、「ベッジ・パードン」は、『坊っちゃん』の「赤シャツ」や「山あらし」、「野だいこ」などに先立って、漱石という名で公にされた文章に登場する最初のあだ名であるはずだ。金之助は、口角泡を飛ばししゃべりまくる「ペン」に辟易する一方で、表情や身振りを注意深く観察しながら、彼女のキャラクターを最も的確に言い表す方法としてあだ名を思いついた。普通、あだ名が作られる場合、学校のクラスとか職場の部所などで複数の構成員の合意があって成り立つものだが、ブレット家にはこのとき、金之助以外に下宿人は田中孝太郎しかおらず、しかも田中は仕事で外出しがちだったから、「ペン」というあだ名は金之助が一人でつけた可能性が高く、多分に創作的色合いが強いことになる。金之助としては、「ホトトギス」に向けて書く通信レポートということで、子規はじめ「ホトトギス」の会員との仲間意識が念頭にあって、「俺にも一人愉快な仲間ができたよ!」という気持で、「ベッジ・パードン」というあだ名の下女との間の奇妙な友情とつき合いの一端を紹介する気になったのであろう。小説としては書かれていないものの、ここにも金之助のなかで『猫』や『坊っちゃん』につながる小説を書く潜在的な意識が働いていたことがうかがえる。

ベッヂ、パードンは名の如く如何にもベッジ、パードンである。然し非常な能弁家で彼の舌の先から唾液《つばき》を容赦なく我輩の顔面に吹きかけて話し立てる時抔《など》は滔々滾々《とうとうこんこん》として惜い時間を遠慮なく人に潰させて毫も気の毒だと思はぬ位の善人且雄弁家《かつ》である。此善人にして雄弁家なるベッジパードンは倫敦に生れながら丸で倫敦の事を御存じない。田舎は無論御存じない。又御存じなさり度《たく》もない様子だ。朝から晩迄晩から朝迄働き続けに働いて夫から四階のアッチックへ登つて寝る。翌日、日が出ると四階から天降つて又働き始める。息をセッセとはずまして——彼は喘息持である——はたから見るのも気の毒な位だ。左り乍ら彼は毫も自分に対して気の毒な感じを持つて居らぬ。Aの字かBの字か見当のつかぬ彼は少しも不自由らしい様子がない。我輩は朝夕此女聖人に接して敬慕の念に堪えん位の次第であるが、此ペンに捕つて話しかけられた時は幸か不幸か是は他人に判断して貰ふより仕方がない。

金之助は、「ペン」のおしゃべりに最初は辟易し、家主に何とかしてくれとクレームをつけている。そのため、ペンは大目玉を食らい、家主夫婦が家にいるときはおとなしくしているが、不在のときは、それまでにたまっていた分を一気に吐きだすように、金之助に向かって猛烈にしゃべりかけてくる。最初のうちは、ヒアリングの勉強にでもなると思ったのだろう、真面目に相槌を打ち、相手が何を言っているのか理解しようと耳に神経を集中していた。しかし、次第に辟易し、最後はあきらめて、視線を窓の外に放って、ウンウンと聞き流すだけになってしまうのだが、それでもペンはお構いなしにしゃべり続ける。結局、金之助は、ペンの悪意のないおしゃべりにうんざりしながら、仕方がないと受け入れ、彼女の善良な人柄を愛し、最後には彼女に対して奇妙な友人意識を持つに至る。

金之助が、ペンのおしゃべりに辟易した理由は、一つにいつ終るともわからない長口舌にあったわけだが、もう一つ、彼女のしゃべる「コックネー」と呼ばれるロンドンの下町訛りの英語の発音の分かりにくさが挙げられる。「倫敦消息」に「此ロンドンのコックネーと称する言語に至っては我輩には到底分らない。是は当地の中流以下の用ふる言ばで字引にない様な発音をするのみならず、前の言ばとあとの言ばの句切りが分らない、事程左様に早く饒舌るのである」と記したように、ロンドンの下町っ子がしゃべる英語は、金之助の理解の度を越えていた。ロンドンで生活してみて初めて、金之助は、日本にいたときにイメージしていた英語と、実際に現地で聞く英語とでは、発音やアクセントがまったく違うこと、そして聞いてもまったく理解できないことを発見して驚いた。留学の官命を引き受けるに当って、英語教育法の調査という目的にクレームをつけ、密かに留学目的の重点を英文学の研究に置いていた金之助だが、ロンドンで、英語を日常語に生活をはじめて以来、怠りなくイギリス人のしゃべる英語に注意を払ってきた。そして、分かったことは、中から上の、ある程度教育と教養の背景があるイギリス人のしゃべる英語はほとんど理解できる。芝居で役者がしゃべる英語も、思っていた以上に分かる。要するに、スタンダードな英語に関してはそれほど問題はなかった。

だが、問題は、同じ英語といっても、出身階層や地方によって、発音やアクセントがこれが同じ英語かと疑われるくらい違うことだ。日記の明治三十四年一月十八日の記述に、「英国人ニテモ普通ノモノハ accent ヲ間違ヘタリ pronunciation ヲ取違ヘタリスルコト目珍シカラズ」とあるように、それは、現地にきて初めて実感したことだ。たとえば、個人教授についているクレイグ先生のしゃべるアイルランド訛りの英語も、『永日小品』の「クレイグ先生」に「先生は愛蘭土《アイルランド》の人で言葉が頗る分らない。少し焦き込んで来ると、東京者が薩摩人と喧嘩をした時位に六《む》づかしくなる」とあるように、分かりにくかった。それに輪をかけて分かりにくいのが、「ペン」がしゃべる訛りの強い「コックニー」弁だった。自分が生粋の江戸っ子として生まれ、江戸っ子弁をしゃべって育っただけに、そしてまた松山や熊本で方言の洗礼を受けてきていただけに、純粋なロンドン弁「コックネー」を理解したいという気持ちも働いていたに違いない。だが、ペンのしゃべる「コックネー」は、「閉口を通り過ごしてもう一遍閉口する」ほど、桁外れに分かりにくかった。

> 例の如くデンマークヒルを散歩して帰ると我輩の為に戸を開いたるペンは直ちに嘵舌《しゃべ》り出した。果せるかな家内のものは皆新宅へ荷物を方付に行つて伽藍堂の中に残るは我輩とペン許りである。彼は立板に水を流すが如く娓々《びび》十五分許りノベツに何か云つてゐるが毫もわからない。能弁なる彼は我輩に一言の質問をも挟さましめざる程の速度を以て弁じかけつゝある。我輩は仕方がないから話しは分らぬものと諦めてペンの顔の造作の吟味にとりかゝつた。温厚なる二重瞼と先が少々逆戻りをして根に近づいて居る鼻とをあくまで紅いに健全なる顔色とそして自由自在に運動を縦《ほしい》まゝにして居る舌と、舌の両脇に流れてくる白き唾とを暫らくは無心に見詰めて居たがやがて気の毒な様な可愛想な様な又可笑しい様な五目鮨司の様な感じが起つて来た。我輩は此感じを現はす為に唇を曲げて少しく微笑を洩らした。無邪気なるペンは其辺に気のつく筈はない。自分の噺《はなし》に身が入つて笑ふのだと我点したと見えて赤い頬に笑靨《えくぼ》をこしらへてケタ〳〵笑つた。

口角泡を飛ばしてしゃべりまくるペン、その顔をポカンと口を明けて見守る金之助。情景が眼に浮かんでくるような描写である。もしかしたら、金之助は、ブレット家に下宿し、「ペン」のおしゃべりに辟易させられたことで、文部省から課せられた「英語教授法ノ取調」という研究テーマの追及をあきらめてしまったのかもしれない。だがそれにしても、神経質でプライドの高い金之助が、なぜおしゃべりで、無知な「ペン」に友情に近いシンパシーを抱いたのか、不思議な気がする。

最初に考えられるのは、女でありながら、「彼」と表記されているように、「ペン」が女を超越していて、ミルデ家の「主婦」やブレット家の「お転婆」のように女であること、それも金之助に優越する女であることをこれ見よがしに主張しようとする振る舞いで金之助を煩わせなかったこと。第二に、金之助が、朝から晩まで文句一つ言わずに働きづめに働き、いったん口を開くと堰を切ったようにしゃべりまくる「ペン」に、もう一人の自分を重ねて見ていたということ。つまり、留学費用は話にならないくらい安いし、大学に正規に入学することもできなかった、町を歩けばさげすみの言葉やまなざしを投げられる、下宿は川向こうの場末で、しかも部屋の窓やドアからは、冷たい透き間風が遠慮なく入りこんでくる。大好きな風呂にも満足に入れず、食事もまずい。こうした厳しい現実を前にして、金之助は、「前後を切断せよ、みだりに過去に執着するなかれ、いたずらに将来に望みを属するなかれ、満身の力をこめて現在に働け」(「倫敦消息」)と、この先二年の留学期間中、どんなに辛く、苦しいことがあっても、挫けずに低く、我慢して生きていこうと覚悟を固めていた。そんな金之助にとって、「ペン」の低く生きながら、そのことに少しの疑問も不満も抱かず、当たり前に日々精一杯生きている彼女の、「聖なる愚者」を思わせる生きざまに、多難が予想される自身の生を重ねようとしていた。

さらに第三に、しゃべることでしか自己を表現できないところまで追いこまれた人間の、それでも自己を表現しようとする本能的意志のようなものを、金之助は見抜いていた。しゃべることを唯一の「錐」に、現実生活という「嚢」に風穴を開けようとする、そんな彼女の愚直な意志に、金之助のなかに潜む、「書く」ことで自己表現と自己解放に出会おうと欲する「小説家夏目漱石」が反応したこと。そして、より深層的に、ペンがイギリス人でありながら、容貌も、しゃべる言葉も、著しく劣等性を負っていたせいで、金之助のあばたに、最初からまったくこだわりを見せず、話しかけてきた。そんなペンの差別のないまなざしと振る舞いに、ロンドンに来て以来、イギリス人のしつこい差別の言葉やまなざしに傷ついてきた金之助が、何か救われるものを感じ取っていたということではないだろうか。

孤独な言葉遊び

最後にもう一つ、「ベッジ・パードン」の本名「ペン」についてつけ加えておくとすると、「ペン」の音が「弁が立つ」の「弁=ベン」とつうじること、また「書く」ための「鉄筆」、あるいは「作家」を意味する「Pen」につながること、さらにもう一つ、野球の「ブル・ペン」の「ペン」、すなわち「囲い」あるいは「おり」という意味があることにも注意しておきたい。下女の「ペン」は口を「Pen」(漱石の言葉を使えば「錐」)にして、ひたずらしゃべること以外に、自分を表現する武器を持っていなかった。一方、金之助は英語をしゃべることで十分に自分を表現することができない分、「Pen」、すなわち「鉄筆」によって「書く」こと以外に自分を表現できる手段がないことを自覚していた。つまり、金之助のおしゃべり「ペン」に対する、ある種独特の親愛の情の底には、やはり自己表現のための媒体として、「書く」ための「Pen」が意識されていたのではないかということである。

金之助は、『文学論』のなかで、文学的表現における「滑稽的連想」として、英語の「Pun」、あるいは日本語の「口合」「地口」に注目し、「こゝに説く連想は多少の共通性を利用するの結果、之を通じて思いも寄らぬ両者を首尾よく、繋ぎ合わせたる手際を目的とするものなり」と述べ、発音上の類似性という「薄弱なる連鎖」を利用して、本来何も関係ない二つのものを繋げ合わせ、読者に「驚異」

と「滑稽趣味」を味わせるものと解説している。おそらく、「倫敦消息」で「ペン」について書く以前から、金之助は、「ベッジ・パードン」の本名「ペン」が「滑稽的連想」の好例であることを見抜いていた。そのため、病床の子規を笑わせようと、おしゃべりな下女「ペン」の奇妙な振舞いについて報告したのではないだろうか。

饒舌な語りを意味する日本語の「弁」とそれとは対照的な書記表現手段としての「Pen」。書くことで精神的な自由と解放を保証する「Pen」。一方、人間の身体や精神の自由な働きを拘束する「囲い」、あるいは「檻（嚢）」としての「Pen」。意味的には、「本来何の関係のない」三つのものを、「ぺん」という発音上の「連鎖」を利用してつなぎ合わせ、文章に意外性とウィット（機知）の風を吹きこむことで、子規とその仲間を笑わせようとしたのである。もちろん、子規たちに、その冗談が通じるはずもないが、しかし、こんな孤独な言葉遊びで自身が慰めるしかないところまで、金之助は追いこまれていた。そして、その孤独を分かってくれるのは、間もなく死んでいこうとする子規しかいないことを、金之助は骨身にしみて分かっていたのである。

三度目の引っ越し

日記によれば、四月二十五日、金之助は、カンバーウェルのフロッデン・ロード六番地の家から、ブレット一家と共にトゥーティング・グレーヴェニーのステラ・ロード二番地の家に転居している。新居は新築の三階建てだが、日記では「午後 Tooting ニ移る。聞シニ劣ルイヤナ処デイヤナ家ナリ。永ク居ル気ニナラズ」と幻滅している。

「倫敦消息」の記述によると、ブレット家が転居に追い込まれた理由は、元々下宿代が安く実入りが少ないうえに、下宿人が少ない。金之助が入ったときは、何人か日本人がいたが、いずれも出て行ってしまい、残ったのは金之助と田中孝太郎だけ。その田中も出て行ってしまい、金之助一人だけという有様。自分の持ち家を貸しているのならまだしも、借家を間貸ししていたので、経営は苦しかった。結局、環境も交通の便も悪くなるが、家賃の安い家を借りるしかないということで、新興住宅地として開かれつつあったトゥーティングに引っ越しが決まったのだ。

金之助は、最初、この話を聞いたとき、別に下宿を探して移るつもりで、新聞の「下宿人求む」欄で、めぼしい家を見付け、手紙を出していた。だが、夫妻に「一緒に引っ越してくれ」と懇願され、また目を付けていた新しい下宿の家賃がべらぼうに高いのと、別に探すのが面倒なこともあって、そのままズルズルと引きずられてトゥーティングの新居に移ることになったのだ。金之助の以前も以後も、ロンドンに留学したり、駐在した日本人は膨大な数に上るだろうが、家主一家と一緒に引っ越したのは、夏目金之助をおいて他にいないだろう。そんな運命の不思議な巡り合わせを、金之助は次のように記している。

運命の車は容赦なく廻転しつゝある。我輩の前及彼等二人の前には如何なる出来事が横はりつゝあるか、我等は三人ながら愚な事をして居るかも知れぬ。愚かも知れぬ、又利口かも知れぬ。只我輩の運命が彼等二人の運命と漸々接近しつゝあるは事実である。後ろを顧みてかの薄紫の貴女及び其妹の事と其門構付の家を想像し、前を見て此貧困なるしかし正直なる二人の姉妹と其未来の楽園と予期しつゝある格子戸作りを想像して、両者の差違を趣味ある様にも感ずる。又貧富の懸隔は斯様《かよう》に色気なき物かとも感ずる。（傍点筆者）

「薄紫の貴女」とは、金之助が出していた「下宿希望」の手紙に対する返信として、「薄紫色の状袋の四隅を一分ばかり濃い菫色に染めた封書」を送ってきた資産階級の夫人で、手紙の内容は、「関心があるなら部屋を見にきてもいい」というもので、すべての部屋に「電気燈」を用い、一週間の下宿料は「三十三円」だという。当時、夜間照明に「電気燈」を使用するのが裕福な一般家庭に流行りはじめ、高級なホテルや下宿でも白色電球による夜間照明を売り物にする必要があった。夜遅くまで読書に励み、目を疲れさせることを日課としていた金之助にとって、「電気燈」は魅力的だったに違いない。だが、一週間の下宿料が三十三円では、とても手が出ないので、金之助はブレット家と一緒に引っ越すことを決意し、その旨を家主に伝えている。

ここで注目されるのは、金之助が、家主一家と引っ越ししなければならない自分の運命を、家主姉妹の運命と「漸々接近しつゝある」と認めていること。そして、「薄紫の貴女」が住む家を資産階級のシンボルと見なす一方、姉妹の家、すなわちこれから自分が引っ越していく家を、無産者階級のシンボルと見なし、そこに大きな「差異」と「貧富」の格差を見ていること、さらにその「差異」と「懸隔」を「趣味ある様に」感じる一方で、「色気なき物」と見ていることである。

金之助は、翌明治三十五年の三月十五日付で、義父の中根重一に宛てた手紙で、「欧洲今日文明の失敗は明かに貧富の懸隔甚しきに基因致候」と記し、「カールマークスの所論の如きは単に純粋の理窟としても欠点有之べくとは存候へども今日の世界に此説出づるは当然の事と存候」と、あまりに甚しい貧富の格差が、マルクスの『資本論』のような著作が出てくる背景にあると記している。明治三十九年八月、市電料金の値上に対して、東京市民の反対デモが行われたことがあった。そのとき、都新聞に漱石がデモに参加したと報ぜられ、その記事の切り抜きを送ってくれた深田康算に出した礼状で、「電車の値上には行列に加らざるも賛成なれば一向差し支無之候。小生もある点に於て社界主義故堺枯川氏と同列に加はりと新聞で出ても毫も驚ろく事無之候」と書き送っている。さらにまた、『明暗』には小林といぅ社会主義者を思わせる男が出てくることからも、漱石が社会主義思想に相当の関心を持っていたことは疑いない。読んだ形跡はないものの、ロンドン在住中にマルクスの『資本論』も購入している。おそらく、新聞か雑誌の記事であらましを理解しただけなのかもしれない。だが、いずれにしても、金之助のマルクスに対する関心の根底に、ロンドンでの下宿探しを通して自身が貧富の格差を身をもって実感した、その体験があることを見落としてはならないだろう。

饒舌でユーモラスな文体

「倫敦消息」は、四月九日、二十日、二十六日と三回に分けて書かれている。そのうち、一回目の原稿で、金之助は、「「ほとゝぎす」で募集する日記体でかいて御目にかけ様」と記している。しかし、読めば分かるとおり、「倫敦消息」は、日記体では書かれていない。むしろ、タイトルに「消息」とあること、そして二回目の原稿の冒頭に「又「ホトトギス」が届いたから出直して一席伺はう」とあることから分かるように、手紙文的な言文一致体と落語の語りと共通するくだけた語り口をミックスさせた独特の文体といった方が正しく、写生文的な客観描写とのちの『吾輩は猫である』や『坊っちやん』につながるユーモア小説的要素がミックスした形で書かれていて、それが、このテクストの魅力を形作っているといっていい。

だが、同時に、夏目金之助として書きながら、「夏目漱石」の名で発表された事実に象徴されるように、文学的記述としてはある種のあいまいさをとどめていることも事実である。おそらく、漱石としては、その辺のところが「ホトトギス」に掲載された頃から気になっていたのだろう、前述したように、大正四年、文集『色鳥』に収録するに際して、「一」を削除し、「二」と「三」を大幅に書きなおしている。この改訂版のオリジナル版との一番大きな違いは、宮澤健太郎が『漱石の文体』で指摘したように、「ホトトギス」掲載の初期作の饒舌な語りに近い文章が刈りこまれ、コンパクトに凝縮されていることである。岩波の『漱石全集』(一九九四年)に収められた二つの「倫敦消息」のページ数を比較してみると、「ホトトギス」版が二十九ページあるのに対して、「色鳥」版では二十四ページに縮小されている。そのため、ブレット家での朝食風景や地下鉄体験記などが削られ、「ホトトギス」版にあった、饒舌な語りの文体から湧き出てくる流露感やユーモラスな味わいが消え、暗く、重く、悲劇的な色調が加わっている。

しかし、違いはそれだけでなく、地の文が会話体に書き改められ、小説的性格が全面的に強まり、ブレット一家との引っ越し騒動の記述が大きく膨らまされ、前面に押し出されている。そして、金之助として「ホトトギス」版を書いた時点で見えていなかった部分で、日本に帰国し時間の経過を置き、さらに「小説家漱石」として書くことをとおして見えてきたものについて、書き直したり、書き加えたりしているのである。たとえば、「我輩の運命が彼等二人の運命と漸々接近しつゝあるは事実である」という記述は、改訂版では「未来は誰にも解らないけれども、僕と彼等とが段々接近して一所に流されて行きさうなのは慥《たし》かである」と書き直されている。このことからも、ロンドンで生活をはじめて半年過ぎたあたりから、転々と下宿を変え、その都度生活のレベルを落していかざるをえなかった、そんな下降していく自らの生を、漱石が、十四年後に振り返り、「流離」、あるいは「漂流」と捉えようとしていたことがうかがえる。

それにしてもなぜ、漱石はこのように書き直したのだろう。考えられる理由は、「ホトトギス」版を書いたとき、金之助は、『猫』や『坊っちゃん』とつながる「躁」の状態で書いた。そのため、うっとうしいペンのおしゃべりも、気の進まない大屋一家との引っ越しも、ユーモラスな日常生活のなかでの一騒動くらいのレベルで捉えられ、その経緯が、落語家の語りの文体で生き生きと写し取られていた。ところが、『色鳥』版に書きなおした大正四年の時点では、漱石は、『猫』や『坊っちゃん』の作家からとっくに卒業して、『門』や『行人』、『こころ』……と人間の暗い内面を見つめる「鬱」の作家に大きく変身していた。そのために、「ホトトギス」版にあった「躁」の部分、つまり饒舌な部分が削られ、コンパクトに凝縮された分、漱石風の小説のスタイルに近づいた。読んだ印象が暗く、重くなったのはそのせいである。

子規を思って

話をブレット家に戻そう。引っ越しに当って、家主一家は一つトラブルを抱えていた。それは、七、八年前、家賃の支払いが滞り、未払いになっていた分を引っ越すまえに払えと、「差配人」に連日迫られているのだ。もちろん姉妹に払う金はない。そこで「差配人」が眼をつけているのが、亭主のハロルドの家財で、新居に持って行かれないようにと、見張っているという始末。ところが、ハロルドは人が良さそうで、結構如才なく、夜中の三時に「大八車」を雇ってきて、全部運び出してしまったのである。

「倫敦消息」の記述によると、金之助が女主人のサラと一緒に新居に引っ越したのは、四月二十五日のことで、二人の道中を次にように記述している。二階建て馬車の屋上での二人の文学談義が大変面白いので、少し長いが引用しておきたい。

我輩は手提革鞄の中へ雑物を押し込んで、頗る重い奴をさげて而も左の手には蝙蝠とステッキを二本携えてゐる。レデーは網袋の中へ渋紙包を四つ入れて右の手にさげて居る。此渋紙包の一つには我輩の寝巻とヘコ帯が這入つて居るんだ。左の手には是も我輩のシートを渋紙包みにして抱へてゐる。両人とも両手が塞がつて居る。飛んだ道行だ。門迄出て鉄道馬車に乗る。ケニングトン迄二銭宛だ。レデーは私が払つて置きますといつて黒い皮の蟇口から一ペネー出して切符売に渡した。乗合いは少ない。向側に派手ななりをして居る若い女が乗つて居る。すると我輩の随行して居るレデーが突然あなたはメリー・コレリのマスタークリスチァンを御読みなさいましたかと大きな声で聞た。茲《ここ》は近頃十五万部売れたといふ一寸有名な本だ。我輩は書物は持つて居るがまだ読まないと答へた。「あの本はね、善く出来て居るのですがね、どうも作者の宗旨が何だか分らないのですよ。私の知つている者なんか皆コレリの宗旨は何だろうつて噂して居ますよ」と益《ますます》向側の婦人に聞えよがしである。自分だつて読んだ事もないのに鉄道馬車の中なんかでよせば善いと思つたが、仕方がないからウン〳〵と生返事をして居た。やがてケニングトンに着た。茲《ここ》で馬車を乗り換る。此度は上へ上がらうと云ふから梯子《はしご》を登つてトップへ乗つた。「此左にあるのが有名な孤児院でスパージョンの紀念の為に作つたのです。「スパージョン」て云ふのは有名な説教家ですよ」「スパージヨン」位講釈しないだつて知つて居ら、腹が立つたから黙まつて、やつた。「段々木が青くなつて好い心持ですね、二週間位前からズット景色が変つて来ましたね」「左様時にあすこに並んで居るのは何んて云ふ樹ですか」「あれ？　あれはポプラーでさあね」「ヘエーあれがポプラーですか、ナール程」と我輩は感嘆の辞を発した。神さんはすぐツケ上る。「ポプラーはよく詩に咏じてありますよ「テニソン」抔にも出て居ます。どんな風の無い日でも枝が動く。アスペンとも云ひます。是も慥《たし》か「テニソン」にあつたと思ひます」と「テニソン」専売だ。其癖何の詩にあるとも云はない。我輩は面倒臭いといふ風でウン〱云ふのみである。向ふの敷石の上を立派な婦人が裾を長く引いて通る。「家の内での御引きずりは不賛成もありませんが、外であんな長い裾を引きずつて歩行くのはあまり体裁のよいものではありませんね」と裾短かなるレデーは我輩に教ふる処あつた。漸く「ツーチング」といふ処へつく。

こうして、二人は「彼等の所謂新パラダイス」に着く。見ると、レンガ造りの長屋が四、五軒並んでいて、「聞きしに劣る殺風景な家」で、なかに入ると「猶々《なおなお》不風流だ」ったという。金之助の部屋は二階の一室で、荷物は無事届いている。やがて、亭主のハロルドがやってきて、窓にブラインドを取りつけ、壁にヌードの絵の入った額をかけていく。ふと気づいて、「ペンはどうしていないの?」と聞いてみると、「解雇しました」という返事。いればいたでうるさいと辟易し、いないとなると妙に寂しい。この先、「ペン」はどこで、どう生きていくのか?……　金之助は、口から唾を吐き飛ばしながらしゃべりまくる「ペン」の顔を思い浮かべ、「憮然として彼の未来を想像」するしかない。

ともあれ、ロンドンで最初で最後の大家一家との引っ越し騒動は終った。新居での最初の夜、ブレット夫妻と妹のケートは差配人との悶着が終ってないので、旧宅に戻っていった。新居に残ったのは、金之助の他に犬のカーローとジャックとハロルドの使用人のアネスト。夜、子規宛に「倫敦消息」を書きながら、金之助は、病勢が募り布団に寝たままの子規に遠く思いを巡らす。

魯西亜《ロシア》と日本は争はんとしては争はんとしつゝある。支那は天子蒙塵の辱を受けつゝある。英国はトランスヴハールの金剛石を掘り出して軍費の穴を塡めんとしつゝある。此多事なる世界は日となく夜となく回転しつゝ波瀾を生じつゝある間に我輩のすむ小天地にも小回転と小波瀾があつてわが下宿の主人公は其厖大なる身体を賭してかの小冠者差配と雌雄を決せんとしつゝある。而して我輩は子規の病気を慰めんが為に此日記をかきつゝある。

日清戦争に勝利して以来、日本の国際社会（といっても欧米中心の社会だが）における地位と存在感は急速に大きくなっていた。イースター明けの火曜日の朝、一人の留学生が、ロンドン郊外の下宿の食堂で広げた新聞の一面には、日本とロシアが開戦するかどうかという内容の記事が大きく載っていた。にもかかわらず、その記事を読んだ留学生は、金のない惨めな一介の「Jap」で、大家一家と夜逃げ同然に、前より一層場末の殺風景な借家に引っ越してきた。そして、深夜、二階の自室で小さな机にランプを点し、遠い故国で病魔と闘う友を慰めるため手紙を認めている。このとき、金之助が見詰めていたのは、己れが背負う「日本」という記号と、今、子規宛に手紙を書く自分の卑小な現実存在との間に横たわる隔たりの大きさであり、パックリと口を広げる深淵の深さ、そして、辛うじて己れを支えてきた「文部省派遣留学生」すらも間もなく失墜・解体し、自分が再び「嚢」のなかに封じ込まれ、どこと も知れずに流離・漂流していくのでないかという予感であり、不安であった。

夏目漱石がロンドンに留学して百四年、それ以前と以後、数えきれない程沢山の留学生や特派員、駐在員がロンドンやパリ、ベルリン、ニューヨークで生活し、多くの日記や体験記を書き残してきたが、ここに引用した記述ほど、自己と世界との間に広がる深淵を正確に見据えつつ、文学的に高い表現純度に到達したものは少ない。これに比肩するものとして、私が挙げうるのは、永井荷風の『あめりか物語』と『ふらんす物語』と『西遊日誌抄』、そして金子光晴の『ねむれ巴里』における幾つかの記述しかない。

敵対する日本とロシア、中国の義和団事件、南ア戦争と世界の大状況からブレット一家の引っ越しと借金のカタを巡る争い。世界は戦おうとし、大家一家も戦おうとしている。そして、戦いに敗れて解雇されてしまった「ペン」、彼、いや彼女は今どこで眠りについているのだろうか。いや、彼女以上に気になるのは、病魔と必死に戦いながら、敗れようとしている子規のことだ。いや、戦っているのは子規だけではない。今、子規を慰めるために「倫敦消息」を書く金之助もまた、日々苦しい戦いを強いられている。ロンドンで生活をはじめて六カ月。たとえそれが友人宛に書簡のスタイルを借りて書いたテクストであれ、書くことのなかで、金之助が、このように世界の大状況レベルでの国家の戦いからプライベートな小状況レベルにおける人間の戦いまで、全面的に向かい合い、見据え、かつ「書く」ことをとおして、「貧困なるしかし正直なる二人の姉妹」、さらには病床にあって病魔と戦う子規の側に立とうしている。その密かな覚悟のようなものを読み落してならないだろう。

(註1) クレイグ先生の住居は、ロンドン在住の漱石研究家恒松郁生の調査によって、ベーカー街の西に一ブロック平行して走るグローセスター・プレースの五十五番地aであることが判明した。金之助は、地下鉄をベーカー・ストリート駅で下りて、クレイグ先生の家まで通っていたため、「ベーカー町の角の二階裏に下女と二人で住んでいる」という表現になったのだろう。
なお、漱石は、『永日小品』に収めた「クレイグ先生」では、「クレイグ先生は燕の様に四階の上に巣をくつてゐ

る。舗石の端に立つて見上げたつて、窓さへ見えない」と住居が四階にあるように記している。『永日小品』が書かれたのが、明治四十二年の一月から三月までの間で、狩野享吉らに宛てた書簡より八年後になる。そのために、記憶が不確かだったことと、クレイグ先生の俗塵を離れた孤高の人格と生活ぶりを強調したいという意識が働いて、このような記述になったのであろう。

ちなみに、グローセスター・プレースのクレイグの住んでいた建物は、クレイグの死後取り壊され現存していない。

（註2）　永井荷風は、一九〇五年の十二月から一九〇七年の七月まで、ニューヨークに滞在し、横浜正金銀行ニューヨーク出張所の現地職員として働き、毎朝夕、地下鉄に乗って通勤、サラリーマン生活を送っていた。そのとき、ラッシュ・アワー時の地下鉄車内の光景を、『あめりか物語』所載の「寝覚め」という短編小説で、「停車場のプラットホーム毎に、人の山をなした男女は、列車の停るか停たぬ中に、潮の如く車中に突入り、我先にと席を争つて、僅に腰を下し得たものは、一分の猶予もせず、直様手にした新聞を読みかける。席を取り損ねたものは、或は引革にぶら下がり、或は押しつ押されつ人の肩に掛つて、早や男女の礼儀作法を問ふ暇はなく、無理にも割入つて腰を掛けやうと、互いに其の隙を覗つて居る」と観察している。ニューヨークは、十九世紀後半、ロンドンと並ぶ大都市に急成長していたが、地下の交通システムの開発という点ではロンドンから大幅に遅れを取り、最初に地下鉄が開通したのは、荷風がニューヨーク生活を始めた年の前年、一九〇四年十月のことだった。そのため路線の数が少なく、ラッシュ・アワー時のウォール街に向う路線のプラットフォームや車内は、金之助が観察したロンドンの地下鉄と比べて、混雑を極めていた。

荷風の地下鉄体験が、金之助のそれと大きく違うのは、金之助が「少しも小説にならない」とした車内体験に、荷風が「小説にな」るものを発見し、荷風にしか書けない文学的記述を残していることである。すなわち、混み合う車内では、男の身体が女性の身体と密着することも少なくない。荷風はそんな痴漢的体験を、「寝覚め」のなかで、「此の車の混雑に、若い売娘やオツフイース娘なぞが、遠慮なく自分の右と左にぴつたり押坐り、車の発着する度々の動揺に、柔らかい身体を触れ合わす」云々と、告白している。詳しくは、拙著『荷風とニューヨーク』（青土社）を御参照願いたい。

第十六章　下宿に引きこもる金之助

ロンドン・シティ・ライフ

ロンドン留学時の日記を読むと、金之助は最初の二ヵ月くらいまでは、初めての外国生活による緊張に縛られ、また下宿や大学探しや留学生活を送るための体制確立に追われていたせいか、だれにあったとか、どこどこに何の要件で行ったとかだけ記されており、異文化体験にまつわる金之助自身の印象や感想は記されていない。金之助の身体と感性が外に向かって開かれ、日記に個人的な印象、感懐が現れはじめるのは、年を越して明治三十四（一九〇一）年に入ってからのことで、ロンドンの気候の悪さやイギリス人の差別的言葉やまなざしについて、嫌悪感を交えた記述が目につきはじめる。そして、市内に出たり、読書に疲れ附近の公園に散歩に出たおりなどは、自然の風景や風俗に関心を注ぎ、印象に残ったことを書き残している。また、演劇観賞や美術館巡り、古本漁りなど、結構前向きにロンドン・シティ・ライフを愉しんでいる。

例えば、一月十七日の日記には、「倫敦デハ silk hat ト frock coat ガ流行ル。中ニハ屑屋カラ貰タ様ナ者ヲ被ツテ歩行テ居ルノモアル。思フニ英国ノ浪人ナルベシ／裏ノ草原ニ鵯《ひよどり》程ナ鳥ガ夥多降リテ餌ヲ探シテ居ルカラ下女ニ名ヲ尋ネタラ雀ダト云ツタ。倫敦ハ雀迄ガ大キイ」と記されており、二月十三日には「小児ガ沢山独楽を廻して居た。熊本辺ではやる蕪の様な木に鉄ノ心棒ヲ通した頗る単純なもので妙ニ西洋につり合ハんと思ツた」、十八日には「往来ヲ歩クト何レモ小悪ラシイ顔許リダ。愛嬌ノアル顔ヲシテ居ルモノハ一人モ居ラヌ。其代リ子供デ鼻ヲ垂ラシテ居ル者ハ一人モナイ」、二十五日には「表ヲアルイテ居ルト道ヲハク奴ガ礼ヲシタ。小イ女ノ児ガ丁寧ニ腰ヲカヾメテ Good morining と云ツタ。前ノハ金ヲ貰ヒイタノダ。後ノハ意味ガ分ラナイ」と、観察している。

そして、三月に入ると、気候が暖かくなり、町に活気が出てきたせいか、記述はより具体的になり、四日には「又 Brockwell Park ニ至リ花園ヲ観、泉水ヲ廻ル。葦ノ芽ノ青キヲ見ル。又桃ノ花ノ蕾ムヲ見ル。愉快ナリ」、三月六日「英国デ女ノ酔漢ヲ見ルハ珍ラシクナイ。Public House 抔ハ女デ一パイノ処ガアル」、三月十二日「Craig 氏ニ至ル。帰途 Bond St. ヨリ Piccadilly ニ出デ St.John's Park ニ至ル。青キ芝ノ中ヨリ黄ト藤色ノ tulip ガ「ニヨキ〱」出テ居ルノガ大変美クシイ」、三月十四日「穢ない町を通つたら、目暗が「オルガン」ヲ弾て黒イ以太利人ガ「バイオリン」を鼓シテ居ルト、其傍ニ四歳ばかリノ女ノ子ガ真赤ナ着物ヲ着テ真赤ナ頭巾ヲ蒙ツテ音楽ニ合セテ踊ツテ居タ。公園ニチユーリツプノ咲クノハ奇麗ダ。其傍ノロハ台ニ非常ニ汚苦《ムサクル》シイ乞食ガ昼寐ヲシテ居ル。大変ナ contrast ダ」などと観察している。公園に咲く「チューリップ」とベンチで昼寝をする「汚苦《ムサクル》シイ乞食」のコントラストが、「倫敦消息」における電気照明付のエリート下宿と透き間風が吹き込む貧乏下宿に象徴される「貧富の懸隔」、さらにはマルキシズムへの関心につながっていくことは言うまでもない。

一方、芸術鑑賞に目を向けてみると、金之助が、ロンドンに来て最初に熱心に見て回ったのは美術館で、十一月三日には大英博物館を、五日にはナショナル・ギャラリーを、十一日にはケンジントン美術館とヴィクトリア&アルバート美術館を見ている。年が明けて、一月二十九日には水彩画展を見て「画題筆法、油画ヨリモ我嗜好ニ投ズル者頗ル多シ。日本画ニ近キ故カ。日本ノ水彩画抔ハ遠ク及バズ」と感想を記し、さらに国立肖像美術館にも足を延ばしている。また、二月一日には、カンバーウェルの下宿に近いダリッジ美術館を訪れ、「此辺ニ至レバサスガノ英国モ風流閑雅ノ趣ナキニアラズ」と記したあと、「絵所を栗焼く人に尋ねけり」と一句を得ている。ロンドンに来てからは短期間にラファエル前派の絵画を鑑賞できたことが、のちの漱石文学の展開に極めて重要な意味を持ったことは、江藤淳の論文「漱石とラファエル前派」や「漱石と英国世紀末芸術」、尹相仁の『世紀末と漱石』などによって詳しく解明されているところで、本論ではこれ以上立ち入らない。

次に、観劇の方は、ロンドン到着三日後の十月三十一日にヘイマーケット劇場でシェリダンの「The School for Scandal」を見ているが、しばらく途絶え、年を越して一月十一日にケンジントンでパントマイムを見て「滑稽ハ日本ノ円遊ニ似タル所アリ。面白し。奇麗ナルコト West End Theater ニ譲ラズ。然モ best seat ニテ頗ル廉価ナリ」と記している。また、一月二十二日付で妻の鏡子に宛てた手紙では、「芝居には三、四度参り候。いづれも場内を赤きビロードにて敷きつめ見事なる事たまげる許りに候。道具衣裳の美なる事亦人目を驚かし候。中にも寄席芝居の様なものは、五、六十人の女の翩々たる舞衣をつけて入り乱れて躍り候様皆に見せ度程美しく候。其中此女がフワ〳〵と宙に飛び上り(ハリガネの仕掛にて)て其女の頭胸手抔に電気燈がツキ、其に軽羅と宝石が映ずると云ふ訳だから想像しても美いと思ふだらう」と書き送っている。

二月に入ると、ブレット家の同じ下宿人の田中孝太郎に誘われたのだろう、一緒に芝居を見に行ったという記述が増える。恐らく、金之助が英文学専門で、シェークスピアをはじめイギリスの劇文学に造詣が深いことを知って、田中から「それなら今度一つ御同道願えますかな。どうも英語の芝居は、聞いてもよく分からないものですから。教えていただきたいものですな」くらいのことを言われて、金之助が面白そうな芝居を選び出して、一緒に見に行くこととなったのだろう。二月八日の日記には、「午後七時田中氏ト Metropole Theater ニ行ク。Wrong Mr. Wright ト云フ滑稽芝居ナリ。徹頭徹尾オドケテ面白キコト限ナク、然モ其滑稽タルヤワルフザケニアラズシテ興味尤モ多シ」と記し、二月二十三日の土曜には、チャリング・クロスのハー・マジェスティック劇場で、田中と共にシェークスピアの『十二夜』のマチネを見て「装飾ノ美、服装ノ麗人目ヲ眩スルニ足ル／席、皆売切。不得已《やむをえず》 Gallery ニテ見ル」と記している。さらに、二月二十六日には「夜 Kennington ノ Theater ニ至ル。大入ナリ。外題ハ The Sign of the Cross ト云フ Rome ノ Nero ガ耶蘇教征伐ノ事ヲ仕組ミタル者ナリ。服装抔頗ル参考ニナリテ面白カリシ」、三月七日には、再び田中と一緒にドルーリー・レーン劇場に赴き、『Sleeping Beauty』を見て、感動を次のように記述している。

是は pantomime ニテ去年ノクリスマス頃ヨリ興行シ頗ル有名ノ者ナリ。其仕掛ケノ大、装飾ノ美、舞台道具立ノ変幻窮リナクシテ往来ニ遑《いとま》ナキ役者ノ数多クシテ服装ノ美ナル、実ニ筆紙ニ尽シ難シ。真ニ天上ノ有様、極楽ノ模様、若クハ画ケル龍宮ヲ十倍許リ立派ニシタルガ如シ。観音様ノ天井ノ仙女ノ画抔ヲ思ヒ出スナリ。又仏経ニアル大法螺ヲ目前ニ睹ル心地ス。又 Keats ヤ Shelley ノ詩ノ description ヲ其儘現ハセル様ナ心地ス。実ニ消魂ノ至ナリ。生レテ始メテカカル華美ナル者ヲ見タリ。

さらにまた、翌日、妻鏡子に宛てた手紙でも、ステージの光景を微細に報告している。

そこで此道具立の美しき事と言つたら到底筆には尽せない。観音様の棟に彫りつけてある天人が五、六十人集まつて絵にかいた龍宮の中で舞踏をして居ると、其後から又五、六十人が舞台の下からセリ出してくる。急に舞台が暗くなると其次の瞬間には悉皆道具が替つて居る。突然舞台の真中から噴水が出て此噴水が今紫色であるかと思ふと黄色になり、其次には赤くなり青くなり、非常な金銀を鏤めた殿閣が急に現はれて夫が柱天井の中に皆電気がついて光る。「ダイヤモンド」で家が出来て居る様だ。女の頭や衣服も電気で以て赤い玉や何かゞ何十となくつく。夫が一幕や二幕ではない差し易り引き易り実に莫大な金を費さなければ出来ない。丸で極楽の活動写真と巡り燈籠とを合併した様だ。何しろ大きな水晶宮がセリ出すかと思ふと奇麗な花園がセリ下がつて来たり、其後から海に日が当つて山が青く見える処が次第に現はれて来たり、是が漸々雪の降る景色に変化したり実に奇観である。

スペクタクルな舞台の華麗な美しさに心底驚嘆したのだろう、金之助は日記を「実ニ消魂ノ至ナリ。生レテ始メテカカル華美ナル者ヲ見タリ」と締めくくっている。これらの記述を読み、外国の都市における劇場芸術体験ということで思い出すのは、金之助より三年遅れて、明治三十四年十二月二十三日、ニューヨークでサラ・ベルナールの舞台を、さらに年が明けて明治三十五年一月五日、メトロポリタン歌劇場でワーグナーの『トリスタンとイゾルデ』を見て感激した永井荷風が日記に書いた記述との間の、同じ舞台芸術でありながら、受けた感動の質の本質的違いである。すなわち、サラ・ベルナールのニューヨーク連続公演の最終日、サルドー作の『妖妃』を見て感激した荷風は、『西遊日誌抄』に「嗚呼、余は幸にして世界第一の Tragedienne の技藝を親しく目覩《もくと》する事を得たり。余が渡航の目的は達せられたるなり」と記し、『トリスタンとイゾルデ』に魂の根底から動かされて、「余は深き感動に打たれ詩歌の極美は音楽なりてふワグネルが深遠なる理想の幾分をも稍々《やゝ》窺得たるが如き心地し無限の幸福と希望に包まれて寓居に帰りぬ」と記している。

　ここで、金之助がパントマイムを、荷風が芸術劇とオペラをと、見たものの違いを踏まえたうえで二人の感動の体験の質の違いを読み比べてみて、分かる一番大きな違いは、荷風が、ベルナールの演技とワーグナーのオペラに全身が震えるような感動を覚え、魂の根底から揺るがされていること、そしてその体験が、永井荷風という特異な近代文学者の文学的拠点を定める上で決定的に重要な意味を持ったのに対して、金之助の場合は、あくまでも文部省から留学を命じられた英文学研究者としての感嘆であり、魂そのものの感動ではないということ。そして、そのために、「実ニ消魂ノ至リナリ」という体験が、文学者夏目漱石の拠点を定めるうえでも、漱石文学の展開に対しても、決定的な意味を持たなかったということである。

　ロンドンはシェークスピアの悲劇のような本格的芸術演劇だけでなく、パリやニューヨークと並ぶ大衆的なミュージカル・コメディやボードビル・ショーの本場でもあった。特に、金之助が留学した一九〇〇年は、ヒポドロームと呼ばれる曲馬ショーとサーカスをミックスさせた大衆演芸場がオープンして大評判を呼んでいた。ヒポドロームというのは、本来古代ローマの競馬車場のことを指していたが、近世以降、円形の平土間を囲んで曲馬を見せるオーディトリアムのことをいうようになり、さらに、十九世紀後半、曲馬だけでは面白くないので、コメディやパントマイム、スペクタクル・ショー、さらには像やライオン、熊などの動物ショーなどを加えた大規模なヴァラエティ・ショーを見せるようになり、オーディトリアムの形態も、観衆がステージと向かい合ってステージのうえで繰り広げられるショーを見るスタイルが主流を占めるようになる。金之助もその評判を聞いて見に行く気になったのだろう、三月三十日の土曜日、マチネの公演を見に行っている。日記の記述によると、「Hippodrome ニ行ク席ガナクテ5シリング払ツタ。Cinderella ヲ見タ。獅子ヤ虎ヤ白熊抔ヲ見タ」とある。

金之助の異文化・芸術鑑賞体験に関して、荷風との比較でもう一つ指摘しておきたいのは、荷風が、絵画芸術においてヨーロッパに大きく遅れを取ってきたアメリカに先に渡ったせいで、絵画や工芸など視覚芸術にはほとんど関心を示さなかった反面、ワーグナーのオペラやドビュッシーの管弦楽曲など音楽に関心を集中させ、音楽をとおして摑んだものを自身の文学的思想と感性の拠点にすえているのに対して、金之助は音楽にはほとんど関心を示さなかったこと。そして、その代りに、演劇や絵画の鑑賞体験から得たものを、のちの漱石文学に色濃く反映させていることである。

以上に見てきた通り、日記や書簡の記述から浮かび上がってくるのは、ロンドンで留学生活をはじめて半年くらいまでは、都会生活をそれなりに楽しんでいる金之助の姿である。「尤も不愉快の二年なり」といった言葉に惑わされて、夏目漱石がまったく外部との関わりを欠いて、惨めで実りのない絶望的な留学生活を、最初から最後まで送ったなどと考えてはいけない。数こそ多くはないものの、最初の半年を過ぎる辺りまでは、意外にまめに美術館や博物館に足を運び、芝居やバレーを観賞し、曲馬座のショーを楽しみ、古本を漁り、町や公園を散策、ロンドンっ子のシティ・ライフに観察の眼を注いでいた。そんなブツブツ文句を言いながら、結構怠りなく観察の眼を注ぎ、面白がっていた金之助の中から『吾輩は猫である』や『坊っちゃん』といったユーモア小説の作家、夏目漱石が生まれてきたのである。

下宿に引きこもる金之助

ところが、そんな留学生活も、半年を過ぎ、ブレット一家と共に引っ越しをしたあたりから変調を来しはじめる。それまで、外部世界に向かって、それなりに開かれていた身体と感性の働きが次第に内向化し、人との交わりを断ち、下宿に引きこもりがちになる。そして、その結果として「夏目狂せり」と噂された形で神経を著しく衰弱させ、流離・漂流の異国生活のなかで再び「嚢」のなかに引きこもっていく。しかも、そのプロセスと並行する形で英文学研究を断念し、『文学論』を執筆することに唯一の出口の光を見出だし、「文学論ノート」執筆に心血を注ぎ尽くすことで、残りの留学生活をかろうじて乗り切っていくことになる。

金之助が、ロンドン郊外の下宿に孤独に引きこもっていった内面的要因として、まず考えられるのは、金之助自身の内向的、かつ神経過敏な性格が挙げられる。金之助は、荷風のように一介の無記号者として、欧米の異文化社会のなかに積極的に入って行き、そこでの生活体験を前向きに受け止め、活かし、欧米の社会や風俗・習慣、文化・芸術のなかに自己のアイデンティティを見出だすといったタイプの人間ではなかった。すでに結婚していて、一児の父であるという現実も、鷗外の『舞姫』における太田豊太郎や永井荷風のように、独身者として、自由に振る舞うことを許さなかった。おそらくそうした生来の内的素因に加えて、ロンドンでの初めての異国生活とそれにともなう様々な外的要因がマイナスに作用した結果、過度の不安や緊張、不快感などが加わって、近代以降の日本人の異国生活体験としては異例の、引きこもりに追いこまれていったものと見ていいだろう。

金之助が、ロンドンの不快な気候や日本人など眼中にないといった態度を平気で取る傲慢なイギリス人、分かりにくいロンドン英語など外部世界に対して、適応不全に起因する異和感や嫌悪感を募らせていたことは先に見た。そもそも下宿で英文学書をひたすら読むという生活そのものが外国人留学生として異例の引きこもりを意味していた。くわえて、文部省から支給される学費があまりに僅少で、いやでも生活レベルを落とし、出費の増える外出や人付き合いを控えざるをえなかった。さらに、三度目の下宿先のブレット一家と一緒に、一層場末の「イヤナ処デイヤナ家」に引っ越しを強いられるなど、自分がこの先どこまで落ち、漂流していくのか分からないという不安もあった。そして決定的な要因と思われるのが、留学の一番重要な目的であった英文学研究の意義について、深刻な懐疑を抱きはじめるようになり、留学して一年も絶たないうちに、その無意味なことを悟って断念してしまったことで、金之助は一層のっぴきならない引きこもりの状態に追いこまれていく。

明治三十四年二月九日、すなわち、金之助がロンドンで生活をはじめて三カ月余り経った時点で、友人の狩野亨吉、大塚保治、菅虎雄、山川信次郎の四人に宛てた書簡で、金之助は、最初から下宿に引きこもった形で英文学研究をスタートせざるをえなかった経緯について、次のように書き送っている。


僕は英語研究の為に留学を命ぜられた様なものゝ二年間居つたつて到底話す事抔は満足には出来ないよ。第一先方の言ふ事が確《しか》と分らないからな。情けない有様さ。殊に当地の中流以下の言語はＨノ音を皆抜かして鼻にかゝる様な実に曖昧ないやな語だ。此は御承知の cockney で教育ある人は使はない事になつて居るが実に聴きにくい。仕方ないからいゝ加減な挨拶をして御茶を濁して居るがね、其実少々心細い。然し上等な教育のある人となると概して分り易い。芝居の役者の言語抔も頗る明晰、先づ一通りは分るので少しは安心だ。然し教育ある人でも無遠慮にベラ〳〵喋舌り出すと大に狼狽するよ。日本の西洋人のいふ言が一通り位分つても此地では覚束ないものだよ。（中略）

斯いふ訳で語学其物は到底僕には卒業が出来ないから書物読の方に時間を使用する事にして仕舞た。従つて交際抔は時間を損するから可成やらない。加之《しかのみならず》西洋人との交際となると金がいるよ。御馳走ばかりになつて居るとしても金が居るよ。まづい洋服抔は着て居られないしタマには馬車を駆らなければならないし而も余程親密にならなければ一通りの談話しか出来ない。興味のあるシンミリした話なんかはやれないからね。夫も二年で語学が余程上達する見込があれば我慢してやるが、それは以上の理由でだめだから時間を損し金を損して是といふ御見やげがない位なら始めからやらない方がいゝからね。僕は下宿籠城主義とした。（傍点筆者）

「僕は下宿籠城主義とした」。そう、夏目金之助は、最初から自分自身の意志で、外国人留学生としては極めて異例な引きこもり生活を選んだのだ。だが、それでも、最初の冬を乗り越え、イースターを迎えたあたりまでは、異文化体験の物珍しさや思っていた以上に英書を買いこめたことによる満足感、そして読書を中心とした留学生活がもたらすそれなりの充実感などから、慎ましくはあるものの、「文部省派遣留学生」としての生活にある程度は自足できていた。ところが、その時期が過ぎ、生活が地に着いてくると、ロンドンの気候や自然風景、人間、風俗に対して異和感を持つようになってくる。くわえて日本にいたときと違って、二十四時間英語に囲まれ、孤独に英語の本を集中して読まなければならない。そんな生活を続けていくうちに、次第に英文学に対しても異和感が募ってきたのである。

英文学研究を断念

金之助が、英文学研究に対して懐疑、あるいは幻滅を深めていったもう一つの要因として、トゥーティングに移り住んだあとのブレット家に池田菊苗が下宿してきて、親交を深めたことも無視できない。池田は後に「味の素」を発明する化学者で、金之助は下宿人が二人しかいないこともあって池田と盛んに意見を交わし、化学者という枠を越えて広い知識と深い思想を持つ池田に尊敬の念を深めている。すなわち、五月九日の日記に「池田氏ト英文学ノ話ヲナス同氏ハ頗ル多読ノ人ナリ」とあり、十五日には「池田氏と世界観ノ話、禅学ノ話抔ス氏ヨリ哲学上ノ話ヲ聞ク」、二十日に「夜、池田ト話ス。理想美人ノ description アリ。両人共頗ル精シキ説明ヲナシテ両人現在ノ妻ト此理想美人ヲ比較スルニ殆ンド比較スベカラザル程遠カレリ。大笑ナリ」など、心のコミュニケーションを深めたことがうかがえる。金之助は、池田の人格の高さと学識の深さに畏敬の念を持ったのだろう、九月十二日付けで寺田寅彦に「頗る立派な学者だ」、「大なる頭の学者であるといふ事は慥かである。同氏は僕の友人の中で尊敬すべき人の一人と思ふ。君の事をよく話して置たから暇があつたら是非訪問して話しをし給へ。君の専門上其他に大に利益がある事と信ずる」と手紙を書き送っている。

おそらく、東洋の文学や思想を踏まえながら、英文学にも造詣が深く、しかもそのうえで化学という普遍学問を専攻することで世界人類に貢献している。そうした池田の生き方に対する共感を通して、

「何か人のため国のために出来そうなもの」という考えが、金之助の意識の表面に浮かび上がってきたということではないだろうか。金之助は、三ヵ月後の九月十二日、寺田寅彦に宛てた手紙で、「学問をやるならコスモポリタンのものに限り候。英文学なんかは椽《えん》の下の力持、日本へ帰っても英吉利においてもあたまの上がる瀬は無之候。小生のようなちょっと生意気になりたがるものの見せしめにはよき修業に候」と、英文学研究を断念したことを伝えている。漱石は、さらにまた、七年後の明治四十一年九月号の「文章世界」に寄せた「処女作追懐談」で、池田から受けた刺激について、「所へ池田君が独逸から来て、自分の下宿へ留った。池田君は理学者だけれども、話して見ると偉い哲学者であったには驚いた。大分議論をやって大分やられた事を今に記憶している。倫敦で池田君に逢ったのは、自分には大変な利益であった。御陰で幽霊の様な文学をやめて、もっと組織だったどっしりした研究をやろうと思い始めた」と回想している。

文学は、小説家や詩人の個人的、私的幻想や精神、意識、感性の言語的表現芸術であると同時に、特定の国なり、民族なりの集合的、あるいは共同的幻想や精神、意識、感性の表現でもある。ところが、その文学を生み出した国（金之助の場合はイギリス）で実際に生活し、外的環境、あるいは条件として自然風土や人間、社会、習慣に対して日々異和感を募らせ、心身の一体感と解放感が得られない以上、文学的表現の世界に対しても自己との一体感や解放感を感得することができないのは当然のことである。確かに、金之助は日本にいたときから、英文学書をなまじのイギリス人以上に読んでいた。しかし、これこそが自分が求めていた文学だ！と、魂が根底から揺さぶられたような感動の体験はなかった。にもかかわらず、その時点では、そのことに、それほど異和感を抱くことなく、いや抱いたとしても、深刻につきつめることなく、ディケンズやスゥイフトの小説やテニソンの詩、シェークスピアの戯曲を読み続け、イギリス留学に当たっては、自身の意志で英文学研究をテーマとして選んだくらいである。それは、本を読んで知るイギリスの自然風土と社会、人間、文化が、どれほど金之助がいうように「執濃い」ものであっても、結局はイメージの世界でのことであって、生理的、身体的嫌悪感を来すほどのものでなかったからである。

ところが、実際にロンドンで生活してみると、「百聞は一見に如かず」で、現実に触れるロンドンの自然や人間、言語、風俗などなど、すべてが頭のなかだけでイメージしていたものと大きく違っていた。ただ、そうした異和感は、外国で初めて生活するものであれば、だれもが体験することであり、金之助だけに限ったことでない。問題は、金之助の場合、生まれながらの神経過敏な気質と内向的な性格があいまって、異文化体験に起因する異和感や不快感や嫌悪感が、しつこくあとまで残り、一種の心的トラウマとして内向し、金之助の神経を傷つけたこと。しかも、そうした傷を避けるために外部世界との接触を絶っていったことで、ますます孤独な引きこもり状態に、蟻地獄に落ちていくように落ちていくしかなかった。つまり、アメリカに渡って初めて心身の解放感に浸り、そこから文学者として立つ契機を摑みとった永井荷風と違って、金之助の場合は、異国の自然風土や言語、社会、人間、文化環境のなかで心身を解き放ち、そこから、「書く」ことに向けて自己を解放していく契機をまったく摑みとることができなかったということなのだ。

金之助が、これ以上英文学書の読書を続けても無意味であることを悟り、留学の目的を別の方向に切り換える必要を意識しはじめたのは、四月の末にブレット一家と引っ越しをすませ、再度独学による留学生活体制を整備しなおし、やれやれと一息ついたあたり、すなわち、五月に入ってからのことであろう。六月十九日、ドイツに留学中の藤代禎輔に宛てた手紙で、「近頃は英学者なんてものになるのは馬鹿らしい様な感じがする。何か人の為や国の為に出来そうなものだとボンヤリ考へテ居る」と、初めて、英文学研究に対して懐疑を表明している。

確かに、金之助は、東京帝国大学文科大学英文学科の二人目の卒業生であり、その秀才ぶりは周囲に聞こえていた。だが、鋭敏であるが故に金之助は自身の英文学書を理解・鑑賞する能力と読書の量が不十分であることも十分にわきまえていた。『文学論』「序」にある「肝心の専門の書は殆ど読む遑もなきうちに、既に文学士と成り上がりたる時は、此光栄ある肩書を頂戴しながら、心中は甚だ寂漠の感を催ふしたり」、「卒業せる余の脳裏には何となく英文学に欺かれた如き不安の念あり」という述懐が、そのことを物語っている。金之助は、「東京帝国大学文科大学英文学科卒業」という「肩書＝記号」の実体が空虚で、英文学の実態との間に大きな懸隔があることを、大学を卒業した時点で、早くも自覚していたのだ。「英文学に欺かれた如き不安」というのは、一定期間通学し、学費を納め、決められた教科を履修し、試験にそれなりの成績を収め、必要な単位をそろえさえすれば、英文学の本質をどこまで理解したかなど関係なしに、「学士」や「修士」という「肩書」与えてくれる、大学という制度のなかで教えられる「英文学」に懐疑を募らせ、不信感を抱いたということを言おうとしているのだ。

だが、そうした懐疑や不安は、日本で英語教師として中学生や高校生に教えている分には、つきつめて対決する必要がなかった。だれも東京帝国大学卒の「文学士」という「光栄ある肩書」の優越性に圧倒され、その内実が空虚であることを見抜けなかったし、金之助の方でも、心が満たされたことは一度もなかったものの、「肩書＝記号」が要求する振る舞いを演じることで折り合いをつけていられたからである。ところが、ここロンドンでは違っていた。金之助の優越性を証明する一切の記号や

「肩書」をはぎ取られ、自我の拠りどころはバラバラに解体し、行きどころのない不安と憎悪と敵意をむき出しにしながら、孤独な引きこもりのなかで、ひたすら英書と向かい合うことを強いられた。しかも、そうした捨て身の努力の末に見えてきた英文学は、日本の大学という制度のなかで学んできた括弧つきの英文学とは本質的に違って、「欺かれ」ようのない、本物の英文学であった。金之助が、それまで漠然と、あるいは観念的に外側から理解してきた英文学と、その文学を生み出したイギリスで実際に生活してみたうえで、見えてきた英文学の本質とでは、根本的に何かが違う。しかも、その違いを自分はどうしても受け入れることができない。その違いについて、金之助は、明治三十八（一九〇五）年の「断片」に「英人の文学は安慰を与ふるの文学にあらず刺戟を与ふるの文学なり。人の塵慮を一掃するの文学にあらずして益人を俗了領するの文学なり。彼らは自ら弊竇の中に坐して益その弊を助長す。阿片に耽溺せる病人と同じ」と記している。芸術の鑑賞行為において、最も基本的な条件となる趣味（テースト）の違いのようなものを決定的に思い知らされてしまったということなのだ。

自分には、英文学の趣味がどうしても合わない。しかし、そうはいっても、文部省から命ぜられた「英語教授法ノ取調」という研究課題を早々と放棄したうえで、さらに自分の方から言い出した「英文学研究」をも放棄してしまうことは、とうてい許されることではなかった。それと、もう一つ、気は進まなくても、英文学書を読み進め、国家（文部省）との契約を義務として果たし、幾つか論文を書いて、帰国すれば、ロンドン留学の新帰朝者という新しい「光栄」ある記号を身につけ、高等学校か大学で英語と英文学を教えて、生活を立てていくことはできる。すでに二児の父親となっていた金之助だけにそんな打算も働いたはずである。

だが、すでに熊本時代から、教えることにうんざりしていた金之助にとって、文部省の意向に沿った形で、英語と英文学の研究を続け、それなりの研究成果と呼ばれるものをでっち上げて帰国しても、結局は、元の通り英語を教えて生活を立てていくだけで、何も本質が変わらないことも見えていた。自分が、三十歳を過ぎて、日本を出て、イギリスに渡ってきたのも、それまで自分を閉じ込めてきた「嚢」を突き破る「錐」を手に入れるためではなかったのか。であればこそ、再び英語を教える「嚢」中の生活に戻ることはできない。いや、今、自分がロンドンで強いられている下宿生活も、松山や熊本にいた頃の「嚢」中に閉じ込められていた生活と本質的には変わらないではないか。ならば、この「嚢」を突き破る「錐」をどこに求めたらいいのだろうか。焦りにも似た気持ちに駆られ、必死で考えた末に出てきた答えが、「嚢」中に「錐」を求める逆転の発想とでもいおうか、自分にしか書けない独創的な『文学論』を書き上げることであった。学術的研究論文であったものの、金之助は、『文学論』のためのノートを書き抜くことで、ペンとなる「錐」を手に入れようとしたのである。

第十七章　『文学論』――強いられたプロジェクト

読む人から書く人へ

金之助がいつ頃、『文学論』の執筆を思い立ったかは、日記には記述がないため特定できない。しかし、留学二年目の明治三十五（一九〇二）年三月十五日、義父の中根重一に宛てた手紙に、「私も当地着後（去年八、九月頃より）より一著述を思ひ立ち目下日夜読書とノートをとると自己の考を少し宛《づつ》かくのとを商買に致候」とあることから、ブレット家を出て、クラッパム・コモンのリール姉妹の家に移り、背水の陣を敷く形で、いよいよ最後の孤独な留学生活の体制を固めたころと思われる。漱石は、英文学研究を断念し、『文学論』の執筆を思い立った経緯について、『文学論』「序」で次のように回想している。

> 倫敦に来てさへ此不安（英文学に欺かれたという不安――筆者註）を解く事が出来ぬなら、官名を帯びて遠く海を渡れる主意の立つべき所以なし。去れど過去十年に於てすら、解き難き疑団を、来る一年のうちに晴らし去るは全く絶望ならざるにもせよ、殆ど覚束なき限りなり。

是に於て読書を廃して又前途を考ふるに、資性愚鈍にして外国文学を専攻するも学力の不充分なる為め会心の域に達せざるは、遺憾の極なり。去れど余の学力は之を過去に徴して、是より以後左程上達すべくもあらず。学力の上達せぬ以上は学力以外に之を味ふ力を養はざる可からず。而してかゝる方法は遂に余の発見し得ざる所なり。翻つて思ふに余は漢籍に於て左程根底ある学力あるにあらず、然も余は充分之を味ひ得るものと自信す。余が英語に於ける知識は無論深しと云ふ可からざるも、漢籍に於けるそれに劣れりとは思わず。学力は同程度として好悪のかく迄に岐《わ》かるゝは両者の性質のそれ程に異なるが為めならずんばあらず、換言すれば漢学に所謂文学と英語に所謂文学とは到底同定義の下に一括し得べからざる異種類のものたらざる可からず。

大学を卒業して数年の後、遠き倫敦の孤燈の下に、余が思想は始めて此局所に出会せり。人は余を目して幼稚なりと云ふやも計りがたし。余自身も幼稚なりと思ふ。斯程見易き事を遥々《はるばる》倫敦の果に行きて考へ得たりと云ふは留学生の恥辱なるやも知れず、去れど事実は事実なり。余が此時始めて、こゝに気が付きたるは恥辱ながら事実なり。余はこゝに於て根本的に文学とは如何なるものぞと云へる問題を解釈せんと決心したり。同時に余る一年を挙て此問題の研究の第一期に利用せんとの念を生じたり。（傍点筆者）

金之助がなぜ英文学研究を断念し、『文学論』執筆に方向転換したのか、その理由を引き出すと、大きく二つに要約できるだろう。一つは、留学以来、懸命に英文学書を読みこんできたが、読みこなす「学力」が「不充分」で、これ以上の成果は期待できない、第二に、趣味（テースト）の問題として、どうしても英文学になじめない、感動できないということ。したがって、このまま続けていっても、国家との契約は果たせそうにないということだろう。

漱石の生涯を振り返ってみると、前半生（それもかなり後半生までずれ込んでいるが）における「読む」人生、すなわち「学問の人」夏目金之助としての人生と、後半における「書く」人生、すなわち「小説家夏目漱石」としての人生とに分けられる。漱石は、明治三十八年、三十八歳のときに『吾輩は猫である』を「ホトトギス」に発表して作家として立つことになるが、それ以降も実生活上では、東京帝国大学教授と『猫』あるいは『倫敦塔』、『草枕』、『坊っちゃん』の作家と、二足の草鞋を履いた生活を続ける。そして、明治四十年四月、一切の「学問の人」あるいは「教える人」としての生活を断ち切り、朝日新聞に入社、ようやく「書く人」としての生活を確立していく。しかし、漱石自身の内面の真実からいうと、それより七年程まえ、ロンドンの最後の下宿で、これ以上「学力の上達」しないことを悟り、英文学研究を断念して『文学論』執筆を決意したころ、すでに漱石は、「読む人」あるいは「学問の人」として生きていくことに見切りをつけていたことになる。

だが、それなら、自分は残りの人生でなにをなすべきか？　これまでに論じたように、本来なら、ここで金之助のなかで「書く」こととの本質的出会い、すなわち「小説家夏目漱石」へと変身していく契機が浮かび上がってくるはずなのだが、「文部省派遣留学生」という「肩書＝記号」と役割意識に縛られていた金之助にとって、自由に小説を書くことなどとうてい許されない。漱石は、『文学論』執筆を決意するかなりまえから、月々一五〇円の留学費を支給するだけで、あとは一切お構いなしといった文部省に対して愛想を尽かしていた。しかし、留学の命を引き受けるに当って、「留学中並ニ帰朝後トモ固ク御規定ノ旨ヲ遵守シ誓ツテ違背不仕候」という誓書を文部大臣に提出して来ている以上、国家との契約を一方的に破棄して、好きなように小説を書くことは許されなかった。また現実的な問題としても、ロンドン留学中の国費留学生が、官命を放棄したまま、異国生活体験に基づいて書いた小説を、日本の雑誌に発表し、生活を立てていくことなど不可能であった。

一方、国籍離脱者としてロンドンに止まり、英語で小説を書き、小説家として立っていくことも、金之助の抜群の英語力をもってしても不可能だった。よしんば、小説が書けても、掲載してくれる雑誌も単行本として出版してくれる出版社もなかった。結局、残された道は、研究テーマを変えても、国費留学生として国家の負託に応えるだけの具体的成果を挙げることしかなかった。藤代禎輔宛の手紙に「何か人のためや国のために出来そうなものだとボンヤリ考えている」と書き送り、寺田寅彦に宛てた手紙でも、「僕も何か科学がやりたくなった」と本音を漏らしたように、金之助にとって、文部省（＝国家）との契約は、「人のため国のために」役立つ「科学（ヒューマン・サイエンス）」を書き上げることで果たされなければならなかった。言い換えれば、この時点では、あくまで「個人のため」が前提となる小説を書くことは、金之助にとって、英文学研究に取って代わる選択たりえなかったのである。しかし、「読む」ことを放棄した金之助に残された方法は、「書く」ことしかない。しかも、「人のため国のために」役立つ「科学」を書かなければならない。ロンドン塔での体験以来、可能性としての「小説家夏目漱石」をなんとか内側に押さえこみ、それなりに留学生活に折り合いをつけてきた金之助が、このとき直面していたのは、本を読み学問する「夏目金之助」と、書いて創作しようとする「夏目漱石」との深刻な分裂であり、しかも何としてでも、幻想し創作する「夏目漱石」を学問する「夏目金之助」のなかに押さえこんで、残る一年余の留学生活を乗り切り、国家との契約を果たすことであった。

『文学論』の基本概念

ところで、前述の中根重一に宛てた手紙で、金之助は、『文学論』のコンセプトを、「「世界を如何に観るべきやと云ふ論より始め、夫《それ》より人生を如何に解釈すべきやの問題に移り、夫より人生の意義目的及び其活力の変化を論じ、次に開化の如何なる者なるやを論じ、開化を構造する諸原素を解剖し其連合して発展する方向よりして文芸の開化に及す影響及其何物なるかを論ず」る積りに候」と記している。ここで注目されるのは、金之助が、『文学論』執筆に向けて暗中模索のなかでノートを取り進めて半年余、ようやくその全体構造が朧気に見えはじめた時点で、「世界を如何に観るべきや」、「人生を如何に解釈すべきや」、「開化の如何なる者なるや」、「文芸の開化に及す影響及其何物なるか」と、極めて個人的な思想や感情、情念の表現によって成り立つ文学の根本原理を、「世界」や「人生」、「開化」といった共同的、集合的な視点から解明しようとしていることで、ここに明治維新以来、明治政府が国家プロジェクトとして押し進めてきた「開化」のプロセスのなかに、文学を位置付けることによって、留学決定に当たって国家と交わした「文芸の基礎的研究」という契約を果たそうとする金之助の意図を読みとることができるだろう。このように、『文学論』が、日本の近代文学の主流を占めつつある自然主義文学の「私」の視座からでなく、「公」の視座から構想されていた事実は、漱石の文学観を正しく理解する上で極めて重要なポイントである。それはまた、「文章は経国の大業なり」という中国における文学の根本理念とも通じ合うものであり、「漢籍に於て左程根底ある学力あるにあらず、然も余は充分之を味ひ得るものと自信す」と記した金之助だからこそ獲得できた視座といっていいだろう。

知られているように、漱石は、明治四十四年十一月十日、朝日新聞が主催した連続講演の一環として、「現代日本の開化」という講演を和歌山で行っている。そのなかで、開化の基本概念を「活力節約の行動」と「活力消耗の趣向」と二つに分け、前者を汽車や自転車、自動車などの交通機関の発達に象徴される「辣腕な器械力」、すなわち物質的文明の発達に、後者を趣味や道楽、芸術など精神文化の発達に位置付け、その上で、西洋の開化が「内発的」であるのに対して、明治以降の日本の開化は「外発的」であるとして、次のように有名な発言を行っている。

開化のあらゆる階段を順々に踏んで通る余裕を有たないから、出来るだけ大きな針でぼつぼつ縫って過ぎるのである。足の地面に触れる所は十尺を通過するうちに僅かに一尺位なもので、他の九尺は通らないのと一般である。

漱石は、さらに続けて、「外発的開化」が、現代（明治期）日本人の心理に及ぼしている影響について論及し、「どこかに空虚の感がなければなりません。またどこかに不満と不安の念を懐かなければなりません」とも語っている。漱石が、このように語ったとき、十年近く前、ロンドン郊外の下宿で「文学論ノート」を書き進め、義父に手紙で「文芸の開化に及す影響及其何物かを論ずるつもりに候」と決意を表明したことを思い起こしていたのは間違いない。なぜなら、ロンドンに留学して一年有余、「内発的開化」を遂げてきたイギリスの文明と文化の現実を内側から体験するにつけて、金之助が明治日本の「開化」がいかに「外発的」で「空虚」であるかを痛切に思い知らされていたからである。それは国家とか社会といった共同的・集合的レベルだけでなく、日本における英文学受容の努力の最先端を走ってきた金之助個人の「開化」にも当てはまることで、だからこそ、大学を卒業したときに「英文学に裏切られたが如き不安の念」(『文学論』序)に襲われたのである。

思い返せば、金之助は、「活力消耗の趣向」の領域(文化・芸術・学術)における、「内発的開化」の成果として進化・発展してきたイギリスの文学を、明治維新以降、日本の国家戦略として推し進められてきた、「活力節約の行動」の分野における、「外発的開化」の努力の最先端において、懸命に読み、学び、受容しようとしてきた。その金之助が大学を卒業したとき、「何となく欺かれたような」気持ちがしたと回想しているのは、自分がどんなにたくさん、深く英文学書を読みこんできても、絶対に「外発的開化」のレベルを越えられないという現実に突き返され、「空虚の感」を抱いたからに他ならない。

それなら、いかにしてこの「空虚の感」を克服することができるのか? 金之助が、戦略として狙いを定めたのは、「外発的開化」を「内発的開化」に逆転させること、具体的にはイギリス人の「内発的開化」の成果として金之助の前に立ちふさがる英文学の懐に食い込んで、そこに構造する洋の東西に通底する普遍的な「文芸の基礎的概念」を解明することで、自身がそのフロント・ランナーとして取り組んできた明治日本の文学における「外発的開化」を「内発的開化」(文学的創造力)に逆転しうる契機を見つけだすことであった。それは、金之助にとって、自らの「空虚の感」を払拭すると同時に、国家との契約を果たすべく、一石二鳥を狙って打ち出された戦略的プロジェクトであった。おそらく、そう狙いを定めたとき、金之助の頭のなかで一つの目算が働いていたはずである。それは、かつて日本人の祖先が、同じように漢文学の受容を通して懸命に「外発的開化」に取り組み、その結果「空虚の感」に囚われながら、長い時間の経過を通して「内発的開化」に逆転させ、結果として、本来外国文学であるはずの漢文学を極めて日本的に変容させ、あたかも日本の伝統文学のように消化することができた。しかもそこから日本固有の文学表現の花を咲かせることもできた。ならば、英文学においてもそれは可能ではないか？　もし可能なら、日本で二人目の英文学学士として英文科を卒業し、ロンドンまで留学に派遣された自分こそが、その先鞭を付けるべきでないかという思いであった。「洋学の隊長」として英文学を読むことを仕事としてきた金之助の、これこそが自分の使命ではないかという意識が働いていたことは想像に難くない。

ところが、実際に、出来上がった『文学論』を通読してみれば分かることだが、当初意図した「世界」や「人生」、「開化」といった共同・集合的、社会的視点から文学の本質に迫るアプローチはほとんど放棄され、金之助の当初の意図が十分展開されているようには思えないのは何故だろう。その理由は、金之助が「序」に記しているように、日本帰国後、東京帝国大学で英文学を講ずるに当たって、「文学論ノート」から素材を抜き出したこと、しかも、講義の対象が英文学科の学生であったため、テーマや比較・引用材料が、「可成純文学」（それも英文学）の方面に引き付けて選ばれたためと思われる。もし、「文芸の開化に及す影響及其何物なるかを論ずる」という金之助の当初の意図が、『文学論』で十分に展開されていたなら、「外発的開化」が明治期における日本の近代文学に及ぼした影響について、漱石独自の興味深い議論が展開されたはずで、社会への関心や関わりを意図的に排除し、「自然主義」の「自然」を「私」と読み替えることで、極めて日本的に歪んだ形で展開してきた日本の近代文学に対して、もう一つ別の進むべき道を指し示すことができたかもしれない。その意味で、様々な現実的要因によって『文学論』プロジェクトが、当初の計画の通り展開されなかったことが惜しまれてならない。

二度目の漱石殺し

すでに何度か指摘したように、金之助はロンドン塔での幻想体験を経て、ほとんど「小説家漱石」に変身しうる契機を手に入れながら、文部省との契約を果たすために、可能性としての「夏目漱石」の首を自らの手で斬り落とさなければならなかった。そして今度は、英文学研究を断念、文部省との契約履行が不可能なことを悟って、再び「小説家漱石」に変身しうる可能性を手に入れかけながら、そこでも「漱石」を殺さざるをえなかった。二重に犯された「漱石殺し」……。偽善的な自己犠牲や自己中心的な厭世的・傍観者的思想と生活態度の故に、本来のあるべき自己、あるは自己の根源的欲求を封殺し、あとになってそのことによって受けた傷の深さに気付き、死に物狂いで自己回復を図ろうとする『それから』の代助や『こころ』の先生に見る、自己抹殺と自己回復の奇妙にねじれた葛藤のドラマの原形が、このときの「夏目金之助」と「夏目漱石」の対立葛藤に見ることができるだろう。江藤淳は、「神経衰弱と文学論」で『文学論』を「完全な失敗」、あるいは「世にも奇怪な畸形児」、「不名誉な労作」と切り捨て、読むに足るのは「序」だけだと断定している。しかし、金之助のロンドン留学の実体を、日本出国から英文学研究断念まで丹念に読みこんでくれば、『文学論』が、金之助にとって、不本意ながらも「学問の人」として生きてきたそれまでの前半生を総括し、後半生において、二度も殺された「小説家夏目漱石」を蘇らせるためにも、絶対に書いておかなければならなかった「科学」であったことが、自ずから納得されるはずなのだ。その意味で、「夏目金之助著」として公刊された『文学論』は、可能性としての「小説家夏目漱石」を殺しつつ、最終的には「小説家夏目漱石」を救い上げるために書かれた、希有の自己救済の書といってもいいだろう。

金之助にとって、『文学論』は、『倫敦塔』や『幻影の盾』と違って、内発的に湧いてきた書きたいという欲求に基づいて書かれたものではなかった。にもかかわらず、「五、六寸の厚さ」のノートを、僅か一年余りの間に書き抜いたことで、金之助は「書く」ことの本質的意味と出会ってしまった。あるいは奇妙にねじれて倒錯した形ではあるものの、「書く」ことそれ自体の快感とでもいうべきものを知ってしまった。だからこそ、金之助は、「蠅の頭のような細い字」で何冊もの厚さのノートにびっしりと『文学論』のベースとなるコンセプトを書き込んだのである。「彼が作家になったのは、英国に行ったからだとまでいってもよい」という江藤の断言は、一層厳密にいえば、「金之助が作家になったのは、英国に行って、『文学論』を書いたからだといってもよい」と書き直されなければならない。

「和解の書」として

『文学論』執筆に至った経緯に関して、もう一つ見落としてならないのは、文学を味読するうえでの好みの問題、すなわち「漢学に所謂文学」と「英語に所謂文学」について、学力はそれほど違いはないのに、「漢籍」は十分に鑑賞しえても、「英文学」はそれができない、それは、両者が表現するものの間に本質的違いがあるからだが、ではその違いとは何なのか？　さらには、その違いを共に共感を持って味わえないのは何故かという、外国文学を学び、受容するうえで、どうしても避けて通れない問題に、金之助が直面したことである。『文学論』は、この問題を、極めて金之助的なやり方で、根源的に解決するために考え出されたプロジェクトであった。ここで重要なことは、金之助が、記紀万葉から明治の俳句に至るまで、自らの血に流れる日本の文学については一言も触れていないこと、そして、もっぱら中国の古典文学（それも漢文訓読を通して培われてきた漢文学）とイギリスの文学と、外国文学を「読み」の対象としていること。にもかかわらず、漢文学は、すでに金之助の内なる文学として吸収・消化されていたせいか、ほとんど考察の対象から外され、もっぱらテーストが合わないからと切り捨てられた英文学の方が分析・考察の対象となっていることである。

なかでも、『文学論』に続く形で「十八世紀英文学」というテーマで東大で講義され、のちに『文学評論』と同じように単行本にまとめて出版された『文学評論』に至っては、「序文」における文学評論の定義からはじまって、〈第六編〉の「ダニエル、デフォーと小説の組立」まで、まさに「十八世紀英文学論」として書かれている。あれほど英文学は趣味に合わないとして、読書を放棄したというのに、なぜ金之助は、『文学論』や『文学評論』を公にするに当たって、英文学を拠りどころに「根本的に文学とは如何なるものぞと云へる問題を解釈」しようとしたのだろうか？　一つには、前述したように、英文学部の学生相手の講義という現実的要請から、こうしたスタイルの講義と記述になったわけだが、やはりもっと深いところで、人生の大半を英文学書を読んで生きてきた金之助のこだわりのようなものがあったと見るべきではなかろうか？

ガートルード・スタインは、『パリ　フランス——個人的回想』で、「もの書く」人間が作家たりうる条件として、「結局だれもが、つまりものを書くだれもが、自分の内部にあるものを語るために自己の内部で生きることに関心をいだきます。だからこそ作家は二つの国を、一つは自分が所属する国を、一つは自分が実際に生活する国をもたなければなりません。第二の国はロマンティックであり、自分からは独立していて、現実ではないが現実に存在しているものです」（傍点筆者）とした上で、ヴィクトリア朝のイギリス人がイタリアを「第二の国」としたように、十九世紀初頭のアメリカ人はスペインを、中葉のアメリカ人はイギリスを、そして世紀末のアメリカ人はフランスを、「第二の国」

として生きようとしたと述べている。スタインは、さらに、作家が生きようとする「第二の国」は、「自由に生活したい別の国とは一般に外国のことであり、実際に所属する国ではありません」とも言う。このスタインの定義に従えば、森鷗外はドイツを、永井荷風はアメリカとフランスを、そして夏目漱石はイギリスを「第二の国」として選んだことになる。

だが、漱石が、鷗外や荷風と違って、決定的に不幸だったのは、「第二の国」イギリスで国籍離脱者として「自由に生活」できなかったことである。いや、もう少しいえば、イギリスが、そしてロンドンが、スタインのいうような意味で、外国人に「自由に生活」することを許す国でも、都市でもなかった。つまり、スタインが、もしパリの代りにロンドンに行っていたなら、金之助が、「小説家漱石」として立てなかったように、スタインもまた「書く人」として自立しえなかったのではないか。逆に金之助がロンドンの代りにパリに留学していたなら、今日我々が知る漱石とはまったく違った漱石が立ち現れてきたかもしれないのだ。金之助は、留学期間が終わりに近づいたころ、留学期間を延長してフランスへ行くことを希望していたという。金之助が、イギリス留学途上、パリに立ち寄ったのはわずか一週間にすぎなかった。しかし、ベル・エポックの余光がまだ残るパリ、十九世紀最後の祝祭として開かれた万博で沸き立つパリに、金之助は、スタインが感じ取ったような「自由に生活」できる何かを感じ取っていたのかもしれない。

だが、現実には、「第二の国」に行きたいという望みはかなえられることはなく、金之助は、ロンドンで、スタインのような形で「自由に生活」することもないまま日本に帰国、生涯を通してイギリスを嫌悪し、日本とイギリスと「二つの国」を生きようとはしなかった。しかし、文学的表現のレベルでは、あれほど英文学が分からない、好きになれないと言いながら、金之助は、「二つの国」の文学を生きようとしている。事実、ロンドンでの留学生活体験と精神的苦闘、そして英文学を懸命に読みこむことで摑んだものは、のちの漱石文学に様々な形で影を落としている。

おそらく、漱石は、自分にとってどれほど嫌悪すべきイギリスであっても、自分が二十世紀の文学者として生きようとするかぎり、イギリスは「第二の国」でなければならない。いや、現実的なレベルで「第二の国」に生きることが不可能なら、せめて文学の世界で、「自由に」想像力の翼に乗って行き来できるようにしておかなければならない……ということを、作家の直感として分かっていたのではなかろうか。その意味で、ジンメルの言葉を借りていえば、『文学論』と『文学評論』は、金之助と英文学との間の「懸隔」を「解消」するための「橋」として書かれた「和解の書」といえるかもしれない。

強いられたプロジェクト

金之助の日記は、明治三十四年十一月十三日の「学資来ル。文部、中央金庫へ受取ヲ出ス」という短い記述を最後に日本帰国までのほぼ一年間、つまり、「文学論ノート」の執筆に全力を傾注していた留学の後半一年の間、完全に記述が欠落している。それだけ、『文学論』の執筆に没頭していて、関心が外部世界に向かっていなかったのだろう。『文学論』「序」に、「此一念を起してより六七ヶ月の間は余が生涯のうちに於て尤も鋭意に尤も誠実に研究を持続せる時期なり」と記されているように、金之助は、文字通り全身全霊を傾けて『文学論』の構想と「ノート」の執筆に力を注いだ。イギリス人が書いた文学作品を受け身に読んで、分析するという研究者としてのこれまでの仕事から解放され、自らの創意によって新しい理論を立て、構築していく、その仕事の創造的特性が、金之助をして生まれて初めて、自分で見つけた「仕事」に全力で立ち向かわせた。だが、最初のうちは模糊として、どこからどう手を付けていいものか見当が付かなかったという。

余は余の有する限りの精力を挙げて、購へる書を片端より読み、読みたる箇所に傍註を施こし、必要に逢う毎にノートを取れり。始めは茫乎として際涯のなかりしもの丶うちに何となくある正体のある様に感ぜられる程になりたるは五六ヶ月の後なり。

英文学研究を最終的に断念したのが、留学一年目の夏、明治三十四年の七月か八月頃として、『文学論』の構想が固まったのが秋の十月、実際にそのための読書と記述を始めたのが、日記の記述が途絶えた十一月半ば辺りとして、それから「五、六ヶ月」ということになると、「ある正体のある様に感ぜられる程に」なったのは、留学二年目の明治三十五年の三月か四月頃ということになる。六カ月に及ぶ、孤独な悪戦苦闘は、自分が生きるか死ぬかを賭けた、まさに乾坤一擲の戦いであった。しかし、苦しかった努力は報われ、自分が何を書き、構築しようとしているのかが朧気ながら見えてきた。三月十五日の中根重一に宛てた手紙では、『文学論』の構想の概略を説明したあと、「行く処迄行く積りに候」と決意を書き送っている。ここに金之助の自信のようなものが感じ取れる。だが、現実の問題として資料を読みこみ、ノートを書き進め、ようやく見えかけてきた概念を言語をとおして明確にする作業は苦難を極め、金之助は多大の忍耐を強いられたはずだ。

ロンドン留学中における、「読む」から「書く」への方向転換については、従来の文学史的解説としては、英文学研究に懐疑を抱き、研究を断念、文学とは何かを根底から見直すために、「文学論ノート」の執筆に全力を注いだというふうに、英文学研究断念から『文学論』の構想と執筆までが比較的ストレートにつながる形で受け止められ、記述されてきたわけだが、それは「小説家夏目漱石」として振り返ったときに見えてくる構図であって、「夏目金之助」自身の立場に立って、『文学論』の構想からノート執筆までのプロセスを一つひとつ追って来ると、とてもそんなふうに切替えが簡単に行われたようには見えない。それは、「去れども此学術上の作物が、如何に不愉快のうちに胚胎し、如何に不愉快のうちに組織せられ、如何に不愉快のうちに講述競られて、最後に如何に不愉快のうちに出版せられたるかを思へば」（『文学論』「序」）と、呪詛にも近い気持ちを込めて回想されていることからも分かるように、いかにもつらく、苦しく、不愉快で、神経を傷付けられる仕事であった。一日中部屋に閉じこもって、原書を読み、「蠅の頭のような小さな字」でノートを取るという仕事の身体的苦痛に加えて、それが、強いられた、不本意の仕事であったからである。

『文学論』「序」には、「余が留学を命ぜられたるは」とか「足下にして異議あらば格別、左もなくば命の如くせらるゝを穏当とす」、「余の命令せられたる研究の題目は」、「官命は官命なり」、「上田局長の言に背かざる範囲内に於て」、「余の研究の方法が、半ば文部省の命じたる条項を脱出せるは」、「留学を命ぜらるゝ」、「官命を帯びて遠く海を渡れる」、「個人の意志よりもより大なる意志に支配せられて」、「去れども官命なるが故に行きたる者は、自己の意思を以て行きたるにあらず」、「自己の意思を以てすれば、余は生涯英国の地に一歩も吾足を踏み入るゝ事なかるべし」、「余が意志以上の意志は、余の意志を以て如何ともする能はずなり」と、自分がいかに国家の意志によって、留学させられ、「官命」を果たすために、この「不愉快な」研究プロジェクトが構想され、遂行されたかがしつこいくらいに繰り返し強調されている。この事実は金之助が『文学論』プロジェクトをいかに強いられて、るといえよう。

自身の意志と離れたところで構想し、「文学論ノート」を書き進めざるをえなかったかを物語ってい

もう一つの漱石文学の源泉として

『文学論』は、夏目漱石としてでなく、夏目金之助の名で公にされた学術研究書であること、また一九九五年版の『漱石全集』で、本文だけで五三五ページの大部の書であり、漱石自身が「失敗作」と認め、しかも膨大な量の英文が翻訳なしで引用されていて極めて読みにくいこと、さらにまた江藤淳が、「序」以外はほとんど読むにたらないとして、全面的に否定したことなどが重なって、本格的読解の対象となることがないまま、漱石文学における大きな未開の領域として放置された状態が続いてきた。そうしたなかで、佐藤泰正は、吉本隆明との対談『漱石的主題』で、金之助がロンドン留学の「唯一の財産」として持ち帰り、現在、東北大学図書館漱石文庫に保管されている『文学論ノート』を、『文学論』を生み出すベースとなった「原文学論（ウル文学論）」として注目し、「私は、このウル文学論ともいうべき試みをロンドンで手がけたということが、漱石における文学の出発点であろうかと思います」と述べ、「漱石というひとの中では、どこかでいわゆる悪しきリテラリズムとか文芸至上主義ではない、もっと根源的な文学観というものがあったんで、それを大きく引きずっていたのだと、そういう大きな文脈のなかに、以後の『明暗』に至るまでの作家の営みがぜんぶ包括されてくるだろうかと思いましてね、そういう意味で私には、このウル文学論こそが漱石文学における原モチーフともいうべきものだろうと思うわけです」と、江藤淳とは反対に『文学論』そのものに漱石文学の母胎を見ようとする発言を行っている。

これに対して、吉本隆明は、漱石は、「なにかわからないけれども統一的なにかがあって、それをぜんぶ自分なりの見方で解いていった上で、文学なら文学、あるいは文学研究なら文学研究、あるいは作品形成なら作品形成、というのをやろうと考えた」、ところが、日本に帰国して、東大で講義をするに当たって、「文学論ノート」から必要な部分を引き出して講義をおこない、それが最終的に『文学論』としてまとめられていったことで、「漱石の構想からいえば、どんどん構想が狭くなって行くいっぽうだ」ったと発言している。つまり、「ウル文学論」としての「文学ノート」がはらんでいた可能性を、帰国後の現実状況のなかで、つぎつぎと切り捨て、狭くしていったところで成立したのが『文学論』であったというのが吉本の見解で、吉本は、漱石が日本に帰ってきてから戦線縮小を余儀なくされたことについて、「またロンドンの下宿生活からいえば、帰って来てから死ぬまでの漱石のたどった道は、ぜんぶ一種の挫折の道というか、失敗の道というのを突きつめていっちゃったんだというふうに、言えばいえそうな気がします」と述べ、ロンドンの下宿で「文学論ノート」を書き進め、一応の目途を立てたうえで帰国してきたとき、金之助の頭のなかにあった、文学についての「統一的ななにか」を再構築するために、次のような提案を行っている。

だから『文学論』とか『文学形式論』とか、『文学評論』とか、もっと倫理的な意味で『文芸の哲学的基礎』とか、『私の個人主義』とか、そういうものも含めて全部総合すれば、ほぼ『文学論』でやろうと思って、思いつめたときの構想がおぼろげに浮かび上がってくるんだろうと思うんです。それには、ぜんぶ総合してみないとならないし、また、もしかすると漱石の創作も含めて考えれば、漱石がなにをやろうとして日本に帰って来たのかがぜんぶつかまえられることになるのかもしれません。

おそらく『文学論』を漱石文学の根底におこうとする初めての視点がここに提示されており、極めて重要な発言と言わなければならないだろう。だが、『漱石的主題』が世に出て、すでに十七年、吉本はもとより、佐藤を含めて、本質的にこの問題に取り組み、漱石が「なにをやろうとして日本に帰って来たのか」を全面的に解明する努力はいまだ行われていない。部分、部分で本質に鋭く切り込んだ発言が行われても、全面的にその本質的意味を読み解く努力が展開されないまま終わってしまうということが繰り返されてきたからである。おそらく、この状況を突き抜けるためにまず必要なことは、「小説家夏目漱石」でなく、「文部省派遣留学生夏目金之助」が、未完成ではあるものの、人生で最初の文学的、かつ学術的テクストとして、膨大な分量に達する「文学論ノート」を書き抜いた意味を徹底的に解明することにあるといっていいだろう。

金之助は、『文学論』の「序」の終わりに近くで、「文学論」の執筆と並行して進行した自身の「神経衰弱」と「狂気」について触れ、この二つが『吾輩は猫である』や『漾虚集』に収められた短編などの「創作」を生み出す駆動力になったと記している。しかし、ここで、「狂気」が、科学として書かれた『文学論』を生み出す駆動力になったとは書かず、創作を生み出す駆動力になったと書いていることを読み落としてはならないだろう。

つまり、金之助は、「神経衰弱」や「狂気」は、自身の文学的創造を促す力にはなったが、「科学」として書かれた『文学論』成立の駆動力にはならなかった。むしろ、『文学論』を書いたことが、創作の源泉としての「神経衰弱」と「狂気」に駆り立てたということを、言おうとしているのである。

その意味でも、「科学」的理論の書として書かれた「文学論ノート」や『文学論』を、ストレートに漱石的創作の源泉とみなすことはできないだろう。『文学評論』の「序」は、『文学論』と並んで、漱石の文学についての基本的な考え方を知るうえで極めて重要なテクストであるにもかかわらず、これまでほとんど取り上げられることがなかった。そのなかで、金之助は、文学を成り立たせる最も基本的な条件として、「創作」的関わりと「鑑賞」的関わりと二つに分け、「文学というものは製作上から云うと、自己の情感の発現であって、読者から云へば著者の情感を伝へられ又は読者一流の感情を起こさせる者であるからして、此点から云うと吾人が詩歌文章に対する態度はアヽ面白かったとか、アヽ詰らなかったとかいう感じを起こしてしまえば夫れで済む訳である。従って此態度は鑑賞的となる」と記している。

金之助は、さらに「読者」の鑑賞的態度が、単純に面白かったとかつまらなかったというレベルを越えて、「批評」のレベルに飛躍するためには、「科学」が必要であるとして、「文学は科学じゃない、然し文学の批評又は歴史は科学である。少なくとも一部分は科学的にやらなければならぬ。出来るか出来ないかはもちろん別問題である」とも記している。このことから、『文学論』や『文学評論』を書くためにノートを取っていた時点で、金之助が、文学における「創作」と「批評」行為をかなり明確に別けて考えていたこと、そして『文学論』を科学的な「批評」として位置づけていたことが読みとれる。しかし、一層重要なことは、漱石が「批評」として書かれた『文学論』を学術的な著述のレベルに放置することをよしとせず、そこに構造する「原理」を自身の「創作」に取りこむことによって、明治のあの時代にあって極めて異例の方法論的意識を持った小説家として自立する契機を把み取っていったことである。

例えば、亀井俊介が『漱石全集』第十四巻（一九九五年）の月報16に寄せた『『文学論』の講義と内容の展開』で、「一挙に多方面に開花した彼の創作が『文学論』における、文学の根本的な営みについての彼の広範で徹底した思考を土壌としていることは、精密な読者には容易に推察しうるであろう」と指摘したように、『猫』や『倫敦塔』にはじまる漱石文学の基本的性格や構造が、『文学論』の達成によって確立されたことを見落してはならない。すでに指摘したように、『倫敦塔』において、漱石は、時制の表現を「歴史的現在」によって表現している。この「歴史的現在」表現を、金之助は『文学論』の「第八章　間隔論」で、「時間において距離を短縮するの一法として作家の慣用する」手法としたうえで、「此陳腐なる技巧を今更の如く論議するは徒に紙筆を災するの挙」であるとして、それ以上の論議を避けている。にもかかわらず、漱石は『倫敦塔』を劇的構造に仕立てるために、あえて「歴史的現在」を取り入れ、ロンドン塔に入ってからの記述を現在時制で進めることで、時間的距離を短縮させ、幻想の生々しい現実的実在感を高めることに成功している。そもそも、『倫敦塔』という作品そのものが、「只「塔」を見物しただけは慥《たし》かである。「塔」其物の光景は今でもありくと眼に浮べる事が出来る」という「焦点的印象（F）」に、塔に入ってからの幻想的体験を「情緒的要素」としてプラスして書かれたという意味で、『文学論』冒頭の有名な「凡そ文学的内容の形式は（F＋f）なることを要す」という定理を、金之助が文学的創作において、初めて応用して書いたものである。また、「倫敦消息」に出てくるおしゃべりな下女の「ペン」というあだ名が、『文学論』の「滑稽的連想」で取り上げられている「口合」の技法として、『猫』や『坊っちゃん』といった滑稽小説に応用、展開されていることもすでに指摘した通りである。

漱石が、『文学論』で検証した理論や技法を、後に小説を書くに当たって、意識的、無意識的に応用したことは、ここに挙げた例によっても明らかであり、『文学論』は、私たちにとって、二十世紀日本文学の最大の成果の一つである漱石文学の、理論的、技法的根拠を用意したといっていい。その意味で、『文学論』は、『倫敦塔』とならんで、漱石文学のもう一つの源泉といっていいかもしれない。『文学論』を私たち日本人が明治以降、初めて持ち得た本格的な文学理論書として正しく位置付け、そのうえで、のちの漱石のすべての作品と対照させながら、徹底してテクストとして読みなおす努力が、今一番求められているのではないだろうか。

第十八章　金之助、ロンドンに狂せり――自我の拠りどころを求めて

憎悪する金之助

『文学論』は、金之助が、人生で初めて書くことを通して達成した成果であった。だが、下宿に引きこもり、あまりに激しく読書と思索とノート執筆に精神の働きを集中させたせいだろう、この頃から、金之助は神経を傷つけ、衰弱させていくことになる。「此学術上の作物が、如何に不愉快のうちに胚胎し、如何に不愉快のうちに組織せられ、如何に不愉快のうちに講述せられて、最後に如何に不愉快のうちに出版せられたるかを思へば」（傍点筆者）と告白されているように、『文学論』は、「尤も不愉快な」ロンドンでの留学生活の集大成として書き上げられたものであった。それにしても、「如何に不愉快のうちに」という言葉が四回も繰り返されているのは尋常ではない。何がそれほど金之助を不愉快にさせたのか？　最大の理由は、『文学論』執筆のプロジェクトが、金之助の自由を奪ったから、つまり、すでに述べたように、可能性としての「小説家夏目漱石」を自らの意志の手によって殺し、国家との契約を果たすため、強いられた形で『文学論』を書かなければならなかったからである。実に、『文学論』の「序」は、金之助の自由を奪った者に対する抗議、または復讐の書として書かれた

のである。

ロンドンで五番目の下宿に引きこもり、『文学論』プロジェクトに取り掛かったころ、金之助は人生で最大の危機に立たされていた。なぜなら、内には英文学研究に対する幻滅と断念、外には己れの威厳と自負の源泉としての社会記号的優越性を過酷なロンドンの現実によって完璧に打ち壊され……と、二重の意味で自我の拠りどころを失っていたからである。『文学論』は、金之助の打ち砕かれた自我の拠りどころを再構築するために書かれた起死回生の著作であった。にもかかわらず、それが、本当の意味で、自我の拠りどころを回復することにはならないことを、金之助は本能的に分かっていた。つまり、強いられて書かれたものである以上、どんなにそれが壮大で緻密な理論の構築体であっても、自分を救済しないことを、金之助は見抜いていたのである。

アメリカの臨床心理学の泰斗、ロロ・メイは、『失われし自己を求めて』で、人間の心身の自由と憎悪、あるいはルサンチマンとの関係について、「実際、人が自由を断念するとき、そこにその内的バランスを回復するため何かが入りこんでくる。——それは外なる自由が否定されるとき、内なる自由から出てくる者であって、いわば彼の圧制者に対する憎しみである」、「憎しみ、恨みというものは、しばしば心理的あるいは精神的自殺を避ける唯一の方法である。それは、ある種の威厳、自己同一性の感情を保有するという機能を果たしている」と指摘している。

ロロ・メイにしたがっていえば、金之助は、「心理的あるいは精神的自殺（自我の崩壊）を避ける唯一の方法」として、英文学を嫌悪し、ロンドンを嫌悪し、下宿を嫌悪し、イギリス人を嫌悪し、文部省を嫌悪した。いいかえれば、自己と対立する外部世界のすべてを「憎悪」し続けることで、かろうじて金之助は、自我の崩壊を食い止めた。そして、「憎悪」と「敵意」を唯一の精神的エネルギー源として、自己の「威厳」と「自己同一性」を「保有する」ために、自我の拠りどころを再構築するべく、「文学論ノート」を書き抜き、『文学論』を書き上げたことになる。

ロロ・メイはさらに続けて、「いわば個人ないし国家の場合には、国民があたかもその征服者に対して、沈黙のなかに「おまえはおれを征服した。しかし自分はなおおまえを憎む権利を失ってはいない」と告げているかのようである。重傷の神経症や精神病のケースで極めて明瞭にみられることは、幼児期の不幸な境遇によって窮地に追いやられてきた人間は、その憎悪を内なる砦、つまり威厳と自負の最後のよりどころにしていることである」と、あたかもロンドン留学時代の金之助を精神鑑定したのではないかと思われるほど、あざやかに「憎悪」と、自我の拠りどころとしての「威厳」、あるいは「自負」の意識の間の緊密な関係を分析している。

鏡子が語る金之助の狂気

ロンドンでの惨めに、落ちていくだけの留学生活は、金之助の自我の拠りどころとしての威厳や自負を情け容赦もなく打ち砕いた。結果、金之助が向かい合わなければならなかったのは、むき出しにされたままの「憎悪」と「敵意」であった。「憎悪」と「敵意」は、一方では外攻してロンドンの自然や気候、交通混雑や喧騒、社会習慣、差別のまなざしを注ぐイギリス人、無知な下宿の主婦や下女、友人、さらには文部省や政府派遣の官僚、無能な留学生に向けられ、また一方では内攻して金之助自身の神経を攻撃して、痛めつける。そして、幼児期における、世界から見捨てられたという原初的不安へと退行していく。かといって、金之助は、自我のもう一つの拠りどころでもある社会記号的肩書きと役割を捨て、永井荷風のように零度の無記号者として、生きることもできない。結局、もう一人別の自分（「文部省派遣留学生」）をまったく観衆のいない、異国の場末の町の孤独な下宿の一室で全力で演じ続けなければならなかった。それが、金之助のロンドン留学の実態であり、そのことがどれほど金之助の神経を傷つけたかは想像に絶するものがある。

だが、それにもかかわらず、金之助が、真性の神経衰弱や狂気を紙一重で免れえたのは、自分の神経衰弱と狂気を見つめるもう一つの目を持っていたこと、そして学術的な論文ではあるものの、「書く」という仕事に全力を集中することができたからである。金之助は、このとき、「狂気」のなかで『文学論』を書き進めていったことを事実として認め、感謝の気持ちをこめて、次のように回想している。

英国人は余を目して神経衰弱と云へり。ある日本人は書を本国に致して余を狂気なりと云へる由。賢明なる人々の言ふ所には偽りなかるべし。たゞ不敏にして、是等の人々に対して感謝の意を表する能はざるを遺憾とするのみ。

帰朝後の余も依然として神経衰弱にして兼狂人のよしなり。親戚のものすら、之を是認するに似たり。親戚のものすら、之を是認する以上は本人たる余の弁解を費やす余地なきを知る。

金之助は、日本に帰国してからも、その頃の「神経衰弱」と「狂気」について、妻の鏡子にかなり詳しく語ったらしい。『漱石の思い出』のなかで、鏡子は、こう語っている。

夏目がロンドンの気候の悪いせいか、なんだか妙にあたまが悪くて、この分だと一生このあたまは使えないようになるのじゃないかなどとたいへん悲観したことをいってきたのは、たしか帰る年の春ではなかったかと思っております。（中略）

なんでも留学生の義務として、文部省へ毎年一回ずつか、研究報告をしなければならないんだそうですが、夏目は莫迦正直に、一生懸命に勉強はしているものの研究というものはまだ目鼻がつかない。だから報告しろたって報告するものがない。しかも文部省の方からは報告を迫ってくる。そこでますます意地になったのか、白紙の報告書を送ったとかいうことです。文部省でも変だと思っているところへ、ちょうど同じ英文学の研究であちらへ行っていられたある人が、落ち合って様子を見ているとただごとでない。宿の主婦にきけば毎日毎日幾日でも部屋に閉じこもったなりで、まっ暗の中で、悲観して泣いているという始末。これは大変だ、てっきり発狂したものに違いない。こういうので、いつ自殺でもしかねまじいものでないとあって、五日ばかりもその方が側についていてくだすったそうですが、経過は依然たるもので、見れば見るほどますます怪しい。そのことがいつか文部省のほうへ電報でいったのか手紙で行ったのか、夏目がロンドンで発狂したということがわかっていたそうです。（中略）

下宿の主婦姉妹がたいへん深切にしてくれる。しかし陰へまわるとすぐ悪口をいう。それから何かというとじきに涙を流す。が、それも空涙だ。そんなことを申していたことがあります。それからまるで探偵のように、人のことを絶えず監視してつけねらっている。いやなやつったらない。当時のことを追懐してこんなことを申していたことがありました。それでも宿の主婦にしてみれば、幾日も部屋に閉じこもったきりで、めそめそ泣いたりしているのを知っては、自然どうなることかと気も配ったことでありましたでしょう。そのまた気を配るのが夏目の神経に障るというわけだっ

たのだろうと思います。（中略）

その後当人からきいたのですが、あたまの調子が少しずつ変になってくると、これではいけない、こんなになっちゃいけないと、妙にあせりぎみになって、自分が怖くなるというのか、警戒しぎみになって、だんだん自信を失って行く。それでもなるべく小さくなって、人に接しないようにところがけて、部屋に閉じこもったきり自分を守って行くのだそうです。それが病気の第一歩で、さてそれから自分が小さくなっておとなしくしているのに、いっこう人がそれを察せず、いじめようといじめようとかかって来る。そうなるとこっちも意地ずくになって、これほどおとなしくしているのにそんなにするんならという気になって、むしょうにむかついて癇癪を爆発させる。こういう段取りになるんだそうです。で後で考えてみると、その時につまらないことが気になって、その間絶えずだれかが監視しているような追跡しているような、悪口をいっているような気がするのだそうです。

ここに引用した鏡子の回想は、大筋で正確だったようで、帝大英文学科の後輩で、明治三十四年の八月に、私費留学生としてロンドンに留学、金之助自身の要請でリール家に十日ほど同居し、様子を観察した土井晩翠も、「驚くべき御様子——猛烈の神経衰弱——大体に於て『改造』正月号第二十九ページにあなたが御述べになつてる通りの次第でした」（「漱石さんのロンドンにおけるエピソード」）と記していることからも、金之助の神経が常軌を逸して異常を来していたことがうかがわれる。土井は、金之助の「猛烈な神経衰弱」を身近に観察した数少ない日本人留学生で、おそらくそのせいだろう、「夏目狂せり」という電報を文部省に送った張本人と漱石から目されていたらしい。漱石が「彼奴は

（！）怪しからん奴だ（！）」と鏡子に憤懣をぶつけたのを、鏡子がそのまま受け取り、「英文学の研究で留学を命ぜられて彼方へ行つてゐた某氏」が、「三日ばかり」様子をうかがってみると、「見るほど益怪しい、そこで文部省とかへ夏目がロンドンで発狂したといふ電報を打たれたといふことです」と、土井が「夏目狂せり」と文部省に電報を打った張本人と、読者に受け取られかねないことを、漱石の言葉として語ってしまった。それがそのまま「改造」に掲載されてしまったため、土井の「漱石さんのロンドンにおけるエピソード」は、それは違うと反論・弁明するために書かれたものである。

土井の言い分では、私費留学の自分が公費留学の金之助について文部省に電報を打つはずがなく、またわざわざ日本まで電報を打つだけの経済的余裕は、一私費留学生の土井の懐になかったという。ただ、「夏目狂せり」という噂が、文部省を通して、イギリスやドイツに留学していた日本人の間に流れたことは確かで、金之助と同じ船でドイツに留学した藤代禎輔は、回想記「夏目君の片鱗」のなかで、留学期限が満了し、日本に帰国する一カ月ほどまえ、文部省から「夏目ヲ保護シテ帰朝セラルベシ」という電報を受け取ったという。藤代は、この電報を受け取るまえから、ロンドンで金之助と落ち合わせ、一緒に帰国しようと思い、その旨を金之助に伝えてあったので、ロンドンで金之助と再会し、ナショナル・ギャラリーを共に見て回り、夜は金之助の下宿に一泊、同じ船で帰ることを勧めたが、金之助は本の梱包が済んでおらず、そのため帰国を少し遅らせる予定だといい張って、どうしても言うことを聞こうとしなかった。そのため、藤代は、一日金之助の様子をうかがって、「別段心配する程の事もないらしい」と判断して、先に帰国の途についている。

さて、それならだれが文部省に金之助の精神に異常が来していると通報したのか？　土井晩翠は、自分が文部省に電報を打った張本人ではないと弁明したうえで、金之助と同じ船でドイツに留学した芳賀矢一が、任期を満了しベルリンから日本帰国の途中、ロンドンに立ち寄ったとき、芳賀から「どうも困つたな、夏目はろくに酒も飲まず、あまりまじめに勉強するから鬱屈して、そうなったんだろう、もう留学も満期になる頃だが、それを早めて帰国させたい、帰朝となると多少気がはれるだろう、文部省の当局に話さうか」という話を聞いたように覚えていると記している。おそらく、土井の推測通り、芳賀あたりが文部省に打電したのか、あるいは土井や芳賀が留学生仲間に語ったことが、間接的に日本公使館の役人を通して文部省に伝わったということなのだろう。同じころ、ベルリンに留学していた日本人が発狂して下宿屋に放火したという事件が起こっており、芳賀としては万が一を慮って、文部省に通報したということは十分考えられることである。

ともあれ、鏡子の回想をとおして再現された漱石の言葉、さらには土井の証言によって、金之助が、『文学論』の構想を固め、ノートを取りはじめたころから、深刻な神経衰弱に陥っていたことは疑いない事実である。「毎日毎日幾日でも部屋に閉じこもったなりで、まっ暗の中で、悲観して泣いているという始末」、「まるで探偵のように、人のことを絶えず監視してつけねらっている。いやなやつったらない」、「自分が怖くなるというのか、警戒しぎみになって、だんだん自信を失って行く。それでもなるべく小さくなって、人に接しないようにとところがけて、部屋に閉じこもったきり自分を守っていくのだそうです」といった言葉から、金之助が、かなり強度のパラノイアとして、鏡像恐怖症と被害妄想、あるいは追跡妄想に囚われていたこと、そして自我の崩壊を食い止めるために、今日いわれるところの「引きこもり」に陥っていたことが分かる。（註1）

例えば、小津安二郎が、一つ作品を完成させると、茅ヶ崎の旅館や蓼科の野田高梧の別荘に引きこもって、毎日、浴びる程酒を飲みながら、英気を養い、次作の構想を練り、脚本を書き進めていったように、芸術的創作を前に進め、進化させるために、引きこもることは芸術家にとって不可欠の条件である。ただ、金之助の引きこもりがそれと違うのは、まず最初に異界としての外の世界(イギリス)に出ていったうえで、自らの意志で精神を流離させながら、狂気とすれすれの孤立に自閉的に引きこもっていったこと、そして、その引きこもりのなかで、自我崩壊の危機に直面し、危機を克服するために『文学論』を書き進め、結果として「小説家夏目漱石」に突き抜けていく契機を摑み取ったことである。よく、外国での留学や生活をとおして、異文化体験を経たことが、森鷗外や夏目漱石、永井荷風といった作家を生み出したという言い方がされるが、事柄はそんなに単純ではない。流離、あるいは漂流するなかでの引きこもりとでもいおうか、鷗外は、ドイツはベルリンでの恋の失敗に苦しみ、その傷を癒し、「書く」ことに出会うために、帰国途上の船の上で船室に引きこもらなければならなかったし、ニューヨークで一年半余、横浜正金銀行ニューヨーク出張所の現地職員として働いた荷風も、フランスに渡るまえ、一カ月ほど、ニューヨーク南端に位置する島、スタッテン・アイランドに引きこもらなければならなかった。同じように、金之助もまた、「小説家夏目漱石」へと突き抜けていくために、ロンドン南郊のクラッパム・コモンの下宿に引きこもらざるをえなかった。

ただ、金之助が鷗外や荷風と決定的に違っていたのは、精神と感性の自由な働きによって保証される「小説」を書くことを自らに許さなかったこと。にもかかわらず、狂気そのものに文学的再生のよりどころを求めて、学術的論文『文学論』執筆に向けて、ノートを取っていったことである。前章で短く触れたように金之助は、「神経衰弱」こそが自分を救ったと、次のように感謝の意を表明している。

たゞ神経衰弱にして狂人なるが為め、「猫」を草し、「漾虚集」を出し、又「鶉籠」を公けにするを得たりと思へば、余は此神経衰弱と狂気とに対して深く感謝の意を表するの至当なるを信ず。

余が身辺の状況にして変化せざる限りは、余の神経衰弱と狂気とは命のあらん程永続すべし。永続する以上は、幾多の「猫」と、幾多の「漾虚集」と、幾多の「鶉籠」を出版するの希望を有するが為めに、余は長しへに此神経衰弱と狂気の余を見棄てざるを祈念す。

たゞ此神経衰弱と狂気とは否応なく余を駆つて創作の方面に向はしむるが故に、向後此「文学論」の如き学理的閑文字を弄するの余裕を与へざるに至るやも計りがたし。（『文学論』「序」、傍点筆者）

江藤淳は、『文学論』を書く漱石について、「すでに漱石は文学など信用していないが、彼はその上信用していない文学の正体を極めようとするので、このように執拗に作用する好奇心は、漱石という人間に極めて特徴的な性格である、病理学者や細菌学者が、正体の判らぬ病原体に対して、ほとんど愛情に近い執着を以て接するように、漱石は信用しえぬ文学を、綿密な「社会的、心理的」方法によって搦め取ろうとするのである。「文学論」を書いていた漱石には、自らの復讐の対象である文学の感触を楽しんでいるような、奇妙に倒錯した姿勢がある」（『決定版　夏目漱石』「第四章　神経衰弱と「文学論」」）と指摘し、文学を「社会現象と同じ次元に置」いたうえで、「文学の本質」を極めようという意図で『文学論』を書いた漱石は、「文学研究者」などではなく、「社会科学者」であったとし、「社会科学者」が書いた『文学論』は「文学の輪郭の決定にとどまる」ことしかできないと、その本質的意義をまったく否定している。

だが、果たして、英文学研究を断念した時点で、金之助は「文学など信用していな」かったと言い切っていいのだろうか？「序」を読んでも、「一切の文学書を行李の底に収めたり。文学書を読んで文学の如何なるものなるかを知らんとするは血を以て血を洗う如き手段なるを信じたればなり」とは書かれているが、「文学を信じない」とか「文学を捨てた」などとはどこにも書かれていない。そもそも、わずか一年の間に、十五センチを越えるノートを書きため、そのノートに基づいて、人間の言語による幻想表現がいかにして「文学」たりうるかを、当時の日本の知性としては桁外れの強靭な理論的構成と分析力を駆使し、膨大な量のテクストと引用（それも英文）を費やして『文学論』を書き上げた、その情熱とエネルギーそのものが、漱石の「文学」に対する執着を物語っているのではなかろうか。

さらに、「余は心理的に文学は如何なる必要あって、此世に生れ、発達し、頽廃するかを究めんと誓へり。余は社会的に文学は如何なる必要あって、存在し隆隆し、衰退するかを究めんと誓へり」と書かれているものの、江藤がいうような「社会的、心理的」方法によって文学の本質を究めようなどとはどこにも書かれていない。金之助が言っているのは、「心理的に」、かつ「社会的に」文学がいかにして生まれ、発達し、衰退していくか、いわばその進化と退化のプロセスを明らかにしたいということであって、「社会的に」というのは「社会科学的に」ということでなく、漱石の言葉を使えば、「集合的に」という意味で、社会集合的な幻想表現として文学が、どのようなプロセスを経て生まれ、発達してきたかという意味合いで使われていることは、『文学論』を通読すれば明らかなことである。江藤は、漱石の「復讐の対象」を「文学」と読み違えたことによって、『文学論』とその「序」が持つ本質的意味を読み誤ってしまったのである。金之助は、文学を「復讐の対象」などにしていなかった。

にもかかわらず、『文学論』を書き抜いてきた漱石に、「奇妙に倒錯した姿勢」があるのは、江藤がいうような意味で、文学を復讐の対象としながら、「愛情に近い執着」を注いだからでなく、すでに述べたように、それが「書く」ことの自由と自我の拠りどころを奪われた人間に強いられた仕事だったからである。金之助の「復讐」の対象は、漱石から自由を奪い取り、自我の拠りどころを完肌なきまでたたき壊したイギリスやロンドンの自然や風土、社会、都市文明、人間、言語、宗教などの外部世界、そして『文学論』を書くことを強いた文部省へと向けられていたのである。

金之助にとって不幸だったのは、芳賀矢一が、「夏目はろくに酒も飲まず、あまりまじめに勉強するから鬱屈して、そうなったんだろう」と、金之助の神経衰弱と狂気が、「酒」とか「女」遊びで鬱屈したものを発散すれば解決できるレベルのものとしてしか、周囲の人間から受け取られていなかったことだ。つまり、夏目金之助という一人の日本人留学生が、ロンドン郊外の下宿にあって、決定的に「自由」を奪われていたこと、その結果として、自我の拠りどころとしての社会記号的威厳や自負心を完璧に打破され、むき出しの憎悪や敵意、あるいは復讐心を仮想された敵にぶつけること以外に自我の崩壊を食い止めることができないところまで追い込まれていたことを、だれも理解していなかったことである。いや、それは、金之助の妻や友人、弟子など直接関わりを持った当事者だけでなく、漱石生存当時から現在に至るまでの膨大な数の一般読者、文学研究者、評論家にも当てはまることで、そこに夏目漱石が、国民的作家として圧倒的人気を誇りながら、今に至るも本質的に孤独に見える最大の理由がある。

リール夫人の思いやり

鏡子の回想によると、漱石は、「頭が悪くなると」、つまり神経衰弱が高じると、身近で世話をする人間に一番当たり散らし、あることないこと疑いをかけ、迷惑を及ぼしたという。その意味で、ロンドン時代、最後の下宿で、金之助から一番迷惑を被ったのは、女家主のリール姉妹であった。彼女たちこそが一番、金之助のことを心配し、少しでも精神状態をよくしようとあれこれ気を使ってくれていたにもかかわらずである。日本帰国後の明治三十六（一九〇三）年六月、「ホトトギス」に寄稿した「自転車日記」で、漱石は次のように姉妹に対して悪態をついている。

元来此二十貫目の婆さんは無暗に人を馬鹿にする婆さんにして、此婆さんが皮肉に人を馬鹿にする時、其妹の十一貫目の婆さんは、瞬きもせず余が黄色な面を打守りて如何なる変化が余の眉目の間に現るゝかを検査する役目を務める、御役目御苦労の至りだ、此二婆さんの呵責に逢つてより以来、余が猜疑心は益《ますます》深くなり、余が継子根性は日に〳〵増長し、遂には明け放しの門戸を閉鎖して我黄色な顔を愈《いよいよ》黄色にするの已を得ざるに至れり、彼二婆さんは余が黄色の深浅を測つて彼等一日のプログラムを定める、余は実に彼等にとつて黄色な活動晴雨計であつた、

自分が、自閉症的な引きこもりに追いこまれていったのも、リール夫人姉妹のせいだと言うのである。土井や藤代など日本人留学生に対しては、それなりの気配りで異常な言行はある程度押さえられていたが、姉妹は日常的に金之助に接していただけに、かつまた金之助が敵意を抱いていたイギリス

人女性であるということで、常軌を逸した言葉や行動をもろにぶつけられたのだろう。おそらく、そこに、金之助独自の屈折した一種の甘えの気持ちも働いていたのかもしれない。ロンドンに来て以来、一切の記号的優越性を剝奪され、しかも英文学研究という目的すら失ってしまい、自我の拠りどころを完膚なきまで打ち砕かれ、自閉的な独居生活のなかで、被害妄想に陥っていた金之助が、それでもかろうじて威厳と自負心を維持するためには、一番身近なリール夫人姉妹に憎悪と敵意を向けるしかなかったのである。

だがそれにしても、三十歳を過ぎた、立派な髭をたくわえ、日本国家を代表して選ばれ、留学してきた男が、何日間も部屋に閉じこもりっぱなしで、めそめそ泣いている。いかにも異常な振る舞いに、リール夫人が自殺でもされたら大変だと心配したのも当然のことである。もしかすると、夫人の方も、金之助の甘え心を、女性の本能で察知し、母性的な保護心が働いたのかもしれない。土井晩翠が尋ねてくると、しばらく様子をみるために同居して欲しいと頼んだり、医者の診察を受けさせたり、気晴らしに散歩や自転車乗りを勧めたりしている。

「自転車日記」は、リール夫人の「命令」で自転車乗りの練習をはじめたときの経緯が、ユーモラスに、かつ多分に自虐的な意識に駆られて書かれた文で、『吾輩は猫である』や『倫敦塔』に先立って書かれた、おそらく漱石にとって最初の文学的エクリチュールである。「最初の文学的エクリチュール」と書いたのは、その前、子規生存中に書かれ、「ホトトギス」に掲載された「倫敦消息」が、子規宛ての私信として書かれているの対して、「自転車日記」は最初から「ホトトギス」に掲載されることを前提にして書かれ、「夏目漱石」の名で発表されていること、そして子規が逝去したため、直接的な書簡のスタイルが取られていないため、記述にかなりの創作的誇張が認められ、「ホトトギス」

読者を相手に文章を通して、自転車に乗るというより、アクロバチックに落ちるパフォーマンスを演じているように読めることなどによるものである。

自転車から落ちる金之助

金之助が自転車乗りの練習をはじめたのは、『文学論』執筆に大方の目途がつき、最悪の精神状態を脱した留学最後の年、明治三十五（一九〇二）年の秋のことで、冒頭まず、リール夫人の巨体ぶりがかなり大袈裟な筆致で描写される。

> 西暦一千九百二年秋忘月忘日白旗を寝室の窓に翻へして下宿の婆さんに降を乞ふや否や、婆さんは二十貫目の体軀を三階の天辺迄運び上げにかゝる、運び上げるといふべきを上げにかゝると申すは手間のかゝるを形容せん為なり、階段を上ること無慮四十二級、途中にて休憩する事前後二回、時を費す事三分五セコンドの後、此偉大なる婆さんの得意なるべき顔面が苦し気に戸口にヌッと出現する、あたり近所は狭苦しき許り也、此会見の栄を肩身狭くも双肩に荷へる余に向つて婆さんは媾和条件の第一款として命令的に左の如く申し渡した、
>
> 　自転車にお乗んなさい。

「自転車日記」が書かれた一九〇三年六月頃は、日露開戦の機運がいよいよ高まってきたときで、「婆さん」を敵将に見立て、家主と下宿人の関係を戦争に模したうえで、漱石独特の「躁」の精神状態に乗って、事実をかなり大袈裟に誇張し、饒舌な文体で書かれていることを読み落としてはならな

いだろう。
ともあれ、こうして金之助は、「婆さんの命に従つて自転車に乗るべく否自転車より落るべく」、自転車の練習をはじめる。といっても、一人でマスターできるほど器用でないので、金之助と同じリール夫人家に下宿していた犬塚武夫をコーチ役に練習をはじめる。まずは肝心の自転車を買わなければならない。ラヴェンダー・ヒルの自転車屋に足を運び、品選びをするが、犬塚は初心者にはまず手頃な女物の方が乗りやすくていいだろうと勧めるのを、むりやり男物に変えさせ、中古の「いとも見苦しかりける男乗」を購入。クラッパム・コモンの人通りの少ない通りの横手の馬場で練習をはじめる。ところが、コーチの犬塚は、こんなものは何度か失敗しているうちに自然マスターできるものと高を括っていたせいか、最初から「乗つて見給へ」と勧める。

乗つて見給へとは既に知己の語にあらず、其昔、本国にあつて時めきし時代より天涯万里孤城落日資金窮乏の今日に至る迄、人の乗るのを見た事はあるが、自分が乗つて見た覚は毛頭ない、去るを乗つて見給へとは余り無慈悲なる一言と、怒髪鳥打帽を衝いて猛然とハンドルを握つた迄は天晴武者振頼母しかつたが、愈《いよいよ》鞍に跨つて顧眄《こけい》勇を示す一段になると、御誂通りに参らない、いざと云ふ間際でずどんと落ること妙なり、自転車は逆立も何もせずに至極落付払つたものだが、乗客丈は正に鞍壺にたまらずずんでん堂とこける、

犬塚は、最初からこうなることを予想していたのだろう、ニヤニヤ笑いながら、今度はうしろから押さえていてやるから「もう一度やってみろ！」と、平衡が取れるのを見計らって、そっと前に押し

てくれる。ところが前に進むどころか、たちまち転げて、顔面をしたたかに地面に打ち付ける。しかめっ面で起き上り、回りを見回すと、ちらほら人が立ち留まって見ている。ニヤニヤ笑って行くものもいる。向こうの樫の木の下では、子供をつれた乳母がベンチに腰をかけてしきりに感服したような顔で見ている。と、だしぬけにうしろから「Sir！」という声がかかる。振り返ると巡査で、ここは馬に乗るところで、自転車の練習をするところでないから、往来に出てやれとのこと。「オーライ（往来）」と自分にしか通じない駄洒落を飛ばして、場所を変えようとするが、コーチの犬塚の方が、これ以上人通りの多い往来で物笑いを演じてみせることに気が引けたのか、「今日はこの辺で帰ろう」と後込みしたため、やむなく中止。すごすごと自転車を引いて下宿に帰ってくる。さっそく、リール夫人から「どうでした?」と聞かれ、「え?　まあまあです」とごまかすと、コーチの犬塚は横でニヤニヤ。その顔を夫人がジロリと一瞥、「トホホ……」といった表情で肩をすくめる金之助。

かくして、聞くも涙、語るも涙の悪戦苦闘がはじまる。金之助は鉄棒が得意で、渡英の途上、船のうえでは、気晴らしに鉄棒にぶら下がって、万年筆を壊したりしている。自転車も器用に乗りこなせそうな気がするが、ある距離間を移動する運動となると、からっきし不器用だったらしく、「乗る」というよりは「落ちる」練習を何日も繰り返した揚げ句、それでもどうにかこうにか一直線には進めるようになる。

人をもよけず馬をも避けず水火をも辞せず驀地《ばくち》に前身するの議なり、去る程に其格好たるや恰も疝気持が初出に楷子乗《はしごのり》を演ずるが如く、吾ながら乗るといふ字を濫用しては居らぬかと危ぶむ位なものである、去れども乗るは遂に乗るなり、乗らざるにあらざるなり、兎も角も人間が自転車に附着して居る也、而も一気呵成に附着して居るなり、此意味に於て乗るべく命ぜられたる余は、疾風の如くに坂の上から転がり出す、すると不思議やな、左の方の屋敷の内から拍手して吾が自転行を壮にした、いたづらものがある、妙だなと思ふ間もなく車は既に坂の中腹へかゝる、今度は大変な物に出逢つた、女学生が五十人許り行列を整へて向からやつてくる、斯うなつてはいくら女の手前だからと言つて気取る訳にもどうする訳にも行かん、両手は塞つて居る、腰は曲つている、右の足は空を蹴て居る、下り様としても車の方で聞かない、絶体絶命仕様がないから自家独特の曲乗のまゝで女軍の傍をからくも通り抜ける、ほつと一息つく間もなく車は既に坂を下りて平地にあり、けれども毫も留まる景色がない、しかのみならず向ふの四ツ角に立て居る巡査の方へ向けてどん〳〵馳けて行く、気が気でない、今日も巡査に叱られる事かと思いながらも矢張曲乗の姿勢をくづす訳に行かない、自転車は我に無理情死を逼る勢で、無暗に人道の方へ猛進する、とう〳〵車道から人道へ乗り上げ夫でも止まらないで板塀へぶつかつて逆戻をする事一間半、危くも巡査を去る三尺の距離でとまつた、大分御骨が折れましやうと笑ながら査公が申された故、答へて曰く、イエス、

それでも、習うよりは慣れろで、飽きることなく落ちているうちに、次第にコツが分かってきたのだろう、どうにかこうにか少し前へ進めるようになる。そんなある日、コーチの犬塚武夫とその旧藩主の子の小笠原長幹《ながよし》伯爵と連れ立ってサイクリングをしていた時、金之助が町の角で急に九十度にハンドルを切ったため、後ろから進んできたイギリス人が追突しそうになり、避けようとして自転車から転り落ちてしまった。そのとき「このばか野郎！　チン〳〵・チャイナマン」と怒鳴りつけられたことは、すでに見たとおりである。

こうして、転げ落ちては顔をしたたかに打ちつけ、石垣に激突しては向こう脛を擦りむき、立ち木にぶつかっては腰から落ち、ポリスや町行く人にはあざ笑われ、馬車にぶつかりそうになり、「チン〳〵・チャイナマン」とののしられ……と悪戦苦闘、ようやく乗れるようになったと普通はいくのだが、金之助の場合は違っていた。「遂に物にならざるなり」だったというのだ。だが、これは金之助の誇張で、実際はかなり乗りこなせるようになっていた。帰国直前の明治三十五年十二月一日、子規追悼を兼ねて、高浜虚子に宛てた手紙で、「胸に花を挿して自転車へ乗りて御目にかける位は何でもなく候」と自慢しているからである。

一方、鏡子も、夫から自転車を乗り回した話を聞かせられたらしく、「夏目が自転車を乗りまわしている図はちょっと想像できませんが、日本に帰って来てその話をしますから、こっちでおやりになったらいいじゃありませんかと申しますと、どうも東京はロンドンと違って、道が悪くて、そのうえせせこましくていかんと申しまして、とうとう乗りませんでした」と語っている。鏡子としては、夫が自転車にでも乗って気晴らしをして、それが神経衰弱にプラスの効果をもたらしてくれればという願いがあったのだろう。しかし、当時の東京で、漱石のような男子が、気晴らしを兼ねてサイクリングを楽しむ習慣はまだ定着していなかった。

自転車と日本人

日本における自転車事始は、明治の初期、西洋から自転車の絵が持ち込まれ、それを模造して作られたのが最初だという（『近代日本文化』叢書、第八巻「生活編」）。しかし、これは木製の車体に鉄の輪を取り付け、しかも西洋の自転車のようにサドルに腰掛けて走るスタイルではなかったので、まったく普及しなかった。日本の街路に乗り物として自転車が登場するのは、明治十年代以降で、在留外国人、特に英語の教師や牧師が、舶来の自転車を乗り回していたという。しかし、日本人が自転車に乗るようになるのは、明治二十年代以降で、明治二十四年、東京木挽町の郵便局が配達用に自転車を利用、以後、自転車の利用が各地に普及していく。しかし、その利用者は、郵便配達夫、米屋や薬の行商、呉服屋などの商用、医師の往診、見解議員など地方政治家の公用、役場吏員や学校講師の通勤用などに限られ、一般人が娯楽用に乗ることはほとんどなかった。

金之助が、ロンドン郊外の街頭で悪戦苦闘していた明治三十五年の時点で、東京市内の自転車の総数は五四二八台で、多くは郵便配達などの公用車であり、一般利用者も銀座や日本橋の裕福な商店の主などに限られていた。要するに、自転車はもっぱらビジネス用であり、遊戯、あるいはレクリエーション用として、自転車に乗るのは、一部の資産階級に限られていた。例えば、金之助がロンドンに留学したとき、十七歳だった志賀直哉は、十三歳のころから、「五六年の間、殆ど自轉車気違ひといつてもいい程によく自轉車を乗り廻はしていた」という。志賀も、学習院中等部の学生で、出身階層としては明らかに金之助などよりうえの裕福な階層に属していた。

ちなみに、志賀の自転車体験記「自転車」は、漱石の「自転車日記」と並んで、自転車について書かれたもののなかで無類に面白い読み物だが、そのなかで志賀は、イギリス製の輸入自転車は、「親切に出来ていて、堅実であつたが、野暮臭」かったため、「泥除け」や「歯止め」のついてないアメリカ製の方がスマートに見え、人気があったという。金之助はロンドンで買った中古の自転車「いと見苦しかりける」と記しているが、まさに志賀のいうように「野暮臭い」デザインだったわけである。志賀は、また、学習院でフランス語を教えていた背の高い教師が、前輪が直径一メートル半ほどで、後輪が三十センチにも満たない自転車に乗って学校に通学していたと回想している。学習院の教師だから自転車を持てたのだろうが、この自転車はチェーンがついてなく、足で地面を蹴って前に進む旧式自転車だったという。それでも得意な気持ちで、フランス語教師は、アンティーク自転車を乗り回していたのだろう。

自転車の一般市民への普及が遅れた理由として、国産自転車がなく、アメリカやイギリスからの輸入物に頼っていたため、値段が高かったことと道路の整備が不十分で乗り回しに不便だったこと、特に冬場は雪や霜で路面が泥粘化し、ほとんど利用できなかったこと、そして、自転車そのもの技術的開発がまだ不十分で機能性に欠けていたことなどが挙げられる。自転車の最大の利点は、どこにでもすばやく行けることにあるが、この利便性を可能にしたのが、チューブ入りのゴム製のタイヤの開発である。ところが、このタイヤの自転車が普及するのは、日露戦争以降のことで、明治三十年代の前半、東京で利用されていた自転車のほとんどは、鉄輪式の車輪をはめたスタイルだった。

以上から、金之助が、ロンドンで自転車を乗り回していたというのは、当時の日本人の感覚からいえば、極めて斬新なことだった。まして、「胸に花を挿して自転車へ乗りて御目にかける」という文言は、「ホトトギス」の俳句仲間からみれば、ハイカラもハイカラ、気障も気障の最先端を走る行為だったのである。金之助としては、子規が一校時代に野球に熱中するなどハイカラ好きだっただけに、もし生きていれば自転車も乗りこなしていただろうという気持ちも込めて、子規の逝去を知らせてきた虚子の手紙に対する返信の最後に、「胸に花を……」の一行を書き加えたのかもしれない。

最初の小説的日記

だが、のちの漱石文学との関わりで重要なことは、虚子宛ての私信では、自転車を乗りこなしていることを誇らしげに伝えている一方、「ホトトギス」の一般読者のために書いた「自転車日記」では、事実を偽り、いかに自分が不器用に自転車から落ちたかを、しつこいくらい繰り返し記し、しかも最後では「物にならなかった」としていることである。つまり、金之助は、虚子はじめ「ホトトギス」の仲間との私的関わりのなかでは、自転車を乗りこなすハイカラ留学生として生きることを選びながら、もう一方の「ホトトギス」の一般読者との公的関わりのなかでは、不器用で、自転車すら乗りこなせなかった、もう一人のフィクショナルな男として生きることを選んでいるのだ。自転車を乗りこなすことが、二十世紀を生きる人間としての適格性を判定する身体試験だとすれば、金之助は明らかに意図的に、精神のレベルにおいて不合格者であることを選び取っている。だが、書くことの世界のなかで、この意図的に不合格者として生きようという、屈折した決意のなかから、『猫』や『倫敦塔』の作者、夏目漱石という小説家が生まれてくることを見落としてはならないだろう。

「自転車日記」は、『吾輩は猫である』や『倫敦塔』より一年半前に書かれている。しかし、ここで見てきたように、かなり自虐的に自転車から落ちては乗り、乗っては落ちる自身の無様な姿を意図的に誇張し、戯画的に描いていること、また、筆の運びに、悪乗りに近い、かなりフィクショナルな部分があることなどから、子規一派の「写生文」のレベルを越えて、『吾輩は猫である』や『坊っちゃん』につながる小説的要素が、相当色濃く出ている作品である。

金之助は、留学二年目の秋、自転車の練習をはじめたころ、『文学論』執筆に一応の目途をつけ、精神的には、いっとき部屋に閉じこもって、メソメソ泣いていたりしていた「鬱」の状態から、大岡昇平言うところの「躁」の状態に転化していた。「自転車日記」は、それより半年以上あと、日本に帰国してから書かれているが、書きながらそのころの「躁」な気分を思い出して書き進めたせいと、気心のしれた「ホトトギス」の仲間を意識して書かれているため、二年まえ、同じく「ホトトギス」に寄稿した「倫敦消息」より一層言文一致に近い文体で書かれており、文章に自然な流露感が出ている。さらに、自転車から落ちる様子を、会話を交えてかなり誇張し、またフィクションも交えて描くことによって、コミカルな小説的印象を読み手に与えるように書かれている。その意味で、そのことに金之助自身がどれほど自覚的であったかは分からないものの、「自転車日記」は、金之助のなかに潜む「小説家夏目漱石」が書かせた、最初の小説的日記といっていいかもしれない。漱石文学の源流が『猫』と『倫敦塔』と対象的な二つの作品であるとするなら、二つをつなぐ正に濫觴ともいうべき一筋の水源は、「自転車日記」にまで溯ることになるだろう。

『倫敦塔』の血塔（ブラッディ・タワー）の場面で、ひょっこり水面に浮かび上がる「かいつぶり」のように、ここでもひょっこり顔を出す「小説家夏目漱石」。しかし、第一高等学校教授として、また東京帝国大学文科大学講師として、英語と英文学を教えなければならない。九月から開講予定の『文学論』の準備も進めなければならないなどなど、現実的、記号的制約が再び、金之助に「小説家夏目漱石」を封じこめることを強いた。その結果、「自転車日記」を書き上げたころから、再び神経衰弱を悪化させ、「躁」の反動として「鬱」に逆転、今度は、妊娠中の妻と子供を実家に帰らせ、二ヵ月間別居までしている。そして、意図的に構築された独居と狂気に近い「躁」状態のなかで、金之助は『文学論』の講義の準備を進め、九月から開講、ロンドン留学以来の課題をようやく果たしていくことになる。それはまた、「夏目金之助」として、打ち砕かれた自我の拠りどころを再構築するための最後の試みでもあった。

（註1）　吉本隆明は、新文章読本『夏目漱石』に掲載された講演「漱石をめぐって／白熱化した自己」で、漱石を苦しめた被害妄想と追跡妄想について、「人間と人間の関係の仕方におけるパラノイア的行動の特徴である被害妄想ないしは追跡妄想は漱石の作品の核心にあたるということです。もっと単純化していいますと、過剰であるかないかは別として、他者の視線がいつでもじぶんにたいして被害として感じられる、あるいは他者というものを人間と人間の間だけに限定せずに、世界の視線がじぶんにたいして被害として感じられる。そういう人間と人間、あるいは人間と世界との関係の仕方は、現代のこの世界の基本的な構造にあたるということもできます」と語っている。この発言に基づいて言えば、漱石文学の「核心」としてのパラノイア、すなわち「被害妄想」と「追跡妄想」は、ロンドン時代に金之助を苦しめた「鏡像恐怖症」に端を発しているといえよう。

最終章　帰国——内なる流離と引きこもりに向けて

ピトロクリの休日

留学三年目の秋、『文学論』執筆に目途をつけ、自転車にも一応乗れるようになった金之助は、帰国を前にしてスコットランドに旅をして、ピトロクリという町を訪れている。ピトロクリは、エディンバラの北方およそ五十キロ、スコットの『パースの美女』の舞台として知られるパースからネス湖畔のインヴァネスをつなぐハイランド鉄道がグランピアン山脈に入る手前に位置する山間の小さな町で、漱石が訪れたころはすでに、避暑地として知られるようになっていた。（註1）漱石は、のちにそのときの印象を回想して、『永日小品』に収められた「昔」という文を書き残している。『永日小品』には、「下宿」や「過去の臭ひ」などロンドン留学体験にもとづいた短編が六篇収められているが、どれも読んで受ける印象は、暗く、陰惨である。そのなかで、「昔」だけは、他の作品と較べて、例外的にタッチが明るく、読んでさわやかな印象を残す。

ピトロクリの谷は秋の真下にある。十月の日が、眼に入る野と林を暖かい色に染めた中に、人は寝たり起きたりしてゐる。十月の日は静かな谷の空気を空の半途で包んで、ぢかには地にも落ちて来ぬ。

「尤も不愉快」と回想した留学生活から、どうしてこのような明るく、愉悦に満ちた作品が生まれてきたのか？　一体、いつ、どのようにして金之助は、スコットランドを訪れ、ピトロクリのどこに滞在したのか？　日記にも、書簡にも具体的な記述が残されていないため、漱石研究者の間でかねてから疑問とされ、調査と研究が行われてきた。

その結果、角野喜六や平川祐弘、塚本利明など諸氏の綿密な現地調査と研究で、金之助が、二年に及ぶ留学生活の最後、日本に帰国する前の明治三十五年十月、この地を訪れ、ジョン・ヘンリー・ディクソン（一八三七―一九二六）という貿易商の家に滞在したことが分かったのである。金之助とディクソンの間に、どのような経緯で関係が生じたのかは、具体的な記述が残されていないので分からない。ただ、塚本利明が、『漱石と英国』で指摘したように、明治三（一八七三）年に開校した工学寮の初代校長にグラスゴー大学のヘンリー・ダイヤーが招聘されて以来、日本の工学教育とグラスゴー大学の関係が深く、工学専攻の学生でグラスゴーに留学するものが少なくなかった。明治三十四年四月三日の日記に、「Glasgow University より examiner に appoint する旨、公然通知あり」という記述があるように、金之助は同大学に留学中の日本人学生のために試験問題を作成している。こうした関係をとおして、何かの機会にディクソンと知り合い、ピトロクリに招かれたものと思われる。

一方、角野喜六の『漱石のロンドン』によると、ディクソンは、世界各国を旅行するのが好きで、日本にも長く滞在したことがあった。その関係で、日本の文化に強い関心を持ち、一九〇二年にピトロクリに居を定めた（現在ダンダラック・ホテルとして残っている）さい、日本から庭師四人、大工二人、料理人一人を連れてきて、屋敷の一隅に住まわせ、純日本風の庭園を作らせたという。こうした事実から、ディクソンが、その庭を日本人に見せたくて、だれかの紹介（おそらくグラスゴー大学の関係者）で金之助の存在を知り、面識がないまま、ピトロクリに招いた可能性も否定できない。ともあれ、金之助は、ピトロクリを訪れ、そこで思いがけなく、日本風の庭園を発見し、またディクソンの知的で温和な人柄と日本の文化に対する関心の深さを知って、心が開かれたのであろう。

自分の家は此の雲と此の谷を眺めるに都合好く、小さな丘の上に立つてゐる。南から一面に家の壁へ日があたる。幾年十月の日が射したものか、何処も彼処も鼠色に枯れてゐる西の端に、一本の薔薇が這ひかゝつて、冷たい壁と、暖かい日の間に挟まつた花をいくつか着けた。大きな弁は卵色に豊かな波を打つて、萼から翻へる様に口を開けた儘、ひそりと所々に静まり返つてゐる。香は薄い日光に吸はれて、二間の空気の裡に消えて行く。自分は其の二間の中に立つて、上を見た。薔薇は高く這ひ上つて行く。鼠色の壁は薔薇の蔓の届かぬ限りを尽して真直に聳えてゐる。屋根が尽きた所にはまだ塔がある。日は其の又上の靄の奥から落ちてくる。

足元は丘がピトロクリの谷へ落ち込んで、眼の届く遥の下が、平たく色で埋まつてる。其の向ふ側の山へ上る所は層々と樺の黄葉が段々に重なり合つて、濃淡の坂が幾階となく出来てゐる。明かで寂びた調子が谷一面に反射して来る真中を、黒い筋が横に蜿つて動いてゐる。泥炭を含だ渓水は、染粉を溶いた様に古びた色になる。此山奥に来て始めて、こんな流を見た。

漱石が、イギリス留学体験にもとづいて書いた文章のなかでも最も美しく、さわやかな写生文である。だが、それにしても、「昔」の明るく、透明な印象は、『倫敦塔』を含めて、それまでの作品があまりに暗く、陰惨なだけに、不思議な感じがする。どうしてこのような作品が書かれたのだろう？考えられる理由の一つは、秋のピトロクリの自然景観が美しく印象的で、金之助の東洋山水趣味に適っていたこと。それともう一つ見落とせないのは、辛かった留学生活も終わりに近付き、「文部省留学生」という使命感と責任感から解放されて、ピトロクリの自然の中に入って行けたことだ。

すでに詳しく見てきたように、金之助は、大学に籍をおくこともできず、ひたすら下宿に引きこもって英文学書の読書に励んだものの、どうしても「英文学に欺かれた如き不安の念」が消えず、悩み、苦しんでいた。これほど読んで得心がいかないのならと、英文学研究をあきらめ、だれも書いたことのない『文学論』の執筆を構想し、そのためにノートを取りはじめる。二年の留学期間のうち、半分の一年近くが過ぎて、方向転換を余儀なくされたのである。それは、正に捨て身の覚悟で敢行された起死回生の作戦だったが、ゼロからやり直した金之助に成功の目算があったわけではなかった。それでも、哲学や心理学など文学以外の書物を懸命に読みこみ、ノートを書く作業を続けること六カ月、ようやく、手応えを感じるようになっていた。自分なりに、これが留学の成果といえるにあたいする何かを摑みとることができたという実感とやれやれという安堵感。それは、このプロジェクトを完成させることで、打ち砕かれた自我の拠りどころをもう一度、自分のなかに確立することができるかもしれないという予感でもあった。そんな気持ちの上でのゆとりが、辛い留学生活を乗り切った自身へのささやかな贈り物として、最後にピトロクリの休日を楽しむことを許したのだろう。「昔」が、漱石文学のなかで、ほとんど例外的に愉悦に溢れたエクリチュールに昇華したゆえんである。

帰国——ある決意と共に

二年に及ぶ辛く屈辱的な留学生活を終え、失われた自我の拠りどころをよみがえらせるための戦いに一応の手応えを感じつつ、夏目金之助は、明治三十五年十二月五日、ロンドンのアルバート埠頭から日本郵船の博多丸に乗船、ジブラルタル海峡経由で地中海に入り、スエズ運河を抜けるルートで日本に帰国する。行きと違って、帰りの船旅で、金之助が何をどう見、感じたかは興味のあるところだが、何も記述を残していない。しかし、帰国三年後の明治三十九年十月二十三日、狩野亨吉に宛てた書簡で、

僕は洋行から帰る時船中で一人心に誓つた。どんな事があらうとも十年前の事実は繰り返すまい。今迄は己れの如何に偉大なるかを試す機会がなかつた。己れを信頼した事が一度もなかつた。朋友の同情とか目上の御情とか、近所近辺の好意とかを頼りにして生活しやうとのみ生活してゐた。是からはそんなものは決してあてにしない。妻子や、親族すらもあてにしない。余は余一人で行く所迄行つて、行き尽いた所で斃れるのである。

と、行きの船旅での船酔いや不安、とまどいの記述とは対照的に、強い決意を表明している。もちろん、帰りの船でも船酔いと胃腸の障害に苦しんだはずだが、「俺には、日本に帰って成し遂げなければならない仕事がある」という思いで乗り切ったせいだろう、行きのときのような記述はない。

こうして二年の留学を終え、金之助は、往路とは逆にインド洋を東に横断、船のうえでクリスマス

と正月を迎え、明治三十六（一九〇三）年一月二十三日、神戸に無事上陸、夜行急行で翌日新橋に帰着している。ロンドン在住中はあれほど憧れた日本への帰還。妻と二人の子供が迎える家に帰り着くと、床の間に掛けてあった短冊を破り捨てている。短冊には日本出国に先立って、妻と寺田寅彦に贈った句「秋風や一人を吹くや海の上」と書かれてあった。第一章で見た通り、それは手紙を書かなかった妻への怒りであり、同時、海の向こうの異国での孤独で辛い流離と引きこもりの旅の終わりを、自らに宣告する行為でもあった。

だがそれは、一層深いところで、失われた自我の拠りどころを探し求めるため、内なる流離と引きこもりに向けて、新たに船出しようとする金之助の覚悟と決意の表明でもあった。

（註1）　ピトロクリ（Pitlochry）には、「ピトロクリ」と「ピットロッホリー」と二通りの表記が行われている。現地のスコットランドでは「ピットロッホリー」と発音されていたはずだが、ロンドンでは「ピトロクリ」と発音されていた。そのため、漱石は「ピトロクリ」と表記したものと思われる。

関連年表

＊この年表は、漱石の日記や書簡、荒正人編・小田切進監修の『漱石研究年表』などにもとづいて、本書の記述と関連あるものについて選び出して、作成したものである。

明治三十三（一九〇〇）年／三十四歳

二月十二日　熊本第五高等学校中川元校長、英語研究を目的として金之助を留学させる件で上京し、文部省に上申する。

五月十二日　「英語教授法ノ取調」のため、文部省第一回給費留学生として、イギリスに留学を命ぜられる。任期は二年。年額一八〇〇円の留学費と留守家族に休職給として年額三〇〇円（うち二円五〇銭を製艦費として引かれる）を支給される。

六月十二日　藤代禎輔、ドイツ語研究のためドイツに留学を命ぜられる。

十三日　高山樗牛、美学研究のためヨーロッパに三年間、留学を命ぜられる。

十六日　「今般英語研究ノ為二年間英国留学被命候ニ付テハ留学中並ニ帰朝後トモ固ク御規定ノ旨ヲ遵守シ誓ッテ違背不仕候仍テ誓書差出候也」という誓書を文部大臣樺山資紀に出す。

二十日　「外国留学生夏目金之助／英国留学中一ヶ年金千八百円ノ割ヲ以テ学費ヲ支給ス」という辞令を文部省から受け取る。

＊日時は確定できないが、五校生徒の発起で送別会が開かれる。

七月二日　五高から「英国留学中英語教授法ノ取調ヲ委嘱ス」という辞令を受け取る。

十日　寺田寅彦。東京帝国大学理学部物理学科を卒業。大学院に進み、実験物理学を専攻する。
十三日　このころ、スイス人ファーデルの紹介で、宣教師の娘（ミス・ノット）に会うために来日し熊本滞在中のノット夫人に会い、イギリスでの生活について情報を得る。
十八日　このころ、妻鏡子と長女筆子と共に熊本を発ち、東京に向かう。二日前の十六日、台風が熊本を襲い、洪水のため汽車不通のところがあり、徒歩で渡り、九州鉄道、山陽鉄道、東海道線と乗り継いで、東京に出た。
二十日　このころ、東京に帰り着き、義父中根重一の家に落ち着く。また、文部省専門学務局長上田万年を訪ね、イギリス留学の研究課題について問い質し、英語研究のほかに英文学研究の意向を伝え、問題なしという答えを得て、最終的に留学の気持ちを固める。
八月　＊中旬ころ、神田一橋の学士会館で送別会が開かれる。
高級洋装店森村組でスーツを仕立てるなど、留学の準備を進める。
九月一日　藤代禎輔、芳賀矢一らと横浜に出向き、北ドイツ・ロイド社のオフィスで、船便を問い合わせ、プロイセン号の切符を購入する。
六日　「秋風の一人を吹くや海の上」という句を、寺田寅彦に送る。同じ句を短冊に書き、鏡子に残す。
七日　このころ、子規より「漱石を送る」と題して、「萩すすき來年あはんさりながら」ほか一句を、高浜虚子から「二つある花野の道のわかれかな」の句を送られる。
八日　未明に鏡子と共に人力車で新橋まで出て、芳賀、藤代らと合流、汽車で横浜に向かう。六時四十分ごろ、横浜着。再び人力車で埠頭に向かい、プロイセン号に乗船。八時に解纜。鏡子、涙ながらに夫を見送る。狩野享吉や寺田寅彦らも見送る。
午後三時ごろ、遠州灘に差し掛かるあたりから船が揺れはじめ、船酔いと吐気に襲われる。
九日　午前十時ごろ、神戸港着。上陸して諏訪山温泉の常磐で湯に入り、昼食をしたためる。下痢に襲われ、夜食は取らず、午後八時に乗船、十時に出航。
十日　瀬戸内海から関門海峡を抜け長崎に向かう。途中、波高く、船激しく揺れ、船酔いと嘔吐感に襲われ、ベッドに横たわる。小さな船窓から星が出たり入ったりするのを見つめ、船酔いと不安に耐える。

十一日　朝未明の四時、長崎着。午前八時朝食後、長崎に上陸、迎陽亭で昼食を取る。午後四時半再び乗船。ノット夫人ら西洋人女性が多く乗りこむ。夜九時出航。日記に「月色頗る可なり」と記す。

十二日　目が覚めると周囲は海だけ。日記に「夢覚メテ既ニ故郷ノ山ヲ見ズ」と記す。船揺れ、同行者中一番激しく船酔いに苦しむ。高井几董の句集『几董集』と黒柳召波の『召波集』を読んで、気を紛らそうとするが、周囲に西洋人が多く、読む気にならない。俳句を放棄して、日本人らしい男を見つけては声を掛けてみると、香港生まれのポルトガル人で、もう一人は中国人とイギリス人のハーフであることが分かり驚く。

十三日　午前五時上海の呉淞に入港。小蒸気船に乗って上海に上陸。江北海関（税関）に英文学科第一回卒業生の立花政樹を訪ね、歓迎される。アメリカ阻界にあった日本旅館東和洋行で昼食を取る。夜は、立花の寄宿先の朝日旅館で夕食に招かれ、食後、パブリック・ガーデンでプロムナード・コンサートを聴く。

十四日　朝九時から人力車に乗って市内観光に出る。南京路から張園、愚園と見て回る。愚園の趣味の悪さに辟易する。

十五日　上海出港の予定だったが、天候悪く、雨風が激しく吹き募り、揚子江の濁流渦巻く。デッキの上の椅子が吹き飛ばされようとする。

十六日　船、ようやく出航するも、揺れ激しく、船酔いで夕食は、スープを半分飲んだだけ。

十七日　福州に入港。終日、船酔いで意気消沈。下痢も加わり、終日不快感に襲われる。

十八日　ようやく風と船の揺れ収まる、吐気と下痢収まる。

十九日　午後四時ごろ香港着。九龍に着岸。香港に上陸して鶴屋という日本旅館で夕食を取ろうとするが、あまりのきたなさに驚く。食後、クィーンズ・ロードを散策し、帰船。香港の夜景の美しさに驚き、日記に「diamond及ビrubyノ頸飾リヲ満山満港満遍ナクナシタルガ如シ」と記す。

二十日　＊このころ、偶然同じ船に乗り合わせたノット夫人と再会する。
　午前中、香港に渡りピークに登る。船に強く、一度も船酔いに苦しんだことがなく、これみよがしに旺盛な食欲を発揮してきた芳賀矢一を懲らしめてやろうと、藤代と計って、ピークの頂上まで歩かせ、フーフー言わせて溜飲を下げる。午後四時、香港出航。
二十五日　未明、シンガポール着。馬車を雇って、植物園や博物館を見学する。帰途、日本旅館松島で昼食をしたためる。日本人街でからゆきさんが、昼間から客引きをしているのを見て驚く。
二十七日　ペナン着。雨のため上陸せず。
十月一日　セイロン島コロンボに到着。現地人のガイドや旅館、馬車の客引きが大勢船に乗り込んで来る。中には日本人の名刺や推薦状を出して勧誘するものもいる。下船してブリティッシュ・インディア・ホテルに投宿。馬車を雇って、仏の寺を参観するも、年々改修の手が入っていて、構造も粗末で見るものなし。途中、花を買えと現地人にしつこく付きまとわれ、嫌悪感を催し、日記に「亡国ノ民ハ下等ナ者ナリ」と記す。
　夕方、ホテルに戻って、カレーライスの夕食を取る。ガイドの請求書を見て、料金の高さに驚く。
二日　船に戻り、甲板のうえで、蛇つかいのコブラのダンスを見る。
三日　コロンボ出港。
四日　午前中、デッキで読書をしていると、長崎で乗船したノット夫人から声をかけられ、一等船室にお茶を飲みに来るように誘われる。
五日　ノット夫人を訪問。何人かの仲間に紹介され、英語が上手だと褒められて恐縮する。夫人がケンブリッジ大学に知り合いがいるというので、紹介を依頼する。ケンブリッジ大学留学に気持ちが傾く。また、夫人の好意で英会話のレッスンを受けることになる。
　＊このころから、ノット夫人や彼女の仲間からしきりにキリスト教への入信を勧められ、また香港から乗り込んできた宣教師たちと宗教論議を戦わせる。
六日　海が穏やかで、平穏な旅が続く。デッキ・チェアにあお向けに横たわり、青い空を見上げながら、浮かんできた想念を英語で書き残す。
七日　アラビア海を静かに照らす満月を愛でる。
八日　横浜出航より一カ月目。夜アデンに着く。
九日　火山の溶岩でできた禿山と砂漠の光景に驚く。妻の鏡子に手紙を出し、無事を知らせるが、船酔いと食欲不振で目が凹んだことを伝える。
十日　夜、バーブ・アル・マンダブ海峡を抜けて紅海に入る。猛烈な暑さに襲われる。「赤き日の海に落ち込む暑さかな」ほか二句を得る。
十一日　暑さに苦しめられるが、夜明け方、ようやく気温が下がる。
十二日　気温がぐっと下がり、秋の気配が濃厚。夜、シナイ半島に接近、デッキからシナイ山を望むが、雲のため見えない。
十三日　スエズ着。日記に「満目突兀トシテ一草一木ナシ」と記す。
十四日　ポート・サイド着。朝八時に出航、地中海に入る。
十五日　聖書の講読を聞く。
十七日　薄暮ナポリ着。
十八日　ナポリに上陸。市内観光に出て、市内の寺院や博物館などを参観。ポンペイの遺跡から発掘された遺品を見る。ヨーロッパの歴史の重みを肌で感じ、日記に「此地ハ西洋ニ来テ始メテ上陸セル地故夫程驚キタリ」と記す。このとき、ナポリからローマに回る案が出されたが、結局、予定通り、ジェノヴァで上陸し、パリ経由でそれぞれの留学目的地に向かうことになる。
十九日　午後二時頃、ジェノヴァ着。グランド・ホテルに投宿。ホテルの大きさと豪華さに驚く。夕食後、市内を散策。
二十日　朝八時発のパリ行き汽車に乗るべく、馬車でプリンチペ駅に乗り付けるが、初めての陸路の旅で勝手がわからず、駅構内で右往左往する。乗るべき汽車が満席なため、特別に増結された列車に乗り、トリノで乗換えのため下車、駅前のホテルで昼食を取り、午後四時半発のパリ行き列車を待つ。この間、芳賀や藤代は市内観光に出たが、金之助だけはホテルで待つ。ようやく汽車が到着し一同乗り込むが、どの客車も満員で空席がなく、途方に暮れる。それでも、かろうじて隙間を見つけて、無理やりに割り込んで坐るが、露骨に嫌な顔をされ、ジロジロと顔を見られる。恐らく、このときの屈辱の体験から、己れの顔のあばたを強く意識するようになる。フランス国境のモダーヌで荷物検査を受けるが、下車して受けるものと勘違いして汽車を降りてしまうが、間違いと分かり、慌てて乗り直す。汽車はアルプス西部のサヴォアを抜け、シャンブリー、アンベリュー、マコンを経て、パリに向かう。

二十一日　午前八時ごろ、パリのリヨン駅着。駅を出るが、どこにどう行ったものか見当がつかず、一同うろたえる。藤代が船のなかで覚えたフランス語で巡査に尋ね、馬車二台に乗って、文部省美術課長でパリ在任中の正木直彦の宿所を尋ねるが、イギリス出張中で不在。代わりにフランス公使館三等書記官、渡辺董之助の紹介で、ノディエ夫人の下宿に宿を決める。夜はヴィクトル街のレストランで食事をし、フランス美人と英語で会話をする。

二十二日　午後、渡辺董之助の案内でエッフェル塔に登り、そのあと、万博会場を見学。会場の広さと規模の大きさに驚く。夜は、グラン・ブルヴァールに遊び、昼と変わらぬ街の賑やかさに驚き、日記に「其状態ハ夏夜ノ銀座ノ景色ヲ五十倍位立派ニシタル者ナリ」と記す。

二十三日　夜、ミュージック・ハウスとアンダーグラウンド・ホールに遊び、夜中の三時に帰宅。日記に「巴理ノ繁華ト堕落ハ驚クベキモノナリ」と記す。また、鏡子宛の手紙でパリの繁華について、「到底筆紙ノ及ブ所ニ無之」「世界の大都ニ御座候」と驚き、さらにこれまでの道中について、「意外ノ失策ナク「パリス」迄参候ガ不思議ニ候」と伝え、最後に「欧洲ニ来テ金ガナケレバ一日モ居ル気ニナラズ候。穢クテモ日本ガ気楽で宜敷候」と書き送る。

二十五日　万博会場を訪れ、美術館でフランス近代絵画を見る。日本の美術のつまらなさに落胆する。

二十七日　万博を視察。日本の工芸品、特に陶器と西陣織の素晴らしさに感服する。

二十八日　朝パリを発ち、ディエップ経由でイギリス海峡を渡る。生まれて初めての海外での単独旅行。風強く、海が荒れたため、船酔いに苦しむが、夕刻ニューヘヴンに上陸。汽車でロンドンに向かい、夜十時前後、ヴィクトリア駅着。馬車で、ガウワー街七十六番地の宿に乗り付け、投宿。ロンドンで最初の夜を過ごす。(『永日小品』/「印象」)

二十九日　岡田某の要件で市内を歩く。たまたま、南ア戦争義勇兵凱旋祝賀パレードで繰り出した群衆の渦に巻きこまれ、トラファルガー広場の辺りまで押し流され、道に何度も迷い、難儀する。夜遅くようやく宿所に帰り着く。(『永日小品』/「印象」)

三十日　日本公使館を訪ね、一等書記官松木慶四郎に面会。ケンブリッジ大学の知人に連絡がつき、面談の手筈が整ったなど、早急にケンブリッジを訪れるようにと勧める、ノット夫人からの手紙や電報を受け取る。

三十一日　鏡子宛の手紙で無事ロンドンに着いたことを知らせる。市内観光に出て、タワー・ブリッジ、ロンドン塔、モニュメントなどを見学。なかでも、数多くの血の歴史に塗り固められたロンドン塔のなかでの幻想体験は、「英文学研究家夏目金之助」が「小説家夏目漱石」に変身するうえで、決定的な意味を持った。(『倫敦塔』)

十一月一日　ケンブリッジを訪れ、ペンブルック牧師養成学校副校長のチャールズ・F・アンドルーズに面談し、ケンブリッジ大学入学の可能性を打診するが、学費が高すぎて断念。日本人留学生田島擔の案内で大学キャンパスとケンブリッジ市内を見て回り、夜、ロンドンに帰る。

二日　大英博物館とウエストミンスター寺院を見学。

三日　下宿探しをはじめるが、適当な物件が見つからない。

四日　ナショナル・ギャラリーを見学。

七日　ロンドン大学ユニヴァシティ・カレッジでウィリアム・ケア教授の講義を聴く。

十日　ロンドン西郊高台の住宅地ウエスト・ハムステッドのミルデ家に下宿することを決める。

十二日　ミルデ家に転居。北向きの部屋を借りる。南向き部屋には長尾半平が下宿していた。午後、お茶に招かれ、食堂で一家を取り仕切っている「主婦(老令嬢)」と四方山話を交わし、「主婦」がフランス系の血を引いていることを知る。夕食の際に、一家の主ミルデ氏を紹介され、ドイツ人であることを知る。鼻が腫れたように膨れていることから、南アフリカのクルーゲルという大統領に似ていると思う。ミルデ氏は、ウエスト・エンドに洋裁店を開いている。一家にはミルデ氏と「主婦」以外に、「主婦」の兄のエドモンドと下女のアグニスという名の少女がいた。（『永日小品』／「下宿」「過去の臭ひ」）

十三日　初めて地下鉄に乗る。

十七日　セント・ポール大聖堂を見学。

十八日　シェークスピア学者のウィリアム・クレイグに、個人教授依頼のため手紙を出す。

二十日　少しでも生活費を切り詰めるため、一カン八十銭のビスケットを買って、昼食の代わりとする。

二十二日　グローセスター・プレイス五十五番地aに住むウィリアム・クレイグを訪れ、個人教授を依頼する。（『永日小品』／「クレイグ先生」）

＊このころ、ミルデ一家の暗い空気に馴染めず、下宿を出ることを長尾に相談すると、その方がよいと勧められる。

十二月六日　このころまでに、ミルデ家を出て、カンバーウェル・ニュー・ロードのフロッデン・ロード六番地のハロルド・ブレット家に移る。

二十五日　クリスマスを迎える。晩餐にあひる料理を御馳走になる。

二十六日　鏡子宛の手紙で、「深川といふやうな何れも辺鄙な処」へと引っ越したことを伝え、物価が高いため、文部省から支給される留学費用ではとてもやっていけないことを訴える。また、クリスマスについて「日本の元旦の如く頗る大事の日にて候青き柊にて室内を装飾し家族のものは皆其本家に聚り晩餐を喫する例に御座候う昨日は下宿にて『あひる』の御馳走に相成候」と記す。
藤代禎輔宛に、二年間ロンドンにいても英語の上達はおぼつかないから、一年分の学費をもらって、本を買いこんで帰国したい、ほしい本はいくらでもあるが、値段が高いのでなかなか手が出せない。でも、衣食費を切り詰めてでもして、買って帰りたいなどと記した絵葉書を送る。

三十一日　ロンドンで最初の大晦日を過ごす。

明治三十四（一九〇一）年／三十五歳

一月一日　下宿で二十世紀最初の正月を迎える。下宿の主から、イギリスになぜヌード絵画が少ないかについて話を聴く。

三日　ロンドンの霧の深さについて、日記に「倫敦ノ町ニテ霧アル日、太陽ヲ見ヨ。黒赤クシテ血ノ如シ」と記す。

四日　ロンドンの煤煙のひどさに辟易し、日記に「倫敦ノ町ヲ散歩シテ試ミテ痰ヲ吐キテ見ヨ。真黒ナル塊ノ出ルニ驚クベシ。何百万ノ市民ハ此煤烟ト此塵埃ヲ呼吸シテ毎日彼等ノ肺臓ヲ染メツツアルナリ」と記す。

五日　イギリス人に比べて己れの肌の黄色さを自覚し、日記に「往来ニテ向フカラ脊ノ低キ妙ナキタナイ奴ガ来タト思ヘバ我姿ノ鏡ニウツリシナリ、我々ノ黄ナルハ当地ニ来テ始メテ成程ト合点スルナリ」と記す。

十日　デンマーク・ヒル附近を散歩して、風景の閑雅なたたずまいに心を和ませる。

十一日　ケンジントンでパントマイムを見る。

十九日　長尾半平と夕食を共にし歓談する。

二十一日　ヴィクトリア女王危篤。

二十三日　女王薨去。

二十四日　エドワード七世即位。鏡子から手紙が届く。

二十七日　夜、下宿の部屋で日本の将来を思い、「日本ハ真面目ナラザルベカラズ」と記す。

二十九日　クレイグ先生の個人教授を受けて、帰る途中、水彩画展を見て、油絵よりも親近感を抱く。

三十日　下宿の女主人から「tunnel」という字を知っているからと聞かれ、腹を立てる。

二月一日　ダリッジ美術館を見学。「風流閑雅の趣」に「絵所を栗焼く人に尋ねけり」の句を得る。

二日　ハイドパークでヴィクトリア女王の葬儀パレードを見る。背の高いイギリス人の肩越しにパレードを見ようとするが、よく見えないので、下宿の主人に肩車をしてもらって見る。
八日　同宿の田中孝太郎とメトロポール劇場に行き、『Wrong Mr. Wright』というコメディを見る。
九日　友人の狩野亨吉や管虎雄、大塚保治らへの手紙を書き、ケンブリッジ留学を断念し、シェクスピア学者のクレイグ先生について個人教授を受けながら、もっぱら下宿で英文学書を読み耽る生活を続けていることを伝える。
十二日　クレイグ先生に英文の添削を頼んだところ、追加料金を要求される。帰途、チャリング・クロスで古本を漁る。
十三日　散歩の途中、子供が独楽遊びをしているのを見る。
十五日　下宿の食事のまずさに辟易する。
十六日　ノット夫人から紹介されたエッジヒル夫人から、お茶に招待され、ウエスト・ダリッジに赴く。キリスト教への入信を進められるのが分かっているので気が進まない。
夜、田中孝太郎と共にケンジントン劇場で『Christian』という芝居を見る。
二十一日　再びエッジヒル夫人に招かれ、知り合いの女性（多分教会関係者）を紹介される。
二十三日　田中孝太郎と一緒にチャリング・クロスまで出かけ、ハー・マジェスティック劇場でシェークスピアの『十二夜』を見る。
二十四日　夜、下宿の主人ブレットと語る。ブレット、日本人を改良するために外国人との結婚を勧める。
二十六日　ケニントンの劇場で『The Sign of the Cross』を見る。
三月一日　ブロックウェル・パークからの帰途、急雨に遭い、びしょ濡れになる。夜入浴して就寝したせいか、「妄想」を夢見る。
四日　ブロックウェル・パークで花や樹木が芽吹きだしたのを見て、心を和ませる。
五日　クレイグ先生に英語で書いた文章を見せ、褒められる。
六日　デンマーク・ヒルを散歩、ラスキンの父が住んでいた旧宅を探す。

七日　田中孝太郎とドルーリー・レーン劇場でパントマイム劇、シャルル・ペローの『眠れる美女』を見る。絢爛豪華なステージに目を奪われ、日記に「真ニ天上ノ有様、極楽ノ模様、若クハ画ケル龍宮ヲ十倍許リ立派ニシタルガ如シ。（中略）実ニ消魂ノ至ナリ。生レテ始メテカ、ル華美ナル者ヲ見タリ」と記す。

九日　正岡子規に絵葉書十二枚と妻の鏡子に手紙を送る。

十二日　クレイグ先生の個人教授を受けての帰路、ピカデリーに出てセント・ジョンズ・パークを歩く。黄色と藤色のチューリップの鮮やかな花の色に目を楽しませる。

十三日　山川信次郎から、一月二十八日付の手紙を受け取り、次女の出産を知る。

十四日　貧民街を歩いていると、盲者がオルガンを弾き、黒い服装のイタリア人がバイオリンを弾くのに合わせて、真っ赤な服を着た四歳位の女の子が踊っているのに出合わす。

十五日　このころ、二人連れの女から「least poor Chinese」と言われ、自尊心を傷つけられる。日記に「日本人ヲ観テ支那人ト云ハレルト厭ガルハ如何、支那人ハ日本人ヨリモ遥カニ名誉アル国民ナリ、只不幸ニシテ目下不振ノ有様ニ沈淪セルナリ」と記す。

十六日　このころ、西洋の物まねに急いできた近代日本の文明開化の現状に疑問を抱き、日記に「日本ハ真ニ目ガ醒ネバダメダ」と記す。夜、田中孝太郎と共にメトロポール劇場で『In the Soup』というコメディを見る。

十七日　田中孝太郎とキュー・ガーデンを散歩する。

十八日　義父中根重一から手紙を受け取り、次女恒子の出産を知る。

二十一日　文部省からの送金が遅れ、現金が底を突く。

二十三日　メトロポール劇場で『The Royal Family』を見る。

二十七日　病気のためドイツから帰国の途中、ロンドンに立ち寄った友人の立花銑三郎をアルバート埠頭に寄港中の常陸丸に見舞う。立花、芳賀矢一宛に出した手紙で、金之助と日露戦争について議論したことを伝え、「戦争で日本負けよと夏目云ひ」という句を書き送る。

二十八日　ブレット夫人の親戚の娘で女学生のロバート嬢とピンポンを楽しむ。
二十九日　グラスゴー大学から日本人留学生のための試験問題委員に任命され、問題を作成する。ロンドン時代の唯一の臨時収入として四ポンド四シリング（日本円で約五十円）受け取る。
三十日　チャリング・クロスのヒポドローム（サーカス座）で『シンデレラ』やライオンや熊の猛獣ショーを見る。帰途、バスのなかであばたのある顔を三人見る。
三十一日　田中孝太郎とブロックウェル・パークを散歩。途中、二人連れの男女から「日本人、いや中国人だろう」と言われる。
四月二日　クレイグ先生の個人教授からの帰途、チャリング・クロスで古本を漁る。
五日　グッド・フライディで休日。下宿の主人一家も里帰りで、残っているのは金之助一人だけ。夜、お茶を飲むときに、パンを一切れ盗み食いして、日記に「少々下品ダッタ」と記す。
＊このころ、下女の「ペン」のおしゃべりに悩まされるが、かえって奇妙な親近感も覚える。（「倫敦消息」）
六日　エレファント・キャッスルで古本を漁るが、資金不足で一冊も買わずに帰る。
七日　South L.Art Galleryでラスキンやロセッティのドローイングを見る。
九日　シェークスピアの生地を訪れていた田中孝太郎からシェークスピアの胸像とストラットフォード・オン・エイボンのアルバムを貰う。夜、子規宛に手紙を書く。のちに、「倫敦消息」として「ホトトギス」に掲載される。
＊このころ、ブレット家が財政逼迫のため、家賃の安い別の家に引っ越すことを知らされ、別の家に下宿しようと思い、新聞に広告を出す。電気照明付の部屋を貸したいという申し出があるが、家賃が高すぎて断念、結局、ブレット家と共に引っ越すことにする。（「倫敦消息」）
十三日　田中孝太郎、ケンジントンに引っ越す。
十七日　エッジヒル夫人に招待され、熱心に入信を薦められる。ノット夫人も同席。金之助にどうしても入信する意志がないことを知って、エッジヒル夫人泣き出す。何とか場を取り繕うために、ゴスペル

二十三日　（福音書）を読むことを約束する。
二十四日　ブレット一家との引っ越しのため、シャツ一枚になって本を片付ける。
二十五日　ブレット家、債権者の目を逃れるため、朝未明に荷物を運びだす。朝散歩から帰る、「ペン」の猛烈なおしゃべり攻撃に遭い、辟易する。（「倫敦消息」）
五月五日　午後、下宿の女主人と一緒にトゥーティングに引っ越しする。日記に「聞シニ劣ルイヤナ処デイヤナ家ナリ。永ク居ル気ニナラズ」と記す。（「倫敦消息」）
六日　化学者の池田菊苗が、同じ下宿に入居してくる。
九日　池田菊苗と意気投合して、深夜まで語り合う。
十五日　夜、池田菊苗を英文学の話をする。池田の学識の深さに驚く。
二十日　池田と世界観、禅の話をする。
二十二日　池田と理想美人について意見を交わす。相互の妻を理想美人と比較して、大笑いする。
六月十九日　池田とクラッパム・コモンを散歩、アベックがベンチで抱き合い、接吻しているのを見て、妙な国だと思う。
二十八日　池田菊苗との交わりを通して、英文学を研究することに懐疑を抱きはじめ、藤代禎輔宛の手紙で、「英学者になんてものになるのは馬鹿らしいような気がする」と書き送る。
七月一日　文部省から、研究成果について報告を出すようにという内容の手紙を受け取る。
十六日　下宿を出る気持ちを固め、大家一家にその旨を伝える。
二十日　英文学研究を断念し、代わりになにをなすべきか思い悩む。そのため、神経衰弱が募り、不愉快な日が続く。日記に、「神経病カト怪マル。然一方デハ非常ニヅーヅー敷処ガアル、妙ダ」と記す。
クラッパム・コモンのミス・リール方を訪れ、部屋を見たうえで引っ越しを決める。
ミス・リール方に引っ越す。ロンドンで最後の下宿となり、翌年十二月、留学任期を終え、日本に帰国するまで止どまる。
八月三日　サウス・ケンジントンの池田菊苗を訪れ、昼食を共にし、午後、カーライルの家を参観する。

十五日　英文学科の後輩で、留学のためロンドンに来た土井晩翠をヴィクトリア・ステーションに出迎える。
九月二日　エレファント・キャッスルで古本を買う。
　これより以降、日記は事務的な記述が続く。
十二日　寺田寅彦宛の手紙で、「学問をやるならコスモポリタンのものに限り候。英文学なんかは櫞の下の力持、日本へ帰つても英吉利に居つてもあたまの上がる瀬は無之候」と幻滅を表明。日本に帰っても熊本に戻りたくない、留学期間を一年延ばしてフランスに行きたいと希望を漏らす。
二十二日　鏡子宛の手紙でも、文学書の代わりに、科学の書物を読んでいることを伝え、「当地にて材料を集め帰朝後一巻の著書を致す積もり」と『文学論』執筆の構想がようやく固まったことを伝える。しかし、まだ十分に確信は持てなかったらしく、「おれの事だからあてにならない」と、弱気も覗かせている。
十月七日　クレイグに手紙を出す。『漱石研究年表』によると、個人教授を辞退する意を伝えたものか。
十三日　土井晩翠とサウス・ケンジントン美術館を見て回る。
十五日　クレイグを訪ねるが不在。借りていた本を返す。この日以降、クレイグについての記述は消える。
十一月三日　天長節・公使館から招待を受けたが欠席する。
六日　正岡子規から闘病の苦痛を訴え、生きて再会はかないそうもないことを伝える手紙が届く。
十三日　「学費来ル。文部・中央金庫ニ受取リヲ出ス」と日記に記し、以後、日記の記述は、日本帰国まで途絶える。
二十日　寺田寅彦宛の手紙で「小生不相変碌に別段国家の為にこれと申す御奉公を出来かねる様で実に申し訳ない」と書き送る。
二十一日　ロイヤル・アルバート・ホールで世界的なソプラノ歌手アデリーナ・パティのコンサートを聴く。
十二月十四日　ハイド・パークのスピーカーズ・コーナーで演説を聞く。
十五日　日本人柔道家（谷幸雄）と西洋人レスラーの試合を見に行くが、中止のためイギリス人選手とスイス人選手のレスリングを見る。

＊このころから『文学論』執筆のためのノートを作りはじめる。
二十五日　ロンドンで二度目のクリスマスを迎える。

明治三十五（一九〇二）年／三十六歳

一月一日　シデナムの渡辺和太郎の下宿で開かれた句会に出席、「山賊の顔のみ明かき榾火かな」という句を読む。
六日　鏡子から押絵二枚とハンケチ一枚届く。クリスマスのプレゼントとして下宿の主婦に贈る。
二十日　鏡子から手紙が届く。育児や家事に紛れて手紙が出せなかったという弁解に腹を立てる。
三十日　日英同盟締結される。
二月十六日　菅虎雄宛に「近頃は文学抔は読まない。心理学の本やら進化論の本やらやたらに読む。何か著作をやらうと思ふが僕の事だから御流れになるかも知れません」と書き送る。
＊二月または三月上旬にかけて、日英同盟の交渉に当たった林董公使の労をねぎらうため、在留日本人が記念品を贈ることになり、ただでさえ少ない文部省からの給付金から五円寄付する。
三月十五日　義父中根重一宛の手紙で、『文学論』の構想をかなり具体的に明かす。またマルクスの思想についても触れ、今日の状況にあって、こうした説が出るのは当然のことと書き送る。
＊このころ、神経衰弱が募り、「夏目狂せり」という噂が広まる。
四月十三日　鏡子宛の手紙で「十二月ころ帰国の予定」と伝える。
七月一日　ドイツ留学を終え帰国する途中、ロンドンに立ち寄った芳賀矢一が訪ねてくるが、不在で会えず。
二日　芳賀を訪ねるが、外出中で会えない。
四日　土井晩翠、岡倉由三郎、美濃部俊吉らと共に、フェンチャーチ駅で、芳賀矢一、浅井忠らを見送る。
九月九日　このころ、土井晩翠、神経衰弱が高じた金之助を保護監視のため、ミス・リール方に同居する。
十二日　鏡子宛の手紙で、「近頃は神経衰弱にて気分勝れず甚だ困り居候。然し大した事は無之候へば御安心可被下候」と書き送る。

＊このころ、下宿のおかみの命令で自転車の練習をはじめる。(「自転車日記」)

十九日　正岡子規、下谷区上根岸町八十二番地の自宅で死去。

十月初旬　スコットランドを旅行し、ピトロクリのジョン・ヘンリー・ディクソンの家に滞在する。(『永日小品』／「印象」)

十日　このころ、藤代禎輔、岡倉由三郎を通じて、文部省の「夏目精神に異常あり、藤代へ保護帰朝すべき旨伝達すべし」という依頼を受ける。

＊十月末から十一月の初めの間、ピトロクリからロンドンに戻る。

十一月六日　藤代禎輔、金之助を保護し、一緒に帰国するためロンドンを訪れる。金之助の下宿に一泊。荷物の梱包・発送は人に任せて、一緒に帰国することを勧めるが、頑として聞き入れない。

七日　藤代をケンジントン博物館と大英博物館に案内。昼食にビールを飲み、ビフテキを食べ、「モウ船までは送つていかないよ」と言って別れる。

＊下旬に正岡子規の臨終の様子を記した手紙を高浜虚子・河東碧梧桐から受け取る。

十二月五日　藤代より二船遅れて、日本郵船の博多丸に乗って帰国。ジブラルタル海峡から地中海に入る。ポート・サイドから、ミス・リールにイギリスには二度と来たくないという手紙を出す。

＊帰国途上の船のうえで、日本に帰ったら、自分のやりたいことをやり抜こうという決意を固める。四年後の明治三十九年十月二十三日、狩野亨吉に宛てた手紙で、当時の心境について「余は余一人で行く所まで行つて、行き尽いた所で斃れるのである」と吐露している。

三十一日　大晦日を博多丸のうえで過ごす。

明治三十六（一九〇三）年／三十七歳

一月三日　「英語研究ノ外文芸ノ起源発達及其理論等ヲ研究ス、但シ自修」と記し、「入学金授業料」、「旅行休業試験」、「学位褒賞」いずれも「ナシ」と書きこんだ二回目の「英国留学申報書」を文部大臣菊池大麓に書く。

一月十二日　シンガポールを出港。
十六日　香港を出て長崎に向かう。
二十日　長崎に入港。
二十二日　長崎を出港、下関海峡を経て、夜、神戸に着く。
二十三日　検疫を終えて、神戸に上陸。午後六時十五分発の急行列車で東京に向かう。
二十四日　鏡子、父中根重一と共に国府津まで出迎える。午前九時三十分、新橋着。家族・親戚の他、寺田寅彦ら出迎える。牛込区矢来町三番地の中根重一方に落ち着く。帰り着くや、鏡子の部屋の床の間に掛けてあった「秋風や一人を吹くや海の上」と書かれた短冊を破り捨てる。

金之助のロンドンまでの行程

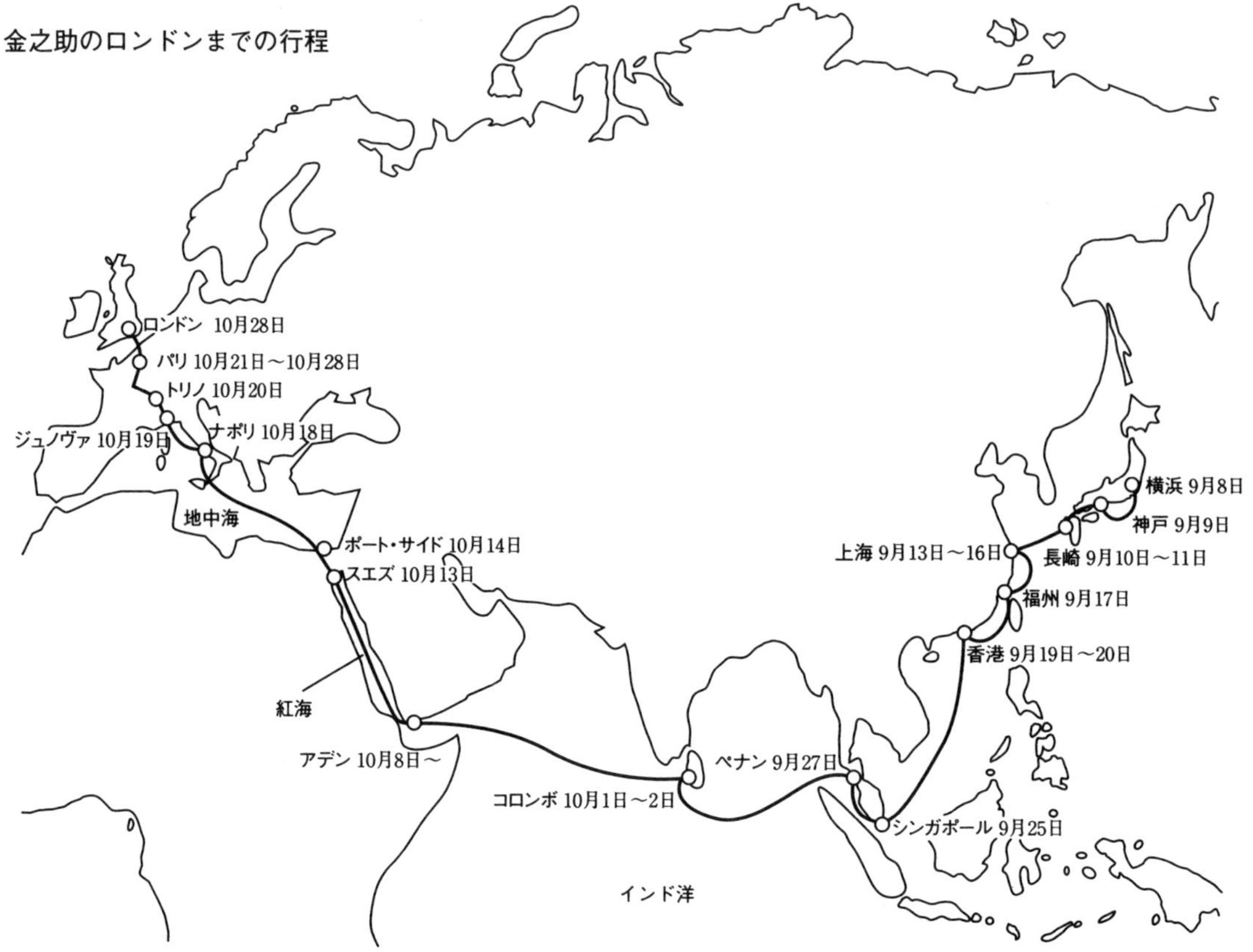

関連地図

＊金之助の下宿

Ⓐ最初の下宿――エヴァ・スタンリー夫人のホテル式アパートメント、ガウアー街七十六番地
Ⓑ二番目――ミルデ家、ウェスト・ハムステッド、プライオリー・ロード八十五番地
Ⓒ三番目――ブレット家、カンバーウェル・ニュー・ロード、フロッデン・ロード六番地
Ⓓ四番目――ブレット家、トゥーティング、ステラ・ロード二番地
Ⓔ最後の下宿――ミス・リール姉妹宅、クラッパム・コモン、ザ・チェイス八十一番地

Edgware
Finchley
Golder's Green
Parliament Hill
Highgate
Barnet Highgate
Finsb. Park
HAMPSTEAD
HOLLOWAY
CRICKLEWOOD
Cricklewood
Hampstead Heath
Junction Rd.
Tufnell Pk.
Gospel Oak
Highgate Rd.
Haverstock Hill
Belsize Pk.
Kentish Town
KENTISH TOWN
Willesden Green
WILLESDEN GREEN
Kilburn & Brondesbury
West End Lane
Finchley Rd.
West Hampstead
Camden Rd.
Cattle Market
Brondesbury
Brondesbury Park
Swiss Cottage
Chalk Farm
Camden Town
Maiden Lane
KILBURN
Primrose Hill
Kilburn
Marlborough Rd.
Paddington Cem.
Queen's Park
Kensal Rise
ST. JOHN'S WOOD
CAMDEN TOWN
Mornington Cres.
Regent's Park
KING'S CROSS
ST. PANCRAS
EUSTON
Padd. Recreation Ground
St. John's Wood Rd.
KENSAL GREEN
Kens. Green Cem.
Euston Square
PADDINGTON
MARYLEBONE
Baker St.
Portland Rd.
Westbourne Pk.
St. Quintin Pk.
Royal Oak
Bishop's Rd.
Edgware Rd.
MARYLEBONE
All Saints
British Museum
Tottenham Court Rd.
Notting Hill
PADDINGTON
Praed St.
BAYSWATER
Marble Arch
Bond St.
Oxford Circus
NOTTING HILL
Latimer Rd.
Lancaster Gate
Queen's Rd.
CENTRAL LONDON R.
Grosvenor Sq.
Leicester Sq.
Piccadilly Circus
Covent Garden
Nott. Hill Gate
Holland Pk.
Kensington Gardens
Hyde Park
Royal Acad.
Dover St.
Down St.
Shepherd's Bush
Holland Park
Rotten Row
Green Park
Kensington High St.
Albert Memorial
Knightsbridge
Hyde Park Corner
Buckingham Pal.
St. James's Park
Westminster
Kens. Addison Rd.
Imperial Institute
Brompton Rd.
Victoria
St. John's
HAMMERSMITH
Hammersmith
Gloucester Rd.
South Kensington
Earl's Court
Sloane Sq.
Tate Gallery
Baron's Court
West Kensington
West Brompton
W. Brompton
West London Cemetery
CHELSEA
Grosvenor Rd.
Old Church
Chelsea Br.
Albert Br.
Battersea Park
Walham Green
Chelsea & Fulham
Battersea Pk. Rd.
Parson's Green
FULHAM
Battersea
Queen's Rd. Battersea
Fulham Palace
Putney Br.
Stockwell
Wandsworth Rd.
STOCKWELL
Clapham Junc.
Clapham & N. Stockwell
Clapham Rd.
Wandsworth Park
Wandsworth
PUTNEY
Putney
Clapham Common North Side
Clapham Common
Clapham Common
East Putney
Wimbledon
Tooting
Wandsworth
Merton, Tooting
Streatham
THAMES
RIVER
Brown Section
Red Section
Grey Section
Willesden
Willesden Junc.
Uxbridge Ealing
Hampton Ct. Pal. Hounslow
Kew & Richmond
Railways
Tramways
1: 42.600

＊金之助の訪れた場所（前ページの地図上）

❶ハムステッド・ヒース（公園）
❷クレイグ先生宅
❸大英博物館
❹ホルボーン・ヴィアダクト（書店街）
❺セント・ポール大聖堂
❻モニュメント
❼ロンドン塔
❽タワー・ブリッジ
❾ロンドン橋
❿チャリング・クロス（古本漁り）
⓫コンデュイット・ストリート（ミルデ氏の洋装店があった）
⓬ハイド・パーク
⓭ロイヤル・アルバート・ホール
⓮バッキンガム宮殿（日本公使館がこの近くにあった）
⓯セント・ジェームス・パーク
⓰ウェストミンスター大聖堂
⓱アルバート埠頭（ここから日本郵船の博多丸に乗って帰国）
⓲エレファント&キャッスル（しばしばここで本を買う）
⓳テート・ギャラリー
⓴ヴィクトリア・ステーション
㉑サウス・ケンジントン美術館
㉒カーライルの家
㉓バターシー・パーク
㉔オーヴァル駅（地下鉄駅）
㉕ラスキン・パーク
㉖デンマーク・ヒル
㉗クラパム・コモン

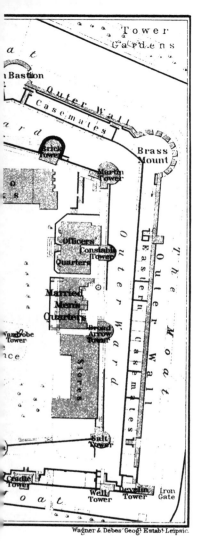

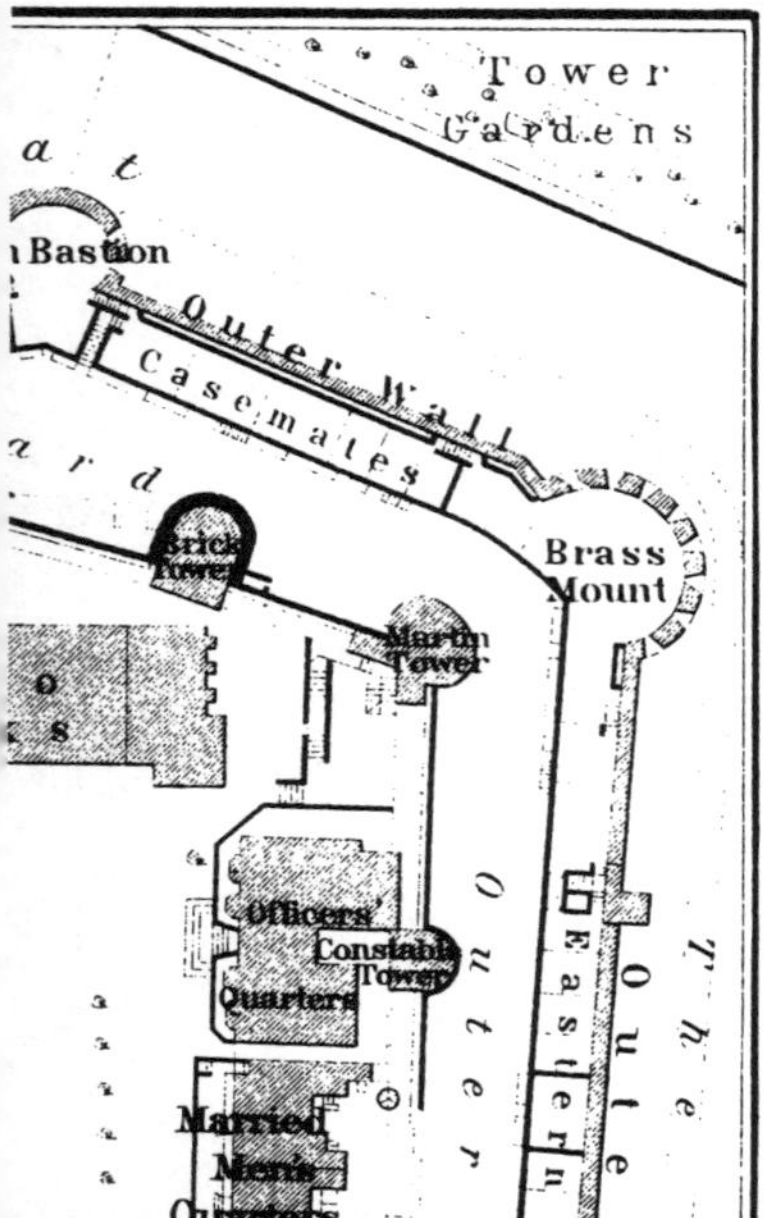

Wagner & Debes' Geogl Estabt Leipsic.

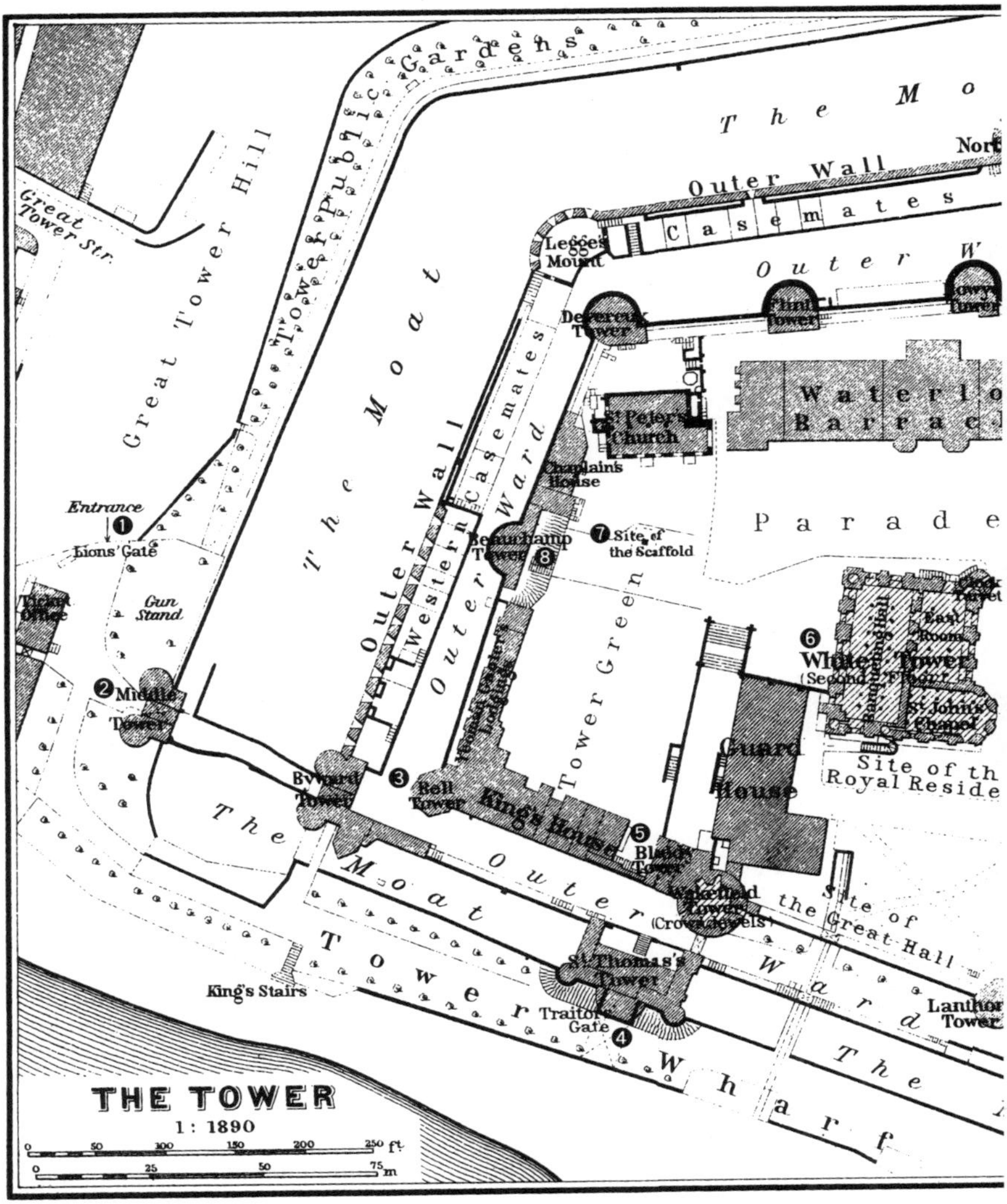

ロンドン塔

❶ライオン・ゲート
❷ミドル・タワー（中塔）
❸ベル・タワー（鐘塔）
❹トレイターズ・ゲート（逆賊門）
❺ブラッディ・タワー（血塔）
❻ホワイト・タワー（白塔）
❼処刑場跡（仕置場の跡）
❽ビーチャム・タワー（ボーシャン塔）

地図はいずれも London and its environs, Handbook for travellers by karl Baedeker, 1911 に拠る

主要参考図書

邦文文献

＊単行本

東秀紀『漱石の倫敦、ハワードのロンドン』中公新書、一九九一年

荒正人著／小田切秀雄監修『漱石研究年表』集英社、一九八四年

「有島武郎全集」第九巻、新潮社、一九二九年

石原千秋『反転する漱石』青土社、一九九〇年

石附実『近代日本の海外留学史』中公新書、一九九二年

伊藤整『日本文壇史』（1～13）講談社文芸文庫、一九九四—九六年

岩崎広平『テムズ河ものがたり』晶文社、一九九四年

岩間徹『世界の歴史16　ヨーロッパの栄光』河出書房新社、一九九一年

江藤淳『アメリカと私』文春文庫、一九九一年／『決定版夏目漱石』新潮文庫、一九七九年／『漱石とその時代』（1～5）新潮社、一九六五年

大岡昇平『小説家夏目漱石』筑摩書房、一九八八年

越智治雄『漱石私論』角川書店、一九六六年／『漱石と文明』砂子屋書房、一九八五年

角野喜六『漱石のロンドン』荒竹書房、一九八二年

柄谷行人『漱石論集成』第三文明社、一九九二年

川島幸希『英語教師　夏目漱石』新潮社、二〇〇〇年

久米邦武編・田中彰校注『米欧回覧実記』（一～五）岩波文庫、一九八〇年

小池滋『英国鉄道物語』晶文社、一九八二年／『ロンドン』中公新書、一九七八年

小岸昭『スペインを追われたユダヤ人』人文書院、一九九三年／『マラーノの系譜』みすず書房、一九

九四年
小島直記『東京海上ロンドン支店』（上・下）新潮文庫、一九八二年
小林秀雄『現代日本文学全集71　小林秀雄集』筑摩書房、一九七三年
小宮豊隆『夏目漱石』（上・中・下）岩波文庫、一九八七年
小森陽一『漱石を読みなおす』ちくま新書、一九九五年／『世紀末の予言者　夏目漱石』講談社、一九九九年
小森陽一・石原千秋編『漱石を語る』（1・2）翰林書房、一九九八年
小山騰『破天荒〈明治留学生〉列伝』講談社、一九九九年
佐渡谷重信『漱石と世紀末芸術』講談社学術文庫、一九九四年
鈴木仁一『心身症のカルテ』中公文庫、一九八七年
千谷七郎『漱石の病跡』勁草書房、一九六三年
「漱石作品論集成」、第四巻『漾虚集』桜楓社、一九九一年／第五巻『三四郎』同、一九九五年／第六巻『それから』同、一九九一年。
武田勝彦『漱石　倫敦の宿』近代文芸社、二〇〇二年
塚本利明『漱石と英文学』彩流社、一九九九年／『漱石と英国』彩流社、一九九九年
出口保夫『漱石のロンドン風景』研究社／『夏目漱石とロンドンを歩く』ＰＨＰ文庫、一九九三年／『ロンドンの夏目漱石』河出書房新社、一九九一年／『ロンドン塔』中公新書、一九九三年
寺田寅彦『寺田寅彦全集』第一九巻、一九九八年
『東京海上火災保険株式会社六〇年史』東京海上火災保険、一九四〇年
中井弘『航海新説』／「明治文化全集」第七巻「外国文化篇」、日本評論新社、一九五五年
永井荷風『あめりか物語』「荷風全集」岩波書店、一九九二年／『上海紀行』「荷風全集」岩波書店、一九九二年／『西遊日誌抄』「荷風全集」岩波書店、一九九二年／『ふらんす物語』「荷風全集」岩波書店、一九九二年／『夜の女界』「荷風全集」岩波書店、一九九三年
夏目漱石『虞美人草』岩波文庫、一九九二年／『こころ』角川文庫、二〇〇二年／『三四郎』新潮文庫、一九九五年／『漱石書簡集』岩波文庫、一九九五年／『漱石日記』平岡敏夫編　岩波文庫、一九九五年／『漱石文明論集』三好行雄編　岩波文庫、一九〇〇年／『現代日本文学全集24―26　夏目漱石集（一）―（三）』筑摩書房、一九七三／『文

鳥・夢十夜・永日小品』角川文庫、一九九一年／『道草』新潮文庫、一九九二年／『明暗』新潮文庫、一九九五年／『倫敦塔・幻影の盾』岩波文庫、一九九五年／「漱石全集」第一巻～第三十四巻、岩波書店、一九五六―五七年／「漱石全集」第一巻～第二十八巻・別巻、岩波書店、一九九四―九六年
夏目鏡子『漱石の思い出』文春文庫、一九九四年
成島柳北『航西日乗』／『明治文化全集』第七巻「外国文化篇」日本評論新社、一九五五年
日本比較文学会『漱石における東と西』主婦の友社、一九七七年
長谷川如是閑『倫敦！ 倫敦？』岩波文庫、一九九六年
蓮實重彦『夏目漱石論』青土社、一九七八年
平川祐弘『和魂洋才の系譜』河出書房新社、一九七一年／『夏目漱石・非西洋の苦闘』新潮社、一九七六年
平生釟三郎『平生釟三郎自伝』安西敏光校訂、名古屋大学出版会、一九九六年
平野威馬雄『くまぐす外伝』ちくま文庫、一九九一年
福原泰平『ラカン』講談社、一九九八年
保柳健『大英帝国とロンドン』音楽之友社、一九八一年
丸谷才一『闊歩する漱石』講談社、二〇〇〇年
南方熊楠『動と不動のコスモロジー』中沢新一編、河出文庫、一九九一年
宮井一郎『夏目漱石の恋』有精堂、一九七六年
三好行雄編『夏目漱石事典』別冊国文学、学燈社、一九九〇年
『明治文化史12 生活編』開国百年記念文化事業会、洋々社、一九五五年
森鷗外「鷗外全集」第三十巻、岩波書店、一九五二年／『独逸日記・小倉日記』ちくま文庫、一九九六年／『舞姫・雁・阿部一族・山椒太夫・他八篇』文春文庫、一九九六年
森田草平『夏目漱石』筑摩書房、一九七二年
山崎朋子『あめゆきさんの歌』文春文庫、一九八一年／『サンダカンの墓』文春文庫、一九七七年
山中治一『世界の歴史21 帝国主義の開幕』河出書房新社、一九九〇年
尹相仁（ユン・サンイン）『世紀末と漱石』岩波書店、一九九四年
芳川泰久『漱石論――鏡あるいは夢の書法』河出書房新社、一九九四年
吉田敦彦『漱石の夢の女』青土社、一九九四年
吉田六郎『作家以前の漱石』弘文堂書房、一九四二年
吉見俊哉『博覧会の政治学』中公新書、一九九二年

吉本隆明『夏目漱石を読む』筑摩書房、二〇〇三年
吉本隆明・佐藤泰正『漱石的主題』春秋社、一九八六年

＊雑誌

「漱石研究」創刊号～第十号、翰林書房、一九九三～九八年
「國文學」十一月号「特集2・夏目漱石」學燈社、一九七五年
「國文學」「新しい漱石へ」學燈社、二〇〇一年
「別冊國文學」「夏目漱石必携」學燈社、一九八〇年
「別冊國文學」「夏目漱石必携Ⅱ」學燈社、一九八二年
「文芸読本」「夏目漱石Ⅱ」河出書房新社、一九七七年
「リテレール別冊」「夏目漱石を読む」メタローグ、一九九四年

＊翻訳

ジンメル、ゲオルグ『橋と扉』酒田健一他訳、白水社、一九九八年
スタイン、ガートルード『パリ　フランス――個人的回想』和田旦・本間満男訳、みすず書房、一九七七年
ハンク、ヘーレン『チャリング・クロス街84番地』江藤淳訳、リーダーズ・ダイジェスト社、一九七二年
ヒバート、クリストファー『ロンドン―ある都市の伝記』横山徳爾訳、朝日新聞社、一九九七年／『ロンドン塔』清水真砂子訳、講談社、一九七五年
ブッシェル、ピーター『倫敦千夜一夜』成田成寿・玉井東助、原書房、一九八七年
メイ、ロロ『失われし自己をもとめて』小野泰博・小野和哉訳、誠信書房、一九九五年
モンブラン、C『モンブランの日本見聞記』森本英夫訳、新人物往来社、一九七八年

英文文献

Abbott, Geoffrey: *The Executioner Always Chops Twice*, Summersdale Publishers Ltd., 2002
Black, Gerry: *Livin up West*, London Museum of Jewish Life, 1994
R.D.Blumenfeld: *In the Day of Bicycles and Bustles*, Brewer and Warrenn Inc.,1930
Brewer, Cliford: *The Death of Kings*, Abson Books, London, 2002
Richardson, John: *The Annals of London*, Cassell & Co., 2000
Romain, Jonathan A.: *The Jews of England*, Michael Goulston Educational Foundation, 1988
Mayhew, Henry: *Mayhew's London*, The Hamlyn Publishing Group Ltd., 1969

Weir, Alison: *The Princes in the Tower*, Pimlico, 1997
Schneer, Honathan: *London 1900*, Yale University Press, 1999
London Street Atlas, Nicholson

＊CD

Music From the Newyork Stage 1890—1920, Pearl/GEMM

CDS 9050-2
The Geisha, hyperion/CDA 67006

あとがき

今、なぜ漱石なのか？　これまでの生涯を振り返ってみて、漱石について文章を書こうと思ったことも、書けると思ったこともない。確かに、中学や高校の頃に、『坊っちゃん』や『吾輩は猫である』、『三四郎』を読み、大学生時代に『それから』や『門』、『こころ』、『道草』を読んだ。『それから』では涙を落としかけたこともある。だが、漱石の文学が、書く対象として、意識に上ったことは一度もなかった。にもかかわらず、六十歳を過ぎた今、漱石論を一冊を書きあげてしまった。

漱石が『吾輩は猫である』を書いたのが、明治三十七年、三十八歳のときで、そのころと比べて平均寿命が二十歳以上延びていることを考えると、それほど遅いとは思わないが、二十二歳で『夏目漱石論』を「三田文学」に発表した江藤淳は例外としても、漱石論を書くことで世に出ていった書き手の多くは三十代から四十代にかけて、最初の漱石論を公にしているはずだ。それなのになぜ自分は？……　今、思い返せば、江藤淳の『夏目漱石』を読んだときに受けたショックが、決定的だったように思う。二十二歳の若さで、人生の地獄をくぐり抜けて来た人間にしか書けそうにない文章が書けてしまう。その才能の桁外れの突出ぶりに圧倒され、打ちのめされたような思いがした。その結果、いくら十五歳で脊髄カリエスを、十八歳からは肺浸潤による闘病体験を強いられたとはいえ、いまだ結婚も、海外留学もしていない若い英文学科の学生に三十八歳という遅い年齢で初めて小説を書きはじめた漱石の文学の本質が、本当に見抜けるのかしらという微かな疑義を抱きつつ、漱石の文学は敬して遠ざけるという態度を保ち続けてきた。

そもそも永井荷風について評論や評伝を書いたうえで、漱石論を書いた人はほとんどいない。中村光夫しかり、磯田光一しかり、野口富士夫、安岡章太郎しかり、川本三郎しかり。わずかに『荷風の青春』(一九七五年)を書いた武田勝彦が『漱石の東京』(一九九七年)を出しているくらいだ。一方、漱石論を書いたうえで、荷風に進んだ人もほとんどいない。荷風文学は漱石と比べてランクが下と見なされ、ほとんどまともに論評の対象とされて来なかった。確かに、時代や時世、そして社会に対して自己を貫き通した永井荷風には、漱石と比べて、自己の存在そのものに対する懐疑や不安、揺らぎ、自我の拠りどころの喪失といった、二十世紀の作家にとって不可欠な文学的資質がいささか希薄であった。荷風の「夢」は、漱石と比べて、あまりに現実に付き過ぎていたのかもしれない。しかし、『腕くらべ』や『濹東綺譚』、『踊子』、戦後の『裸体』といった好色文学や、『日和下駄』に見る絶妙の散策文学、さらには日本文学史上空前絶後といっていい『断腸亭日乗』といった日記文学まで含めて、総合的に荷風の文学が、漱石のそれより底が浅かったり、つまらなかったりすることはないはずだ。

ともあれ、漱石と荷風の間には、越えがたい大きな懸隔が横たわっていて、それを越えようとする人は少なかった。そんななかで、無謀にも私は、荷風を通して漱石に行き着き、本書を書くことになったわけだが、なぜそうなるに至ったのか? その根源的な原因を手繰っていくと、私自身の日本脱出と異文化都市ニューヨークでの流離と浮遊、さらに自身の社会的記号の解体・崩壊体験に行き着くように思う。

あれは、今から三十一年前の一九七三年夏、七月も終わりに近いある日、ロンドンのヒースロー空港から飛び立ち、およそ七時間の不安な飛行のあと、ケネディ空港に下り立った私は、バスでグランド・セントラル駅まで乗り付け、そこから再びダウンタウン行きのバスに乗換え、イースト・サイド二番街の八丁目で降りた。

それは暑い、暑い日の昼下がりだった。スーツケースを引っ張って歩きだすと、直ぐに身体中から汗が吹き出てきた。黒人の子供たちが消火栓の栓を抜き、水遊びをしている脇を水をよけながら、不安そうな面持ちでイースト・ヴィレッジの一番街からAアヴェニュー、Bアヴェニューと東に越え、Cアヴェニューにあったユース・ホスピスに宿を取った。今でこそイースト・ヴィレッジのこの界隈は、白人ミュージシャンやアーチスト、ダンサー、デザイナーが数多く住むファッショナブルな居住地区になっているが、当時はハーレムと並ぶ、昼間でも何が起こるか分からない危険なゲットーだった。荒んだレンガ造りのアパートはほとんど空き家で、通りは放置されたままの自動車や悪臭を放つゴミの山。その脇で死んだように眠りこける酔っ払い、金をくれとたかりにくるホームレス。ところどころ人が住んでいるらしきアパートの窓からは、煙草をくわえた爺さんや太ったかみさんがじっと、汗をふきふき不安そうにキョロキョロしながら歩く東洋人を、何しに入ってきたというふうさん臭げな目つきで見下ろし、その横で、凶悪な顔をしたシェパードが狂ったように吠えかけてくる。

私は、ヴェトナム帰りの、少し気が狂っていて、怒りだすと何をしでかすか分からない大入道のような禿の男が経営するそのホスピスの窓のない、昼間でも真っ暗な部屋の一隅のベッドで一夜を明かし、翌日からマンハッタンを上に下に歩きに歩き抜いた。そう、この街こそが、私が求め、求め続けてきた街だ、この街で私は生まれて初めて自由になれるだろうという予感に打たれながら。

だが、一つの自由を手に入れることは、もう一つの不自由を手に入れることでもある。私は、半年後には長期在住が可能なヴィザを取得し、生活費を得るために日本総領事館の広報文化センターの職員として朝の九時から夕方の五時まで働きはじめることになる。昼間の「公」と夜の「私」に分断された二重生活を強いられることで、私は、荷風や漱石と同じように、新たな不自由を背負わざるをえなくなっていたのだ。そう、そして、異国での二重に引き裂かれた生活を通して、自分の存在が「何者」でもないということを徹底的に思い知らされ、それまで自分を支えてきたあらゆる記号的優越性を否定され、自我の拠りどころを完膚なきまでに打ち砕かれた、その「負」の体験が、私を荷風と漱石の文学に導いたといっていい。

漱石のロンドン留学体験については、少なからぬ論述が行われ、十指に余る単行本が刊行されてきた。江藤淳の『夏目漱石』や『決定版夏目漱石』『漱石とその時代』を筆頭に、荒正人著・小田切秀雄監修『漱石研究年表』、角野喜六の『漱石のロンドン』、塚本利明の『漱石と英国』と『漱石と英文学』、出口保夫の『ロンドンの夏目漱石』、『夏目漱石とロンドンを歩く』、出口保夫・アンドリュー・ワット編著の『漱石のロンドン風景』尹相仁の『世紀末と漱石』、東秀紀の『漱石の倫敦、ハワードのロンドン』、小森陽一の『世紀末の予言者』、『漱石を読みなおす』、武田勝彦の『漱石　倫敦の宿』など、数多くの著作が刊行され、また、ロンドンには漱石記念館まで作られ、その行跡は詳細の限りを尽くして明らかにされている。

これら一つひとつの著作から啓発されることは少なくない。特に、英文学研究から漱石文学研究に入った学究派の人たちの研究・論述は、漱石の留学当時の原資料を広く収集し、現地調査を通して明らかにされた事実関係で教えられるところは多い。しかし、留学体験の本質的意味という視点から見ていくと、「異文化体験」とか「西と東の精神的対立」といった理解にとどまり、留学体験が漱石文学の展開に対して持つ根源的な意味が読み解かれているようには思えない。それは、折角事実関係が解明されながら、それが漱石の作品に具体的にどのように反映し、影響を与えているかが厳密に問われないまま終っているからである。

一方、江藤淳の嫂登世との不倫説をあれほど厳しく、徹底して批判したのにもかかわらず、「ロンドンにおける調査を評価することにおいて、人後に落ちる者でない」とあっさり兜を脱いでしまった大岡昇平の『小説家夏目漱石』を典型的な例として、小説や文芸評論の側から漱石文学に入った人たちが、ロンドン時代の漱石について書いたものを読むと、事実関係の追及・解明が不十分なせいで、一方的な思い込みによる論断が少なくない。このように、夏目金之助としてのロンドン留学体験が、のちの漱石文学の成立と展開に対して持つ本質的意味の解読が、今日まで十分に行われてこなかった根本的な原因として、ロンドン留学が、「文部省派遣留学生夏目金之助」としての留学でなく、「小説家夏目漱石」の留学として受け止められ、読まれてきたという事実が考えられる。つまり、漱石は、「小説家夏目漱石」としてではなく、文部省派遣の「国費留学生夏目金之助」としてロンドンで二年間生活し、ロンドンの街頭を漂流し、ロンドンの空気を吸い、光を仰ぎ、霧をすかして風景にまなざしを注ぎ、馬糞だらけのストリートを歩き、露骨に差別の言葉やまなざしを注がれながらぐっと我慢を重ね、狂気と紙一重の「引きこもり」の中で英語の書物を読み耽り、英文学研究を途中で断念し、失われた自我の拠りどころを求めて、『文学論』のためのノートを書き続けた。にもかかわらず、その当たり前といえばあまりに当たり前の事実が、見落とされてきたのである。

そうしたなかで、私の読みとりでは、これまで、江藤淳と越智治雄の二人が、夏目金之助のロンドン体験に関する言説で、一番深いところを射抜いているように思う。しかし、その江藤も、『アメリカと私』を読めば分かるように、フルブライトの留学生としてプリンストン大学に留学し、途中から日本文学を講義するなど、極めて恵まれた形で留学生活を送り、漱石のロンドン体験を調査するためにロンドンを訪れたときには、押すも押されぬ文芸批評家として功なり名を遂げていたという意味で、さらに越智もまた東大教授として、夏か春の休暇を利用して調査のためにロンドン塔を訪れているという意味において、残念ながら、金之助が体験した記号的失墜と解体、そして行方定まらない流離と狂気と紙一重の引きこもりの生活のなかで、最後の自我の拠りどころすら奪い取られようとした男が、恐怖と絶望と怒りと憎悪の念を押さえ付けながら、必死に耐え、覗き、見つめていた地獄の闇の底無しの深さと暗さを共有しえているとはいえない。そして、そのことによって二人は、金之助のロンドン体験を、根源的なレベルにおいて読み抜き得ていない。いや、江藤の場合は、明らかに読み違えていると思えるのである。
例えば、江藤淳は、『決定版夏目漱石』の第四章で、英文学研究を断念し、『文学論』執筆のために死にもの狂いでノートの作成に取り組んでいたときの金之助について、「すでに漱石は文学などを信用していないが、（中略）病理学者や細菌学者が、正体の判らぬ病原体に対して、ほとんど愛情に近い執着を以て接するように、漱石は信用し得ぬ文学を、綿密な「社会的、心理的」方法によって搦め取ろうとするのである。「文学論」を書いていた漱石には、自らの復讐の対象である文学の触覚を楽しんでいるような、奇妙に倒錯した姿勢がある」と記している。ところが、江藤が、昭和五十年十一月号の「國文學」の特集「江藤淳・その軌跡と現在」のために作成した自筆年譜を読むと、昭和二十九年の記述に、二十一歳のときの「六月、ある朝喀血し、愕然とする。結核の再発なり。義母は依然として病床にありしため、ふたたび家に二人の病人ある状態となり、暗澹たる心境になる。「文学的」なものへの嫌悪を生ず。最も辛き夏を送る。九月、父高熱を発し病臥すること数旬、ついに家に三人の病人ある状態となる。ひそかに父亡き後のことを考える。しかし安静度三度にて起つ能わず、切歯扼腕す。仕方なく天井を眺め、耐える」（傍点筆者）とあり、その一年後には、信濃追分の農家に泊まって、『夏目漱石論』を書いたとある。

この事実から、自ずから浮かび上がってくるのは、二十一歳にして結核を再発させ、「文学的」なものを嫌悪しながら、天井をにらみつけ、あまりに早く襲ってきた悲運に耐える自らを、ロンドン郊外の下宿で、孤独に耐えながら『文学論』のためのノートを取り続ける夏目金之助に重ねながら、「すでに漱石は文学など信用していない」と書き綴る江藤の姿である。江藤が描いた漱石は二十二歳の江藤自身の自画像に他ならない。だが、二十二歳の結核を病む文学青年は、「文学的」なるものを「嫌悪」し、「天井を眺め、耐え」ることで、絶望することができた。言い換えれば、いまだ社会記号的に何者でもない江藤は、病床にありながらも、憎悪で真っ黒に塗り固められた心と結核菌に浸潤された身体で世界と対峙し、悲運を呪い、絶望することができた。そして救われていた。どんなに絶望しても、江藤は、江藤自身でありえたからである。そして、己れの自我の拠りどころを、漱石の文学に求め、翌年には『夏目漱石』を書き上げ、世に出て行く。江藤は、このとき、二十二歳の青年にのみ許された、青春の絶望を体験していたことになる。だが、昭和二十九年のあの時代、江藤のような年齢で結核に犯され、病床に横たわりながら、天井をにらみ、己れの不運を呪った青年はそう珍しくなかった。その意味で、江藤の絶望は、江藤が思っていたほど例外的でも、特権的でもなかったはずだ。

一方、年齢的に江藤より一回り上の三十四歳で、結婚して二児の父親であり、しかも「文部省派遣留学生」という記号と使命を背負って、異国にあった金之助にとっては、どれほど英文学研究の空しさを嚙みしめ、イギリスを嫌悪しようと、絶望することは許されなかった。金之助は、這い出すことも、「絶望」という名の奈落の底に落ち込むこともできない蟻地獄の崩れやすい砂壁に取り付くようにして、辛うじて心身のバランスを保ち、ただひたすら『文学論』のためのノートを取りながら、二年間の留学期間をやり過ごすしかない、そんな地獄に落ちていたのである。そのとき、金之助が耐えなければならなかった不安と自我崩壊の恐れ、怒りと緊張は、二十二歳の江藤の絶望などとはまったく比較できないほど大きく、深く、「夏目狂せり」と噂され、事実本人も認めたように「狂気」と背中合わせのものであった。江藤が自身の絶望の深さを尺度に、鋭い感性と読みの力を頼りに、読み抜いたと信じたのにもかかわらず、夏目金之助のロンドン留学の根源的意味を読み抜きえなかった、いや読み間違えた最大の理由がここにあるといっていいだろう。

再び言おう、漱石は、夏目金之助として明治三十三年九月、日本を出てロンドンに渡り、明治三十六年一月、夏目金之助として日本に帰国した。その夏目金之助が「小説家夏目漱石」として立ったのは、ロンドンから帰国して二年後、明治三十八（一九〇五）年一月、「ホトトギス」に『吾輩は猫である』を「漱石」という筆名で発表してからのことである。その意味で、留学生夏目金之助として書きつづられた日記や子規宛の書信「倫敦消息」といったテクストは、「小説家夏目漱石」として立ったあとで書かれた作品と切り離して受け止めなければならない。私たちが、漱石のロンドン体験について考察を巡らし、テクストを書き進めるに当たっては、『夏目漱石』（東京ライフ社、昭和三十一年）で「夏目漱石」と表記した江藤淳が、『漱石とその時代』（新潮社、昭和四十五年）では「夏目金之助」と表記を変えたように、「夏目金之助」と表記されなければならないはずなのだ。本書の書名に金之助の名を冠したゆえんである。

ところが、これまでに書かれ、出版されたロンドン留学についてのテクストのほとんど（小森陽一の『世紀末の予言者』と『漱石を読みなおす』を除いて）が、「漱石」と表記した上で考察が行なわれ、しかも、『明暗』や『道草』、『心』、『それから』などのちに書かれた小説から逆行する形で、『倫敦塔』や『カーライル博物館』、『幻影の盾』、さらには「倫敦消息」や留学時の日記など初期のロンドン留学体験に基づいた小説、エッセイ、日記に光が当てられ、読解が行われてきたのである。確かに、漱石文学について書かれたテクストの山は膨大である。にもかかわらず、漱石がまだ根底から解読されたように思えないのは、夏目金之助としてロンドンで過ごした留学体験が持つ本質的意味が、いまだ十全に読み解かれていないからにほかならない。

そうした弊を補う意味で、私が本著において展開しようとした考察に新しい視点があるとすれば、四点挙げられるだろう。一つは、可能な限り一〇四年前のロンドン留学の現実に戻り、夏目金之助の目と耳と皮膚と足と心になり代わって、苦渋のロンドン留学生活を再現すること、そして、再現された金之助のロンドン体験と比較検証する形で、ロンドン体験にもとづいて書かれた作品を徹底的に読み抜くこと。さらに第三点として、これまで読み落とされていた「文部省派遣留学生夏目金之助」の記号的失墜（あるいは解体）という視点から、ロンドン留学体験という、地獄巡りに等しい試練を潜って、漱石が「英文学者夏目金之助」から「小説家漱石」に生まれ変わっていく契機をどう摑んでいったか、その経緯を明らかにすること。そして最後に、漱石文学の源泉として、ロンドン留学体験、特にロンドンに到着して三日後にロンドン塔を訪れた際の、可能性としての「小説家漱石」の誕生と、それとは裏腹の「漱石自身による漱石殺し」が、永久に治癒不能な傷痕として、のちの漱石文学の展開に具体的にどう影響し、反映しているかを可能なかぎり解明することにある。

今こそ、私たちは、ロンドンにおける「流離」と孤独な「引きこもり」の生活のなかで、「神経衰弱」と「狂気」をとおして、「留学生夏目金之助」から「小説家夏目漱石」に蝶が毛虫から蛹を経て脱皮し、蝶に変身していくように、「人間」として蘇る契機を摑み取った夏目漱石の「孤独」の文学を読みなおす必要があるのではないだろうか。

思えば、漱石論の展開は、江藤淳の漱石論に典型を見るように、それまでの神話を打破し、脱構築し、そのあとで再び自己神話化していくことの繰り返しの歴史であった。これに対して、私が本書を書き進めながら狙いを定めていたのは、この神話→脱神話化→再神話化の堂々巡りに終止符を打ち、決して神話化されえない漱石文学の地平を切り開くための最初の楔を打ち込むことであった。ならば、どのようにして？ 私見では、まず最初の手順として、漱石の文学を未完成なものとして受け止め、不完全なテクストとして徹底的に読み抜くことを挙げておきたい。近代日本文学を生んだ最大の国民作家であり、紙幣にその顔が印刷され、中学生や高校生の教科書には作品が載せられ、『こころ』を筆頭に、その主要な作品がいまだに文庫本の売り上げの上位を独占している。こうした現実から、私たちは、漱石の文学を完全無欠の文学として、あたかも聖書のように崇め、そこに読み取るべき普遍の真理があると思い込んでこなかったか？ そうした思い込みが、不断の漱石神話の創出を許す土壌となってきたのではなかっただろうか。

漱石は、確かに、日本の近代作家のなかでは、二十世紀の世界文学に残りうる最大の資質と可能性を秘めた作家であった。だが、漱石自身の生い立ちや時代環境、成人してからの家庭環境やロンドン留学など様々な要因が重なり、本来の作家的可能性を十全に発揮できないままで終わった作家でもあった。作家として成し遂げたものより、成し遂げえなかったものから計る方が、夏目漱石の大きさが正確に計れるのかもしれない。

不完全で未完成であるものは、「神」たりえない。つまり、漱石文学の不完全さ、未完成さが、作品の内側から漱石の神話化を拒否しているのだ。だが、作家は、死んだあとは、テクストとして生きるしかない。そして、読み手の側が、本人すら意識していない動機でテクストから離れ、テクストに書き込まれていないことを読み取ろうとしたとき、作家の神話化がはじまる。その意味で、漱石神話の循環を断ち切り、漱石が可能性として秘めていた二十世紀文学の大きさと深さを私たち自身の文学的創造力の源泉として受け止めるためには、テクストとして漱石作品を徹底的に不完全、未完成で、中途半端なもののレベルに貶めなければならないだろう。そのために最初に成し遂げなければならないのは、神話化された漱石の顔を写し出す鏡に石を投げつけ、鏡像を打破することである。予期せぬときに、予期せぬ方角から投ぜられた一つの石によって、鏡の表面に亀裂が入り、「神」を写し出すことが永久に不可能となる。神格化された漱石を、「国民作家」、「不出世の文豪」という鏡に写る虚像から解き放ち、吉本隆明いうところの「人類的」作家、「人間的」作家に蘇らせ、再び未完に終わった小説の可能性について雄弁に語らせるためにも、私たちは、その鏡を打破しなければならない。本書が、そのための一石となるなら、喜びこれに勝るものはない。

本書は、漱石のロンドン留学百周年に当たって、「外交フォーラム」誌に連載した原稿を核に、全面的に書き下ろして完成させたもので、原稿の量は、連載時より十倍近く増えている。それだけ書くべきことが多かったわけで、さすがに漱石文学というべきか、越えなければならない山は多く、高く、一つ山を越えると再び前に大きな山が立ちふさがっているということの連続で、この二年近く、正に悪戦苦闘の連続であった。漱石に鍛えられたというのが正直な実感である。

「外交フォーラム」誌の連載に当たっては、やや雑誌の性格と異なる内容にもかかわらず、連載を快く引き受けて下さった同誌編集長の伊藤実佐子氏、そして実際の編集作業を丁寧に進めるかたわら、適時有益なアドヴァイスを頂いた松岡一郎、鈴木順子、安川いずみの諸氏に謝意を表明したい。

また、本書の原稿を書き進め、困難な山を乗り越えるに当たっては、青土社書籍編集部の津田新吾氏からときに温かく、ときに厳しい励ましと示唆に富んだアドヴァイスを受けた。また、同氏は、最初は書きたいだけ書いてみて下さいと、鵜匠が鵜を解き放つように、私の筆の勢いの赴くところに任せて自由に書かせてくれた。そして、存分に書き上げたところを見計らって、一気に手綱を引き絞りにかかり、膨大な原稿を鋭い目で読み抜き、論旨が不明朗な部分の書き直しを要求し、論としてまとまったものに仕上げてくれた。その意味で、本書はまさに津田氏との二人三脚で完成したものである。津田君、本当にありがとう！

春まだ浅い善福寺池畔の書斎にて

二〇〇四年三月八日

末延芳晴

新装版あとがき

本書は、今から十二年前の二〇〇四年の春に、青土社書籍編集部の津田新吾さんと、力を合わせ、二人三脚で仕上げた仕事である。津田さんのサポートとアドバイスがなければ、この本が世に出ることはなかったといっていい。

そうした意味で、本書が十二年の年月をかけて読み継がれ、完売し、ここに新装復刻版として再び光を見るに至ったことを、私は、まず最初に七年前に、五十歳の若さで冥界へと旅立って行かれた津田新吾さんの霊に報告したいと思う。津田さんありがとう！

津田さんとは、二十年ほど昔、私が、二十五年に及ぶニューヨーク生活を切り上げ、家族とともに日本に帰国、杉並区西荻窪の善福寺の池の前のマンションを仕事部屋にし、長年の念願であった文学評論の仕事に、いよいよ本格的に乗り出そうとしていたころ、「ユリイカ」誌の「永井荷風特集」（一九九七年三月号）に原稿を書いたのが縁で、知り合うようになった。

それより以前から、私は女性誌「マリ・クレール」の全盛時代に、「ニューヨーク・アート最新情報」という連載ページを持ち、ジョン・ケージやマース・カニングハムの前衛音楽や舞踏、ルー・リードやブライアン・イーノ、ティム・バックレイらのロック、ナム・ジュン・パイクのビデオ・インスタレーション・アート、ロバート・ウィルソンの実験オペラやピーター・セラーズらのオペラ演出革命、キース・ヘリングのストリート・アート、グレン・ライゴンのミニマル・アートなど、時代の最先端を走るアーチストやミュージシャンについての批評記事やインタビュー記事を書いていた。また「スタジオ・ヴォイス」というメンズ・カルチャー／ファッション雑誌にも「ニューヨーク・クリエーティブ・ウーマン考現学」という連載ページを持っていて、メッセージ・アートのジェニー・ホルツアーや、ジェンダー意識に根差した過激なマルチ・メディア・アートで知られたキキ・スミスやカレン・フィンレイ、モノローグ・パフォーマンスを通して黒人のアイデンティティ不在の問題を追及するアンナ・ディアヴィア・スミスなど、九〇年代に入って、ニューヨークのアート・シーンに俄かに躍り出てきた女性アーチストのインタビュー記事を連載していた。

津田さんは、それらを読んでくれていたことで話が合い、いずれ何かの形で本にしましょうという合意ができていた。彼としては、ニューヨークの現代アートに関する本をと思っていたのかもしれない。しかし、私は、二十五年に及ぶニューヨーク生活の総括として、永井荷風のアメリカ、およびニューヨーク生活体験をその当時発行され、実際に使用された絵葉書とテキストを通して再現し、併せて荷風が新進気鋭の文学者としてブレークしていくプロセスを明らかにするという趣旨で、一九九七年に中央公論社から、『永井荷風の見たあめりか』を刊行。さらに四年後には『荷風とニューヨーク』を青土社から刊行したことで、津田さんは、私が、アメリカの現代アートと並んで、日本の近代文学、特に永井荷風や夏目漱石、森鷗外を相当に深く読み込み、書くべきテーマを少なからず持っていることを知り、文学批評、あるいは評論の本を書かせてみようと思ったのだろう。

『荷風とニューヨーク』の仕事が一段落ついたところで、次なるプロジェクトとして、「末延さんが、今、一番書きたいと思っている日本の近代文学者を一人選び、二年以内に書きたいことを全部書き切ってみてください」と言われたのだ。私は、それより以前から、荷風のニューヨーク生活にちなむアンティーク絵葉書を千五百枚ほど集め、その延長として、漱石のロンドンと鷗外のベルリン留学に関連する絵葉書も千枚程度集めていたこともあって、絵葉書を通して漱石が留学した世紀転換期における近代都市ロンドンの実像を浮かび上がらせ、同時に文部省派遣留学生夏目金之助が、小説家夏目漱石にブレーク・スルーしていくプロセスを読み解いてみたいという思いに駆られ、ほぼ二年間、本書のベースとなる原稿を書くことに没頭し、二〇〇三年の夏ごろ、千五百枚程度の原稿を書き上げて、津田さんに手渡し、読んでもらうことにしたのだ。

津田さんは、その原稿の分厚い束を受け取り、「相当な量ですね！」と満足そうにうなずき、「これからじっくり読ませてもらいます」と、大切そうに原稿持って帰った。それから二か月ほど経って電話があり、「内容的にはまったく問題ないので、分量を五百枚ほどカットして、スリムにしてほしい」という要望。それからだ、死ぬほど苦しい原稿との格闘が始まったのだ。結局、その年の暮れ近く、ようやく一千枚程度に原稿を減らし、津田さんは「これで行きましょう」と、本にするための具体的編集作業に入ってくれたのだった。

そして、その編集作業もほぼ終わり、本のタイトルやカバーのデザイン、帯の惹句などについて最終的に話し合うため、神田神保町の青土社の編集部に近い喫茶店で、コーヒーをすすりながら打ち合わせを進め、ほぼ話が終わったときである。津田さんがふっと眼差しを、喫茶店の窓越しに彼方の空の方に放ち、「この仕事が終わったら、バリかグアムに行って泳いできますよ」と語ったのである。いつもは、むつかしい哲学・思想書や文学の本を出している津田さんが、まだ冬の寒さの抜けきらない二月の末に、南国の海に泳ぎに行くというのが、不思議に思えて、「ええっ、バリまで泳ぎに行くの？　伊豆の温泉くらいにしておけばいいのに」と聞く私に、津田さんは、血液性の難病に身体の内部が蝕まれていることを告げ、「「根本的治療法はないんですが、飛行機で南方の島に行き、青い海で泳ぎ、太陽の光に身体を晒すと、血液が純化され、健康が回復するんです。ですから、この本の仕事が終ったらまた南の海の島へ……」と語ってくれたのである。

あのとき、津田さんは、眼鏡越しに意外に茶目っ気のあるまなざしを、遠くカフェの窓の外、ビルの屋根の向うに広がる青い空に放ち、静かに微笑まれていた。その静かな微笑と夢見るように細めた眼差しを、私は今もはっきりと覚えている。津田さんは、それから五年後の二〇〇九年七月二九日、不帰の人となられ、その魂は遠く、南の海へと飛んで行かれた。

それから再び、七年。本書が復刊されることを知って、まず思い出したのは、あのときの津田さんの笑顔と眼差しであり、さらに津田さんの正に魂を傾けるという言葉がぴったりの本造りの姿勢であった。津田さんは、本当に丁寧に、緻密に原稿を読み直し、手を加え、さながら陶芸家が細心の注意を払って陶器を創り上げていくように、本作りを進めてくれた。あのとき、長い冬の寒さと病身を押して夜遅くまで編集作業を進める津田さんの姿に接して、私は、本というものがこういう情熱と忍耐とエネルギーによって作られるものだということを初めて知った。

そのことを知るだけに、そして今、日本から本の文化が急速に消えてなくなろうとしているときだけに、津田さんのような編集者が、もう少し長生きして、荒みきってしまったかのように見える今の日本の書籍出版状況にあっても、まだこんなに良い本が作れるのだということを証明して欲しかった!……その思いは、今も私のなかに強くある。

さて、この「あとがき」を書くに当って、私は、本書を久しぶりに通読してみた。読み始めるまえは、果たして復刊に値する内容があるのだろうかという不安もあったが、読み進めるうちにその不安は消えていった。そして、思ったことは、今から百十六年前の一九〇〇(明治三十三)年九月八日、横浜港を出航してから、上海、香港、ペナン、シンガポール、セイロン、アデン、ポートサイド、ミラノ、パリを経て、同年十月二十八日夜、ロンドンにたどり着くまでの船と鉄路の旅、さらにそれ以降、二年と三カ月に及ぶロンドンでの独学的留学生活の実体を、漱石自身の小説や日記、書簡、エッセイ、講演などのテキストに止まらず、関連する資料を博捜し、徹底的に読み込んだうえで精密に解明し、漱石自身が「尤も不愉快」と回想した、狂気とすれすれの苦難と屈辱の「引きこもり」生活を潜り抜けて、英文学研究者の夏目金之助から小説家夏目漱石としてブレーク・スルーしていくプロセスを、よく明らかにし得たなということであった。

特に、私が心強く思ったのは、宗教哲学者の山折哲雄氏が、日本経済新聞の「半歩遅れの読書術」に寄せられた書評で「留学途上の夏目金之助が、船中でしだいに憂鬱の虫にとり憑かれ、ロンドンに到着してからはさらに全身を狂の虫に食い荒らされていくプロセスを、著者は執拗に追っていく。その追跡・分析の手つきがときに狂気をただよわせることがあって、息をつがせず引きつけられる」と評して下さったように、私自身が留学生夏目金之助にぴったりと密着し、あたかも憑依するようにして、金之助の苦難の留学生活と「書く」ことに向けて自己を解放する機会を何度もとらえながら、文部省派遣留学生として国家と交わした「契約」に縛られ、漱石自身の手で断行せざるを得なかった「漱石殺し」の実態と経緯、さらにはそのことが意味するものを、漱石自身の「内側」から描き切っていることであった。

さらにまた、そうした記述を通して、漱石の病的な留学生活の実態を「引きこもり」という視点から明らかにし、日本帰国後、漱石が『我輩は猫である』を「ホトトギス」に寄稿したことで、国民作家としてブレークして行った経緯、さらには、漱石のロンドン留学体験の集約的エッセンスといってもいい『倫敦塔』や、『永日小品』に収められた「下宿」とか「過去の匂い」といった、ロンドンでの孤独な下宿体験に基づいて書かれた短編小説が、その後の漱石文学の展開・深化に対して持つ意味を徹底的に掘り下げていることで、「よし、これならいける！」と、自信を深めた次第である。

夏目漱石は、精神的な意味で、自己の存在を一度も「安全圏」に置かなかった文学者であった。そして漱石は、日本の近代文学者の中で、最も過激に、そして根源的に人間が人間として生きていくうえで、結ばざるを得ないあらゆる「関係性」の不調和と葛藤、さらには破損に苦しんだ文学者であった。自然的／人工的外部世界との、あるいは時代や文明や社会などの対《たい》全体集合的共同関係性、さらには他者や家族、異性との対《つい》的関係性や自分自身との対自《たい》的関係性が壊れ、本質的に対立、異和、乖離、齟齬の感覚しか持てないことに徹底的に「苦しんだ」近代人であった。

そうした意味で、漱石は、「悩む」といった甘えのレベルを越えて、その先には「死」しかないというギリギリの地点に自己の存在を追い込み、根源的に脅え、「苦しんだ」近代人であった。そして、ロンドンにおける二年有余の留学生活は、漱石がその文学生活において、世界との「異和」・「対立」に最も苦しみ、裸の精神において「苦しむ」ことを全身的に引き受け、向かい合ったことで、受難と試練の時を意味するものであった。本書を通して、一人でも多くの読者が、人間が人間であることで必然的に向かい合わざるを得ない世界との「異和」の感覚と、そこに起因する根源的不安や恐怖、絶望と向かい合うことから逃げることなく、「苦しみ」に「苦しみ」通した、ほとんどただ一人の日本人として、夏目漱石の裸形の精神のありようを読み取り、そこに「苦しむ」ことと向かい合う勇気のようなものを見出していただければ、それに勝る喜びはない。

復刻版を上梓するに当っては、表紙のカバーのデザインを新装したことと、口絵の絵葉書画像の色調を、オリジナルの絵葉書の色調に修正した以外、大きな改変は加えなかった。ただ、字句や表現の明らかな誤りや、第十五章「おしゃべりペンとの奇妙な友情」における三九七ページから四〇四ページまでの記述における、下女の「ペン」という姓をあだ名と勘違いしたことによって生じた記述の誤りは最低限度の修正、加筆、削除を加えた。

最後に、漱石の没後百周年にあたって、本書の新装復刊を企画・立案し、口絵の絵葉書の色調の修正や文字や語句の表記の誤りの訂正など、編集作業を短期間であるにもかかわらず、丁寧に進めて下さった青土社書籍編集部の渡辺和貴氏に、心から感謝の意を表したい。

二〇一六年六月三日
京都洛北の書斎にて

末延芳晴

＊本文中の夏目漱石作品の引用は、岩波書店新版「漱石全集」（一九九四―九六年）に拠った。
＊引用に当たっては原則として、旧字は新字に改め、旧かなづかいはそのまま用いた。ただし、ルビと句読点は適宜補って付した。また、繰り返しの表記は、「ゝ」と「〱」はそのまま用いたが、「ヽ」はかなに改めた。
＊なお、原文の味わいを考慮し、原則から離れ、旧字のまま残した箇所もある。
＊引用文中、民族的・社会的・性的な差別にかかわる語句の使用が見られるが、原文の文学性・歴史性を考慮して、敢えて変更せず、そのまま用いた。こうした差別が、一日も早く克服・解消されることを願うものである。

（編集部記）

末延芳晴（すえのぶ・よしはる）
文芸評論家。京都在住。1942年生。東京大学文学部中国文学科卒業、同大学院修士課程に進学し、杜甫の詩を研究するも、アカデミックな研究が自身の資質に合わないことを悟って中退。結婚を機に1973年5月渡欧。アムステルダム／ストックホルム／ロンドン／ケンブリッジを経て同年7月、渡米。以来98年までニューヨーク在住、米国の現代音楽・美術・舞踏などについて批評を行う。1998年日本帰国後、長年の念願であった文芸評論の分野に筆を広げる。
主な著作：『回想のジョン・ケージ』（音楽之友社）、『永井荷風の見たあめりか』（中央公論社）、『荷風とニューヨーク』（青土社）、『荷風のあめりか』（平凡社ライブラリー）、『ラプソディ・イン・ブルー』（平凡社）、『夏目金之助 ロンドンに狂せり』（青土社）、『森鷗外と日清・日露戦争』（平凡社）、『寺田寅彦 バイオリンを弾く物理学者』（平凡社）、『正岡子規、従軍す』（平凡社／第24回和辻哲郎文化賞受賞）、『原節子、号泣す』（集英社新書）など多数。
ブログ：「子規　折々の草花写真帖」／ http://donta71.blog.fc2.com/

夏目金之助 ロンドンに狂せり［新装版］

2016年7月7日　第1刷印刷
2016年7月14日　第1刷発行

著者　末延芳晴

発行者　清水一人
発行所　青土社
東京都千代田区神田神保町 1-29　市瀬ビル　〒101-0051
電話　03-3291-9831（編集）　03-3294-7829（営業）
振替　00190-7-192955

印刷・製本　シナノ

装幀　岡 孝治

ISBN978-4-7917-6939-1